全文読破
柳田国男の先祖の話

石井正己 著
Ishii Masami

三弥井書店

空襲警報の中で書かれた『先祖の話』

戦後七〇年を迎えた今年、昭和二〇年（一九四五）の東京の大空襲、沖縄戦の惨状、広島・長崎の被爆を追った報道が重ねられている。それとともに、荒廃の中から、戦後の高度経済成長を実現した日本の奇跡を回顧する番組も少なくない。高齢化社会を迎えたとはいえ、もはや戦争を知らない人々が大半を占めるようになった。不安定な世界情勢の中で、平和への希求には切なるものがある。

これまでにも戦時中の日記は、さまざまなかたちで公開されてきた。なかでも異彩を放つのは、柳《やなぎ》田《た》国男が昭和三三年（一九五八）に発刊した『炭焼日記』ではないか。昭和一九年（一九四四）と翌年の二年間、一日も欠かさずこれを書き、世の中に示した。熱心に日記を付けていたにもかかわらず、その大半は公開されていないことからすれば、これはかなり意図的な公開だったと考えられる。

東京大空襲については、昭和二〇年（一九四四）三月一一日に「諸所の九日の被害をきく、浅草の観音もやけたという。大川両岸一帯という、真《まこと》か」とあるが、これは一〇日の情報だろう。沖縄戦については、四月四日に「伊《い》波《は》君島袋君を伴い来る」「沖縄の惨状を語る」と見え、沖縄学者の伊波普《ふ》猷《ゆう》が語っている。広島の原爆投下については、八月八日に「（後記）広島は原子爆弾でやられた日なり」とあるが、原爆投下は六日のことだった。

そして、敗戦の八月一五日には、「十二時大詔出ず、感激不止《やまず》」とある。玉音放送の「感激」が具体的にどのようなものであったかは想像しにくい。それに先立つ八月一一日には、「いよいよ働かねばならぬ世になりぬ」とあることがよく知られている。七〇歳になった柳田の新たなる始動であり、具体的には民俗学が戦後の社会や教育に果たす役割を思い描いていたことは十分に想像される。

ここに取り上げる昭和二一年（一九四六）発行の『先祖の話』は、これに先立って、昭和一九年一一月から昭和二〇年五月まで半年余りにわたって書き継がれた。警戒警報が続く最中の執筆であったことは、『炭焼日記』からうかがい知ることができる。「自序」が戦後の一〇月に書かれたことを除けば、警戒警報を聞きながら書かれた渾身の著作であったと言っていい。「自序」で、「勿論《もちろん》始めから戦後の読者を予期し、平和になってからの利用を心掛けて居た」とするのも、疑うようなことではなかろう。

従って、『先祖の話』は戦後の復興を支える精神的な支えとなることを目的にして執筆されたことになる。正月と盆を貫く信仰を明らかにし、人は死んだらどうなるのかを追究するが、その根底にあるのは家の永続こそが日本の未来を支えるとする見方である。戦後七〇年を経て家の永続が困難になってゆく中で、極めて保守的な考え方に見えるかもしれない。だが、今こそこの本の有効性が問われる時期を迎えていると見て間違いない。

この間に核家族化が進み、居住環境も変わり、かつてはどこでも見られた正月や盆の行事は、若者には縁遠いものになりつつある。確かに正月と盆に、多くの日本人がふるさとに帰るが、一方ではちょうどよい休みの時期を利用して、海外旅行を楽しむ家族も少なくない。柳田が予想した以上に、今日の日本人は大きく変わったと見るべきかもしれない。

思うに、多くの著作の中でも『先祖の話』は、柳田は言葉を補いながらかなり丁寧にわかりやすく書くことを心がけている。しかし、今になってみると、すらすらと読めない単語が多くなっているばかりでなく、そこに記された行事そのものが実感できなくなっている。私たちはこの文章を支えた世界を身近に感じることのできる最後の時代を生きているように思われる。

そこで、本書では、『先祖の話』の漢字すべてに振り仮名を付けて読みやすくし、難解な語句や出典には語注を入れ、さらにその節に関わる見解を鑑賞として添えた。柳田が監修した事典類から、関連する写真や挿絵を入れて、視覚的に補ってみた。もちろん柳田の見解に対しては批判もあるので、鑑賞にはそうした文章も載せておいた。こうした手当によって、戦後七〇年を迎えた今、多くの人々に読まれる機会が増えれば、本書の役割は果たせることになる。

石井正己

目次

凡例

一、『先祖の話』(一九四六年)を底本とし、諸本によって校訂した。

一、本文は新漢字・現代仮名遣いに改めた。他の著述からの引用も同様にした。ただし、同じ語で表記が異なる場合があっても、統一しなかった。

一、本文には一部に振り仮名があるが、すべての漢字に振り仮名を付けた。ただし、底本で同一の漢字に対する振り仮名に動きがあっても、統一しなかった。

一、柳田国男が監修した事典類から写真や挿絵を抜き出して、関連する箇所に入れた。出典は語注に明記し、巻末の「図版一覧」にまとめた。

一、柳田国男監修『民俗学辞典』の項目は無記名であるが、昭和五六年(一九八一)八月・一一月発行の『民間伝承』第四五巻第二号・第三号の井之口章次「柳田国男「民俗学辞典」の執筆者一覧(上)(下)」で執筆者が公開されているので、試みにその執筆者名を入れた。

一、現代では差別的な表現を含むが、歴史的意味を考えてそのままにした。

自《じ》序《じょ》

ことし昭和二十年《しょうわにじゅうねん》の四月上旬《しがつじょうじゅん》に筆《ふで》を起《おこ》し、五月《ごがつ》の終《おわ》りまでに是《これ》だけのものを書《か》いて見《み》たが、印刷《いんさつ》の方《ほう》に色々《いろいろ》の支障《ししょう》が有《あ》って、今頃漸《いまごろよう》やくにして世《よ》の中《なか》へは出《で》て行《ゆ》くことになった。勿論始《もちろんはじ》めから戦後《せんご》の読者《どくしゃ》を予期《よき》し、平和《へいわ》になってからの利用《りよう》を心掛《こころが》けて居《い》たのではあるが、まさか是《これ》ほどまでに社会《しゃかい》の実情《じつじょう》が、改《あらた》まってしまおうとは思《おも》わなかった。改《あらた》めてもう一度読《いちどよ》み返《かえ》して見《み》ると、辞句《じく》には訂正《ていせい》しなければならぬ点《てん》が無《な》いにしても、気持《きもち》の上《うえ》には著《いちじる》しい今《いま》とのちがいが、自分《じぶん》にも先《ま》ず感《かん》じられる。我々《われわれ》の未来《みらい》に対《たい》する推定《すいてい》が、まだまだ精確《せいかく》を距《へだた》ること甚《はなは》だ遠《とお》きものだったことを経験《けいけん》して、今更《いまさら》のように望《のぞ》みを学問《がくもん》の前途《ぜんと》に繋《か》けずに居《い》られない。

人《ひと》が平静《へいせい》に物《もの》を考《かんが》え得《う》るようになるまでには、なお何年《なんねん》かの月日《つきひ》を待《ま》たなければならぬことは止《や》むを得《え》ないであろう。しかし愈々是《いよいよこれ》から考《かんが》えて見《み》ようという時《とき》になって、もうその考《かんが》える材料《ざいりょう》ともいうべきものが、乏《とぼ》しくなって居《い》たらどうであろうか。家《いえ》の問題《もんだい》は自分《じぶん》の見《み》るところ、死後《しご》の計画《けいかく》と関聯《かんれん》し、又霊魂《またれいこん》の観念《かんねん》とも深《ふか》い交渉《こうしょう》をもって居《い》て、国毎《くにごと》にそれぞれの常識《じょうしき》の歴史《れきし》がある。理論《りろん》は是《これ》から何《なん》とても立《た》てられるか知《し》らぬが、民族《みんぞく》の年久《としひさ》しい慣習《かんしゅう》を無視《むし》したのでは、よかれ悪《あ》しかれ多数《たすう》の同胞《どうほう》を、安《やす》んじて追随《ついずい》せしめることが出来《でき》ない。家《いえ》はどうなるか、又《また》どうなって行《ゆ》くべきであるか。もしくは少《すく》なくとも現在《げんざい》に於《お》て、どうなるのがこの人《ひと》たちの心《こころ》の願《ねが》いであるか。それを決《けっ》する為《ため》にもまず若干《じゃっかん》の事実《じじつ》を知《し》って居《い》なければならぬ。明治以来《めいじいらい》の公人《こうじん》はその準備作業《じゅんびさぎょう》を煩《わずら》わしがって、努《つと》めてこの大《おお》きな問題《もんだい》を考《かんが》えまいとして居《い》たのである。文化《ぶんか》の如何《いか》なる段階《だんかい》に在《あ》るを問《と》わず、凡《およ》そ是《これ》くらい空漠不徹《くうばくふてつ》底《てい》な独断《どくだん》を以《もっ》て、未来《みらい》に対処《たいしょ》して居《い》た国民《こくみん》は珍《めず》らしいと謂《い》ってよい。斯《こ》ういう時代《じだい》が暫《しば》らくでも続《つづ》くならば、常識《じょうしき》の世界《せかい》には記録《きろく》の証拠《しょうこ》などは無《な》いから、忽《たちま》ちにして大《おお》きな忘却《ぼうきゃく》が始《はじ》まり、以前《いぜん》はどうだったかを知《し》る途《みち》が絶《た》えて行《ゆ》くのである。もとより以前《いぜん》とても次々《つぎつぎ》の変化《へんか》は有《あ》った。人《ひと》の行為《こうい》と信仰《しんこう》とは時《とき》と共《とも》に改《あらた》まって居《い》る。どこをつかまえて以前《いぜん》の状態《じょうたい》というかと、思《おも》う者《もの》も有《あ》るか知《し》らぬが、ともかくも変《かわ》らぬ前《まえ》の姿《すがた》を、尋《たず》ね出《だ》すことが今《いま》なら出来《でき》るのである。是《これ》には幸《さいわ》いにして都鄙遠近《とひえんきん》のこまごまとした差等《さとう》が、各地《かくち》の生活相《せいかつそう》の新旧《しんきゅう》を段階《だんかい》づけて居《い》る。その多《おお》くの事実《じじつ》の観測《かんそく》と比較《ひかく》とによって、もし伝《つた》わってさえ居《い》てくれるならば、大体《だいたい》に変化《へんか》の道程《どうてい》を跡付《あとづ》け得《え》られるのである。日本民俗学《にほんみんぞくがく》の提供《ていきょう》せんとするものは結論《けつろん》では無《な》い。人《ひと》を誤《あやま》ったる速断《そくだん》に陥《おとしい》れないように、出来《でき》る限《かぎ》り確実《かくじつ》なる予備知識《よびちしき》を、集《あつ》めて保存《ほぞん》して置《お》きたいというだけである。歴史《れきし》の経験《けいけん》というものは、寧《むし》ろ失敗《しっぱい》の側《がわ》に於《お》て印象《いんしょう》の特《とく》に痛切《つうせつ》なるものが多《おお》い。従《したが》って審《つまび》らかにその顛末《てんまつ》を知《し》るということが、愈々復古《いよいよふっこ》を不利不得策《ふりふとくさく》とするような推論《すいろん》を、誘導《ゆうどう》することにならぬとは限《かぎ》らない。しかし其為《そのため》に強《し》いて現実《げんじつ》に眼《め》を掩《おお》い、乃至《ないし》は最初《さいしょ》から之《これ》を見《み》くびってかかり、ただ外国《がいこく》の事例《じれい》などに準拠《じゅんきょ》せんとしたのが、今《いま》まで一《ひと》つとして成功《せいこう》して居《い》ないことも、亦我々《またわれわれ》は体験《たいけん》して居《い》るのである。今度《こんど》という今度《こんど》は十分《じゅうぶん》に確実《かくじつ》な、又《また》しても反動《はんどう》の犠牲《ぎせい》となってしまわぬような、民族《みんぞく》の自然《しぜん》と最《もっと》もよく調和《ちょうわ》した、新《あら》たな社会組織《しゃかいそしき》が考《かんが》え出《だ》されなければならぬ。それには或期間《あるきかん》の混乱《こんらん》も忍耐《にんたい》するの他《ほか》は無《な》いであろうが、そう謂《い》って居《い》るうちにも、捜《さが》さずにはすまされない色々《いろいろ》の参考資料《さんこうしりょう》が、消《き》えたり散《ち》らばったりする虞《おそ》れは有《あ》るのである。力徴《ちからび》なりといえども我々《われわれ》の学問《がくもん》は、斯《こ》ういう際《さい》にこそ出《で》て大《おお》いに働《はたら》くべきで、空《むな》しき詠歎《えいたん》を以《もっ》てこの貴重《きちょう》なる過渡期《かとき》を、見送《みおく》って居《い》ることは出来《でき》ないのである。

先祖《せんぞ》の話《はなし》というような平易《へいい》な読《よ》み本《ほん》が、果《はた》して何程《なにほど》の役《やく》に立《た》とうかと、訝《いぶか》る人《ひと》も或《あるい》は無《な》いとも限《かぎ》らぬが、是《これ》にも幾《いく》つかのまじめな動機《どうき》が有《あ》ったのである。第一《だいいち》に私《わたし》は世《よ》の所謂先覚指導者《いわゆるせんかくしどうしゃ》に、是等《これら》の事実《じじつ》を留意《りゅうい》させ又討究《またとうきゅう》せしめるに先《さき》だって、まず多数少壮《たすうしょうそう》の読書子《どくしょし》の、今《いま》まで世《よ》の習《なら》いに引《ひ》かれて知識《ちしき》が一方《いっぽう》に偏《へん》し、ついぞ斯《こ》ういう題目《だいもく》に触《ふ》れなかった人《ひと》たちに、新《あら》たなる興味《きょうみ》が持《も》たせたいのである。第二《だいに》には私《わたし》の集《あつ》めて見《み》ようとする資料《しりょう》は、白状《はくじょう》をすれば実《じつ》はまだ甚《はなは》だ乏《とぼ》しいのであった。多《おお》くの世人《せじん》がほんの皮一重《かわひとえ》の裡《うち》に、持《も》って忘《わす》れようとして居《い》る子供《こども》の頃《ころ》の記憶《きおく》は、この僅《わず》かな機縁《きえん》に由《よ》って幾《いく》らでも喚《よ》び醒《さま》され、一種楽《いっしゅたの》しい感慨《かんがい》を以《もっ》て斯《こ》ういう文章《ぶんしょう》を読《よ》み得《う》るのみで無《な》く、更《さら》に一歩《いっぽ》を進《すす》めてはその思《おも》い出《だ》したものを以《もっ》て、筆者《ひっしゃ》に告《つ》げ教《おし》えることさえ出来《でき》るかと思《おも》うのである。事実《じじつ》の記述《きじゅつ》を目的《もくてき》としたこの一冊《いっさつ》の書物《しょもつ》が、時々《ときどき》まわりくどく又《また》は理窟《りくつ》っぽくなって居《い》るのは、必《かなら》ずしも文章《ぶんしょう》の拙《せつ》な為《ため》ばかりでは無《な》い。一《ひと》つにはそれを平明《へいめい》に説《と》き尽《つく》すことが出来《でき》るまでに、安全《あんぜん》な証拠《しょうこ》がまだ出揃《でそろ》って居《お》らぬ結果《けっか》である。この度《たび》の超非常時局《ちょうひじょうじきょく》によって、国民《こくみん》の生活《せいかつ》は底《そこ》の底《そこ》から引《ひ》っかきまわされた。日頃《ひごろ》は見聞《けんぶん》することも出来《でき》ぬような、悲壮《ひそう》な痛烈《つうれつ》な人間現象《にんげんげんしょう》が、全国《ぜんこく》の最《もっと》も静《しず》かな区域《くいき》にも簇出《そうしゅつ》して居《い》る。その片端《かたはし》だけが僅《わず》かに新聞《しんぶん》などで世《よ》の中《なか》へ伝《つた》えられ、私《わたし》たちは又《また》それを尋《たず》ね捜《さが》しに地方《ちほう》をあるいて見《み》ることも出来《でき》なかった。曾《かつ》ては常人《じょうじん》が口《くち》にすることをさえ畏《おそ》れて居《い》た死後《しご》の世界《よかい》、霊魂《れいこん》は有《あ》るか無《な》いかの疑問《ぎもん》、さては生者《せいじゃ》の是《これ》に対《たい》する心《こころ》の奥《おく》の感《かん》じと考《かんが》え方等々《かたとうとう》、大《おお》よそ国民《こくみん》の意思《いし》と愛情《あいじょう》とを、縦《たて》に百代《ひゃくたい》に亘《わた》って繋《つな》ぎ合《あわ》せて居《い》た糸筋《いとすじ》のようなものが、突如《とつじょ》としてすべて人生《じんせい》の表層《ひょうそう》に顕《あらわ》れ来《きた》ったのを、じっと見守《みまも》って居《い》た人《ひと》もこの読者《どくしゃ》の間《あいだ》には多《おお》いのである。私《わたし》はそれが此書《このしょ》に対《たい》する関心《かんしん》の端緒《たんしょ》となることを、心窃《こころひそ》かに期待《きたい》して居《い》る。故人《こじん》は斯《か》くの如《ごと》く先祖《せんぞ》というものを解《かい》して居《い》た。又斯《またか》くの如《ごと》く家《いえ》の未来《みらい》というものを思念《しねん》して居《い》たということは、決《けっ》して今後《こんご》も亦引続《またひきつづ》いて、そういう物《もの》の見方《みかた》をなさいという、勧告《かんこく》で無《な》いことは言《い》うにも及《およ》ぶまい。ただ我々《われわれ》が百千年《ひゃくせんねん》の久《ひさ》しきに亘《わた》って、積《つ》み重《かさ》ねて来《き》た所《ところ》の経歴《けいれき》というものを、丸々其痕《まるまるそのあと》も無《な》いよその国々《くにぐに》と、同一視《どういつし》することは許《ゆる》されないのみならず、現《げん》に是《これ》からさきの方案《ほうあん》を決定《けってい》するに当《あた》っても、やはり多数《たすう》のそう謂《い》った人《ひと》たちを相手《あいて》に、成程《なるほど》そうだという所《ところ》まで、対談《たいだん》しなければすまされぬのである。それは手数《てすう》だから只何《ただなん》でもかでも押付《おしつ》けてしまえ、盲従《もうじゅう》させろということになっては、それこそ今《いま》までの政治《せいじ》と格別《かくべつ》の変《かわ》りは無《な》い。人《ひと》に自《みずか》ら考《かんが》えさせ、自《みずか》ら判断《はんだん》させようとしなかった教育《きょういく》が、大《おお》きな禍根《かこん》であることはもう認《みと》めて居《い》る人《ひと》も多《おお》かろう。しかし国民《こくみん》をそれぞれに賢明《けんめい》ならしめる道《みち》は、学問《がくもん》より他《ほか》に無《な》いということまでは、考《かんが》えて居《い》ない者《もの》が政治家《せいじか》の中《なか》には多《おお》い。自分《じぶん》はそれを主張《しゅちょう》しようとするのである。長《なが》い歴史《れきし》を振《ふ》り回《かえ》って見《み》ても、人《ひと》に現代《げんだい》のように予言力《よげんりょく》の乏《とぼ》しい時代《じだい》は無《な》かった。その不幸《ふこう》は戦後《せんご》にもなお続《つづ》くものと患《うれ》えられる。少《すこ》しなりともこの力《ちから》を恢復《かいふく》する為《ため》には、学者《がくしゃ》も亦頗《またすこぶ》る刻苦《こっく》しなければならぬのは勿論《もちろん》である。ところが私《わたし》は年《とし》をとり力《ちから》やや衰《おとろ》え、志《こころざし》は有《あ》っても事業《じぎょう》がそれに追付《おいつ》かず、おまけにこの時代《じだい》の急転《きゅうてん》に面《めん》して、用意《ようい》のまだ甚《はなは》だ不足《ふそく》だったという弱点《じゃくてん》を暴露《ばくろ》した。故《ゆえ》にこの本《ほん》のねうちなども、そう大《たい》したものとは思《おも》わない。今《いま》はひたすらに是《これ》から世《よ》に立《た》つ新鋭《しんえい》の間《あいだ》から、若干《じゃっかん》の理解《りかい》と共鳴《きょうめい》とを期《き》するばかりである。

昭和《しょうわ》二十年《にじゅうねん》十月《じゅうがつ》二十二日《にじゅうににち》

柳《やなぎ》田《た》国《くに》男《お》

語注 ○ことし昭和二十年の四月上旬に筆を起し、五月の終りまでに是だけのものを書いて見た…柳田国男は二カ月足らずで書き上げたように述べるが、『炭焼日記』を見るとやや異なる。昭和一九年

（一九四四）一一月一〇日に「「先祖の話」をかき始む、筆すすまず」と見えるのが起筆、昭和二〇年（一九四五）五月二三日に「「先祖の話」を草し終る、三百四十枚ばかり」とあるのが脱稿である。実際の起筆は五カ月も早かったが、なぜ正確に書かなかったのかはわからない。折口春洋《はるみ》の戦死や沖縄戦の惨状と関係するように思われる。〇**印刷の方に色々の支障が有って**…印刷者は東京・神保町の長苗三郎という人だが、「色々の支障」の具体的な内容は不明。〇**精確を距ること甚だ遠きものだった**…詳しく確かであるというのとはずいぶん違っていた。〇**よかれ悪しかれ**…良かろうと悪かろうと。どうあろうとも。〇**安んじて追随せしめることが出来ない**…安心して後から付いて行かせることはできない。〇**復古を不利不得策とする**…過去の体制に復帰させることをよくない状況で、ためにならないとする。〇**力徴なりといえども**…力は非常に弱くても。〇**斯ういう際にこそ出て大いに働くべきで**…『炭焼日記』の昭和二〇年八月一一日に、「いよいよ働かねばならぬ世になりぬ」と書いていた。〇**訝る**…不審に思う。〇**悲壮な痛烈な人間現象**…「戦争によって戦野に駆り出され、空しく生命を殞《いん》した人間の死のことである。あるいは不意の空襲により瞬時にして阿鼻叫喚の巷《ちまた》と化してしまう現世の地獄絵のことである」（桜井徳太郎「『先祖の話』解説」）。〇**簇出して居る**…群がり出ている。〇**斯くの如く**…このように。〇**盲従させろ**…ひたすら言うことに従わせろ。〇**禍根**…わざわいの起こるもと。〇**恢復**…回復。〇**私は年をとり**…柳田国男は「自序」を書いたとき、七〇歳だった。〇**昭和二十年十月二十二日**…『炭焼日記』の昭和二〇年一〇月二〇日に「先祖の話の序文をかく」、一〇月二二日に「「先祖の話」

校正、序文を清書す」と書あり、この「自序」にも「改めてもう一度読み返して見ると」とあり、校正をしながら書かれたことがわかる。この校正は印刷所から出た校正ではなく、草稿の修正であろう。発行日は昭和二一年（一九四六）四月一五日なので、半年近くがかかったことになる。冒頭の「今頃漸くにして世の中へは出て行くことになった」というのは、脱稿から時間がかかりすぎたこと指していると思われる。

鑑賞 死後の計画と関連し、霊魂観念とも深い交渉を持つ家の問題は、常識の歴史であるために記録が残されず、考えられもしなかったが、新たな社会を考えるために、この本では多くの事実の観測と比較によって、変化を後付けたのだとする。

柳田国男は没後、「故郷七十年拾遺」（『定本柳田国男集　別巻第三』）を残したが、その中に「先祖の話」という一節がある。伊藤一族から出た黒田という婦人の手紙に触れながら、「「先祖の話」は戦争中に書いたので、これから先き、戦に勝つか負けるか、素人には解らぬ時のことであった。何《いず》れ満洲なり、もしくは南の方の東南アジアなどに行って土着することになるだろうから、その時の気持を用意しとくようにといった気持も混じっていた。ところが其《そ》の後、戦争が悪くなって、おまけに出版が困難になったばかりでなく、本が出る時分にはすっかり敗戦になってしまっていた。中に書いてあることに判らないところがあるなどという人もあるが、気になっていても書き直すのが億劫になってしまった」と述べた。この「自序」とはやや様子が違う印象を与えることに注意しておきたい。

なお、民俗学者の桜井徳太郎（一九一七〜二〇〇七）は「『先祖の話』解説」で、「ただ敗戦前後の動静をうかがえる『炭焼日記』の記事は、『先祖の話』の「自序」で示した内容と全く一致している。このことは注意しておかなければならない。何故ならば、この自序が敗戦直後の感懐を率直に披瀝したものであるにも関わらず、直前の心境と些《いささ》かも齟齬《そご》を来《きた》していないからである。つまり敗戦を予断した彼にとって、それは大きな思想的転換をもたらす契機となりえなかったということである」と見ている。

一　二通《ふたとお》りの解釈《かいしゃく》

先祖《せんぞ》という言葉《ことば》は、日本《にほん》では人《ひと》によって稍《やや》ちがった意味《いみ》に用《もち》いられ、又理解《またりかい》せられても居《い》る。大体《だいたい》に是《これ》を二《ふた》つに分《わ》けて、一方《いっぽう》はまず文字《もじ》に依《よ》ってこの語《ご》を知《し》った者《もの》である。斯《こ》ういう人《ひと》たちは、通例家《つうれいいえ》の最初《さいしょ》の人《ひと》ただ一人《ひとり》が先祖《せんぞ》だと思《おも》い、そうで無《な》くとも大《たい》へん古《ふる》い頃《ころ》に、活《い》きて働《はたら》いて居《い》た人《ひと》のことだと考《かんが》えて居《い》る。文字《もじ》の面《めん》からいうと、少《すこ》しでも無理《むり》は無《な》い解釈《かいしゃく》であり、又時々《またときどき》の話《はなし》に出《で》て来《く》るのも、そういう名《な》の判《わか》って居《い》る人《ひと》の事《こと》が多《おお》いのだから、自然《しぜん》に系図《けいず》などの筆始《ふではじ》めに掲《かか》げられてある人《ひと》をさして、先祖《せんぞ》は誰《だれ》それだと謂《い》う者《もの》が多《おお》くなって居《い》るのである。

しかし他《た》の一方《いっぽう》に、耳《みみ》で小《ちい》さい時《とき》からこの言葉《ことば》を聴《き》いて、古《ふる》い人《ひと》たちの心持《こころもち》を汲《く》み取《と》って居《い》る者《もの》は、後《のち》に文字《もじ》を識《し》りその用法《ようほう》を学《まな》ぶようになっても、決《けっ》してそういう風《ふう》には先祖《せんぞ》という語《ご》を解《かい》しては居《い》ない。一《いち》ばん大《おお》きなちがいは、此方《こちら》の人《ひと》たちは先祖《せんぞ》は祭《まつ》るべきもの、そうして自分《じぶん》たちの家《いえ》で祭《まつ》るのでなければ、何処《どこ》も他《ほか》では祭《まつ》る者《もの》の無《な》い人《ひと》の霊《れい》、即《すなわ》ち先祖《せんぞ》は必《かなら》ず各家々《かくいえいえ》に伴《とも》なうものと思《おも》って居《い》ることで、それを明白《めいはく》に言《い》い切《き》った人《ひと》こそ少《すく》ないが、その心持《こころもち》はいつでも此語《このご》を使《つか》うときに現《あら》われて居《い》る。それを私《わたし》はもう大分久《だいぶひさ》しく、気《き》をつけて聴《き》いて居《い》たのである。

是《これ》は近《ちか》い頃《ころ》の経験《けいけん》だが、茨城県内原《いばらきけんうちはら》の農民道場《のうみんどうじょう》に於《おい》て、各地《かくち》から集《あつ》まって来《き》た篤農《とくのう》と言《い》わるる人《ひと》たちの中《なか》から、特《とく》に旧家《きゅうか》の主人《しゅじん》だけを、一県十数人《いっけんじゅうすうにん》ずつも招待《しょうたい》して、話《はなし》をしてもらったことがある。私《わたし》の家《いえ》は自分《じぶん》で二十何代《にじゅうなんだい》になるというのが古《ふる》い方《ほう》で、其他《そのほか》は大部分《だいぶぶん》が十五世《じゅうごせい》とか、十八世《じゅうはっせい》とかいうのばかりであったが、そういう中《なか》にただ一人《ひとり》だけ、六十何代《ろくじゅうなんだい》になると答《こた》えた者《もの》があった。びっくりしてなおよく尋《たず》ねて見《み》ると、この家《いえ》には甚《はなは》だ詳《くわ》しい系図《けいず》が出来《でき》て居《い》たので、桓武天皇《かんむてんのう》から世代《せだい》を勘定《かんじょう》して居《い》たことが判明《はんめい》した。平氏《へいし》は桓武天皇《かんむてんのう》より出《い》ず。全日本《ぜんにほん》の平《たいら》という姓《せい》の家《いえ》は、悉《ことごと》く皆《みな》その御末《おんすえ》であることに誤《あやま》りは無《な》いのだが、是《これ》は畏《かしこ》くも皇祖《こうそ》であって、貴《とう》とい嫡流《ちゃくりゅう》の大御門《おおみかど》より他《ほか》では、この御方《おかた》を世代《せだい》に数《かぞ》える習《なら》わしも無《な》く、又御祭《またおまつ》り申《もう》す家《いえ》も無《な》いのである。斯《こ》んな混同《こんどう》が稀《まれ》にも起《おこ》るというのは、つまりは二《ふた》つの異《こと》なった解釈《かいしゃく》が行《おこな》われて居《い》る為《ため》である。そういう中《なか》でも文字《もじ》の教育《きょういく》が進《すす》むと共《とも》に、第一《だいいち》の意《い》味《み》が強《つよ》く浸《し》み込《こ》んで行《ゆ》くのだが、この方《ほう》は実《じつ》は新《あた》らしく又単純《またたんじゅん》である。それ故《ゆえ》に私《わたし》は主《しゅ》として国民《こくみん》の多数《たすう》の者《もの》の考《かんが》え方《かた》、いつの世《よ》からとも無《な》く昔《むかし》からそうきめ込《こ》んで居《い》て、しかもはっきりとそれを表示《ひょうじ》せず、従《したが》って世《よ》の中《なか》が変《かわ》って行《ゆ》くと共《とも》に、知《し》らず知《し》らずのうちに誤《あやま》ってしまうかも知《し》れない古《ふる》い無学《むがく》者《しゃ》の解釈《かいしゃく》の方《ほう》に、力《ちから》を入《い》れて説《と》いて見《み》ようとするのである。

語注 ○**茨城県内原**…今の茨城県水戸市内原。○**農民道場**…農山漁村更生運動の一環として全国に設置され，中堅人物の育成を目指した教育施設。○**篤農**…熱心に農業に取り組む人。○**桓武天皇**…奈良後期から平安前期の天皇（七三七〜八〇六）。○**平氏は桓武天皇より出ず**…平氏は桓武天皇から出たということ。桓武天皇の葛原《かずらはら》親王の孫・高望王《たかもちおう》を始祖とするという伝承を持つ。◯皇祖…天皇を一族の始祖とすること。

鑑賞 先祖には二通りの解釈があり、文字を持つ人は家の最初の一人と見るが、言葉で知った者は祭るべきものと解釈する。前者は新しく、後者が国民の多数の考え方であるとする。

二　小《ちい》さな一《ひと》つの実例《じつれい》

我邦《わがくに》には藤原《ふじわら》という姓《せい》の家《いえ》が、平家《へいけ》よりも亦何倍《またなんばい》か多《おお》い。確《たし》かに証明《しょうめい》し得《え》られるだけでも何十万《なんじゅうまん》、事《こと》によると百万《ひゃくまん》を超《こ》えて居《い》るのかも知《し》れない。昔《むかし》この姓《せい》からは有力《ゆうりょく》な政治家《せいじか》が多《おお》く出《で》たから、古《ふる》い分《ぶん》は比較的《ひかくてき》よく判《わか》って居《い》る。奈良《なら》の春日《かすが》と河内《かわち》の枚岡《ひらおか》、この二《ふた》つの官幣大社《かんぺいたいしゃ》を始《はじ》め、之《これ》を勧請《かんじょう》した諸国《しょこく》の御社《おやしろ》に御祭《おまつ》り申《もう》す天児屋根命《あまのこやねのみこと》という神様《かみさま》の御末《おんすえ》だということになって居《い》るのだが、此神《このかみ》を藤原家《ふじわらけ》の御先祖《ごせんぞ》とは普通《ふつう》には言《い》わぬのみならず、始《はじ》めて藤原《ふじわら》の姓《せい》を賜《たま》わった鎌足《かまたり》は著名《ちょめい》であり、如何《いか》なる藤原《ふじわら》氏《し》もその後裔《こうえい》で無《な》いものは無《な》いのだが、この人《ひと》を先祖《せんぞ》として祭《まつ》って居《い》る家《いえ》もまだ聴《き》いたことが無《な》い。それというのが鎌足《かまたり》の孫《まご》の代《だい》になって、男《おとこ》の子《こ》が四人《よにん》あって家《いえ》を四《よっ》つに分《わ》け、どれを本家《ほんけ》とも決《き》めなかったからである。そういう中《なか》でも北の藤原《きたのふじわら》、房前《ふささき》という人《ひと》の末《すえ》が特《とく》に繁昌《はんじょう》したが、それだけに殊《こと》に多《おお》くの家々《いえいえ》が、この北家《ほっけ》の筋《すじ》からは分立《ぶんりつ》した。そうして何《いず》れも皆《みな》その家《いえ》を立《た》てた人《ひと》から後《あと》を、御先祖《ごせんぞ》として祭《まつ》って居《い》たのである。

この点《てん》は尊卑分脈《そんぴぶんみゃく》という本《ほん》に詳《くわ》しく示《しめ》してあるが、関東《かんとう》の田舎《いなか》などでは山蔭流《やまかげりゅう》、又《また》は魚名流《うおなりゅう》という系統《けいとう》の家《いえ》が特《とく》に多《おお》かった。私《わたし》の家《いえ》などもその魚名流《うおなりゅう》の小《ちい》さな端《はし》くれだから、実際《じっさい》の例《れい》を話《はな》すことが出《で》来《き》る。魚名流《うおなりゅう》の中《なか》でも、取分《とりわ》け有力《ゆうりょく》であり又数《またかず》の多《おお》かったのは、私《わたし》などの属《ぞく》する秀郷流《ひでさとりゅう》という一派《いっぱ》で、曾《かつ》て平《たいら》の将門《まさかど》を攻《せ》め滅《ほろ》ぼした田原藤太秀郷《たわらとうだひでさと》を、一流《いちりゅう》の祖《そ》として居《い》るので此名《このな》があるが、本家《ほんけ》はどこに在《あ》って秀郷《ひでさと》を祭《まつ》って居《い》るのか、もう永《なが》い間不明《あいだふめい》になって居《い》る。奥州平泉《おうしゅうひらいずみ》に三代《さんだい》の栄華《えいが》を極《きわ》めたという佐藤氏《さとうし》なども是《これ》から分《わか》れた家《いえ》で、今《いま》も関東東北《かんとうとうほく》にはこの苗字《みょうじ》を持《も》つ旧家《きゅうか》が非常《ひじょう》に多《おお》く、それ故《ゆえ》に又佐《またさ》藤流《とうりゅう》と呼《よ》ぶ人《ひと》も有《あ》る位《くらい》だが、田原藤太《たわらとうだ》の子孫《しそん》の家《いえ》は勿論是《もちろんこれ》だけでは無《な》い。大体《だいたい》に今《いま》の栃木県《とちぎけん》の南部《なんぶ》と、神奈川県《かながわけん》の西部《せいぶ》とに此家筋《このいえすじ》の者《もの》が多《おお》く、前者《ぜんしゃ》には足利《あしかが》（田原《たわら》）佐野小山結城長沼《さのおやまゆうきながぬま》、後者《こうしゃ》には波多野氏《はたのし》があって、松田河村等《まつだかわむらとう》は又《また》それから出《で》て、何《いず》れも其本家《そのほんけ》は鎌倉時代《かまくらじだい》の大名《だいみょう》であった。柳田《やなぎた》という私《わたし》の一族《いちぞく》は、この河村家《かわむらけ》からの分《わか》れだと言《い》われて居《い》る。それも本家《ほんけ》などでは決《けっ》して無《な》く、現《げん》に栃木県《とちぎけん》の方《ほう》へ本拠《ほんきょ》を移《うつ》してからも、何十軒《なんじっけん》という程《ほど》も名《な》を知《し》られた旧家《きゅうか》があり、更《さら》に一部《いちぶ》は爰《ここ》から分岐《ぶんき》して群馬《ぐんま》県《けん》の各地《かくち》に移住《いじゅう》し、なお西《にし》へ進《すす》んで信州《しんしゅう》の北部《ほくぶ》までも入《はい》って居《い》る。そうして私《わたし》の家《いえ》などで先祖《せんぞ》として祭《まつ》って居《い》るのは、田原藤太秀郷《たわらとうだひでさと》でないのは勿論《もちろん》、始《はじ》めて波多野松田河村《はたのまつだかわむら》等《とう》の家《いえ》を立《た》てた人《ひと》たちでも無《な》く、又《また》その河村《かわむら》から分家《ぶんけ》をした柳田氏一門《やなぎたしいちもん》の第一世《だいいっせい》ですらも無《な》いのである。先祖《せんぞ》という言葉《ことば》の二《ふた》つの解釈《かいしゃく》のちがいは、ちょうど一方《いっぽう》が柳田家《やなぎたけ》の先祖《せんぞ》を藤原魚名《ふじわらうおな》だ秀郷《ひでさと》だというに対《たい》して、他《た》の一方《いっぽう》が私《わたし》などの如《ごと》く、誰《だれ》も知《し》って居《い》ない柳田監物《やなぎたけんもつ》という人《ひと》と、それから次々《つぎつぎ》の主人主婦《しゅじんしゅふ》を、御先祖《ごせんぞ》だと謂《い》って恭《うやま》い拝《おが》んで居《い》るちがいに該当《がいとう》する。言葉《ことば》は同《おな》じでも心持《こころもち》はまるで別《べつ》なのである。

語注 ○**奈良の春日と河内の枚岡、この二つの官幣大社**…今の奈良市の春日大社と東大阪市の枚岡神社。枚岡神社は春日大社の勧請元なので、元春日とも呼ばれる。「官幣大社」は旧社格の一つで、明治時代以後は宮内省から幣帛《へいはく》を捧げた大社のこと。○**天児屋根命**…天照大神が岩屋戸に隠れたとき、祝詞を奏した神で、中臣氏と藤原氏の遠祖。○**始めて藤原の姓を賜わった鎌足**…藤原鎌足（六一四〜六六九）は大化改新で功を立てた。中臣氏だったが、臨終に際して藤原姓を受け、藤原氏の祖となった。○**鎌足の孫の代になって、男の子が四人あって**…鎌足の子は不比等（六五九〜七二〇）で、孫は武智麻《むちま》呂《ろ》（六八〇〜七三七。南家）、房前《ふささき》（六八一〜七三七。北家）、宇合《うまかい》（六九四〜七三七。式家）、麻呂（六九五〜七三七。京家）の四人で、藤原四家をなす。○**北の藤原、房前という人**…北家の藤原房前のこと。○**尊卑分脈**…南北朝時代に成立した諸家の系図だが、その後多くの増補・改訂が行われた。現行のものは藤原氏の系図で大半が占められている。○**山蔭流、又は魚名流**…房前の子・藤原魚名（七二一〜七八三）

の系譜を指す。○**私の家**…柳田家。○**秀郷流**…平安時代中期の下野の豪族・藤原秀郷（生没年未詳）の系譜で、魚名の子孫と言われる。秀郷は平将門の乱を平定した。○**平の将門**…平安時代中期の武将・平将門（?～九四〇）のこと。高望王《たかもちおう》の孫といわれる。○**田原藤太秀郷**…秀郷は田原（藤原）藤太とも呼ばれた。○**奥州平泉**…今の岩手県東磐井郡平泉町。○**三代の栄華**…奥州藤原氏の祖となった藤原清衡《きよひら》（一〇五六～一一二八）、基衡《もとひら》（生没年未詳）、秀衡《ひでひら》（?～一一八七）三代の栄耀栄華。○**信州**…今の長野県。○**柳田監物**…三節参照。

鑑賞 先祖の二通りの解釈の違いは、私（柳田）の家で言えば、藤原魚名や田原藤太秀郷を言うのに対し、柳田監物という人とそれから次々の主人主婦を指すことになるという。

三　家《いえ》の初代《しょだい》

自慢《じまん》でも何《なに》でも無《な》いのだから、もう少《すこ》し自分《じぶん》の家《いえ》の話《はなし》をさせてもらおう。この柳田監物《やなぎたけんもつ》は戦国《せんごく》の終《おわ》り頃《ころ》の人《ひと》で、江戸幕府《えどばくふ》の始《はじ》めにはもう老人《ろうじん》であった。宇都宮《うつのみや》の殿様《とのさま》の下《した》に働《はたら》いて戦場《せんじょう》に功《こう》があった故《ゆえ》に、御褒美《ごほうび》にこの監物《けんもつ》という名《な》を戴《いただ》いたという記録《きろく》があり、前名《ぜんめい》は彦兵衛《ひこべえ》であった。宇都宮家《うつのみやけ》が秀吉《ひでよし》から憎《にく》まれて所領《しょりょう》を失《うしな》ってしまった時《とき》に、牢人《ろうにん》をしたかと思《おも》われて、それから後《のち》は同国真岡《どうこくもおか》という処《ところ》に引《ひっ》込《こ》んで住《す》んで居《い》た。多分暫《たぶんしばら》くは農業《のうぎょう》で生計《せいけい》を立《た》てて居《い》たのであろう。真岡《もおか》には今《いま》でも柳田《やなぎた》という旧家《きゅうか》がある。私《わたし》の家《いえ》も或《あるい》はその家《いえ》の次男《じなん》か三男《さんなん》かでは無《な》かったかと思《おも》うが、こちらにはそんな言《い》い伝《つた》えは残《のこ》って居《い》ない。この監物《けんもつ》の彦兵衛《ひこべえ》の息子《むすこ》に、与兵衛《よへえ》というしっかりした青年《せいねん》があった。其頃《そのころ》に真岡《もおか》を領《りょう》して居《い》た堀《ほり》という旗本《はたもと》の武士《ぶし》が、測《はか》らざる仕合《しあわ》せで大名《だいみょう》に取立《とりた》てられ、一万何千石《いちまんなんぜんごく》かで烏山《からすやま》の殿様《とのさま》になった頃《ころ》に、志願《しがん》して再《ふたた》び武家《ぶけ》の奉公《ほうこう》に出《で》た。最初《さいしょ》は無足《むそく》であったが少《すこ》しずつ昇進《しょうしん》して、後《のち》には御《お》作事奉行《さくじぶぎょう》や旗奉行《はたぶぎょう》などを勤《つと》め、役《やく》に立《た》ったと見《み》えて百石《ひゃっこく》足《た》らずの禄《ろく》を受《う》けて居《い》た。それ故《ゆえ》に私《わたし》の家《いえ》では、この柳田与兵衛《やなぎたよへえ》という人《ひと》が初代《しょだい》となって居《い》る。監物《けんもつ》は隠居《いんきょ》で御先祖《ごせんぞ》の代数《だいすう》には算《かぞ》えなかったと思《おも》われるが、しかも初代《しょだい》の最《もっと》も大切《たいせつ》な家族《かぞく》として、墓《はか》の石《いし》にも寺《てら》の過去帳《かこちょう》にも、又私《またわたし》の家《いえ》の先祖棚《せんぞだな》にも、忌《き》日《にち》と戒名《かいみょう》とが正確《せいかく》に掲《かか》げられて居《い》る。即《すなわ》ち盆《ぼん》には毎年《まいとし》定《き》まって還《かえ》って来《こ》られる私《わたし》の家《いえ》の御先祖《ごせんぞ》、所謂《いわゆる》ほとけ様《さま》のうちなのである。この風習《ふうしゅう》はほぼ全国《ぜんこく》に亘《わた》って、今《いま》も行《おこな》われて居《い》るようで、中《なか》にはそれを今一段《いまいちだん》と拡張《かくちょう》して、本家《ほんけ》の主人《しゅじん》であり次男《じなん》に附《つ》いて分家《ぶんけ》しなかった人《ひと》でも、分家《ぶんけ》で祭《まつ》って居《い》るという土地《とち》が少《すく》なくは無《な》い。即《すなわ》ち初代《しょだい》の親《おや》に当《あた》る人《ひと》だけは、双方《そうほう》に位牌《いはい》を設《もう》けて、分家《ぶんけ》の方《ほう》でも祭《まつ》ってよろしいということになって居《い》るのだが、是《これ》は恐《おそ》らく古《ふる》い頃《ころ》からの考《かんが》え方《かた》で無《な》く、もとは隠居《いんきょ》をしてから次男以下《じなんいか》と共《とも》に分家《ぶんけ》に入《はい》った人《ひと》だけが、其家《そのいえ》の先祖《せんぞ》だったのであろうと思《おも》う。

人《ひと》が死後《しご》には祭《まつ》ってもらいたいという念願《ねんがん》は一般《いっぱん》であった。それを知《し》り切《き》って居《い》た子孫《しそん》の者《もの》として、祭《まつ》る先祖《せんぞ》と祭《まつ》らずともよい先祖《せんぞ》とを差別《さべつ》しよう筈《はず》は無《な》い。ただその祭《まつり》をする役目《やくめ》には定《き》まった掛《かか》りがあって、誰《だれ》が祭《まつ》っても何処《どこ》で祭《まつ》っても、よいというものでは無《な》かった。むつかしい言葉《ことば》でいうならば、先祖《せんぞ》の祭《まつり》は子孫《しそん》の義務《ぎむ》というだけで無《な》く、もとは正統嫡流《せいとうちゃくりゅう》の主人主婦《しゅじんしゅふ》の権利《けんり》でもあった故《ゆえ》に、たとえば私《わたし》の家《いえ》のように、よしや本家《ほんけ》の先祖《せんぞ》が判《わか》って居《い》たにしても、之《これ》を祭《まつ》ろうとはしなかったのである。人《ひと》を神《かみ》に崇《あが》めた各地《かくち》の御社《おんやしろ》と、今《いま》では此点《このてん》が明《あきら》かにちがって居《い》る。

語注　**○柳田監物**…柳田家の初代の親に当たる。**○宇都宮家が秀吉から憎まれて所領を失ってしまった時**…「宇都宮家は太閤がその娘を差出せといったのを聞かなかった為に闕所《けっしょ》にせられて、その子が浪人をし、ずっと南の芳賀郡の真岡という処に逃げのびた」（『故郷七十年』「柳田家のはじめ」）。**○牢人**…浪人。職を失った武士のこと。**○与兵衛**…初代の与兵衛為春（?～一六四八）。**○真岡を領して居た堀という旗本の武士～烏山の殿様になった**…「寛永四年（一六二七）三月十六日、野州烏山の堀家に「召出」され、のち移封のため堀家とともに信州飯田に移り住んだ」（『柳田国男伝』）。**○無足であったが**…知行領地を持たなかったが。**○御作事奉行や旗奉行**…幕府の建物の造営・修繕などを統括した役や将軍の軍旗を維持・管理する役。**○百石足らずの禄**…百石に満たない給金。**○隠居**…家督を譲って隠退すること。また、その人。**○嫡流**…本家の家筋。

鑑賞 自分（柳田）の家では、柳田与兵衛を初代とし、父の柳田監物は先祖の代数には数えないが、墓石にも過去帳にも先祖棚にも忌日と戒名が記され、先祖のうちになっている。このように、初代の親だけは分家でも祭る土地が少なくないが、これは新しい考え方であると見る。

四　御先祖《ごせんぞ》になる

先祖《せんぞ》という言葉《ことば》の民間《みんかん》の意味《いみ》が、新《あた》らしい学問《がくもん》をした人《ひと》の考《かんが》えて居《い》るのとは、其間《そのあいだ》に大分《だいぶ》の開《ひら》きが有《あ》るということを前《まえ》に説《と》いたが、その似《に》つかわしい実例《じつれい》として、「御先祖《ごせんぞ》になる」という物《もの》の言《い》い方《かた》が有《あ》る。文句《もんく》が新《あた》らしく印象《いんしょう》が強《つよ》いためか、私《わたし》などの小《ちい》さい頃《ころ》にはよく用《もち》いられ、学者《がくしゃ》と言《い》ってもよい人《ひと》の口《くち》からも聴《き》いたことがある。たとえば爰《ここ》に体格《たいかく》のしっかりとした、眼《め》の光《ひかり》がさわやかで物《もの》わかりのよい少年《しょうねん》があって、それが跡取息子《あととりむすこ》でなかったという場合《ばあい》には、必《かなら》ず周囲《しゅうい》の者《もの》が激励《げきれい》して、今《いま》ならば早《はや》く立派《りっぱ》な人《ひと》になれとでもいう代《かわ》りに、精出《せいだ》して学問《がくもん》をして御先祖《ごせんぞ》になりなさいと、少《すこ》しも不吉《ふきつ》な感《かん》じは無《な》しに、言《い》って聴《き》かせたものであった。親《おや》たちが年《とし》を取《と》って末《すえ》の子《こ》の前途《ぜんと》を案《あん》じて居《い》るような場合《ばあい》にも、いやこの児《こ》は見《み》どころが有《あ》る。きっと御先祖様《ごせんぞさま》になる児《こ》だなどと謂《い》って、慰《なぐさ》め且《か》つ力附《ちからづ》ける者《もの》が多《おお》かった。その意味《いみ》は、やがて一家《いっか》を創立《そうりつ》し又永続《またえいぞく》させて、私《わたし》の家《いえ》の柳田与兵衛《やなぎたよへえ》などのように、新《あら》たに初代《しょだい》となるだけの力量《りきりょう》を備《そな》えて居《い》るということを受合《うけあ》った言葉《ことば》である。人《ひと》に冷飯食《ひやめしぐ》いなどとひやかされた次男坊三男坊《じなんぼうさんなんぼう》たちは、之《これ》を聴《き》いて居《い》てどれ位前途《くらいぜんと》の望《のぞ》みを広《ひろ》くしたかわからない。実際又《じっさいまた》明治年間《めいじねんかん》の新華族《しんかぞく》というものの半分《はんぶん》はそういう人《ひと》たちであった。

それをもう大分久《だいぶひさ》しい間《あいだ》、耳《みみ》にする折《おり》が無《な》くて居《い》た私《わたし》は、最近《さいきん》になって偶然《ぐうぜん》に、自分《じぶん》で御先祖《ごせんぞ》になるのだという人《ひと》に出逢《であ》ったのである。南多摩郡《みなみたまぐん》の丘陵《きゅうりょう》地帯《ちたい》を、毎週《まいしゅう》の行事《ぎょうじ》にして歩《ある》きまわって居《い》た頃《ころ》に、原町田《はらまちだ》の町《まち》に住《す》む陸川《りくかわ》という、自分《じぶん》と同《おな》じ年輩《ねんぱい》の老人《ろうじん》と、バスを待《ま》つ間《あいだ》の会話《かいわ》をしたことがある。我《わ》が店《みせ》のしるしを染《そ》めた新《あたら》しい半纏《はんてん》を重《かさ》ね、護謨《ゴム》の長靴《ながぐつ》をはき、長《なが》い白《しろ》い髯《ひげ》を垂《た》れて居《い》るという変《かわ》った風采《ふうさい》の人《ひと》だったが、この人《ひと》が頻《しき》りに御先祖《ごせんぞ》になる積《つも》りだということを謂《い》ったのである。生《うま》れは越後《えちご》の高田在《たかだざい》で、母《はは》の在所《ざいしょ》の信州《しんしゅう》へ来《き》て大工《だいく》を覚《おぼ》えた。兵役《へいえき》の少《すこ》し前《まえ》から東京《とうきょう》へ出《で》て働《はたら》いたが、腕《うで》が良《よ》かったと見《み》えて四十前後《しじゅうぜんご》には稍仕出《ややしだ》した。それから受負《うけおい》と材木《ざいもく》の取引《とりひき》に転《てん》じ、今《いま》では家作《かさく》も大分《だいぶ》持《も》って楽《らく》に暮《くら》して居《い》る。子供《こども》は六人《ろくにん》とかで出征《しゅっせい》して居《い》るのもあるが、大体身《だいたいみ》がきまったからそれぞれに家《いえ》を持《も》たせることが出来《でき》る。母《はは》も引取《ひきと》って安《やす》らかに見送《みおく》り、墓所《ぼしょ》も相応《そうおう》なものが出来《でき》て居《い》る。もう爰《ここ》より他《ほか》へ移《うつ》って行《ゆ》く気《き》は無《な》い。新《あら》たな六軒《ろっけん》の一族《いちぞく》の御先祖《ごせんぞ》になるのですと、珍《めず》らしく朗《ほが》らかな話《はなし》をした。一時《いちじ》にほぼ同等《どうとう》の六《むっ》つの家《いえ》を立《た》てて、おもやいに自分《じぶん》を祭《まつ》らせようというだけは、少《すこ》しばかり昔《むかし》の先祖《せんぞ》の念願《ねんがん》とはちがうが、ともかくもそれを死《し》んだ後《あと》までの目標《もくひょう》にして、後世子孫《こうせいしそん》の為《ため》に計画《けいかく》するということは、たとえ順境《じゅんきょう》に恵《めぐ》まれて他《た》の欲望《よくぼう》が無《な》くなったからだとしても、今時《いまどき》ちょっと類《るい》の無《な》い、古風《こふう》なしかも穏健《おんけん》な心掛《こころがけ》だと私《わたし》は感心《かんしん》した。

語注 ○**柳田与兵衛**…三節参照。○**冷飯食い**…江戸時代、家督を相続しない次男以下を卑しめて呼んだ言葉。○**新華族**…明治時代、特別の功績によって、新たに華族となった者。○**南多摩郡の丘陵地帯を、毎週の行事にして歩きまわって居た頃**…「定本年譜」の昭和一三年（一九三八）一〇月五日に、「毎週水曜日の散歩をはじめる（後にこの紀行文を「水曜手帖」としてまとめる）。この日は原町田から府中まで歩く。この散歩は戦争中も続けておこなった」とあるのを指す。○**原町田の町に住む陸川**…原町田は今の東京都町田市。陸川という人は不明。○**越後の高田在**…越後は今の新潟県の大部分。高田は今の上越市。○**信州**…今の長野県。○**仕出した**…財産を作った。○**おもやいに**…共同で。「おもやい」は「もやい」ともいう。

鑑賞 柳田国男は「精出して学問をして御先祖になりなさい」と言って聞かせたことをあげるが、『故郷七十年』の「先祖になる」でもここで取り上げた体験を、「戦争がひどくなって遠くに行けなくなり、住居の近所ばかり散歩していたころ、原町田という所のバスの停留所で、法被《はっぴ》を着た私と同年輩の爺さんと、三十分ぐらい話をしたことがある。ゴムの長靴をはいた変った風采の人であった。陸川という人で、生れは越後の高田在で、信州で育ち、兵役少し前に東京へ出て、請負師をして非常に成功した。家作も大分あり、楽に暮しているという。子供は六人とかあって、皆それぞれ一人前になって家を持ったから、新たな六軒の一族の「あたしは先祖になる」というのであった」と述べた。このことを回顧しながら、『先祖の話』について、「外国に移住する人にもその覚悟が必要で、先祖というものに対する考え方を変えなければならないという積極的な気持になって、この本を書いたわけであった」と述べている。『先祖の話』は海外への植民や移民を念頭に置いていたことになる。

五　相続制《そうぞくせい》と二種《にしゅ》の分家《ぶんけ》

日本《にほん》の家族制度《かぞくせいど》では、過去三百年以上《かこさんびゃくねんいじょう》の久《ひさ》しきに亘《わた》って、ちょうどこの陸川老《りくかわろう》の腹《はら》の中《なか》のように、家《いえ》の根幹《こんかん》を太《ふと》く逞《たく》ましくしようとする長子家督法《ちょうしかとくほう》と、どの子《こ》も幸福《こうふく》にしてやりたいという分割相続法《ぶんかつそうぞくほう》と、二《ふた》つの主義《しゅぎ》が相闘《あいたたか》い又妥協《またださきょう》し続《つづ》けて居《い》た。そうして其結果《そのけっか》が今日《こんにち》の海外進展《かいがいしんてん》になるまで、譬《たと》えようも無《な》い程《ほど》の大《おお》きな歴史《れきし》を作《つく》り上《あ》げて居《い》るのである。先祖《せんぞ》の悩《なや》み苦《くる》しみは、我民族《わがみんぞく》に在《あ》っては特殊《とくしゅ》に深《ふか》く又切《またせつ》であった。それが全《まった》く正《ただ》しいものであるか、但《ただ》しは又将来更《またしょうらいさら》になお完全《かんぜん》に近《ちか》いものを、考《かんが》え出《だ》す余地《よち》があるか。是《これ》は大《おお》きな問題《もんだい》に相違《そうい》ないが、今《いま》は之《これ》を論究《ろんきゅう》するにふさわしい時《とき》でない。私《わたし》に出《で》来《き》ることは、ただ今《いま》まで世《よ》に現《あら》われた事実《じじつ》を明《あきら》かにすること、殊《こと》に先祖《せんぞ》が近世《きんせい》に入《はい》ってから、どれほど此為《このため》に骨《ほね》を折《お》って働《はたら》いたかを、もう忘《わす》れかけて居《い》る子孫《しそん》の者《もの》に心付《こころづ》かせることだけで、それには何《なに》よりも先《ま》ず分家《ぶんけ》には二《ふた》つの種類《しゅるい》があったこと、それが追々《おいおい》に一《ひと》つになって行《ゆ》こうとして居《い》ることを、話《はな》す必要《ひつよう》があるように思《おも》う。

家《いえ》を強《つよ》くするということは、総領《そうりょう》の権力《けんりょく》を大《おお》きくして置《お》くことであった。もっと詳《くわ》しく言《い》えば次男《じなん》以下《いか》の者《もの》に、長兄《ちょうけい》とは比《くら》べものにならぬような悪《わる》い生活《せいかつ》を辛抱《しんぼう》させることであった。家《いえ》の一番早《いちばんはや》く弱《よわ》るのは、農産物《のうさんぶつ》の収量《しゅうりょう》の減《げん》ずることで、是《これ》では多《おお》くの人《ひと》を養《やしな》うことが出来《でき》ず、今《いま》の言葉《ことば》でいうと栄養《えいよう》が足《た》りなくなるからである。以前《いぜん》の軍隊《ぐんたい》は誰《だれ》も知《し》って居《い》る通《とお》り、今《いま》のように方々《ほうぼう》から集《あつ》めた者《もの》を以《もっ》て編制《へんせい》しては居《い》なかった。普通《ふつう》には土地《とち》を領《りょう》する家《いえ》の主人又《しゅじんまた》は其代理《そのだいり》が、配下《はいか》を引率《いんそつ》して馳《は》せ参《さん》ずるので、それが知《し》らぬ間《あいだ》に無人《ぶにん》になって居《い》る様《よう》では当《あ》てにならない。だから単《たん》なる政治《せいじ》上軍略上《じょうぐんりゃくじょう》の必要《ひつよう》からだけでも、なお家々《いえいえ》の分割相続《ぶんかつそうぞく》を抑制《よくせい》しなければならなかったのである。世《よ》の中《なか》が平和《へいわ》になって其必要《そのひつよう》が無《な》く、寧《むし》ろ直接《ちょくせつ》に家々《いえいえ》から課役《かえき》を徴《ちょう》する為《ため》に、官府《かんぷ》が戸数《こすう》の増加《ぞうか》を奨励《しょうれい》するような時代《じだい》はやって来《き》たけれども、それでもなお家自《いえみずか》らとしては、よほど好都合《こうつごう》な条件《じょうけん》が揃《そろ》わないと、やたらに分家《ぶんけ》を出《だ》し田地《でんち》を分《わ》けようとしなかったのは、必《かなら》ずしも古《ふる》い慣習《かんしゅう》の力《ちから》ばかりでは無《な》い。第一《だいいち》にそんな事《こと》をすれば毎年《まいとし》の家《いえ》の祭《まつり》や法事《ほうじ》が淋《さび》しいものになり、前々《まえまえ》の格式《かくしき》が保《たも》ち難《がた》くなるからである。親《おや》は末《すえ》の子《こ》への愛情《あいじょう》の為《ため》にそれ位《くらい》はがまんするとしても、それでは代々《だいだい》の御先祖様《ごせんぞさま》に対《たい》して、申《もう》しわけが無《な》いと感《かん》じたからである。世間《せけん》もとかくに斯《こ》ういう点《てん》にばかり注意《ちゅうい》の目《め》を集《あつ》め、少《すこ》しでも今《いま》までの仕来《しきた》りを省《はぶ》くようなことをすると、直《す》ぐに何《なん》とかかとか噂《うわさ》をしはじめる。家《いえ》が衰《おとろ》えかかったという意識《いしき》も斯《こ》んな処《ところ》に萌《きざ》し、それを警戒《けいかい》する為《ため》に旧家門閥《きゅうかもんばつ》では、皆苦心《みなくしん》をして分家《ぶんけ》の問題《もんだい》を考究《こうきゅう》して居《い》たのである。

語注 ○**陸川老**…四節参照。○**無人になって居る**…人数が少なくなっている。○**課役を徴する**…租税を取り立てる。○**旧家門閥**…古い家柄や立派な家柄。

鑑賞 日本では長子家督法と分割相続法が相闘い妥協しつづけてきたが、そうした先祖の苦労がわからなくなってきた。家を強くするためには分割相続を抑制しなければならず、旧家門閥では家の衰えを警戒し、分家の問題に苦心してきたのだとする。

六　隠居《いんきょ》と部屋《へや》

愚者《ぐしゃ》をたわけと謂《い》うのは、田《た》を分《わ》けることが愚《おろか》な事《こと》だからなどと、冗談《じょうだん》見《み》たような一説《いっせつ》もあった。

農家一戸《のうかいっこ》の作《つく》り高《だか》を、十石《じっこく》より小《ちい》さくはさせぬという法令《ほうれい》が、戸数増加《こすうぞうか》を悦《よろこ》ぶような時代《じだい》にもなお行《おこな》われて居《い》た地方《ちほう》も有《あ》る。しかし問題《もんだい》はそういう小地主《こじぬし》の上《うえ》では無《な》くて、却《かえ》って幾《いく》らでも分《わ》け得《え》られる家《いえ》の相続《そうぞく》に在《あ》ったのである。斯《こ》ういうことは前例《ぜんれい》が流行《りゅうこう》になりやすく、又互《またたが》いの張合《はりあ》いということもあるので、古風《こふう》な単純《たんじゅん》な山《やま》の中《なか》の村《むら》などには、一様《いちよう》に村内《そんない》の分家《ぶんけ》は許《ゆる》さぬことという、申《もう》し合《あわ》せをした村《むら》も諸国《しょこく》に有《あ》る。飛騨《ひだ》の白川村《しらかわむら》などは夙《つと》に有名《ゆうめい》になって居《い》たが、同《おな》じ地方《ちほう》でも、家《いえ》の者《もの》が出店《でみせ》と謂《い》って路傍《ろぼう》に別屋《べつや》を建《た》てて商《あきな》いをするだけはよろしいとか、又《また》は出店《でみせ》もなお許《ゆる》さないが、隠居《いんきょ》だけは本家《ほんけ》の外《ほか》に設《もう》けてもよいとか、面倒《めんどう》な制限《せいげん》をして居《い》る処《ところ》が幾《いく》つかある。隠居《いんきょ》は家《いえ》を譲《ゆず》った先代《せんだい》の夫婦《ふうふ》が、達者《たっしゃ》で居《い》るうちだけの事《こと》で、亡《な》くなれば再《ふたた》び本家《ほんけ》に戻《もど》るからよかったのである。ところが其慣習《そのかんしゅう》も少《すこ》しずつ中味《なかみ》が変《かわ》って来《き》て、親《おや》が次男以下《じなんいか》を引連《ひきつ》れ相応《そうおう》な地面《じめん》を持《も》って分《わか》れ、それを本家《ほんけ》へ返《かえ》さずに其《その》まま弟《おとうと》たちに相続《そうぞく》させるつもりの家《いえ》を、やはり隠居《いんきょ》と謂《い》って居《い》る例《れい》も多《おお》く、そこを次男《じなん》に与《あた》えて又次《またつぎ》の隠居《いんきょ》へ、三男以下《さんなんいか》を連《つ》れて出《で》るというような、働《はたら》きのある親《おや》たちも有《あ》った。地方《ちほう》によってはインキョとは次男《じなん》のことだと思《おも》い、それに対《たい》して三男《さんなん》をサンキョとさえ呼《よ》んで居《い》る。即《すなわ》ちただ親《おや》が隠居《いんきょ》をする時《とき》に附《つ》いて出《で》る筈《はず》の子《こ》というまでで、国民学校《こくみんがっこう》に通《かよ》って居《い》る隠居《いんきょ》もあるわけである。そうで無《な》くとも標準語《ひょうじゅんご》で、分家《ぶんけ》というものをすべて隠居《いんきょ》と呼《よ》び、年寄《としよ》りがそこに居《い》ると居《い》ないとを問《と》わぬような例《れい》は至《いた》って多《おお》い。つまりはもと隠居以外《いんきょいがい》には、村内《そんない》では家《いえ》を二《ふた》つにすることを許《ゆる》さなかった名残《なごり》なのである。

分家《ぶんけ》をヘヤ又《また》はヒヤと謂《い》って居《い》る地方《ちほう》も非常《ひじょう》に弘《ひろ》いが、是《これ》も原因《げんいん》は隠居《いんきょ》と近《ちか》い。ヘヤは味噌部屋《みそべや》木部屋《べや》等《とう》の例《れい》を見《み》てもわかるように、もとは同一屋敷内《どういつやしきない》に建《た》てられた附属建物《ふぞくたてもの》のことであった。家《いえ》に襖《ふすま》障子《しょうじ》の間仕切《まじきり》が出来《でき》た結果《けっか》、主屋《おもや》の一室《いっしつ》をも部屋《へや》ということになったが、そこに寝《ね》る人《ひと》を部屋住《へやずみ》と謂《い》って、もとは主人主婦《しゅじんしゅふ》にならぬ者《もの》の全部《ぜんぶ》のことであった。家族《かぞく》が多《おお》ければそれを皆同《みなおな》じ棟《むね》の下《した》に休《やす》ませることが出来《でき》ない。それで幾《いく》つもの小屋長屋《こやながや》を給《きゅう》して住《す》ましめたのが、後々《あとあと》その部屋《へや》を屋敷外《やしきがい》の地《ち》にも建《た》てて、配偶者《はいぐうしゃ》の有《あ》る者《もの》などをそこに置《お》くことになり、それが本式《ほんしき》の分家《ぶんけ》というものと、段々《だんだん》に区別《くべつ》が付《つ》かなくなって来《き》た原因《げんいん》である。現在《げんざい》は時《とき》の新旧《しんきゅう》と家《いえ》の大小《だいしょう》以外《いがい》には、双方是《そうほうこれ》という相違《そうい》も無《な》く、めいめいも同《おな》じもののように思《おも》って居《い》るのだが、それでも少《すこ》し気《き》をつけて見《み》ると、まだ幽《かす》かながら心持《こころもち》の差《さ》は認《みと》められる。古《ふる》い分家《ぶんけ》というものは大体《だいたい》に規模《きぼ》が小《ちい》さい。しかも最初《さいしょ》からそうなので、小《ちい》さくなったのでは無《な》いことは、地取《じど》りと構造《こうぞう》からでも判《わか》る。名子《なご》や奉公人《ほうこうにん》の取立《とりた》てられて家《いえ》を持《も》ったのは当然《とうぜん》のことだが、血《ち》を分《わ》けた叔父弟《おじおとうと》の末《すえ》というものでも、古《ふる》いのは皆小前《みなこまえ》である。小前《こまえ》というよりも完全《かんぜん》な別《べつ》の家《いえ》では無《な》く、もとは部屋住《へやずみ》も同《おな》じように、本家《ほんけ》の一部《いちぶ》として合同生活《ごうどうせいかつ》をした、言《い》わばただ寝《ね》る建物《たてもの》だけを異《こと》にした一家族《いちかぞく》であった。それと近年《きんねん》の大《おお》きな新宅《しんたく》とは、構成《こうせい》が最初《さいしょ》から別《べつ》なものであって、独立《どくりつ》して自分《じぶん》の先祖棚《せんぞだな》を持《も》ち、先祖祭《せんぞまつり》をするという分家《ぶんけ》は後者《こうしゃ》だけにしか無《な》かったのである。

語注 ○**飛騨の白川村**…今の岐阜県大野郡白川村。大家族が暮らした合掌造りの民家群は世界文化遺産に登録されている。○**国民学校**…昭和一六年（一九四一）に「国民学校令」が公布され、それまでの小学校は国民学校になった。○**味噌部屋木部屋**…味噌を貯えておく小屋と薪などを入れておく小屋。○**名子**…特定の地主に隷属して労役を提供した小作農。○**小前**…身分や権利を持たない小前百姓。

鑑賞 村内の分家は許さぬという申し合わせは諸国にあったが、親が次男以下を引き連れて隠居するようになった。隠居以外には村内の分家を許さなかったので、これは本家の一部にすぎなかったが、やがて本式の分家と区別がつかなくなったという。

七　今《いま》と昔《むかし》とのちがい

部屋《へや》と隠居《いんきょ》は本来《ほんらい》は分家《ぶんけ》とは謂《い》えないものであった。雨《あめ》や休《やす》みの日《ひ》は昼間《ひるま》でもそこに寝起《ねお》きをし、食事《しょくじ》も簡単《かんたん》なものはめいめいの炉《ろ》の火《ひ》で調《ととの》えて食《た》べたにしても、祝《いわ》い節供《せっく》等《とう》の改《あらた》まった日《ひ》は勿論《もちろん》、田《た》植蒔物苅入取入《うえまききものかりいれとりいれ》から、味噌《みそ》や漬物《つけもの》の仕込《しこみ》まで、少《すこ》し大《おお》きな作業《さぎょう》の有《あ》る際《さい》には、もとは総員《そういん》がおも屋《や》に集《あつ》まって来《き》て、そこの人間《にんげん》として共々《ともども》に働《はたら》き、そこの広々《ひろびろ》とした座敷《ざしき》で共同《きょうどう》の食事《しょくじ》をした。餅搗《もちつ》きふかし物《もの》にはおも屋《や》の庭《にわ》の大《おお》きな竈《かまど》が使《つか》われ、其他多人数《そのたたにんずう》が一緒《いっしょ》に活動《かつどう》する諸設備《しょせつび》はすべて皆本家《みなほんけ》だけにしか無《な》かった。つまり建物《たてもの》は離《はな》れ離《ばな》れになって居《い》ても、是《これ》は花《はな》びらのように中心《ちゅうしん》を持《も》った集合体《しゅうごうたい》で、個々独立《ここどくりつ》した生計《せいけい》の単位《たんい》では無《な》く、或《あるい》は是《これ》が我邦《わがくに》の大家族制《だいかぞくせい》の、特殊《とくしゅ》の形態《けいたい》だったと言《い》えるのかも知《し》れない。ところが世《よ》の中《なか》が改《あらた》まると、外《そと》からも又内《またうち》からも、之《これ》をそれぞれに別箇《べっこ》のものと認《みと》め、どんなに小《ちい》さくとも家《いえ》は家《いえ》だと、いうような考《かんが》え方《かた》が強《つよ》くなって、好《よ》い事《こと》もあったが又心細《またこころぼそ》い点《てん》も多《おお》くなって来《き》た。それでも手作《てさく》と私《わたくし》仕事《しごと》を出来《でき》るだけ拡張《かくちょう》し、賃借日傭《ちんしゃくひやとい》の契約《けいやく》を対等《たいとう》に取結《とりむす》んで、次第《しだい》に一《いっ》家《か》の体面《たいめん》を確立《かくりつ》することになったが、なお久《ひさ》しく本家《ほんけ》を当《あ》てにして居《い》た習《なら》わしから、何等《なんら》かの省略《しょうりゃく》や後《あと》まわしをしなければならぬものが、有《あ》ったのは実際已《じっさいや》むを得《え》なかった。親代々《おやだいだい》の古《ふる》い体験《たいけん》の上《うえ》に積上《つみあ》げられ、言葉《ことば》や文字《もじ》を以《もっ》て教《おし》え示《しめ》そうとしなかった無形《むけい》の慣例《かんれい》、中《なか》でも先祖《せんぞ》に対《たい》する考《かんが》え方《かた》、殊《こと》に自分《じぶん》がよい先祖《せんぞ》になろうという心掛《こころがけ》のようなことは、もともと死《し》という聯想《れんそう》を誘《さそ》うものである故《ゆえ》に、年寄《としより》などの前《まえ》では口《くち》にせぬのを普通《ふつう》とし、従《したが》って段々形式《だんだんけいしき》ばかりのものになる傾《かたむ》きさえあった。新《あら》たに独立《どくりつ》を認《みと》められた近年《きんねん》の分家《ぶんけ》と、旧《ふる》い分家《ぶんけ》との間《あいだ》に著《いちじる》しい気持《きもち》のちがいが有《あ》り、後者《こうしゃ》を古風《こふう》などとか固《かた》いとか評《ひょう》しているうちはまだよろしいが、それを固《かた》くるしいとも旧弊《きゅうへい》なともいうようになっては、数《かず》や力《ちから》の上《うえ》から言《い》っても、前《まえ》からあったものが負《ま》けてしまう。しかもそういう形態《けいたい》の現《あら》われたのは、江戸期《えどき》の平和《へいわ》がやや続《つづ》いた頃《ころ》からのことで、決《けっ》して明治《めいじ》の新時代《しんじだい》、いわゆる西洋文化《せいようぶんか》の入《はい》ってから後《のち》に、突然始《とつぜんはじ》まった現象《げんしょう》では無《な》いのである。

私《わたし》は是《これ》までどちらかというと、改良論者《かいりょうろんじゃ》の一人《ひとり》であった。少《すく》なくとも日本国民《にほんこくみん》の是《これ》から後《あと》の生活《せいかつ》ぶりは、現在《げんざい》の通《とお》りを続《つづ》けて行《ゆ》けばそれでよいなどと、思《おも》って居《い》たことなどは一度《いちど》も無《な》い。世《よ》の中《なか》が大《おお》いに改《あらた》まれば勿論《もちろん》だが、たとえ外部《がいぶ》の情況《じょうきょう》には何《なん》の変化《へんか》が無《な》かろうとも、なお我々《われわれ》の活《い》き方《かた》は今《いま》よりもよくなるように、始終考案《しじゅうこうあん》し計画《けいかく》し又討究《またとうきゅう》すべきものだと思《おも》って居《い》た。過去《かこ》がより正《ただ》しく、それへ復《かえ》って行《ゆ》くのが一番望《いちばんのぞ》ましいという場合《ばあい》も無論有《むろんあ》り得《う》る。しかしそう決定《けってい》する為《ため》にも、やはり先《ま》ず正《せい》確《かく》に知《し》らなければならぬのは過去《かこ》である。そうして今日《こんにち》はまだ知《し》らぬことが幾《いく》らもあるのみか、一度《いちど》は知《し》って居《い》たことまでも、忘《わす》れ又《また》は忘《わす》れかかって居《い》る人《ひと》が多《おお》くなったのである。御手本《おてほん》になるか参考《さんこう》になるか、それは又今後《またこんご》の若《わか》い研究者《けんきゅうしゃ》にきめてもらってもよい。兎《と》に角《かく》にかつて我々《われわれ》の民族《みんぞく》の中《なか》にたしかに有《あ》った事実《じじつ》を、知《し》らずに居《い》るということがよくない。それを私《わたし》は出来《でき》るだけ少《すく》なくしなければならぬと思《おも》うのである。

語注 ○蒔物…種を蒔いて栽培する物。○庭…土間。○手作…手ずから耕作する田畑。○賃借日傭の契約…料金を払って借りたり、一日限りで雇ったりする約束。○聯想…連想。

鑑賞 部屋と隠居は本来分家ではなかったが、小さくても家は家だと考えるようになった。しかし、近年の分家と古い分家との間には、著しい気持ちの違いがあった。

八　先祖《せんぞ》の心《こころ》づかい

前《まえ》にも藤原氏《ふじわらし》の例《れい》に就《つい》て話《はな》したように、今日《こんにち》地方《ちほう》に於《おい》てよっぽどの旧《ふる》い家《いえ》と謂《い》われるものでも、創《そう》立《りつ》の日《ひ》に溯《さかのぼ》って見《み》れば、大抵《たいてい》は皆其当時《みなそのとうじ》の分家《ぶんけ》であり、私《わたし》の出逢《であ》った南多摩《みなみたま》の老翁《ろうおう》と同《おな》じく、誰《だれ》か新《あら》たに御先祖《ごせんぞ》になる人《ひと》が有《あ》った家《いえ》ばかりである。源平藤橘《げんぺいとうきつ》ことごとく、是《これ》こそ本当《ほんとう》の本家《ほんけ》だというべき家《いえ》は、捜《さが》しても何処《どこ》にも無《な》いのが普通《ふつう》で、唯《ただ》ごく稀々《まれまれ》に神《かみ》の社《やしろ》に奉仕《ほうし》する家《いえ》のうちに、神代以来《じんだいいらい》の嫡々《ちゃくちゃく》の正流《せいりゅう》を伝《つた》えるものが、有《あ》るという話《はなし》を聴《き》くだけになって居《い》る。家《いえ》というものにも人《ひと》の身《み》と同《おな》じように、やはり天寿《てんじゅ》とも名《な》づくべきものがあって、古《ふる》いものが先《ま》ず逝《ゆ》き、新《あた》らしいものが後《あと》に残《のこ》るという理法《りほう》が有《あ》るのでは無《な》いかとも思《おも》って見《み》たことがあるが、国《くに》の歴史《れきし》に於《おい》ても戦国時代《せんごくじだい》のように、特《とく》に旧《ふる》い豪族《ごうぞく》の衰《おとろ》え滅《ほろ》びやすかった時代《じだい》が、前《まえ》にも何回《なんかい》か有《あ》ったのである。家《いえ》の生命《せいめい》の永続《えいぞく》を念《ねん》ずるの点《てん》に於《おい》て、何倍《なんばい》か今《いま》の人《ひと》よりも注意深《ちゅういぶか》かった昔《むかし》の人《ひと》たちにとって、是《これ》が大切《たいせつ》な経験《けいけん》であったことは争《あらそ》われない。それで親《おや》も子《こ》も心《こころ》を一《ひと》つにして、無理《むり》をせぬように本家《ほんけ》の弱《よわ》くならぬように、分家《ぶんけ》をするならば其家《そのいえ》も健《すこや》かに栄《さか》えて行《ゆ》くように、十分《じゅうぶん》な計画《けいかく》が立《た》たぬと、容易《ようい》にはそれを断行《だんこう》しなかったものと思《おも》われる。そうして同《おな》じ一《ひと》つの村《むら》の中《なか》に、部屋隠居以外《へやいんきょいがい》の新《あた》らしい一家《いっか》を興《おこ》すということは、もとは今《いま》よりも遥《はる》かに機会《きかい》が得《え》にくかったのである。昔《むかし》の分家《ぶんけ》の多《おお》くは村《むら》の外《そと》に、時々《ときどき》は驚《おどろ》くほども遠《とお》い土地《とち》に、創立《そうりつ》せられて居《い》たのにも、それだけの理由《りゆう》があったのである。

耕地《こうち》は原則《げんそく》として最《もっと》も安全《あんぜん》なる財産《ざいさん》であり、曾《かつ》てはそれ以外《いがい》に生計《せいけい》の基礎《きそ》となるべきものが、考《かんが》えられない地方《ちほう》さえ多《おお》かった。そういう中《なか》でも開発地主《かいはつじぬし》、即《すなわ》ち自分《じぶん》の力《ちから》で原野《げんや》を田畠《たはた》に開《ひら》いたものは、条件《じょうけん》がよいので余得《よとく》が多《おお》く、あまり働《はたら》かないでも立派《りっぱ》な生活《せいかつ》が続《つづ》けられたが、年貢《ねんぐ》を当《あた》り前《まえ》に納《おさ》めて行《ゆ》く普通《ふつう》の作人《さくにん》とても、足手《あして》の労《ろう》さえ厭《いと》わなければ、毎年《まいとし》の衣食《いしょく》に事《こと》は欠《か》かず、ほぼ安全《あんぜん》に子孫《しそん》を育《そだ》てて行《ゆ》ける。それ故《ゆえ》に土地《とち》さえ残《のこ》して置《お》けばというのが、上下《じょうげ》を通《つう》じての古《ふる》くからの常識《じょうしき》であって、しかも今日《こんにち》もまだ根強《ねづよ》く伝《つた》わって居《い》る。そういう人《ひと》たちの子《こ》に対《たい》する愛情《あいじょう》は、非常《ひじょう》に苦《くる》しい形《かたち》になって表現《ひょうげん》せられたのである。先祖《せんぞ》から譲《ゆず》られたものは本家《ほんけ》に属《ぞく》する。それを削《けず》って家《いえ》を弱《よわ》めては先祖《せんぞ》にすまない。子供《こども》を沢山《たくさん》もったのだから已《や》むを得《え》ないと、腰《こし》の曲《まが》る年《とし》まで野山《のやま》の空地《あきち》を捜《さが》して、次男《じなん》以《い》下《か》に遣《や》るものを開《ひら》き出《だ》そうと、苦労《くろう》をして居《い》た人《ひと》も少《すく》ない数《かず》では無《な》かった。或《あるい》は是《これ》だけは自分《じぶん》の一代《いちだい》に殖《ふや》した財産《ざいさん》だ。だから分《わ》けて遣《や》っても文句《もんく》は有《あ》るまいと、言《い》いもし思《おも》いもした人《ひと》は多《おお》く、実際又年《じっさいまたとし》を取《と》るまで、其為《そのため》に色々《いろいろ》と劃策《かくさく》して、ただ老《お》い込《こ》んではしまわなかった。屢々失敗《しばしばしっぱい》もしたか知《し》らぬが、農村《のうそん》の人《ひと》たちの、農家《のうか》には似合《にあ》わしくないほど世間《せけん》の事業《じぎょう》に手《て》を出《だ》す者《もの》があったのにも、斯《こ》ういう同《どう》情《じょう》すべき動機《どうき》が下《した》に在《あ》ったのである。

語注 ○**私の出逢った南多摩の老翁**…四節参照。○**源平藤橘**…奈良時代以来繁栄した、源氏・平氏・藤原氏・橘氏の四氏。○**嫡々の正流**…正統に継がれた家柄。嫡流。○**天寿**…天から授けられた寿命。○**作人**…田畑の耕作をした農民。○**劃策**…画策。

鑑賞 先祖から譲られたものは本家に属し、本家が弱くならないように分家を出すことはしなかったが、次男以下に遣るものを作ろうとして、世間の事業に手を出すことにもなったとする。

九　武家繁栄《ぶけはんえい》の実情《じつじょう》

長子相続《ちょうしそうぞく》の制度《せいど》が、動《うご》かすことの出来《でき》ない通則《つうそく》となって居《い》た中世《ちゅうせい》の頃《ころ》でも、親《おや》はもう下々《しもじも》の子供《こども》の為《ため》に、右《みぎ》と同様《どうよう》の苦労《くろう》を始《はじ》めて居《い》た。中世《ちゅうせい》の武蔵国《むさしのくに》（東京神奈川埼玉《とうきょうかながわさいたま》）には、武蔵七党系図《むさししちとうけいず》という可《か》なり詳《くわ》しい系図《けいず》が出来《でき》て居《い》るが、それを読《よ》んで見《み》ると、有力《ゆうりょく》なる武士《ぶし》のやや長命《ちょうめい》した者《もの》は、何《いず》れも三《さん》戸四戸《こよんこ》の分家《ぶんけ》を創建《そうけん》して居《い》る。多分《たぶん》はまだ足腰《あしこし》の達者《たっしゃ》なうちに、総領《そうりょう》に嫁《よめ》を迎《むか》えて本家《ほんけ》を渡《わた》して置《お》いて、それから日頃《ひごろ》目を掛《か》けて居《い》る何人《なんにん》かの若《わか》い従者《じゅうしゃ》をつれて、少《すこ》し離《はな》れた所《ところ》の原野《げんや》の傍《かたわら》に隠居《いんきょ》をして、新《あら》たに開墾《かいこん》に着手《ちゃくしゅ》したか、又《また》は前《まえ》から縁故《えんこ》のあった田畠《たはた》を引取《ひきと》って、それを別途《べっと》の財産《ざいさん》とし、次男三男以下《じなんさんなんいか》の家《いえ》を作《つく》ったのであろう。苗字《みょうじ》と呼《よ》ばれる家《いえ》の名《な》が、兄弟一人々々別《きょうだいひとりひとりべつ》になって居《い》るのも珍《めず》らしからず、中《なか》には猶子養子《ゆうしようし》といって、其上《そのうえ》に生《う》みの子《こ》で無《な》い者《もの》まで附《つ》け加《くわ》えて居《い》るのは、大抵《たいてい》は女子《じょし》を是《これ》に配《はい》したものと思《おも》われる。七党《しちとう》というのは七《なな》つの系統《けいとう》の大《おお》きな一族《いちぞく》が対立《たいりつ》して居《い》たからで、それが入《い》り交《まじ》り縁組《えんぐみ》し又助《またたす》け合《あ》って居《い》たらしいが、新地《しんち》の開発《かいはつ》となるとやや早《はや》い者勝《ものが》ちの姿《すがた》で、別《べつ》に最初《さいしょ》からの縄張《なわば》りのようなものは無《な》かったかと思《おも》われる。そうして段々《だんだん》と本家《ほんけ》の所在《しょざい》から、遠《とお》く隔《へだ》たった処《ところ》まで進出《しんしゅつ》して居《い》るのである。それというのも中世《ちゅうせい》の関東地方《かんとうちほう》には、まだ大分《だいぶ》の未開地《みかいち》が有《あ》ったからで、つまりこの地方《ちほう》の人口《じんこう》のうんと殖《ふ》え、この田舎《いなか》の早《はや》く繁栄《はんえい》することになったのは、今《いま》も決《けっ》して衰《おとろ》えては居《い》ない父性愛《ふせいあい》の、結果《けっか》だったということが出来《でき》るのである。

しかし其様《そのよう》な空地《あきち》などというものは、そういつ迄《まで》も利用《りよう》せられずに剰《あま》って居《い》るわけが無《な》い。やがて目《め》ぼしい場処《ばしょ》が皆《みな》どこかの家《いえ》に属《ぞく》し、開《ひら》かれた以上《いじょう》は収入《しゅうにゅう》の源《みなもと》だから、尺寸《しゃくすん》の田地《でんち》も血眼《ちまなこ》になって境《さかい》を争《あらそ》うという時《とき》が来《く》ると、弟《おとうと》や甥《おい》の地位《ちい》は目《め》に見《み》えて悪《わる》くなった。新《あら》たに貰《もら》えるものとては切添《きりそ》えなどと称《しょう》して、村《むら》まわりの少《すこ》しばかりの雑種地《ざっしゅち》を開《ひら》いたもの、そうで無《な》ければ本家《ほんけ》の持分《もちぶん》の中《なか》を下受《したう》けして、追々《おいおい》と家来家《けらいいえ》の子《こ》の境遇《きょうぐう》と近《ちか》くなる。そうして是《これ》が又始《またはじ》めから然《しか》るべき未墾地《みこんち》の近辺《きんぺん》に無《な》い地《ち》方《ほう》での、至《いた》って普通《ふつう》な状態《じょうたい》でもあった。武者修行《むしゃしゅぎょう》という言葉《ことば》などは中世《ちゅうせい》にはまだ無《な》かったけれども、あの頃《ころ》の若《わか》い者《もの》もよく旅《たび》をしたようである。不平《ふへい》があり野心《やしん》のある人《ひと》たちは家《いえ》を飛《と》び出《だ》して、よい機《き》会《かい》を捜《さが》しまわったらしい。それには国役《くにやく》と謂《い》って地方《ちほう》から、年期《ねんき》を限《かぎ》って京《きょう》に出《で》て仮屋暮《かりやぐら》しをするのが、この時代《じだい》の兵役《へいえき》であったから都合《つごう》がよかった。京《きょう》で知合《しりあ》いになった人《ひと》も多《おお》かろうし、又往還《またゆきかえ》りに立寄《たちよ》って優遇《ゆうぐう》せられるということもあったろう。田舎《いなか》には娘《むすめ》の片付《かたづ》けに苦慮《くりょ》したり、又《また》は手《て》が足《た》りなくてもう少《すこ》し一門《いちもん》を大《おお》きくしたいと、思《おも》って居《い》る家《いえ》もまだそちこちに有《あ》ったのである。そういう中《なか》でも京都《きょうと》には夙《はや》く行詰《ゆきづま》りが現《あら》われて、斯《こ》うして押出《おしだ》されて来《く》る者《もの》の数《かず》が多《おお》く、しかも家筋《いえすじ》や由緒《ゆいしょ》の人《ひと》に知《し》られたものがあったので、今日《こんにち》よりも又一段《またいちだん》と地方《ちほう》には受《う》けがよかった。いわゆる人事《じんじ》の交流《こうりゅう》はここに起《おこ》り、あまり眼《め》に立《た》たずに全国《ぜんこく》の事情《じじょう》は平均《へいきん》して行《い》ったのだが、そういう中《なか》でも武力《ぶりょく》の優越《ゆうえつ》が物《もの》を言《い》い、殊《こと》に東国武士《とうごくぶし》は政治上《せいじじょう》の背景《はいけい》が有《あ》った故《ゆえ》に、僅《わず》かな期間《きかん》に西《にし》は九州《きゅうしゅう》の隅々《すみずみ》、北《きた》は奥羽《おうう》の端《はし》までも分散《ぶんさん》して行《い》ったのである。

語注 ○武蔵七党系図…塙保己一《ほきいち》・太田藤四郎編纂『続群書類従　第五輯上　系図部』（続群書類従完成会、一九七七年改訂三版）に載る。「武蔵七党」とは平安時代末期から鎌倉時代にかけて、武蔵国に勢力をふるった同族的な武士団で、普通、丹・私市《きさい》（または野与《のよ》）・児玉・猪俣《いのまた》・西・横山・村山の七党をいう。
○猶子養子…養子縁組によって世継ぎとした子。○尺寸の田地も血眼になって境を争う…わずかばかりの田となっている土地も夢中になって境界を争う。

鑑賞 中世において東国武士は未開地を開拓し、やがて野心家は京に出ていった。その結果、九州の隅々から奥羽の端までも分散していったという。

一〇　遠国分家《えんごくぶんけ》

坂東《ばんどう》の八平氏《はちへいし》や武蔵《むさし》の七党《しちとう》、その他《た》こちらにしか無《な》いような苗字《みょうじ》の家々《いえいえ》が、弘《ひろ》く全国《ぜんこく》に見《み》られるようになった原因《げんいん》の一《ひと》つは是《これ》であった。血筋《ちすじ》の実際《じっさい》続《つづ》いて居《い》るかどうかは別《べつ》として、ともかくも家《いえ》は或《ある》地域《ちいき》の、特殊《とくしゅ》なる好条件《こうじょうけん》に由《よ》って繁栄《はんえい》したものが、やがて充《み》ち溢《あふ》れ押出《おしだ》されて遠《とお》くに分《わか》れて行《い》ったもので、全国《ぜんこく》どこでも平均《へいきん》に前《まえ》から居《い》たものが、少《すこ》しずつ増加《ぞうか》して来《き》たのでは無《な》いようである。ずっと大《おお》きな家《いえ》だけにしかこの記録《きろく》は残《のこ》らぬが、荘園《しょうえん》は昔《むかし》から、妙《みょう》に諸国《しょこく》に飛《と》び飛《と》びに別《わか》れたものが、一《ひと》つの領主《りょうしゅ》の家《いえ》に附《つ》いて居《い》た。平家追討《へいけついとう》以来《いらい》の度々《たびたび》の勲功《くんこう》によって、新《あら》たに加給《かきゅう》せられる領地《りょうち》が、殆《ほど》と皆西《みなにし》と東《ひがし》に遠《とお》く隔《へだ》たって居《い》たのも、何《なに》か隠《かく》れた蔭《かげ》の縁故《えんこ》、たとえば身《み》うちの者《もの》がその近《ちか》くに、前《まえ》から往《い》って居《い》るという様《よう》なことが有《あ》ったのかも知《し》れない。ともかくも斯《こ》ういう飛《と》び飛《と》びの所領《しょりょう》こそは、分《ぶん》家《け》を立《た》てるのに最《もっと》も適《てき》したる状態《じょうたい》と謂《い》ってよかった。わざわざ本家《ほんけ》から代官《だいかん》を下《くだ》して、支配《しはい》させるということも不可能《ふかのう》では無《な》いが、監督《かんとく》にも骨《ほね》が折《お》れる、収入《しゅうにゅう》を取寄《とりよ》せようとしても運送《うんそう》に費《つい》えてしまう。ちょうど幸《さいわ》い弟《おとうと》なり次男《じなん》なり、別《べつ》に一家《いっか》を立《た》てさせたいと思《おも》って居《い》た者《もの》に、それだけを分《わ》けて遣《や》ろうということになるのは自然《しぜん》であった。この状態《じょうたい》は江戸時代《えどじだい》の大名領《だいみょうりょう》にまで続《つづ》いて、伊予《いよ》の宇和島《うわじま》が仙台《せんだい》の伊達家《だてけ》から、讃岐《さぬき》の高松《たかまつ》が水戸《みと》の徳川家《とくがわけ》から、分《わか》れて出《で》たという類《たぐい》の話《はなし》は可《か》なり多《おお》かったのみならず、百姓《ひゃくしょう》町人《ちょうにん》も亦《また》ややそれに似《に》たことをして居《い》る。最初《さいしょ》二箇所以上《にかしょいじょう》の店《みせ》や農場《のうじょう》を掛持《かけも》ちしたものは、大抵《たいてい》はそういう意味《いみ》の遺言《ゆいごん》をして死《し》ぬ。或《あるい》は始《はじ》めからその心積《こころづも》りをもって、仕事《しごと》を別《べつ》にして居《い》る者《もの》さえ少《すく》なくなかった、是等《これら》の長《なが》い間《あいだ》のしきたりを考《かんが》え合《あわ》せて見《み》ると、新《あら》たに家《いえ》を立《た》てるには必《かなら》ず一定《いってい》の基礎《きそ》、養分《ようぶん》とも名《な》づくべきものを要《よう》したのである。あらゆる生物《せいぶつ》は、ただ其養分《そのようぶん》の備《そな》わらぬ処《ところ》に残《のこ》した種《たね》は育《そだ》たぬというだけなのに反《はん》し、人《ひと》のみは之《これ》を意識《いしき》し又計画《またけいかく》して、始《はじ》めから之《これ》を分家《ぶんけ》の欠《か》くべからざる条件《じょうけん》として居《い》たのである。そうして其条件《そのじょうけん》の第一《だいいち》として算《かぞ》えられたものが、物《もの》を生産《せいさん》する土地《とち》であり、最初《さいしょ》は殆《ほとん》ど是《これ》ただ一《ひと》つであったことも、私《わたし》などから見《み》れば少《すこ》しも不思議《ふしぎ》で無《な》い。

日本《にほん》の国語《こくご》では中世以来《ちゅうせいいらい》、この家々《いえいえ》に附《つ》いている根本《こんぽん》の財産《ざいさん》をトクと呼《よ》んで居《い》る。多分《たぶん》は所得得米《しょとくとくまい》などの得《とく》という漢語《かんご》から出《で》たものであろうが、其内容《そのないよう》が幾分《いくぶん》か「得《え》る」というよりも広《ひろ》いので、いつ頃《ごろ》そうし始《はじ》めたか現行《げんこう》の民法《みんぽう》に至《いた》るまで、家督《かとく》という文字《もじ》を書《か》いてその家々《いえいえ》のトクを表示《ひょうじ》して居《い》るが、どう考《かんが》えて見《み》ても督《とく》という漢字《かんじ》には意味《いみ》が無《な》い。或《あるい》は福徳《ふくとく》だの徳《とく》をするだの、御徳用《おとくよう》などという語《ご》さえ出来《でき》て居《い》るので、その徳《とく》から出《で》て居《い》るのだろうとも思《おも》って居《い》る人《ひと》があろうが、是《これ》とても漢語《かんご》の徳《とく》とは大分《だいぶ》心持《こころもち》がちがい、言《い》わば日本限《にほんかぎ》りの一種《いっしゅ》の宛字《あてじ》に過《す》ぎなかった。そんなら世襲《せしゅう》の財産《ざいさん》をトク又《また》は家督《かとく》という以前《いぜん》、何《なん》と呼《よ》んで居《い》たろうかということが問題《もんだい》になるが、是《これ》はまだ見付《みつ》からないのだから多分無《たぶんな》かったものであろう。即《すなわ》ち新《あら》たに幾《いく》つもの家《いえ》を分《わ》ける風《ふう》が、京都《きょうと》ばかりか地方《ちほう》にも盛《さか》んになった頃《ころ》、つまりは大家族制《だいかぞくせい》のやや崩《くず》れ出《だ》した時代《じだい》になって、始《はじ》めて斯《こ》ういう一《ひと》つの語《ご》が無《な》くてはすまなくなったものと思《おも》う。

語注 ○**坂東の八平氏**…桓武平氏の末流で、関東地方に勢力をふるった豪族。千葉・上総《かずさ》・三浦（和田）・土肥《とい》・秩父《ちちぶ》（畠山）・大庭《おおば》・梶原・長尾の八氏をいう。○**武蔵の七党**…九節参照。○**平家追討以来**…平安末期に全盛を誇った平清盛（一一一八～一一八一）の一族を源氏が討ち取ってから。○**伊予の宇和島が仙台の伊達家から、讃岐の高松が水戸の徳川家から、分れて出た**…慶長一九年（一六一四）に伊達秀宗が徳川秀忠から伊予宇和島藩を与えられ、寛永一九年（一六四二）に水戸徳川家初代藩主・徳川頼房の子・松平頼重が常陸下館《ひたちしもだて》藩から高松藩に入ったことをいう。○**得米**…小作米。

鑑賞 遠国分家によって、武士のみならず百姓や町人までも似たことをして、物を生産する土地に分散していった。そうした際の世襲の財産をトクまたは家督と呼んでいた。柳田国男監修の『民俗学辞典』では、「家督」（大間知篤三執筆）について、「中世から一般化した語で、はじめは一家一門の首長たる地位を意味した。すなわち一家を代表する地位・身分を指した。今もなお一部には、将来戸主たるべき者を家督と呼ぶ地方があるのは、かかる用語法の残留であろう」とし、ここに述べられた「得米」の語源説を述べるが、さらに、「家督相続は身分相続であるが、財産の単独相続をそれに結合せしめたのである。それは当時（引用者注：明治時代を指す）にあって既に、現実の事態にそぐわぬ強い武家法的観念を法制化した欠点を有したものであったが、明治以降の資本主義の進展にともなっていよいよ現実との矛盾を大きくしつつ、終戦を迎え、一挙にして全的に否定される運命を辿《たど》らねばならなかった」と展開している。

二　家督《かとく》の重要性《じゅうようせい》

但《ただ》し便利《べんり》だからやはり家督《かとく》という文字《もじ》を使《つか》って、この話《はなし》を進《すす》めることにしよう。現在《げんざい》は分家《ぶんけ》という名称《めいしょう》が、可《か》なり広範囲《こうはんい》に用《もち》いられ、実際《じっさい》分《わか》れ出《で》た家《いえ》だからそう謂《い》って差支《さしつかえ》無《な》いなどと、是《これ》もただ文字《もじ》の面《めん》だけから、勝手《かって》にそう解《かい》するようになって居《い》るが、本来《ほんらい》は家督《かとく》の附《つ》いて居《い》るか居《い》ないかによって、そこに明《あきら》かな差別《さべつ》があり、しかも其家督《そのかとく》が分《わ》けてもらったものだったら分家《ぶんけ》、そうで無《な》くして第一世《だいいっせい》が、自分《じぶん》で稼《かせ》いでこしらえたものだったら別本家《べつほんけ》と、いうことになって居《い》たのではないかと思《おも》う。是《これ》に就《つい》ても亦身近《またみぢか》に実例《じつれい》があり、且《か》つそういう例《れい》は此頃《このごろ》になって相応《そうおう》に多《おお》くなって居《い》る。私《わたし》の生家松岡氏《せいかまつおかし》では、今《いま》から六代前《ろくだいまえ》の主《あるじ》が貧《まず》しい医者《いしゃ》であった。その妹《いもうと》に一人《ひとり》、近《ちか》い村《むら》に片《かた》づいて不縁《ふえん》になって帰《かえ》って来《き》たのがあって、是《これ》は里方《さとかた》の世話《せわ》になって亡《な》くなった。ところがそれには男《おとこ》の子《こ》があって、母《はは》と共《とも》に引取《ひきと》られたけれども医者《いしゃ》にはならず、町《まち》の商家《しょうか》に奉公《ほうこう》してよく働《はたら》いて資産《しさん》を作《つく》り、母《はは》の実家《じっか》の村《むら》のしかもごく近所《きんじょ》に家《いえ》を建《た》てて商《あきな》いを始《はじ》めた。是《これ》が又中々《またなかなか》のえら物《ぶつ》で、一生《いっしょう》の間《あいだ》に富《とみ》を積《つ》み、男女四五人《だんじょしごにん》の子《こ》を皆分家《みなぶんけ》させて、わざとかと思《おも》う程《ほど》に自分《じぶん》の家《いえ》を本家々々《ほんけほんけ》と言《い》わせた。そうして未《いま》だ曾《かつ》て伯父《おじ》の松岡《まつおか》家《け》を、本家《ほんけ》とは呼《よ》ばなかったのである。今考《いまかんが》えて見《み》れば是《これ》は当《あた》り前《まえ》のことで、分《わ》けてもらった家督《かとく》などは三文《さんもん》も無《な》かったのだから、当時《とうじ》の思想《しそう》としては分家《ぶんけ》であるべき道理《どうり》が無《な》かったのである。時世《じせい》の変《かわ》り目《め》、殊《こと》に町《まち》が大《おお》きくなり、職業《しょくぎょう》が幾《いく》らでも生《うま》れるような時代《じだい》には、当然《とうぜん》に斯《こ》ういう腕《うで》と脛《すね》とを以《もっ》て、独自《どくじ》に御先祖《ごせんぞ》となり得《え》た人《ひと》が多《おお》く、それが今後《こんご》は又一層数《またいっそうかず》を加《くわ》えて行《ゆ》かなければならぬのだが、しかも今日《こんにち》の考《かんが》え方又法律用語《かたまたほうりつようご》では、是《これ》をも分家《ぶんけ》という中《なか》に入《い》れてしまって、其間《そのあいだ》に何《なん》の区別《くべつ》をも認《みと》めようとはせぬのである。今日《こんにち》はどんな新《あた》らしい所謂成功者《いわゆるせいこうしゃ》でも、やはり目《め》に見《み》えぬ無形《むけい》の家督《かとく》、即《すなわ》ち気《き》性《しょう》や健康《けんこう》の親譲《おやゆず》り先祖《せんぞ》の遺伝《いでん》、さては一人前《いちにんまえ》になるまでの養育 教育《よういくきょういく》を恩《おん》と感《かん》じて、五反一町《ごたんいっちょう》の田《た》を分《わ》けてもらった者《もの》よりも、更《さら》に濃厚《のうこう》なる関係《かんけい》を保《たも》って居《い》る例《れい》は決《けっ》して少《すく》なくない。それだけならば国《くに》の古来《こらい》の慣行《かんこう》が、ただ幾分《いくぶん》か適用《てきよう》の範囲《はんい》を拡張《かくちょう》したに過《す》ぎぬのだから結構《けっこう》なことなのだが、実際《じっさい》は是《これ》が我邦《わがくに》の分家《ぶんけ》の性質《せいしつ》を一変《いっぺん》する元《もと》になって居《い》る。家《いえ》と家督《かとく》との今《いま》までの繋《つな》がりは、事実《じじつ》において一面《いちめん》になお残《のこ》り、しかも多数《たすう》は既《すで》に遠《とお》く離《はな》れて住《す》むのだから、寧《むし》ろ却《かえ》って一般《いっぱん》の解放《かいほう》、即《すなわ》ち近《ちか》くに固《かた》まって住《す》む本家分家《ほんけぶんけ》の間柄《あいだがら》までが、もっと冷淡《れいたん》であってもよいというような考《かんが》え方《かた》に、かぶれて行《ゆ》く者《もの》が多《おお》くなって居《い》るのである。私《わたし》などの考《かんが》えて居《い》ることは、先祖《せんぞ》に対《たい》するやさしい又懇《またねんご》ろな態度《たいど》というものが、もとは各自《かくじ》の先祖《せんぞ》になるという心掛《こころがけ》を基底《きてい》として居《い》た。子孫後裔《しそんこうえい》を死後《しご》にも守護《しゅご》したい、家《いえ》を永《えい》遠《えん》に取続《とりつづ》くことが出来《でき》るように計画《けいかく》して置《お》きたいという念慮《ねんりょ》が、実《じつ》は家督《かとく》という制度《せいど》には具現《ぐげん》せられて居《い》るのであった。其点《そのてん》に思《おも》いを致《いた》さぬ者《もの》の多《おお》くなる傾《かたむ》きが有《あ》るのは気《き》がかりである。国《くに》の経済《けいざい》の組《そ》織《しき》が発達《はったつ》して来《く》れば、家督《かとく》は勿論《もちろん》土地《とち》で無《な》くともよい。屡々《しばしば》滅失《めっしつ》の危険《きけん》にさらされる有形《ゆうけい》の財産《ざいさん》よりも、寧《むし》ろかほど迄《まで》に親密《しんみつ》であった先祖《せんぞ》と子孫《しそん》の者《もの》との間《あいだ》の交感《こうかん》を、出来《でき》るだけ具体的《ぐたいてき》に知《し》って居《い》る方《ほう》が、どの位家《くらいいえ》の永続《えいぞく》に役立《やくだ》つか知《し》れない。それを無形《むけい》の家督《かとく》と呼《よ》ぶことは、今《いま》はまだ呑込《のみこ》みにくいかと思《おも》うが、私《わたし》が是《これ》から談《かた》って見《み》ようとして居《い》るのは、主《しゅ》として其方面《そのほうめん》の隠《かく》れたる事実《じじつ》である。

語注 ○私の生家松岡氏では、今から六代前の主が貧しい医者であった…勘四郎（生没年未詳）（『故郷七十年』「先祖になる」）。○その妹…勘四郎夫婦の「孫に当るお類」とする（同上）。○男の子…「伊藤一族の初代に当る福渡《ふくわたり》藤兵衛」のこと（同上）。

鑑賞　分家という場合、家督の有無が重要であり、家督を分けてもらえば分家、第一世が自分で稼いだのならば別本家であった。その一例として、自らの生家の松岡氏では、別れ出た家の息子は自分で財産を築いたので、自分の家を本家と言わせたという。そのことについて、柳田は『故郷七十年』の「先祖になる」で、「伊藤一族のことは、いつか『先祖の話』という本の中で書いたことがある」としたが、伊藤という名前を出すような書き方はしていない。そこでは、「その家は私の先祖でもある。私の六代前に勘四郎という人があって、その夫婦の孫に当るお類というのが福渡へ嫁に行き、何か訳があって、男の子一人をつれて松岡に帰って来た。母親はそのまま里方で亡くなったが、息子は母方の医者にならず、町の商家に奉公してよく働き、資産を作って、辻川で商売をはじめたのである。この人が伊藤一族の初代に当る福渡藤兵衛であった。私が生れたころはもう二代目の爺さんの代になっていたが、初代の藤兵衛は、一代のうちに三軒も四軒も分家を作ったえらい人で、わざとと思うほど自分の家を本家本家といわせて、伯父の松岡家を本家と呼ばせなかったのである。その後だんだん分家がふえ、各家とも金持で団結力が強かった」と述べている。「お類」は「るい」（一七六六〜一八二〇）と確かめられる（『松岡五兄弟』）。

一二　家《いえ》の伝統《でんとう》

国民《こくみん》の多数《たすう》を占《し》める農民《のうみん》の間《あいだ》では、今《いま》でも家督《かとく》という語《ご》をほぼ不動産《ふどうさん》と同《おな》じ意味《いみ》に、解《かい》し又《また》は用《もち》いて居《い》る場合《ばあい》も無《な》いとは言《い》えぬが、なお正確《せいかく》にいうと二者《にしゃ》は全《まった》く同《おな》じでは無《な》く、何《なに》か物以外《ものいがい》の無形《むけい》の或《ある》ものを、取添《とりそ》えて相続《そうぞく》するという感《かん》じだけは持《も》って居《い》る。それを簡明《かんめい》に言《い》い現《あら》わす言葉《ことば》はまだ生《うま》れて居《い》ないけれども、斯《こ》うして考《かんが》えて行《ゆ》くうちには、やがて覚《おぼ》えやすい好《よ》い名前《なまえ》が出来《でき》ることと思《おも》う。商《しょう》人《にん》の仲間《なかま》では、暖簾《のれん》といい得意《とくい》といい信用《しんよう》というものが、よほど具体的《ぐたいてき》で評価《ひょうか》も出来《でき》るものになって居《い》るのに、農家《のうか》の中《なか》にはそれより一層《いっそう》根《ね》の深《ふか》い何物《なにもの》かを心付《こころづ》きながら、言葉《ことば》はただその端々《はしばし》の小《ちい》さい表《あら》われに対《たい》して出来《でき》て居《い》るだけで、それを綜合《そうごう》したものが無《な》いというのは、国語《こくご》がただ自然《しぜん》の発育《はついく》に放任《ほうにん》してあった結果《けっか》である。是《これ》から私《わたし》たちは大《おお》いに考《かんが》えて見《み》なければならない。

伝統《でんとう》という語《ご》を、今《いま》は仮《かり》に使《つか》って居《い》るが、是《これ》は何《なん》だかただ受身《うけみ》の考《かんが》え方《かた》、又《また》は解《かい》し方《かた》だけのような感《かん》じを与《あた》える。ここに謂《い》う伝統《でんとう》はそれ以上《いじょう》に、身《み》に附《つ》け実行《じっこう》に移《うつ》し、働《はたら》きかけ又《また》は見《み》せ示《しめ》し、学《まな》ばせ覚《おぼ》えさせて次《つぎ》の代《だい》に伝《つた》えようとして居《い》たものであり、或《あるい》はそういう外部《がいぶ》に顕《あらわ》れたものからでも、耳《みみ》と目《め》とによって存在《そんざい》をたしかめられるものであった。是《これ》が私《わたし》は多《おお》くの家督《かとく》というものの、中心《ちゅうしん》では無《な》いまでも台《だい》になり覆《おお》いになって、周辺《しゅうへん》を取囲《とりかこ》んで居《い》たように思《おも》うのである。中世《ちゅうせい》の名称《めいしょう》で諸道《しょどう》とも職人《しょくにん》とも謂《い》ったもの、即《すなわ》ち耕作《こうさく》以外《いがい》の勤労《きんろう》によって、交換《こうかん》を以《もっ》て衣食《いしょく》の料《りょう》を得《え》て居《い》た人々《ひとびと》には、術芸《じゅつげい》もしくは業務《ぎょうむ》そのものに対《たい》する態度《たいど》、之《これ》を社会《しゃかい》に役立《やくだ》たせる方式等《ほうしきとう》に、家督《かとく》の中心《ちゅうしん》を置《お》くものが多《おお》く、従《したが》って口伝家伝《くでんかでん》という特殊《とくしゅ》の教育法《きょういくほう》があった。つまりは是《これ》が土地《とち》のような眼《め》に見《み》える財産《ざいさん》の代《かわ》りを為《な》したので、元手《もとで》即《すなわ》ち資本《しほん》というものにそう大《おお》きな力《ちから》をもたせなかった頃《ころ》の商売《しょうばい》なども、同《おな》じ系列《けいれつ》に算《かぞ》えられて居《い》たのである。それよりも重要《じゅうよう》であったのは役人《やくにん》という階級《かいきゅう》、是《これ》も農民《のうみん》の目《め》からは、田《た》を作《つく》らずに暮《くら》し得《う》る人々《ひとびと》として、諸道《しょどう》の中《なか》の最《もっと》も高《たか》いものという風《ふう》に見《み》えたかも知《し》れぬ。ともかくも是《これ》に世襲《せしゅう》の慣例《かんれい》が伴《とも》なう限《かぎ》り、其地位《そのちい》は亦一《またひと》つの立派《りっぱ》な家督《かとく》であった。古《ふる》くは官途《かんと》の上層《じょうそう》に在《あ》る者《もの》は領地《りょうち》を持《も》ち、自身耕耘《じしんこううん》はせぬまでも、土地《とち》の収益《しゅうえき》に活《い》きることだけは農民《のうみん》と同《おな》じであったが、後々《のちのち》そういう知行《ちぎょう》を取《と》る者《もの》は少《すく》なく、扶持給禄《ふちきゅうろく》を受《う》ける者《もの》ばかり多《おお》くなっても、なお且《か》つ一《ひと》つの地位職分《ちいしょくぶん》を持《も》つこと、たとえば役人《やくにん》となり学者《がくしゃ》となることによって、完全《かんぜん》に独立《どくりつ》した一《ひと》つの家《いえ》を、新立《しんりつ》することが出来《でき》たのである。そうしてそれには確《たし》かに単《たん》なる伝授以外《でんじゅいがい》に、之《これ》を承《う》け継《つ》ぎ来《きた》った代々《だいだい》の意思《いし》ともいうべきものが添《そ》い、又《また》それに対《たい》する子孫《しそん》の理解《りかい》ともいうべきものが伴《とも》なって居《い》た。家門《かもん》は此意味《このいみ》に於《おい》て、年代《ねんだい》を超越《ちょうえつ》した縦《たて》の結合体《けつごうたい》であった。

語注 ○綜合…総合。○口伝家伝…口頭で伝えるその家の伝記。○耕耘…農作。○扶持給禄…主君から家臣に与えられる俸禄。

鑑賞 家督は不動産とは違って、無形のある物を取り添えて相続するが、そうした世襲の慣例を受け継いだ。その点で、家門は「縦の結合体」と呼ぶことができる。

一三　まきと親類《しんるい》と

すこし話《はなし》がくだくだしかったから、簡単《かんたん》にもう一度《いちど》言《い》いなおすと、分家《ぶんけ》には異地分家《いちぶんけ》と異職分家《いしょくぶんけ》とが先《ま》ず起《おこ》り、是《これ》には事実上本家《じじつじょうほんけ》の統制《とうせい》が及《およ》ばなかったから、僅《わず》かな世代《せだい》の間《あいだ》に別本家《べつほんけ》として独立《どくりつ》することが出来《でき》た。その家々《いえいえ》の初代《しょだい》が自分《じぶん》の苦心経営《くしんけいえい》を以《もっ》て、家督《かとく》を築《きず》き上《あ》げたものはなお更《さら》のことである。之《これ》に対《たい》して同地同業《どうちどうぎょう》の間《あいだ》に於《おい》て、大小《だいしょう》によらず本家《ほんけ》の家督《かとく》を割《さ》いて、新《あら》たに家《いえ》を立《た》てるということとは後《のち》に生《うま》れた風習《ふうしゅう》である。突《つ》き詰《つ》めて言《い》えば大家族制《だいかぞくせい》の解体《かいたい》の過程《かてい》とも見《み》られる。もちろんそれを可能《かのう》にするだけの条件《じょうけん》は具《そな》わって居《い》たので、その一半《いっぱん》は外部《がいぶ》の経済組織《けいざいそしき》の革新《かくしん》だが、それに付《つ》け加《くわ》えて之《これ》を断行《だんこう》した家長《かちょう》の智慮才覚《ちりょさいかく》、及《およ》び少《すく》なからぬ苦心《くしん》と努力《どりょく》とがあった。分家《ぶんけ》という財産《ざいさん》を分《わ》けるという言葉《ことば》の、盛《さか》んに用《もち》いられるようになったのは、此制度《このせいど》が一般《いっぱん》に認《みと》められるようになってから後《のち》のことだが、是《これ》にも実《じつ》は二《ふた》つの種類《しゅるい》、もしくは少《すく》なくとも二《ふた》つの傾向《けいこう》というべきものが今《いま》でも有《あ》り、以《い》前《ぜん》の部屋《へや》隠居《いんきょ》に準《じゅん》じたものは孤立《こりつ》しにくく、本家《ほんけ》を中心《ちゅうしん》とした結合《けつごう》の必要《ひつよう》であるに反《はん》して、他《た》の一方《いっぽう》の所謂《いわゆる》異地《いち》異職《いしょく》の別家《べっけ》に御手本《おてほん》を採《と》ったものは、何《なに》かというと対立《たいりつ》の勢《いきお》いを生《しょう》じやすい。しかも現在《げんざい》はもうこの二《ふた》つの成立事情《せいりつじじょう》のちがいを看過《かんか》して、単《たん》なる文字《もじ》の面《めん》に基《もと》づいた概念《がいねん》によって解決《かいけつ》しようとするが故《ゆえ》に、折々《おりおり》はめいめいの注文《ちゅうもん》が喰《く》いちがい、先祖《せんぞ》の計画《けいかく》は阻止《そし》せられることが多《おお》く、どちらかというと家《いえ》の機能《きのう》を発揮《はっき》することが、双方《そうほう》ともにややむつかしくなりかけて居《い》るのである。やたらに危機《きき》というような強《つよ》い言葉《ことば》を使《つか》ってはならぬが、少《すく》なくとも此方面《このほうめん》の知識《ちしき》を今少《いますこ》し豊富《ほうふ》にして置《お》かないと、やがては困《こま》ることが出来《でき》はしないかと気《き》づかわれる。

日本《にほん》は昔《むかし》から、決《けっ》して小農《しょうのう》の少《すく》ない国《くに》では無《な》かった。家《いえ》に子供《こども》が多《おお》く生《うま》れ一族《いちぞく》が繁衍《はんえん》して行《ゆ》くということも、半《なか》ばは偶然《ぐうぜん》の仕合《しあわ》せで、各自《かくじ》の思《おも》いのままにはならない。そういう身内《みうち》の少《すく》なく力《ちから》の弱《よわ》い人々《ひとびと》が、行《ゆ》く先《さき》を気《き》づかって互《たが》いに助《たす》け合《あ》おうとするのは当然《とうぜん》のことであり、為政者《いせいしゃ》も亦《また》それを要望《ようぼう》し勧誘《かんゆう》して居《い》た。甲信《こうしん》地方《ちほう》などで、折々耳《おりおりみみ》にする合地《あいじ》とか地類《ちるい》とかいう家々《いえいえ》の中《なか》には、血《ち》を分《わ》けた親《しん》類《るい》で無《な》い者《もの》が、申《もう》し合《あわ》せによって団結《だんけつ》して居《い》たというものも折々《おりおり》はあり、また関東《かんとう》では村身内《むらみうち》などと謂《い》って、同族《どうぞく》の少《すく》ない者《もの》が他家《たけ》と約束《やくそく》して、親類《しんるい》の附合《つきあ》いをして居《い》る風《ふう》も稀《まれ》ではないが、大体《だいたい》に於《お》いて先《ま》ず互《たが》いに援助《えんじょ》をしようというのは古《ふる》い親類《しんるい》であった。民法《みんぽう》に謂《い》う所《ところ》の親族《しんぞく》の範囲《はんい》には入《はい》らず、どういう続《つづ》き合《あ》いになるのか当人《とうにん》たちも、はっきりとは知《し》らぬという程《ほど》の古《ふる》い親類《しんるい》でも、なおいつ迄《まで》も同《どう》姓《せい》の誼《よし》みを棄《す》てず、何《なに》か事《こと》が有《あ》れば招《まね》き招《まね》かれ又《また》は尋《たず》ねて来《く》るという例《れい》は今《いま》も稀《まれ》で無《な》いのみか、そういうのを寧《むし》ろ重親類《おもしんるい》と呼《よ》び、大切《たいせつ》にして居《い》るという話《はなし》も毎度《まいど》聴《き》く。殊《こと》に御先祖《ごせんぞ》の出《で》た家《いえ》ということは、固《かた》い人《ひと》たちのよく口《くち》にする言葉《ことば》で、遠《とお》くに離《はな》れて居《い》てもそういう家《いえ》へは必《かなら》ず此方《こちら》から義理《ぎり》をして居《い》た。以前国々《いぜんくにぐに》の所領《しょりょう》に別《わか》れて住《す》んで居《い》た同族《どうぞく》なども、たとえ血《ち》は薄《うす》く姻戚《いんせき》はすべて互《たが》いに知《し》らぬ者《もの》ばかりでも、なお永《なが》く存問《そんもん》を絶《た》たず、助《たす》けを求《もと》められれば快《こころよ》く之《これ》に応《おう》じたのみか、又《また》わざわざ方法《ほうほう》を設《もう》けて新《あら》たに血《ち》の繋《つな》がりを濃《こ》くしようとして居《い》たのである。将来国民《しょうらいこくみん》の海外進出《かいがいしんしゅつ》が盛《さか》んになると共《とも》に、この第一段《だいいちだん》の同族連合《どうぞくれんごう》は、改良《かいりょう》せられ又強化《またきょうか》せられる必要《ひつよう》のあることは言《げん》を須《ま》たぬ。それには又現在《またげんざい》出《しゅっ》発《ぱつ》の第一歩《だいいっぽ》に在《あ》る人《ひと》たちが、今《いま》から考究《こうきゅう》して置《お》くべきことの多《おお》いのも確《たし》かだが、他《た》の一方《いっぽう》に於《おい》て、同《おな》じ一《ひと》つの村《むら》の中《なか》に住《す》み、曾《かつ》て一《ひと》つの家督《かとく》であったものを分《わ》け合《あ》って、久《ひさ》しく共同《きょうどう》の生活《せいかつ》を続《つづ》けて居《い》た家々《いえいえ》の結合《けつごう》は又別《またべつ》なもので無《な》ければならぬ。一方《いっぽう》はただ単《たん》なる家一《いえひと》つの問題《もんだい》に過《す》ぎなかったに対《たい》して、この方《ほう》は利害得失《りがいとくしつ》の論《ろん》を超《こ》えて、ともかくも是《これ》が社会《しゃかい》の全部《ぜんぶ》であり、之《これ》を合《あわ》せたものが同時《どうじ》に村《むら》の生《せい》活《かつ》でもあって、是《これ》が省《かえり》みられなくなるということは、やがては公共団体《こうきょうだんたい》の変貌改組《へんぼうかいそ》にもなってしまうからである。時《とき》はやや遅《おく》れその改変《かいへん》はすでに始《はじ》まって居《い》るようだが、今《いま》はまだ古《ふる》いものが一部《いちぶ》には残《のこ》って居《い》る。ただ単《たん》なる歴史《れきし》としても、我々《われわれ》は之《これ》を明《あきら》かにせずには居《い》られぬのである。

語注 ○異地分家と異職分家…異なる土地で生まれる分家と異なる職業で生まれる分家。○繁衍して行く…繁りはびこってゆく。定本は「繁延」。○甲信地方…今の山梨・長野両県地方。○姻戚…結婚してできた親類。○存問を絶たず…安否を問うことをやめず。○国民の海外進出が盛んになる…世界各地での移民を念頭に置いたものであろう。○言を須たぬ…改めて言うまでもない。

鑑賞 異地分家と異職分家には本家の統制が及ばず、僅かな世代の間に別本家として独立することができた。そうした際に、同族の少ない者は助け合ってきたのである。

一四　まきの結合力《けつごうりょく》

今日《こんにち》の実際《じっさい》からいうと、同《おな》じ一《ひと》つの苗字《みょうじ》を持《も》つ家々《いえいえ》は、大抵《たいてい》は或地方《あるちほう》に集《あつ》まって住《す》んで居《い》る。小林《こばやし》高橋田中佐藤《たかはしたなかさとう》という類《たぐい》の、最《もっと》もよく知《し》られて居《い》る苗字《みょうじ》でも、その分布《ぶんぷ》には著《いちじる》しい片《かた》よりが有《あ》り、中《なか》には或一《あるひと》つの地方《ちほう》より他《ほか》には、無《な》いという苗字《みょうじ》も相応《そうおう》に多《おお》い。苗字《みょうじ》を聴《き》いて生《うま》れ故郷《こきょう》を言《い》い中《あ》てることは、私《わたし》たちに取《と》ってはそうむつかしいことで無《な》いが、同《おな》じ苗字《みょうじ》の二人《ふたり》に御親類《ごしんるい》かと尋《たず》ねて見《み》ても、めったにそうだという答《こた》えを得《う》ることは無《な》いものである。それほどにも同苗《どうみょう》の家《いえ》は多《おお》く、親類《しんるい》の数《かず》は限《かぎ》られて居《い》たので、以前《いぜん》は親類《しんるい》だったらしいが今《いま》は附合《つきあ》って居《い》ないとか、知《し》っては居《い》るがどういう続《つづ》き合《あ》

図版１　まき（巻）

いか判《わか》らぬとか、又《また》はちっとも関係《かんけい》が無《な》いとかいうのが普通《ふつう》である。その親類《しんるい》の中《なか》には、現在《げんざい》は縁者即《えんじゃすなわ》ち姻戚《いんせき》までを含《ふく》めて居《い》る。そういう縁組《えんぐみ》によって親《した》しみを結《むす》んだものを除《のぞ》き、残《のこ》りの僅《わず》かなものが先《ま》ず大体《だいたい》に於《お》いて、私《わたし》の言《い》おうとする古《ふる》くからの結合体《けつごうたい》であった。精確《せいかく》にいうならば遠地《えんち》に別《わか》れて住《す》む先祖《せんぞ》の出《で》た家《いえ》、その他《た》特《とく》別《べつ》の由緒《ゆいしょ》が有《あ》って附合《つきあ》いを続《つづ》けて居《い》るものは、親類《しんるい》とは謂《い》っても此中《このなか》には算《かぞ》えられず、又血筋以外《またちすじいがい》の縁故《えんこ》によって、親類《しんるい》では無《な》くても参加《さんか》して居《い》る者《もの》が若干《じゃっかん》は有《あ》るのだが、この二《ふた》つの為《ため》に結合体《けつごうたい》の本質《ほんしつ》は変化《へんか》を受《う》けて居《い》ない。古《ふる》い文書《もんじょ》に一門《いちもん》というのが是《これ》らしく、今《いま》では一家《いっけ》という語《ご》が最《もっと》も広《ひろ》く行《おこな》われて居《い》るから、そのどちらかが多分標準語《たぶんひょうじゅんご》になるのであろう。西国《さいごく》の方《ほう》では一統又《いっとうまた》は一《いち》類《るい》、或《あるい》はヤウチともクルワとも言《い》う名《な》があって、心持《こころもち》は皆《みな》よく似《に》て居《い》る。中部以東《ちゅうぶいとう》に於《お》いては是《これ》をマキという人《ひと》が多《おお》い。マキは内容《ないよう》に紛《まぎ》れが無《な》く、又古《またふる》い言葉《ことば》かと思《おも》われるので、私《わたし》などは之《これ》を用《もち》いることにして居《い》る。そうして便利《べんり》の為《ため》に巻《まき》という文字《もじ》を使《つか》って其話《そのはなし》をする。

巻《まき》には大巻《おおまき》と小巻《こまき》と二段《にだん》になって居《い》る地方《ちほう》もあるが、大《だい》の方《ほう》はやや形式《けいしき》に流《なが》れて居《い》る。生活力《せいかつりょく》の今《いま》もなお旺《さか》んなものは、どちらかというと小《ちい》さな巻《まき》の、それも中心《ちゅうしん》の特《とく》にはっきりしたものの中《なか》に見出《みいだ》される。しかし本家《ほんけ》の事務《じむ》が其為《そのため》に特《とく》に煩瑣《はんさ》だという程《ほど》では無《な》く、現在《げんざい》はすでに干渉《かんしょう》も依存《いぞん》も、よほど以前《いぜん》よりは控《ひか》え目《め》になって、家々《いえいえ》は各自《かくじ》の生活設計《せいかつせっけい》を進《すす》めて居《い》るのであるが、それでも若干《じゃっかん》の古《ふる》い約束《やくそく》の爰《ここ》だけに保存《ほぞん》せられ、それを守《まも》らぬと義理《ぎり》を欠《か》いた事《こと》になるものが、普通《ふつう》の隣保親近《りんぽしんきん》の社交《しゃこう》以外《がい》に附加《ふか》せられて居《い》る。是《これ》を出来《でき》るだけ数多《かずおお》く又詳《またくわ》しく見《み》て行《ゆ》くことが、おのずから巻《まき》といい一家《いっけ》というものの、今《いま》も存続《そんぞく》しなければならぬ理由《りゆう》を覚《さと》らしめると私《わたし》は思《おも》う。「先祖《せんぞ》の話《はなし》」に於《お》いて、自分《じぶん》のまず考《かんが》えて見《み》ようとすることは二《ふた》つ、その一《ひと》つは毎年《まいとし》の年頭作法《ねんとうさほう》、次《つぎ》には先祖祭《せんぞまつり》の日《ひ》の集会慣習《しゅうかいかんしゅう》だが、両者《りょうしゃ》はもと同《おな》じ行事《ぎょうじ》の、二《ふた》つの側面《そくめん》を示《しめ》すものでは無《な》かったろうか。まだ容易《ようい》には然《しか》りと言《い》えないだけに、研究者《けんきゅうしゃ》に取《と》っては興味《きょうみ》が深《ふか》い。ともかくもこの問題《もんだい》の輪廓《りんかく》を明《あきら》かにして置《お》くことが、同時《どうじ》に又《また》我々《われわれ》の先祖《せんぞ》たちが、「先祖《せんぞ》」というものに関《かん》して抱《いだ》いて居《い》た考《かんが》えを知《し》る道《みち》でもある。

語注 ○姻戚…一三節参照。○巻…「同族集団を指す語として広く分布する」「本来の意味はただ群というだけであったろうが、人にあってはそれが血筋の対立、すなわち先祖を共同にすると否とによって自他を分ち、単位を意識するようになったのは自然である」(『綜合日本民俗語彙』第四巻「マキ」、図版1「マキ　高知県高岡郡檮原村(今の檮原町)」)。

鑑賞 縁組によるのではない結合体を中部以東ではマキと呼ぶ。小さなマキ(巻)には、古い約束が保存され、それを守らないと義理を欠いたことになる。この『先祖の話』では、毎年の年頭作法と先祖祭の日の集会慣習を考えてみようとしたという。

一五　めでたい日《ひ》

是《これ》は我邦民間年中《わがくにみんかんねんじゅう》行事《ぎょうじ》の最《もっと》も大《おお》きいもの、正月《しょうがつ》と盆《ぼん》との二《ふた》つが、如何《いか》にして始《はじ》まったかという問《もん》題《だい》にもなる。この中《なか》でも盆《ぼん》の方《ほう》は、今以《いまもっ》て先祖《せんぞ》を祭《まつ》る為《ため》ばかりに、存在《そんざい》するものということを人《ひと》が承《しょう》知《ち》して居《い》るが、他《た》の一方《いっぽう》の正月《しょうがつ》は祝《いわ》う日《ひ》なのだから、又《また》はめでたい日《ひ》なのだからそうであるまいと思《おも》う人《ひと》が多《おお》い。或《あるい》は又一方《またいっぽう》は死人《しにん》を取扱《とりあつか》う寺《てら》の僧《そう》が干与《かんよ》し、こちらは三箇日《さんがにち》を過《す》ぎてしまうまで、法師《ほうし》には注連縄《しめなわ》の下《した》もくぐらせまいとするのだから、ちがうであろうと考《かんが》えて居《い》る者《もの》は多《おお》いようだが、それは単《たん》に此頃《このごろ》はそうなって居《い》るというだけで、最初《さいしょ》からこの通《とお》りだったか否《いな》かは、もっと詳《くわ》しく事実《じじつ》を知《し》った上《うえ》でないと速断《そくだん》することが出来《でき》ない。盆《ぼん》でも最近《さいきん》の一年二年《いちねんにねん》のうちに、不幸《ふこう》のあった家《いえ》は一《いち》部分《ぶぶん》で、暫《しば》らく其様《そのよう》な悲《かな》しい事《こと》にも出逢《であ》わず、二親《ふたおや》が揃《そろ》って長生《ちょうせい》をして居《い》るような家々《いえいえ》では目出《めで》たい日《ひ》であった。現《げん》に田舎《いなか》では、おめでとうと謂《い》って人《ひと》が盆《ぼん》の礼《れい》に来《き》て居《い》る。祝《いわ》うという言葉《ことば》は此頃《このごろ》では意味《いみ》が少《すこ》し変《かわ》って来《き》たが、本来《ほんらい》は身《み》と心《こころ》とを清《きよ》くして、祭《まつり》を営《いとな》むに適《てき》した状態《じょうたい》に居《い》ることを謂《い》ったものであったことは、書物《しょもつ》に現《あら》われて居《い》る古《ふる》いこの語《ご》の用《もち》い方《かた》を比《くら》べても判《わか》る。もとは斎《いわ》うという文字《もじ》を書《か》いて居《い》て、神《かみ》の御社《おやしろ》の祭《まつり》の用意《ようい》も「いわい」であった。祭《まつり》をする人々《ひとびと》が行《おこな》いを慎《つつ》しみ、穢《けが》れた忌《いま》わしいものに触《ふ》れず、心《こころ》を静《しず》かに和《なご》やかにして居《い》るのが祝《いわ》いであり、その慎《つつ》しみが完全《かんぜん》に守《まも》られて居《い》るのが、人《ひと》にめでたいと言《い》われる状態《じょうたい》でもあった。だから盆《ぼん》にも正月《しょうがつ》と同《おな》じに、子供《こども》には泣《な》くな喧嘩《けんか》をするな、叱《しか》られるような悪戯《いたずら》をするなと誡《いまし》めるだけで無《な》く、親《おや》の有《あ》る者《もの》だけは今《いま》でもわざと魚類《ぎょるい》を食《た》べて、精進《しょうじん》の日《ひ》で無《な》いことを明《あき》らかにしようとして居《い》る。正月《しょうがつ》とちがうのは一方《いっぽう》が年《とし》の始《はじ》めであるだけに、無事《ぶじ》に又一年《またいちとし》を重《かさ》ねたという悦《よろこ》び、今年《ことし》も同《おな》じように好《よ》い一年《いちねん》であれかしという望《のぞ》みが、特《とく》にこの際《さい》に於《おい》て強《つよ》く感《かん》じられるという点《てん》で、それが又中世以来《またちゅうせいいらい》の福徳《ふくとく》の追加増進《ついかぞうしん》というような、慾《よく》の深《ふか》い祈念《きねん》にまでも展開《てんかい》したのであるが、なお今《いま》でも御互《おたが》いの年頭辞令《ねんとうじれい》としては、御無事《ごぶじ》でと相変《あいかわ》りませずとを言《い》いかわして居《い》るのである。

但《ただ》しこの正月《しょうがつ》の祝言《しゅうげん》なるものが、今《いま》のように一般化《いっぱんか》して来《き》たのは新《あたら》しいことであった。武家《ぶけ》が元旦《がんたん》を参賀《さんが》の式日《しきじつ》と定《さだ》めて、すべての配下《はいか》の者《もの》の出頭《しゅっとう》を期《き》したのも、本来《ほんらい》は家々《いえいえ》の祝《いわ》いを拡張《かくちょう》しただけで、必《かなら》ずしも朝廷《ちょうてい》の正朔《せいさく》の御儀礼《ごぎれい》に倣《なら》おうとしたのでは無《な》かろうが、それでも賑《にぎ》やかに集《あつ》まって来《く》る方《ほう》がよいから、なお一年《いちねん》の殊《こと》にめでたい日《ひ》を以《もっ》て、家《いえ》を異《こと》にした多《おお》くの従属者《じゅうぞくしゃ》の、忠誠《ちゅうせい》を表示《ひょうじ》する機《き》会《かい》としたものと思《おも》う。ケライという言葉《ことば》なども、もとは京都《きょうと》では家礼《けらい》と書《か》く者《もの》が多《おお》かった。即《すなわ》ち其家《そのいえ》の人《ひと》で無《な》くても、正月《しょうがつ》その他《た》の礼儀《れいぎ》だけは、一家一門《いっかいちもん》の人々《ひとびと》と同《おな》じ作法《さほう》を守《まも》るという意味《いみ》だったということである。そういう礼儀《れいぎ》が段々《だんだん》と拡張《かくちょう》して、しまいには同僚知人《どうりょうちじん》、一二度出会《いちにどであ》ったというほどの相手《あいて》にまで、直《す》ぐに謹賀新年《きんがしんねん》の葉書《はがき》を出《だ》すというような、大戦前《たいせんまえ》までの風習《ふうしゅう》は普及《ふきゅう》したのである。いつの頃《ころ》から断《こ》うなったという境目《さかいめ》はまだ明《あきら》かで無《な》いけれども、家門《かもん》を異《こと》にした人々《ひとびと》の間《あいだ》にまで、是《これ》が社交《しゃこう》の大《おお》きな機会《きかい》となったのは、まさしく世《よ》の中《なか》の一《ひと》つの変《かわ》りであって、もとは正月《しょうがつ》も盆《ぼん》と同《おな》じように、家《いえ》へ先祖《せんぞ》の霊《れい》の戻《もど》って来《く》る嬉《うれ》しい再会《さいかい》の日《ひ》であった。その事《こと》を私《わたし》はやや詳《くわ》しく話《はな》して見《み》たいのである。

語注 ○干与…関与。○三箇日…正月の一日から三日までの三日間。○正朔…正月一日。

鑑賞 最大の民間年中行事の正月と盆は別と考えられているが、最初からそうであったとは即断できず、盆はめでたい日とし、正月は先祖の戻る日と考えられる。

一六　門明《かどあ》け・門開《かどびら》き

農村《のうそん》でも村年始《むらねんし》から名刺《めいし》の交換会《こうかんかい》などと、近年《きんねん》は是《これ》が公人《こうじん》の資格《しかく》のようになってしまったが、一部《いちぶ》には今《いま》なお正月《しょうがつ》は内《うち》で祝《いわ》うもの、年始《ねんし》の訪問《ほうもん》は三月一《さんがつい》っぱい、時《とき》には六月《ろくがつ》のむけの朔日《ついたち》までに、一度《いちど》はする方《ほう》が礼儀《れいぎ》だという位《くらい》なものであって、少《すく》なくとも之《これ》を元日《がんじつ》の行事《ぎょうじ》とは認《みと》めない土地《とち》が多《おお》い。そうして一方《いっぽう》には必《かなら》ずこの日《ひ》の早朝《そうちょう》にしなければならぬことの中《なか》に、氏神社《うじがみしゃ》の社参《しゃさん》と、本家《ほんけ》への年頭礼《ねんとうれい》があったのである。

　四国《しこく》の中央《ちゅうおう》の山地《さんち》のかなり広《ひろ》い区域《くいき》にわたって、之《これ》をかど明《あ》けと名《な》づけて、一家一統《いっかいっとう》の厳重《げんじゅう》な作法《さほう》としている村々《むらむら》が有《あ》る。同《おな》じ慣例《かんれい》は又他《またほか》の地方《ちほう》でも聴《き》くことで、或《あるい》は誤《あやま》ってカドワケとも謂《い》う人《ひと》があるのは、カドを門《もん》のことだと思《おも》って居《い》る為《ため》らしいが、家《いえ》の大戸《おおど》の口《くち》も元《もと》はカドであったことは、門松《かどまつ》という語《ご》のあるのを見《み》てもわかる。ともかくも是《これ》が私《わたし》たちの謂《い》う一巻《ひとまき》の中《なか》に於《お》いて、いつの頃《ころ》からか行《おこな》われて居《い》る正月元旦《しょうがつがんたん》の礼儀《れいぎ》であった。この日《ひ》の早朝《そうちょう》、恐《おそ》らくはまだ日《ひ》の出前《でまえ》に、分家《ぶんけ》の全部《ぜんぶ》もしくはその中《なか》の重《おも》な家《いえ》の主人《しゅじん》が、本家《ほんけ》へ遣《や》って来《き》て表《おもて》の戸《と》を開《ひら》くのは、彼等《かれら》の心持《こころもち》では初春《しょしゅん》の神《かみ》を迎《むか》え請《しょう》ずるという意味《いみ》であったろう。現在《げんざい》は之《これ》に対《たい》して本家《ほんけ》の主人《しゅじん》が、後刻《ごこく》その分家《ぶんけ》の門《もん》を明《あ》けに行《ゆ》く例《れい》も有《あ》るようだが、是《これ》は両家《りょうけ》の交際《こうさい》を七分三分《ななぶさんぶ》にしようという趣旨《しゅし》の改良《かいりょう》かと思《おも》われる。そんなに遅《おそ》くまで門《もん》をしめて待《ま》って居《い》る家《いえ》は無《な》いだろうから、事実《じじつ》はただ祝《いわ》い酒《ざけ》を酌《く》みかわすだけになって、愈々門《いよいよかど》あけという言葉《ことば》が不明《ふめい》に帰《き》するのであった。

　信州上伊那《しんしゅうかみいな》あたりの門《かど》びらきの少《すこ》しちがって居《い》るのは、この際分家《さいぶんけ》の主人《しゅじん》が注連縄《しめなわ》を持参《じさん》して、そ

図版２　拝み松

れを本家《ほんけ》の神棚《かみだな》に張《は》り渡《わた》すことだというが、それがもし古《ふる》くからの仕来《しきた》りの残《のこ》りだとすれば、もとはこの作法《さほう》はもう少《すこ》し込入《こみい》って居《い》て、時間《じかん》のかかるものだったのかも知《し》れない。注《し》連《め》や拝《おが》み松《まつ》などの正月飾《しょうがつかざ》りは、二三日前《にさんにちまえ》から支度《したく》に取掛《とりかか》り、殊《こと》に一夜松《いちやまつ》と称《しょう》して大晦日《おおみそか》になってから飾《かざ》ることを、嫌《きら》う風《ふう》さえもそちこちに見《み》られる。それは或《あるい》は新《あた》らしく言《い》い出《だ》したことかとも思《おも》うが、とにかくに正月様《しょうがつさま》の家々《いえいえ》に到着《とうちゃく》せられるのは、元日《がんじつ》の朝《あさ》ではちと遅過《おそす》ぎたのであった。是《これ》は一年《いちねん》の境目《さかいめ》と見《み》るべき一日《いちにち》の始《はじ》まりが、今《いま》の時計《とけい》の何時《なんじ》であったかという、興味《きょうみ》ある問題《もんだい》と関聯《かんれん》するのだが、この点《てん》は故南方熊楠《こみなかたくまぐす》氏《し》をはじめ多《おお》くの学者《がくしゃ》の研究《けんきゅう》によって、もう大《おお》よそは明白《めいはく》になって居《い》る。即《すなわ》ち我々日本人《われわれにほんじん》の一昼夜《いっちゅうや》は、もとは夜昼《よるひる》という順序《じゅんじょ》になって居《い》て、朝《あさ》の日《ひ》の出《で》に始《はじ》まるのでは無《な》く、真《ま》夜中《よなか》の零時《れいじ》を起点《きてん》とするのでは尚更無《なおさらな》く、今《いま》いう前日《ぜんじつ》の日没時《にちぼつじ》、いわゆる夕日《ゆうひ》のくだちを以《もっ》て境《さかい》として居《い》たことは、まだ幾《いく》つもの証拠《しょうこ》、たとえば漢語《かんご》で昨晩《さくばん》というのを、我邦《わがくに》の口語《こうご》ではユウベといい、却《かえ》って一昨晩《いっさくばん》をキノウノバンと謂《い》う人《ひと》が多《おお》かったのでも判《わか》る。だから一年《いちねん》の境《さかい》の年越《としこし》の御節《おせち》というのも、支那《しな》では除夜《じょや》という晩《ばん》の夕飯時《ゆうはんどき》のことで、この刻限《こくげん》に神棚《かみだな》に御灯明《おとうみょう》を上《あ》げ、最《もっと》も念《ねん》の入《い》った御膳《おぜん》と神酒《みき》とを備《そな》えて、其前《そのまえ》に一家総員《いっかそういん》が居並《いなら》んで、本式《ほんしき》の食事《しょくじ》をしたのである。町《まち》では夜半《やはん》まで掛取《かけと》りが歩《ある》きまわり、一夜明《いちやあ》けてからやっと正月《しょうがつ》になるようにいう者《もの》が多《おお》くなったが、そんなら何故《なにゆえ》に前晩《ぜんばん》に年越《としこし》の祝《いわ》いをすますかを、説明《せつめい》することは不可能《ふかのう》であった。もとはこの一夜《いちや》を年《とし》の夜《よる》と称《しょう》して、神《かみ》の御社《おやしろ》の祭《まつり》の夜《よる》と同《おな》じように、家々《いえいえ》では夜《よ》どおし起《お》き明《あ》かして、厳重《げんじゅう》な年籠《としごも》りを守《まも》って居《い》たのであった。是《これ》から考《かんが》えて見《み》ると、注連縄《しめなわ》を元日《がんじつ》の朝《あさ》になって、張《は》りに来《く》るというのも訝《いぶ》かしいが、門《もん》の戸《と》を外《ほか》ら明《あ》けに来《く》るというのも亦少々変《またしょうしょうへん》である。察《さっ》するところ本来《ほんらい》はこの年越《としこし》の夜《よる》の祭《まつり》から、分家《ぶんけ》も必《かなら》ず本家《ほんけ》に来《き》て其式《そのしき》に参加《さんか》し、夜《よ》が明《あ》けいよいよ物忌《ものいみ》の滞《とどこお》り無《な》く終《おわ》った時《とき》に、立《た》って晴《は》れ晴《ば》れと表《おもて》の大戸《おおど》を開《ひら》くのを、この人々《ひとびと》の役目《やくめ》として居《い》たのが、後《のち》にめいめいの部屋《へや》に於《お》いて、各自《かくじ》の祝《いわ》い事《ごと》をすませてから、出《で》て来《く》ることに変《かわ》ったものであろう。

語注 ○**六月のむけの朔日**…旧暦六月一日。「むけの朔日」は「剥け殻の朔日」ともいう。三朔の一つで、この日は蛇の抜け殻を見るのを嫌って山に行かないなどという。○**大戸**…表入口の大きな戸。○**信州上伊那あたり**…今の長野県上伊那地方。○**拝み松**…「正月に松を立てるのは門の口だけに限らず、家の中でも立派なのを立てるところは多い。奥州ではこれを拝み松といい、盛岡などは家の柱に釘で打付け、またはおそなえの真中に立てて正月七日の日までおく」（『綜合日本民俗語彙』第一巻「オガミマツ」、図版2「オガミマツ　宮城県伊具郡」）。○**関聯**…関連。○**故南方熊楠氏をはじめ多くの学者の研究**…

南方熊楠（一八六七〜一九四一）は、和歌山県田辺市に暮らした民俗学者・植物学者。昭和五年（一九三〇）九月発行の『民俗学』第二巻第九号の「往古通用日の初め」を念頭に置いた記述。平凡社版全集第二巻の解説の益田勝実「こちら側の問題」がこれに言及している（飯倉照平氏の御教示による）。○夕日のくだち…夕暮れ。○支那…今の中国。

鑑賞 元日には氏神社の社参と本家への年頭礼があり、門明けや門開きと呼ぶ地域もあるので、元来は年越の夜が明けて物忌が終わったことを言ったのではないかと考えられる。

一七　巻《まき》うち年始《ねんし》の起原《きげん》

巻《まき》に属《ぞく》する家々《いえいえ》が、次第《しだい》に独立性《どくりつせい》を帯《お》びて来《く》る過程《かてい》として、是《これ》と併行《へいこう》する変遷《へんせん》はなお色々《いろいろ》の点《てん》にも認《みと》められるのだが、其話《そのはなし》に入《はい》って行《ゆ》く前《まえ》に、今少《いますこ》し正月《しょうがつ》の慣例《かんれい》を見《み》て置《お》かねばならぬ。戸《と》あけ・門《かど》あけ・門開《かどびら》きなどの名《な》は無《な》くとも、いわゆる巻《まき》うち年始《ねんし》だけは、是非《ぜひ》とも元日《がんじつ》の朝《あさ》のうちに勤《つと》めるという土地《ち》は多《おお》い。そういう物固《ものがた》い家々《いえいえ》に限《かぎ》って、大抵《たいてい》は其前日《そのぜんじつ》の夕方又《ゆうがたまた》は夜《よる》に入《はい》って、歳末《さいまつ》の礼《れい》と謂《い》って一《ひと》まきの家々《いえいえ》を廻《まわ》り、又《また》は少《すく》なくとも本家《ほんけ》だけには顔《かお》を出《だ》すことにして居《い》る。それと翌元朝《よくがんちょう》のいわゆる年頭《ねんとう》の礼《れい》とは、おかしい程時間《ほどじかん》が接近《せっきん》して居《い》るのである。もしも年《とし》の夜《よる》は起《お》きて年籠《としごも》りをする習《なら》わしが守《まも》られて居《い》たならば、其《その》まま留《とど》まって語《かた》り明《あか》してもよさそうに思《おも》われるのだが、今日《こんにち》では成《な》るべく遅《おそ》くまで寝《ね》ないようにするという程度《ていど》、又《また》は主婦《しゅふ》と嫁娘《よめむすめ》だけが色々支度《いろいろしたく》があって睡《ねむ》らずに居《い》るという位《くらい》に改《あらた》まってしまったので、礼者《れいしゃ》も一旦《いったん》は引揚《ひきあ》げて又出《またで》なおして来《く》ることになったのである。

それから正月《しょうがつ》には注連縄《しめなわ》や門《かど》の松以外《まついがい》にも、祭具《さいぐ》や食器《しょっき》その他《た》の新調《しんちょう》すべきものが多《おお》く、以前《いぜん》は年《とし》の市《いち》に出《で》て買《か》うということがなかったので、之《これ》を取揃《とりそろ》えることが中々大仕事《なかなかおおしごと》であった。それで餅搗《もちつ》きの手伝《てつだ》いなどのように、旧家《きゅうか》という中《なか》には暮《くれ》の或一日《あるいちにち》を定《さだ》めて、一家《いっか》うちの人々《ひとびと》が集《あつ》まって来《き》て、福《ふく》箸《ばし》や釜《かま》の棒《ぼう》、祝《いわ》い木《ぎ》や削花《けずりばな》の類《たぐい》をこしらえるのを、吉例《きちれい》とした話《はなし》も残《のこ》って居《い》る。其後《そのあと》には勿論酒食《もちろんしゅしょく》が出《で》るのだから、是《これ》も正月《しょうがつ》らしい楽《たの》しみな仕事《しごと》であった筈《はず》だが、実際働《じっさいはたら》くのは出入《でい》りとか子方《こかた》とかいう小《ちい》さな分家《ぶんけ》の者《もの》が多《おお》く、之《これ》を箸削《はしけず》りだの年奉公《ねんぼうこう》だのという古風《こふう》な名《な》で呼《よ》んで居《い》るので、近《ちか》く分《わか》れて出《で》た新宅《しんたく》などの者《もの》は、此仲間《このなかま》に加《くわ》わることをいやがって、段々《だんだん》と各自別々《かくじべつべつ》の春用意《はるようい》をするようになって来《き》た。しかしそういう中《なか》でもなお門松《かどまつ》だけは、一番分家《いちばんぶんけ》の主人《しゅじん》が来《き》て立《た》てるとか、又《また》は年男《としおとこ》だけは一《いち》門《もん》の最《もっと》もめでたい老人《ろうじん》が勤《つと》めるとか、稀《まれ》には古《ふる》い仕来《しきた》りを続《つづ》けて居《い》るものも有《あ》るのを見《み》ると、もとは本家《ほんけ》の祝《いわ》い事《ごと》の為《ため》に、今《いま》よりもずっと親密《しんみつ》な協同《きょうどう》が行《おこな》われて居《い》たことが想像《そうぞう》せられる。それをただ単《たん》なる一門《いちもん》の義務又《ぎむまた》は課役《かえき》、或《あるい》は本家《ほんけ》の格式《かくしき》の承認《しょうにん》とか支持《しじ》とか解《かい》する傾《かたむ》きが現《あら》われると、平和《へいわ》の間《あいだ》に

図版３　年男

も自然《しぜん》にこの慣行《かんこう》は弛《ゆる》まざるを得《え》なかったろうが、本《ほん》来《らい》の目的《もくてき》は寧《むし》ろ各自《かくじ》の生活力《せいかつりょく》を強健《きょうけん》ならしむべく、進《すす》んで宗家《そうけ》の年々《ねんねん》の祭典《さいてん》に参加《さんか》して、先祖《せんぞ》を共《とも》にする者《もの》の感銘《かんめい》を新《あら》たにするに在《あ》ったのである。ところが歴史《れきし》として非常《ひじょう》に重大《じゅうだい》なことは、この正月《しょうがつ》の儀礼《ぎれい》の精神《せいしん》、又《また》は意義《いぎ》ともいうべきものが、時《とき》と共《とも》に少《すこ》しずつ不明《ふめい》になって来《き》た。そうして一方《いっぽう》には一般《いっぱん》の社交《しゃこう》が発達《はったつ》し、又分家《またぶんけ》にもそれぞれの有力《ゆうりょく》なる先祖《せんぞ》が祭《まつ》られるようになって、自然《しぜん》の統一《とういつ》は幾分《いくぶん》か弛《ゆる》まざるを得《え》なかったのである。しかし幸《さいわ》いにして前々《まえまえ》の仕来《しきた》りが、形《かたち》ばかりは斯《こ》うして保存《ほぞん》せられて居《い》るので、今《いま》ならばまだこの変化《へんか》の跡《あと》が尋《たず》ねられるのである。

語注　○礼者…年賀の挨拶に回り歩く人。○福箸や釜の棒、祝い木や削花の類…「福箸」は正月の膳に用いられる新しい箸で、福を呼ぶと信じられた。「釜の棒」は不明。「祝い木」は柳などの枝の先を削って、新年の祝福行事に使う棒。「削花」は柳などの枝を薄く削って、花のように垂らした祭具。○年男…その家の正月行事を行う男性で、家長や長男が務める場合が多い（図版3『年中行事図説』「年男」）。

鑑賞 巻うち年始だけは元日の朝のうちに勤める所が多く、注連縄や門松なども集まって用意した。本来の目的は、宗家の祭に参加して先祖を共にする者の感銘を深くすることにあった。

一八　年《とし》の神《かみ》は家《いえ》の神《かみ》

そこで私《わたし》たちの問題《もんだい》になるのは、先《ま》ず最初《さいしょ》には正月《しょうがつ》に祭《まつ》る神《かみ》、本来本家《ほんらいほんけ》が当然《とうぜん》の中心《ちゅうしん》となって、この一年《いちねん》の始《はじ》めの日《ひ》に、祝《いわ》いかしずいて居《い》た神《かみ》はどういう神《かみ》であったか。それを明《あきら》かにすることが順序《じゅんじょ》であるが、是《これ》が又近世《またきんせい》に入《はい》ってから、殊《こと》に外部《がいぶ》の影響《えいきょう》を受《う》けて、色々《いろいろ》と変化《へんか》を重《かさ》ねて居《い》る点《てん》であった。そういう中《なか》でも正月《しょうがつ》はただ世《よ》を祝《いわ》い身《み》を祝《いわ》うて、遊《あそ》び楽《たの》しむ時《とき》であって、別《べつ》に神々《かみがみ》を拝《おが》むことはせぬというもの、是《これ》などは新《あた》らしい家庭《かてい》に少《すこ》しは例《れい》があるかも知《し》らぬが、全体《ぜんたい》から見《み》ると其数《そのかず》はまだ決《けっ》して多《おお》くない。大《おお》きな忙《いそ》がしい都会《とかい》の中《なか》に住《す》む人《ひと》でも、元旦《がんたん》には早天《そうてん》に必《かなら》ず社参《しゃさん》をするという者《もの》があり、それも通例《つうれい》は氏神《うじがみ》さま、又《また》は産土《うぶすな》の御社《おやしろ》に詣《もう》でるのであったが、汽車《きしゃ》が自由《じゆう》な時代《じだい》になってからは、特《とく》に遠方《えんぽう》の大《おお》きな御社《おやしろ》に年籠《としごも》りに行《ゆ》くことが流行《りゅうこう》し始《はじ》めた。しかし正月早々《しょうがつそうそう》から一家《いっか》の主人《しゅじん》が家《いえ》を留《る》守《す》にするということは有《あ》り得《え》ないことである。私《わたし》たちの家《いえ》などの慣例《かんれい》は、除夜《じょや》から元日《がんじつ》は公《おおや》けの勤仕《きんし》の外《ほか》は家《いえ》から出《で》て行《ゆ》かない。そうして夜《よ》どおし起《お》きて居《い》るという忌籠《いみごも》りはもう無《な》いが、其代《そのかわ》りには年《とし》越《こし》の宵《よい》のおせちと、翌朝《よくあさ》のいわゆる雑煮《ぞうに》を祝《いわ》う時《とき》に両度《りょうど》、神棚《かみだな》に灯明《とうみょう》を上《あ》げ神酒《みき》と神饌《しんせん》を供《そな》えて、もとは其御前《そのおんまえ》で一同《いちどう》が、はいお目出《めで》とうを交換《こうかん》したものであった。そうして其神棚《そのかみだな》の神様《かみさま》は、実《じつ》は何様《なにさま》であるかをはっきりと意識《いしき》して居《い》なかったのである。ただ年《とし》の暮《くれ》には伊勢《いせ》の御祓《おはらい》の札《ふだ》が配《くば》られ、又土《またと》地《ち》の氏神社《うじがみしゃ》からも御札《おふだ》が渡《わた》り、それを神棚《かみだな》の中《なか》に納《おさ》めることにして居《い》るから、大方《おおかた》はこの大小両処《だいしょうりょうしょ》の神《かみ》を拝《おが》むことになるのであろうと、漠然《ばくぜん》とそう思《おも》って居《い》ただけであった。そういういい加減《かげん》なことは宜《よろ》しくない。たしかに一国《いっこく》の宗廟《そうびょう》を拝《おが》むものと心得《こころえ》よと、いった様《よう》な勧説《かんぜい》は行《おこな》われて居《い》るが、それは全《まった》く新《あた》らしい大改良《だいかいりょう》であって、事実《じじつ》は少《すく》なくとも以前《いぜん》には無《な》かったことである。第一《だいいち》にそういう尊《とう》とい御《お》しるしを、戸毎《こごと》に配《くば》るということは、昔《むかし》は勿論今《もちろんいま》でもまだ望《のぞ》まれないことなのである。しかしともかくも是《これ》に近《ちか》い心持《こころもち》を以《もっ》て、元朝《がんちょう》に家《いえ》の神《かみ》を拝《おが》む人《ひと》の数《かず》は、近頃《ちかごろ》になって急《きゅう》に多《おお》くなって来《き》て居《い》ることだけは争《あらそ》われず、又《また》そうなって然《しか》るべきだという説《せつ》にも傾聴《けいちょう》の値《あたい》は有《あ》る。ただ是《これ》が日本国民《にほんこくみん》の、年《とし》を迎《むか》える古来《こらい》の慣習《かんしゅう》だったという風《ふう》に、思《おも》わせようとすることだけは間違《まちが》って居《い》るのである。幾度《いくど》かの考《かんが》え方《かた》の変化《へんか》は有《あ》ったと思《おも》われるが、まだ一度《いちど》でも畏《かしこ》こき一国《いっこく》の大神《おおかみ》が、正月家々《しょうがついえいえ》に来《きた》り臨《のぞ》みたまうものと、信《しん》じて居《い》たことは我々《われわれ》には無《な》かった。そうして一方《いっぽう》には又我々《またわれわれ》の正月《しょうがつ》の神《かみ》は、必《かなら》ず祝《いわ》い慎《つつ》しむ者《もの》の家《いえ》を、個々《ここ》に訪《おとず》れ来《こ》られるものと考《かんが》えられて居《い》たのである。

語注 ○**旱天**…早朝。○**氏神さま、又は産土の御社**…住んでいる場所の鎮守の神さま、または生まれた場所の守り神の神社。○**神酒と神饌**…神に供える酒と神に供える飲食物。○**伊勢の御祓の札**…伊勢神宮が毎年授ける神札。大麻《たいま》。○**一国の宗廟**…皇室の祖先を祭ったみたまや。○**畏こき一国の大神**…天照大御神を念頭に置くが、曖昧にした表現。

鑑賞 伊勢の御祓の札が配られ、一国の宗廟を拝むようになったのは新しく、正月に祭る神は祝い慎む家を訪れるものであった。柳田国男監修の『民俗学辞典』の「神棚」（平山敏治郎執筆）では、「家庭祭祀の祭場。仏壇とともに屋内に作られる。通常は常居・台所など囲炉裏端に家族が集まる間《ま》に設けるが、座敷・出居などに置く場合もある。この方が様式的には新らしい」とし、柳田の説を、「以前には屋内の祭場は正月の年棚・七月の盆棚などの場合の如く祭に際して臨時に営なみ、祖先を祭ったのである。各戸に一般に設けるのも古風ではなかった。かつては本家の司祭の下に同族が集まっておこなったもので、祖先の祭祀が仏者の手に委ねられ、仏壇に位牌《いはい》を並べて祭る風ができるとともに、戸毎に祭の分立が促されて、新たに勧請の神霊を持ちこむようになったのである」とまとめた。

一九　年棚《としだな》と明《あ》きの方《かた》

正月《しょうがつ》に家々《いえいえ》を訪《おとず》れて我々《われわれ》の祭《まつり》を享《う》けたまう神様《かみさま》は、もう大分《だいぶ》の前《まえ》から、どういう方々《かたがた》かということが判然《はんぜん》しなくなって居《い》て、国民《こくみん》の多数《たすう》は是《これ》を年神《としがみ》さん又《また》は歳徳神《としとくじん》、俗間《ぞっかん》ではもっと無造作《むぞうさ》に、正月様《しょうがつさま》とさえ呼《よ》び申《もう》して居《い》た。神《かみ》の御名《みな》は仮《かり》に知《し》って居《い》ても、それを口《くち》にしないのが日本人《にほんじん》の慎《つつ》しみであって、ただ神道《しんとう》の学者《がくしゃ》のみが之《これ》を憚《はばか》らなかった為《ため》に、後《あと》になって無理《むり》に押付《おしつ》けられたものが多《おお》いが、正月様《しょうがつさま》などはそれすらもまだ無《な》かった。農民《のうみん》たちの考《かんが》え方《かた》も誤《あやま》って居《い》ないとは限《かぎ》らぬけれども、ともかくも日頃《ひごろ》は遠《とお》い処《ところ》にいます神《かみ》であり、この年越《としこし》の夕《ゆうべ》の祭《まつり》を目《め》あてに、遥々《はるばる》と訪《と》い寄《よ》りたまう御約束《おやくそく》のあったことは、今《いま》でも村《むら》の児《こ》が暮《くれ》に近《ちか》くなると歌《うた》い出《だ》す、

正月《しょうがつ》さまどうこまで
何々山《なにやにやま》のしいたまで云々《うんぬん》

という童詞《わらわことば》からでも想像《そうぞう》し得《え》られる。篦篋《ほき》と称《しょう》する陰陽道《おんようどう》の説《せつ》から出《で》たと言《い》われて居《い》るが、一《ひと》つの特《とく》色《しょく》は毎年《まいとし》この神《かみ》の来《こ》られる方角《ほうがく》が少《すこ》しずつ変《かわ》ることで、誰《だれ》がきめるのか知《し》らないが、今《いま》でも毎年之《まいとしこれ》を吉方《えほう》とも明《あ》きの方《かた》とも謂《い》って発表《はっぴょう》せられる。東北《とうほく》の田舎《いなか》では、冬《ふゆ》の最後《さいご》の雷《かみなり》が鳴《な》り納《おさ》まった方角《ほうがく》が、次《つぎ》の新年《しんねん》の吉方《えほう》だと謂《い》って居《い》たことも有《あ》る。それだと一《ひと》つの盆地毎《ぼんちごと》に、吉方《えほう》はぐるぐると何処《どこ》へでも

まわって行《い》った筈《はず》だが、此頃《このごろ》の東京《とうきょう》あたりの吉方《えほう》は、何《なん》だか毎年東《まいとしひがし》によった方角《ほうがく》ばかりになって居《い》る。それを熱心《ねっしん》に問《と》い尋《たず》ねる人《ひと》が多《おお》かったのは、もとは決《けっ》して恵方詣《えほうまい》りの必要《ひつよう》ばかりからでは無《な》かったのである。

或《あるい》はまだ説明《せつめい》する必要《ひつよう》も無《な》いのか知《し》れぬが、是《これ》には正月《しょうがつ》の特別《とくべつ》の神棚《かみだな》を、どういう風《ふう》につるすかということが関係《かんけい》して居《い》た。正月《しょうがつ》の家《いえ》の祭《まつり》のかわって居《い》る一点《いってん》は、常設《じょうせつ》の神棚《かみだな》を使用《しよう》しなかったことである。そうして其棚《そのたな》は年棚《としだな》又《また》は年神棚《としがみだな》、或《あるい》はめでたく恵方棚《えほうだな》とも名《な》づけて、是非《ぜひ》とも正月様《しょうがつさま》のやって来《こ》られる明《あ》きの方《かた》を向《む》けて、其棚《そのたな》を釣《つ》らなければならなかった。江戸《えど》でも斯《こ》うするのが通例《つうれい》であったことは、道中膝栗毛《どうちゅうひざくりげ》の作者十返舎一九《さくしゃじっぺんしゃいっく》の、次《つぎ》のような狂歌《きょうか》を見《み》ただけでもわかる。

　正月《しょうがつ》はもう神田《かんだ》まで来《き》にけらし筋《すじ》かいにつる歳徳《としとく》の棚《たな》

乃《すなわ》ち正月様《しょうがつさま》どこまでの童謡《どうよう》は、江戸《えど》の小児等《しょうにとう》も口《くち》ずさんで居《い》たのである。筋《すじ》かいというのは今《いま》の万《まん》世橋附近《せいばしふきん》に在《あ》った見附《みつけ》の名《な》で、内外《ないがい》の神田《かんだ》を繋《つな》いで居《い》た。それを年棚《としだな》が毎年《まいとし》のように、斜《なな》めに釣《つ》り渡《わた》されて居《い》たことに引掛《ひっか》けたしゃれなのである。いわゆる几帳面《きちょうめん》は壁《かべ》や戸閾《としきい》と併行《へいこう》に物《もの》を並《なら》べることで、堅《かた》い家々《いえいえ》では毎晩《まいばん》の行灯《あんどん》でさえも、筋《すじ》かいに置《お》くのをひどく嫌《きら》って居《い》た。それが正月用《しょうがつよう》の臨時《りんじ》の神棚《かみだな》に限《かぎ》って、必《かなら》ず吉方《えほう》を向《む》けるということは印象《いんしょう》の深《ふか》いものだったに違《ちが》いない。そうして又簡単《またかんたん》な装置《そうち》でも無《な》かったのである。私《わたし》の知《し》って居《い》る東北《とうほく》の或旧家《あるきゅうか》では、広間《ひろま》の屋根裏《やねうら》から樫《かし》の木《き》の丸棒《まるぼう》の、回転《かいてん》自在《じざい》なものが下《さ》げてあった。年越《としこし》にはそれへ年棚《としだな》のしまってあるのを取附《とりつ》けて、其年《そのとし》の明《あ》き方《かた》に向《む》く様《よう》にして居《い》たのである。しかし普通《ふつう》にはそれまでの用意《ようい》は無《な》い。大抵《たいてい》は程《ほど》よい処《ところ》に屋根裏《やねうら》から縄《なわ》を下《さ》げて、それに板《いた》を渡《わた》し又《また》は清浄《せいじょう》な割木《わりぎ》を並《なら》べて、吉方《えほう》を正面《しょうめん》にこの棚《たな》を新設《しんせつ》するので、棚《たな》には白幣《はくへい》を立《た》て注連《しめ》を張《は》り、その四隅《よすみ》には若松《わかまつ》の小枝《こえだ》などが結《ゆ》わえてあった。鏡餅《かがみもち》も毎日《まいにち》の御膳《おぜん》も皆《みな》この棚《たな》の上《うえ》に供《そな》え、常《つね》の神棚《かみだな》は正月《しょうがつ》には用《もち》いなかったのである。

語注 **○簠簋と称する陰陽道の説…**「簠簋」は「中国で、祭に用いる器。竹製で神前に供える黍や米などを盛るのに用いる。四角のものを簠、丸いものを簋という」（『日本国語大辞典　第二版』）。**○吉方とも明きの方とも謂って…**「吉方」も「明きの方」も、正月の神が来臨する方角をいったが、暦が入って、その年の福徳をつかさどる歳徳神のいる方角をいうようになった。**○恵方詣り…**元日にその年の恵方にあたる社寺に参詣すること。「恵方」は干支《えと》に基づいて良いとされた方角をいう。**○年棚又は年神棚、或はめでたく恵方棚とも名づけて…**「吉方すなわち明きの方から、正月の神がおいでになるという信仰から、年棚をその方角に向けて吊《つ》る習わしがある。この名の年棚は都会地に多かったが、農家でもこれを吉方に向けるために、鴨居と筋かいに吊ったのが今なお見られる」（『綜合日本民俗語彙』第一巻「エホウダナ」）。**○道中膝栗毛…**滑稽本『東海道中膝栗毛』のこと。享和二年（一八〇二）〜文政五年（一八二二）刊。**○十返舎一九…**十返舎一九（一七六五〜一八三一）は戯作者で、滑稽本を得意とした。**○狂歌…**江戸時代、滑稽や風刺を込めて詠んだ短歌。○正月は〜…出典不明だが、柳田は「膝栗毛で有名な十返舎一九の狂歌として伝えられて居る逸話に、或年の大晦日に人の家に行くと、歳徳神の棚が曲って居たとて、主人御幣を担ぎひどく家の者を叱っている。そこでその機嫌直しにこんな歌をよんだ」としてこの歌を紹介している（「歳徳神のこと」、『新たなる太陽』所収）ので、別に出典があるらしい。「筋かい」は斜めに交差した状態と見附の名を掛ける。○筋かいというのは今の万世橋附近に在った見附の名で…「筋違御門《すじかいごもん》　江戸城々門および見附の一つ。現代の千代田区神田須田町一丁目の東北にあたる」（『角川日本地名大辞典　13　東京都』）。「見附」は江戸時代、枡形《ますがた》を持つ城門の外側で、番兵が通行人を監視した場所。○行灯…木の枠などに紙を貼り、中に油皿を置いて火を灯す照明具。○鏡餅…正月に神仏に供える円形の餅。おそなえ。

鑑賞　明きの方から来る正月様は年越の夕べの祭をめあてに来るもので、正月には常設の神棚を使わず、恵方棚を吊った。柳田国男は大正一四年（一九二五）発行の『青年』第一巻第三号に載った「歳徳神のこと」で、「先日東京朝日新聞の記者出題で、各地の新年風俗を募集したところ、数百通の報告が集まって来て、新聞には只《ただ》十二三より他出すことが出来なかった。惜しいと思う話は折を見て、誌上談話会に提出したいものであるが、その中にも北は奥羽から南は暖かな中国の海辺にかけて、正月の子供唄に「正月様はどこから」とか、「どこ迄ござった」という類の歌が幾らもあることを発見した。

即ち今でも多くの地方では、我々の歳徳神という神が、正月元日の暁に、個々の民家に来訪せられ、十五日頃に還《かえ》りたまうものと、まだ考えられて居るらしいのである」と書いていた（後に『新たなる太陽』に収録）。この時期が民間で信じられた正月様の「発見」だったことがわかる。

二〇　神《かみ》の御《お》やしない

但《ただ》し何時《いつ》の頃《ころ》から始《はじ》まったかは知《し》らぬが、是《これ》が国固有《くにこゆう》の定《き》まった作法《さほう》で無《な》いことだけは認《みと》められる。田舎《いなか》の隅々《すみずみ》には是《これ》よりももっと素朴《そぼく》な、更《さら》に自然《しぜん》に近《ちか》い年神《としがみ》の祭壇《さいだん》を、設《もう》けて居《い》る例《れい》が幾通《いくとお》りもあるからである。たとえば初春《しょしゅん》は臼《うす》を休《やす》めると称《しょう》して、それをうつむけに伏《ふ》せて新《あた》らしい藁《わら》の蓆《むしろ》を敷《し》き、箕《み》などを其上《そのうえ》に置《お》いて其中《そのなか》に飾《かざ》り立《た》てるものもある。或《あるい》はこの為《ため》に特《とく》に美《うつく》しくこしらえた新米《しんまい》の俵《たわら》を三俵又《さんびょうまた》は五俵《ごひょう》、内庭《うちにわ》の正面《しょうめん》とか大黒柱《だいこくばしら》の根《ね》もと、もしくは広間《ひろま》の常《つね》の神棚《かみだな》の下《した》などに積《つ》み重《かさ》ねて、其《その》上《うえ》で正月様《しょうがつさま》を祭《まつ》るという家《いえ》も多《おお》い。右《みぎ》の二《ふた》つの場合《ばあい》には三階松五段松《さんがいまつごだんまつ》、大抵《たいてい》は新《あら》たに迎《むか》えて来《き》た枝振《えだぶ》りの好《よ》い大松《おおまつ》を中心《ちゅうしん》にして、是《これ》に白紙《はくし》の幣《へい》を剪《き》り掛《か》け、又《また》はホダレともカイダレともいう削花《けずりばな》を添《そ》える。松《まつ》を立《た》てることは正月祭《しょうがつまつり》の特徴《とくちょう》で、家《いえ》によっては一《ひと》つ一《ひと》つの小屋《こや》の口《くち》、井戸《いど》にも閑所《かんしょ》にも悉《ことごと》く之《これ》を飾《かざ》るが、その中《なか》にはおのずから中心《ちゅうしん》があり、殊《こと》に念入《ねんい》りな大《おお》きな一対《いっつい》を、立《た》てる場所《ばしょ》は大《おお》よそ定《き》まって居《い》た。奥州《おうしゅう》も北《きた》の方《ほう》に行《ゆ》くと拝《おが》み松《まつ》と謂《い》って、常居《じょうい》即《すなわ》ち正式《せいしき》の炉《ろ》の在《あ》る広間《ひろま》の一隅《いちぐう》、それも大戸《おおど》を入《はい》って直《す》ぐに目《め》に付《つ》くような、大黒柱《だいこくばしら》のまわりが多《おお》く、中《なか》には直接《ちょくせつ》に此柱《このはしら》に結《ゆ》わえるものもある。そうで無《な》ければ年神棚《としがみだな》、もしくは臼《うす》や俵《たわら》の祭壇《さいだん》の正面《しょうめん》のものが見事《みごと》であり、門松《かどまつ》という名《な》が今《いま》は普及《ふきゅう》して居《い》るが、それも都会《とかい》のように門前《もんぜん》に進出《しんしゅつ》したものよりも、家《いえ》の表入口《おもていりぐち》に軒近《のきちか》く立《た》てたものを、特《とく》に立派《りっぱ》にする場合《ばあい》も有《あ》るというに過《す》ぎない。

いわゆる門松《かどまつ》の由来《ゆらい》に関《かん》する世諺問答《せげんもんどう》以下《いか》の京都人《きょうとじん》の説明《せつめい》は、寧《むし》ろこの風俗《ふうぞく》の田舎武士《いなかぶし》と共《とも》に入《はい》って来《き》たもので、帝都固有《ていとこゆう》の仕来《しきた》りで無《な》かったことを暗示《あんじ》する。現《げん》に宮廷《きゅうてい》では今《いま》なお是《これ》に重《おも》きを置《お》いて居《お》られぬのである。そうして一《ひと》つの可《か》なり重要《じゅうよう》な点《てん》が、書物《しょもつ》で学問《がくもん》をする人《ひと》からは見落《みおと》されて居《い》る。中部地方《ちゅうぶちほう》の農村《のうそん》には、今《いま》やまだ明確《めいかく》に伝《つた》わって居《い》る風習《ふうしゅう》であるが、この主要《しゅよう》なる正月《しょうがつ》の松飾《まつかざ》りには、注連縄《しめなわ》以外《いがい》に意外《いがい》なものが一《ひと》つぶら下《さが》って居《い》た。信州《しんしゅう》などではそれをオヤス又《また》はヤスノゴキと呼《よ》んで居《い》る。新藁《しんわら》を曲《ま》げて拵《こしら》えた簡略《かんりゃく》な藁製《わらせい》の皿又《さらまた》は壷《つぼ》で、即《すなわ》ち神《かみ》に供物《くもつ》をさし上《あ》げる食器《しょっき》なのである。年《とし》男《おとこ》は年越《としこし》の晩《ばん》と三箇日《さんがにち》、又六日《またむいか》十四日《じゅうよっか》の夕祭《ゆうまつり》などにも、必《かなら》ず供物《くもつ》を持《も》ってまわって、この松《まつ》の木《き》の藁《わら》皿《ざら》の中《なか》に少《すこ》しずつ上《あ》げる。是《これ》を御養《おやしな》いと謂《い》うのを見《み》ると、オヤスという語《ご》の語原《ごげん》は明《あきら》かである。是《これ》がただ一地方《いちちほう》ばかりの珍《めずら》しい民俗《みんぞく》で無《な》かったことは、三重県《みえけん》の南部海岸地方《なんぶかいがんちほう》にも、伊豆《いず》の島々《しまじま》にも同《おな》じ物《もの》がまだ残《のこ》って居《お》り、又東京《またとうきょう》から遠《とお》くない三多摩《さんたま》の端々《はしばし》にも、百年《ひゃくねん》ほど前《まえ》までは少《すく》なくとも是《これ》があって、ツボケ又《また》はツボキと謂《い》ったことが江戸人《えどじん》の随筆《ずいひつ》にも出《で》て居《い》る。唯《ただ》この方《ほう》は何《なん》の為《ため》に斯《こ》んなものを附《つ》けるのかを知《し》らず、それを実地《じっち》には使用《しよう》して居《い》なかったらしいが、甲州信州等《こうしゅうしんしゅうとう》ではオヤスの実《み》などと称《しょう》して、五月六月《ごがつろくがつ》まで此中《このなか》に凍《こお》った米粒《こめつぶ》などを乾《ほ》し貯《たくわ》えて置《お》いて炒《い》って食《た》べて居《い》る。即《すなわ》ち餅《もち》や白《しろ》い御飯《ごはん》の初穂《はつほ》では無《な》しに、別《べつ》に洗米《あらいよね》を器《うつわ》に盛《も》って、それぞれのヤスの御器《ごき》に供《そな》えてまわる者《もの》もあったらしいのである。

語注 ○**臼**…杵で餅を搗くときなどに使う器。○**箕**…穀類の殻などを除くための農具。○**閑所**…便所。○**拝み松**…一六節参照。○**大戸**…一六節参照。○**世諺問答**…古典学者の一条兼良《かねよし》（一四〇二〜一四八一）著の年中行事書。天文一三年（一五四三）跋。「一　かどまつの事」に拠った記述である（『国文註釈全書』国学院大学出版部、一九〇九年）。○**信州**…二一節参照。○**伊豆**…今の静岡県の一部。○**三多摩**…今の東京都の西部一帯で、西多摩・南多摩・北多摩の総称。○**江戸人の随筆**…未確認。○**甲州**…今の山梨県。

鑑賞 年神としては大黒柱に松を立てるものがあり、注連縄以外に御やしないを松飾りにした。柳田国男監修の『民俗学辞典』の「門松」（編集による執筆）では、「今は正月の飾り物のように考えているが、本来歳神の依代《よりしろ》の一種であったらしく、そして必らずしも松とは限らない地方も多い」とし、楢《なら》・椿・朴《ほお》・みずきなどの場合があることを述べる。そして、「門松を全く立てない土地もかなりある。祖先が戦に敗れて落ちのびて来たのが正月であったからといった種類の伝承をもって門松を飾らない家例の旧家もある。京都でも宮中をはじめ貴族の家々には松飾がなかった」という。それは、ここに言う「京都人の説明は、寧ろこの風俗の田舎武士と共に入って来たもので、帝都固有の仕来りで無かったことを暗示する」と述べたことにつながる。

二　盆《ぼん》と正月《しょうがつ》との類似《るいじ》

話《はなし》は段々《だんだん》と枝《えだ》を出《だ》して行《ゆ》くが、もう少《すこ》しこの初春《しょしゅん》の松飾《まつかざ》りのことを談《かた》るならば、是等《これら》の松《まつ》の木《き》は、農村《のうそん》では今《いま》なお一般《いっぱん》に「迎《むか》え申《もう》す」と謂《い》って居《い》る。大戦前《たいせんまえ》までの大都会《だいとかい》のように、決《けっ》して川舟《かわぶね》に山《やま》と積《つ》んで、河岸《かわぎし》へほうり揚《あ》げて行《ゆ》くというようなもので無《な》く、従《したが》って又燃料《またねんりょう》の浪費《ろうひ》などと非難《ひなん》せられるような、単《たん》なる趣味行為《しゅみこうい》と見《み》るべきものでも無《な》かった。もとはこの松迎《まつむか》えを正月迎《しょうがつむか》えとも謂《い》って、師走《しわす》の十三日《じゅうさんにち》が其日《そのひ》となって居《い》たが、今《いま》から考《かんが》えるとやや早過《はやす》ぎる感《かん》じで、どうして松《まつ》の内《うち》まで青々《あおあお》と保存《ほぞん》させて居《い》たかが私《わたし》には判《わか》らない。近頃《ちかごろ》の松迎《まつむか》えは通例《つうれい》は二十八日《にじゅうはちにち》、一日《いちにち》はおくれることがあっても晦日《みそか》までは延《の》ばさぬことにして居《い》る。是《これ》も明《あ》きの方《かた》の山《やま》からという村《むら》が多《おお》く、又川下《またかわしも》の方《ほう》や自分《じぶん》

図版４　盆棚

の屋敷《やしき》より低《ひく》い処《ところ》から迎《むか》えてはならぬという。山《やま》ではこの木《き》と思《おも》うものに神酒《みき》を供《そな》え、新《あた》らしい縄《なわ》を持参《じさん》して丁寧《ていねい》に背負《せお》うて来《く》る慎《つつ》しみだけは、年《とし》の若《わか》い年男《としおとこ》たちも皆持《みなも》って居《い》る。松《まつ》は屋敷《やしき》うちの最《もっと》も清浄《せいじょう》な場所《ばしょ》に横《よこ》にして置《お》き、之《これ》を休《やす》ませると謂《い》って、此時《このとき》も神酒《みき》を上《あ》げる家《いえ》があった。そうして愈々之《いよいよこれ》を立《た》てるに先《さき》だって、程《ほど》よいところから下《した》を削《けず》り尖《とが》らせることを、お松様《まつさま》の足《あし》を洗《あら》うなどと謂《い》って居《い》るのである。

　是等《これら》の多《おお》くの実例《じつれい》を並《なら》べて見《み》て、誰《だれ》にも気《き》が付《つ》かずに居《い》られないことは、盆棚盆迎《ぼんだなぼんむか》えに関《かん》する数々《かずかず》の行事《ぎょうじ》との対照《たいしょう》であって、今《いま》でこそ一方《いっぽう》は仏《ぶつ》事《じ》、こちらは清浄第一《せいじょうだいいち》のめでたい儀式《ぎしき》であるが、是《これ》だけの一致《いっち》は無意識《むいしき》には起《おこ》りそうに無《な》い。殊《こと》に暦《こよみ》の頒布《はんぷ》せられず、又《また》読《よ》む人《ひと》も少《すく》なかった農村《のうそん》の間《あいだ》では、以前《いぜん》は正月《しょうがつ》もやはり盆《ぼん》と丸半年《まるはんとし》を隔《へだ》てた、春《はる》の初《はじ》めの月《つき》の満月《まんげつ》の宵《よい》であったことを考《かんが》えると、この類似《るいじ》には一定《いってい》の計画《けいかく》があったことを推測《すいそく》せずには居《い》られない。勿論断定《もちろんだんてい》を下《くだ》すことはさし控《ひか》えつつ、なお精細《せいさい》にこの二《ふた》つの慣行《かんこう》を比較《ひかく》して行《ゆ》かねばならぬが、盆《ぼん》にも常設《じょうせつ》の持仏壇《じぶつだん》の他《ほか》に、この日新《ひあら》たに棚《たな》をこしらえることは同《おな》じだが、先《ま》ず此方《こちら》には吉方《えほう》という問題《もんだい》は無《な》く、ただ水《みず》の辺《あた》りとか門《もん》の脇《わき》とか、軒先《のきさき》とか、外《そと》から訪《おとず》れて来《く》る霊《れい》の辿《たど》り付《つ》きやすい場所《ばしょ》を選定《せんてい》するだけの心遣《こころづか》いはある。それから今一《いまひと》つのちがいは松《まつ》その他《た》の緑《みどり》の木《き》の利用《りよう》が無《な》いことだが、其代《そのかわ》りにはこちらは盆花採《ぼんばなと》りと謂《い》って、山《やま》に登《のぼ》って色々《いろいろ》の季節《きせつ》の花《はな》を手折《たお》り、それをきまって盆棚《ぼんだな》の飾《かざ》りにして居《い》るのである。其日《そのひ》は十一日《じゅういちにち》という村《むら》が多《おお》いのは、あまりに早《はや》くからでは萎《しお》れてしまう為《ため》で、それと同一《どういつ》の目的《もくてき》からとも見《み》られるのは、それから数日前《すうじつまえ》に盆道作《ぼんみちづく》り、又《また》は盆草苅《ぼんくさか》りとも称《たた》えて、山《やま》の高《たか》い処《ところ》から里《さと》へ降《お》りて来《く》

図版５　盆花採り

る小路《こみち》を、きれいに掃除《そうじ》をして置《お》く習《なら》わしである。暮《くれ》の煤掃《すすは》きに対《たい》しては一方《いっぽう》に七月七日《しちがつなのか》の井戸《いど》渫《さら》え道具《どうぐ》磨《みが》き等《とう》があり、炉《ろ》に木《き》を焚《た》く家《いえ》では又盆前《またぼんまえ》の煤取《すすと》りもして居《い》た。それよりももっと大切《たいせつ》なことは、正月《しょうがつ》の年頭礼《ねんとうれい》と迎《むか》い合《あわ》せて、盆《ぼん》には又盆礼《またぼんれい》とも盆義理《ぼんぎり》ともいう訪問《ほうもん》が、巻《まき》の間《あいだ》ではねんごろに取交《とりかわ》され、本家《ほんけ》に対《たい》しては此点《このてん》が殊《こと》に鄭重《ていちょう》であった。盆《ぼん》だから当然《とうぜん》の話《はなし》と考《かんが》えられて居《い》るかも知《し》れぬが、活《い》きた人《ひと》たちに挨拶《あいさつ》をする前《まえ》に、先《ま》ず先祖棚《せんぞだな》に行《い》って御辞儀《おじぎ》をして来《く》るというのが、固《かた》い年寄《としより》などの常《つね》の作法《さほう》となって居《い》るのである。荒盆新精霊《あらぼんにいじょうろ》などという悲《かな》しみを分《わか》つ礼儀《れいぎ》が、近代《きんだい》は殊《こと》に濃厚《のうこう》になっている故《ゆえ》に、そういう方面《ほうめん》のみが注意《ちゅうい》せられやすいが、十年二十年《じゅうねんにじゅうねん》と何《なん》の不幸《ふこう》も無《な》く、安《やす》らかに暮《くら》して居《い》る家々《いえいえ》はずっと多《おお》い。そういう家《いえ》どうしの往来《おうらい》を見《み》て居《い》ると、この正月《しょうがつ》と盆《ぼん》との類似《るいじ》は殊《こと》によく判《わか》るのである。静《しず》かなよいお盆《ぼん》でございます。又《また》は皆《みな》さんも御丈夫《おじょうぶ》でおめでとうございますという辞令《じれい》は、新年《しんねん》と殆《ほど》と異《こと》なる所《ところ》が無《な》く、又新年《またしんねん》の方《ほう》でも不吉《ふきつ》のあった家《いえ》に対《たい》しては、別《べつ》にそれに相応《そうおう》したかわった作法《さほう》があったのである。

語注 ○**盆棚**…「盆に設ける棚。これを精霊棚と呼ばぬ所は、中部、東北地方に見られる。飛騨の高原郷や日和田村などの盆棚は、構造が正月の年棚に最も近く、長さ三、四尺幅一尺余りの板を、仏間の次の間に二本の縄で吊《つ》って柳の枝を両端に立てる」（『綜合日本民俗語彙』第四巻「ボンダナ」。図版4『日本民俗図録』、「614　盆棚（1）　青森県西津軽郡」）。○**常設の持仏壇**…常に身近に置く守り本尊を置く仏壇。○

盆花採り…盆花迎えともいう。「長野県下伊那郡では、日は十一日が多いようだが、この行事をボンバナトリともいえば、老人はハナムカエともいっている」（『綜合日本民俗語彙』第四巻「ボンバナムカエ」。図版5『日本民俗図録』「611　盆花とり　青森県西津軽郡」）。○**暮の煤掃き**…正月の神を迎えるために、屋内を祓い清める大掃除で、江戸時代は旧暦一二月一三日に行った。○**七月七日の井戸渫え道具磨き**…「井戸浚え」は井戸の水をくみ上げて行う掃除。江戸時代は旧暦七月七日に行うことが多かった。井戸替え。「道具磨き」は確認できない。○**巻**…一四節参照。○**鄭重**…丁寧。

鑑賞 松迎えの松は明きの方から迎え、盆迎えには盆花を採って盆棚の飾りとしたように、正月と盆には類似が見られる。

二二　歳徳神《としとくじん》の御《お》姿《すがた》

この比較《ひかく》を更《さら》に進《すす》めて行《ゆ》くには、今《いま》では年《とし》の終《おわ》りの行事《ぎょうじ》となって居《い》るミタマの飯《めし》の話《はなし》をしなければならぬのだが、それはやや細《こま》かく盆《ぼん》の精霊《しょうりょう》の迎《むか》え送《おく》りを、説《と》いてから後《あと》の方《ほう》が都合《つごう》が好《よ》い。ここで一《ひと》通《とお》り明《あき》らかにして置《お》きたいのは、春《はる》の初《はじ》めに明《あ》きの方《かた》から、我々《われわれ》の家《いえ》を一《ひと》つ一《ひと》つ、訪《おとず》れ寄《よ》りたまう年《とし》の神《かみ》の性質《せいしつ》が、現在《げんざい》は甚《はなは》だしく複雑《ふくざつ》になって居《い》て、人《ひと》によっては是《これ》を我国《わがくに》の固有信仰《こゆうしんこう》の系統《けいとう》の外《ほか》に在《あ》るものでもあるような、やや奇抜《きばつ》に過《す》ぎた想像《そうぞう》をして居《い》るが、そういう気遣《きづか》いが無《な》いという点《てん》である。もともと斯《こ》ういうことを考《かんが》え且《か》つ守《まも》って居《い》るのは、学問《がくもん》や講義《こうぎ》と最《もっと》も縁《えん》の遠《とお》かった、平凡通俗《へいぼんつうぞく》の人々《ひとびと》が主《しゅ》であって、しかも彼等《かれら》のすることには地方《ちほう》や階級《かいきゅう》を超《こ》えた一致《いっち》があり、又《また》その切《き》れ切《ぎ》れの仕来《しきた》りや言《い》い伝《つた》えの中《なか》には、新《あら》たに思《おも》い合《あわ》さるる理由《りゆう》が幾《いく》つでも見《み》つかって来《く》るのである。私《わたし》の観察《かんさつ》にはまだ入透《いりとお》らぬ部分《ぶぶん》が広《ひろ》く、説明《せつめい》の十分《じゅうぶん》に深切《しんせつ》でないのは恥《はず》かしいが、とにかくに斯《こ》うして注意《ちゅうい》をして行《ゆ》くうちには、次第《しだい》に判《わか》って来《き》そうだという望《のぞ》みだけは有《あ》る。それには先《ま》ず何《なに》よりも日本《にほん》だけにしか無《な》い事《こと》を、よその国《くに》もそうだろうと思《おも》ってしまったり、当《あた》り前《まえ》の事《こと》だと言《い》ったりすることは止《や》めなければならぬ。そうすれば自然《しぜん》によい疑問《ぎもん》が承認《しょうにん》せられて、それが人間《にんげん》の大《おお》きなさとりを、積《つ》み上《あ》げる礎《いしずえ》ともなるにちがいない。

　春毎《はるごと》に来《く》る我々《われわれ》の年《とし》の神《かみ》を、商家《しょうか》では福《ふく》の神《かみ》、農家《のうか》では又御田《またおた》の神《かみ》だと思《おも》って居《い》る人《ひと》の多《おお》いのは、書物《しょもつ》の知識《ちしき》からは解釈《かいしゃく》の出来《でき》ぬことだが、たとえ間違《まちが》いにしても何《なに》か隠《かく》れた原因《げんいん》のあることであろう。一《ひと》つの想像《そうぞう》は此神《このかみ》をねんごろに祭《まつ》れば、家《いえ》が安泰《あんたい》に富《と》み栄《さか》え、殊《こと》に家督《かとく》の田《た》や畠《はたけ》が十分《じゅうぶん》にその生産力《せいさんりょく》を発揮《はっき》するものと信《しん》じられ、且《か》つその感応《かんのう》を各家《かくいえ》が実験《じっけん》して居《い》たらしいことで、是《これ》ほど数多《かずおお》く又利害《またりがい》の必《かなら》ずしも一致《いっち》しない家々《いえいえ》の為《ため》に、一《ひと》つ一《ひと》つの庇護支援《ひごしえん》を与《あた》え得《う》る神《かみ》といえば、先祖《せんぞ》の霊《れい》を外《ほか》にしては、そう沢山《たくさん》はあり得《え》なかったろうと思《おも》う。新《あら》たな死者《ししゃ》に対《たい》する追慕《ついぼ》の情《じょう》が濃《こまや》かになり、回向追慕《えこうついぼ》の作法《さほう》が繁《しげ》くなると共《とも》に、祖霊《それい》を神《かみ》と祭《まつ》ることが段々《だんだん》に不可能《ふかのう》になって来《き》た結果《けっか》として、別《べつ》に我国《わがくに》では神代《じんだい》巻《のまき》研究者《けんきゅうしゃ》の力《ちから》では、奈何《いかん》ともすることの出来《でき》ない色々《いろいろ》の神《かみ》が、出現《しゅつげん》せられることになったのかとも考《かんが》えられる。神様《かみさま》をそれぞれの御機能《ごきのう》に拠《よ》って別立《べつだて》したまうものと見《み》、且《か》つ同時《どうじ》に地域《ちいき》の管轄《かんかつ》を撤《てっ》して、全国普遍《ぜんこくふへん》の存在《そんざい》の如《ごと》く認《みと》めることは、古代《こだい》の国魂《くにたま》郡魂《こおりたま》の思想《しそう》とも合《あ》わず、更《さら》に又近世《またきんせい》の守護神信仰《しゅごしんしんこう》とも一致《いっち》せぬから、是《これ》こそは仏教《ぶっきょう》からの新《あら》たなる影響《えいきょう》であったかも知《し》れないのである。

是《これ》に関《かん》しては、我々常人《われわれじょうじん》の幻覚《げんかく》というものが好《よ》い参考《さんこう》になるのだが、その資料《しりょう》はまだ余《あま》り集《あつ》まって居《い》ない。歳徳神《としとくじん》という名称《めいしょう》は、吉方《えほう》明《あ》きの方《かた》の思想《しそう》と共《とも》に、以前博士《いぜんはかせ》と呼《よ》ばれて居《い》た陰陽師等《おんみょうじとう》の説《せつ》に由《よ》ったものに違《ちが》いないが、それにしては其歳徳神《そのとしとくじん》の御姿《おすがた》までは、彼等《かれら》は指示《しじ》しようとしなかったのである。明治《めいじ》の御代《みよ》に入《はい》って盛《さか》んに行《おこな》われた柱暦《はしらごよみ》の彩画《さいが》などには、よほど窮《きゅう》したと見《み》えてこの歳徳《としとく》さんを、弁才天女《べんざいてんにょ》のような美《うつく》しい女体《にょたい》に描《えが》いたものが多《おお》い。そうで無《な》ければ恵比須大黒《えびすだいこく》の二尊《にそん》、是《これ》は夙《はや》くからの俗伝《ぞくでん》であったらしく、木像《もくぞう》に刻《きざ》んで農家《のうか》にもよく祭《まつ》って居《お》り、又田《またた》の神《かみ》を恵比須《えびす》さまという処《ところ》と、大黒《だいこく》さんだと思《おも》って居《い》る処《ところ》とが有《あ》る。所謂七福神《いわゆるしちふくじん》の取合《とりあわ》せは奇抜《きばつ》に失《しっ》するが、今《いま》でも正月《しょうがつ》の話題《わだい》画題《がだい》として最《もっと》も人望《じんぼう》のあるわけは、或《あるい》は斯《こ》ういう処《ところ》にも潜《ひそ》んで居《い》るのかも知《し》れぬ。ところが九州《きゅうしゅう》の方《ほう》へ行《ゆ》くと、佐賀県《さがけん》の田舎《いなか》などでは、歳徳《としとく》さんは福禄寿《ふくろくじゅ》という、あの仙人見《せんにんみ》たような人《ひと》のことだといい、それで年神《としがみ》への供物《くもつ》は若《わか》い女《おんな》に食《た》べさせてはならぬ。もしもあの様《よう》な長《なが》い禿頭《はげあたま》の児《こ》が生《うま》れたら大変《たいへん》だからと、言《い》い伝《つた》えて居《い》るという話《はなし》もある。是《これ》は必《かなら》ずしも狭《せま》い地域《ちいき》だけの、新《あら》たな俗信《ぞくしん》でも無《な》かったと見《み》えて、司馬江漢《しばこうかん》の西遊日記《さいゆうにっき》という百五十年《ひゃくごじゅうねん》ほど前《まえ》の紀行《きこう》にも、肥前平戸《ひぜんひらど》の島《しま》で歳徳神《としとくじん》と謂《い》って絵《え》に描《えが》いて掛《か》けて居《い》るのは、七福神中《しちふくじんちゅう》の寿老人《じゅろうじん》のことだとも誌《しる》して居《い》る。乃《すなわ》ち年神《としがみ》をめでたい老人《ろうじん》の姿《すがた》に、想像《そうぞう》して居《い》た者《もの》が爰《ここ》にも有《あ》ったのである。

暮《くれ》に子供等《こどもら》が集《あつ》まって、正月様《しょうがつさま》どこまでと高《たか》く唱《とな》えて居《い》た、その正月様《しょうがつさま》なども老人《ろうじん》であったらしく、彼等《かれら》の歌言葉《うたことば》によってその幻影《げんえい》がやや推察《すいさつ》し得《え》られるが、是《これ》はまだ其感《そのかん》じを覚《おぼ》えて居《い》る者《もの》があることであろう。遠《とお》く離《はな》れた福島県《ふくしまけん》の海岸地帯《かいがんちたい》では、その正月様《しょうがつさま》は十五日《じゅうごにち》のとんど焼《や》きの煙《けむり》に乗《の》って、還《かえ》って行《ゆ》かれると言《い》い伝《つた》え、夕方《ゆうがた》その煙《けむり》を透《とお》して西《にし》の方《ほう》をじっと視《み》ると、ちょうど高砂《たかさご》の尉《じょう》と姥《うば》のような白髪《しらが》の老二人《ろうふたり》が、髣髴《ほうふつ》として現《あら》われるなどと謂《い》って居《い》た。一方《いっぽう》には九州《きゅうしゅう》のずっと南《みなみ》の方《ほう》でも、除夜《じょや》の年越《としこし》の晩《ばん》には年《とし》どん又《また》は年《とし》じいさんという人《ひと》が、好《よ》い子供《こども》には年玉《としだま》の餅《もち》を持《も》って来《き》てくれる。それを貰《もら》わぬと年《とし》を一《ひと》つ重《かさ》ねることが出来《でき》ぬといい、信《しん》じはせぬまでも舶来《はくらい》のサンタクロウスと、全《まった》く同《おな》じ話《はなし》をして居《い》る家《いえ》が多《おお》いそうだが、下甑《しもこしき》の島《しま》の或古風《あるこふう》な部落《ぶらく》などは、人《ひと》が頼《たの》まれてその年爺《としじい》さんになって、籠《かご》を頭《あたま》から被《かぶ》って夜更《よふけ》に門《もん》の戸《と》を叩《たた》き、子供《こども》にこの年《とし》の餅《もち》を持《も》って来《く》る習《なら》わしさえあった。家《いえ》を富《と》ましめ田畠《たはた》を豊饒《ほうじょう》にする以上《いじょう》に、年《とし》を与《あた》えることまでが年神《としがみ》の力《ちから》であったとすれば、愈々《いよいよ》以《もっ》て此神《このかみ》のもとの地位《ちい》は明《あきら》かである。そういうことまでを或一《あるひと》つの家門《かもん》の為《ため》に、世話焼《せわや》く神様《かみさま》は他《ほか》にあろうとも思《おも》われない。そうして我々《われわれ》が之《これ》を白髪《しらが》の翁嫗《おきなおうな》と想像《そうぞう》したことも、亦《また》決《けっ》して不自然《ふしぜん》では無《な》いと思《おも》う。盆《ぼん》に平和《へいわ》の家《いえ》に還《かえ》って来《く》る祖霊《それい》を、小児等《しょうにとう》はやはりじいさんばあさんと謂《い》って居《い》た。是《これ》は此後《このあと》に述《の》べようとする霊融合《れいゆうごう》の思想《しそう》、即《すなわ》ち多《おお》くの先祖《せんぞ》たちが一体《いったい》となって、子孫後裔《しそんこうえい》を助《たす》け護《まも》ろうとして居《い》るという信仰《しんこう》を考《かんが》え合《あわ》せると、子供《こども》に親《した》しみを持《も》たせる為《ため》には、是《これ》より好《よ》い名《な》は無《な》いのであった。そうして又《また》我々《われわれ》の氏神様《うじがみさま》も、もとは屢々《しばしば》同《おな》じ老翁《ろうおう》の御姿《おすがた》を以《もっ》て、信《しん》ずる人々《ひとびと》の幻覚《げんかく》に現《あら》われて居《お》られたのである。年神《としがみ》を我々《われわれ》の先祖《せんぞ》であったろうという私《わたし》の想像《そうぞう》は茲《ここ》に根《ね》ざして居《い》る。

語注 ○**ミタマの飯**…三三節参照。○**深切**…親切。○**家督**…一一節参照。○**回向追慕の作法**…死者を思い出し成仏を祈る仏事。○**国魂郡魂**…国を経営する神と郡を経営する神。○**陰陽師**…陰陽道を修め、吉凶災福を見極め、病気治療などにあたった宗教者。○**柱暦**…家の柱などに貼る一枚刷りの暦。値段が安く、広く使われた。○**弁才天女**…七副神の一つで、音楽などをつかさどる女神。弁財天。○**恵比須大黒の二尊**…どちらも七福神の一つで、恵比須は漁業・商売繁盛の神、大黒は福徳の神。○**七福神**…七柱の福徳の神で、大黒天・恵比須・毘沙門天・弁財天・福禄寿・寿老人・布袋《ほてい》。○**福禄寿**…七福神の一つで、福・禄・寿の三徳をそなえる神。○**司馬江漢の西遊日記**…司馬江漢（一七四七〜一八一八）は画家・蘭学者。『西遊日記』は文化八年（一八一一）成立の紀行。天明八年（一七八八）一二月三日に、

「爰《ここ》にては福禄寿を歳徳神と云《いう》」とあり、寿老人ではない。○**肥前平戸**…今の長崎県平戸市。○**高砂の尉と姥**…世阿弥の謡曲「高砂」に見られる老翁と老婆。二人は今の兵庫県高砂市にある浦の松の精であった。○**下甑の島**…鹿児島県西部の東シナ海に位置する島。大晦日に来訪神・トシドンが訪れる甑島の行事は、ユネスコの無形文化遺産に登録されている。

鑑賞 年の神は商家では福の神、農家では御田の神としているが、それは先祖の霊であったとする。柳田国男は「年神を我々の先祖であったろう」という推定にこだわって、昭和二五年（一九五〇）発行の『民間伝承』第一四巻第一号に「年神考」を載せた（後に『新たなる太陽』に収録）。その冒頭で、「年神と田の神とを、一つの神なりと信じて居る土地は、今でも稀ならずある。一方には又年神を家の神、殊に遠い先祖の神として迎える例は相応に多い。私はその先祖の神が家々の田植種播き、もしくは代《しろ》ごしらえの日に、定まった田に降り祭られる田の神であったろうということを、立証して見ようとして居るのである。上代素朴の世には、この三通りの神々を、一つに考え且つ信ずることが出来たのではないかということ、これが田社考《でんしゃこう》を企てて居る私の動機であり、又「先祖の話」以来の仮定の目標でもあった。それへ近よって行く最も安全な順路は、現在無数に分れて居る各地の伝承を、一つ一つ比べ合せ、その変化が後年に起ったものなることを説明して行くに在るのだが、独りで成しとげることは些《すこ》しおぼつかなくなった。そこでやや目ぼしい着眼点の二三を、後の協同者に引継ぐという意味で、春の初めのことぶきに、年神さんの話題を提出して置こうと思う」と述べ、この問題を未来に引き渡そうとした。

二三　先祖《せんぞ》祭《まつり》の観念《かんねん》

正月《しょうがつ》と盆《ぼん》との二《ふた》つの祭《まつり》が、昔《むかし》は今《いま》よりも遥《はる》かに相近《あいちか》いものであったことは、他《ほか》にもまだ幾《いく》つかの事《じ》情《じょう》を以《もっ》て証明《しょうめい》し得《え》られると私《わたし》は思《おも》って居《い》るのだが、是《これ》を現在《げんざい》の如《ごと》く遠《とお》く引離《ひきはな》してしまった原因《げんいん》は、必《かなら》ずしも仏道《ぶつどう》の教化《きょうか》ばかりでは無《な》くて、一方《いっぽう》には又神《またかみ》に対《たい》する国民《こくみん》の考《かんが》え方《かた》が、時代《じだい》の進《すす》みと共《とも》に僅《わず》かずつながら、狭《せま》く引締《ひきし》まって来《き》た為《ため》もあるということを認《みと》めて置《お》かなければならぬ。そうして話《はなし》は此方《こちら》が比較的簡単《ひかくてきかんたん》だから、先《ま》ず先祖祭《せんぞまつり》ということを説《と》いて置《お》いて、後《のち》にもう一度《いちど》盆祭《ぼんまつり》の話《はなし》に返《かえ》って行《ゆ》くことにしよう。

先祖《せんぞ》という意味《いみ》が人《ひと》によってやや区々《まちまち》であるように、先祖祭《せんぞまつり》の名前《なまえ》も用法《ようほう》が随分《ずいぶん》と広《ひろ》く、端《はし》と端《はし》とのものを突合《つきあわ》せて見《み》ると、両存《りょうそん》し難《がた》いような場合《ばあい》も無《な》しとしない。たとえば先祖《せんぞ》の祭《まつ》り方《かた》が足《た》らぬということ、是《これ》などは普通《ふつう》に仏事供養《ぶつじくよう》を怠《おこた》って居《い》ることと解《かい》せられて居《い》た。家《いえ》に病人《びょうにん》が多《おお》く心配事《しんぱいごと》が続《つづ》き、又《また》は毎夜《まいよ》の夢見《ゆめみ》が悪《わる》く気《き》にかかる時《とき》などに、自分《じぶん》でもふと心付《こころづ》くこともあるが、人《ひと》からそう言《い》われたり又《また》は占《うら》ないの表《ひょう》に現《あら》われたりすることもある。親子《おやこ》兄弟《きょうだい》の近《ちか》い繋《つな》がりなら忘《わす》れるということも無《な》く、又《また》それを忘《わす》れる程《ほど》の者《もの》なら何《なん》とも思《おも》わぬだろうが、それより遠《とお》い血縁《けつえん》で憶《おも》い出《だ》す折《おり》が少《すく》なく、ついうっかりと年回忌日《ねんかいきにち》を過《すご》してしまうことは有《あ》り得《う》る。そういう場合《ばあい》にひどく是《これ》を気《き》にかけて、半《なか》ばは所謂潜在意識《いわゆるせんざいいしき》によって、我《われ》と我身《わがみ》を苦《くる》しめる者《もの》が今《いま》もまだ多《おお》いのである。しかし何《なん》でも無《な》い只《ただ》の人《ひと》に、七十年《ななじゅうねん》だ百年《ひゃくねん》だというような久《ひさ》しい法事《ほうじ》を営《いとな》むことは、仏法《ぶっぽう》の教《おし》えにも無《な》く、又日本《またにほん》の古《ふる》い慣行《かんこう》でも無《な》く、寺《てら》が僅《わず》かな檀家《だんか》で支持《しじ》せられるようになってから、後《のち》の事《こと》だというのは本当《ほんとう》であろう。昔高野《むかしこうや》の明遍僧正《みょうへんそうじょう》という高僧《こうそう》は、父《ちち》の十三年忌《じゅうさんねんき》の追善《ついぜん》をしようという兄弟《きょうだい》の勧《すす》めに、断乎《だんこ》として反対《はんたい》したという有名《ゆうめい》な話《はなし》がある。死《し》んで五年《ごねん》も七年《ななねん》も六道《ろくどう》の巷《ちまた》に流転《るてん》し、仏果《ぶっか》を得《う》ることもならぬように心得《こころう》るのは、仏《ほとけ》の御心《みこころ》にも背《そむ》くことだというのが理由《りゆう》で、彼等《かれら》の信仰《しんこう》ではもう夙《とっ》くのむかしに、浄土《じょうど》に往生《おうじょう》して居《い》なければならぬのであった。盆《ぼん》の場合《ばあい》でも同《おな》じことだが、一方《いっぽう》に念仏供養《ねんぶつくよう》の功徳《くどく》によって、必《かなら》ず極楽《ごくらく》に行《ゆ》くということを請合《うけあ》って置《お》きながら、なお毎年々々《まいとしまいとし》この世《よ》に戻《もど》って来《き》て、棚経《たなぎょう》を読《よ》んでもらわぬと浮《うか》ばれぬように、思《おも》わせようとしたのは自信《じしん》の無《な》いことだった。その矛盾《むじゅん》を心付《こころづ》かぬほどの日本人《にほんじん》ではなかった筈《はず》であるが、是《これ》には大昔《おおむかし》このかたの我々独自《われわれどくじ》の考《かんが》え方《かた》がまだ消《き》えずにあって、寧《むし》ろ毎年時《まいとしとき》を定《さだ》めて、先祖《せんぞ》は還《かえ》ってござるものと信《しん》ずることが容易《ようい》であったらしいので、言《い》わば此点《このてん》はまだ仏教《ぶっきょう》の感化《かんか》では無《な》かったのである。

私《わたし》がこの本《ほん》の中《なか》で力《ちから》を入《い》れて説《と》きたいと思《おも》う一《ひと》つの点《てん》は、日本人《にほんじん》の死後《しご》の観念《かんねん》、即《すなわ》ち霊《れい》は永久《えいきゅう》にこの国土《こくど》のうちに留《とど》まって、そう遠方《えんぽう》へは行《い》ってしまわないという信仰《しんこう》が、恐《おそ》らくは世《よ》の始《はじ》めから、少《すく》なくとも今日《こんにち》まで、可《か》なり根強《ねづよ》くまだ持《も》ち続《つづ》けられて居《い》るということである。是《これ》が何《いず》れの外来宗教《がいらいしゅうきょう》の教理《きょうり》とも、明白《めいはく》に喰《く》い違《ちが》った重要《じゅうよう》な点《てん》であると思《おも》うのだが、どういう上手《じょうず》な説《と》き方《かた》をしたものか、二《ふた》つを突《つ》き合《あわ》せてどちらが本当《ほんとう》かというような論争《ろんそう》は終《つい》に起《おこ》らずに、ただ何《なん》と無《な》くそこを曙染《あけぼのぞめ》のようにぼかして居《い》た。そんなことをして置《お》けば、こちらが押《お》されるに極《き》まって居《い》る。なぜかというと向《むこ》うは筆豆《ふでまめ》の口達者《くちたっしゃ》であって、書《か》いたものが幾《いく》らでも残《のこ》って人《ひと》に読《よ》まれ、こちらは只観念《ただかんねん》であり古《ふる》くからの常識《じょうしき》であって、もとは証拠《しょうこ》などの少《すこ》しでも要求《ようきゅう》せられないことだったからである。しかも斯様《かよう》な不利《ふり》な状態《じょうたい》に在《あ》りながら、なお今日《こんにち》でもこの考《かんが》え方《かた》が伝《つた》わって居《い》るとすると、是《これ》が暗々裡《あんあんり》に国民《こくみん》の生活《せいかつ》活動《かつどう》の上《うえ》に働《はたら》いて、歴史《れきし》を今有《いまあ》るように作《つく》り上《あ》げた力《ちから》は、相応《そうおう》に大《おお》きなものと見《み》なければならない。先祖《せんぞ》がいつ迄《まで》もこの国《くに》の中《なか》に、留《とど》まって去《さ》らないものと見《み》るか、又《また》は追々《おいおい》に経《きょう》や念仏《ねんぶつ》の効果《こうか》が現《あら》われて、遠《とお》く十万億土《じゅうまんおくど》の彼方《かなた》へ往《い》ってしまうかによって、先祖祭《せんぞまつり》の目途《もくと》と方式《ほうしき》は違《ちが》わずには居《い》られない。そうして其相違《そのそうい》は確《たし》かに現《あら》われて居《い》るのだけれども、なお古《ふる》くからの習《なら》わしが正月《しょうがつ》にも盆《ぼん》にも、その他幾《たいく》つと無《な》く無意識《むいしき》に保存《ほぞん》せられて居《い》るのである。

語注 ○**昔高野の明遍僧正という高僧は、父の十三年忌の追善をしようという兄弟の勧めに、断平として反対したという有名な話がある**…無住（一二二六～一三一二）の『沙石集』巻第一〇の「(四) 俗士遁世シタル事」に見える話。明遍（一一四二～一二二四）は高野山に蓮華三昧院を営んで出離の法を修した。父は藤原通憲《みちのり》（信西。一一〇六～一一五九）である。正確には僧正ではなく、僧都。○**六道の巷に流転し、仏果を得ることもならぬ**…六道へ行くという辻で生まれ変わり死に変わりし、悟りの境地を得ることもできない。六道は地獄・餓鬼・畜生・修羅・人間・天のこと。○**棚経**…盂蘭盆会（四三節参照）に、僧侶が檀家の仏壇や精霊棚（四一節参照）の前で経を読むこと。○**曙染**…曙の空のように、上は紅にし、下は白にぼかした染色。○**暗々裡に**…ひそかに。

鑑賞 日本人は死後、遠方に行ってしまわずに、毎年時を定めて戻ってくると考えたが、そうした古くからの習わしが正月にも盆にも保存されている。

二四　先祖祭《せんぞまつり》の期日《きじつ》

先祖祭《せんぞまつり》という言葉《ことば》の今《いま》でも用《もち》いられるのは、旧家《きゅうか》を中心《ちゅうしん》としたまきの年中行事《ねんじゅうぎょうじ》の、それも正月《しょうがつ》と盆《ぼん》とを除《のぞ》いた別《べつ》の日《ひ》のものが一《いち》ばん多《おお》いようである。是《これ》は各家共同《かくいえきょうどう》の遠祖《えんそ》の記念《きねん》に拠《よ》って、団結《だんけつ》を強《きょう》固《こ》にしようという趣旨《しゅし》が明《あきら》かであって、事実《じじつ》その先祖《せんぞ》の一人《ひとり》の遺志《いし》であった場合《ばあい》も多《おお》いことと思《おも》われるが、それを続《つづ》けて行《ゆ》く為《ため》には、今日《こんにち》の仏教信者《ぶっきょうしんじゃ》たちの答《こた》えられない問題《もんだい》、或《あるい》は考《かんが》えて見《み》ることも出《で》来《き》ない問題《もんだい》が二《ふた》つ以上《いじょう》有《あ》る。そうして是《これ》が又私《またわたし》たちの新《あらた》なる着眼点《ちゃくがんてん》でもあるのだから、次《つぎ》にはそれをやや詳《くわ》しく説《と》いて見《み》よう。

段々進《だんだんすす》んで行《ゆ》くうちには、他《ほか》にも大《おお》きな疑問《ぎもん》が頭《あたま》を出《だ》すかも知《し》れぬが、先《ま》ず最初《さいしょ》にはその先祖祭《せんぞまつり》をいつにきめるかということ是《これ》が一《ひと》つ、第二《だいに》にはその先祖《せんぞ》を、どういう風《ふう》にして祭《まつ》るかということを考《かんが》えた筈《はず》であるが、此方《こちら》は暫《しば》らく後《あと》まわしにして置《お》く。法事又《ほうじまた》は年回《ねんかい》という仏式《ぶっしき》の祭《まつり》は、人《ひと》も知《し》る通《とお》り甚《はなは》だしく個人的《こじんてき》のものであった。それで第一《だいいち》に死亡《しぼう》の日《ひ》がもうわからない人《ひと》の法事《ほうじ》には困《こま》る。次《つぎ》には五年《ごねん》や三年《さんねん》のちがいは構《かま》わずに、古《ふる》い年回《ねんかい》は一《ひと》つに集《あつ》めて、大《おお》きく執《と》り行《おこな》おうとするのが普通《ふつう》であるが、さて其日《そのひ》を誰《だれ》の忌辰《きしん》に依《よ》ってよろしいか、迷《まよ》う場合《ばあい》も時々出《ときどきで》て来《く》る。二十代近《にじゅうだいちか》くも続《つづ》いて居《い》るような旧家《きゅうか》では、この注意《ちゅうい》が既《すで》に容易《ようい》な業《わざ》では無《な》かった。勿論御寺《もちろんおてら》の方《ほう》にはちゃんと過去帳《かこちょう》があり、又《また》年繰《としぐ》りの帳面《ちょうめん》も出来《でき》て居《い》て注意《ちゅうい》をしてくれる。家《いえ》にも先祖棚《せんぞだな》には家限《いえかぎ》りの小《ちい》さな忌日表《きにちひょう》のようなものがあって、朝々《あさあさ》それを繰《く》りひろげて、「其日《そのひ》のほとけさま」の戒名《かいみょう》を口《くち》に唱《とな》えつつ、鉦《かね》を鳴《な》らすというような人《ひと》もあるが、是《これ》は簡略《かんりゃく》に流《なが》れやすく、又一家一門《またいっかいちもん》の合同《ごうどう》の勤仕《きんし》にはならない。主婦《しゅふ》の役目《やくめ》としては、大抵《たいてい》は大切《たいせつ》な日《ひ》というのが有《あ》ってそれを記憶《きおく》し、その日《ひ》の朝《あさ》は別《べつ》して懇《ねんご》ろな仏供《ぶっく》を上《あ》げ、昔《むかし》は又精進《またしょうじん》もして居《い》たが、それは多《おお》くは中興《ちゅうこう》の祖《そ》、もしくは特別《とくべつ》に家《いえ》の為《ため》に働《はたら》いた主翁一人《しゅおうひとり》の日《ひ》に限《かぎ》られ、その他《た》はどうしても順《じゅん》ぐりに、忘《わす》れられて行《ゆ》く傾《かたむ》きがあったのである。先祖《せんぞ》の祭《まつ》りようが足《た》らぬと言《い》われてぎくりとするような者《もの》が、却《かえ》って斯《こ》ういう人《ひと》たちの中《なか》に多《おお》かったのも、考《かんが》えて見《み》ると気《き》の毒《どく》な話《はなし》であった。つまりは家《いえ》が旧《ふる》くなり祭《まつ》らねばならぬ霊《れい》が多《おお》くなって来《く》ると、次第《しだい》に出来《でき》なくなることを強《し》いられて居《い》たわけである。

家《いえ》が永続《えいぞく》して先祖《せんぞ》の霊《れい》が増加《ぞうか》して行《ゆ》くと共《とも》に、段々《だんだん》に粗末《そまつ》になるかも知《し》れぬ虞《おそ》れのある祭《まつ》り方《かた》、又《また》は年《とし》と共《とも》に追善《ついぜん》が間遠《まどお》になって、末《すえ》には忘《わす》れたり思《おも》い出《だ》さぬようになったりする年忌《ねんき》というものが、もしも仏法《ぶっぽう》の本《ほん》からの教《おし》えでも何《なん》でも無《な》く、日本《にほん》に入《はい》って来《き》て後《のち》に在来《ざいらい》の慣行《かんこう》を認《みと》めて、それと折合《おりあ》いを付《つ》けて斯《こ》うきめたものだとしたら、それは遺憾《いかん》ながら改悪《かいあく》と評《ひょう》してもよいものであった。折角《せっかく》我々《われわれ》の間《あいだ》にはいつ迄《まで》も先祖《せんぞ》を思慕《しぼ》し、年々《ねんねん》欠《か》かさずに子孫《しそん》が寄《よ》り集《あつ》まって、一定《いってい》の期間生活《きかんせいかつ》を共《とも》にするという良《よ》い風習《ふうしゅう》があったものを、なまじいに或少数《あるしょうすう》の個人《こじん》の記念《きねん》に力《ちから》を注《そそ》いだばかりに、却《かえ》って他《た》の多《おお》くのものを粗略《そりゃく》にする結果《けっか》になった。それも八幡太郎《はちまんたろう》とか鎌倉権五郎《かまくらごんごろう》とか、歴史《れきし》に傑出《けっしゅつ》した人《ひと》を共同《きょうどう》の祖《そ》と仰《あお》ぐならばまだよいが、我々《われわれ》の多《おお》くの先祖《せんぞ》は、名《な》を覚《おぼ》えて居《い》た所《ところ》でなお無名《むめい》であり、又《また》大抵《たいてい》は一代置《いちだいお》きに、同《おな》じ通称《つうしょう》で通《とお》って居《い》て、家《いえ》の者《もの》でさえよく間違《まちが》える。それで勢《いきお》い親《おや》か祖父母《そふぼ》か、自分《じぶん》が幽《かす》かにでも知《し》って居《い》る人《ひと》たちに偏《へん》して、先祖《せんぞ》に対《たい》する情愛《じょうあい》は次第《しだい》に薄《うす》く、盆《ぼん》の祭《まつり》はただ法事《ほうじ》の附録《ふろく》の如《ごと》く、近頃《ちかごろ》死《し》に別《わか》れた者《もの》のある家《いえ》だけの、悲《かな》しい行事《ぎょうじ》のようになって来《き》たのである。それも時《じ》世《せい》だと、言《い》ってしまえないような感《かん》じが私《わたし》にはする。少《すく》なくとも以前《いぜん》はそうで無《な》かった。もしも昔《むかし》も今日《こんにち》のようであったら、家《いえ》もこの通《とお》りは永続《えいぞく》せず、又《また》その永続《えいぞく》の為《ため》に大《おお》いに働《はたら》く人《ひと》も出《で》て来《こ》なかったろう。此点《このてん》だけは明《あきら》かにして置《お》く必要《ひつよう》が確《たし》かに有《あ》ると私《わたし》は思《おも》う。

語注 ○**忌辰**…一周忌以後の、死者が亡くなった当月当日。忌日。○**過去帳**…死者の俗名・法名・死亡年月日などを記した帳簿。鬼籍。○**年繰りの帳面**…何年が誰の何回忌に当たるかを順々に数えた帳面。○**戒名**…死者に与えられる名前。法名。○**年忌**…毎年の命日。回忌。○**八幡太郎**…源義家（一〇三九〜一一〇六）の通称。源頼義の長子で、石清水八幡宮で元服したことによって、こう呼ばれた。○**鎌倉権五郎**…鎌倉景政（生没年未詳）の通称。源義家の家臣。

鑑賞 先祖を思慕する子孫が集まる風習があったのに、少数の個人の記念に力を注いで年忌を行うのは、むしろ改悪だった。柳田国男監修の『民俗学辞典』では、「年忌」（井之口章次執筆）について、「四十九日の中陰明けの後は、満一年目を一周忌、満二年目を三年忌、以下七年忌・十三年忌・十七年忌と、年忌毎に僧侶を呼びまたは寺に行って供養し、近親を招き饗応するのが一般の習わしとなっている。先祖の供養が仏教の独占事業となり、さらに一種の職業的意図も加わり、年忌を華々しくおこなうことを先祖に対する唯一の奉仕と考えさせたのであろうが、一般常民がどの程度にこれを守っていたかは疑問である。最終の年忌にしても、真宗のさかんな村などは百年・百五十年の後までもおこなうのだといっているが、実際はあまりなされていない。最終年回は十七年目・三十三年目とする所が多く、それには四十九年目・五十年目にする所もあって、これをトムライアゲ・トイアゲ・トイキリなどと呼ぶ。この供養がすむと人は神になるという考えが広くおこなわれ、神役をした人は早く神になるから十三年とか六年でいいとも言う。ともかくこの機会を境として個々の霊はその個性を失ない、先祖様という一体のものに融合すると考えられていたらしい。この最後の法要の日に形のかわった生木の塔婆を立てることも広くおこなわれ、普通は頂上に枝を残したものが多いところから、ウレツキ塔婆・葉ツキ塔婆などと呼ばれている」とまとめた。

二五　先祖正月《せんぞしょうがつ》

家《いえ》で先祖《せんぞ》の霊《れい》を一人々々《ひとりひとり》、その何十年目《なんじゅうねんめ》かの年忌毎《ねんきごと》に祭《まつ》るということは、如何《いか》にも鄭重《ていちょう》なように見《み》えて、其実《そのじつ》は行《ゆ》き届《とど》かぬことであった。家《いえ》が旧《ふる》くなり亡者《もうじゃ》の数《かず》が多《おお》くなると、短《みじか》い生涯《しょうがい》の主人《しゅじん》などは時々《ときどき》は無視《むし》せられることがある。ましてや子《こ》も無《な》く分家《ぶんけ》もせぬうちに、世《よ》を去《さ》った兄弟《きょうだい》の如《ごと》きは、どんなに働《はたら》いて家《いえ》の為又国《ためまたくに》の為《ため》に尽《つく》して居《い》ても、大抵《たいてい》はいわゆる無縁様《むえんさま》になってしまうのであった。それを歎《なげ》かわしく思《おも》った為《ため》でもあるまいが、以前《いぜん》の日本人《にほんじん》の先祖《せんぞ》に対《たい》する考《かんが》え方《かた》は、幸《さいわ》いにしてそういう差別待遇《さべつたいぐう》はせずに、人《ひと》は亡《な》くなって或年限《あるねんげん》を過《す》ぎると、それから後《あと》は御先祖《ごせんぞ》さま、又《また》はみたま様《さま》という一《ひと》つの尊《とう》とい霊体《れいたい》に、融《と》け込《こ》んでしまうものとして居《い》たようである。是《これ》は神様《かみさま》にも人格《じんかく》を説《と》こうとする今日《こんにち》の人《ひと》には解《かい》しにくいことであり、又幾《またいく》らでも議論《ぎろん》になる点《てん》であろうが、少《すく》なくとも曾《かつ》てそういう事実《じじつ》が有《あ》ったことだけは、私《わたし》にはほぼ証明《しょうめい》し得《え》られる。先《ま》ず第一《だいいち》に巻《まき》の本家《ほんけ》、即《すなわ》ち一門《いちもん》の中心《ちゅうしん》に於《おい》て営《いとな》まれる毎年《まいとし》の先祖祭《せんぞまつり》はそれであって、爰《ここ》では先祖《せんぞ》とは誰《だれ》かと尋《たず》ねられても、奉仕者自《ほうししゃみずか》らが答《こた》え得《え》ぬ場合《ばあい》が多《おお》いのであった。

この共同《きょうどう》の先祖祭《せんぞまつり》の祭日《さいじつ》に、如何《いか》なる日《ひ》を用《もち》いて居《い》るかということは、是《これ》からも詳《くわ》しく調《しら》べて見《み》る価値《かち》がある。古《ふる》くは時正《じしょう》とも呼《よ》ばれた春分秋分《しゅんぶんしゅうぶん》の両日《りょうじつ》、それを中日《ちゅうにち》にした前後七日間《ぜんごなのかかん》に、誰《だれ》のということも無《な》く一家《いっか》の墓所《ぼしょ》を拝《おが》みに行《ゆ》く風習《ふうしゅう》の如《ごと》きは、進《すす》んだ暦《こよみ》の知識《ちしき》を前提《ぜんてい》として居《い》るから、或《あるい》は支那《しな》から入《はい》って来《き》たのかも知《し》らぬが、ともかくも是《これ》を彼岸会《ひがんえ》の日《ひ》としたのは、仏法《ぶっぽう》の経文《きょうもん》には何《なん》の所依《しょえ》も無《な》いことだそうである。ちょうど季節《きせつ》といい農作《のうさく》の関係《かんけい》といい、最《もっと》もこの祭《まつり》をするのに適《ふさ》わしい時《とき》であるのみならず、今《いま》は朝廷《ちょうてい》でもこの民間《みんかん》の慣例《かんれい》を御認《おみと》めなされて、之《これ》を総国《そうこく》の祭日《さいじつ》となされたのは、我々《われわれ》にとっては譬《たと》えようも無《な》い心強《こころづよ》さである。現在《げんざい》のところでは仏教《ぶっきょう》と独立《どくりつ》して、之《これ》を先祖《せんぞ》の還《かえ》って来《く》る日《ひ》として居《い》るのは、私《わたし》の知《し》る限《かぎ》りでは秋田県北部《あきたけんほくぶ》の農村《のうそん》くらいなもので、彼地方《かのちほう》では春《はる》の彼岸《ひがん》の日《ひ》に、盆《ぼん》とよく似《に》た迎《むか》え送《おく》りの火《ひ》を焚《た》いて居《い》るが、もとは日本《にほん》の今一段《いまいちだん》と広《ひろ》い区域《くいき》に亘《わた》って、この日《ひ》を重要《じゅうよう》な節目《ふしめ》として居《い》たらしい痕跡《こんせき》は有《あ》る。この春分秋分《しゅんぶんしゅうぶん》の日《ひ》と確定《かくてい》したことは、或《あるい》は後《のち》の知識《ちしき》であったとしても、大《おお》よそこの頃《ころ》を以《もっ》て先祖祭《せんぞまつり》の季節《きせつ》としただけは古《ふる》いのかも知《し》れない。

それを考《かんが》えて見《み》るには稍《やや》まわりくどいけれども、やはり今日《こんにち》の正月《しょうがつ》の後先《あとさき》に於《おい》て、先祖《せんぞ》の祭《まつり》をして居《い》る各地《かくち》の実例《じつれい》を並《なら》べて見《み》る必要《ひつよう》がある。そういう中《なか》でも珍《めず》らしい一《ひと》つと謂《い》ってよいのは、鹿児島県《かごしまけん》の南《みなみ》の海《うみ》、薩摩《さつま》の沖《おき》から奄美大島《あまみおおしま》の北端《ほくたん》にかけて、点々《てんてん》と棊布《きふ》して居《い》る今日《こんにち》の十島村《としまむら》、もとは七島《しちとう》とも道《みち》の島《しま》とも呼《よ》ばれた島々《しまじま》の、いわゆる七島正月《しちとうしょうがつ》の慣習《かんしゅう》である。理由《りゆう》は何人《なんぴと》もまだ説明《せつめい》して居《お》らぬようだが、爰《ここ》では従来《じゅうらい》の内地《ないち》の正月《しょうがつ》より一箇月早《いっかげつはや》く、ほぼ太陽暦《たいようれき》の新年《しんねん》の前後《ぜんご》に大《おお》きな祭《まつり》があるので、之《これ》を七島正月《しちとうしょうがつ》と称《しょう》して、人《ひと》が不思議《ふしぎ》にして居《い》た。七島各々《しちとうおのおの》のちがいは些《すこ》しずつ有《あ》るかと思《おも》うが、宝島《たからじま》などでは旧暦《きゅうれき》の十一月二十八日《じゅういちがつにじゅうはちにち》から始《はじ》まって、同《おな》じく十二月六日迄《じゅうにがつむいかまで》がその特別《とくべつ》の正月《しょうがつ》である。祭《まつり》の中《ちゅう》心《しん》の日《ひ》は十二月《じゅうにがつ》の朔日《ついたち》で、この日《ひ》の朝《あさ》、村《むら》を同《おな》じくするすべての子孫《しそん》が集《あつ》まって来《き》て神《かみ》を祭《まつ》り、それに引続《ひきつづ》いて神《かみ》と人《ひと》との直会《なおらい》があるというから、明《あき》らかに是《これ》は先祖祭《せんぞまつり》であった。そうして同《おな》じ月《つき》の六日《むいか》の午後《ごご》、ちょうど六日《むいか》の月《つき》の登《のぼ》る頃《ころ》になって、海《うみ》の方《ほう》へ還《かえ》って行《ゆ》かれるというのは、私《わたし》たちの盆《ぼん》と比《くら》べると少《すこ》し滞在《たいざい》の日数《にっすう》が長《なが》いだけで、之《これ》を送《おく》り申《もう》す作法《さほう》はよく似《に》て居《い》る。それからもう一《ひと》つの類似《るいじ》の点《てん》は、通例之《つうれいこれ》を先祖祭《せんぞまつり》とは言《い》わず、ただ親玉祭《おやだままつり》の名《な》を以《もっ》て知《し》られて居《い》ることであった。

語注 ○**巻**…一四節参照。○**支那**…一六節参照。○**所依**…拠り所。○**薩摩**…今の鹿児島県西部。○**棊布して居る**…散らばっている。○**十島村**…鹿児島県鹿児島郡十島村。○**太陽暦**…地球が太陽の周囲を一回転する時間を一年とした暦。日本では、太陰暦の明治五年（一八七二）一二月三日を太陽暦の明治六年（一八七三）一月一日とした。○**直会**…神事が終わって、御神酒などをおろしていただく酒宴。

鑑賞 人は亡くなってある年限を過ぎると、御先祖様またはみたま様という一つの霊体に融け込んでしまうと考えていた。まきの本家で行われる先祖祭はそうしたものであり、その時期は春分秋分の折であるらしい。柳田国男は昭和二四年（一九二九）発行の『民間伝承』第一三巻第一号の「七島正月の問題」で、再びこのことを取り上げた（後に『月曜通信』に収録）。房総のミカワリの事例を引きながら、「遠く数百里の波濤を隔てて、薩摩の南海に棊布する道の島の七島正月なるものも、やはり島々の聊《いささ》かの差異はあるが、大体に房総の例と近く、十一月の二十六日から斎忌に入り、ただ最終の十二月六日の定刻に、神は送られて海遠く還って行かるると、いう点のみがちがって居る」とし、「或《あるい》は是が祖霊の祭であったが故に、わざとめでたい本正月から引離そうとしたものかと、考えて見たことがあるけれども、それは正月の今ある行事が、暦の普及と共に段々と寄せ集められたものだということを、心づかずに居た過ちであった。遠く地を隔てて是だけの一致がある以上は、仮に忌期間の改定があったにしても、そう新しいことでは無かった。少なくとも正月の行事の今のように定まるよりも、一段と古くからのものと見なければならぬと思う」とした。房総と薩摩の一致から、「一段と古くからのものと見なければならぬ」と確信したのである。

二六　親神《おやがみ》の社《やしろ》

親玉《おやだま》という言葉《ことば》は、今日《こんにち》は妙《みょう》なところにしか用《もち》いて居《い》ないので、ちょっと聴《き》くとおかしな感《かん》じがするが、オヤは「遠《とお》つおや」などという古来《こらい》の用《もち》い方《かた》もあり、今《いま》でも広《ひろ》い範囲《はんい》に目上《めうえ》の人《ひと》を親《おや》と呼《よ》んで居《い》て、生《う》みの親《おや》だけには限《かぎ》らぬのである。先祖《せんぞ》は漢語《かんご》だからそれの輸入《ゆにゅう》せられるまでは、これもオヤとかオヤオヤとか謂《い》って居《い》たらしく、そうして一方《いっぽう》には盆《ぼん》の魂祭《たままつり》なども、略《りゃく》してそうは呼《よ》ばないだけで、実際《じっさい》は又《また》その遠《とお》いオヤオヤの魂祭《たままつり》だったのである。家《いえ》の氏神《うじがみ》をおや神《がみ》という処《ところ》もそちこちに有《あ》る。そうして佐渡《さど》の島《しま》の内海府地方《うちがいふちほう》の如《ごと》きは、正月六日《しょうがつむいか》の晩《ばん》を以《もっ》て、その親神《おやがみ》さんの年夜《としや》と称《しょう》して居《い》るのであった。話《はなし》は少《すこ》し横《よこ》へそれるが、この正月六日《しょうがつむいか》の夕《ゆうべ》を年越《としこし》という理由《りゆう》は、まだ明《あきら》かにせられて居《い》ない。しかも翌朝《よくあさ》が支那《しな》でいう人日《じんじつ》、七日《なのか》の節供《せっく》で七種《ななくさ》の粥《かゆ》を給《たま》わるからというだけでは、解《かい》し得《え》られないさまざまの習俗《しゅうぞく》が、弘《ひろ》く全国《ぜんこく》に亘《わた》ってこの六日《むいか》の年《とし》の夜《よる》に附《つ》いて居《い》るのである。お湯殿《ゆどの》の上《うえ》の日《にっ》記《き》を拝見《はいけん》すると、宮中《きゅうちゅう》でももう五百年以上《ごひゃくねんいじょう》も前《まえ》から、節分《せつぶん》を別《べつ》にしてなお三度《さんど》の御年越《おとしこし》という日《ひ》が認《みと》められ、それは大晦日《おおつごもり》と十五日《じゅうごにち》との他《ほか》に、この六日《むいか》の夕祭《ゆうまつり》がそれであった。十五日《じゅうごにち》の分《ぶん》はまだ由来《ゆらい》がやや判《わか》って居《い》るが、六日年《むいかどし》だけは恐《おそ》らく是《これ》を守《まも》って居《い》る人《ひと》も、もう何故《なにゆえ》かを知《し》らないであろう。或《あるい》は是《これ》が元旦《がんたん》を新年《しんねん》とするようになって後《のち》の、特《とく》に年神《としがみ》を御祭《おまつ》りする日《ひ》であったのかも知《し》れないが、又或《またあるい》は七島《しちとう》の正月《しょうがつ》のように、もとはこの日《ひ》を以《もっ》て神《かみ》の御還《おかえ》りの日《ひ》と見《み》て居《い》たのかとも考《かんが》えられる。斯《こ》ういう点《てん》が是《これ》からの研究《けんきゅう》の、一《ひと》つの目標《もくひょう》となるのである。

ともかくも月《つき》の今《いま》いう朔日《ついたち》を以《もっ》て、一月《いちがつ》の初《はじ》めの日《ひ》とする暦法《れきほう》が普及《ふきゅう》した後《あと》で無《な》ければ、ここに謂《い》う所《ところ》の七島正月《しちとうしょうがつ》も起《おこ》り得《え》なかった。もしも満月《まんげつ》の円《まる》い光《ひかり》によって月《つき》を算《かぞ》え、祭《まつり》その他《た》の大切《たいせつ》な作業《さぎょう》を計画《けいかく》するような社会《しゃかい》だったら、晦日《みそか》と朔日《ついたち》は最《もっと》も目立《めだ》たぬ日《ひ》で、是《これ》を晴《はれ》の祭《まつり》の日《ひ》に択《えら》ぶ気《き》にはならなかったろうと思《おも》う。乃《すなわ》ち七島正月《しちとうしょうがつ》は新《あた》らしい文化《ぶんか》に順応《じゅんのう》した、一《ひと》つの改良《かいりょう》であったかと想像《そうぞう》する理《り》由《ゆう》である。明治以降《めいじいこう》の太陽暦《たいようれき》でも経験《けいけん》したように、暦《こよみ》の改定《かいてい》は人心《じんしん》を一新《いっしん》する。又《また》その統一《とういつ》の必要《ひつよう》に基《もと》づいて、幾《いく》つかの公《おおや》けの行事《ぎょうじ》が、その朔旦《さくたん》の正月《しょうがつ》に集注《しゅうちゅう》せられようとする。先祖《せんぞ》の祭《まつり》は決《けっ》して穢《けが》れでは無《な》いにしても、少《すく》なくとも一門一家《いちもんいっか》の私事《わたくしごと》であって、しかもこまごまとした心遣《こころづか》いと作法《さほう》とがある。是《これ》を公《おおや》けの行事《ぎょうじ》と同《おな》じ日《ひ》に行《おこな》うことは難儀《なんぎ》だったのみならず、幾分《いくぶん》か又《また》保守《ほしゅ》の感覚《かんかく》とも反《はん》するので、自然《しぜん》に正月《しょうがつ》を二《ふた》つに分《わ》けようとする傾《かたむ》きを生《しょう》じたことは、ちょうど最近《さいきん》の新旧暦《しんきゅうれき》の過渡期《かとき》が、七十《ななじゅう》年近《ねんちか》くもかかったのと同《おな》じだったかと思《おも》う。そうして七島《しちとう》では家々《いえいえ》の先祖祭《せんぞまつり》だけを、特《とく》に表向《おもてむ》きから引離《ひきはな》して、暖《あたたか》い土地《とち》だから一月前《ひとつきまえ》にくり上《あ》げたもののようである。近頃耳《ちかごろみみ》にした話《はなし》では大分県《おおいたけん》の鶴見《つるみ》崎半島《ざきはんとう》の一隅《いちぐう》に、現在《げんざい》は先祖祭《せんぞまつり》を旧暦《きゅうれき》の二月一日《にがつついたち》に営《いとな》んで居《い》る落浦《おちうら》という部落《ぶらく》がある。いつの頃《ころ》からそうして居《い》るのか、尋《たず》ねて見《み》る方法《ほうほう》もあり、又附近《またふきん》に似《に》た例《れい》も有《あ》るだろうと思《おも》うが、是《これ》なども前《まえ》と後《あと》との差《さ》はあっても、やはり公《おおや》けの正月《しょうがつ》を回避《かいひ》すべく、わざと一月《ひとつき》をちがわせたものだったかも知《し》れぬ。民間伝承《みんかんでんしょう》の会報《かいほう》の中《なか》に（九《きゅう》ノ四《よん》）、詳《くわ》しい報告《ほうこく》が載《の》せられて居《い》るが、爰《ここ》では七《なな》つの旧家《きゅうか》の合同《ごうどう》を以《もっ》て、やや複雑《ふくざつ》な儀式《ぎしき》が守《まも》り続《つづ》けられて居《い》た。乃《すなわ》ち最初《さいしょ》にその七軒株《しちけんかぶ》の墓所《ぼしょ》を拝《おが》み廻《まわ》って、其後《そのあと》で村《むら》の氏神《うじがみ》社《しゃ》に集《あつ》まって群飲《ぐんいん》するので、是《これ》などは全《まった》く盆《ぼん》と正月《しょうがつ》との中間《ちゅうかん》のものということが出来《でき》る。墓所《ぼしょ》が人《ひと》を埋《う》める穢《けが》れた場所《ばしょ》で無《な》かった場合《ばあい》には、先祖祭《せんぞまつり》の多《おお》くは、斯《こ》ういう形《かたち》を以《もっ》て営《いとな》まれて居《い》たものと見《み》てよいのである。

語注 **○佐渡の島の内海府地方**…新潟県佐渡島北端の東部地方。**○支那**…一六節参照。**○お湯殿の上の日記**…『御湯殿上日記』は、宮中の御湯殿の上に仕えた女官の日記で、文明九年（一四七七）から文政九年（一八二六）までのものが現存する。**○六日年**…正月六日を年越の日として祝うこと。六日年越（『年中行事辞典』）。○明治以降の太陽暦…一二五節参照。○朔日…ついたちの朝。○落浦…今の大分県津久見市四浦落ノ浦。○民間伝承の会報の中に（九ノ四）、詳しい報告が載せられて居る…昭和一八年（一九四三）八月発行の『民間伝承』第九巻第四号に収録された、西郷信綱「祭の組織と管理―豊後の一例―」を指す。

鑑賞 先祖はもとオヤと呼ばれていたらしく、正月六日を親神さんの年夜と称している。七島では先祖祭を一カ月前に繰り上げたと考えられる。西郷信綱（一九一六〜二〇〇八）は「祭の組織と管理―豊後の一例―」で、「ところで伝承によればこの部落の起りは七軒の落人だといわれている。この伝承は落之浦という地名起源とも合理的に結びつくが、それはともかくとして今でもこれは七軒株と呼ばれ、旧二月朔日にその先祖祭が氏神様で部落民こぞって行われる。この日、部落民代表となり七軒株の墓に参りそのあと氏神様で御神酒をのむのである」などとする。西郷は大分県出身の国文学者であり、特に『古事記』の研究で知られる。しかし、研究の出発に民俗学への傾斜があり、柳田国男がそれを取り上げたことはまったく知られていない。

二七　ほとけの正月《しょうがつ》

近畿地方《きんきちほう》の村里《むらざと》では、もとは正月《しょうがつ》の六日《むいか》を神年越《かみとしこし》という者《もの》が多《おお》かった。この神年越《かみとしこし》の神《かみ》は年神《としがみ》のことで、即《すなわ》ち又家々《またいえいえ》の先祖《せんぞ》であろうという私《わたし》の説《せつ》は、或《あるい》はまだ同意《どうい》せぬ人《ひと》も少《すく》なくないだろうが、他《た》のもう一《ひと》つの年越即《としこしすなわ》ち正月十五日《しょうがつじゅうごにち》の晩《ばん》を、土地《とち》によっては又神《またかみ》の年越《としこし》と謂《い》い、或《あるい》は仏《ほとけ》の年越《としこし》とも謂《い》って居《い》たことを考《かんが》えると、そう無理《むり》な想像《そうぞう》で無《な》いことが判《わか》って来《く》ると思《おも》う。私《わたし》などの生《うま》れ在所《ざいしょ》では、正月《しょうがつ》十五日《じゅうごにち》が神様《かみさま》の正月《しょうがつ》であったが、一方《いっぽう》には又翌日《またよくじつ》の十六日《じゅうろくにち》を以《もっ》て仏《ほとけ》の正月《しょうがつ》とし、従《したが》って其前《そのまえ》の宵《よい》を仏《ほとけ》の年越《としこし》と呼《よ》ぶ処《ところ》が、関西《かんさい》の方《ほう》には非常《ひじょう》に多《おお》く、この方《ほう》は実際《じっさい》に先祖棚《せんぞだな》へ雑煮《ぞうに》を供《そな》え、又《また》は初墓参《はつはかまい》りをして居《い》るのである。但《ただ》し以前《いぜん》の民間《みんかん》の新年《しんねん》が、いわゆる望《もち》の夜《よる》・望《もち》の日《ひ》であったことは、今《いま》なお色々《いろいろ》の痕跡《こんせき》によって窺《うかが》い知《し》られるのだが、其日《そのひ》の繰《く》り方《かた》が二通《ふたとお》りになって居《い》て、たとえば奥羽《おうう》は一般《いっぱん》に、十四日《じゅうよっか》の晩《ばん》から十五日《じゅうごにち》の朝《あさ》へかけての一夜《いちや》を年越《としこし》にして居《い》る。一日《いちにち》の境《さかい》が日《ひ》の入《い》り時《とき》であった昔《むかし》の習《なら》わしを考《かんが》えると、是《これ》は精確《せいかく》に望《もち》の正月《しょうがつ》とは謂《い》えないのであって、寧《むし》ろ一年《いちねん》の第一日《だいいちにち》は、今《いま》いう十五日《じゅうごにち》の夕《ゆうべ》から、十六日《じゅうろくにち》の晩《ばん》までであった。そうしてこの十六日《じゅうろくにち》は、今《いま》でも多《おお》くの土地《とち》の先祖祭《せんぞまつり》の日《ひ》なのである。東北地方《とうほくちほう》の十四日年越《じゅうよっかとしこし》などは、是《これ》も事《こと》によると正月《しょうがつ》をその先祖《せんぞ》の祭日《さいじつ》から引離《ひきはな》す為《ため》に、わざと一昼夜《いっちゅうや》くり上《あ》げたものかも知《し》れない。そういう場合《ばあい》も有《あ》り得《う》ることは、この次《つぎ》に話《はな》して見《み》ようとする所謂《いわゆる》みたまの飯《めし》の風習《ふうしゅう》の、幾《いく》らとも知《し》れない改定《かいてい》からでも、類推《るいすい》することが出来《でき》るのである。

ともかくも正月《しょうがつ》の十六日《じゅうろくにち》を以《もっ》て、先祖《せんぞ》を拝《おが》む日《ひ》として居《い》る例《れい》は極《きわ》めて多《おお》い。先《ま》ず南《みなみ》の方《ほう》では七島《しちとう》よりは更《さら》に南《みなみ》、奄美《あまみ》群島《ぐんとう》の徳之島《とくのしま》などでも、先祖《せんぞ》正月《しょうがつ》というのはこの日《ひ》のことで、先祖《せんぞ》の墓《はか》の前《まえ》に集《あつ》まって酒盛《さかもり》をする風《ふう》がもとは有《あ》った。九州《きゅうしゅう》の各地《かくち》はどうなって居《い》ることか、私《わたし》はまだ聴《き》いて居《い》ない。四国《しこく》では徳島《とくしま》愛媛《えひめ》の二県《にけん》などは、十二月《じゅうにがつ》の最後《さいご》の巳午《みうま》の日《ひ》に、墓《はか》で祭《まつり》をして正月《しょうがつ》は墓《はか》に近《ちか》づかぬ様《よう》にするが、それは一年《いちねん》の間《あいだ》に死者《ししゃ》のあった家《いえ》だけの行事《ぎょうじ》で、久《ひさ》しく不幸《ふこう》の無《な》い平和《へいわ》な一門《いちもん》は、やはり正月十六日《しょうがつじゅうろくにち》に仏正月《ほとけしょうがつ》の墓参《はかまい》りをする。そうして同《おな》じ慣習《かんしゅう》は中国一帯《ちゅうごくいったい》に及《およ》び、中《なか》には十一日《じゅういちにち》の鏡開《かがみびら》きの餅《もち》を焼《や》き又《また》は雑煮《ぞうに》にして、先祖棚《せんぞだな》に供《そな》えるという仏正月《ほとけしょうがつ》もあるのである。

越後《えちご》の東蒲原郡《ひがしかんばらぐん》などでは、この十六日《じゅうろくにち》を又後生始《またごしょうはじ》めとも謂《い》って居《い》る。成《なる》ほど先祖《せんぞ》を祭《まつ》るのも後生《ごしょう》ごとには相違《そうい》ないが、家《いえ》が永続《えいぞく》し子孫《しそん》が長生《ちょうせい》して、遠《とお》い親々《おやおや》を訪《とぶ》らうというのは、不吉《ふきつ》な事《こと》でも何《なに》でも無《な》い。正月松《しょうがつまつ》の内《うち》には之《これ》を嫌《きら》って、或《あるい》は鉦起《かねおこ》しだの念仏《ねんぶつ》の口《くち》あけだのと称《しょう》し、十六日《じゅうろくにち》からでないとこの祭《まつり》をしなかったのは、全《まった》く其式《そのしき》が余《あま》りに仏教《ぶっきょう》くさく、新《あら》たに喪《も》に入《はい》った場合《ばあい》とあまりにもよく似《に》た祭《まつ》り方《ほう》だったからで、殊《こと》に故人《こじん》の霊《れい》を何《なん》の理由《りゆう》も無《な》く、ホトケなどと呼《よ》んで居《い》たのが悪《わる》かったのである。いわゆる神葬式《しんそうしき》によって祭《まつり》をして居《い》る家々《いえいえ》で無《な》くとも、死《し》んで「ほとけ」などと呼《よ》ばれることを、迷惑《めいわく》に思《おも》った者《もの》は昔《むかし》から多《おお》い筈《はず》である。日本人《にほんじん》の志《こころざし》としては、たとえ肉体《にくたい》は朽《く》ちて跡《あと》なくなってしまおうとも、なお此国土《このこくど》との縁《えん》は断《た》たず、毎年日《まいとしひ》を定《さだ》めて子孫《しそん》の家《いえ》と行《ゆ》き通《かよ》い、幼《おさ》ない者《もの》の段々《だんだん》に世《よ》に出《で》て働《はたら》く様子《ようす》を見《み》たいと思《おも》って居《い》たろうのに、最後《さいご》は成仏《じょうぶつ》であり、出《で》て来《く》るのは心得《こころえ》ちがいでもあるかの如《ごと》く、頻《しき》りに遠《とお》い処《ところ》へ送《おく》り付《つ》けようとする態度《たいど》を僧《そう》たちが示《しめ》したのは、余《あま》りにも一《ひと》つの民族《みんぞく》の感情《かんじょう》に反《はん》した話《はなし》であった。それだから又言葉《またことば》は何《なん》となって居《お》ろうとも、其趣旨《そのしゅし》はまだちっとも徹底《てってい》して居《い》ないのである。

語注 ○**私などの生れ在所**…今の兵庫県神崎郡福崎町の辻川。○**望の夜・望の日**…旧暦一五日の、満月にあたる夜と日。○**みたまの飯**…三三節参照。○**徳之島**…鹿児島県奄美諸島の島。○**巳午の日**…干《え》支《と》が巳午にあたる日。○**越後の東蒲原郡**…今の新潟県東蒲原郡。○**成仏**…煩悩を捨てて悟りを開くこと。

鑑賞 年神は家々の先祖であろうとする説を持っているのは、正月一六日を「仏の正月」と呼び、先祖祭の日であったことによる。柳田国男監修の『民俗学辞典』では、「仏の正月」（井之口章次執筆）で、「仏の年越・先祖正月などとも言い、正月十六日あるいは十八日ごろ、先祖棚（仏壇）へ雑煮を供えまたは初墓参りをする風は広くおこなわれている」とし、「先祖をまつることが主として仏教の事業となったために、神仏を区別する必要から特に正月を避けてその前か後かにおこなわれるようになったらしい。これらはいずれも御魂祭と同じく盆に対する先祖祭で、おそらくは正月行事の根本をなすものであった」と解説した。

二八　御斎日《おさいにち》

東京《とうきょう》では江戸《えど》と謂《い》った昔《むかし》から、盆《ぼん》と正月《しょうがつ》との十六日《じゅうろくにち》を御斎日《おさいにち》という名《な》が普及《ふきゅう》して、この日《ひ》は地獄《じごく》の釜《かま》の蓋《ふた》も開《あ》くなどといい、お寺《てら》の閻魔《えんま》さまを拝《おが》みに行《ゆ》く風習《ふうしゅう》もまだ残《のこ》って居《い》る。京阪《けいはん》その他《た》の大《おお》きな都会《とかい》でも、同《おな》じ名称《めいしょう》はまだ存《そん》するらしいが、不幸《ふこう》にして此語《このご》の起《おこ》りの非常《ひじょう》に古《ふる》いことに、心付《こころづ》いて居《い》る人《ひと》は少《すく》ないのである。斎日《さいにち》という漢語《かんご》のもとになる日本語《にほんご》は「ときの日《ひ》」である。恐《おそ》らくは節《せつ》とほぼ同《おな》じ意味《いみ》の「時《とき》」であったろうと思《おも》うが、事実《じじつ》は一年中《いちねんじゅう》の最《もっと》も重要《じゅうよう》な時《とき》、即《すなわ》ち祭《まつり》を営《いとな》むべき改《あらた》まった日《ひ》を意味《いみ》して居《い》た故《ゆえ》に、是《これ》に斎《さい》という漢字《かんじ》を当《あ》てたのは正《ただ》しかった。斎《さい》は物忌《ものい》みであり穢《けが》れの無《な》いことであって、即《すなわ》ち此日《このひ》の晴《はれ》の御饌《みけ》が、極度《きょくど》の謹慎《きんしん》を以《もっ》て調製《ちょうせい》せられるということを示《しめ》して居《い》る。ときという語《ご》の上《うえ》にはそれまでの心持《こころもち》は現《あら》われて居《い》ないのだが、たまたま斯《こ》ういう文字《もじ》が当《あ》ててあった御蔭《おかげ》に、是《これ》に伴《とも》なう前代《ぜんだい》の感覚《かんかく》が、大《おお》よそは窺《うかが》い知《し》られるのである。ところが一方《いっぽう》にいつの頃《ころ》からとも知《し》れず、僧徒《そうと》に供与《きょうよ》する所謂斎飯《いわゆるさいはん》を、ときの飯《めし》ということが始《はじ》まり、それから又一《またひと》つ転《てん》じて葬式《そうしき》や法事《ほうじ》の日《ひ》の膳《ぜん》を、おときというのが標準語《ひょうじゅんご》のようになって来《き》た。そんなことをすれば一般《いっぱん》の節日《せちび》、殊《こと》にめでたい祭《まつり》の日《ひ》の食事《しょくじ》に、此語《このご》を使《つか》うことを忌《い》むようになるのは当《あた》り前《まえ》だが、それでも田舎《いなか》にはまだ一年《いちねん》の大切《たいせつ》な日《ひ》を、とき日《び》ともときせつとも謂《い》う者《もの》が稀《まれ》で無《な》く、たとえば先祖祭《せんぞまつり》の正月十六日《しょうがつじゅうろくにち》なども、その「とき日《び》」の最《もっと》も主要《しゅよう》なる一《ひと》つであった。

三《さん》とき五節供《ごせっく》の祭《まつり》の日《ひ》ということを、今《いま》でも中国地方《ちゅうごくちほう》では口《くち》にする者《もの》が多《おお》い。三《さん》ときというのは正《しょう》五九月《ごくがつ》の三度《さんど》の十六日《じゅうろくにち》、その中《なか》ではちょうど田植《たうえ》の盛《さか》りになる旧五月《きゅうごがつ》の十六日《じゅうろくにち》を重《おも》んじ、この日《ひ》一日《いちにち》は田《た》にも出《で》ず馬《うま》も使《つか》わず、家《いえ》に籠《こも》って神《かみ》に仕《つか》え、特《とく》に白米《はくまい》を飯《めし》に炊《かし》いで、神人《しんじん》の相饗《あいあえ》をするのが普通《ふつう》であった。もとは或《あるい》は毎月《まいつき》の十六日《じゅうろくにち》、即《すなわ》ち満月《まんげつ》の翌朝《よくあさ》に同《おな》じ祭《まつり》があったものか、今《いま》でも月々《つきづき》の此日《このひ》を以《もっ》て、墓《はか》に参《まい》る日《ひ》とした習《なら》わしが、埼玉県《さいたまけん》などには有《あ》るということだが、正五九月《しょうごくがつ》の四月目毎《よつきめごと》に一度《いちど》ずつ、特《とく》に力《ちから》を入《い》れる祭月《まつりづき》を設《もう》けたのも新《あたら》しいことでは無《な》かった。正月十六日《しょうがつじゅうろくにち》は中国地方《ちゅうごくちほう》に限《かぎ》らず、東北《とうほく》から越後《えちご》へかけても弘《ひろ》く此日《このひ》がとき日《び》であり、祭《まつり》に先《さき》だって一日《いちにち》の断食《だんじき》をする処《ところ》もあれば、又《また》はとき堅《がた》めと謂《い》って特別《とくべつ》の食物《しょくもつ》を食《た》べる処《ところ》もある。六月十六日《ろくがつじゅうろくにち》は嘉定《かじょう》又《また》は「かつう」と称《しょう》して、夙《はや》く足利氏《あしかがし》の頃《ころ》から京都《きょうと》でも祝《いわ》い日《び》の一《ひと》つであった。其来由《そのらいゆ》は全《まった》く不明《ふめい》と言《い》ってよいが、是《これ》も食事《しょくじ》を中心《ちゅうしん》にした儀式《ぎしき》だから、古《ふる》くからの「とき日《び》」の一《ひと》つであろう。九月十六日《くがつじゅうろくにち》は恐《おそ》らくは稲《いね》の収穫《しゅうかく》と関係《かんけい》があって、一方《いっぽう》の五月《ごがつ》の田植初《たうえはじ》めと対立《たいりつ》させたものと思《おも》うが、この日《ひ》を三《さん》ときの一《ひと》つにして居《い》るというのみで、之《これ》に関《かん》する特殊《とくしゅ》の言《い》い伝《つた》えが有《あ》るか否《いな》かを私《わたし》は知《し》らない。たった一《ひと》つ、此例《このれい》に引《ひ》くのも恐《おそ》れ多《おお》いが、伊勢《いせ》の両宮《りょうぐう》で御斎又《ごさいまた》はお斎日《さいにち》と伝《つた》えて居《い》たのが、外宮《げくう》では九月十六日《くがつじゅうろくにち》、その次《つぎ》の日《ひ》が内宮《ないくう》の御斎日《おさいにち》であった。是《これ》はたとえようも無《な》く重要《じゅうよう》な類例《るいれい》であるが、どういうものか民間《みんかん》にはその説明《せつめい》をしたものが無《な》く、ただその四周《ししゅう》の村《むら》や浜辺《はまべ》に於《お》いて、是《これ》に因《ちな》みある色々《いろいろ》の信仰《しんこう》と口碑《こうひ》が注意《ちゅうい》せられ、又国々《またくにぐに》の神明《しんめい》社《しゃ》に於《お》いて稀《まれ》に九月十六日《くがつじゅうろくにち》を以《もっ》て祭日《さいじつ》としたものがあるだけである。

七月《しちがつ》の十六日《じゅうろくにち》を時《とき》まつりの日《ひ》とする例《れい》は、関東北部《かんとうほくぶ》から会津方面《あいづほうめん》の、山《やま》で働《はたら》いて居《い》る人々《ひとびと》の間《あいだ》にも見《み》られる。即《すなわ》ち正月《しょうがつ》と七月《しちがつ》との十六日《じゅうろくにち》に、同《おな》じ厳重《げんじゅう》な物忌《ものいみ》を以《もっ》て神供《じんく》の餅《もち》を作《つく》り、定《き》まった宿《やど》に於《お》いて一夜《いちや》を御籠《おこも》りに明《あか》すのだが、爰《ここ》ではお天道様《てんとうさま》を拝《おが》むといい、従《したが》って又祭神《またさいじん》を天照大御神《あまてらすおおみかみ》として居《い》る。しかしともかくも是《これ》は神事《しんじ》であって、仏教《ぶっきょう》とは少《すこ》しも関係《かんけい》が無《な》かった。江戸《えど》の所謂御斎日《いわゆるおさいにち》も多分《たぶん》は是《これ》と同《おな》じく、一年《いちねん》に両度六ヶ月《りょうどろっかげつ》置《お》きに、くり返《かえ》されて居《い》た神祭《かみまつり》であった故《ゆえ》に、もとは是《これ》を時《とき》の日《ひ》と謂《い》って居《い》たのであろう。盆《ぼん》は殊《こと》に精霊送《しょうりょうおく》りの後《あと》に続《つづ》くので、何《なに》か凶礼《きょうれい》に近《ちか》いもののように考《かんが》えられがちだが、そういう形跡《けいせき》は今《いま》でも実《じつ》は見出《みいだ》されない。寧《むし》ろ反対《はんたい》に家《いえ》を出《で》て働《はたら》いて居《い》る若《わか》い者《もの》が、仕事《しごと》を休《やす》んで親《おや》に逢《あ》いに行《ゆ》く日《ひ》、即《すなわ》ち生《い》きて居《い》る親《おや》の「みたま」と相対《あいたい》して、食物《しょくもつ》を共《とも》にする日《ひ》であった。盆《ぼん》も本来《ほんらい》は明朗《めいろう》なる祝《いわ》いの「とき」であったことは、この生見玉《いきみたま》の古《ふる》い風習《ふうしゅう》だけからでも、考《かんが》えて行《ゆ》くことが出来《でき》るのである。

語注　○**地獄の釜の蓋も開く**…地獄の鬼も釜の蓋を開けて、亡者を釜ゆでにする仕事を休む、という意のことわざ。○**閻魔さま**…生前の行いによって、死者を裁く地獄の王。○**晴の御饌**…正式に神にお供えする洗米。○**神人の相饗をする**…神に感謝して食べる。○**越後**…四節参照。○**足利氏の頃**…室町時代の頃。足利氏は室町幕府の将軍家だったことからいう。○**伊勢の両宮**…伊勢神宮の内宮と外宮。○**神明社**…伊勢神宮の神を祀った神社。○**会津**…今の福島県の西部。○**天照大御神**…伊弉諾尊《いざなぎのみこと》の娘で、皇室の祖神。伊勢の内宮に祀られた。○**凶礼**…葬式。○**生見玉**…盆の間に、生きている親に贈り物や饗応をすること。後には「生身玉」という表記が見える。

鑑賞　江戸では盆と正月の一六日を御斎日と呼んだ。その先祖祭の日を「とき日」とも言った。それは生きている親のみたまと対する日でもあった。柳田国男監修の『民俗学辞典』では、「生見玉」（井之口章次執筆）で、「親のある者は盆にかならず魚を食べなければならないものとしているところは多く、わざわざ魚を捕ってきて親に食べさせる風もある。仏教が盆の殺生を固く禁じたが、常民の間では盂蘭盆経の教義を超越して、生きた親を持った人たちだけは、新精霊の死穢から隔離して、別に生見玉の行事をつづけてきたのである」とした。

二九　四月《しがつ》の先祖《せんぞ》祭《まつり》

正月《しょうがつ》と盆《ぼん》とは春秋《しゅんじゅう》の彼岸《ひがん》と同様《どうよう》に、古《ふる》くは一年《いちねん》に二度《にど》の時祭《ときまつり》で、儀式《ぎしき》も其趣旨《そのしゅし》も、双方異《そうほうこと》なる所《ところ》が無《な》かったろうと私《わたし》は思《おも》って居《い》るのだが、それを承認《しょうにん》してもらうにはもう少《すこ》しはっきりと、我々国民《われわれこくみん》の活《い》き方《かた》と考《かんが》え方《かた》が、永《なが》い間《あいだ》には少《すこ》しずつ変《かわ》り動《うご》いて居《い》るということと、それにも拘《かかわ》らず古《ふる》い頃《ころ》にあったものの痕跡《こんせき》が、残《のこ》って差支《さしつか》えの無《な》い区域《くいき》にはまだ残《のこ》って居《い》て、それを寄《よ》せ集《あつ》め比《くら》べ合《あわ》せて行《ゆ》くうちには、今《いま》は忘《わす》れて居《い》る変化以前《へんかいぜん》の状態《じょうたい》を、思《おも》い出《だ》すことが出来《でき》るということとを、説《と》いて置《お》く必要《ひつよう》があるのである。それにはちょうど都合《つごう》のよい材料《ざいりょう》が得《え》にくいので困《こま》るのだが、最近《さいきん》に私《わたし》は偶然《ぐうぜん》の仕合《しあわ》せから、新《あた》らしい一《ひと》つの事実《じじつ》を学《まな》ぶことが出来《でき》た。それは前《まえ》に挙《あ》げた色々《いろいろ》の例《れい》の外《ほか》に、別《べつ》にもう一《ひと》つの先祖祭《せんぞまつり》の日《ひ》というものがあったことで、それを教《おし》えてくれた人《ひと》には礼《れい》を言《い》わなくてはならぬ。

越後村上《えちごむらかみ》の百武氏《ひゃくたけし》という一《ひと》まきでは、毎年二度《まいとしにど》、四月《しがつ》の十五日《じゅうごにち》と九月《くがつ》の二十三日《にじゅうさんにち》とに先祖祭《せんぞまつり》を挙行《きょこう》して居《い》る。祭場《さいじょう》は土地《とち》の鎮守羽黒神社《ちんじゅはぐろじんじゃ》の社殿《しゃでん》で、是《これ》へまき中《じゅう》の戸主《こしゅ》が全部集《ぜんぶあつ》まって来《き》て、共同《きょうどう》の先祖《せんぞ》の他《ほか》に、各戸《かっこ》の先祖《せんぞ》も皆併《みなあわ》せて祭《まつ》ることになって居《い》る。現在《げんざい》は世話人《せわにん》が二人《ふたり》、毎回順番《まいかいじゅんばん》に世話《せわ》する定《さだ》めで、之《これ》をかぐら番《ばん》と謂《い》って居《い》る。即《すなわ》ちもう他《ほか》の一門《いちもん》の祭《まつり》のように、当然祭主《とうぜんさいしゅ》に任《にん》ずべき中心《ちゅうしん》の家《いえ》は無《な》いのかと思《おも》われる。日頃《ひごろ》は往来《おうらい》もせぬ同苗字《どうみょうじ》の人《ひと》たちまでが、集《あつ》まって来《く》るというから、此《この》まきはいわゆる大《おお》まきの方《ほう》であろう。ここの先祖祭《せんぞまつり》は又《また》しんと祭《まつり》と呼《よ》ばれて居《い》る。シントは仏式《ぶっしき》に依《よ》らぬという意味《いみ》の神道祭《しんとうまつり》らしいから、古《ふる》くからの名称《めいしょう》では無《な》く、従《したが》ってこの祭《まつり》の期日《きじつ》も、或《あるい》は新《あた》らしくきめたものかも知《し》れないが、それにしたところで何《なに》に拠《よ》ってそういう日《ひ》を択《えら》んだか。或《あるい》はこの地方《ちほう》には他《ほか》に四月《しがつ》と九月《くがつ》とを先祖《せんぞ》の祭日《さいじつ》として居《い》る前例《ぜんれい》が多《おお》いのでは無《な》いか。折《おり》が有《あ》ったら其祭《そのまつり》のこまごまとした式《しき》と共《とも》に、調《しら》べて見《み》たいものと思《おも》って居《い》る。

前《まえ》にも言《い》ったように、一族《いちぞく》の先祖《せんぞ》が三人《さんにん》や五人《ごにん》で無《な》い為《ため》に、誰《だれ》の忌辰《きしん》に拠《よ》って祭《まつり》の日《ひ》をきめるということも出来《でき》ぬ場合《ばあい》に、別《べつ》に好《よ》い日《ひ》を択《えら》ぶ必要《ひつよう》は有《あ》ったにしても、四月《しがつ》の十五日《じゅうごにち》としたのには何《なに》かそれだけの動機《どうき》が無《な》くてはならぬ。ただ一箇所《いっかしょ》か二箇所《にかしょ》だけなら偶然《ぐうぜん》にそうなったとも見《み》られようが、是《これ》と同《おな》じ例《れい》は信州《しんしゅう》の方《ほう》にも数多《かずおお》く出《で》て来《き》たのである。信州《しんしゅう》では東筑摩郡《ひがしちくまぐん》の教育会《きょういくかい》で、ちょうど此事実《このじじつ》の報告《ほうこく》せられた頃《ころ》に、郡内各村《ぐんないかくそん》の「いわいでん」の調査《ちょうさ》を発表《はっぴょう》したが、是《これ》には又四月《またしがつ》の十五日《じゅうごにち》、又《また》はその一週間前後《いちしゅうかんぜんご》の、四月《しがつ》の八日《ようか》もしくは二十二日《にじゅうににち》を以《もっ》て祭日《さいじつ》としたものが、目《め》に立《た》つほども多数《たすう》にあったのである。いわいでんは此地方一帯《このちほういったい》、伊那諏訪《いなすわ》から甲州《こうしゅう》の西部《せいぶ》にかけて、巻《まき》で祭《まつ》って居《い》る共同《きょうどう》の小社《しょうしゃ》のことで、東北《とうほく》や九州南部《きゅうしゅうなんぶ》でいう一家氏神《いっけうじがみ》に該当《がいとう》する。或《あるい》は又《また》いわい神《じん》ともいう人《ひと》があるのを見《み》ると、先祖《せんぞ》の霊《れい》を神《かみ》にいわうという意味《いみ》で、付《つ》けられた名《な》であろうと私《わたし》は考《かんが》えて居《い》る。それが年毎《としごと》に一度《いちど》、多《おお》くは四月《しがつ》の望《もち》の日《ひ》の前後《ぜんご》を以《もっ》て祭《まつ》られるのは、まさに下越後《しもえちご》の例《れい》と一致《いっち》して居《い》るのである。

私《わたし》の想像《そうぞう》はやや進《すす》み過《す》ぎるかも知《し》れぬが、年《とし》と稲作《いなさく》との関聯《かんれん》は日本《にほん》では特《とく》に深《ふか》い。以前《いぜん》公《おおや》けの暦本《れきほん》のまだ隅々《すみずみ》まで頒布《はんぷ》せられなかった時代《じだい》には、民間《みんかん》では或《あるい》は初夏《しょか》の満月《まんげつ》の日《ひ》を以《もっ》て、年《とし》の始《はじ》めと見《み》て居《い》たので、是《これ》も新年《しんねん》に先祖《せんぞ》を祭《まつ》って居《い》た古《ふる》い慣行《かんこう》が、公《おおや》けの正月《しょうがつ》と分離独立《ぶんりどくりつ》して、保存《ほぞん》せられて居《い》る例《れい》では無《な》いかというのである。後《あと》に改《あらた》めて説《と》こうとする卯月八日《うづきようか》、この日《ひ》の山登《やまのぼ》りに亡《な》くなった人《ひと》の霊《れい》を、迎《むか》えに行《ゆ》くという風習《ふうしゅう》などが、幾分《いくぶん》か又《また》この想像《そうぞう》を支持《しじ》してくれるように思《おも》う。

語注 ○**越後村上の百武氏**…今の新潟県村上市の百武氏。○**土地の鎮守羽黒神社**…今の新潟県村上市にある西奈弥《せなみ》羽黒神社。○**忌辰**…二四節参照。○**信州**…二節参照。○**東筑摩郡の教育会で、ちょうど此事実の報告せられた頃**…東筑摩郡教育会の報告は不明だが、信濃教育会東筑摩部会編『東筑摩郡別篇第二　農村信仰誌―庚申念仏篇―』（六人社、一九四三年）の「凡例」の（附記）に、「本編は農村振興生活に関する第一期の調査結果である。村々の神社の祭祀、「マキ」（同族団）の奉斎する「イワイデン」、其他山ノ神等農民の信仰生活に枢要な地位を占めるものはこれ以外に猶多い」とある（県立長野図書館の調査）。なお、「長野県から山梨県北半にかけて同族の神をこの名で呼ぶことが多く、字はふつう祝殿と書くが、斎の方が適しているかと思う」「数戸ないし十数戸合同して、部落中の森や林叢、大樹の下に小さな祠を建て、春は二月と四月、秋は十一月に祭をするという」（『綜合日本民俗語彙』第一巻「イワイデン」）と見える。○**伊那諏訪から甲州の西部にかけて**…今の長野県中部から山梨県西部にかけて。

○望の日…二七節参照。○下越後の例…新潟県北部の例。前の百武氏の事例を指す。○後に改めて説こうとする卯月八日…六六節・六七節参照。

鑑賞 正月と盆は一年に二度の時祭で、儀式も趣旨も異なることがなかったと考えられる。その他にもう一つ、四月に先祖祭を行う場合もあった。柳田国男は早くからイワイデンに注目していたらしく、昭和一六年（一九四一）の講演筆記を補足加筆して、昭和一八年（一九四三）に『神道と民俗学』を発行した際、これを取り上げていた。「或は一つ二つの例に囚《とら》われた説かも知れませんが、私は今まで神とは言わなかったものを、神として祭り始める時の潔斎だけがイワイであり、第二のイツクは即ち勧請又は御分霊の奉迎、即ち既に堂々として大神でおわします神を、新たに別地にお祭り申すことだったろうかと考え、このイワイ殿を又一つの、霊神を氏神へ御移し申すまでの、祭場の例かと推定して居るのであります」と述べていた。この延長に本節の指摘があることになる。

三〇　田《た》の神《かみ》と山《やま》の神《かみ》

家《いえ》の成立《せいりつ》には、曾《かつ》ては土地《とち》が唯一《ゆいいつ》の基礎《きそ》であった時代《じだい》がある。田地《でんち》が家督《かとく》であり家存続《いえそんぞく》の要件《ようけん》であって、その開発《かいはつ》なり相伝《そうでん》なりから家《いえ》の世代《せだい》を算《かぞ》え始《はじ》め、必《かなら》ずしも血筋《ちすじ》の源《みなもと》を究《きわ》めなかったということは、古《ふる》くは例外《れいがい》も無《な》く、今《いま》とてもなお両者《りょうしゃ》を不可分《ふかぶん》と感《かん》ずる者《もの》は農民《のうみん》の中《なか》には多《おお》い。先祖《せんぞ》が後裔《こうえい》を愛護《あいご》する念慮《ねんりょ》は、もとは其全力《そのぜんりょく》が一定《いってい》の土地《とち》の中《なか》に、打込《うちこ》まれて居《い》たと言《い》ってもよかった。考《かんが》えて見《み》なければならぬことは、数《かず》ある農作物《のうさくぶつ》の中《なか》でも、稲《いね》はただ一《ひと》つの卓越《たくえつ》した重要性《じゅうようせい》、即《すなわ》ち君《きみ》と神《かみ》との供御《くご》に必《かなら》ず之《これ》を奉《たてまつ》るという精神上《せいしんじょう》の意義《いぎ》をもって居《い》た一方《いっぽう》に、その生産《せいさん》には人力以上《じんりきいじょう》のもの、水《みず》と日《ひ》の光《ひかり》の恵《めぐ》みに頼《たよ》るべき部面《ぶめん》が大《おお》きかった。田地《でんち》を家《いえ》の生存《せいぞん》の為《ため》に遺《のこ》した人《ひと》の霊《れい》は、更《さら》にその年々《ねんねん》の効果《こうか》に就《つい》て、誰《だれ》よりも大《おお》きな関心《かんしん》をもち、大《おお》きな支援《しえん》を与《あた》えようとするものと、解《かい》して居《い》た人《ひと》が多《おお》かったのも自然《しぜん》の推理《すいり》だった。近世《きんせい》の神道研究《しんとうけんきゅう》からは全《まった》く排除《はいじょ》せられ、外《そと》から新《あら》たに入《はい》って来《き》た信仰《しんこう》で無《な》いことは明《あきら》かなるにも拘《かか》わらず、終始不問《しゅうしふもん》に付《ふ》せられて居《い》る御田《おた》の神《かみ》、又《また》は農神《のうがみ》とも作《さく》の神《かみ》とも呼《よ》ばれて居《い》る家《いえ》毎《ごと》の神《かみ》が、或《あるい》は正月《しょうがつ》の年《とし》の神《かみ》と共《とも》に、祭《まつ》る人々《ひとびと》の先祖《せんぞ》の霊《れい》であったろうかと、私《わたし》が想像《そうぞう》する理由《りゆう》の一《ひと》つは茲《ここ》に在《あ》るのである。

その想像《そうぞう》の当《あた》る当《あた》らぬは、やがて決定《けってい》せられる日《ひ》が来《く》るであろう。今《いま》は勿論《もちろん》どうかなと、危《あやぶ》み疑《うたが》う人《ひと》があって些《すこ》しも差支《さしつかえ》は無《な》い。ただこの問題《もんだい》と関係《かんけい》のある若干《じゃっかん》の事実《じじつ》に、耳《みみ》を潰《つぶ》して居《い》られては困《こま》るだけである。たとえばもう久《ひさ》しい前《まえ》から、私《わたし》たちの注意《ちゅうい》して居《い》る一事《いちじ》、春《はる》は山《やま》の神《かみ》が里《さと》に降《くだ》って田《た》の神《かみ》となり、秋《あき》の終《おわ》りには又田《またた》から上《のぼ》って、山《やま》に還《かえ》って山《やま》の神《かみ》となるという言《い》い伝《つた》え、是《これ》はそれ一《ひと》つとしては何《なに》でも無《な》い雑説《ざっせつ》のようであるが、日本全国北《にほんぜんこくきた》から南《みなみ》の端々《はしばし》まで、そういう伝《つた》えの無《な》い処《ところ》の方《ほう》が少《すく》ないと言《い》ってもよいほど、弘《ひろ》く行《おこな》われて居《い》るというのが大《おお》きな事実《じじつ》であって、しかもそれにはまだ心《こころ》付《づ》かぬ者《もの》が多《おお》い。我々《われわれ》の山《やま》の神《かみ》は大山祇《おおやまつみ》、又《また》は木花開耶《このはなさくや》姫神《ひめのかみ》ときまって居《い》るように学者《がくしゃ》だけは言《い》うが、実際《じっさい》は祭《まつ》る者《もの》が猟夫《りょうふ》であり杣樵《そまきこり》であり、又海上《またかいじょう》を往来《おうらい》する船《ふね》の者《もの》であるによって、信仰《しんこう》も異《こと》なり神徳《しんとく》の表現《ひょうげん》もちがって居《い》たのである。同《おな》じ一《ひと》つの山神《やまのかみ》を共同《きょうどう》に拝《おが》んで居《い》るというのは、大抵《たいてい》は新《あた》らしい御社《おやしろ》であって、それも亦別種《またべっしゅ》の信仰《しんこう》に基《もと》づいて居《い》る。農民《のうみん》の山《やま》の神《かみ》は一年《いちねん》の四分《よんぶん》の一《いち》だけ山《やま》に御《お》憩《いこ》いなされ、他《た》の四分《よんぶん》の三《さん》は農作《のうさく》の守護《しゅご》の為《ため》に、里《さと》に出《で》て田《た》の中又《なかまた》は田《た》のほとりに居《お》られるのだから、実際《じっさい》は冬《ふゆ》の間《あいだ》、山《やま》に留《とど》まりたまう神《かみ》というに過《す》ぎないのであった。

それ故《ゆえ》に土地《とち》によっては又家《またいえ》に還《かえ》って来《こ》られるようにもいい、又《また》は直接《ちょくせつ》に高《たか》い大空《おおぞら》から、家々《いえいえ》に降《お》りて来《こ》られるようにもいい、又或《またあるい》は一日家《いちにちいえ》に還《かえ》って祭《まつり》を受《う》けたまい、それから昇《のぼ》って行《ゆ》かれるように信《しん》じて居《い》る者《もの》もあるのであるが、ともかくも一年《いちねん》に両度《りょうど》、春《はる》は来《きた》り冬《ふゆ》は還《かえ》りたまうという一定《いってい》の去来《きょらい》の日《ひ》が有《あ》ることだけは一致《いっち》して居《い》て、それを多《おお》くの農村《のうそん》では山神祭《やまのかみまつり》、もしくは山《やま》の講《こう》の日《ひ》などと謂《い》うのである。一《ひと》つの特徴《とくちょう》はこの来去《らいきょ》の日《ひ》が同《おな》じになって居《い》ることで、現在《げんざい》は旧二月《きゅうにがつ》と十一月《じゅういちがつ》との七日《なのか》九《ここの》日《か》十二日《じゅうににち》等《とう》、色々《いろいろ》の日《ひ》が用《もち》いられて居《い》るが、東北地方《とうほくちほう》などは可《か》なり弘《ひろ》い区域《くいき》に亘《わた》って、やはり「ときの日《ひ》」の十六日《じゅうろくにち》を以《もっ》て、農神又《のうがみまた》は御作神《おさくがみ》の昇《のぼ》り降《お》りの日《ひ》として居《い》る。但《ただ》し冬《ふゆ》の方《ほう》は十月《じゅうがつ》が多《おお》いようだが、春《はる》は旧二月《きゅうにがつ》の十六日《じゅうろくにち》の処《ところ》と、三月《さんがつ》の村《むら》とがある。この日《ひ》は未明《みめい》に起《お》きて粢《しとぎ》の餅《もち》を搗《つ》くと、田《た》の神《かみ》はその臼《うす》の音《おと》を聴《き》いて降《お》り又《また》は昇《のぼ》って行《ゆ》かれる。それ故《ゆえ》に搗《つ》く米《こめ》が無《な》ければ空臼《からうす》でも鳴《な》らさなければならぬと謂《い》う家《いえ》が少《すく》なくない。その餅《もち》は搗《つ》いて神様《かみさま》に上《あ》げるものなのだから、是《これ》だけを見《み》ても春《はる》の方《ほう》の祭《まつり》の為《ため》に、言《い》い始《はじ》めたものだということがわかる。実際《じっさい》又《また》田《た》の神《かみ》の御還《おかえ》り祭《まつり》の方《ほう》は、土地《とち》によって式《しき》もやや区々《まちまち》になって居《い》るのである。我々《われわれ》の先祖《せんぞ》の霊《れい》が、極楽《ごくらく》などには往《い》ってしまわずに、子孫《しそん》が年々《ねんねん》の祭祀《さいし》を絶《た》やさぬ限《かぎ》り、永《なが》くこの国土《こくど》の最《もっと》も閑寂《かんじゃく》なる処《ところ》に静遊《せいゆう》し、時《とき》を定《さだ》めて故郷《こきょう》の家《いえ》に往来《おうらい》せられるという考《かんが》えがもし有《あ》ったとしたら、その時期《じき》は初秋《しょしゅう》の稲《いね》の花《はな》の漸《ようや》く咲《さ》こうとする季節《きせつ》よりも、寧《むし》ろ苗代《なわしろ》の支度《したく》に取《とり》かかろうとして、人《ひと》の心《こころ》の最《もっと》も動揺《どうよう》する際《さい》が、特《とく》に其降臨《そのこうりん》の待《ま》ち望《のぞ》まれる時《とき》だったのではあるまいか。そうしてそれが又新《またあた》らしい暦法《れきほう》の普及《ふきゅう》して後《のち》まで、なお農村《のうそん》だけには新年《しんねん》の先祖祭《せんぞまつり》を、能《あた》う限《かぎ》り持続《じぞく》しようとした理由《りゆう》でもあったのでは無《な》いか。盆《ぼん》を仏法《ぶっぽう》の支配《しはい》の下《もと》に置《お》いて後《のち》まで、なお田舎《いなか》には年《とし》の暮《くれ》の魂祭《たままつり》というものが残《のこ》って居《い》た。今《いま》でもその痕跡《こんせき》以上《いじょう》のものが保存《ほぞん》せられて居《い》るのである。

図版6　粢

語注 ○**供御**…飲食物。○**大山祇**…伊弉諾尊《いざなぎのみこと》の子で、山を支配する神。○**木花開耶姫神**…大山祇神の子で、後世、富士山の神と見なされた。○**杣樵**…植林した山から木を伐り出す杣人《そまびと》や樵夫《きこり》。○「**ときの日**」…二八節参照。○**粢の餅**…神前に供える餅。「粢。水に浸した生米を砕いて粉にし、いろいろの形に固めた食物で、神霊の供御とし、儀式の食品とする」（『綜合日本民俗語彙』第二巻「シトギ」、図版6「シトギ　つくっているところ。青森県西津軽郡深浦町追良瀬」）。○**能う限り**…できるだけ。

鑑賞 柳田国男は昭和二四年（一九四九）発行の『民間伝承』第一三巻第三号～第五号の「田の神の祭り方」で、再びこのことを取り上げた（後に『月曜通信』に収録）。「田の神と山の神とが一つだという言い伝えは、不思議なほど汎《ひろ》く全国に流布して居るにも拘《かか》わらず、農村の信仰は今ではもう可なり紛乱し、殊に山神の解釈が複雑なものになって居る。一つには新たな教説の外部から入った為であろうが、又一つには田の神の祭り方も、昔の形のままを保ち難くなったからで、それは主として社会の力、具体的に言うならば水田の次々の拡張であった。以前の小山田の三角な田を中心とした頃には、神が山から降《くだ》って来られるという考え方は、疑って見ようも無かった。それが追々と山の裾わを遠ざかって、田居を経営するようになると、次第に越後や会津の盆地、又は其《それ》以北の米産地帯の如く、神が空から農家の杵《きね》の音を聴きつけて、降り来たまうというようになって、周囲の山の嶺《みね》を眺めながらも、山と田の神を一つに見ることが出来ず、従って又降ってどの場処に御宿りなされるかも考え難くなった」と指摘した。ここでは、田の神と山の神が同一視できなくなった変化を強調している。

しかし、政治学者・中村哲《あきら》（一九一二〜二〇〇三）は『柳田国男の思想』で、「この『月曜通信』中に述べられている田の神の祭りをみただけでも、田の神の信仰の方がひろく行われていて、それが時には山の神と結びつくこともあるということである。しかし柳田の論理は、むしろ逆に、まず山の神を設定しておいて、それを強引に田の神に結びつけようとしている。これは田の神から切り離したくないという前提があるからで、それはなぜかといえば、祖霊は山の頂から子孫のいとなみをみているという固定観念があるからであろう。これは民俗学の調査の結果というよりは、むしろ本居宣長以来の国学者の考え方があるためであるように思われる」と批判している。

三一　暮《くれ》の魂祭《たままつり》

もとは明《あきら》かに新年《しんねん》の魂祭《たままつり》であったのだが、是《これ》を歳《とし》の暮《くれ》の行事《ぎょうじ》の一《ひと》つと思《おも》うようになったのも近頃《ちかごろ》からの事《こと》では無《な》い。誰《だれ》でも記憶《きおく》して居《い》る徒然草《つれづれぐさ》の一節《いっせつ》、

晦日《つごもり》の夜《よ》いとう暗《くら》きに、……亡《な》き人《ひと》の来《く》る夜《よ》とて、魂祭《たままつ》るわざは此頃都《このごろみやこ》には無《な》きを、東《あずま》の方《かた》には

猶《なお》することにてありしこそ哀《あわ》れなりしか。

是《これ》なども祭《まつり》が元日《がんじつ》の朝《あさ》に先《さき》だって、この夜《よる》のうちに行《おこな》われたことを語《かた》って居《い》るが、実際《じっさい》はその東国《とうごく》地方《ちほう》には、今《いま》でもまだ暮《くれ》から正月松《しょうがつまつ》の内《うち》にかけて、祭《まつり》をして居《い》る例《れい》が少《すく》なくないのである。とにかくに京都《きょうと》だけは、もう兼好《けんこう》の頃《ころ》にはこの慣習《かんしゅう》は無《な》くなって居《い》た。そうしてそれから三百何十年《さんびゃくなんじゅうねん》か前《まえ》には、

亡《な》き人《ひと》の来《く》る夜《よ》と聞《き》けど君《きみ》も無《な》し

という和泉式部《いずみしきぶ》の歌《うた》、

魂祭《たままつ》る歳《とし》の終《おわ》りになりにけり

という曾根好忠《そねのよしただ》の歌《うた》などがあったのだから、恐《おそ》らくは既《すで》に其時代《そのじだい》から、魂《たましい》を迎《むか》えるのが年越《としこし》の前《まえ》であったのみで無《な》く、その祭《まつり》も夜《よる》のうちにすましてしまって、元朝《がんちょう》の晴《はれ》の儀式《ぎしき》とは境目《さかいめ》を立《た》てて居《い》たのであろう。風俗《ふうぞく》の変移《へんい》は多《おお》くの人《ひと》が想像《そうぞう》して居《い》るように、近世《きんせい》に入《はい》って始《はじ》めて現《あら》われたものではないのである。

それと同時《どうじ》に他《た》の一方《いっぽう》には、古《ふる》い生活様式《せいかつようしき》も存外《ぞんがい》になお久《ひさ》しく残《のこ》って居《い》る。たとえば、今《いま》から百《ひゃく》二《に》三十年前《さんじゅうねんまえ》の、越後風俗問状答《えちごふうぞくといじょうこたえ》の中《なか》には、暮《くれ》の精霊《しょうりょう》は十二月晦日《じゅうにがつみそか》の午時《うまどき》に来《き》て、正月元日《しょうがつがんじつ》の卯《う》の時《とき》に還《かえ》って行《ゆ》かれると、言《い》って居《い》る村《むら》があるということを報《ほう》じて居《い》る。この滞在《たいざい》は長《なが》いとは言《い》われないが、卯《う》の時《とき》といえば今《いま》の午前六時過《ごぜんろくじす》ぎ、ちょうど家々《いえいえ》で屠蘇雑煮《とそぞうに》を祝《いわ》う刻限《こくげん》で、ともかくも祭《まつり》は新《しん》

春《しゅん》の行事《ぎょうじ》の一部《いちぶ》をなして居《い》たのである。どうして卯《う》の時《とき》と謂《い》ったものかはまだ説明《せつめい》が出来《でき》ぬが、是《これ》と関係《かんけい》が有《あ》りそうに思《おも》われることは、同《おな》じ越後《えちご》のうちでも、又信州《またしんしゅう》でも東京附近《とうきょうふきん》の農村《のうそん》でも、正月様《しょうがつさま》は正月最初《しょうがつさいしょ》の卯《う》の日《ひ》に還《かえ》って行《ゆ》かれるという言《い》い伝《つた》えがある。卯《う》の日《ひ》が早《はや》く来《く》れば、一日一斗《いちにちいっと》ずつの飯《はん》米《まい》を喰《く》い残《のこ》して行《ゆ》かれるから其年《そのとし》は食物《しょくもつ》が豊《ゆた》かであり、もし元日《がんじつ》が辰《たつ》の日《ひ》で卯《う》の日《ひ》が十二日《じゅうににち》になれば、十二膳《じゅうにぜん》食《く》い払《ばら》いで凶年《きょうねん》の虞《おそ》れが有《あ》るなどとも言《い》ったそうである。年《とし》の神《かみ》の御逗留《ごとうりゅう》の少《すこ》しでも短《みじか》いことを、悦《よろこ》んだというのは意外《いがい》なようであるが、私《わたし》などから見《み》ると、是《これ》は先祖祭《せんぞまつり》を正月全体《しょうがつぜんたい》の儀式《ぎしき》から、段々《だんだん》と切離《きりはな》そうとした傾向《けいこう》を示《しめ》すもので、乃《すなわ》ち亦此神《またこのかみ》が本来《ほんらい》は祖霊《それい》であった、証拠《しょうこ》の一《ひと》つに算《かぞ》えてもよいかと思《おも》う。前《まえ》に話《はなし》をした七島正月《しちとうしょうがつ》の例《れい》などを思《おも》い合《あわ》せると、初《はじ》めはやはり正月六日《しょうがつむいか》の夕方《ゆうがた》まで、大体七日《だいたいなのか》ほどの間《あいだ》がいわい日《び》であったのを、後《のち》に初卯《はつう》の説《せつ》などが起《おこ》って、年《とし》によっては伸縮《しんしゅく》するものと考《かんが》えることが出来《でき》たらしい。最近《さいきん》の太陽暦《たいようれき》の経験《けいけん》でも明《あきら》かなように、新《あたら》しい暦法《れきほう》は原則《げんそく》を指示《しじ》するが主《しゅ》であって、是《これ》と今《いま》までの慣行《かんこう》との、どう折合《おりあ》うべきかまでには干渉《かんしょう》しない。それで地方《ちほう》が思《おも》い思《おも》いに、自分《じぶん》ばかりの変更《へんこう》をすることが許《ゆる》されて、或《あるい》は月送《つきおく》りや日《ひ》のくり替《か》え、又《また》は無理《むり》を承知《しょうち》の追《つい》随《ずい》というように、同《おな》じ一《ひと》つの儀式作法《ぎしきさほう》が、次第《しだい》に全国共通《ぜんこくきょうつう》で無《な》くなり、従《したが》って固有《こゆう》の感覚《かんかく》を稀薄《きはく》ならしめたのである。魂祭《たままつり》が即《すなわ》ち先祖《せんぞ》の祭《まつり》であったことを、忘《わす》れた人《ひと》の多《おお》くなった原因《げんいん》もここに在《あ》ると思《おも》う。

語注 ○徒然草…兼好法師の『徒然草』第一九段の一節。「ありしこそ哀れなりしか」には体験の過去を示す助動詞が使われているので、兼好自身が関東で目にしたことがわかる。○**兼好**…鎌倉末期・南北朝時代の歌人・随筆家（生没年未詳）。○**亡き人の来る夜と聞けど君も無し**…『後拾遺集』巻第一〇・哀傷に見える。詞書は「十二月の晦《つごもり》の夜《よ》、よみ侍りける」、下の句は「わが住む宿や魂《たま》なきの里」。亡き人の来る夜だというが、この家には君の姿も見えないとして、魂の訪れが実感できないことを詠んでいる。この「君」は冷泉天皇の第四皇子・敦道《あつみち》親王（九八一～一〇〇七）のこととされる。○**和泉式部**…平安中期の女性歌人（生没年未詳）。○**魂祭る歳の終りになりにけり**…『詞花集』巻第四・冬に見える。詞書は「歳暮の心をよめる」、下の句は「今日にや又もあわむとすらむ」。魂祭りの今日にまた会えるのだろうかとして、老いの不安を詠む。○**曾根好忠**…平安中期の男性歌人（生没年未詳）。曾根は正しくは曾禰。○**越後風俗問状答**…正確には『越後長岡領風俗問状答』といい、江戸幕府の右筆・屋代弘賢《やしろひろかた》（一七五八～一八四二）が出した「諸国風俗問状」に対して、長岡藩儒官・秋山朋信《とものぶ》（一七五七～一八三九。多門太）がまとめたもの。五九節参照。○**十二月晦日の午時に来て、正月元日の卯の時に還って行かれる**…旧暦一二月三〇日の正午頃に来て、一月一日の午前六時頃にお帰りになる。『越後長岡領風俗問状答』では確認できない。○**屠蘇**…年頭に飲む祝いの酒。○**越後**…四節参照。○**信州**…二節参照。○**正月様は正月最初の卯の日に還って行かれるという言い伝えがある**…「歳徳神は初卯の日に去り給う」（『越後長岡領風俗問状答』）などに見える。○**辰の日**…十二支の五番目の辰が来る日。○**卯の日**

…十二支の四番目の卯が来る日。○前に話をした七島正月の例…二五節・二六節参照。○初卯の説…最初に十二支の四番目の卯が来る日だという説。○最近の太陽暦…二五節参照。

鑑賞 『徒然草』の一節は、一二月晦日の「魂祭」の行事が京都ではなくなっていたが、関東にはなお残っていることに驚いた様子がよく表れていて、当時の民俗を比較した視点として貴重であった。安良岡《やすらおか》康作は訳注『徒然草』（旺文社文庫、一九七一年）で、兼好が関東に下向して鎌倉や金沢（今の横浜市）に滞在した経験にもとづくとし、文保二年（一三一八）頃、この段を書いたと推定している。柳田国男は和泉式部と曾根（曾禰）好忠の和歌を引いたが、安良岡によれば、藤原実資《さねすけ》の『小右記』の長保元年（九九九）・寛仁元年（一〇一七）の頃には京都では普通のことであり、清少納言の随筆『枕草子』や藤原清輔の歌学書『奥義抄』にも見えるとする。その後三〇〇年の間に、京都では「魂祭」の行事がなくなったことになる。

三二　先祖《せんぞ》祭《まつり》と水《みず》

盆《ぼん》の魂祭《たままつり》の多事多端《たじたたん》なのに比《くら》べると、暮《くれ》から新年《しんねん》へかけての同《おな》じ行事《ぎょうじ》は、ちょっと不思議《ふしぎ》なほども単純《たんじゅん》なものである。この著《いちじる》しい相違《そうい》の原因《げんいん》はどこに在《あ》るだろうか。勿論盆《もちろんぼん》の方《ほう》に新《あら》たな附加《つけくわ》えの有《あ》ることも考《かんが》えられるが、それよりも主要《しゅよう》なものは、古《ふる》くからの魂祭作法《たままつりさほう》の一部分《いちぶぶん》は、差支《さしつかえ》の無《な》い限《かぎ》りは之《これ》を一般《いっぱん》の新年行事《しんねんぎょうじ》の中《なか》へ、織込《おりこ》んだかと思《おも》われる形跡《けいせき》が可《か》なり多《おお》いのである。其諸点《そのしょてん》は是《これ》から詳《つまびら》かにしなければならぬのだが、そういう中《なか》でも人《ひと》の軽《かる》く看過《かんか》してしまいそうな一《ひと》つを先《ま》ず挙《あ》げて置《お》くと、墓《はか》の石《いし》に水《みず》を手向《たむ》け、又盆《またぼん》の祖霊《それい》に飲料《いんりょう》を頻《しき》りに進《すす》めることは、仏教《ぶっきょう》の側《がわ》の先輩《せんぱい》たちが寧《むし》ろ不思議《ふしぎ》として居《い》る。是《これ》は日本民族《にほんみんぞく》の一《ひと》つの特色《とくしょく》であって、経典《きょうてん》の中《なか》には確《たし》かな所依《しょえ》も無《な》いということを明言《めいげん》した人《ひと》さえある。之《これ》に反《はん》して我々《われわれ》の魂祭《たままつり》では、米《こめ》と水《みず》との二《ふた》つが欠《か》くべからざる供物《くもつ》であった。現在《げんざい》の風俗《ふうぞく》では茶湯《ちゃとう》と称《しょう》して、縁先《えんさき》に焜炉《こんろ》などを持出《もちだ》し、湯《ゆ》を沸《わ》かし茶《ちゃ》を煎《せん》じて、一日《いちにち》に何十回《なんじっかい》も取替《とりか》えて上《あ》げることにして居《い》るが、それでも猶一方《なおいっぽう》には大《おお》きな水鉢《みずばち》を霊前《れいぜん》に置《お》いて、始終供物《しじゅうくもつ》の上《うえ》に新鮮《しんせん》な井《い》の水《みず》を濺《そそ》ぎかける。盆《ぼん》の精霊《しょうりょう》さまはひどく渇《かわ》いてござるからなどと謂《い》う者《もの》もあるが、それだけでは説《せつ》明《めい》し難《がた》いことは、水《みず》の米又《こめまた》は水《みず》の実《み》とも水《みず》の子《こ》とも称《しょう》して、其水《そのみず》の中《なか》に洗米《あらいよね》を粒《つぶ》のまま、もしくは粉《こな》にしたものを必《かなら》ず加《くわ》え、それに又茄子《またなす》や瓜《うり》などの細《こま》かく刻《きざ》んだのを添《そ》えてあることで、素朴極《そぼくきわ》まるものながら、是《これ》はやはり食物《しょくもつ》として供《そな》えたのかと考《かんが》えられる。東北地方《とうほくちほう》のように盆《ぼん》の十四日十五日《じゅうよっかじゅうごにち》にも墓前祭《ぼぜんさい》をする処《ところ》では、やはり其供物《そのくもつ》の中《なか》に必《かなら》ず米《こめ》の粉《こな》を水《みず》で解《と》いたものが有《あ》って、それを真白《まっしろ》に墓《はか》の上《うえ》に注《そそ》ぎかけるので、可《か》なり目立《めだ》った光景《こうけい》を呈《てい》する。是《これ》をアラネコするというのは洗《あら》い米《よね》から出《で》た動《どう》詞《し》らしく、アラレという方《ほう》は寧《むし》ろ誤解《ごかい》に基《もと》づく転音《てんおん》かと思《おも》われるが、餅《もち》を小《ちい》さく切《き》って炒《い》ったいわゆる霰餅《あられもち》も、別《べつ》になお一脈《いちみゃく》の共通点《きょうつうてん》が有《あ》るのである。

遠《とお》い先祖《せんぞ》の霊《れい》を故土《こど》に繋《つな》ぎ付《つ》けるには、水《みず》と米《こめ》との二《ふた》つが最《もっと》も有力《ゆうりょく》な、且《か》つ親《した》しみの深《ふか》い絆《きずな》だった為《ため》かと私《わたし》は考《かんが》えて居《い》る。米《こめ》は素《もと》より家創立《いえそうりつ》の計画《けいかく》の中《なか》に入《はい》って居《い》るのだが、水《みず》の味《あじ》ということも日本《にほん》人《じん》は鋭敏《えいびん》に之《これ》を味《あじ》わい分《わ》けて、旅《たび》に出《で》て居《い》ても始終《しじゅう》之《これ》を問題《もんだい》にして居《い》る。だから先祖《せんぞ》の祭《まつり》に水《みず》を侑《すす》めるのも、是《これ》があなたの産湯《うぶゆ》の日《ひ》から、生涯《しょうがい》飲《の》んで居《お》られた水《みず》でござるということが、大《おお》きな款待《もてなし》の一《ひと》つになって居《い》たらしいのである。そうすると一方《いっぽう》のいわゆる暮《くれ》の魂祭《たままつり》に、それを略《りゃく》してしまうということは無《な》い筈《はず》なのに、どうして居《い》たろうかということが疑《うたが》いの種《たね》になる。私《わたし》の知《し》って居《い》る限《かぎ》りに於《おい》ては、陸中東北隅《りくちゅうとうほくすみ》の安家《あっか》という僻村《へきそん》に於《おい》てただ一《ひと》つ、この祭《まつり》の中心《ちゅうしん》を為《な》す御霊《みたま》の飯《めし》という米《こめ》の飯《めし》を、年男《としおとこ》が元朝《がんちょう》の未明《みめい》に若水《わかみず》を汲《く》んで来《き》て、其水《そのみず》を以《もっ》て炊《かし》いで供《そな》えるという例《れい》が有《あ》るだけで、その他《た》の土地《とち》では、大抵《たいてい》は除夜《じょや》の夜半前《やはんまえ》にこの祭《まつり》を一応終《いちおうおわ》るので、若水《わかみず》の沙汰《さた》は無《な》いのである。しかもどういうわけでこの年《とし》の夜《よる》の明方《あけがた》の水《みず》を、若水《わかみず》と名《な》づけて改《あらた》めて汲《く》むことになったかということも、実《じつ》はまだ解説《かいせつ》せられては居《お》らぬ。私《わたし》は寧《むし》ろ年《とし》の神《かみ》の祭《まつり》を、元日《がんじつ》の朝《あさ》になって始《はじ》めるもののように、誤解《ごかい》した人《ひと》が多《おお》くなってから後《のち》に、是《これ》と御霊《みたま》の祭《まつり》とを二《ふた》つに区切《くぎ》って考《かんが》えようとした者《もの》が、斯《こ》ういう境目《さかいめ》を立《た》てたのでは無《な》いかと思《おも》う。ところが実際《じっさい》は年神《としがみ》の到着《とうちゃく》はもっと早《はや》く、少《すく》なくとも除夜《じょや》の年取《としと》りの御節《おせち》には、もうこの神《かみ》をお祭《まつ》り申《もう》して居《い》る家《いえ》が、今《いま》でも決《けっ》して少《すく》なくは無《な》いのである。従《したが》ってこの若水迎《わかみずむかえ》に該当《がいとう》する儀《ぎ》式《しき》が、もし古《ふる》くから有《あ》ったとすれば、それは松迎《まつむかえ》も同様《どうよう》に、すでに魂祭《たままつり》の時刻《じこく》に先《さき》だって行《おこな》われて居《い》た筈《はず》なのである。

語注 **○所依**…二五節参照。**○陸中東北隅の安家という僻村**…今の岩手県下閉伊郡岩泉町の安家。**○御霊の飯**…三三節参照。**○年男が元朝の未明に若水を汲んで来て**…「若水」は「元旦に汲む水。これで歳神への供物や家族一同の食物を炊き、またためいめいが口をすすいだり、茶をたてたりする。これを汲みにゆくのが若水迎えで、東日本では一般に年男の役であるが、西日本には女の役とする土地も少なくない」（『民俗学辞典』「若水」（編集による執筆））。一七節参照。

鑑賞 盆の祖霊には水と米が欠かせない供物であり、それは故土につなぎとめる絆になった。

三三　みたまの飯《めし》

全体《ぜんたい》に暮《くれ》の魂祭《たままつり》だけを、何《なん》とかして他《た》の一般《いっぱん》の正月行事《しょうがつぎょうじ》から、引離《ひきはな》そうとする意図《いと》は窺《うかが》い知《し》ることが出来《でき》るが、それは何《いず》れも新《あら》たなる試《こころ》みのようであって、たとえば陸中安家《りくちゅうあっか》の如《ごと》きまだ開《ひら》けない土地《とち》

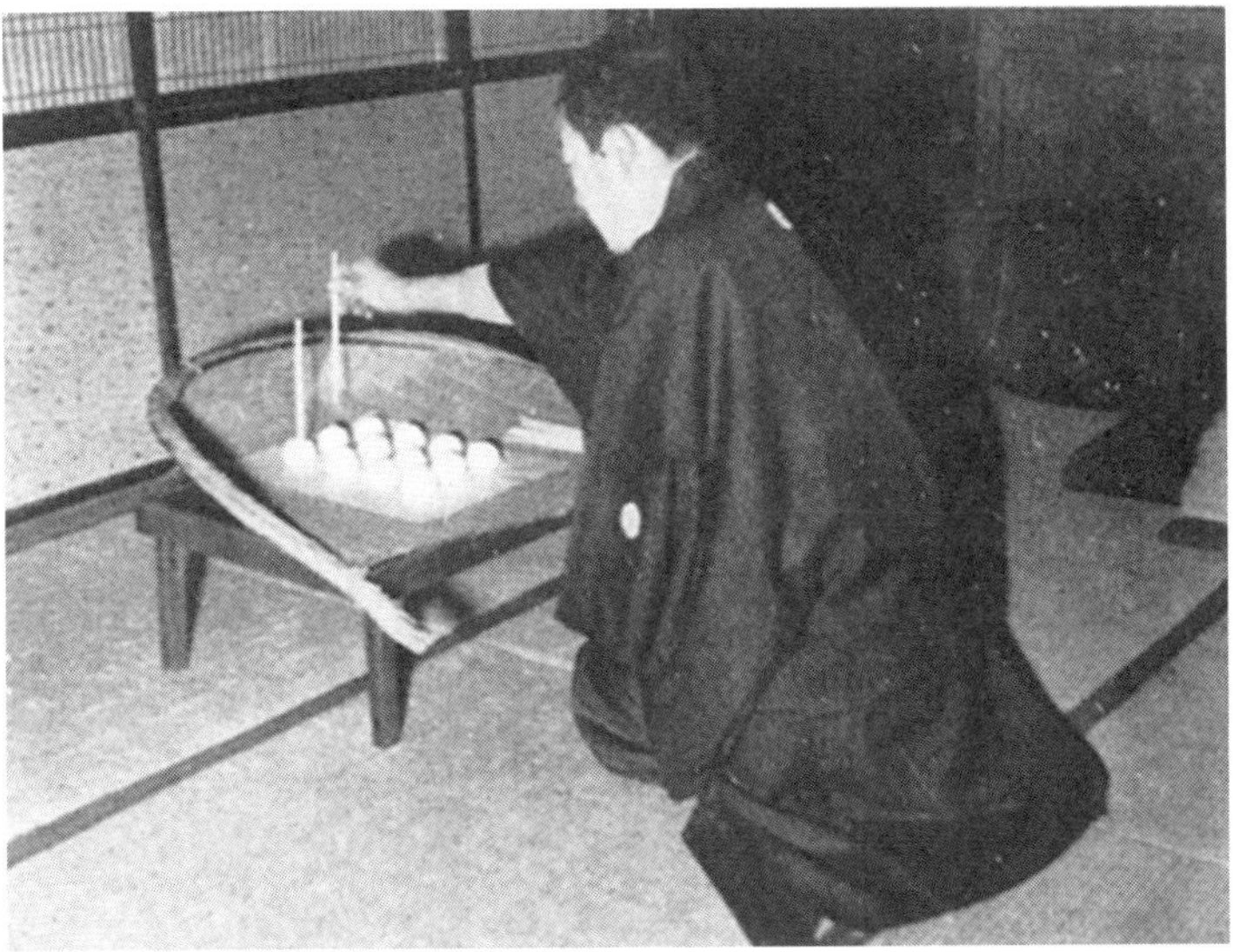

図版7　みたまの飯

では、是《これ》と年神祭《としがみまつり》とは混同《こんどう》して一《ひと》つに近《ちか》くなって居《い》る。差別《さべつ》の目標《もくひょう》としては年神《としがみ》には鏡餅《かがみもち》のおそなえを、みたま様《さま》には白米《はくまい》の飯《めし》を、さし上《あ》げるというのが普《ふ》通《つう》のように見《み》られて居《い》るが、是《これ》とても東北《とうほく》には例外《れいがい》が幾《いく》らも有《あ》り、殊《こと》に安家《あっか》などは其《その》みたまの飯《めし》を、桝《ます》に移《うつ》し箕《み》に載《の》せ臼《うす》の上《うえ》に置《お》いて、箕《み》のさきを明《あき》の方《かた》に向《む》けて、その方《ほう》を拝《おが》むというまでが年神《としがみ》の祭壇《さいだん》の通《とお》りであった。中部《ちゅうぶ》地方《ちほう》に於《お》いても長野県《ながのけん》の北部《ほくぶ》などには、このみたまの飯《めし》を盛《も》ったみたまの鉢《はち》というものを、年神《としがみ》さまに上《あ》げると謂《い》って年棚《としだな》の上《うえ》に供《そな》え、又《また》は特《とく》に年棚《としだな》の端《はし》の方《ほう》に置《お》くという家《いえ》が稀《まれ》で無《な》く、或《あるい》は之《これ》を床《とこ》の間《ま》に飾《かざ》って居《い》る旧家《きゅうか》も、越後《えちご》などにはある。

しかし数《かず》の上《うえ》からいうと、現在《げんざい》はこのみたまの飯《めし》は、所謂《いわゆる》お仏壇《ぶつだん》の中《なか》に上《あ》げる例《れい》が最《もっと》も多《おお》い。是《これ》が魂《たま》祭《まつり》を以《もっ》て正月《しょうがつ》の行事《ぎょうじ》と視《み》ることの、どうしても出来《でき》なくなった明《あきら》かな理由《りゆう》であるが、しかも一方《いっぽう》にはなお前々《まえまえ》からのしきたりの、何《なん》と無《な》く保存《ほぞん》せられて居《い》る部分《ぶぶん》も有《あ》る。それを私《わたし》はやや詳《くわ》しく説《と》いて見《み》たいのである。今日最《こんにちもっと》も普通《ふつう》と見《み》られて居《い》るのは、大晦日《おおみそか》の晩《ばん》もう年取《としとり》の祝《いわ》いも済《す》んでから後《あと》に、別《べつ》に白《しろ》い飯《めし》を炊《た》いてみたまの飯《めし》の用意《ようい》をする。稀《まれ》には年取肴《としとりざかな》に手《て》を触《ふ》れる前《まえ》に、まだ精進《しょうじん》の手《て》でこの握《にぎり》飯《めし》を作《つく》るという例《れい》もあるが、むすびに握《にぎ》って供《そな》えるのは東北六県《とうほくろっけん》が主《しゅ》であって、信州《しんしゅう》などは一般《いっぱん》にこの飯《めし》を折敷《おしき》に紙《かみ》を敷《し》いた上《うえ》へ、又《また》は木《き》の鉢《はち》にただうず高《たか》く盛《も》るだけである。江戸《えど》の近《ちか》くでも八王子《はちおうじ》辺《あたり》から甲州《こうしゅう》にかけて、もとはやはり鉢《はち》や盆《ぼん》にこの飯《めし》を盛《も》って供《そな》えたということが、立路随筆《りつろずいひつ》などには見《み》えて居《い》るが、今日《こんにち》は恐《おそ》らくもう廃《はい》してしまったことであろう。ともかくもそれを御先祖《ごせんぞ》さまに供《そな》えてから、いわゆるお仏壇《ぶつだん》の戸《と》を閉《と》じてしまって、正月三箇日《しょうがつさんがにち》の間《あいだ》は明《あ》けずに置《お》くということは、どの土《と》地《ち》でも大《おお》よそ同《おな》じであった。

其様《そのよう》なことをする位《くらい》ならば、別《べつ》に正月以外《しょうがついがい》のめでたくない日《ひ》に、くり上《あ》げ又《また》は繰《く》り延《の》べたらよさそうにも思《おも》われるが、実際《じっさい》は是《これ》が又新年《またしんねん》の式《しき》の一部《いちぶ》をなして居《い》たことは、この御供《おそな》え物《もの》の結末《けつまつ》を見《み》れば略《ほぼ》わかる。早《はや》い処《ところ》では正月四日《しょうがつよっか》にみたまの飯《めし》を仏壇《ぶつだん》から下《おろ》して、それをこの朝《あさ》の正式食物《せいしきしょくもつ》たる雑炊《ぞうすい》の中《なか》に入《い》れて食《た》べる慣例《かんれい》もあるが、外南部《そとなんぶ》の方《ほう》では七日《なのか》まで其《その》まま置《お》いて、之《これ》を七日《なのか》の小豆粥《あずきがゆ》に加《くわ》えるもの、又鹿角地方《またかづのちほう》では七草《ななくさ》の粥《かゆ》の中《なか》にまじえて煮《に》る真似《まね》をして後《のち》に、更《さら》に苞《つと》に入《い》れて貯《たくわ》えて置《お》いて、腹下《はらくだ》しの病人《びょうにん》がある時《とき》に粥《かゆ》にして食《た》べさせるという者《もの》もある。青森県《あおもりけん》も津軽《つがる》の方《ほう》の農村《のうそん》には、今《いま》でもみたまの飯《めし》は小正月《こしょうがつ》、即《すなわ》ち十五日《じゅうごにち》の晩《ばん》の行事《ぎょうじ》として居《い》る家《いえ》があるが、是《これ》はただ一夜《いちや》だけ供《そな》えて置《お》いて、翌十六日《よくじゅうろくにち》の朝《あさ》の粥《かゆ》に入《い》れる。そうして此粥《このかゆ》は我々《われわれ》の十五日粥《じゅうごにちがゆ》と同《おな》じに、初穂《はつほ》を神様《かみさま》にも参《まい》らせる最《もっと》も清《きよ》い食物《しょくもつ》だったのである。

語注 ○**陸中安家**…二二節参照。○**みたまの飯**…「除夜に供えることが東北地方に多いが、秋田県河辺郡ではニダマといって、まるい握り飯を十二こしらえ、これに一本ずつ箸をさし箕の上にのせて供える」（『年中行事図説』「御魂祭」。図版7「みたまの飯」「岩手　大晦日の晩に握り飯を箕に入れて供え、箸を立てる」）。○**越後**…四節参照。○**信州**…一一節参照。○**折敷**…周囲を低い縁で囲んだ四角い盆。日常生活で用いる他、儀式にも使う。○**甲州**…二〇節参照。○**立路随筆**…漢学者・林確軒《かくけん》（一六八七〜一七四三。通称百助《ももすけ》）の随筆。「十二月魂祭（三十日にする也）」に見える。○**外南部**…今の青森県・岩手県の東部。○**鹿角地方**…今の秋田県鹿角市地方。ここはかつて南部藩領だった。○**青森県も津軽の方**…今の青森県西部。

鑑賞 柳田国男監修の『民俗学辞典』の「御魂祭」（井之口章次執筆）では、「盆の精霊と正月のミタマとは、本来一つのものの和語漢語であって、盆に用いる語を正月には避けたものと思われる。もとは明らかに新年の魂祭であったのが、その式が仏教くさく、新たに喪《も》に入った場合とあまりにもよく似た祭りかたであったために、特に正月を避けたものと思われる。全体に盆の魂祭だけを一般の正月行事から引離そうとする意図は推測できるが、古風な土地にはしばしば歳神祭との混同が見られる。魂祭の大きな特徴はその供え物にあって、必らず米をもって祭ることと、これをみたまの飯と呼ぶことは共通しているが、その他の細部にいたって地方毎《ごと》に少しずつの相違があり、全国的の一致はむしろ少ない」としている。柳田に寄り添いつつも、慎重な書き方をしているように思われる。

三四　箸《はし》と握飯《にぎりめし》の形《かたち》

米《こめ》の飯《めし》を毎日《まいにち》の食物《しょくもつ》として居《い》る人《ひと》たちに取《と》っては、是《これ》は如何《いか》にも目《め》に立《た》たぬ特徴《とくちょう》であろうが、実際《じっさい》は今《いま》でもそういう習慣《しゅうかん》の無《な》いような土地《とち》だけに、主《しゅ》として年越《としこし》の夜《よる》のみたま祭《まつり》は行《おこな》われて居《い》るので、その印象《いんしょう》は至《いた》って深《ふか》いのである。しかも必《かなら》ず米《こめ》を以《もっ》て祭《まつ》るということと、之《これ》をみたまの飯《めし》と呼《よ》ぶということとの二《ふた》つの点《てん》を除《のぞ》いては、是《これ》ほど数多《かずおお》い実例《じつれい》が集《あつ》まって居《い》るにも拘《かかわ》らず、その全国的《ぜんこくてき》の一致《いっち》は寧《むし》ろ少《すく》なく、殊《こと》に小《ちい》さい部分《ぶぶん》での相違《そうい》が著《いちじる》しい。是《これ》を並《なら》べて見《み》た人《ひと》は私《わたし》で無《な》くとも、この祭式《さいしき》に中世《ちゅうせい》以来《いらい》の僅《わず》かずつの変遷《へんせん》が有《あ》ったことを、認《みと》めずには居《い》られまいと思《おも》う。それがどういう風《ふう》にちがって居《い》るかを知《し》るには、勢《いきお》いやや細《こま》かな点《てん》に入《はい》って行《ゆ》かねばならぬが、先《ま》ず第一《だいいち》にみたま様《さま》の米《こめ》の飯《めし》を、鉢又《はちまた》は折敷《おしき》に盛《も》り上《あ》げるものと、之《これ》を握飯《にぎりめし》に結《むす》ぶものと、二通《ふたとお》りが有《あ》ることは前《まえ》にも述《の》べて置《お》いた。是《これ》に又殆《またほどん》と家毎《いえごと》にと言《い》ってもよい、個数《こすう》と形状《けいじょう》とのちがいが見《み》られるのである。それからなお一《ひと》つ、是《これ》はあまり広《ひろ》い区域《くいき》で無《な》いが、飯《めし》を少《すこ》しずつ取分《とりわ》けて、笹《ささ》の葉《は》などに包《つつ》む例《れい》があり、其形《そのかたち》はやや五月《ごがつ》節供《せっく》の巻餅《まきもち》や、田植《たうえ》の日《ひ》の厚朴葉飯《ほおのはめし》などと似《に》て居《い》るのも、私《わたし》だけは一《ひと》つの暗示《あんじ》のように考《かんが》えて居《い》る。但《ただ》し其点《そのてん》まで入《はい》ると問題《もんだい》が複雑《ふくざつ》になるから、後《のち》に序《ついで》があったら述《の》べることにして今《いま》は触《ふ》れないが、其《その》他《た》のすべての場合《ばあい》に共通《きょうつう》して、誰《だれ》にも目《め》に著《つ》くことは箸《はし》をこのみたまの飯《めし》に刺《さ》すことである。

箸《はし》を食物《しょくもつ》の上《うえ》に立《た》てることは、通例《つうれい》は人《ひと》の嫌《きら》ってせぬことで、殊《こと》に一本箸《いっぽんばし》を立《た》てるのは、死者《ししゃ》の枕《まくら》飯《めし》に限《かぎ》るように考《かんが》えられ、小児《しょうに》などがそれをしても厳重《げんじゅう》に叱《しか》り戒《いまし》められる。然《しか》るにこの所謂暮《いわゆるくれ》の魂祭《たままつり》だけには、わざわざ箸《はし》を折《お》って鉢《はち》の飯《めし》に突《つ》き刺《さ》し、又握飯《またにぎりめし》ならば一《ひと》つに一本《いっぽん》ずつ、箸《はし》を立《た》てるという習《なら》わしが最《もっと》も広《ひろ》く行《おこな》われて居《い》る。いつから斯《こ》ういうことが始《はじ》まったか、又最初《またさいしょ》から此通《このとお》りであるのかが論点《ろんてん》であるが、行《おこな》う者《もの》は説明《せつめい》し得《え》ず、又《また》は考《かんが》えて見《み》ようとしたことも無《な》かった。通例人《つうれいひと》の言《い》うのは結《むす》びの数《かず》は十二個《じゅうにこ》、その年《とし》に閏《うるう》が有《あ》れば十三《じゅうさん》こしらえて、それに一本《いっぽん》ずつ箸《はし》を折《お》って刺《さ》すというのだが、是《これ》は恐《おそ》らく十二《じゅうに》であった為《ため》に、月《つき》の数《かず》だと思《おも》って閏年《うるうどし》に十三《じゅうさん》としただけで、同《おな》じような例《れい》は又正《またしょう》月《がつ》の幸《さいわ》い木《ぎ》の十二節《じゅうにふし》、もしくは新木《にいぎ》という木片《もくへん》の十二書《じゅうにが》きにも見《み》られ、或《あるい》は悪鬼《あっき》をまごつかせんが為《ため》に、わざと平年《へいねん》に十三月《じゅうさんがつ》と書《か》くなどという俗習《ぞくしゅう》さえも出来《でき》て居《い》る。何故《なにゆえ》に毎年《まいとし》判《わか》りきった月《つき》の数《かず》を、斯《こ》う

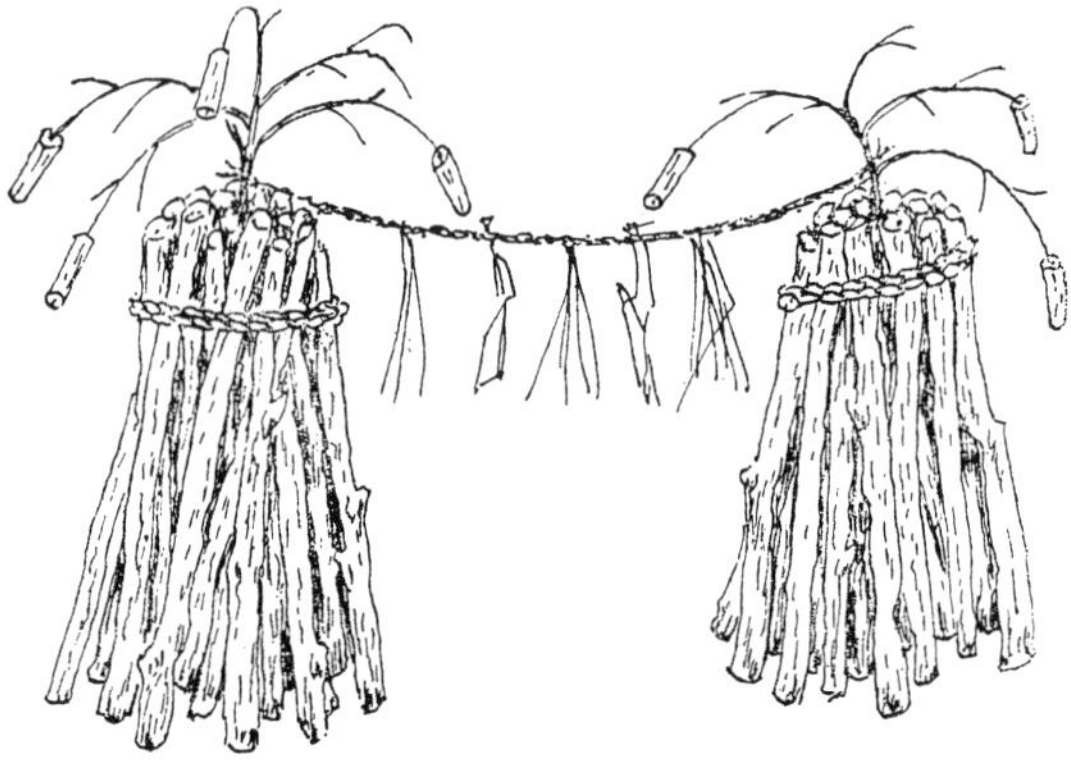

図版８　新木

して表示《ひょうじ》するかという理由《りゆう》も無《な》いのみならず、少《すく》なくともみたまの握飯《にぎりめし》に於《おい》ては、家々《いえいえ》によって六《むっ》つ又《また》は五《いつ》つ、九《ここの》つ十四《じゅうよん》というような仕来《しきた》りも色々《いろいろ》あって、決《けっ》して何処《どこ》でも十二《じゅうに》とは極《き》まって居《お》らず、又鉢《またはち》の盛飯《もりめし》に挿《さ》す箸《はし》の数《かず》も、家《いえ》の族員《ぞくいん》が各《かく》一本《いっぽん》ずつとして居《い》る処《ところ》もあるのである。

　私《わたし》の想像《そうぞう》では、飯《めし》を高《たか》く美《うつく》しく盛《も》り上《あ》げる趣旨《しゅし》は、是《これ》はあなたばかりの召《め》し上《あが》りもの、即《すなわ》ち多《おお》くの者《もの》が是《これ》から分《わ》けて食《た》べる、共同《きょうどう》の食物《しょくもつ》ではありませぬということを、不言《ふげん》のうちに表示《ひょうじ》するに在《あ》り、この点《てん》は鏡餅《かがみもち》が神《かみ》か人《ひと》か、ともかくも只《ただ》目《め》ざす一方《いっぽう》の前《まえ》にすえられるのとよく似《に》て居《い》る。或《あるい》はこの食物《しょくもつ》の中高《なかだか》に尖《とが》った形《かたち》が、人《ひと》の精神《せいしん》の在《あ》り処《か》、即《すなわ》ち心臓《しんぞう》をかたどったものではないかと考《かんが》えて見《み》たこともあるが、それは当《あた》って居《お》らぬとしても、古来斯《こらいこ》ういう心《こころ》ざす所《ところ》の有《あ》る食物《しょくもつ》は、大体《だいたい》に皆形態《みなけいたい》が相似《あいに》て居《い》る。箸《はし》を其中央《そのちゅうおう》に立《た》てるということは、たとえ今日《こんにち》の感覚《かんかく》には殺風景《さっぷうけい》であろうとも、尚且《なおか》つそういう目的《もくてき》を表示《ひょうじ》するには力《ちから》が有《あ》る。それを只一本《ただいっぽん》だけ立《た》てるということも、箸《はし》がもと食事《しょくじ》に先《さき》だってめいめいの自《みずか》ら作《つく》り、人《ひと》に利用《りよう》させたりまじなわせたりせぬように、屋外《おくがい》では必《かなら》ず折《お》って棄《す》てられたものらしいことを考《かんが》えると、或《あるい》はもと今《いま》ある割箸《わりばし》も同様《どうよう》に、食《く》うべき人《ひと》をして自《みずか》ら之《これ》を二《ふた》つに折《お》り、新《あら》たに作《つく》らしめようとしたものかとも見《み》られる。ただ問題《もんだい》となるのは其箸《そのはし》を数多《かずおお》くし、又幾《またいく》つもの握飯《にぎりめし》をこしらえて、一《ひと》つの器《うつわ》に載《の》せ進《すす》めることであるが、是《これ》も私《わたし》の今抱《いまいだ》いて居《い》る想《そう》像《ぞう》では、暮《くれ》の魂祭《たままつり》に祭《まつ》られるみたま様《さま》を、たった一柱《ひとはしら》と視《み》ることが、段々《だんだん》と出来《でき》なくなって来《き》てからの改定《かいてい》であって、十二《じゅうに》は好《よ》い数《かず》だから、是《これ》を以《もっ》て多数《たすう》ということを代表《だいひょう》せしめたものかと思《おも》って居《い》る。

語注 **○折敷**…三三節参照。**○死者の枕飯**…死者の枕元に供える飯。高盛りにして、一本の箸を立てるなどする。**○幸い木**…この場合、「門松の周囲その他に立て飾られる春の始めの薪のことである」（『綜合日本民俗語彙』第二巻「サイワイギ」）。**○新木**…「新しい年木ということである。愛知県から静岡県にかけて行われている小正月行事で、木は一尺四、五寸の長さに切って、内側に例の十二と書く」（『綜合日本民俗語彙』第三巻「ニュウギ」。図版8『年中行事図説』「年木・新木（にゅうぎ）」「1　長野　にゅう木」）。**○この食物の中高に尖った形が、人の精神の在り処、即ち心臓をかたどったものではないかと考えて見たこともある**…柳田国男が昭和七年（一九三二）発行の『信濃教育』第五四三号に掲載された「食物と心臓」で述べた説（後に『食物と心臓』に収録）。

鑑賞 年越の夜のみたま祭は米をもって祭り、これをみたまの飯と呼ぶ点を除くと、全国的な一致は少なく、小さな相違は著しい。だが、みたまの飯は飯を高く盛り、それに箸を刺すという特徴が見られる。それは、共同の食事ではないことを示すものだった。

三五　みたま思想《しそう》の変化《へんか》

何《いず》れにしても「みたま」に対《たい》する我々《われわれ》の考《かんが》え方《かた》の、世《よ》を経《へ》て少《すこ》しずつ移《うつ》り動《うご》いて居《い》ることだけは争《あらそ》うべくも無《な》い。正月《しょうがつ》のみたまの飯《めし》が、本来決《ほんらいけっ》して不吉《ふきつ》なものでなかったことは、之《これ》を節日《せちび》の食物《しょくもつ》にまじえて食《た》べてしまい、又《また》は保存《ほぞん》して六月朔日《ろくがつついたち》の歯固《はがた》めに炒《い》って食《た》べ、又《また》は火除《ひよ》けや夏病《なつびょう》のまじないに供《きょう》し、或《あるい》は種物《たねもの》を播《ま》くときに之《これ》を一《いっ》しょに撒《ま》けば、豊作《ほうさく》を期《き》し得《え》られるというような言《い》い伝《つた》えが有《あ》るのを見《み》てもわかる。信州北部《しんしゅうほくぶ》などでは、みたまの鉢《はち》の箸《はし》を寝《ね》せる日《ひ》というのが、家《いえ》によって一定《いってい》して居《い》ない。早《はや》いのは正月《しょうがつ》の二日《ふつか》から三日四日《みっかよっか》、又松送《またまつおく》りの日《ひ》までとも、正月十六日《しょうがつじゅうろくにち》までとも、午《うま》の日《ひ》まででともいうのがある他《ほか》に、主人《しゅじん》の年日《としび》に之《これ》を卸《おろ》して、主人《しゅじん》だけが其卸《そのおろ》しを食《た》べるという家《いえ》も有《あ》る。東《とう》北《ほく》の方《ほう》でも総領息子《そうりょうむすこ》か跡取娘《あととりむすめ》だけに食《た》べさせて、その他《た》の兄弟姉妹《きょうだいしまい》には与《あた》えないという例《れい》がある。先《せん》祖《そ》に子孫《しそん》を繋《つな》ぎ付《つ》ける紐帯《ちゅうたい》として、是《これ》ほど具体的《ぐたいてき》な又適切《またてきせつ》な方式《ほうしき》は他《ほか》には無《な》い。それを初春毎《しょしゅんごと》にくり返《かえ》すということは、永続《えいぞく》する旧家《きゅうか》の大《おお》きな悦《よろこ》びであった筈《はず》なのに、それがいつと無《な》く食物《しょくもつ》を上《あ》げたままで先祖棚《せんぞだな》の扉《とびら》をしめきり、又《また》は其供物《そのくもつ》の卸《おろ》しを、ただまじないのように利用《りよう》することになって居《い》るのは、明《あきら》かに大《おお》きな変遷《へんせん》であって、しかも亦盆行事《またぼんぎょうじ》の仏教化《ぶっきょうか》の、反射作用《はんしゃさよう》としか解《かい》することは出来《でき》ぬのである。

二《ふた》つの極端《きょくたん》の例《れい》を並《なら》べて見《み》れば、この変遷《へんせん》の跡《あと》は一層明《いっそうあきら》かになるであろう。秋田県《あきたけん》の鳥海山麓《ちょうかいさんろく》の或《ある》村《むら》などは、ニタマの座《ざ》というものを神棚《かみだな》に設《もう》けてそれへ繭玉《まゆだま》をつるし、十二箇《じゅうにこ》の握飯《にぎりめし》を箕《み》の中《なか》に並《なら》べて、新《あた》らしい杉箸《すぎばし》を一本《いっぽん》ずつ挿《さ》し立《た》てる。つまりは前《まえ》に挙《あ》げた安家村《あっかむら》の例《れい》も同様《どうよう》に、是《これ》が年神《としがみ》の祭《まつり》の代《かわ》りになって居《い》るのである。岩手県水沢町《いわてけんみずさわちょう》のみたまは仏壇《ぶつだん》に上《あ》げるのだが、特《とく》に其握飯《そのにぎりめし》を十二並《じゅうになら》べて置《お》く白紙《はくし》の前面《ぜんめん》に、紅《べに》で三《みっ》つの円《えん》を描《えが》くのが習《なら》わしであった。乃《すなわ》ち三玉《みたま》という言葉《ことば》からの思《おも》い付《つ》きであろうが、ともかくも紅《べに》はその儀式《ぎしき》が凶礼《きょうれい》でないことを明示《めいじ》して居《い》る。そうして勿論家《もちろんいえ》に喪《も》の有《あ》る年《とし》の正《しょう》月《がつ》には行《おこな》わぬことと思《おも》われる。ところが他《た》の一方《いっぽう》には信州《しんしゅう》の一部《いちぶ》、南安曇郡《みなみあづみぐん》の大野川《おおのがわ》などでは、其年《そのとし》不幸《ふこう》のあった家《いえ》に限《かぎ》って、年取《としとり》の夜白《よるしろ》い飯《めし》を山《やま》に盛《も》り、其上《そのうえ》に箸《はし》を五本立《ごほんた》てる。それへ近所《きんじょ》の人《ひと》たちが見舞《みまい》に来《き》て、通夜《つや》のように夜話《よばなし》をする。又下伊那郡南端《またしもいなぐんなんたん》の大川内《おおこうち》という村《むら》などでも、年内《ねんない》に死者《ししゃ》のあった家《いえ》のみが初《はつ》みたまと称《しょう》して、高盛《たかもり》の飯《めし》に何本《なんぼん》も箸《はし》を刺《さ》したのを、年神《としがみ》の棚《たな》に供《そな》える習《なら》わしがある。是《これ》をみたま祭《まつり》と謂《い》い又近親《またきんしん》の集《あつ》まって来《く》ることを、みたま参《まい》りと謂《い》って居《い》るそうである。是等《これら》の土地《とち》でも先祖《せんぞ》の祭《まつり》が無《な》かったわけではあるまいが、既《すで》に新《あら》たに世《よ》を去《さ》った人《ひと》の霊《れい》の為《ため》に、同《おな》じ祭《まつり》をすることになり、又少《またすこ》しでも之《これ》を鄭重《ていちょう》に営《いとな》むようになって来《く》れば、めでたい何事《なにごと》も無《な》かった家々《いえいえ》では同《おな》じ様《よう》な祭《まつり》はせず、又《また》は少《すく》なくとも同《おな》じ名《な》を以《もっ》て呼《よ》ぶことを、正月《しょうがつ》であるだけに、避《さ》けようとしたことは当《とう》然《ぜん》の話《はなし》である。飯《めし》に何本《なんぼん》かの箸《はし》を立《た》て、又《また》はそれを年神棚《としがみだな》の上《うえ》に供《そな》えることが、他《ほか》の多《おお》くの土地《とち》のみたまの飯《めし》と一致《いっち》して居《い》るのを見《み》ると、もとは同一《どういつ》の行事《ぎょうじ》であったことは疑《うたが》われない。果《はた》して昔《むかし》からそういう新《あら》たな喪《も》の有《あ》る家《いえ》までが、この暮《くれ》から正月《しょうがつ》へかけての魂祭《たままつり》を行《おこな》い得《え》たものかどうか。私《わたし》はそれは許《ゆる》されないことであったろうと思《おも》って居《い》るのだが、まだ確言《かくげん》するだけの証拠《しょうこ》は捉《とら》えて居《い》ない。しかし調《しら》べて見《み》ようと思《おも》えばそれぞれの土地《とち》に就《つい》て、是《これ》からでも追々《おいおい》に確《たし》かめ得《え》られることである。つまりは是《これ》も盆《ぼん》の魂祭《たままつり》と同《おな》じように、近《ちか》い身《み》うちの者《もの》を哀慕《あいぼ》するの情《じょう》が、喪《も》の穢《けが》れを超克《ちょうこく》してしまった一《ひと》つの変化《へんか》であって、一方《いっぽう》それがどうしても超克《ちょうこく》し得《え》られなくて、却《かえ》って後退《こうたい》し始《はじ》めたのが他《た》の多《おお》くの土地《とち》の正月《しょうがつ》の魂祭《たままつり》だったのである。現在《げんざい》はまだ其分裂《そのぶんれつ》の中途《ちゅうと》にある為《ため》に、二《ふた》つを比《くら》べて考《かんが》えて見《み》ることが出来《でき》る。時《とき》が今些《いますこ》し過《す》ぎると此点《このてん》は愈々判《いよいよわか》りにくく、又説明《またせつめい》しにくいものになることと思《おも》う。

語注 ○信州…二節参照。○午の日…十二支の七番日の午が来る日。○秋田県の鳥海山麓の或村…秋田県由利郡直根《ひたね》村（今は由利本荘市）のことで、この報告は昭和一八年（一九四三）発行の高橋文太郎『山と人と生活』に見える。○前に挙げた安家村…三二節参照。○岩手県水沢町…今の岩手県奥州市。○

南安曇郡の大野川…今の長野県松本市大野川。○下伊那郡南端の大川内という村…今の長野県下伊那郡天龍村大河内のこと。ただし、大河内が村となったことはない。

鑑賞　正月のみたまの飯は不吉なものではなかったが、いつとなく食物をあげたままで先祖棚の扉を閉めるようになってしまった。新たに世を去った人の霊のために同じような祭をするようになると、やがて正月であるだけにそれを避けるようになった。身近な者を愛慕する情が喪の穢れを超克したが、どうしても超克できずに交代したのが他の多くの土地の魂祭だったと考えられる。

三六　あら年《どし》とあら御魂《みたま》

喪《も》の穢《けが》れを忌《い》み嫌《きら》う感覚《かんかく》は、最近《さいきん》の百年《ひゃくねん》以来《いらい》、殊《こと》に現代《げんだい》は著《いちじる》しく衰頽《すいたい》して居《い》る。原因《げんいん》は単《たん》なる社交《しゃこう》の進《すす》み、又《また》は生計《せいけい》の忙《せ》わしさという以上《いじょう》に、もう少《すこ》し深《ふか》い処《ところ》に在《あ》るように私《わたし》には考《かんが》えられる。それが悪《わる》いとか已《や》むを得《え》ぬとかいう問題《もんだい》を離《はな》れて、この変遷《へんせん》の跡《あと》だけは何《なん》としても明《あきら》かにして置《お》かなければならぬ。是《これ》に伴《とも》なわれてもう確《たし》かに今《いま》が昔《むかし》の通《とお》りで無《な》いものが、一《ひと》つは少《すく》なくとも我々《われわれ》の精神行動面《せいしんこうどうめん》に、現《あら》われて居《い》ることが判明《はんめい》するからで、もしも其差《そのさ》を無視《むし》すれば、或《あるい》は誤《あやま》った復古主義《ふっこしゅぎ》に陥《おちい》ってしまういかも知《し》れないからである。記録《きろく》に幾《いく》らでも証拠《しょうこ》が有《あ》るだけで無《な》く、現在《げんざい》も古風《こふう》な人々《ひとびと》は、まだこの感覚《かんかく》をはっきりと持《も》って居《い》る。近《ちか》い身《み》うちに死《し》なれ且《か》つ其死《そのし》に触《ふ》れた者《もの》には、忽《たちま》ちにして大《おお》きな生活上《せいかつじょう》の拘束《こうそく》が発生《はっせい》する。第一《だいいち》に晴《はれ》の行事《ぎょうじ》、殊《こと》に祭《まつり》や儀式《ぎしき》に参加《さんか》することを許《ゆる》されぬだけで無《な》く、其《その》障碍《しょうがい》は極《きわ》めて敏速《びんそく》に、是《これ》と交渉《こうしょう》した第二第三《だいにだいさん》の者《もの》にも伝播《でんぱ》して、若干程度《じゃっかんていど》の差《さ》はあるが、彼等《かれら》も亦君《またきみ》に奉仕《ほうし》し神《かみ》を拝《はい》することの出来《でき》ぬ人々《ひとびと》となるのであった。それが公共生活《こうきょうせいかつ》の為《ため》に忍《しの》び難《がた》い不便《ふべん》であったことは言《い》う迄《まで》も無《な》い。何《なん》とかしてこの不便《ふべん》を避《さ》けようとして、色々《いろいろ》の方策《ほうさく》が夙《はや》くから講《こう》じられて居《い》る。最初《さいしょ》は喪屋《もや》というものを造《つく》って、喪《も》に在《あ》る人《ひと》の限《かぎ》りを其中《そのなか》に閉《と》じ籠《こも》らせ、外部《がいぶ》との往来《おうらい》を遮断《しゃだん》させた。そうなると其期間《そのきかん》の食物燃料《しょくもつねんりょう》は得《う》る途《みち》が無《な》いから、当然《とうぜん》に周囲《しゅうい》から補給《ほきゅう》してやらねばならぬ。それで次《つぎ》には其期間《そのきかん》を短縮《たんしゅく》し、又《また》は有効《ゆうこう》なる祓除《ふつじょ》の手段《しゅだん》が色々《いろいろ》と考《かんが》えられたが、それにも限度《げんど》があって、親《おや》を葬《ほうむ》った者《もの》に翌日《よくじつ》から、除服出仕《じょふくしゅっし》を許《ゆる》すというわけにも行《ゆ》かなかった。そこで第三《だいさん》には忌《い》むべき場合《ばあい》の制限《せいげん》、是《これ》だけは必《かなら》ず守《まも》るという厳粛《げんしゅく》なる行事《ぎょうじ》を列記《れっき》して、次第《しだい》に触穢《しょくえ》の慎《つつ》しみをやかましくいうようになったのも、一《ひと》つには其他《そのた》の些々《ささ》たる警戒《けいかい》を、大目《おおめ》に見《み》ようという趣旨《しゅし》からであった。民間《みんかん》では神詣《かみもう》で御社《おやしろ》の祭《まつり》、年中行事《ねんじゅうぎょうじ》の中《なか》では正月《しょうがつ》の注連《しめ》の内《うち》を、殊《こと》に清浄《せいじょう》な日《ひ》として居《い》たのは、遠《とお》い昔《むかし》からの感覚《かんかく》の保存《ほぞん》でもあったろうが、なお一方《いっぽう》には此限定《このげんてい》によって、他《た》の普通《ふつう》の日《ひ》の交際《こうさい》を少《すこ》しずつ自由《じゆう》にした結果《けっか》にはなって居《い》る。それが又《また》いつと無《な》く忌《いみ》の拘束《こうそく》を一般《いっぱん》に軽《かる》めて居《い》るのである。しかし朝廷《ちょうてい》の公事《くじ》には、この大小《だいしょう》の区別《くべつ》は認《みと》められなかったのが当然《とうぜん》で、従《したが》って御式《おしき》の度毎《たびごと》に、出仕《しゅっし》の出来《でき》ぬ者《もの》は多《おお》かったのである。中世末期《ちゅうせいまっき》の御日記《おにっき》を見《み》ると、七月十五日《しちがつじゅうごにち》の宮中《きゅうちゅう》の御式《おしき》には、特《とく》に両親《りょうしん》の揃《そろ》った臣下《しんか》のみを召《め》して、勤仕《きんし》せしめたまうことが定《き》まった慣例《かんれい》となって居《い》た。民間《みんかん》でも今《いま》なおこの差別《さべつ》だけは認《みと》めて、親《おや》の無《な》い者《もの》は盆《ぼん》の間《あいだ》精進《しょうじん》を保《たも》つに対《たい》して、片親《かたおや》の有《あ》る者《もの》は十四日《じゅうよっか》だけ、二親《ふたおや》ともに活《い》きて居《い》る人《ひと》は十四《じゅうし》十五《じゅうご》の両日《りょうじつ》、必《かなら》ず魚類《ぎょるい》を食《た》べさせるということにして居《い》るのだが、しかもこの人《ひと》たちの間《あいだ》には隔離《かくり》は無《な》く、平気《へいき》で共々《ともども》に此日《このひ》を暮《くら》し、共々《ともども》に先祖《せんぞ》の魂棚《たまだな》を拝《おが》んで居《い》た。そういう中《なか》には過《か》去一年《こいちねん》のうちに、肉親《にくしん》と死《し》に別《わか》れた者《もの》も当然《とうぜん》にまじって居《い》るのであった。

もとはそうした寂《さび》しい家《いえ》の盆《ぼん》と、主人《しゅじん》の二親《ふたおや》までがなお長命《ちょうめい》して、楽《たの》しく集《あつ》まって居《い》る家《いえ》の先祖《せんぞ》祭《まつり》とは、はっきりと二種別々《にしゅべつべつ》の行事《ぎょうじ》であったろうが、仏法《ぶっぽう》の教化《きょうか》が汎《ひろ》く及《およ》ぶと共《とも》に、追々《おいおい》に近《ちか》い者《もの》の供《く》養《よう》に力《ちから》を入《い》れることになって、先祖《せんぞ》の方《ほう》はただその序《ついで》を以《もっ》て祭《まつ》られるように考《かんが》えられ始《はじ》めたのである。

しかし正月《しょうがつ》だけには流石《さすが》に其様《そのよう》な混同《こんどう》は起《おこ》らなかった。門《かど》に緑《みどり》の松《まつ》が立《た》ち注連縄《しめなわ》が張《は》られると、もう喪《も》の有《あ》る家《いえ》の者《もの》は其下《そのした》をくぐっては来《こ》ない。僧侶《そうりょ》はそれ自身穢《じしんけが》れては居《お》らぬ場合《ばあい》にも、なお正月《しょうがつ》は四《よっ》日《か》にならぬと、寺年始《てらねんし》には遣《や》って来《こ》ない。そうして一方《いっぽう》に其年内《そのねんない》に不幸《ふこう》のあった家《いえ》へは、大抵《たいてい》は年取《としとり》の祝《いわ》い前《まえ》に、あら年《どし》の見舞《みまい》に行《ゆ》くのである。

本年《ほんねん》は存《ぞん》じも寄《よ》りませぬあら年《どし》でお淋《さび》しゅうございます

とか、又《また》は、

ことしは誠《まこと》にお淋《さび》しいお年取《としとり》でござんす

というのが、其場合《そのばあい》の挨拶《あいさつ》の言葉《ことば》で、世間《せけん》はいそいそと楽《たの》しく春《はる》を迎《むか》えようとして居《い》るのに、爰《ここ》ばかり其間《そのあいだ》に往来《おうらい》することも出来《でき》ぬのを歎《なげ》くのだが、同時《どうじ》に又《また》その淋《さび》しさに附合《つきあ》うことも無《な》く、自分《じぶん》たちばかりで世《よ》の常《つね》の正月《しょうがつ》をすることを、悪《わる》く思《おも》うなという心持《こころもち》も含《ふく》んで居《い》た。そうして又《また》そういうめでたい家々《いえいえ》でも、別《べつ》に自分《じぶん》の家《いえ》のみたま祭《まつり》はして居《い》るのであった。魂祭《たままつり》にはもと二種《にしゅ》あって、盆《ぼん》は即《すなわ》ちその混同《こんどう》であったことが、是《これ》でほぼ明《あきら》かになると思《おも》う。あら年《どし》のみたまは又《また》「あらみたま」とも呼《よ》ばれて居《い》る。盆《ぼん》には之《これ》をあらそんじょ、又《また》はにい精霊《じょうろ》とも謂《い》うところから、新《しん》の意味《いみ》にしか人《ひと》は解《かい》して居《い》ないが、起《おこ》りは荒忌《あらいみ》であり又荒御霊《またあらみたま》であって、まだ和《なご》やかなる先祖祭《せんぞまつり》にはふさわしからず、別《べつ》に特《とく》殊《しゅ》な方式《ほうしき》を以《もっ》て先《ま》ずその死後《しご》の生活《せいかつ》を落付《おちつ》かせる必要《ひつよう》を認《みと》めて居《い》たのである。仏法《ぶっぽう》の末流《まつりゅう》には死穢《しえ》を厭《いと》わぬ者《もの》が多《おお》く、又《また》その供養《くよう》も主《しゅ》として新《あた》らしい死者《ししゃ》に向《む》けられて居《い》たのだが、それにも拘《かかわ》らず年越《としこし》の日《ひ》の荒年《あらどし》の祭《まつり》ばかりは、なお仏法以外《ぶっぽういがい》の習《なら》わしを保存《ほぞん》して居《い》た。古《ふる》い世《よ》の姿《すがた》はこの方面《ほうめん》から、探《さぐ》り求《もと》められるのではないかと私《わたし》は思《おも》う。

語注 ○**衰頽**…衰退。○**障碍**…障害。○**祓除**…穢れや災いを祓い除くこと。○**除服出仕**…喪の期間が終わって、喪服を脱いで出勤すること。○**中世末期の御日記**…日記は特定できないが、「生御魂《いきみたま》を拝することが行事として行われるようになったのは、文献には室町時代以降に現われる」（『年中行事辞典』「生御魂」）と見える。

鑑賞 柳田国男監修の『民俗学辞典』では「喪屋」（大間知篤三執筆）について、「死者の近親達が或る期間、遺骸とともにまたはその近くに、忌籠りの生活をする建物をいう。わが民族には極めて古くからおこなわれたもので、記紀にも事例がみえ、例えばアメワカヒコのために喪屋を造ってもがりし、八日八夜にわたって哭《な》き悲しんだとある。上代の殯宮《ひんきゅう》も一種の喪屋であり、平安朝にも鳥辺野《とりべの》の近くに霊屋《たまや》を造って忌籠りした記録がある。かかる習わしを近年にいたるまで伝えてきた地域が幾つかある」などとしている。

三七　精霊《しょうりょう》とみたま

盆《ぼん》と正月《しょうがつ》と両度《りょうど》の魂祭《たままつり》が、各々一方《おのおのいっぽう》に偏《へん》して発達《はったつ》するようになってから、我々《われわれ》の先祖《せんぞ》たちは之《これ》を二《ふた》つに区別《くべつ》する方《ほう》に力《ちから》を入《い》れ、次第《しだい》に共通《きょうつう》の点《てん》を見落《みお》そうとする傾《かたむ》きを生《しょう》じた。その中《なか》でも著《いちじる》しいのは新年《しんねん》には「みたま」と謂《い》い、盆《ぼん》に限《かぎ》ってショウロ又《また》は精霊《しょうりょう》さんなどということで、この為《ため》に追々《おいおい》と別《べつ》もののようになって来《き》たが、二《ふた》つは元来《がんらい》が同《おな》じものの和語漢語《わごかんご》であった。徳島県《とくしまけん》などのように家《いえ》の所謂《いわゆる》ほとけ様《さま》を、正月中《しょうがつじゅう》だけはみたま様《さま》というのだと、ちゃんと心得《こころえ》て居《い》る人《ひと》も少《すく》なくないのみならず、盆《ぼん》にも折々《おりおり》はまだみたまという語《ご》を用《もち》いる例《れい》がある。たとえば生盆《いきぼん》などと称《しょう》して、達者《たっしゃ》に暮《くら》して居《い》る親《おや》たちの処《ところ》へ、魚類《ぎょるい》その他《た》の食物《しょくもつ》を持《も》って行《い》って進《すす》めることを生見玉《いきみたま》、是《これ》などは今《いま》も昔《むかし》も変《かわ》って居《い》ない。まさか活《い》きて居《い》る人《ひと》に精霊《しょうりょう》ともいえまいから、わざとそういうのだと考《かんが》えられぬことも無《な》いが、人《ひと》が亡《な》くなった新盆《にいぼん》のことを、現《げん》にあらみたまの盆《ぼん》と呼《よ》ぶ土地《とち》も、つい東京《とうきょう》から近《ちか》い川越《かわごえ》あたりには有《あ》る。私《わたし》などの生《うま》れ在所《ざいしょ》、播州《ばんしゅう》の中部《ちゅうぶ》でも、盆《ぼん》の十五日《じゅうごにち》には小豆飯《あずきめし》をたいて、まん丸《まる》な結《むす》びに握《にぎ》って芋《いも》の葉《は》に載《の》せて供《そな》えるのを、みたまと謂《い》って居《い》たのはやはり亦《また》みたまの飯《めし》の意《い》であった。同《おな》じ風習《ふうしゅう》は丹後《たんご》の舞鶴附近《まいづるふきん》、又伊豆半島《またいずはんとう》の南端《なんたん》の村《むら》にもあって、ただ後者《こうしゃ》では之《これ》をニタマと訛《なま》って居《い》るが、是《これ》にも一本《いっぽん》の麻稈《おがら》の箸《はし》を挿《さ》したことは、正月《しょうがつ》のみたまの飯《めし》と同《おな》じである。まん円《まる》な結《むす》びというものは此頃《このごろ》はよく見《み》かけるようになったが、もとは斯《こ》ういう時《とき》だけに作《つく》ったものらしく、それでニタマは此形《このかたち》の握飯《にぎりめし》の名《な》であるように、思《おも》って居《い》る地方《ちほう》が東北《とうほく》には有《あ》る。しかし何処《どこ》でもまん円《まる》に限《かぎ》るというわけでは無《な》く、今《いま》ある三角結《さんかくむす》びの一端《いったん》をやや尖《とが》らせたものもあって、只幾分《ただいくぶん》か常《つね》の日《ひ》の昼餉用《ひるげよう》のものと形《かたち》をちがえ、且《か》つ念入《ねんい》りに結《むす》んで居《い》たことは皆同《みなおな》じであった。

精霊《しょうりょう》とみたまと、二《ふた》つどちらが古《ふる》いかは言《い》わずとも判《わか》って居《い》る。それよりもどうして此様《このよう》な古《ふる》い佳《よ》い国語《こくご》が有《あ》るのに、すき好《この》んで発音《はつおん》のかなり面倒《めんどう》な漢語《かんご》なんかを採用《さいよう》したかが問題《もんだい》になるのだが、是《これ》には盆《ぼん》と正月《しょうがつ》の魂祭《たままつり》を、二《ふた》つに分《わ》けて考《かんが》える必要《ひつよう》という以外《いがい》に、もっと小《ちい》さな理由《りゆう》があって斯《こ》んな新《しん》語《ご》を用《もち》い始《はじ》め、それが結局《けっきょく》は二者《にしゃ》の対立《たいりつ》を招《まね》いたとも見《み》られるのである。

漢語《かんご》の輸入《ゆにゅう》が我々《われわれ》の言葉《ことば》の意義《いぎ》を紛乱《ふんらん》させる原因《げんいん》となって居《い》ることは、勿論是《もちろんこれ》が最《もっと》も甚《はなは》だしい一例《いちれい》でもあるまいが、爰《ここ》でもやはり言葉《ことば》の変《かわ》って来《き》た筋道《すじみち》を明《あきら》かにして置《お》かぬと、死《し》んで何処《どこ》へ行《ゆ》くかという大切《たいせつ》な問題《もんだい》を、考《かんが》えて見《み》ることが出来《でき》ぬのである。教育《きょういく》ある昔《むかし》の日本人《にほんじん》には、いわゆる男文字《おとこもじ》の必要《ひつよう》が曾《かつ》ては大《おお》きかった。即《すなわ》ち手紙《てがみ》でも日記《にっき》でも、すべて漢字《かんじ》で書《か》かねばならぬ時代《じだい》が久《ひさ》しく続《つづ》いたのである。耳《みみ》でよく聴《き》く言葉《ことば》でも、文字《もじ》ではどう書《か》くかを知《し》るに苦《くる》しんで、よかれ悪《あ》しかれ今《いま》までの人《ひと》の前例《ぜんれい》を追《お》い、それを又字面《またじづら》に拠《よ》って後々《のちのち》は唱《とな》え替《か》えても居《い》たのである。みたまは上代《じょうだい》からの正《ただ》しい日本語《にほんご》だが、不幸《ふこう》なことにはちょうど是《これ》に適当《てきとう》した漢字《かんじ》が無《な》かった。それで清輔《きよすけ》の奥儀抄《おうぎしょう》などにも、

年《とし》の終《おわ》りの魂祭《たままつり》を解説《かいせつ》して、

下人《げにん》はみたま祭《まつり》とぞ申《もう》す。公家《くげ》には荷前《のさき》の祭《まつり》という

などと、口《くち》に此語《このご》を使《つか》う者《もの》を無教育者視《むきょういくしゃし》して居《い》るのである。しかも最初《さいしょ》から、適当《てきとう》なる漢字《かんじ》が無《な》かったわけでは決《けっ》して無《な》い。日本書紀《にほんしょき》の中《なか》には、みたまという言葉《ことば》が幾《いく》つも見《み》え、それにはすべて御霊《みたま》という文字《もじ》が宛《あ》てられて居《い》る。御霊《みたま》は直訳《ちょくやく》であり恐《おそ》らくは我邦《わがくに》での組合《くみあわ》せであった。その用法《ようほう》を見《み》ると

皇祖神祇《こうそじんぎ》の御霊《みたま》、又《また》は天皇《てんのう》の御霊《みたま》とさえ記《しる》して居《い》て、その範囲《はんい》は汎《ひろ》く顕幽《けんゆう》の二界《にかい》に及《およ》んで居《い》た。ところが誠《まこと》に是非《ぜひ》も無《な》い事情《じじょう》によって、後々《のちのち》この二文字《にもじ》をそうは一般《いっぱん》に用《もち》いられなくなったのである。国《こく》史《し》を読《よ》む者《もの》は誰《だれ》でも記憶《きおく》するだろうが、ちょうど山城《やましろ》の京《きょう》の奠定《てんてい》せられた初期《しょき》に、帝都《ていと》の急激《きゅうげき》な繁栄《はんえい》につれて、諸種《しょしゅ》の天変災害《てんぺんさいがい》の頻々《ひんぴん》として起《おこ》ったことがあった。それを当時《とうじ》の人々《ひとびと》は其前後《そのぜんご》の政変《せいへん》と結《むす》び付《つ》けて、若干《じゃっかん》の憤《いきどお》りを含《ふく》んで横死《おうし》した者《もの》の、霊《れい》となって祟《たた》りをなすものと解《かい》して怖《おそ》れおののいたのである。一方《いっぽう》に或《あるい》は新宗教《しんしゅうきょう》の感化《かんか》も無《な》かったとは言《い》えない。ともかくも冤癘殃《えんれいわざわい》を為《な》すという推定《すいてい》の下《もと》に、新《あら》たに大《おお》きな法会《ほうえ》が執行《とりおこな》われて是《これ》を御霊会《ごりょうえ》と謂《い》い、後《のち》に神《かみ》に斎《いわ》うて之《これ》を八所《はっしょ》の御霊《みたま》などと唱《とな》えた。そうなると普通《ふつう》の最《もっと》も平和《へいわ》なる先祖《せんぞ》のみたまを、もう御霊《みたま》とは書《か》くことが出来《でき》なかったのである。しかもこの新《あた》らしい「御霊《ごりょう》」の信仰《しんこう》は一時的《いちじてき》のもので無《な》く、それからも永《なが》く続《つづ》いて今日《こんにち》に及《およ》んで居《お》り、又《また》そういう怖《おそ》ろしい御霊《ごりょう》になる人《ひと》も絶《た》えなかった。無筆《むひつ》な下人等《げにんとう》の口《くち》にするのはよいとして、弘《ひろ》く一般《いっぱん》に先祖《せんぞ》を意味《いみ》して居《い》た「みたま」という古語《こご》には、それ以来《いらい》もう適当《てきとう》な文字《もじ》が無《な》くなったのである。

語注 ○**生見玉**…二八節参照。○**つい東京から近い川越あたり**…今の埼玉県川越市付近。○**私などの生れ在所**…二七節参照。○**丹後の舞鶴附近**…今の京都府舞鶴市附近。○**伊豆半島の南端の村**…昭和九年（一九三四）発行の『旅と伝説』第七年第一号に掲載された、内田武志「餅と団子の名称（静岡県）」によれば、賀茂郡浜崎《はまざき》村（今の下田市）のこと。○**麻稈**…麻の皮を剥いだ茎。苧殻。○**昼餉用**…昼食用。

○紛乱させる…混乱させる。○男文字…漢字。○清輔の奥儀抄…藤原清輔（一一〇四〜一一七七）の歌学書『奥義抄』。中釈の「古歌」の「四十六　みたまのふゆ」に見える。○日本書紀…日本最初の正史。養老四年（七二〇）成立。○国史…日本史。○山城の京の奠定…延暦一三年（七九四）の平安京遷都。○冤癘殃を為す…無実の罪で死んだ人の魂が災いを与えるの意か。「冤癘」は未確認。

鑑賞　盆と正月の二度の魂祭は次第に区別されるようになった。その中でも著しいのが新年にはみたまと呼び、盆にはショウロまたは精霊と言うことだが、二つは元来和語と漢語の関係にあった。みたまという語は古くからあったが、それに漢字をあてるようになったのである。

三八　幽霊《ゆうれい》と亡魂《ぼうこん》

みたまも最初《さいしょ》のうちは漢字《かんじ》の音《おん》に由《よ》って、ゴリョウと呼《よ》んでよかった時代《じだい》が有《あ》ったのかと思《おも》うが、何《なに》にせよ此様《このよう》な特殊《とくしゅ》の御霊《みたま》が続出《ぞくしゅつ》するようでは、それとちっとも同《おな》じで無《な》い多《おお》くのみたまを、そう謂《い》って居《い》るわけに行《ゆ》かぬのは当《あた》り前《まえ》で、ここに二《ふた》つの語《ご》は手《て》を分《わか》ってしまったのである。精霊《しょうりょう》という語《ご》の歴史《れきし》も或《あるい》は是《これ》に近《ちか》く、もとは新《あた》らしい御霊《みたま》で無《な》いもの、即《すなわ》ち尋常《じんじょう》のみたまを表示《ひょうじ》する為《ため》に、設《もう》けられた新語《しんご》ではないかと思《おも》うが、是《これ》も久《ひさ》しからずして異《こと》なる内容《ないよう》を持《も》つに至《いた》ったのである。細《こま》かく記《き》録《ろく》に当《あた》って見《み》たのでは無《な》いが、精霊《しょうりょう》はもとは聖霊《しょうりょう》と書《か》くものが多《おお》かったように思《おも》われる。二《ふた》つは同《おな》じで無《な》いと説《と》く人《ひと》もありそうだが、耳《みみ》で此語《このご》を知《し》った者《もの》には其説《そのせつ》は通用《つうよう》せぬ。又性霊《またしょうりょう》とも生霊《しょうりょう》とも勝手《かって》な字《じ》を使《つか》う人《ひと》が有《あ》ったのを見《み》ると、多分起《たぶんおこ》りは皆一《みなひと》つで、最初《さいしょ》は教法《きょうほう》によって導《みちび》かるべき霊《れい》、もしくは世《よ》に仇《あだ》する悪念《あくねん》から清《きよ》まわった霊《れい》をいうような心持《こころもち》で、聖霊《しょうりょう》という文字《もじ》が先《ま》ず選《えら》ばれたのかも知《し》れない。しかし石清水《いわしみず》や北野《きたの》の大《おお》きな御社《おやしろ》、又《また》は大阪《おおさか》の天王寺《てんのうじ》などで、聖霊会《しょうりょうえ》と謂《い》って居《い》るものが御《ご》霊会《りょうえ》と近《ちか》く、やはり災害《さいがい》を防《ふせ》ぐ方《ほう》の祭《まつり》なので、是《これ》も家々《いえいえ》の先祖《せんぞ》を言《い》い表《あら》わす文字《もじ》として、やや似付《につ》かぬように感《かん》じられて来《き》たのである。精霊《しょうりょう》と書《か》いて見《み》たところで、元《もと》は一《ひと》つであり、支那《しな》ではあまり見《み》馴《な》れぬ熟字《じゅくじ》であることも同《おな》じだが、精《しょう》も霊《りょう》もそれぞれに、我国《わがくに》のたまという語《ご》の感《かん》じを持《も》って居《い》るので、其二《そのふた》つを合《あわ》せて代用《だいよう》に供《きょう》したものかと思《おも》われる。文字《もじ》に親《した》しみの薄《うす》い女《おんな》や子供《こども》は、夙《はや》くからこの新《あた》らしい字音《じおん》を大抵《たいてい》はまちがえて発音《はつおん》して居《い》たらしく、それが方言《ほうげん》になって東北《とうほく》ではオソレァ、近畿《きんき》地方《ちほう》にはソンジョといい、シャアラさんという人《ひと》も多《おお》く、九州南部《きゅうしゅうなんぶ》などはセロ様《さま》とさえ謂《い》って居《い》る。それほどにも言《い》いにくい一《ひと》つの新語《しんご》が、よくも此様《このよう》に汎《ひろ》く行《おこな》われたものだと驚《おどろ》くようであるが、これも後々《のちのち》の盆《ぼん》の先祖祭《せんぞまつり》が変化《へんか》して来《き》た結果《けっか》で、もはや何《なん》としても「みたま」とは謂《い》いにくくなって居《い》るのに、なお日本人《にほんじん》の生活《せいかつ》に於《おい》て、是《これ》を何《なん》とか呼《よ》ばなければならぬ必要《ひつよう》だけが、長《なが》くいつまでも続《つづ》いて居《い》たのである。

今日《こんにち》ならば「みたま」が歴史《れきし》の有《あ》る最《もっと》も良《よ》い単語《たんご》だと決《けっ》すれば、たとえ平仮字《ひらがな》で書《か》いても之《これ》を続《つづ》けて使《つか》おうと言《い》うべき所《ところ》だが、以前《いぜん》の有識層《ゆうしきそう》は気《き》の毒《どく》なもので、何《なに》か是《これ》に該当《がいとう》する男文字《おとこもじ》が見《み》つからぬとなると、文書《もんじょ》にはもう此語《このご》を使《つか》うことが出来《でき》なかったのみか、晴《はれ》の場合《ばあい》には之《これ》を口《くち》にすることも躊《ちゅう》躇《ちょ》したのである。先祖《せんぞ》という漢語《かんご》がやや又限《またかぎ》られた意味《いみ》に用《もち》いられた原因《げんいん》も、或《あるい》はこの「みたま」という語《ご》の代《かわ》りにした為《ため》かも知《し》れない。幽霊《ゆうれい》や亡霊《ぼうれい》という語《ご》なども、最初《さいしょ》は其欠《そのけつ》を補《おぎな》う為《ため》に、考《かんが》え付《つ》かれたものかと思《おも》われ、それをただ亡《な》くなった故人《こじん》の霊《れい》という意味《いみ》に使《つか》って居《い》た例《れい》は幾《いく》らも有《あ》る。しかも結果《けっか》は御承知《ごしょうち》の如《ごと》く、その幽霊《ゆうれい》の特《とく》に浮《うか》ばれぬもの、出《で》れば必《かなら》ず人《ひと》をきゃっと言《い》わせるものに限《かぎ》られ、丸《まる》で妖怪《ようかい》の仲間《なかま》か隣人《りんじん》かの如《ごと》き、非凡《ひぼん》のものに限《かぎ》られるようになった。つまりは適切《てきせつ》な対訳《たいやく》もないのに、なお是非《ぜひ》とも漢字《かんじ》で表現《ひょうげん》しようとした弊害《へいがい》、即《すなわ》ち私《わたし》などの所謂節用禍《いわゆるせつようか》なるものであった。元《がん》来御霊《らいみたま》の御《み》は敬語《けいご》で、家々《いえいえ》の尊《とう》とむべき霊《れい》のみを指《さ》した名《な》であった。後々《のちのち》は様《さま》を附《つ》けて呼《よ》んだからよいようなものの、なお精霊《しょうりょう》や聖霊《しょうりょう》では十分《じゅうぶん》な感《かん》じを表《ひょう》することがむつかしかった。それで段々《だんだん》と少《すこ》しも大事《だいじ》でない他所《たしょ》の霊《れい》、有難《ありがた》くも何《なん》とも無《な》い風来《ふうらい》の亡魂《ぼうこん》などまで、其中《そのなか》に包括《ほうかつ》せられるようになって来《き》たので、是《これ》が又相応《またそうおう》に盆祭《ぼんまつり》の思想《しそう》を複雑《ふくざつ》にして居《い》る。尊霊《そんりょう》という漢字《かんじ》を家《いえ》の「みたま」の為《ため》に充《あ》てた人《ひと》も稀《まれ》には有《あ》ったらしいが、民衆《みんしゅう》の間《あいだ》にはあまり行《おこな》われなかった。もし斯《こ》ういう漢語《かんご》が広《ひろ》く採用《さいよう》せられて居《い》たら、今少《いますこ》し我々《われわれ》の理解《りかい》に便《べん》だった筈《はず》である。京都《きょうと》や奈良《なら》の附近《ふきん》でソンジョさんといったのは、或《あるい》は精霊《しょうりょう》の訛《なま》りでは無《な》くて、この尊霊《そんりょう》の実用《じつよう》だったかも知《し》れない。

語注 ○**石清水や北野の大きな御社、又は大阪の天王寺**…石清水八幡宮や北野天満宮、または大阪の四天王寺。○**支那**…一六節参照。○**男文字**…三七節参照。○**節用禍**…辞書に頼りすぎることの弊害か。「節用」は室町時代の国語辞書・節用集の略。

鑑賞 柳田国男監修の『民俗学辞典』の「霊魂」（堀一郎執筆）では、「死者霊は死者そのものの副人格的な形象霊として意識せられ、死者儀礼がそのまま死霊崇拝の儀礼ともなり、次第に宗教化し易いのであるが、この死霊と生者霊魂との観念は互いに交錯して、いわゆる超感覚的な存在としての死者や祖先と、それらの神化した人間神の観念は区別し難いほどのつながりを持っている。祖霊や神霊が形象霊として意識されるかどうかは、現在の資料ではまだ明らかでない」としている。

三九　三種《さんしゅ》の精霊《しょうりょう》

ともかくも現在《げんざい》の盆《ぼん》の精霊《しょうりょう》には、やや種類《しゅるい》の異《こと》なる三通《みとお》りのものが含《ふく》まれて居《い》る。此頃《このごろ》の人《ひと》の細《こま》かな弁別力《べんべつりょく》では、それを一《ひと》つの語《ご》で間《ま》に合《あわ》せにくいと感《かん》じ始《はじ》めたものか、是《これ》に色々《いろいろ》の限定辞《げんていじ》を添《そ》えるものが先《ま》ず多《おお》く、更《さら》に地方《ちほう》によっては意義《いぎ》の分化《ぶんか》が行《おこな》われて、特《とく》にその一《ひと》つのものに此語《このご》を用《もち》いた結果《けっか》、愈々本来《いよいよほんらい》の精霊《しょうりょう》をないがしろにする原因《げんいん》を追加《ついか》した例《れい》さえある。過去一年《かこいちねん》の間《あいだ》に世《よ》を去《さ》った荒忌《あらいみ》のみたまを、アラソンジョだのワカジョウロだの、又新精霊《またにいじょうろ》だの呼《よ》ぶことは前《まえ》にも述《の》べたが、盆《ぼん》の魂棚《たまだな》は特《とく》に其為《そのため》のものを美々《びび》しく飾《かざ》り、又《また》はただ其場合《そのばあい》のみに精霊棚《しょうりょうだな》をしつらえるという土地《とち》も処々《ところどころ》にあって、そういう家々《いえいえ》では、もう精霊《しょうりょう》という語《ご》を新亡《しんぼう》のことだと、解《かい》して居《い》た者《もの》も少《すく》なくはない。是《これ》が日《に》本国民《ほんこくみん》の先祖思想《せんぞしそう》に対《たい》して、可《か》なり大《おお》きな変動《へんどう》を導《みちび》いて居《い》ることは、後《あと》でもう一度《いちど》やや詳《つまびら》かに説《と》いて見《み》たい。

次《つぎ》になお一《ひと》つ、九州《きゅうしゅう》の南部《なんぶ》から島々《しまじま》にかけて、外精霊《ほかじょうりょう》と呼《よ》んで居《い》るものがある。東北地方《とうほくちほう》だけには妙《みょう》に聴《き》くことが少《すく》ないが、関東以西《かんとういせい》の広《ひろ》い区域《くいき》に亘《わた》って是《これ》があり、ただ其名称《そのめいしょう》だけは土地《とち》によって、或《あるい》はホカドン、トモドンと謂《い》い、御客仏《おきゃくぼとけ》といい無縁様《むえんさま》といい、又《また》は餓鬼《がき》とさえ謂《い》う処《ところ》も少《すく》なからず、従《したが》ってその考《かんが》え方《かた》にも大分《だいぶ》のちがいが出来《でき》て居《い》る。しかし兎《と》も角《かく》も必《かなら》ず家《いえ》で祭《まつ》らなければならぬみたまより他《ほか》の霊《れい》が、盆《ぼん》の機会《きかい》を以《もっ》て集《あつ》まって来《く》ると見《み》たまでは一《ひと》つである。岐阜県《ぎふけん》の一部《いちぶ》にはこの外精《ほかじょう》霊《りょう》を一切精霊様《いっさいしょうろさま》と謂《い》って居《い》る村《むら》がある。又壱岐《またいき》の島《しま》でサンゲバンゲと謂《い》うのも三界万霊《さんがいばんれい》の訛音《かおん》かと思《おも》われる。是《これ》は我国固有《わがくにこゆう》の先祖祭《せんぞまつり》思想《しそう》の、恐《おそ》らく予期《よき》しなかった新《あたら》しい追加《ついか》である。基督教《キリストきょう》の方《ほう》にも十月四日《じゅうがつよっか》の万霊祭《ばんれいさい》が有《あ》るように、是《これ》が仏法《ぶっぽう》の世界教《せかいきょう》としての一《ひと》つの強味《つよみ》であり、種族《しゅぞく》を超越《ちょうえつ》した信仰《しんこう》共同《きょうどう》への大《おお》きな歩《あゆ》みであったことは認《みと》めなければならぬ。施餓鬼《せがき》が盆《ぼん》の行事《ぎょうじ》の中心《ちゅうしん》であるように、僧《そう》たちの力説《りきせつ》するのも彼等《かれら》としては理拠《りきょ》があり、現《げん》に又寺々《またてらでら》の盆棚《ぼんだな》はただ其為《そのため》に設《もう》けられて居《い》るのだが、それが我々《われわれ》の古《ふる》い習《なら》わしのままで無《な》いことは勿論《もちろん》、仏教《ぶっきょう》も亦夙《またつと》にこの差別《さべつ》を承認《しょうにん》して、教理《きょうり》の許《ゆる》す限《かぎ》りというよりも以上《いじょう》に、先祖《せんぞ》を追慕《ついぼ》する各家庭《かくかてい》の感覚《かんかく》と、協調《きょうちょう》して行《ゆ》こうと試《こころ》みて居《い》た。此点《このてん》が頗《すこぶ》る五百年前《ごひゃくねんまえ》の、切支丹伝道《キリシタンでんどう》の態度《たいど》とはちがうのである。

それ故《ゆえ》にこのいわゆる外精霊《ほかじょうりょう》の解釈《かいしゃく》は、教化《きょうか》の程度《ていど》によって殆《ほどん》と地方毎《ちほうごと》にちがって居《い》る。従《したが》って又《また》之《これ》に対《たい》する家々《いえいえ》の待遇《たいぐう》ぶりにも、著《いちじる》しい差等《さとう》があるのだが、今《いま》まで斯《こ》ういう点《てん》を比較《ひかく》して見《み》ようとした人《ひと》も無《な》かった為《ため》に、誰《だれ》で自分《じぶん》の土地《とち》の風《ふう》のみを、全国普通《ぜんこくふつう》のものと速断《そくだん》する傾《かたむ》きがある。詳《くわ》しく見《み》て行《ゆ》くと、実《じつ》はまだ此点《このてん》に関《かん》しては、普通又常識《ふつうまたじょうしき》といってよいものが無《な》いのである。餓鬼《がき》というような悪《わる》い名《な》をもつ精霊《しょうりょう》は勿論《もちろん》、南九州《みなみきゅうしゅう》のフケジョロ又《また》はトモドンと謂《い》うものなども、家《いえ》の無《な》い餓《う》えたる求食者《きゅうしょくしゃ》であって、盆《ぼん》には家々《いえいえ》の精霊様《しょうりょうさま》の供《そな》え物《もの》を横《よこ》から取《と》って食《た》べるといい、先祖《せんぞ》を静《しず》かにもてなす為《ため》には、先《ま》ず彼等《かれら》にも何《なに》か食物《しょくもつ》を与《あた》えて、邪魔《じゃま》をせぬようにする必要《ひつよう》があると考《かんが》えているものがある。そうかと思《おも》うと同《おな》じ無縁仏《むえんぼとけ》という中《なか》でも、文字通《もじどお》り家《いえ》と全《まった》く縁《えん》の無《な》い亡霊以外《ぼうれいいがい》に、家《いえ》の族員《ぞくいん》にして未《み》婚《こん》のままで死《し》んだ者《もの》を、そう謂《い》って別《べつ》に祭《まつ》る処《ところ》も関東其他《かんとうそのた》にはある。和歌山県《わかやまけん》の紀《き》の川沿岸《かわえんがん》などでいう御客仏《おきゃくぼとけ》は、妻《つま》の里方《さとかた》の親兄弟《おやきょうだい》、他家《たけ》に嫁入《よめいり》した姉妹《しまい》又《また》は甥姪《おいめい》などの、新《あら》たに精霊《しょうりょう》になったもののことである。つまりは定《き》まって我家《わがや》に祭《まつ》るみたま以外《いがい》に、別《べつ》に盆棚《ぼんだな》を設《もう》けて祭《まつり》をするものという点《てん》だけは共通《きょうつう》でも、この三《みっ》つの場合《ばあい》は心持《こころもち》がそれぞれにちがって居《い》た。西洋《せいよう》などでいう一切精霊《いっさいせいれい》は、茫漠《ぼうばく》ながらも一《ひと》つの大《おお》きな概念《がいねん》であるに対《たい》して、日本《にほん》の外精霊《ほかじょうりょう》には統一《とういつ》も何《なに》も無《な》く、又《また》どうして手分《てわ》けをして家々《いえいえ》に入《はい》って来《く》るのかの、理由《りゆう》が明白《めいはく》で無《な》いものが多《おお》かったのである。

語注 ○**精霊棚**…四一節参照。○**新亡**…新たに亡くなった人の霊。新亡霊。○**施餓鬼**…餓鬼道に落ちて飢えに苦しむ亡者のために行う供養。○**理拠**…根拠となる道理。○**五百年前の、切支丹伝道**…天文一八年（一五四九）のフランシスコ・ザビエル（一五〇六～一五五二）らがキリスト教を伝えたこと。○**一切精霊**…すべての霊的な存在のことか。

鑑賞 柳田国男監修の『民俗学辞典』では、「無縁仏」（井之口章次執筆）について、「餓鬼・外精霊《ほかじょうろう》・御客仏などとも言い、まつってくれる子孫をもたない死者の霊といわれる。また家と全たく縁のない亡霊以外に、家の族員にして未婚のままで死んだ者をそう呼んだり、姻戚の新たに精霊となった者を呼ぶ所もあって、一定の概念がない。中世の御霊信仰はこの著しい例で、怒り易く祟りやすいものとされている。盆にはこれが数多く訪れ来るものと考えられ、祖霊をまつる盆棚とは別に外棚《ほかだな》・水棚・施餓鬼棚などという棚を設けて、供物を分ちあたえる風が弘《ひろ》くおこなわれている。また送り盆や灯籠流しの習俗には、外精霊を慰め、送り流すという著想《ちゃくそう》が濃く見られる。寺でおこなう三界万霊供養もここからみちびかれたものである。無縁仏がこの世に害をするという俗信は、以前は今より強かったとみえ、農作物を損ずる旱魃《かんばつ》暴風、稲の虫などもそのしわざと考えられることが多かった。供養をしただけでは十分でないと感じた場合には、これを祭りもすれば追いはらいもした。虫送りや盆踊の本来の目的もここにあったらしい」とした。

四〇　柿《かき》の葉《は》と蓮《はす》の葉《は》

盆《ぼん》の魂棚《たまだな》の位置構造又《いちこうぞうまた》は管理方法《かんりほうほう》が、年棚《としだな》に比《くら》べると更《さら》に何層倍《なんそうばい》か、地方毎《ちほうごと》の変化《へんか》を見《み》せて居《い》るのも、一《ひと》つの原因《げんいん》は確《たし》かにこの所謂無縁仏《いわゆるむえんぼとけ》、外精霊《ほかじょうりょう》の参加《さんか》に在《あ》るのだが、それが果《はた》して仏家《ぶっけ》の教《おし》えるが如《ごと》き、三界万霊《さんがいばんれい》を承認《しょうにん》したものと言《い》えるかどうかは、そう簡単《かんたん》には極《き》められない。たとえば家々《いえいえ》で謂《い》う「みたま」のうち、最《もっと》も清《きよ》く且《か》つ純粋《じゅんすい》なる部分《ぶぶん》だけが、分《わか》れて年《とし》の神《かみ》として年棚《としだな》に祭《まつ》られることになったのであろうという、私《わたし》の推定《すいてい》が幸《さいわ》いに成立《なりた》つものならば、盆《ぼん》は季節《きせつ》といい又之《またこれ》に携《たずさ》わる人々《ひとびと》の聯想《れんそう》といい、同《おな》じ分裂《ぶんれつ》の殊《こと》に行《おこな》われやすい機会《きかい》だったと思《おも》われるからである。近世《きんせい》の宗門改《しゅうもんあらた》め制《せい》によって、どんなに信心《しんじん》の薄《うす》い家庭《かてい》でも、必《かなら》ず菩提所《ぼだいしょ》を持《も》ち一《ひと》つの宗旨《しゅうし》に属《ぞく》すべきことになってから、盆棚《ぼんだな》の祭《まつり》は急《きゅう》に仏法《ぶっぽう》くさくなった。いわゆる棚経《たなぎょう》まわりは一種《いっしゅ》の偵察方法《ていさつほうほう》であったように謂《い》う人《ひと》さえある。しかもこの宗教《しゅうきょう》はまだ祖霊《それい》の融合《ゆうごう》ということを認《みと》めず、無暗《むやみ》に個人《こじん》に就《つい》て年忌《ねんき》の供養《くよう》のみを強調《きょうちょう》して居《い》た。そうすれば年代《ねんだい》の重《かさ》なって行《ゆ》く間《あいだ》に、次第《しだい》に省《かえり》みられない幽霊《ゆうれい》は多《おお》くなるにきまって居《い》る。一方《いっぽう》には又災禍《またさいか》に遭《あ》い路上《ろじょう》に斃《たお》れ死《し》して、帰《かえ》るべき家《いえ》も無《な》い遊魂《ゆうこん》というものの、次々《つぎつぎ》の増加《ぞうか》も考《かんが》えられる。日本《にほん》は又昔《またむかし》から、ひどくその行逢《ゆきあ》いを怖《おそ》れて居《い》た国《くに》でもあった。大《おお》きな公《おおや》けの行事《ぎょうじ》に先《さき》だって、又《また》は四時《しいじ》の移《うつ》り替《かわ》りの際《さい》に、是《これ》を出来《でき》る限《かぎ》り一処《ひとところ》に聚《あつ》めて散《ち》らさぬようにする祭典《さいてん》もあったが、後々《のちのち》は力《ちから》強《づよ》い大神《おおかみ》たちの威徳《いとく》によって、之《これ》を統御《とうぎょ》して戴《いただ》くという信仰《しんこう》が起《おこ》った。みさき又《また》は若宮《わかみや》という名《な》を以《もっ》て、其《その》此種《このしゅ》の遊行神《うかれがみ》を呼《よ》ぶのもその結果《けっか》であり、みさきというのは即《すなわ》ち一《ひと》つの大神《おおかみ》の配下《はいか》に入《い》れられて、指令《しれい》に服《ふく》する意味《いみ》だったと私《わたし》は思《おも》って居《い》る。同《おな》じ無縁様《むえんさま》の中《なか》でも、このみさきと家々《いえいえ》の無縁《むえん》さま、即《すなわ》ち祭《まつ》る子孫《しそん》のない霊《れい》とは、明《あきら》かに二種別々《にしゅべつべつ》のものであった。しかし幽冥道《ゆうめいどう》の研究《けんきゅう》はまだ進《すす》んで居《い》なかったから、この堺目《さかいめ》を明《あきら》かにすることは常人《じょうじん》には出来《でき》ず、従《したが》って解説《かいせつ》は甚《はなは》だしく区々《まちまち》であって、或《ある》ものは無頼乞食《ぶらいこじき》の徒《と》に該当《がいとう》するような、餓鬼《がき》の草子《そうし》などの浅《あさ》ましい鬼形《きぎょう》を胸《むね》に描《えが》き、又或《またある》ものは祖父《そふ》の弟《てい》妹《まい》や曾祖父母《そうそふぼ》の愛娘《まなむすめ》というが如《ごと》き、若《わか》くして世《よ》を去《さ》ったいたいけな魂《たましい》を追想《ついそう》して居《い》たのである。この混乱《こんらん》は明《あきら》かに家々《いえいえ》にとっての不幸《ふこう》であった。だからこの悲痛《ひつう》の感《かん》の慰藉《いしゃ》としてならば、仏道《ぶつどう》の教化《きょうか》はたしかに若干《じゃっかん》の功《こう》があったと言《い》えるのである。
以前《いぜん》は遠《とお》い田舎《いなか》では子《こ》の無《な》い老女《ろうじょ》などを罵《ののし》って、柿《かき》の葉《は》めがと謂《い》ったという話《はなし》がある。今《いま》ならもうその様《よう》な残酷《ざんこく》な言葉《ことば》を口《くち》にする者《もの》もあるまいが、当《とう》の本人《ほんにん》だけはまだ時々《ときどき》は之《これ》を思《おも》い出《だ》すかも知《し》れない。私《わたし》の先祖《せんぞ》の話《はなし》をして見《み》たくなった動機《どうき》も、一《ひと》つには斯《こ》ういう境涯《きょうがい》に在《あ》る者《もの》の心寂《こころさび》しさを、由無《よしな》いことだと思《おも》うからである。柿《かき》の葉《は》は本来素朴《ほんらいそぼく》の世《よ》の食器《しょっき》であった。土器《どき》や木地曲物類《きじまげものるい》の色々《いろいろ》の取揃《とりそろ》えられる世《よ》になっても、なお無縁《むえん》さまに供《きょう》する食物《しょくもつ》だけは、この昔風《むかしふう》を改《あらた》めようとはしなかったのである。柿《かき》の葉《は》は後《のち》に又里芋《またさといも》の葉《は》ともなり、殊《こと》に蓮《はす》の葉《は》は仏法《ぶっぽう》と縁《えん》が有《あ》るので、今《いま》でも一般《いっぱん》に之《これ》を使《つか》おうとして居《い》る家々《いえいえ》さえ有《あ》る。しかし今日《こんにち》はともかくも無縁《むえん》と所謂本仏《いわゆるほんぼとけ》との間《あいだ》に、何《なに》か境《さかい》を設《もう》けようという趣旨《しゅし》が先《さき》に立《た》って居《い》るので、同《おな》じ精霊棚《しょうりょうだな》の上《うえ》で祭《まつ》るにしても、柿《かき》の葉《は》の供物《くもつ》は一段《いちだん》と低《ひく》く又端《またはし》の方《ほう》に置《お》き、又盛《またも》るときは是《これ》を後《あと》まわしにするが、供《そな》えるのは此方《こちら》を先《さき》にする。それから其卸《そのおろ》しだけは他《た》の食物《しょくもつ》のように、家《いえ》の者《もの》が分《わ》けてたべることはせずに、すべて一器《いっき》に集《あつ》めて置《お》いて最終《さいしゅう》に流《なが》し棄《す》てる等《とう》、何《いず》れも明《あきら》かに意識《いしき》した差別待遇《さべつたいぐう》をして居《い》るのである。是《これ》が初秋《しょしゅう》の魂祭《たままつり》に伴《とも》なうて、最初《さいしょ》から有《あ》ったものとは思《おも》われぬ以上《いじょう》、この点《てん》は少《すく》なくとも仏教《ぶっきょう》の感化《かんか》、又《また》はその刺戟《しげき》に基《もと》づくものと言《い》ってよかろう。

語注 ○仏家…仏教徒。○近世の宗門改め制…江戸時代、キリスト教徒弾圧のために、各人の宗教を調査した制度。○幽冥道…死後の世界。○餓鬼の草子…一二世紀に制作された絵巻『餓鬼草紙』で、六道輪廻の思想をもとに餓鬼の姿を描く。○慰藉…慰めいたわること。○柿の葉めが…『日本国語大辞典　第二版』などにも見えない。五七節参照。○由無い…つまらない。○精霊棚…四一節参照。

鑑賞 本仏と無縁仏との間に境を設けるようになってきた。その結果、無縁仏の供物は柿の葉に載せて一段低いところに置いた。子のない老女を「柿の葉め」と罵ったのは、そうしたことに由来する。

四一　常設《じょうせつ》の魂棚《たまだな》

詳《くわ》しい分布《ぶんぷ》地図《ちず》を作《つく》って見《み》てからで無《な》いと、確《たし》かにそうだとも断言《だんげん》し得《え》ないが、この精霊棚《しょうりょうだな》を毎年《まいとし》の盆祭《ぼんまつり》の為《ため》に造《つく》るという風習《ふうしゅう》は、年棚《としだな》よりも又《また》ずっと少《すく》ないのではないかと思《おも》われる。たとえば東京《とうきょう》の町《まち》などでも、もとは正月様《しょうがつさま》の棚《たな》は家毎《いえごと》に設《もう》けられて、盆《ぼん》の魂祭《たままつり》の方《ほう》だけは、常設《じょうせつ》のいわゆる御仏壇《おぶつだん》を使《つか》う家《いえ》が多《おお》かったらしい。私《わたし》の家《いえ》の例《れい》をいうと、盆《ぼん》には青々《あおあお》とした一枚《いちまい》の真菰《まこも》の蓆《むしろ》を敷《し》き詰《つ》め、酸漿《ほおずき》や柿栗《かきくり》の折枝《おりえだ》などを縄《なわ》につるして垂《た》れる故《ゆえ》に、印象《いんしょう》は丸《まる》で改《あらた》まるが、ともかくもそれは常《つね》のお持仏《じぶつ》の棚飾《たなかざ》りに過《す》ぎなかった。江戸《えど》には旅先仮住《たびさきかりずまい》の家《いえ》が多《おお》いので、斯《こ》ういう略儀《りゃくぎ》が始《はじ》まったものかと思《おも》っ

図版９　精霊棚

て居《い》ると、地方《ちほう》の農村《のうそん》の広々《ひろびろ》とした旧家《きゅうか》にも、なおそうする仕来《しきた》りは幾《いく》らも見《み》られる。つまりは毎回《まいかい》の舗設《ほせつ》を省《はぶ》こうとしたのでは無《な》くて、寧《むし》ろ盆暮《ぼんくれ》以外《いがい》にも先祖《せんぞ》と対面《たいめん》する機会《きかい》を多《おお》くせんが為《ため》に、日頃《ひごろ》から居間《いま》の一隅《いちぐう》に之《これ》を作《つく》って居《い》たのである。年忌命日《ねんきめいにち》の供養《くよう》がしげくなって、勿論《もちろん》その為《ため》にも之《これ》を必《ひっ》要《よう》としたろうが、本来《ほんらい》はそれよりももっと遠《とお》い、先祖《せんぞ》の霊《れい》の祭壇《さいだん》としてであったことは、特《とく》に荒忌《あらいみ》の新精霊《にいじょうろ》の為《ため》に、必《かなら》ず別《べっ》の棚《たな》を作《つく》るという者《もの》が、最《もっと》も多《おお》いのを見《み》ただけでもほぼ疑《うたが》いが無《な》い。ましてそれ以外《いがい》にまだ幾《いく》つもの証拠《しょうこ》といってよいものが有《あ》る。仏壇《ぶつだん》などという言葉《ことば》が標準《ひょうじゅん》語《ご》になって居《い》る為《ため》に、誤解《ごかい》をする人《ひと》がまだあろうが、

玉棚《たまだな》の奥《おく》なつかしや親《おや》の顔《かお》　去来《きょらい》

仏壇《ぶつだん》は本来常設《ほんらいじょうせつ》の魂棚《たまだな》に他《ほか》ならぬのであった。

この去来《きょらい》の魂棚《たまだな》の句《く》なども、年《とし》を取《と》ってからの或盆《あるぼん》の日《ひ》のまぼろしで、花《はな》や青葉《あおば》で飾《かざ》られた臨時《りんじ》の精霊棚《しょうりょうだな》の裡《うち》に、親《おや》の姿《すがた》を見《み》たという者《もの》の不思議談《ふしぎだん》では無《な》いことは、吟《ぎん》じて見《み》れば自然《しぜん》にわかるだろう。之《これ》を註釈《ちゅうしゃく》する人《ひと》が、盆《ぼん》の間《あいだ》だけは仏壇《ぶつだん》を玉棚《たまだな》というものだなどと説《と》いたのは、或《あるい》はいい加減《かげん》な当《あ》て推《ずい》

量《りょう》かも知《し》れぬが、ともかくも既《すで》に常設《じょうせつ》の祭壇《さいだん》が備《そな》わって居《い》るのに、別《べつ》に盆《ぼん》だけの魂棚《たまだな》をこしらえるのは、無用《むよう》なような感《かん》じがせぬでも無《な》い。察《さっ》するに以前常《いぜんつね》の日《ひ》の魂棚《たまだな》の他《ほか》に、是非《ぜひ》とも新《あら》たに棚《たな》をこしらえて祭《まつ》るべき場合《ばあい》があって、それを花《はな》や灯火《ともしび》を以《もっ》て美《うつく》しく飾《かざ》ることに、非常《ひじょう》に力《ちから》を入《い》れる風《ふう》が始《はじ》まった為《ため》に、何《なに》か精霊棚《しょうりょうだな》は又一《またひと》つ別《べつ》なもの、盆《ぼん》に限《かぎ》って営《いとな》むべき行事《ぎょうじ》のように考《かんが》えられて、却《かえ》って逆《ぎゃく》に今《いま》まである魂棚《たまだな》を、使《つか》うまいとする風《ふう》が或地方《あるちほう》には起《おこ》ったのでは無《な》いか。斯《こ》ういう土地《とち》に於《お》ては、盆《ぼん》の間中仏壇《あいだじゅうぶつだん》から位牌《いはい》を取出《とりだ》して、それを新《あた》らしい精霊棚《しょうりょうだな》に安置《あんち》するので、一方《いっぽう》は全《まった》く空《から》になって居《い》る。信州飯田地方《しんしゅういいだちほう》では之《これ》を御留守居様《おるすいさま》と謂《い》うが、それでも一通《ひととお》りの供《そな》え物《もの》だけはする。奥州三戸郷《おうしゅうさんのへごう》なども之《これ》を空棚《からだな》というが、そこへもやはり御飯《ごはん》は上《あ》げることにして居《い》る。若《わか》い者《もの》が時々《ときどき》それを忘《わす》れるので、年寄《としより》はよく「やどいどさまんま上《あ》げたか」と注意《ちゅうい》をするそうである。ヤドイは方言《ほうげん》でやはり留守番《るすばん》のこと、即《すなわ》ちまだ誰《だれ》か残《のこ》って居《い》る人《ひと》が有《あ》ると見《み》て居《い》るのだが、敬語《けいご》を添《そ》えて居《い》ないのを見《み》ると、お持仏《じぶつ》のこととは思《おも》って居《い》なかったようである。

語注 ○精霊棚…「常の年と新盆のある年とでは、棚の作りかたも場所もちがい、前者では常に仏壇に飾りをして、棚を全く設けない所もまれでない。新精霊の棚は念入りで、七日頃から用意し、笹や檜の青葉を以て囲い、また必ず今年の新竹《しんだけ》を柱にする例も多いが、その棚を屋外または縁先椽端に設ける地方がある」(『綜合日本民俗語彙』第二巻「ショウリョウダナ」、図版9「ショウリョウダナ　長野県」)。○

私の家…二節参照。○お持仏…二一節参照。○舗設…設置。○玉棚の奥なつかしや親の顔　去来…元禄九年（一六九六）刊の李由《りゆう》・許六《きょりく》編『韻塞《いんふたぎ》』に載った句。季語は「玉棚」で、秋。作者は向井去来（一六五一～一七〇四）。『去来抄』から、初案は「面影のおぼろにゆかし玉祭」だったが、師匠・松尾芭蕉（一六四四～一六九四）の指導でこの句になったことが知られる。○註釈…注釈。○信州飯田地方…今の長野県飯田市地方。○奥州三戸郷…青森県南東部。

鑑賞 正月の年棚は家ごとに作るが、盆の精霊棚を毎年作る風習は少ない。それは、盆暮れ以外にも先祖と対面する機会を多くするために、常設の魂棚とも言える仏壇を置くようになったからであろう。

四二　仏壇《ぶつだん》という名称《めいしょう》

誰《だれ》でも彼《かれ》でも死《し》ねばすべてホトケと呼《よ》ばれたことと、この常設《じょうせつ》の魂棚《たまだな》をお仏壇《ぶつだん》と謂《い》うこととは、二《ふた》つ直接《ちょくせつ》には関係《かんけい》が無《な》いかも知《し》れぬが、ともかくも斯《こ》ういう似《に》よりのことが二《ふた》つまである為《ため》に、人《ひと》は往々《おうおう》にして盆《ぼん》を仏教《ぶっきょう》のもの、仏教《ぶっきょう》が日本《にほん》に入《はい》ってから後《のち》に、始《はじ》まった行事《ぎょうじ》のように誤解《ごかい》するようになった。近世《きんせい》のいわゆる神葬祭《しんそうさい》、即《すなわ》ち先祖祭《せんぞまつり》も葬礼《そうれい》も共《とも》に仏式《ぶっしき》に依《よ》るまいとする家々《いえいえ》には、急《いそ》いでその仏《ぶつ》壇《だん》を無《な》くしてしまって、是《これ》を神棚《かみだな》の方《ほう》に合併《がっぺい》したものも大分《だいぶ》有《あ》ったが、それは少《すく》なくとも復古《ふっこ》では無《な》く、新《あたら》しい一《ひと》つの改革案《かいかくあん》の、まだ研究《けんきゅう》の余地《よち》あるものであった。私《わたし》の生家松岡氏《せいかまつおかし》などでも、祖母《そぼ》は仏教《ぶっきょう》信者《しんじゃ》だったので是《これ》を仏式《ぶっしき》で供養《くよう》し、その三年《さんねん》の喪《も》が終《おわ》って後《のち》に、すべての仏具経巻《ぶつぐきょうかん》と共《とも》に、代々《だいだい》の位《い》牌《はい》を大川《おおかわ》に流《なが》し棄《す》てて、仏壇《ぶつだん》をただの戸棚《とだな》にしてしまった。神道《しんとう》の方《ほう》では、この木主《ぼくしゅ》を位牌《いはい》と呼《よ》ぶことを嫌《きら》い、別《べつ》に白木《しらき》の四角《しかく》なのに、故人《こじん》の名《な》を墨書《ぼくしょ》したものを新製《しんせい》して、之《これ》を神棚《かみだな》の左右《さゆう》の端《はし》に安置《あんち》し、それを私《わたし》たちは「みたま」と謂《い》って居《い》た。祭《まつり》の日《ひ》には特《とく》にその祭《まつ》るべきみたまのみを正面《しょうめん》の少《すこ》し低《ひく》い段《だん》に請《しょう》じて、最《もっと》も厳粛《げんしゅく》な心持《こころもち》をもって覆《おお》いの鞘《さや》をはずし、其《その》みたまの木《き》の棒《ぼう》の名《な》の文字《もじ》を現《あら》わして一同《いちどう》が是《これ》に拝礼《はいれい》した。此点《このてん》が亦《また》一《ひと》つの新式《しんしき》であったように私《わたし》には思《おも》われる。位牌《いはい》は多分《たぶん》支那《しな》にも有《あ》る言葉《ことば》で、決《けっ》して仏法《ぶっぽう》と不可分《ふかぶん》なもので無《な》いのだが、単《たん》に年久《としひさ》しい抹香《まっこう》に燻《いぶ》されて仏臭《ほとけくさ》くなって居《い》るというばかりで無《な》く、其表面《そのひょうめん》には戒名《かいみょう》というものが彫《ほ》ってあって、それが甚《はなは》だしく此宗旨《このしゅうし》の外《ほか》に在《あ》る者《もの》には気《き》に入《い》らなかった。又歴史《またれきし》の上《うえ》から見《み》ても理由《りゆう》の無《な》いことであった。戒名《かいみょう》は元来《がんらい》活《い》きて仏法《ぶっぽう》を信《しん》じた人々《ひとびと》の、五戒十戒《ごかいじっかい》を保《たも》って居《い》るしるしとして付与《ふよ》せられるものであった。それを本人《ほんにん》の承諾《しょうだく》も無《な》しに、死《し》んでしまってから後《のち》に勝手《かって》につけ、それが又意味《またいみ》もわからず、覚《おぼ》えても居《い》られぬむつかしい名《な》であることは、何《なん》としても無法《むほう》な話《はなし》だという非難《ひなん》は、よほど早《はや》い頃《ころ》から唱《とな》えられて居《い》たのである。しかし多数常民《たすうじょうみん》の心理《しんり》は又格別《またかくべつ》なもので、是《これ》がある御蔭《おかげ》に生《せい》と死《し》との明《あきら》かな境《さかい》がたち、哀慕《あいぼ》の俗念《ぞくねん》が時《とき》と共《とも》に漸《ようや》く浄化《じょうか》せられて、永《なが》く之《これ》を一家《いっか》の守護神《しゅごしん》として仰《あお》ぎ敬《うやま》うことが出来《でき》ると感《かん》じて居《い》たらしく、其為《そのため》ばかりとも言《い》われないか知《し》らぬが、神式葬祭《しんしきそうさい》の一派《いっぱ》の人々《ひとびと》にも、特《とく》にこの死後《しご》の異名《いみょう》を付《つ》けて置《お》こうとして居《い》る者《もの》が有《あ》る。何《いず》れにしても祖先《そせん》の個性《こせい》ともいうべきものを、いつまでも持続《じぞく》して行《ゆ》く点《てん》が、頗《すこぶ》る私《わたし》の言《い》おうとする祖霊《それい》の融合単一化《ゆうごうたんいつか》という思想《しそう》とは、両立《りょうりつ》し難《がた》いものであることは同《おな》じである。

それよりも更《さら》に実際的《じっさいてき》な問題《もんだい》の一《ひと》つは、新《あら》たなる信教自由《しんきょうじゆう》の原則《げんそく》に基《もと》づいて、仏法《ぶっぽう》を出離《しゅつり》してしまった家々《いえいえ》の先祖祭《せんぞまつり》が、是《これ》からどうなって行《ゆ》くだろうかということである。私《わたし》の生家《せいか》などでは幸《さいわ》いに盆《ぼん》の魂祭《たままつり》を中止《ちゅうし》せず、七月十三日《しちがつじゅうさんにち》の日《ひ》の入《い》りには、村《むら》の群童《ぐんどう》と共《とも》に白地《しろじ》のさっぱりとした晴着《はれぎ》などで、墓所《ぼしょ》へ精霊《しょうりょう》さんの御迎《おむか》えに行《ゆ》き、よその樒《しきみ》や線香《せんこう》の香《か》の中《なか》にまじって、自分《じぶん》のみは榊《さかき》の枝《えだ》をささげ御洗米《みあらいよね》を供《そな》えて、提灯《ちょうちん》をともして一《いっ》しょに還《かえ》って来《く》ることが出来《でき》たが、それでもなお隣近所《となりきんじょ》の棚経《たなぎょう》の声《こえ》や鉦《かね》の音《おと》を聴《き》くと、何《なん》だか取残《とりのこ》された感《かん》じが無《な》いでもなかった。ましてや盆《ぼん》にこの祭《まつり》を営《いとな》むことが、まだ仏法《ぶっぽう》に囚《とら》われて居《い》るような疚《やま》しさがあるために、祭《まつり》を春秋《しゅんじゅう》の皇霊祭《こうれいさい》の日《ひ》に振替《ふりか》えて、盆《ぼん》には休《やす》むばかりで何《なに》もせぬという風《ふう》が、地方《ちほう》によってはもう可《か》なり広《ひろ》まって居《い》るようで、是《これ》が祖霊《それい》を粗略《そりゃく》にする無関心派《むかんしんは》の増加《ぞうか》を、間接《かんせつ》に助《たす》けて居《い》ることも争《あらそ》われぬのである。永《なが》い民族《みんぞく》の歩《あゆ》みを跡《あと》づける為《ため》には、たとえ外来信仰《がいらいしんこう》の習気《しゅうき》が濃《こ》く強《つよ》く浸潤《しんじゅん》して居《い》ようとも、なお国民《こくみん》の大多数層《だいたすうそう》に、遍《あまね》く渡《わた》って居《い》るものを尊重《そんちょう》しなければならぬ。そうしてもし改《あらた》めてもらう必要《ひつよう》が有《あ》るとすれば、それを是《これ》から考《かんが》えて見《み》るの他《ほか》はあるまいと思《おも》う。

語注 ○**祖母**…松岡小鶴（一八〇七～一八七三）。○**大川**…市川のこと。○**木主**…「木の枝、棒、板など」（有賀喜左衛門『一つの日本文化論』）。○**支那**…一六節参照。○**五戒十戒**…在家の守るべき戒めの不殺生・不偸盗・不邪淫・不妄語・不飲酒《ふおんじゅ》と、それに加えて、沙弥・沙弥尼が守るべき戒めの不塗飾香鬘・不歌舞観聴・不坐高広大牀・不非時食・不蓄金銀宝。○**春秋の皇霊祭**…毎年、春秋の彼岸の中日に、天皇が宮中の皇霊殿で、歴代天皇などの皇霊を祀る大祭。

鑑賞 柳田国男は『故郷七十年』の「父の死と自作のノリト」で、父・松岡操（一八三二～一八九六）について、こんな思い出を述べている。「私の父は中年から神主となったので、既存の神道に対し何となくもの足りなく思っていたらしい。祖母は地蔵信仰に熱中した人だし、母にはまだ本当に神道というものが解っていなかったのに、父の方ではよくよく思いつめたとみえ、祖母の死後すぐに思いきって家の仏壇を片づけ、仏具類をみな市川へ流してしまった。私の生れた時には、すでに仏教を離れて神葬祭になっていた。子供のころ神棚も神に供える机類や器具もまだ真白だったことを憶《おぼ》えている」とした。柳田の原風景である。母は松岡たけ（一八四〇～一八九六）といった。

四三　盆《ぼん》とほかい

しかし問題《もんだい》は思《おも》いの外簡単《ほかかんたん》なものである。ほんの二《ふた》つか三《みっ》つの是《これ》まで心付《こころづ》かずに居《い》た点《てん》を先《ま》ず考《かんが》えて見《み》ようとする学問《がくもん》が、少《すこ》しばかり働《はたら》きさえすればよいのである。たとえば我邦《わがくに》では旧暦七月《きゅうれきしちがつ》の十五《じゅうご》日《にち》に、盂蘭盆会《うらぼんえ》という法会《ほうえ》を執行《とりおこな》わしめられた例《れい》が、公《おおや》けにも可《か》なり古《ふる》くからあった。しかしそれだから此前後《このぜんご》の幾日間《いくにちかん》を盆《ぼん》というようになったのだという仏者《ぶっしゃ》の説《せつ》は、有名又平凡《ゆうめいまたへいぼん》だというばかりで、ちっともまだ証明《しょうめい》せられては居《い》ないのである。果《はた》して梵語《ぼんご》のウラブンナを、ボンと略《りゃく》しても通《つう》ずるような語法《ごほう》があるのか。もしくは漢土《かんど》に於《おい》て音訳《おんやく》の盂蘭盆《うらぼん》を、盆《ぼん》と書《か》いても通用《つうよう》した例《れい》があるのか。はた又《また》それは只我邦《ただわがくに》だけでの偶合《ぐうごう》であって、たまたま外来音《がいらいおん》の聯想《れんそう》があった為《ため》に、盆《ぼん》という漢字《かんじ》が僧俗《そうぞく》の間《あいだ》に、特《とく》に人望《じんぼう》を博《はく》したというだけでは無《な》いのか。それ等《ら》を考《かんが》え合《あわ》せても見《み》ずに、ただ古来《こらい》の速断《そくだん》を受売《うけうり》して居《い》るのは困《こま》ったものである。

私《わたし》の解釈《かいしゃく》とても一説《いっせつ》に過《す》ぎないが、盆又《ぼんまた》は盆供《ぼんく》は中世以前《ちゅうせいいぜん》の記録《きろく》では、大抵《たいてい》は皆瓫《みなぼん》の字《じ》を用《もち》いて居《い》る。瓫《ぼん》も盆《ぼん》も共《とも》に土《つち》焼《や》きの食器《しょっき》のことで同《おな》じ物《もの》らしいが、是《これ》を女《おんな》や子供《こども》までが始《はじ》めから音《おん》で呼《よ》んで居《い》たか、但《ただ》しは今日《こんにち》の「御座《ござ》る」という語《ご》のように、文字《もじ》を識《し》る人々《ひとびと》のしゃれてボンと唱《とな》えたのが、後々《のちのち》普及《ふきゅう》したものか。実《じつ》は漢文《かんぶん》で見《み》て居《い》ただけでは判《わか》らぬのである。中世《ちゅうせい》の歌《うた》にはボニ又《また》はボニスルという言《こと》葉《ば》がたしかにある。

わたつみに親《おや》を突《つ》き入《い》れてこの主《ぬし》のぼにする見《み》るぞあわれなりける

もう此頃《このころ》はボニという語《ご》が、普及《ふきゅう》して居《い》たとまでは知《し》れるが、是《これ》も作者《さくしゃ》は上流《じょうりゅう》のしかも法師《ほうし》である。女子供《おんなこども》までが皆《みな》そう謂《い》ったかどうかはわからない。そうして一方《いっぽう》にはこの音読《おんどく》以前《いぜん》の日本語《にほんご》かと思《おも》われるのが、少《すく》なくとも一《ひと》つはまだ行《おこな》われて居《い》るのである。中央《ちゅうおう》と交通《こうつう》の最《もっと》も少《すく》なかった国《くに》の端々《はしばし》に於《おい》て、真似《まね》も言《い》い合《あわ》せもせずに一致《いっち》して存《そん》するものは、先《ま》ず一応《いちおう》は古《ふる》い世《よ》から伝《つた》わったものと私《わたし》は見《み》るのであるが、土佐《とさ》では近頃《ちかごろ》までほぼ各郡《かくぐん》に亘《わた》って、盆《ぼん》の十四五六日《じゅうしごろくにち》の三夜《さんや》、家々《いえいえ》の門《かど》の口《くち》に焚《た》く火《ひ》をホーカイと謂《い》って居《い》た。他《た》の地方《ちほう》でいう柱松明《はしらたいまつ》も同様《どうよう》に、高《たか》い竿《さお》の頂《いただ》きに焚《た》くのが花々《はなばな》しいので、ホーカイを此火《このひ》のことと思《おも》って法界火《ほうかいび》、又《また》は放火会《ほうかえ》などと文字《もじ》に書《が》き、或《あるい》は天《てん》を祭《まつ》る奉火会《ほうかえ》であろうと言《い》った人《ひと》も有《あ》るが、一《ひと》つの特徴《とくちょう》は此竿《このさお》の根《ね》もとに、洗米《あらいよね》や茄子《なす》の細切《こまぎり》などを供《そな》え、更《さら》に其燃《そのも》えさしを貰《もら》って、子供《こども》たちが盆羽釜《ぼんはがま》の米《こめ》を炊《た》き、それを食《た》べると夏病《なつや》みをせぬという俗信《ぞくしん》があることであった。大《やま》和《と》の竜田《たつた》あたりにもホウカイ火《び》という名《な》がある。是《これ》はただ盆《ぼん》の頃《ころ》に提灯《ちょうちん》を点《とも》して縁先《えんさき》に懸《か》けることで、明智光秀《あけちみつひで》の霊《れい》を慰《なぐさ》める為《ため》などという言《い》い伝《つた》えがあるのは珍《めず》らしい話《はなし》だが、是《これ》もそのホウカイ様《さま》の箸《はし》を以《もっ》て、疣《いぼ》を三度《さんど》はさんでから其箸《そのはし》を川《かわ》へ流《なが》すと疣《いぼ》が落《お》ちるというなどは食物《しょくもつ》と関係《かんけい》がある。長崎市史《ながさきしし》に出《で》て居《い》るかの港町《みなとちょう》のホウカイは、盆《ぼん》の精霊棚《しょうりょうだな》の片脇《かたわき》に無縁《むえん》の霊《れい》を祭《まつ》って、是《これ》に供物《くもつ》の余《あま》りを供《そな》えること、即《すなわ》ち前《まえ》にいう外精霊《ほかじょうりょう》の供養《くよう》のことであった。このホウカイ飯《めし》は朝晩《あさばん》の二度《にど》之《これ》を撤《てっ》するが、家内《かない》の者《もの》は勿論《もちろん》、奉公人《ほうこうにん》の男女《だんじょ》までが之《これ》を食《た》べることを嫌《きら》い、非人乞食《ひにんこじき》の類《たぐい》の者《もの》が籠《かご》や担桶《たご》を持《も》って、町《まち》から町《まち》へと貰《もら》い集《あつ》めてあるくことは、江戸《えど》で宝暦《ほうれき》の頃《ころ》から始《はじ》まったという、十五日深夜《じゅうごにちしんや》のお迎《むか》えお迎《むか》えともやや似通《にかよ》うて居《い》る。

日本《にほん》の他《た》の一方《いっぽう》の端《はし》、青森岩手秋田《あおもりいわてあきた》の三県《さんけん》に、今《いま》もまだ弘《ひろ》く行《おこな》われて居《い》るほかいの行事《ぎょうじ》、是《これ》などは墓前《ぼぜん》の祭《まつり》であって明《あきら》かに食物《しょくもつ》を中心《ちゅうしん》とし、そうして又物貰《またものもら》いとの関係《かんけい》があった。其痕跡《そのこんせき》は他《た》の東北三県《とうほくさんけん》、関東越後《かんとうえちご》などにもやや認《みと》められるのみか、北《きた》は海峡《かいきょう》を越《こ》えて北海道《ほっかいどう》の一部《いちぶ》にも及《およ》び、

盆《ぼん》の十三日《じゅうさんにち》やほけゃする晩《ばん》げだ、小豆《あずき》こわめし豆《まめ》もやし

というような盆踊歌《ぼんおどりうた》が、寿都《すっつ》にも函館《はこだて》にも室蘭《むろらん》にも行《おこな》われて居《い》た。津軽《つがる》も南部《なんぶ》も十三日《じゅうさんにち》の夕刻《ゆうこく》に之《これ》を行《おこな》うのが普通《ふつう》だが、或《あるい》は暁《あかつき》ほかいと称《しょう》して十四日《じゅうよっか》の未明《みめい》に、又《また》は同《おな》じ日《ひ》の朝《あさ》と夕《ゆう》と二度《にど》、又《また》はもっと早《はや》く七日頃《なのかごろ》にほかいをしまうもの等《とう》、家々《いえいえ》の仕来《しきた》りは一定《いってい》せず、ただそれを終《おわ》ってから各戸《かっこ》の棚祭《たなまつり》にかかることは皆同《みなおな》じだったようである。目《め》に立《た》つ特色《とくしょく》は墓石《はかいし》の前《まえ》にほかい棚《だな》を作《つく》って、蒲《がま》や真菰《まこも》で編《あ》んだ簀薦《すごも》を敷《し》き、其上《そのうえ》に色々《いろいろ》の料理《りょうり》を供《そな》えることで、是《これ》には洗米《あらいよね》を水《みず》に浸《ひた》したもの、又《また》は米《こめ》の粉《こな》を溶《と》いた白《しろ》い液体《えきたい》を注《そそ》ぎ掛《か》ける。是《これ》をアラネコするとも又《また》アラレとも謂《い》うことは前《まえ》に既《すで》に説《と》いた。雨天《うてん》の日《ひ》だけは家《いえ》の仏壇《ぶつだん》の前《まえ》で供《そな》えることにしてはどうだろうと、昔《むかし》の人《ひと》も書《か》いて居《い》るのを見《み》ると、この供《く》

物《もっ》の泥土《でいど》に散《ち》らばった光景《こうけい》は、可《か》なり乱雑《らんざつ》なものだったらしい。しかし大抵《たいてい》は犬鴉《いぬからす》が来《き》て食《く》い、又《また》それに先《さき》だって貧民《ひんみん》が集《あつ》まって之《これ》を取《と》り去《さ》った。近頃《ちかごろ》はもうその乞児《ほいと》の姿《すがた》は見《み》られなくなったと、「ほかい」を以《もっ》て乞食《こじき》のことと解《かい》する人《ひと》があるほど、以前《いぜん》は是《これ》が普通《ふつう》の状態《じょうたい》であったのである。

語注 ○**盂蘭盆会**…旧暦七月一五日に行われる先祖供養の行事。○**漢土**…中国。○**中世以前の記録**…「『日本書紀』や『延喜式』などを指したものであろう」（有賀喜左衛門『一つの日本文化論』）。○**わたつみに〜**…出典未確認。○**土佐**…今の高知県。○**大和**…今の奈良県。○**明智光秀**…安土桃山時代の武将（一五二八？〜一五八二）。本能寺で織田信長を自害させたが、豊臣秀吉に破れ、農民に殺された。○**長崎市史**…長崎市役所編『長崎市史　風俗編上』（長崎市役所、一九二五年、一九八一年復刻版）の「第三章　特種なる行事」の「第四節　盂蘭盆会」に見え、「法界飯《ホーカイメシ》と称して、家々精霊棚の壇わきに無縁の霊魂を祭り、供饌の余りを供うるのであった。この法界飯は、朝夕これを撤去して後、家内の者は奴婢に至るまで食するを忌むので、非人乞食の輩などが暮頃より小さな田子《タンゴ》や籠などを提げて家々に至り、これを請いつつ町から町へと巡り歩くのであった」とある。○**精霊棚**…四一節参照。○**非人乞食の類**…江戸時代、四民の下に置かれた最下層の人々。○**宝暦の頃**…一七五一〜一七六四年頃。○**越後**…四節参照。○**寿都**…函館と小樽の間にある、北海道寿都郡寿都町。○**津軽も南部も**…今の青森県と岩手県。○**簀薦**…簀の子のように編んで作るむしろ。○**前に既に説いた**…三二節参照。

鑑賞 盆は中世以前の記録では「瓫」の字を用い、ともに土焼きの食器のことらしい。だが、それ以前の日本語らしいものが国の端々に残る。それは「ほかい」である。

四四 ほかいと祭《まつり》との差《さ》

乞食《こじき》をホイトという語《ご》は現在《げんざい》も東北《とうほく》には有《あ》るが、是《これ》をホカイ人《びと》という名称《めいしょう》は、もう全国《ぜんこく》どこにも残《のこ》って居《い》ない。そうしてホガウ又《また》はホカイするという動詞《どうし》は、今《いま》でもまだ厳粛《げんしゅく》なる昔《むかし》のままの意味《いみ》で、弘《ひろ》く東西《とうざい》の各地《かくち》に行《おこな》われて居《い》るのである。たとえば秋田県《あきたけん》などでは、人《ひと》に御馳走《ごちそう》することをややおどけた意味《いみ》で、ホガウということも稀《まれ》には有《あ》るが、普通《ふつう》にそういうのは食物《しょくもつ》を神霊《しんれい》に供《そな》えること、それも主《しゅ》として盆《ぼん》の墓前《ぼぜん》の手向《てむけ》のことであった。ほかい道具《どうぐ》と称《しょう》して特別《とくべつ》の堺重《さかいじゅう》などを用意《ようい》した家《いえ》もあるというが、大抵《たいてい》は葦又《あしまた》は真菰《まこも》の簀《す》に供物《くもつ》を包《つつ》んで、手《て》に持《も》って行《ゆ》くのがホカイする人《ひと》の常《つね》の姿《すがた》であって、又《また》「あの墓《はか》にもホガエ」という風《ふう》に此言葉《このことば》を使《つか》って居《い》る。類聚名義抄《るいじゅうみょうぎしょう》には祠又《また》は祀の字《じ》をホガウ・マツル・イノルと訓《よ》み、伊呂波字類抄《いろはじるいしょう》には祭をホガウ、延喜《えんぎ》の宮内省式《くないしょうしき》には大殿祭をオオトノホガイと訓《よ》み、新撰字鏡《しんせんじきょう》に祠の字《じ》を春祭也《はるまつりなり》保加布《ほかふ》と註《ちゅう》して居《い》る。即《すなわ》ち盆《ぼん》のほかいは日本《にほん》の古語《こご》で、すでに千《せん》年《ねん》以上《いじょう》の昔《むかし》から行《おこな》われて居《い》たくさぐさのホガイの、一《ひと》つであったということが是《これ》だけでも判《わか》るのである。

但《ただ》し私《わたし》の今《いま》考《かんが》えて見《み》たいと思《おも》って居《い》るのは、このホガイとマツリとの二《ふた》つのものが、果《はた》して日本《にほん》の言葉《ことば》として全《まった》く同《おな》じものかどうかという問題《もんだい》で、やや横路《よこみち》に入《はい》ることになるが、盆《ぼん》の由来《ゆらい》を知《し》る為《ため》に必要《ひつよう》だから、もう少《すこ》し詳《くわ》しく述《の》べて置《お》きたい。笈埃随筆《きゅうあいずいひつ》という百六七十年前《ひゃくろくしちじゅうねんまえ》の紀行《きこう》に、今《いま》の宮崎県《みやざきけん》の山村《さんそん》の風俗《ふうぞく》を説《と》いて、

図版10　盆のほかい

常《つね》に酒《さけ》を飲《の》み茶《ちゃ》を啜《すす》るに、皆其初《みなそのはじめ》を神《かみ》に供《そな》うる儀《ぎ》を為《な》す。是《これ》をホカイと謂《い》う。古語《こご》なり云々《うんぬん》

と誌《しる》して居《い》るが、同《おな》じ風習《ふうしゅう》は現在《げんざい》なお消《き》えてしまわず、高千《たかち》穂《ほ》地方《ちほう》では敬神《けいしん》の念《ねん》の強《つよ》い人《ひと》たちが、酒《さけ》を飲《の》む前《まえ》に指《ゆび》の先《さき》で三《さん》べんほど、酒《さけ》を空中《くうちゅう》に散《ち》らすことをホカウというそうである。アゲホケと謂《い》うのは神《かみ》さまに酒《さけ》を上《あ》げることだが、其方《そのほう》式《しき》はやや簡略《かんりゃく》で、或《あるい》はかけぐりという竹《たけ》の小《ちい》さな筒《つつ》に入《い》れて樹《き》の枝《えだ》に掛《か》け、又《また》は水《みず》の流《なが》れに少量《しょうりょう》を注《そそ》ぎ入《い》れる。その第二《だいに》のものを流《なが》しおみき、又《また》はコボシホカイとも呼《よ》んで居《い》るので

ある。

東北地方《とうほくちほう》でも、津軽北秋田《つがるきたあきた》などのマタギという狩猟業者《しゅりょうぎょうしゃ》の間《あいだ》には、毛《け》ボカイの行事《ぎょうじ》があって、是《これ》が亦盆《またぼん》のホカイとは別《べつ》のものであった。熊《くま》を取《と》って山中《さんちゅう》で解《と》き分《わ》ける際《さい》に、剥《は》いだ皮《かわ》を逆《さか》さに被《かぶ》らせ、榊《さかき》の枝《えだ》を手《て》に持《も》って唱《とな》えごとをする。熊《くま》を浮《うか》べる為《ため》だとも又《また》とむらいだとも謂《い》って居《い》るが、やはり之《これ》に伴《とも》なって獲物《えもの》の内臓《ないぞう》の一部《いちぶ》を神《かみ》に供《そな》え、且《か》つ仲間《なかま》に分《わ》けて食《た》べる式《しき》があった。一方《いっぽう》に九州《きゅうしゅう》の方《ほう》でも熊本県南部《くまもとけんなんぶ》の山村《さんそん》などに、野猪《のじし》を撃取《うちと》った後《あと》の毛祭《けまつり》という作法《さほう》があって、式《しき》はこの東北《とうほく》の毛《け》ぼかいと似《に》て居《い》た。中世《ちゅうせい》の矢祭《やまつり》から変《かわ》って来《き》たものに違《ちが》いないが、射止《いと》めた同《おな》じ方向《ほうこう》に鉄砲《てっぽう》の筒《つつ》を向《む》けて、次《つぎ》のような詞《ことば》を唱《とな》えて打放《うちはな》すという。

> 奥《おく》の山《やま》の神《かみ》さん、中《なか》の山《やま》の神《かみ》さん、下《しも》の山《やま》の神《かみ》さん、ほかいはずしは有《あ》っても受取《うけと》りはずしは無《な》いように受取《うけと》り下《くだ》さい、なむあみだ

ホカイは此地方《このちほう》でも、神様《かみさま》におみきを上《あ》げることをいうのだが、斯《こ》うして空《そら》に向《むか》って銃弾《じゅうだん》を放《はな》すことも、又山《またやま》の神《かみ》にホカウと謂《い》うのであった。

京都《きょうと》から西北方《せいほくほう》の山村一帯《さんそんいったい》では、正月四日《しょうがつよっか》の初山入《はつやまい》りの日《ひ》に、田植初《たうえはじ》めの祭《まつり》に使《つか》うべき柴《しば》を一荷《いっか》、苅《か》って来《く》る習《なら》わしがあって、之《これ》をホナガと謂《い》い又《また》はホカイと謂《い》う村《むら》もある。その日《ひ》は其薪《そのたきぎ》に食物《しょくもつ》を供《そな》えて、祭《まつ》るという習《なら》わしもまだそちこちに残《のこ》って居《い》る。阿蘇火山《あそかざん》の麓《ふもと》の村々《むらむら》には、八月十五日《はちがつじゅうごにち》に十二《じゅうに》

本《ほん》の稲《いね》の穂《ほ》を抜《ぬ》いて来《き》て、之《これ》を作神《さくがみ》さまに上《あ》げて置《お》くことをオガエルと謂《い》って居《い》る。土佐《とさ》の沖《おき》ノ島《しま》の弘瀬部落《ひろせぶらく》などは、不漁《ふりょう》が続《つづ》くとまん直《なお》しの意味《いみ》で、砂《すな》で舟《ふね》をこすり其《その》あと舟《ふね》たでと謂《い》って、松明《たいまつ》を以《もっ》て舟《ふね》のまわりを焼《や》き焦《こが》す。それをフナオガイと謂《い》い又舟《またふね》でもオガホじゃ無《な》いかというそうである。壱《い》岐《き》の島《しま》でもホガウという動詞《どうし》は一般《いっぱん》に知《し》られて居《い》るが、その範囲《はんい》は幾分《いくぶん》かマツルよりは狭《せま》いらしい。通例《つうれい》よく聴《き》くのは屋根葺《やねふ》き祝《いわ》いの葺《ふ》きごもりという日《ひ》に、粥《かゆ》を口《くち》に含《ふく》んで十二本《じゅうにほん》の柱《はしら》の根《ね》に吹《ふ》き散《ち》らす式《しき》で、之《これ》を粥《かゆ》ホガイと称《しょう》して之《これ》に伴《とも》なう唱《とな》えごとも有《あ》る。或《あるい》は又入船《またいりふね》ボッケと称《しょう》して、船安着《ふねあんちゃく》の祝《いわ》いの日《ひ》、飯《めし》を円錐形《えんすいけい》に握《にぎ》ったものを多《おお》く作《つく》って、子供《こども》たちに分《わか》ち与《あた》えるのも、今《いま》では別《べつ》のものと考《かんが》えて居《い》るだろうが、やはり同《おな》じ部類《ぶるい》に入《はい》るべきものと思《おも》う。信州《しんしゅう》の南安曇郡《みなみあづみぐん》などでも、田植休《たうえやす》みの日《ひ》の子供角力《こどもずもう》の時《とき》だけに、家々《いえいえ》から出《だ》してもらう胡麻塩《ごましお》の握飯又《にぎりめしまた》は強飯《こわめし》の結《むす》びをホケと呼《よ》んで居《い》る。

斯《こ》ういう類例《るいれい》は捜《さが》せばまだまだ有《あ》るが、あまりしつこいからもう此位《このくらい》にして置《お》く。しかし是《これ》だけの場合《ばあい》を見渡《みわた》しても、ホカイがただ心《こころ》ざす一座《いちざ》の神又《かみまた》は霊《れい》のみに、供御《くご》を進《すす》めるだけの式《しき》では無《な》く、周《しゅう》囲《い》になお不定数《ふていすう》の参加者《さんかしゃ》、目《め》に見《み》えぬ均霑者《きんてんしゃ》ともいうべきものを、予期《よき》して居《い》たらしいことが推測《すいそく》せられる。中古《ちゅうこ》の字書《じしょ》には既《すで》に混同《こんどう》して居《い》るけれども、是《これ》が或《あるい》は我邦《わがくに》のマツリとホカイとの差別《さべつ》では無《な》いかと思《おも》う。尤《もっと》もマツリにも直会《なおらい》という共餐者《きょうさんしゃ》の例《れい》は有《あ》るが、是《これ》は賓客《ひんきゃく》に対《たい》して亭主《ていしゅ》が相伴《しょうばん》をする方《ほう》に近《ちか》い。誰《だれ》とも知《し》れぬ者《もの》や我仲間《わがなかま》で無《な》い者《もの》にまで分配《ぶんぱい》せられるということは、食物《しょくもつ》の第一次《だいいちじ》の目的《もくてき》からは外《そと》へ出《で》て居《い》る。是《これ》が或《あるい》は今日《こんにち》の盆《ぼん》の無縁仏《むえんぼとけ》、外精霊《ほかじょうりょう》などという思想《しそう》の基《もと》づく所《ところ》の、別《べつ》に国内《こくない》にも何《なに》か有《あ》ったこと、所謂三界万霊《いわゆるさんがいばんれい》の外来教義《がいらいきょうぎ》などは、たまたま是《これ》と習合《しゅうごう》しかかって未《いま》だ遂《と》げざるものであることを、明《あきら》かにし得《う》る手掛《てが》りでは無《な》いかと私《わたし》は思《おも》う。乞食《こじき》を倭名鈔《わみょうしょう》にホカイビトとあるのも、ホイトと同《おな》じにめでたい詞《ことば》を陳《の》べるからと解《かい》せられて居《い》るようだが、それは確《たし》かに根拠《こんきょ》も無《な》く、又盆《またぼん》その他《た》のホカイというものを、まだ知《し》って居《い》ない人《ひと》の言《い》うことだから当《あ》てにはならぬ。

語注 ○**堺重**…「堺特産の春慶塗の重箱」（『日本国語大辞典　第二版』）。○**類聚名義抄**…平安時代末期に成立した漢和辞書。編者は未詳。○**伊呂波字類抄**…『色葉字類抄』は平安時代末期に成立した国語辞書で、編者は橘忠兼《たちばなのただかね》（生没年未詳）。それを鎌倉時代初期に増補したのが『伊呂波字類抄』で、編者は未詳。○**延喜の宮内省式**…『延喜式』「宮内省」のこと。古代の法典で、延喜五年（九〇五）に勅命により編纂が始まった。○**新撰字鏡**…平安時代初期に成立した漢和辞書。撰者は昌住《しょうじゅう》（生没年未詳）。○**盆のほかい**…「盆には家々に盆棚を設けるばかりでなく、墓にも供物を供えている。ホカウというのは食べ物を供することである」（『日本民俗図録』「盆のホカイ」、図版10「盆のホカイ　青森県西津軽郡」）。○**笈埃随筆**…百井塘雨《ももいとうう》（生没年未詳）の随筆。塘雨は商人・随筆家で、諸国を漫遊した。引用は「事実」に見える。○**高千穂地方**…宮崎県西臼杵郡《にしうすき》を中心にした地方。○**マタギ**…東北地方の狩人。○**野猪**…いのしし。○**矢祭**…「狩の時、将軍家など、身分の高い武家の男児が初めて獲物を射ること。また、その時に、神をまつってする儀式や祝い」（『日本国語大辞典　第二版』）。○阿蘇火山の麓の村々…具体的に特定できない。○土佐の沖ノ島の弘瀬部落…今の高知県宿毛《すくも》市の沖の島にある弘瀬。○壱岐の島…今の長崎県に属する島。○信州の南安曇郡…今の長野県松本市と安曇野市。○均霑者…利益や恩恵を平等に受ける人。「目に見えぬ均霑者ともいうべきものを、予期して居たらしい」とは「無縁の霊の供養をさす」（有賀喜左衛門『一つの日本文化論』）。○倭名鈔…『倭名類聚鈔』の略。平安時代中期の漢和辞書。編者は源　順《みなもとのしたごう》（九一一～九八三）。

鑑賞　有《ある》賀《が》喜左衛門（一八九七～一九七九）は『一つの日本文化論』で、『類聚名義抄』『伊呂波字類抄』『延喜式』『新撰字鏡』の「四つの書物にある事例では盆のほかいをしめしていない」とした上で、「この種の霊（引用者注　無縁の霊）を供養することは、これらの霊によって、家の先祖の霊の祭が乱されないためであることは多くの地方に伝承のあることであるから、盆行事は外精霊を祭ることが中心となるはずは決してなかった。即ち盆行事は家の主人が司祭となって、わが家のホトケ（先祖）を招き祭ることに中心があったとみなくてはならない。このようにみると、柳田の考え方の基本に何か思い違いがあるのではないかと思われるので、中古の字書がマツリとホカイとを混同していると指摘した柳田の説はもう一度検討されなければならない」と批判した。そして、「正月行事においてカミガミに食物を供えることにホカイという名称が用いられたとしても誤りではない。おそらく古くは正月様に食物を供えることもホカイといったから、中古の字書に祭とホカイとが結びついて残されたと思われる」とし、「ホカイはもちろん重要な作法ではあったが、行事全体を示すマツリという言葉の中に次第に消えてしまったのではないかと思われる」と考えた。

四五　瓫《ぼん》も行器《ぎょうき》

後水尾院当時年中《ごみずのおいんとうじねんちゅう》行事《ぎょうじ》という書《しょ》の中《なか》に、畏《かし》こきあたりにまいらざるものの一《ひと》つとして、

一《いち》、外居《ほかい》に入《はい》りたる物《もの》まいらず

とある。是《これ》は我々《われわれ》に取《と》って亦一《またひと》つの暗示《あんじ》であった。外居《ほかい》は漢名《かんめい》を行器《ぎょうき》とも書《か》いて、食物《しょくもつ》を家《いえ》から外《そと》に運搬《うんぱん》する木製《もくせい》の容器《ようき》で、今《いま》も其形状《そのけいじょう》は木鉢《きばち》曲《ま》げ物《もの》から結桶《ゆいおけ》まで、さまざまの変化《へんか》を示《しめ》して居《い》るが、物《もの》との名称《めいしょう》とを知《し》らない土地《とち》は無《な》いほど、全国《ぜんこく》に分布《ぶんぷ》して居《い》る。脚《あし》が三本外側《さんぼんそとがわ》に附《つ》いて居《い》るので、それで外居《ほかい》というのだとの説《せつ》は、鎌倉頃《かまくらごろ》から人《ひと》が信《しん》じ始《はじ》めたようだが、それはソトとホカとの区別《くべつ》も知《し》らぬ人《ひと》の言《げん》で、物《もの》の外側《そとがわ》はソトであって、そこにくっついて居《い》るものを日本《にほん》ではホカとは謂《い》わない。そうして又脚《またあし》の無《な》い行器《ぎょうき》も多《おお》いのである。是《これ》は延喜式《えんぎしき》その他《た》の外居案《ほかいつくえ》、即《すなわ》ち祭《まつり》の為《ため》などに屋外《おくがい》に居《す》え

る案《つくえ》、ちょうど東北《とうほく》のほかい棚《だな》の如《ごと》きものを、外居《ほかい》の為《ため》の案《つくえ》と誤読《ごどく》したのがもとで、無論《むろん》その台《だい》の上《うえ》に行器《ぎょうき》を載《の》せたろうが、ほかいという名《な》の起《おこ》りはやはりホカイする食物《しょくもつ》を入《い》れたことに在《あ》って、之《これ》をホカヰと書《か》き始《はじ》めたのは、疑《うたが》いも無《な》くヰとイとの発音《はつおん》の区別《くべつ》が、不明《ふめい》になってから後《のち》のことだと思《おも》う。

図版11　行器

現在《げんざい》の外居《ほかい》は形《かたち》こそさまざまだが、どれも是《これ》も木《き》で製《せい》したことは一様《いちよう》であり、又大抵《またたいてい》は漆《うるし》を以《もっ》て外《そと》を黒《くろ》く内《うち》を赤《あか》く塗《ぬ》って、従《したが》って連年《れんねん》の使用《しよう》に適《てき》するようになって居《い》るが、以前《いぜん》は一回毎《いっかいごと》に新《あたら》しく調《ととの》えるのに、白木《しらき》ではあまりに費《つい》えであって常《つね》の人《ひと》には向《む》かず、素焼《すやき》の土器《どき》を以《もっ》て好《この》みの形《かたち》を造《つく》って居《い》たのが、瓫又《ぼんまた》は盆《ぼん》というものの起《おこ》りで、その字《じ》が測《はか》らずも盂蘭盆会《うらぼんえ》の文字《もじ》の中《なか》にもある所《ところ》から、是《これ》が大《おお》いに行《おこな》われたものだろうと私《わたし》は想像《そうぞう》して居《い》る。

但《ただ》し瓫《ぼん》の字《じ》をホカイと訓《よ》ませた例《れい》は、捜《さが》して居《い》るけれども私《わたし》にはまだ見《み》付《つ》からない。中世《ちゅうせい》の諸記録《しょきろく》に瓫《ぼん》を送《おく》ると称《しょう》して、種々《しゅじゅ》の食物《しょくもつ》を入《い》れて菩提《ぼだい》所《しょ》や墓所《ぼしょ》へ送《おく》り届《とど》けたのはすべて土器《どき》であって、それを又木《またき》の櫃《ひつ》の中《なか》に納《おさ》めたものと見《み》えるが、その土製《どせい》の行器《ぎょうき》を日本《にほん》の言葉《ことば》で何《なん》と呼《よ》んだかが知《し》れないのは、もう上流《じょうりゅう》ではすべて字音《じおん》を用《もち》いて居《い》たからかも知《し》れぬ。古《ふる》い頃《ころ》に遡《さかのぼ》って行《ゆ》くと、祭祀《さいし》に土器《どき》を用《もち》いた数《かず》は最《もっと》も多《おお》い。その種類形状《しゅるいけいじょう》さまざまであって、之《これ》を区別《くべつ》した漢字《かんじ》が、延喜式《えんぎしき》などには十幾《じゅういく》つも有《あ》る。もしも和名《わめい》が同《おな》じであったならば、斯様《かよう》な煩《わずら》わしい列記《れっき》をしなかったろうと思《おも》うのに、それに加《くわ》えられた後世《こうせい》の訓読《くんどく》は頗《すこぶ》る心《こころ》もとなく、一《ひと》つの漢字《かんじ》を幾通《いくとお》りにも訓《よ》み、又《また》は幾《いく》つもの漢字《かんじ》にただ一《ひと》つの名《な》を附《ふ》したものもある。たとえば瓫《ぼん》という文字《もじ》なども、へともヒラカともホトギとも又《また》サラケとも振仮字《ふりがな》をした所《ところ》があって、後《あと》の二《ふた》つの単語《たんご》には別《べつ》になお缶及《ほときおよ》び甈《さらけ》の文字《もじ》が多《おお》く用《もち》いられ、中《なか》にはそれと瓫《ぼん》とを列記《れっき》した場合《ばあい》もあるのである。ホカイが木製《もくせい》の行器《ぎょうき》に限《かぎ》るようになった以前《いぜん》、事《こと》によると土器《どき》のホカイが有《あ》って、それを瓫又《ぼんまた》は盆《ぼん》と書《か》いて居《い》たのではないかと思《おも》うが、まだ積極的《せっきょくてき》な証拠《しょうこ》は無《な》い。和名抄《わみょうしょう》には瓫、之《これ》を缶保度岐《ほとき》と謂《い》うとあり、字鏡《じきょう》以下《いか》にも瓫を保止支《ほときき》、又《また》はホトギと訓《よ》ませて居《い》る。鎌倉時代《かまくらじだい》に出来《でき》た塵袋巻八《ちりぶくろまきはち》には、

一《ひとつ》　ホトキは盂蘭盆《うらぼん》ノ時用《ときもちい》ルモノナリ、世間《せけん》ノ吉事《きちじ》ニハイロウマジキモノカ、瓫《ぼん》ハ器物《きぶつ》ノ一《ひとつ》ノスガタニテ吉凶《きっきょう》ニ通用《つうよう》スル歟《か》、…………盆《ぼん》ノ字《じ》ヲバヒラカト訓《よ》ム、ホトキハ缶《かん》ノ字《じ》ヲヨム、サレドモ通《かよ》ヒテ共《とも》ニホトキトイヒ習《なら》ワセルニヤ

ともある。兎《と》に角《かく》に此頃《このころ》までの瓫《ぼん》は、形状《けいじょう》も目途《もくと》も共《とも》にこの缶《ほとき》というものに近《ちか》く、今《いま》いうお盆《ぼん》のような扁平《へんぺい》なもので無《な》かったことだけは確《たし》かである。

語注　○後水尾院当時年中行事という書…後水尾天皇（一五九六〜一六八〇）は古典に造詣が深い天皇

として知られる。早川純三郎編『丹鶴叢書　第六巻』（国書刊行会、一九一四年、水野忠央編、臨川書店、一九七六年）に収録された『後水尾院当時年中行事』下に、「仏神に供したるものまいらず」「一鵜の魚御膳に不供」に続いて、この言葉が見える。○**行器**…「行器のことで、主として盆祭に伴なって記憶されているが、正式の食物を移送するには、以前はみなホカイによったのである」（『綜合日本民俗語彙』第四巻「ホカイ」、図版11「ホカイ　千葉県長生郡鶴枝村立木（今の茂原市）」）。○**延喜式**…四四節参照。○**外居案**…「これをホカイヅクエと呼んだと思われるので、これは行器ではなかったであろう。おそらく食物を供える時にその器物を載せるのに用いた案であったからホカイヅクエと言ったのではないかと思われる」（有賀喜左衛門『一つの日本文化論』）。○**菩提所**…一族が帰依して、仏事を営む寺。菩提寺。○**和名抄**…四四節参照。○**字鏡**…平安時代末期に成立した漢和辞書。編者は未詳。○**鎌倉時代に出来た塵袋**…『塵袋』は百科事典的な辞書。編者は未詳。

鑑賞　柳田国男は「行器考」という草稿を残していた。これは昭和一八年（一九四三）三月の、国民学術協会での講演草稿であったが、そのまま筐底《きょうてい》に残ってしまったらしい。これは、『先祖の話』より早く、一般に仏教行事と考えられている盆の行事に対して、民間の事例を総合して異論を唱えた点で注目される。その末尾で、「盆の先祖祭の様式は、根本に於て全国ほぼ一致して居るのですが、ただ或一点に於て各地の差がありますす為に、何か遠い田舎だけはちがった事をして居るようにも見られ、従ってホカイという名称を特殊なものの如く感じさせるのであります。文献に伝わって居る京や江戸の魂祭は、十三日の晩に墓に参って、精霊を家の盆棚へ迎えて来るに反して、東北地方などは墓の前に棚を設けて、そこで食物を供えて来るというのが大きなちがいのようですが、是は石塔を建てる風習、乃至《ないし》は霊魂の去来に関する考え方に伴なうもので、同じものの一つの変遷であり、現在都会地に行われて居る方が新らしいかと思われます。墓を盆中の祭場とする例、即ち十四十五の両日にも墓へ参る例は、たしかに又九州にも有りまして、東北地方だけの特徴ではありません。精霊は虚空から山の頂へ、それから水の流れを伝うて来るものとして、小川の岸に迎え火を焚き、又は盆路作りと称して、山から里へ下る定まった小路の、草を苅り払う習俗も、まだ多くの山村には残って居ります。町では迎え火と送り火とを家々の門口で焚き、直接に家の中の精霊棚に招請するようになって居ますが、本来は一旦墓標の在る所に、降《くだ》って来られるものと考えて居たので、それで必ず最初にこの墓の前の祭をする習わしであったのが、後いつと無く墓から迎えて来るものの様に、考える人を多くしたのかと思います」と述べた。論旨はすでに明快になっている。

しかし、有賀喜左衛門は『一つの日本文化論』で、「柳田がホトキと盆行事との関係を重視したのは、『塵袋』の説からヒントを得たことは明らかであるが、『延喜式』に記載されている瓫、缶、𤭖、盆などの器物は「神祇」の中に含まれており、カミマツリに用いられたものだから、特に仏事に関して用いられたというものではなかった。これらの器物は非常に多くの社《やしろ》の祭から宮中の種々のカミマツリに至るまで等しく祭器として用いられたものであるから、死者の供養に特に使用したものではなかった」と批判している。

四六　ホトケの語源《ごげん》

そこで私《わたし》の第二《だいに》の想像説《そうぞうせつ》、死者《ししゃ》を無差別《むさべつ》に皆《みな》ホトケというようになったのは、本来《ほんらい》はホトキという器物《きぶつ》に食饌《しょくせん》を入《い》れて祭《まつ》る霊《れい》ということで、乃《すなわ》ち中世民間《ちゅうせいみんかん》の盆《ぼん》の行事《ぎょうじ》から始《はじ》まったのでは無《な》いかという考《かんが》えも、そう突拍子《とっぴょうし》もないものとは言《い》えなくなると思《おも》う。幾《いく》つもの方角《ほうがく》から、この問題《もんだい》には近《ちか》よって行《ゆ》かれる。ホトケのホトは浮屠《ふと》又《また》は仏陀《ぶっだ》の音《おん》としてもわかるが、それにケの語《ご》を添《そ》えた理由《りゆう》は、今《いま》でもまだちっとも判《わか》って居《い》ない。或《あるい》は浮屠家《ふとけ》であろうといい、又朝鮮風《またちょうせんふう》の接尾辞《せつびじ》だろうというなどは、本人《ほんにん》もなお危《あやぶ》むほどの臆説《おくせつ》であり、僧契沖《そうけいちゅう》のような考《かんが》え深《ぶか》い国学者《こくがくしゃ》ですらも、ほとけのケは木《き》であって、民草青人草《たみくさあおひとくさ》の草《くさ》に対《たい》する語《ご》だろうなどと心細《こころぼそ》いことを言《い》ったままになって居《い》る。それから今一《いまひと》つはこのホトケという言葉使《ことばづか》いが、全国《ぜんこく》の隅々《すみずみ》に無《な》いのは勿論《もちろん》、もとは案外《あんがい》に狭《せま》い区域《くいき》だけのもので、ただそれが中央《ちゅうおう》の土地《とち》であり、折々《おりおり》は文章《ぶんしょう》にも之《これ》を用《もち》いた為《ため》に、耳《みみ》には少《すこ》しずつ馴《な》れて来《き》ただけであることで、ホトケを所謂如来《いわゆるにょらい》さまの意味《いみ》にしか使《つか》わぬ人《ひと》、またはやや異《こと》なる心持《こころもち》で使《つか》って居《い》る人《ひと》が、是《これ》も日本《にほん》の西南《せいなん》と東北《とうほく》との両端《りょうたん》に、多《おお》いということも注意《ちゅうい》しなければならぬ。対馬《つしま》の島《しま》では家《いえ》の神《かみ》の一《ひと》つに、ホタケ様《さま》というのがある。母音《ぼいん》が一《ひと》つちがうから、是《これ》も其一例《そのいちれい》だと言《い》ったらこじつけにもなろうが、更《さら》に南《みなみ》の方《ほう》の屋久島《やくのしま》などでは、ホトケと謂《い》うのは卒塔婆《そとば》のことであった。この島《しま》は法事《ほうじ》を一般《いっぱん》に菩提《ぼだい》と呼《よ》び、其《その》たびに一本《いっぽん》のホトケを墓《はか》の後《うしろ》に立《た》てるが、年回毎《ねんかいごと》に之《これ》を段々《だんだん》と大《おお》きくして、三十三年《さんじゅうさんねん》の菩提《ぼだい》の終《おわ》りという日《ひ》には、二尋《ふたひろ》ほどの高《たか》いホトケを立《た》てる。それから又位牌《またいはい》のことも枕《まくら》ボトケというそうだが、枕《まくら》ボトケは恐《おそ》らく新亡《しんぼう》の場合《ばあい》で、常《つね》の時《とき》の位牌《いはい》はただホトケと謂《い》って居《い》るのだろう。盆《ぼん》に魂祭《たままつり》の棚《たな》を構《かま》えることを、ホトケ迎《むか》えというのは中央部《ちゅうおうぶ》と同《おな》じのようだが、是《これ》も其際《そのさい》に位牌《いはい》を是《これ》へ移《うつ》すからかと思《おも》われ、別《べつ》に又《また》ショロドン迎《むか》えという名《な》もあるから、乃《すなわ》ち木主《ぼくしゅ》をその精霊《しょうりょう》の依座《よりまし》として、ホトケと呼《よ》んで居《い》たのに過《す》ぎぬのである。

一方遥《いっぽうはる》か隔絶《かくぜつ》した奥羽《おうう》の各県《かくけん》では、一般《いっぱん》に法事《ほうじ》をホトケカキと謂《い》い、佐渡《さど》の島《しま》でも仏《ほとけ》さんを書《か》いてもらうという処《ところ》がある。即《すなわ》ちこの方面《ほうめん》でも、ホトケは亦塔婆《またとうば》のことなのである。会津《あいづ》の喜多方《きたかた》などには、又《また》ホトケ棒《ぼう》という言葉《ことば》も有《あ》る。山《やま》から生木《なまき》を伐《き》って来《き》て其一部《そのいちぶ》を削《けず》り白《しろ》め、そこに戒名《かいみょう》を書《か》いてもらう。他《た》の多《おお》くの地方《ちほう》では三十三年《さんじゅうさんねん》の最終年忌《さいしゅうねんき》の日《ひ》に、この生木《なまき》の棒《ぼう》を墓地《ぼち》に立《た》てるのが通例《つうれい》で、それだけをホトケ棒又《ぼうまた》はトリアゲボトケとも謂《い》って居《い》る土地《とち》は有《あ》るのだが、爰《ここ》では葬式《そうしき》の当日《とうじつ》にも、一周忌《いちしゅうき》の供養《くよう》にも、斯《こ》ういう名《な》の棒《ぼう》を立《た》てるのだそうである。寺々《てらでら》の施餓鬼《せがき》の日《ひ》に、書《か》いてもらって納《おさ》める板《いた》の小型《こがた》の塔婆《とうば》を、柾《まさ》ボトケと呼《よ》ぶ例《れい》は東北各地《とうほくかくち》に有《あ》る。それを輪廓《りんかく》のみ地蔵尊《じぞうそん》や阿弥陀《あみだ》さまの形《かたち》に刻《きざ》んだのを、重《かさ》ねて壁《かべ》に打付《うちつ》けた千体仏《せんたいぶつ》の御堂《おどう》が、二三《にさん》の霊場《れいじょう》には有《あ》って是《これ》も柾《まさ》ボトケと謂《い》って居《い》るが、是《これ》は塔婆《とうば》のホトケを出来《でき》るだけ本義《ほんぎ》に近《ちか》よせようとしたものかと思《おも》う。有名《ゆうめい》な南部《なんぶ》の恐山《おそれざん》の地蔵会《じぞうえ》などのものは、至《いた》って簡単《かんたん》なただの枌板《そぎいた》の片《へん》に、追善《ついぜん》の文句《もんく》だけを書《か》いたもので、仏体《ぶったい》とは全《まった》く関係《かんけい》は無《な》かった。或《あるい》は家々《いえいえ》の盆《ぼん》の魂棚《たまだな》にも、是《これ》よりももっと粗末《そまつ》な経木《きょうぎ》七枚《ななまい》に、七《なな》つ仏《ぼとけ》の御名《みな》を書《か》いてもらって、青葦《あおあし》の簾《すだれ》に挿《さ》す風《ふう》が男鹿半島《おがはんとう》などにあり、これをカナガラボトケと謂《い》ったのは、鉋屑《かんなくず》のホトケということである。七《なな》つ仏《ぼとけ》を墓地《ぼち》の入口《いりぐち》や蓮台場《れんだいば》の傍《かたわら》に安置《あんち》するのは全国的《ぜんこくてき》な風習《ふうしゅう》である。それが共同《きょうどう》のものならば石《いし》の像《ぞう》にも刻《きざ》んだが、喪家《そうか》で臨時《りんじ》に之《これ》を作《つく》るという場合《ばあい》には、是《これ》も小型《こがた》の塔婆《とうば》を七本《ななほん》、額《がく》のようにして並《なら》べたものを立《た》てるだけである。石屋《いしや》が手軽《てがる》に仏体《ぶったい》を刻《きざ》んでくれるようになるまでは、常民《じょうみん》のホトケは多《おお》くは木《き》の柱《はしら》に字《じ》を書《か》いたものだったことは、絵巻物《えまきもの》などの中《なか》に幾《いく》らも例《れい》がある。像《ぞう》といわゆる塔婆《とうば》との間《あいだ》には、もとは今一段《いまいちだん》と深《ふか》い聯絡《れんらく》があったのである。

語注 ○**無差別に皆**…「多分仏教の修業をして得度を受けたものでも、そうでないものでもという意味であろう」（有賀喜左衛門『一つの日本文化論』）。○**僧契沖**…江戸時代の真言宗の僧侶で、国学者（一六四〇

〜一七〇一)。○**対馬の島**…今の長崎県に属する島。○**屋久島**…鹿児島県に属する島。○**二尋**…約三〜三・六メートル○**新亡**…三九節参照。○**木主**…四二節参照。○**依座**…神霊の寄りつくもの。依代《よりしろ》。○**佐渡の島**…今の新潟県に属する島。○**会津の喜多方**…今の福島県喜多方市。○**施餓鬼**…三九節参照。○**有名な南部の恐山の地蔵会**…青森県下北半島にある恐山で、毎年夏七月の地蔵祭には、イタコによって口寄せが行われることで有名。○**男鹿半島**…秋田県西部の、日本海に突き出た半島。○**蓮台場**…火葬場。墓場。○**絵巻物などの中に幾らも例がある**…『新版絵巻物による日本常民生活絵引』には「墓」の絵があるが、「木の柱に字を書いたもの」は見つからない。○**聯絡**…連絡。

鑑賞 柳田国男監修の『民俗学辞典』では、「位牌」(井之口章次執筆)について、「死人があると普通、野位牌と内位牌と二つの位牌がつくられ、後者は四十九日とか三年忌とかに新たに立派なものと作りかえられることが多い。仏教の進出によって各戸にかならず仏壇がもうけられたのを機会として、死霊の依代《よりしろ》としての位牌が仏壇の中に常在するようになったものであろう。しかし、忌明けや最終の年回に位牌を埋め、または寺に納めるところの多いのは注意すべきで、個々の先祖が個性を失なえば、あとは位牌を必要としないことを示しているのであろう。野位牌と呼ばれるものは死後ただちに枕もとに供えられ、野辺送りに加わって墓場に送られる。これを持つのは相続者の役目となっているのが普通で、誰が死者の相続人となったかを近隣に知らせる機会にもなっている。後継者を位牌持と呼んでいる所がある」とまとめている。

四七　色々《いろいろ》のホトケ

ともかくも東北地方《とうほくちほう》のホトケ棒《ぼう》が、向《むか》って拝《おが》むものであったことは確《たし》かであるが、それを一《ひと》つ一《ひと》つの如来《にょらい》や菩薩《ぼさつ》と同《おな》じに、各個《かっこ》の教理《きょうり》をもった信仰《しんこう》の当体《とうたい》と見《み》るようになったのは新《あた》らしい変化《へんか》であって、今《いま》でもまだ奇妙《きみょう》なほど、このホトケには敬語《けいご》を附《つ》けて居《い》ない。例《れい》は色々《いろいろ》有《あ》るが、それを詳《くわ》しく解《かい》説《せつ》することは出来《でき》ないから、茲《ここ》にはただ斯《こ》ういうものが有《あ》るということだけを述《の》べて置《お》く。近年《きんねん》二三《にさん》の篤学《とくがく》に依《よ》って注意《ちゅうい》せられ始《はじ》めた詣《まい》りのホトケというものなどは、ホトケの語《ご》が有《あ》るばかりに、最初《さいしょ》から仏教系統《ぶっきょうけいとう》のものときめてかかる人《ひと》が有《あ》るらしいが、その信仰《しんこう》はよほど他《た》の地方《ちほう》で先祖祭《せんぞまつり》、又《また》は祝《いわ》い神《じん》というものに近《ちか》く、之《これ》を管理《かんり》する者《もの》は巻一門《まきいちもん》の宗家《そうけ》であることを常《つね》として居《い》る。民族学年報第三《みんぞくがくねんぽうだいさん》篇《ぺん》に掲《かか》げられた江刺郡《えさしぐん》の一《ひと》つの例《れい》などは、祭日《さいじつ》は毎年旧《まいとしきゅう》十月《じゅうがつ》の十五日《じゅうごにち》に、エドシ即《すなわ》ち同族《どうぞく》の数戸《すうこ》を招《まね》いて祭《まつり》を営《いとな》む。祭《まつり》には白《しろ》い団子《だんご》を供《そな》えるが其御下《そのおさが》りは主人嫡子《しゅじんちゃくし》のみが之《これ》を食《た》べ、次三男《じさんなん》や女子《じょし》などの是《これ》から外《そと》へ出《で》る者《もの》に与《あた》えないのは、頗《すこぶ》る亦年越《またとしこし》の日《ひ》のみたまの飯《めし》と似《に》て居《い》る。是《これ》をいただくと生涯《しょうがい》御縁日《ごえんにち》に参《まい》らねばならず、参《まい》らぬと祟《たた》りが有《あ》るからそれで戴《いただ》かせぬのだと言《い》い伝《つた》えて居《い》る。詣《まい》りのホトケの御正体《みしょうたい》は、又黒《またくろ》ボトケと黒本尊《くろほんぞん》ともいうから、木《き》の造像《ぞうぞう》もあったかと思《おも》うが、私《わたし》の知《し》る限《かぎ》りでは、それが何仏《なにぼとけ》であるかを明《あきら》かにしたものは無《な》く、又多《またおお》くは朽《く》ち虫《むし》ばんだのを、其《その》ままに拝《おが》んで居《い》た。或《あるい》は文字《もじ》と絵《え》とを相交《あいまじ》えた掛軸《かけじく》や巻物《まきもの》を拝《おが》む者《もの》もあったというが、それは系図《けいず》のように信仰《しんこう》の伝来《でんらい》を示《しめ》したもので、しかも久《ひさ》しい間之《あいだこれ》を読《よ》み解《と》く力《ちから》も無《な》い人々《ひとびと》の、恭敬《きょうけい》の的《まと》となって居《い》たのである。

青森県《あおもりけん》などには家《いえ》の相続人《そうぞくにん》を、ホトケ持《もち》という方言《ほうげん》がある。是《これ》は上方《かみがた》で孤子又《こじまた》は片親《かたおや》の無《な》い者《もの》を、所謂二親持《いわゆるにしんもち》に対《たい》してそう呼《よ》ぶのとはちがい、まだ相続前《そうぞくまえ》の人《ひと》なのだから、このホトケは死者《ししゃ》の霊《れい》のことでは無《な》かった。そうして家々《いえいえ》には右《みぎ》にいう黒《くろ》ボトケ以外《いがい》にも、なお種々《しゅじゅ》のホトケが持伝《もちつた》えられて居《い》たのである。いわゆる樺皮《かばかわ》ボトケは白樺《しらかば》の樹皮《じゅひ》を紙《かみ》の代《かわ》りにした絵像《えぞう》の掛軸《かけじく》だという話《はなし》であるが、実《じつ》は私《わたし》はまだ一《ひと》つも拝《おが》んで見《み》たことが無《な》い。或《あるい》は詣《まい》りのホトケと同《おな》じものかも知《し》れぬが、此方《こちら》は寺《てら》の無《な》い村々《むらむら》に於《お》いて、死者《ししゃ》の取置《とりお》きの日《ひ》に掛《か》けて拝《おが》ませたという話《はなし》もよく聴《き》いて居《い》る。しかし由緒《ゆいしょ》の有《あ》る旧《きゅう》家《か》のみに、之《これ》を管理《かんり》して居《い》るという点《てん》は両者同《りょうしゃおな》じだから、併《あわ》せて考《かんが》えて見《み》なければならぬ。次《つぎ》に又十《またじゅう》月《がつ》ボトケというのがある。是《これ》は鉤《かぎ》ボトケ、又《また》はオシラボトケと同《おな》じもののようにいう人《ひと》もあるが、おしら様《さま》の祭日《さいじつ》は三月《さんがつ》と九月《くがつ》の十六日《じゅうろくにち》が最《もっと》も多《おお》く、十月《じゅうがつ》ボトケは十月望《じゅうがつもち》の日《ひ》に祭《まつ》るとすれば、寧《むし》ろ江刺《えさし》郡《ぐん》などの詣《まい》りのホトケの方《ほう》に近《ちか》いのである。しかし年《ねん》に何度《なんど》かの定《き》まったいわい日《び》を守《まも》って居《い》るうちに、新《あら》たに臨時《りんじ》の信仰行事《しんこうぎょうじ》が、附《つ》け加《くわ》わった場合《ばあい》も無《な》いとは言《い》えない。おしらボトケの如《ごと》きも、もとは春秋《しゅんじゅう》の御縁日《ごえんにち》にホロク又《また》は遊《あそ》ばせると称《しょう》して、女《おんな》や子供《こども》などの縁《えん》の有《あ》る人々《ひとびと》が寄《よ》り集《あつ》まり、古《ふる》く伝《つた》わった語《かた》りごとを聴《き》き、それに伴《とも》なう簡単《かんたん》な舞《まい》の手振《てぶり》を見《み》て、神《かみ》と共《とも》に一日《いちにち》を楽《たの》しみ暮《くら》すだけだったのに反《はん》して、何《なに》か疑惑《ぎわく》があれば臨時《りんじ》に其神《そのかみ》を請《しょう》じて、啓示《けいじ》を求《もと》めようとする風《ふう》が此頃《このごろ》は盛《さか》んになって居《い》る。勿論是《もちろんこれ》にはイタコという盲目《もうもく》の巫女《みこ》の職業的《しょくぎょうてき》な活躍《かつやく》が動力《どうりょく》となって、其為《そのため》に家《いえ》に附《つ》いた今《いま》までの祭《まつ》り手《て》、即《すなわ》ち主婦嫡女《しゅふちゃくじょ》の信仰《しんこう》は後退《こうたい》したものと思《おも》われるが、それでもなお簡単《かんたん》な古《ふる》い卜法《ぼくほう》や、神意《しんい》の解釈《かいしゃく》のし方《かた》などは家庭《かてい》にも有《あ》ったのかも知《し》れない。一《ひと》つの例《れい》を挙《あ》げると、以前《いぜん》は野辺送《のべおく》りに柩《ひつぎ》の門《もん》を出《で》るまで、何処《どこ》へ送《おく》って行《ゆ》くかをきめなかった。先頭《せんとう》に立《た》つ者《もの》がこのホトケの棒《ぼう》を眼《め》より上《うえ》に捧《ささ》げ、唱《とな》えごとをして之《これ》を両手《りょうて》で揉《も》み廻《めぐ》らし、その鉤《かぎ》の鼻《はな》の向《む》く方角《ほうがく》に進《すす》んで、葬地《そうち》を見《み》つけることにしたという話《はなし》がある。実地《じっち》を見《み》た者《もの》は無《な》いから是《これ》も只《ただ》の話《はなし》かも知《し》れぬが、ともかくもおしら様《さま》の一名《いちめい》を鉤《かぎ》ボトケと謂《い》い、今《いま》は木《き》の端《はし》が頭《あたま》になり鼻《はな》になったものが多《おお》いが、其前《そのまえ》には単《たん》に木《き》の小枝《こえだ》の一部《いちぶ》を残《のこ》して鉤《かぎ》の形《かたち》にして居《い》たのが多《おお》かったといい、一方《いっぽう》には鉤殿《かぎどの》又《また》は鉤《かぎ》

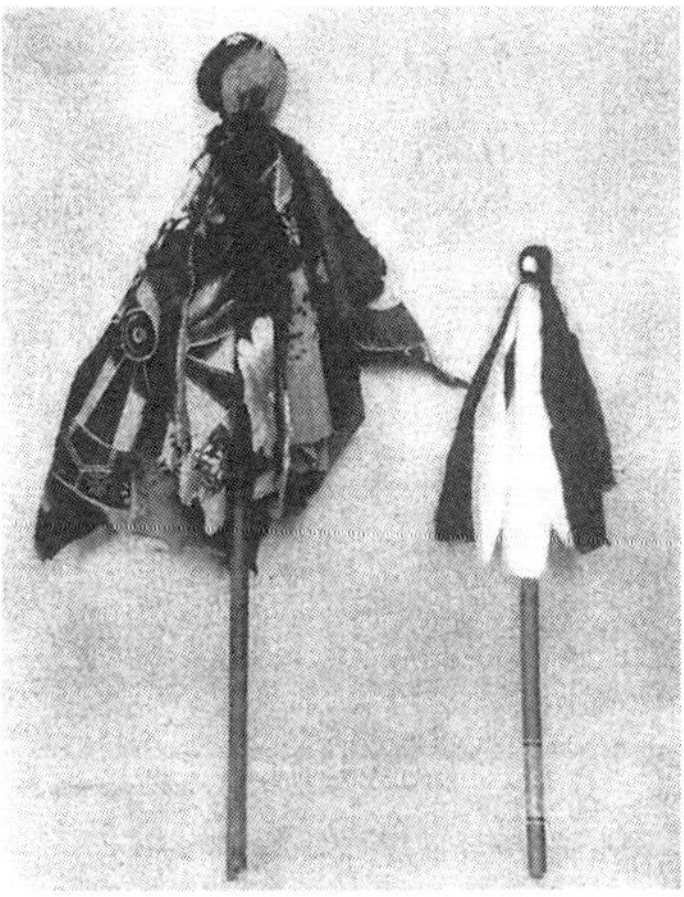

図版12　おしら様

さまと称《しょう》して、之《これ》をまわして方角《ほうがく》を占《うら》なう行事《ぎょうじ》が、半《なか》ば遊戯《ゆうぎ》と化《か》しつつも東北以外《とうほくいがい》、汎《ひろ》く全国《ぜんこく》の各地《かくち》にも行渡《ゆきわた》って居《い》るということは、考《かんが》えて見《み》ねばならぬ問題《もんだい》である。古《ふる》く蝦夷地《えぞち》と接近《せっきん》して居《い》たばかりに、東北《とうほく》の風習《ふうしゅう》はとかく特殊視《とくしゅし》せられ勝《が》ちであったが、それを証明《しょうめい》するような事実《じじつ》はまだあまり現《あら》われて居《い》ない。そうして現在《げんざい》の住民《じゅうみん》の中《なか》には、近世《きんせい》の移住者《いじゅうしゃ》が寧《むし》ろ多《おお》く又有力《またゆうりょく》であった。最新《さいしん》の変化《へんか》を受《う》けずに居《い》たという以外《いがい》に、彼等《かれら》の生活様式《せいかつようしき》には東北限《とうほくかぎ》りというものが少《すく》ない。家門一巻《かもんひとまき》が各々自分《おのおのじぶん》たちの神《かみ》を祭《まつ》るということも全国的《ぜんこくてき》であり、それを木《き》の依座《よりまし》に依《よ》って拝《おが》むということも昔《むかし》からの風《ふう》であった。ただちがうのは斯《こ》ういう木主《ぼくしゅ》をホトケと呼《よ》ぶことを、東北《とうほく》は九州《きゅうしゅう》の南《みなみ》の島《しま》と共《とも》に、今《いま》もまだ続《つづ》けて居《い》るという点《てん》だけである。

語注 **○当体**…事物そのもの。**○篤学**…学問に熱心に励む人。**○祝い神**…二九節参照。**○民族学年報第三篇**…昭和一七年（一九四二）一月発行の民族学研究所編『民族学年報』第三巻に掲載された、及川宏「所謂「まいりのほとけ」の俗信に就て―旧仙台藩領増沢村慣行調査報告（第三）―」を指す。**○江刺郡**…今の奥州市と北上市。**○みたまの飯**…三三節参照。**○樺皮ボトケ**…「カバカワは白樺の樹皮を利用した一種の紙である」（「豆手帖から」の「樺皮の由来」。『雪国の春』所収）。**○おしら様**…桑の棒にオセンダクという布を被せた一対の神体。大きく貫頭型と包頭型がある（図版12『日本民俗図録』「おしら様」「687 おしら様 宮城県桃生郡」）。**○望の日**…二七節参照。**○蝦夷地**…今の北海道のこと。**○依座**…四六節参照。○木主…四二節参照。

鑑賞 柳田国男は大正九年（一九二〇）に三陸海岸を旅したとき、『東京朝日新聞』に「豆手帖から」を連載したが、その中に「樺皮の由来」がある（後に『雪国の春』に収録）。閉伊二郡では旧家をカバカワの家と呼び、カバカワは楮《こうぞ》が手に入らぬ時代の紙であったことに触れ、それに阿弥陀様の御影や六字の御名号を書いたことを述べた。そして、「或《あるい》は又何故《なにゆえ》なるかは知らず、カバカワは此古《この》い一軸を掛けて、村の旧家で毎年営む所の祭の名だと謂《い》う人も有った。其《その》祭は殆《ほとん》ど例外も無く、旧暦の十月を以て行われた。一家一族の外にかご子などと名づけて、此日は必ず来て拝をせねばならぬ人々が有った。しかも寺の僧は之には与《あずか》らぬので、御正体は仏号である場合にも、祭の式には宅神祭の名残かと思う古い形を留めて居た。遠野の盆地などではカバカワは寧ろ異名で、通例はオクナイサマと称えて居る。オシラ神とオクナイ神とは、必ず深い関係が有ることと思うが、あまり問題が幽玄であって、未だ其一端をも把えることが出来ぬ」とした。この時の印象がここに展開したものと思われる。

四八　祭具《さいぐ》と祭式《さいしき》

死者《ししゃ》を祭《まつ》る為《ため》には、我邦《わがくに》では此通《このとお》り木《き》を依座《よりまし》として立《た》てるのが常《つね》であった。それで仏法《ぶっぽう》を信《しん》ずる人《ひと》たちが、その祭《まつ》らるるものを浮屠《ふと》の木《き》といい出《だ》したのだ、というような説明《せつめい》をしても、承知《しょうち》したい者《もの》は承知《しょうち》するかも知《し》れない。ただ私《わたし》にそうは思《おも》えないわけは、東北《とうほく》のホトケの中《なか》には卒塔婆《そとば》や位牌《いはい》だけで無《な》く、喪《も》とは直接《ちょくせつ》に縁《えん》を引《ひ》かぬもの、寧《むし》ろ仏者《ぶっしゃ》の度外視《どがいし》するような、おしら様《さま》という桑《くわ》の木人形《きにんぎょう》のホトケまでを含《ふく》んで居《い》るからである。仏陀《ぶっだ》という外来語《がいらいご》の影響《えいきょう》と支持《しじ》を受《う》けて居《い》るにしても、仏《ぶつ》をホトケということは実《じつ》は一《ひと》つの異名《いみょう》であった。最初《さいしょ》の公《おおや》けの記録《きろく》には、蕃神《ばんしん》とか客神《きゃくじん》とかいう文字《もじ》が用《もち》いられ、之《これ》を神々《かみがみ》のうちに算《かぞ》えて居《い》たことが窺《うかが》われる。或《あるい》は異名《いみょう》というよりも一種《いっしゅ》の忌詞《いみことば》だったのかも知《し》れない。それが追々《おいおい》と神《かみ》と対立《たいりつ》せしめて、優劣長短《ゆうれつちょうたん》を校量《こうりょう》することを、布教《ふきょう》の上《うえ》に利《り》なりと見《み》るようになって、追々《おいおい》と此語《このご》の用途《ようと》を拡張《かくちょう》したのでは無《な》いかと思《おも》う。もしそうだったら最初《さいしょ》から二《ふた》つの全《まった》く異《こと》なるもの、即《すなわ》ち無上覚者《むじょうかくしゃ》と幽界《ゆうかい》の漂浪者《ひょうろうしゃ》とを包括《ほうかつ》して居《い》たとしても不思議《ふしぎ》なことは無《な》い。仏《ぶつ》も死霊《しりょう》も共《とも》にホトケというなどは、以前《いぜん》は到底許《とうていゆる》すべからざることであるが、今《いま》ならば已《や》むを得《え》ないという理窟《りくつ》は無《な》いのである。しかも尋常《じんじょう》の亡者《もうじゃ》をそう呼《よ》ぶ場合《ばあい》でも、之《これ》を蔑《いや》しみ軽《かろ》んずる心持《こころもち》などは少《すこ》しもなかった。単《たん》に家《いえ》より外《そと》に於《お》いて飲饌《いんぜん》を供養《くよう》する故《ゆえ》に、ホトキという土製《どせい》の行器《ぎょうき》を用《もち》いて、其祭《そのまつり》をしなければならなかったという意味《いみ》でそう呼《よ》ぶので、実際亦《じっさいまた》この点《てん》のみは両者共通《りょうしゃきょうつう》であった。それを悉皆成仏《しっかいじょうぶつ》だから、仏《ほとけ》というのだと説明《せつめい》することこそ、自《みずか》ら欺《あざむ》いて居《い》る。もしそれならば毎年施餓鬼会《まいとしせがきえ》を営《いとな》み、浄土《じょうど》へ送《おく》り込《こ》もうと努《つと》める必要《ひつよう》がどこに在《あ》ろうか。

そんな面倒《めんどう》な理窟《りくつ》よりも、缶（ホトキ）という語《ご》がもう此以外《このいがい》の意味《いみ》に、用《もち》いられぬようになったということが一《ひと》つの証拠《しょうこ》と言《い》ってよい。斯《こ》ういう忌々《ゆゆ》しい又印象《またいんしょう》の深《ふか》いものに適用《てきよう》せられると、意味《いみ》が忽《たちま》ち制限《せいげん》せられて、他《ほか》の平凡《へいぼん》なる場合《ばあい》には及《およ》ぼし難《がた》くなるのである。それと同《おな》じ現象《げんしょう》は、仏《ぶつ》をサラキという語《ご》にも見《み》られる。昔《むかし》は是《これ》もあの通《とお》り盛《さか》んに使《つか》われた語《ご》であったのが、今日《こんにち》は僅《わず》かに一人《ひとり》の高名《こうめい》な文人《ぶんじん》の雅号《がごう》となって、読者《どくしゃ》を不審《ふしん》がらせて居《い》るばかりで、他《ほか》には此語《このご》を使《つか》う場合《ばあい》が無《な》くなってしまった。大仏《だいぶつ》をオサラギと訓《よ》みそれが地名《ちめい》となって居《い》るのも、一《ひと》つより外《ほか》にはまだ例《れい》を知《し》らぬが、兎《と》に角《かく》に音《おん》の至《いた》って明瞭《めいりょう》でまちがえ様《よう》も無《な》く、辞書《じしょ》でも隣《となり》の遠《とお》いこの一《ひと》つの単語《たんご》が、鎌倉大仏《かまくらだいぶつ》の造立前《ぞうりゅうまえ》に於《お》いて、土器《どき》から仏像《ぶつぞう》の方《ほう》へ移行《いこう》して居《い》たのである。缶《ほとき》も瓼《さらけ》も器物《きぶつ》だからケの方《ほう》が元《もと》かと思《おも》うのが、仏《ほとけ》を謂《い》う場合《ばあい》には其《その》キケが逆《ぎゃく》になって居《い》る。是《これ》もわざとそうしたのでは無《な》くて、どちらでも通用《つうよう》したのであろう。奈良県中部《ならけんちゅうぶ》の地名《ちめい》に蛇穴《へびあな》と書《か》いてサラキと呼《よ》んで居《い》るのがある。それを私《わたし》は土器《どき》の製作地《せいさくち》だったのかと説《と》いたことがある。蛇《へび》の所謂《いわゆる》とぐろを巻《ま》くことを、サラニナルと謂《い》う言葉《ことば》は方々《ほうぼう》にあって、それが土器《どき》をつくねる古《ふる》い技法《ぎほう》とも似《に》て居《い》たのである。皿《さら》も盆《ぼん》も今《いま》のものは皆扁《みなひら》たいが、祭具《さいぐ》のサラケは液体《えきたい》にも用《もち》いられて居《い》た。是《これ》に洗《あら》い米《よね》その他《た》の穀類《こくるい》を盛《も》って、送《おく》り又供《またそな》えて居《い》たことは数多《あまた》の記《き》録《ろく》が有《あ》る。ホトキ一《ひと》つだけならば偶然《ぐうぜん》の同語《どうご》とも見《み》られるが、サラキも仏《ほとけ》であり、瓫《ぼん》も亦祭《またまつり》の名《な》であった。其上《そのうえ》に木《き》を以《もっ》て造《つく》った近世《きんせい》の行器《ぎょうき》の名《な》が、同時《どうじ》にその食物《しょくもつ》を以《もっ》て諸霊《しょれい》に供養《くよう》する行事《ぎょうじ》の名《な》でもあったのである。盆《ぼん》を所謂《いわゆる》ウラブンナの破片《はへん》に非《あら》ずして、此日必《このひかなら》ず用《もち》いた祭具《さいぐ》から出《で》た名《な》だろうという私《わたし》の説《せつ》も、まだ怪《あや》しいかは知《し》らぬが、そう出《で》たらめのものでは無《な》い積《つも》りである。

語注　○**依座**…四六節参照。○**おしら様**…四七節参照。○**忌詞**…不吉だとして使用を避ける言葉。○**校量する**…くらべはかる。○**飲饌**…酒と食物。○**両者共通であった**…仏と死霊は同じであった（有賀喜左衛門『一つの日本文化論』）。○**悉皆成仏**…一切の生き物はすべて仏になるということ。○**施餓鬼会**…三九節参照。○**一人の高名な文人の雅号**…小説家の大仏《おさらぎ》次郎（一八九七〜一九七三）を指す。本名は野尻清彦。○**鎌倉大仏**…鎌倉市長谷《はせ》の高徳院にある阿弥陀如来坐像。鎌倉時代中期の作。国宝。○**奈良県中部の地名に蛇穴と書いてサラキと呼んで居るのがある**…奈良県御所《ごせ》市蛇穴のこと。○**説いたことがある**…昭和一七年（一九四二）発行の『奈良叢記』に収録された「和州地名談」を指す。

鑑賞　仏も死霊もともにホトケというのは許すべからざることであるが、家より外で飲饌を供養するために、ホトキという土製の行器を用いて祭をしなければならなかったことに由来する。盆はウラブンナから出たのではなく、この日に用いた祭具から出たのである。

四九　祭《まつ》られざる霊《れい》

さて漸《ようよ》うのことで盆《ぼん》の魂祭《たままつり》の話《はなし》に戻《もど》って来《く》ることが出来《でき》た。私《わたし》の明《あきら》かにしたかったのは、物《もの》の名《な》の起《おこ》りというような小《ちい》さな問題《もんだい》で無《な》い。盆《ぼん》といいホカイというのは、ただ単《たん》なる中世《ちゅうせい》の新語《しんご》では無《な》く、爰《ここ》に私《わたし》たちが考《かんが》えて見《み》ようとして居《い》る先祖《せんぞ》の祭《まつり》に対《たい》して、一種《いっしゅ》の外廓行事《がいかくぎょうじ》ともいうべきものであって、或《あるい》は最初《さいしょ》から既《すで》にあったにしても、後々仏教《のちのちぶっきょう》の感化《かんか》によって、特《とく》にこの部分《ぶぶん》で著《いちじる》しく発達《はったつ》したのだということが、是《これ》に基《もと》づいて次第《しだい》に判《わか》って来《く》る望《のぞ》みがあるのである。そうして現在以後《げんざいいご》の国民《こくみん》の生活《せいかつ》に取《と》って、この知識《ちしき》こそは重要《じゅうよう》なのである。多《おお》くの辞書《じしょ》にはまだ区別《くべつ》を説《と》いて居《い》ないけれども、祭《まつり》とほかいとは全《まった》くの同義語《どうぎご》では無《な》い。ほかいが同時《どうじ》に行器《ぎょうき》の名《な》でもあり、盆《ぼん》は家《いえ》から外《そと》へ送《おく》り出《だ》さるる食物《しょく》でもあったに反《はん》して、祭《まつり》は則《すなわ》ち一家《いっか》の裡《うち》に於《おい》て、遠《とお》い親々《おやおや》と子孫《しそん》との間《あいだ》に行《おこな》わるる、歓会《かんかい》であり又交《またこう》感《かん》であった。そうで無《な》い場合《ばあい》にも定《き》まった日《ひ》と処《ところ》とに於《おい》て、年久《としひさ》しい神々《かみがみ》を古例《これい》のままに御迎《おむか》え申《もう》す式《しき》で、祭主《さいしゅ》その他《た》の奉仕者《ほうししゃ》も皆定《みなき》まって居《い》る。従《したが》ってたとえ眼《め》に見《み》えぬ無数《むすう》の渡《わた》り神《がみ》が集《つど》い近《ちか》よって、祭《まつり》の平和《へいわ》を擾乱《じょうらん》するというような不安《ふあん》は抱《いだ》かない世《よ》になっても、否寧《いなむし》ろそういう危虞《きぐ》の念《ねん》の無《な》い際《さい》にこそ、是《これ》も安《やす》らかなる祭《まつり》を心行《こころゆ》くばかりに営《いとな》むべきであった。ところが過去《かこ》の歴史《れきし》を振回《ふりかえ》って見《み》ると、今《いま》とはちがって僅《わず》かな戦乱《せんらん》が有《あ》っても人《ひと》が四散《しさん》し、食物《しょくもつ》の欠乏《けつぼう》が少《すこ》し続《つづ》けば、道途《どうと》の上《うえ》に出《で》て斃《たお》れ死《し》

図版13　外棚

ぬ者《もの》が多《おお》かった。家《いえ》の覆没《ふくぼつ》して跡《あと》を留《とど》めぬものも、算《かぞ》えるに遑《いとま》なき実状《じつじょう》であったのである。先祖《せんぞ》は必《かなら》ず子孫《しそん》の者《もの》が祭《まつ》るということを知《し》り切《き》って居《い》た人々《ひとびと》は、このいわゆる不祀《ふし》の霊《れい》の増加《ぞうか》に対《たい》して、大《おお》きな怖《おそ》れを感《かん》ぜざるを得《え》なかった。国家及《こっかおよ》び領主《りょうしゅ》たちが、家《いえ》の永続《えいぞく》ということに力《ちから》を入《い》れたのも、一《ひと》つにはこの活《い》きて居《い》る者《もの》の不安《ふあん》を済《すく》う為《ため》であったが、実際《じっさい》は思《おも》った程目的《ほどもくてき》が達《たっ》し得《え》られなくて、却《かえ》って仏教《ぶっきょう》を頼《たの》んで亡霊《ぼうれい》を遠《とお》い十万億土《じゅうまんおくど》へ送《おく》り付《つ》けてしまうことを、唯一《ゆいいつ》の策《さく》とするようにもなったのである。しかも其方法《そのほうほう》もそう容易《ようい》なものと考《かんが》えられなかった為《ため》に、古来《こらい》の我々《われわれ》の先祖祭《せんぞまつり》は、大《たい》へんに煩《わずら》わしいものとなり、毎年《まいとし》この季節《きせつ》が来《く》るとさまざまの外精霊無縁《ほかじょうりょうむえん》ぼとけ等《とう》の為《ため》に、別《べつ》に外棚門棚水棚《ほかだなかどだなみずだな》などという棚《たな》を設《もう》け、又《また》は先祖棚《せんぞだな》の片脇《かたわき》に余分《よぶん》の座《ざ》をこしらえて、供物《くもつ》を分《わか》ち与《あた》えることを条件《じょうけん》としなければならぬようになった。墓《はか》は元来《がんらい》が先祖《せんぞ》の祭場《さいじょう》だったのだけれども、そこも屋外《おくがい》である故《ゆえ》に内外《ないがい》の境《さかい》が立《た》てにくく、折角《せっかく》それが有《あ》るのに再《ふたた》び又家《またいえ》の奥《おく》の間《ま》まで、先祖《せんぞ》さまを迎《むか》えて来《く》るか、そうで無《な》ければこの周囲《しゅうい》の群霊《ぐんれい》の供養《くよう》に、重《おも》きを置《お》かなければならぬことになった。それが奥羽《おうう》や四国《しこく》の端々《はしばし》に伝《つた》わって居《い》るホカイであり、又盆《またぼん》という名称《めいしょう》の由《よ》って来《きた》る所《ところ》でもあったと、私《わたし》は言《い》おうとして居《い》るのである。

盆《ぼん》が元来《がんらい》は死《し》に対《たい》する我々《われわれ》の怖《おそ》れを、鎮《しず》め和《なご》める為《ため》の式《しき》だったことは確《たし》かだが、結果《けっか》はやや意外《いがい》にも一段《いちだん》と死《し》ということを忌《い》み嫌《きら》わしめた。乃《すなわ》ち魂祭《たままつり》は全《まった》くの凶礼《きょうれい》の如《ごと》くなって、正月《しょうがつ》と併立《へいりつ》させられぬは勿論《もちろん》、一年《いちねん》に五度《ごど》の節供《せっく》という祝《いわ》い日《び》にも、どうして入《い》れてあるのかを訝《いぶか》る人《ひと》さえ出来《でき》て来《き》た。その半分《はんぶん》の原因《げんいん》は新精霊《にいじょうりょう》、即《すなわ》ち死《し》んで間《ま》も無《な》い身《み》うちの者《もの》の祭《まつり》のみに、あまり力《ちから》を傾《かたむ》け過《す》ぎたことにも在《あ》るのだが、それも間接《かんせつ》には統御《とうぎょ》せられぬ亡霊《ぼうれい》というものの怖《おそ》ろしさを教《おし》えられた結果《けっか》であった。合邦《がっぽう》が辻《つじ》という浄瑠璃《じょうるり》の文句《もんく》の中《なか》に、死霊《しりょう》は血縁《けつえん》の近《ちか》いもの程怖《ほどおそ》ろしいということを説《と》いて居《い》る。よその民族《みんぞく》の中《なか》にはたまたまそういう俗信《ぞくしん》も有《あ》ったか知《し》らぬが、少《すく》なくとも日本《にほん》では、もとは決《けっ》してそんなことを言《い》わなかった筈《はず》で、現《げん》におくつきの近《ちか》くに喪屋《もや》を建《た》てて住《す》み、又亡骸《またなきがら》に添寝《そいね》をする風習《ふうしゅう》なども、形《かたち》ばかりはまだ稀《まれ》に残《のこ》って居《い》る。ただ一方《いっぽう》のほかいの十分《じゅうぶん》で無《な》かった外精霊《ほかじょうりょう》が、この世《よ》に害《がい》をするという俗信《ぞくしん》ばかりは、以前《いぜん》は今《いま》よりも強《つよ》かったと見《み》えて、農作《のうさく》を損《そん》ずる旱魃暴風《かんばつぼうふう》、稲《いね》の虫《むし》なども亡霊《ぼうれい》のわざと言《い》われた。伝染病《でんせんびょう》の中《なか》でも、疱瘡《ほうそう》の神《かみ》だけは爺婆《じいばあ》や若《わか》い男女《だんじょ》の姿《すがた》で一人《ひとり》あるいて居《い》るが、疫病《えきびょう》はいつも群霊《ぐんれい》のわざと考《かんが》えられたらしい。腸《ちょう》チフスをボ又《また》はボウという方言《ほうげん》の有《あ》るのは、其作為《そのさくい》者《しゃ》をボの神《かみ》、ボウの神《かみ》と謂《い》った方《ほう》が元《もと》で、東北《とうほく》には近《ちか》い頃《ころ》までこの為《ため》に毎年《まいとし》のボの神送《かみおく》りが行《おこな》われた。

暴《ぼう》だの棒《ぼう》だのの字《じ》を当《あ》てては居《い》るけれども、是《これ》も実際《じっさい》は盆《ぼん》の神《かみ》だったかと思《おも》うのは、今《いま》でも諸処《しょしょ》の村《むら》に盆神《ぼんがみ》という小《ちい》さな祠《ほこら》がある。ほかいをしただけではまだ十分《じゅうぶん》で無《な》いと感《かん》じた場合《ばあい》に、之《これ》を祭《まつ》りもすれば又追《またお》い攘《はら》いもした。そうして是《これ》が又盆《またぼん》の踊《おど》りの、本来《ほんらい》の目的《もくてき》でもあったのである。

語注 ○**外廓行事**…外部を囲む行事。○**擾乱**…乱し騒がすこと。○**四散**…ちりぢりになること。○**道途**…道路。○**覆没**…滅びること。○**遑なき**…ひっきりなしな。○**外棚門棚水棚**…「外棚」は沖縄県で三十三年忌に庭に作る棚で、「この日祭られる先祖と一緒に悪霊がついてくるので、それを庭に祭って追返すのだという」（『綜合日本民俗語彙』第四巻「ホカダナ」、図版13「ホカダナ　沖縄八重山島川平」）。「門棚」は鳥取県で、「盆に家の門前に棚を作り、青竹または苧殻《おがら》を四方の柱とし、かつ梯子《はしご》をかけ、ここを無縁仏の来る所として、家の仏と同じ供物をする」（同上第一巻「カドダナ」）。「水棚」は和歌山県で、「新仏のない常の家が無縁仏のために作る盆棚」（同上第四巻「ミズダナ」）。○**一年に五度の節供**…いわゆる五節供。正月七日の人日《じんじつ》、三月三日の上巳《じょうし》、五月五日の端午、七月七日の七夕、九月九日の重陽をいう。○**合邦が辻**…菅《すが》専助（生没年未詳）ほかの合作浄瑠璃『摂州合邦辻』は安永二年（一七七三）初演。「合邦内の段」の、合邦が女房に向かって言う言葉に、「そなた気味が悪うないか。肉縁の深い程死人なればこわい物」と見える。「肉縁」は親子兄弟等の肉親関係。○**おくつき**…奥つ城。墓所。○**旱魃**…ひでり。○**稲の虫**…稲の害虫。○**疱瘡の神**…疱瘡は天然痘の俗称だが、これを神の仕業によると信じた。

鑑賞 祭られざる霊のために、先祖祭では別に外棚門棚水棚という棚を設けるようになった。ホカイや盆も、そうした群霊の供養に重きを置かねばならなくなった仏教の感化によって発達したものと考えられる。

五〇　新式盆祭《しんしきぼんまつり》の特徴《とくちょう》

日本人《にほんじん》が最《もっと》も先祖《せんぞ》の祭《まつり》を重《おも》んずる民族《みんぞく》であったことは、夙《つと》に穂積陳重先生《ほづみのぶしげせんせい》の著述《ちょじゅつ》なども有《あ》って、汎《ひろ》く海外《かいがい》の諸国《しょこく》にまでも知《し》られて居《い》る。ただその民間《みんかん》の実状《じつじょう》が、まだ詳《つまびら》かにせられて居《い》なかったばかりに、今《いま》も古風《こふう》なものがその儘《まま》に伝《つた》わって居《い》るものの如《ごと》く、又《また》は僅《わず》かにその貴重《きちょう》なる痕跡《こんせき》ともいうべきものが、一部《いちぶ》に発見《はっけん》せられるに過《す》ぎぬが如《ごと》くにも、解《かい》せられがちであった。外国人《がいこくじん》の知識《ちしき》としてならば、其程度《そのていど》でも無《な》きに優《まさ》ると言《い》い得《え》られるか知《し》らぬが、国民自《こくみんみずか》らはもっともっと多《おお》くを識《し》って居《い》なければならぬ。なぜかというと、我々《われわれ》は現《げん》になお之《これ》を省《はぶ》くべからざるものとする社会《しゃかい》に活《い》き、又《また》その空気《くうき》の中《なか》に物《もの》を考《かんが》えつつあるのみか、実際《じっさい》には是《これ》が永《なが》い年月《ねんげつ》の間《あいだ》に、少《すこ》しずつではあるが変化《へんか》して来《き》て居《い》るのである。歴史《れきし》としては殊《こと》に常人《じょうじん》の生活《せいかつ》に親《した》しみのある体験《たいけん》であり、問題《もんだい》としては今後我々《こんごわれわれ》の進路《しんろ》に、なお幾度《いくど》か推開《おしひら》いて行《ゆ》かねばならぬ関門《かんもん》を横《よこ》たえて居《い》る。平《ひら》たい言葉《ことば》でいうならば、国民《こくみん》に取《と》ってはすぐ入用《いりよう》な知識《ちしき》なのである。私《わたし》の説明《せつめい》で間《ま》に合《あ》うかどうかは別《べつ》として、ともかくも是《これ》を不精確《ふせいかく》なままで棄《す》てて置《お》くわけには行《ゆ》かない。

一目《ひとめ》でこの古今《ここん》の差《さ》を見《み》るということは無理《むり》だろうが、そういう中《なか》では盆《ぼん》の魂祭《たままつり》が、最《もっと》も判《わか》りやすい多《おお》くの変化《へんか》を含《ふく》んで居《い》る上《うえ》に、御互《おたが》いは少《すく》なくともその若干《じゃっかん》の経験《けいけん》をもち、且《か》つ形《かたち》の上《うえ》には現《あら》われない感覚《かんかく》の或《ある》ものを覚《おぼ》えて居《い》る。だから此方面《このほうめん》から入《はい》って行《ゆ》けば、やがては今一段《いまいちだん》と由来《ゆらい》の不明《ふめい》になった正月《しょうがつ》の祭《まつり》の元《もと》の心持《こころもち》も、理解《りかい》し得《う》る望《のぞ》みがあるかと思《おも》う。そこで改《あらた》めてもう一度《いちど》、盆《ぼん》の行事《ぎょうじ》の上《うえ》に見《み》られる新《あら》たな特徴《とくちょう》を列記《れっき》して見《み》るならば、

一《ひと》つには外精霊《ほかじょうりょう》の為《ため》にするほかい、是《これ》は必《かなら》ずしも外来宗教《がいらいしゅうきょう》によって教《おし》えられた新《あら》たな行法《ぎょうほう》でなかったか知《し》らぬが、それを盆《ぼん》の先祖祭《せんぞまつり》の条件《じょうけん》とし、又《また》は準備《じゅんび》もしくは随伴《ずいはん》の儀式《ぎしき》として、其他《そのた》の祭典《さいてん》には段々《だんだん》にこれを必要《ひつよう》としなくなったことは変化《へんか》である。此為《このため》に十六日早暁《じゅうろくにちそうぎょう》の精霊送《しょうりょうおく》りなどは、美《うつく》しく花《はな》やかなばかりで、何《なに》か家庭《かてい》の情愛《じょうあい》からは疎《うと》いものになり、いわゆる御斎日《おさいにち》の意味《いみ》が理解《りかい》しにくくなった。

二《ふた》つには荒忌《あらいみ》の霊《れい》の祭《まつり》を、別《べつ》にしようとした動機《どうき》がちがって来《き》たこと、新《あら》たに世《よ》を去《さ》った人《ひと》の喪《も》の穢《けが》れを、既《すで》に清《きよ》まわったみたまの祭《まつり》に近《ちか》づけまいとした心遣《こころづか》いは、今《いま》でも荒棚《あらだな》の構造《こうぞう》の上《うえ》に現《あら》われて居《い》て、或《あるい》は此棚《このたな》を軒《のき》の端《はし》に設《もう》けたり、又《また》はわざと今年竹《ことしだけ》を柱《はしら》に用《もち》いて、それを青葉《あおば》で包《つつ》んだり、成《な》る

べく常《つね》の魂棚《たまだな》とちがえようとする例《れい》もまだ多《おお》いのだが、後々《のちのち》は是《これ》を法事《ほうじ》の一《ひと》つの如《ごと》く、親戚故旧《しんせきこきゅう》が力《ちから》を貸《か》すようになって、所謂新盆《いわゆるにいぼん》の供養《くよう》が盛《さか》んになって来《き》た。死穢《しえ》の恐怖《きょうふ》が我々《われわれ》の弱味《よわみ》であり、それが同時《どうじ》に又念仏宗門《またねんぶつしゅうもん》の、浸潤《しんじゅん》する機会《きかい》でもあったことは疑《うたが》われないが、更《さら》に他《た》の一方《いっぽう》には無縁《むえん》の遊魂《ゆうこん》と対立《たいりつ》して、特《とく》に我家《わがや》のほとけを款待《かんたい》しなければならぬという心持《こころもち》、殊《こと》に肉親《にくしん》の尽《つ》きざる哀慕《あいぼ》が、次《し》第《だい》に此風習《このふうしゅう》を助長《じょちょう》したものと思《おも》われる。盆《ぼん》は田《た》の水《みず》や草取《くさとり》の労苦《ろうく》も一応《いちおう》かたづいて、静《しず》かに稲《いね》の花《はな》の盛《さか》りを待《ま》つ楽《たの》しい休息《きゅうそく》の時《とき》であった筈《はず》なのに、是《これ》を寂《さび》しい感傷《かんしょう》の日《ひ》としてしまったのは、必《かなら》ずしも単《たん》なる季節《きせつ》の為《ため》では無《な》い。いわば此日《このひ》の大切《たいせつ》な訪問者《ほうもんしゃ》の中《なか》に、現世《げんせ》の絆《きずな》のなお絶《た》ちきれず、別離《べつり》の涙《なみだ》のまだ乾《かわ》かぬ人々《ひとびと》が、まじり加《くわ》わってしかも正座《せいざ》を占《し》めるように、考《かんが》える人《ひと》が多《おお》くなった結果《けっか》であって、忌《いみ》と祭《まつり》との古来《こらい》の関係《かんけい》を思《おも》い合《あわ》せると、是《これ》は恐《おそ》らくは亦一《またひと》つの近世《きんせい》の変化《へんか》であった。

語注 **○穂積陳重先生の著述など有って…**穂積陳重（一八五五〜一九二六）は法学者で、東大教授などを務めた。「著作」とは大正六年（一九一七）発行の『祖先祭祀ト日本法律』などを念頭に置いていたと思われる。**○正座…**ここでは中心の位置くらいの意。

鑑賞 柳田国男監修の『民俗学辞典』の「祖先崇拝」（堀一郎執筆）では、「祖先崇拝は我が国常民の信仰中核をなすものである。日本人の信仰に関与するあらゆる宗教は、すべて直接間接に祖先祭祀を取扱わぬものはない。氏神信仰の典型的な形はこれであり、仏教寺院の民間的機能の大半もここに求められる。しかし一般常民の祖先観は極めて曖昧なものである」などとする。

しかし、有賀喜左衛門は『一つの日本文化論』で、柳田国男の偏向を鋭く指摘する。「一つには外精霊の為にする」以下がわかりにくいとして、これは「外精霊のホカイは仏教渡来以前からのものであったが、それが盆の先祖祭に随伴するものとなったことと盆行事以外の祭にはこのホカイが不必要となったことが新しい変化であるということではないかと思われる。しかしこの理由について柳田は何の説明もしていないので、その論拠は全然わからない」とした。

五一　三十三年目《さんじゅうさんねんめ》

以前《いぜん》は事《こと》によると荒忌《あらいみ》の霊《れい》だけは、日《ひ》をちがえ人《ひと》を変《か》えて、別《べつ》の席《せき》で供養《くよう》をして居《い》たこと、ちょうど荒年《あらどし》の初《はつ》みたまの如《ごと》くでは無《な》かったかと思《おも》うが、それにはまだ確《たし》かな証拠《しょうこ》が無《な》い。ただ現在《げんざい》のみたまの飯《めし》の作法《さほう》に、強《し》いて初春《しょしゅん》の祝《いわ》い事《ごと》から、分離《ぶんり》させようとする傾《かたむ》きの見《み》られるのが、或《あるい》はもと二《ふた》つ異《こと》なる式《しき》のあったのを、後々合併《のちのちがっぺい》した形跡《けいせき》かとも見《み》られるだけである。そこで問題《もんだい》にしてよいのは荒《あら》忌《いみ》の期間《きかん》、死後大《しごおお》よその位《くらい》の年数《ねんすう》を過《す》ぎたならば、家《いえ》の先祖《せんぞ》として一様《いちよう》にめでたい祭《まつり》をしてもよいと、考《かんが》えられて居《い》たろうかということであるが、此点《このてん》に関《かん》しても曾《かつ》ては明白《めいはく》な境目《さかいめ》があり、今日《こんにち》はもう追々《おいおい》と判《わか》らなくなりかけて居《い》る。それが私《わたし》などから見《み》れば、盆《ぼん》の魂祭《たままつり》の第三《だいさん》の変化《へんか》である。

古風《こふう》な地方《ちほう》の鄭重《ていちょう》な家《いえ》では、新盆《にいぼん》は一年《いちねん》で終《おわ》るものとはまだ思《おも》って居《い》ない。第二年目《だいにねんめ》の同《おな》じ季節《きせつ》にも、やはり臨時《りんじ》の棚《たな》をかいて、幾分前回《いくぶんぜんかい》より簡略《かんりゃく》な供養《くよう》であるが、少《すく》なくとも常《つね》の年《とし》の祭《まつ》り方《かた》とはやや変《か》えて居《い》る。しかし三周忌《さんしゅうき》もまだすまぬ場合《ばあい》が有《あ》るのだから、勿論是《もちろんこれ》を以《もっ》て一《ひと》つの境《さかい》と見《み》て居《い》るわけでは無《な》い。普通《ふつう》の方式《ほうしき》を以《もっ》て先祖《せんぞ》と共々《ともども》に祭《まつ》っては居《い》るものの、やはり盆《ぼん》の来《く》るたびに思《おも》い出《だ》すのは、新《あら》たにほとけとなった人《ひと》たちのことで、その悲《かな》しみを記憶《きおく》する者《もの》の居《い》る限《かぎ》り、是《これ》が相応《そうおう》に永《なが》い間続《あいだつづ》くのである。いわゆる新盆《にいぼん》を盆《ぼん》の重々《おもおも》しい行事《ぎょうじ》と見《み》る結果《けっか》は、追憶《ついおく》はどうしても身《み》に近《ちか》い死者《ししゃ》、即《すなわ》ち新《あたら》しい御魂《みたま》の方《ほう》へ片《かた》よらざるを得《え》ない。それが昔《むかし》の先祖祭《せんぞまつり》と、次第《しだい》に異《こと》なるものとなって来《き》た又一《またひと》つの点《てん》と、私《わたし》などは考《かんが》えて居《い》る。

「先祖《せんぞ》になる」という言葉《ことば》を、前《まえ》に私《わたし》の紹介《しょうかい》したのとは全《まった》くちがった意味《いみ》で、使《つか》って居《い》る処《ところ》が大和《やまと》の吉野地方《よしのちほう》、又《また》は河内南部《かわちなんぶ》の山村《さんそん》などには有《あ》る。人《ひと》が亡《な》くなって通例《つうれい》は三十三年《さんじゅうさんねん》、稀《まれ》には四十九年《よんじゅうくねん》五十年《ごじゅうねん》の忌辰《きしん》に、とぶらい上《あ》げ又《また》は問《と》いきりと称《しょう》して最終《さいしゅう》の法事《ほうじ》を営《いとな》む。其日《そのひ》を以《もっ》て人《ひと》は先祖《せんぞ》になるというのである。是《これ》はただ単《たん》に一括《いっかつ》して先祖代々《せんぞだいだい》と謂《い》って祭《まつ》るからというような理窟《りくつ》では無《な》しに、斯《こ》うして個別《こべつ》に年回《ねんかい》を訪《とぶ》らう間《あいだ》は、まだこの地方《ちほう》の住民《じゅうみん》たちの、先祖《せんぞ》という概念《がいねん》の中《なか》には包《つつ》むことが出《で》来《き》なかったのである。北九州《きたきゅうしゅう》の或島《あるしま》などは、三十三年《さんじゅうさんねん》の法事《ほうじ》がすむと、人《ひと》は神《かみ》になるという者《もの》もある。土佐《とさ》でも御子神《みこがみ》に奉仕《ほうし》する家《いえ》の主人《しゅじん》だけは、この期間《きかん》を短縮《たんしゅく》して六年又《ろくねんまた》は三年《さんねん》で神《かみ》になることが出来《でき》ると謂《い》って居《い》た。即《すなわ》ち喪《も》の穢《けが》れから全《まった》く清《きよ》まわり、神《かみ》として之《これ》を祭《まつ》ってよいという意味《いみ》であって、神職《しんしょく》や巫女《みこ》の家々《いえいえ》には、そういう信仰《しんこう》が古《ふる》く有《あ》ったらしいのである。年忌《ねんき》の終了《しゅうりょう》を以《もっ》て先祖《せんぞ》になる日《ひ》としたのは、是《これ》とたしかに関係《かんけい》があろう。

三十三年《さんじゅうさんねん》の法事《ほうじ》がすむと、位牌《いはい》を川《かわ》に流《なが》すという習《なら》わしも東北《とうほく》には有《あ》った。それよりも一層《いっそう》はっきりして居《い》るのは南《みなみ》の島々《しまじま》の例《れい》で、その各地《かくち》の小《ちい》さな異同《いどう》を、比較《ひかく》して見《み》たならば得《う》る所《ところ》が更《さら》に大《だい》であろうが、先《ま》ず沖縄《おきなわ》の本島《ほんとう》に於《おい》ては、三十三年忌《さんじゅうさんねんき》を境《さかい》にして霊《れい》が御神《おかみ》になると信《しん》じられて居《い》る。御霊前《ごれいぜん》というのが先祖棚《せんぞだな》、即《すなわ》ちこちらで仏壇《ぶつだん》というものに当《あた》るのだが、旧《ふる》い家《いえ》ではそれと並《なら》んで上《うえ》の方《ほう》に別《べつ》に御神《おかみ》の棚《たな》があり、この際《さい》に御霊前《ごれいぜん》の位牌《いはい》の文字《もじ》を削《けず》り取《と》って、それをその御神《おかみ》の棚《たな》に納《おさ》めるのだそうである。御霊前《ごれいぜん》への供物《くもつ》は生人《せいじん》に進《すす》めるものと同《おな》じであり、御神《おかみ》には毎年二度《まいとしにど》の麦稲《むぎいね》の祭《まつり》の時《とき》に、精進《しょうじん》の料理《りょうり》をこしらえて供《そな》えるという。喜界島《きかいじま》では先祖《せんぞ》をウヤフジと謂《い》い、盆《ぼん》にウヤフジを祭《まつ》ることは同《おな》じだが、三十三年《さんじゅうさんねん》を終《お》われば一纏《ひとまと》めにした供《そな》え物《もの》をするに反《はん》して、それまでの間《あいだ》は一人々々毎《ひとりひとりごと》に、一前《いちぜん》の食物《しょくもつ》を供《そな》えることにして居《い》る。

つまりは一定《いってい》の年月《ねんげつ》を過《す》ぎると、祖霊《それい》は個性《こせい》を棄《す》てて融合《ゆうごう》して一体《いったい》になるものと認《みと》められて居《い》たのである。是《これ》と同《おな》じ考《かんが》え方《かた》が中央部《ちゅうおうぶ》にも有《あ》ったということは、此方面《このほうめん》からはまだ立証《りっしょう》し得《え》ないが、少《すく》なくとも三十三年《さんじゅうさんねん》はこちらでも大《おお》きな区切《くぎ》りであった。弘《ひろ》い地域《ちいき》に亘《わた》って一致《いっち》して居《い》る点《てん》は、この最後《さいご》の法要《ほうよう》の日《ひ》、形《かたち》のかわった大《おお》きな木《き》の塔婆《とうば》を立《た》てることで、四国《しこく》や中国《ちゅうごく》ではただ四角《しかく》な棒《ぼう》だが、それより東《ひがし》の方《ほう》に来《く》ると葉附塔婆《はつきとうば》、うれ附塔婆《つきとうば》又《また》は生塔婆《いきとうば》などという名《な》で、頂上《ちょうじょう》に枝《えだ》を残《のこ》した木《き》を用《もち》いること、会津《あいづ》のホトケ棒《ぼう》と同《おな》じなのが多《おお》い。樹種《じゅしゅ》は松杉榊楊《まつすぎさかきやなぎ》、地方《ちほう》によってほぼ定《き》まって居《お》り、稀《まれ》に其《その》木《き》の根《ね》づくことがあると、死者《ししゃ》が生《うま》れ替《かわ》ったしるしだと甲州《こうしゅう》などでは謂《い》った。外南部《そとなんぶ》の方《ほう》では葉《は》や枝《えだ》を附《つ》けず、ただ二叉《ふたまた》になった木《き》を立《た》てるのも多《おお》いが、やはり三十三年《さんじゅうさんねん》経《た》つともう何処《どこ》かに生《うま》れ替《かわ》って居《い》る。其子《そのこ》がすらすらと伸《の》びて栄《さか》えるように、斯《こ》ういう高《たか》い木《き》を立《た》てるのだと解説《かいせつ》せられて居《い》る。信《しん》州《しゅう》の上伊那郡《かみいなぐん》には、霊《れい》が鳥《とり》になって此木《このき》から天《てん》に昇《のぼ》るのだという人《ひと》も有《あ》るそうだが、是《これ》などは或《あるい》は新《あた》らしい空想《くうそう》かも知《し》れない。神《かみ》になるというのと、生《うま》れ替《かわ》るというのとは、必《かなら》ずしも両立《りょうりつ》せぬ考《かんが》え方《かた》では無《な》い。死後或期間《しごあるきかん》に再《ふたた》び人間《にんげん》に出現《しゅつげん》しなかった霊《れい》が、永《なが》く祖神《そしん》となって家《いえ》を護《まも》り、又《また》この国土《こくど》を守《まも》ろうとするものと、昔《むかし》の人《ひと》たちは考《かんが》えて居《い》たのかも知《し》れない。三河北設楽郡《みかわきたしたらぐん》の山村《さんそん》などには、ほとけは三十三年《さんじゅうさんねん》で体《からだ》を洗《あら》い神《かみ》になると謂《い》って、川《かわ》から枕石《まくらいし》を一《ひと》つ拾《ひろ》って来《き》て、氏神様《うじがみさま》の傍《かたわら》に並《なら》べる風習《ふうしゅう》もある。ともかくもそれほど久《ひさ》しい後《のち》まで行《ゆ》く処《ところ》も無《な》しに、ただ年忌《ねんき》のとぶらいを当《あ》てにするような霊《れい》は、我《わ》が民族《みんぞく》の固有信仰《こゆうしんこう》に於《おい》ても、想像《そうぞう》することが出来《でき》なかったのである。

語注 **○前に私の紹介した**…四節で、一家を創設して、その初代となるという意味で「先祖になる」と述べたことを指す。**○大和の吉野地方、又は河内南部の山村**…奈良県南部の吉野地方、また大阪府南部の山村。**○忌辰**…二四節参照。**○土佐**…四三節参照。**○喜界島**…鹿児島県に属する島。**○会津**…二八節参照。**○甲州**…二〇節参照。**○外南部**…三三節参照。**○信州の上伊那郡**…一六節参照。**○三河北設楽郡**…愛知県東北部に位置する郡。「問い上げ。最終年回のこと」「愛知県の南・北設楽郡、東・西加茂郡地方では、三十三回忌で、檜の長さ五尺、太さ六寸くらいの枝葉のついたのをハツキトウバと称して立てる。この供養で仏が神になるというのは他の類例と同様である」（『綜合日本民俗語彙』第三巻「トイアゲ」）。

鑑賞 柳田国男がここでもう一つの「先祖になる」を取り上げたことについて、桜井徳太郎は「『先祖の話』解説」で、「三周忌、七年忌と供養が尽くされるにつれ、人間臭さを脱して、清まり神聖化して、ついに三十三年忌を境に祖先一般の領域に入りこんでしまう。そういう祖霊化の過程のなかで、日本人は、どこからを祖先といったのか、死ねばすぐ先祖になることのできる人でも、幾段かの変遷をへて、初めて純粋の祖先へと進化するものであること、そのプロセスを民俗的信仰事実を通して実証した論者は、柳田をおいて他になかったといってよかろう」と述べた。

五二　家々《いえいえ》のみたま棚《だな》

盆《ぼん》の祭《まつり》の第四《だいよん》の変化《へんか》は、御先祖《ごせんぞ》という民間《みんかん》の言葉《ことば》が、人《ひと》によってやや其意味《そのいみ》を異《こと》にするようになって来《き》たこと、是《これ》には勿論文字《もちろんもじ》の知識《ちしき》、即《すなわ》ち字面《じづら》から直接《ちょくせつ》に語義《ごぎ》を汲み取《と》ろうとする者《もの》が、多《おお》くなったからということも考《かんが》えられるが、又一《またひと》つには盆《ぼん》の魂祭《たままつり》が、新《あら》たに霊界《れいかい》に入《はい》った身近《みぢか》い人々《ひとびと》の追善《ついぜん》に、重《おも》きを置《お》くことになった結果《けっか》でもあった。去年《きょねん》や一昨年《いっさくねん》の新精霊《にいじょうりょう》で無《な》いまでも、声音面《こわねおも》ざしのまだ消《き》え残《のこ》った、別《わか》れて程《ほど》も無《な》い故人《こじん》たちを、先祖《せんぞ》と言《い》って拝《おが》むことは大抵《たいてい》の者《もの》には出来《でき》ない。もとは先祖《せんぞ》棚《だな》というのが有《あ》りふれた名《な》であって、今《いま》もそういう処《ところ》は端々《はしばし》には幾《いく》らもあるのだが、それは何《なん》と無《な》く似合《にあ》わしからぬものになってしまった。仏壇《ぶつだん》という名《な》なども考《かんが》えて付《つ》けたもので無《な》く、或家《あるいえ》では小《ちい》さな持仏《じぶつ》の像《ぞう》をそこに安置《あんち》し、又或宗派《またあるしゅうは》では特《とく》に掛軸《かけじく》の頒布《はんぷ》に力《ちから》を入《い》れ、それを正面《しょうめん》に据《す》えて、位牌《いはい》をその臣下《しんか》の如《ごと》く並《なら》べて居《い》るのも有《あ》るが、他《た》の多《おお》くの場合《ばあい》は深《ふか》い思案《しあん》も無《な》く、うちのほとけ様《さま》を祭《まつ》るから仏壇《ぶつだん》というのだくらいに、解《かい》してすまして居《い》る者《もの》もあったろうと思《おも》う。

そうしてその誤解《ごかい》の結果《けっか》は今《いま》になって、思《おも》い掛《が》けない方面《ほうめん》に現《あら》われて来《き》たのである。仏法《ぶっぽう》を離《はな》れた家々《いえいえ》では、何《なに》はさし置《お》いて先《ま》ずこの仏壇《ぶつだん》と謂《い》うものを取片付《とりかたづ》けた。三十三年《さんじゅうさんねん》のとぶらい上《あ》げもまだすまぬ霊位《れいい》を、神《かみ》と同《おな》じ列《れつ》に配《はい》することは古《ふる》い方式《ほうしき》で無《な》い。その感覚《かんかく》が暗々裡《あんあんり》に働《はたら》いて、爰《ここ》に親《おや》を祭《まつ》って居《い》ない家《いえ》というものが出来《でき》るのである。東京《とうきょう》から遠《とお》くない或田舎《あるいなか》をあるいて見《み》ると、氏神社《うじがみしゃ》の境内《けいだい》に祖霊社《それいしゃ》という石《いし》の祠《ほこら》が幾《いく》つか有《あ》る。此地方《このちほう》には神道《しんとう》の学問《がくもん》が夙《はや》く起《おこ》り、いわゆる廃仏《はいぶつ》の家《いえ》が少《すく》なくなかった。それが近年《きんねん》ぽつぽつと此小宮《このこみや》を建《た》てたのだそうである。是《これ》は色々《いろいろ》の点《てん》から我々《われわれ》には興味《きょうみ》の深《ふか》い現象《げんしょう》で、現《げん》に同種《どうしゅ》の傾向《けいこう》は神道《しんとう》の講説《こうせつ》とは関係無《かんけいな》しに、他《た》の多《おお》くの地方《ちほう》に見《み》られ、前《まえ》に掲《かか》げた三《さん》州山村《しゅうさんそん》の枕石《まくらいし》の例《れい》も其一《そのひと》つだが、それ等《ら》は悉《ことごと》く荒忌《あらいみ》の穢《けが》れから、すでに清浄化《せいじょうか》したものだけに限《かぎ》るのであった。然《しか》るに爰《ここ》のは之《これ》に反《はん》して、死後半歳十箇月《しごはんとしじっかげつ》、まだ新《あたら》しい悲《かな》しみに在《あ》るものさえ、この神域《しんいき》へ移《うつ》すことが有《あ》るというのである。どうして其様《そのよう》な畏《おそ》れ多《おお》いことをするのかと聴《き》いて見《み》ると、何《なに》分仏壇《ぶんぶつだん》が家《いえ》には無《な》いので、他《ほか》には祭《まつ》るべき場所《ばしょ》も得《え》られず、斯《こ》うして居《い》るのだと正直《しょうじき》に答《こた》えた人《ひと》もあった。つまりは仏壇《ぶつだん》という名《な》がある為《ため》に、之《これ》を全廃《ぜんぱい》したのがいけなかったのである。もっと強《つよ》くいうならば、仏教《ぶっきょう》の教化《きょうか》の行渡《ゆきわた》るより前《まえ》から、家《いえ》には世《よ》を去《さ》った人々《ひとびと》のみたまを、新旧二《しんきゅうふた》つに分《わ》けて祭《まつ》る方《ほう》式《しき》があり、又《また》その信仰《しんこう》があったということを、忘《わす》れてしまったのが悪《わる》いのである。人《ひと》すらいやがるような新《あたら》しい喪《も》の穢《けが》れを、好《この》んで氏神《うじがみ》の受入《うけい》れたまうわけが無《な》いとすれば、是《これ》は事実《じじつ》に於《お》いて荒《あら》みたまの行《ゆ》き処《どころ》を塞《ふさ》いだことになるのである。古《ふる》い感覚《かんかく》を持《も》ち伝《つた》えた人々《ひとびと》の、容易《ようい》にその流義《りゅうぎ》に従《したが》う気《き》になれないのも、寧《むし》ろ当然《とうぜん》のように私《わたし》には思《おも》える。

もしも仏壇《ぶつだん》を先祖棚《せんぞだな》と呼《よ》びかえることが、若《わか》い精霊《しょうりょう》も有《あ》るので似《に》つかわしくなかったというならば、もう一《ひと》つ前《まえ》に戻《もど》ってみたま棚《だな》の名《な》を復活《ふっかつ》してもよかったのである。但《ただ》しこの語《ご》にも永《なが》い歳月《さいげつ》の間《あいだ》に、やはり少《すこ》しずつの意味《いみ》の食《く》い違《ちが》いが現《あら》われて居《い》て、土地《とち》によっては現在《げんざい》の用《もち》い方《かた》を訂正《ていせい》しなければならぬものがある。正月中《しょうがつじゅう》の忌詞《いみことば》としてで無《な》くとも、仏壇《ぶつだん》をみたま様《さま》と謂《い》って通用《つうよう》する処《ところ》は、今《いま》でも比較的多《ひかくてきおお》かろうと思《おも》うが、なおその以外《いがい》に神棚《かみだな》をそういって居《い》る例《れい》が薩摩《さつま》などには有《あ》る。或《あるい》は普通《ふつう》の神棚《かみだな》とは別《べつ》なのかも知《し》らぬが、ともかくも是《これ》は仏壇《ぶつだん》の外《ほか》であって、家《いえ》が分《わか》れる時《とき》にも一方《いっぽう》は隠居《いんきょ》に持《も》って行《ゆ》くことがあるが、みたま様《さま》だけは必《かなら》ず本家《ほんけ》に留《とど》めるという。一方東北《いっぽうとうほく》にはもっとはっきりした例《れい》が、盛岡附近《もりおかふきん》の旧家《きゅうか》などには有《あ》った。即《すなわ》ち此家《このいえ》では神棚仏壇以外《かみだなぶつだんいがい》に、更《さら》にみたま様《さま》と称《しょう》して先祖《せんぞ》の祭《まつり》をする棚《たな》が出来《でき》て居《い》る。此風習《このふうしゅう》は必《かなら》ずしも珍《めず》らしいもので無《な》く、ただ今《いま》まで私《わたし》たちが心付《こころづ》かずに居《い》ただけかとも思《おも》う。最近始《さいきんはじ》めて知《し》ったのは上州赤城山下《じょうしゅうあかぎさんか》の北橘村《きたたちばなむら》に、やはりこの第三《だいさん》のみたま棚《だな》をもつ旧家《きゅうか》があった。場所《ばしょ》は神棚《かみだな》と向《む》き合《あ》いの別《べつ》の棚《たな》で、高《たか》さは同《おな》じらしいがまだ確《たし》かでない。師走《しわす》の十三日《じゅうさんにち》の煤掃《すすはき》をした晩《ばん》から、此棚《このたな》でみたま様《さま》に灯明《とうみょう》を上《あ》げはじめる。その供《そな》え物《もの》は餅《もち》になって居《い》るかも知《し》らぬが、やはり新年《しんねん》のみたま祭《まつり》を、この棚《たな》に於《お》いて行《おこな》ったものと思《おも》われる。

語注 ○持仏…二一節参照。○暗々裡に…二三節参照。○廃仏…仏法を排斥すること。○三州…三河。今の愛知県の一部。○枕石の例…五一節参照。○流義…流儀。○忌詞…四八節参照。○薩摩…二五節参照。○上州赤城山下の北橘村…今の群馬県渋川市北橘町。

鑑賞 盆の祭が変化した背景には、新たに亡くなった身近な人々の追善に重きを置くようになったことがある。そのため、仏法を離れた家々では、仏壇を取り片付けるようになった。仏壇を先祖棚と呼ぶのが似合わしくなければ、「みたま棚」と呼べばよかったのである。

五三　霊神《れいじん》のこと

神《かみ》とみたまとが、現在《げんざい》はすでに二《ふた》つの異《こと》なるものと、考《かんが》えられるようになって居《い》るのである。神祇《じんぎ》の御霊《みたま》という言葉《ことば》が古《ふる》い記録《きろく》に有《あ》るのを見《み》ても、国《くに》の最初《さいしょ》から斯《こ》うであったと信《しん》ずることは出来《でき》ぬのだが、それがいつの頃《ころ》から始《はじ》まったかということは、人《ひと》の心《こころ》の奥底《おくそこ》の動《うご》きであるだけに、確《たし》かめることが恐《おそ》らくはむつかしいであろう。しかし少《すく》なくとも是《これ》を上下《じょうげ》の段階《だんかい》と認《みと》めて、条件順序《じょうけんじゅんじょ》を履《ふ》んで移《うつ》り進《すす》むものとしたのは、もともと人間《にんげん》の設《もう》けた制度《せいど》である故《ゆえ》に、記録《きろく》の上《うえ》からでも大《おお》よそ其時代《そのじだい》を知《し》り得《え》られる。そうして格別《かくべつ》に古《ふる》い世《よ》の事《こと》でも無《な》かったようである。死者《ししゃ》の霊魂《れいこん》を敬《うやま》い拝《おが》み、木《き》を立《た》て清《きよ》き飲饌《いんぜん》を捧《ささ》げて、之《これ》を祭《まつ》るまでは何人《なんびと》にも許《ゆる》されて居《お》りながら、又《また》その祭《まつり》の方式《ほうしき》には何《なん》の変《かわ》りも無《な》いに拘《かかわ》らず、単《たん》に其霊《そのれい》が曾《かつ》て人《ひと》であったという理由《りゆう》を以《もっ》て、之《これ》を神《かみ》とたたえて拝《おが》むことだけが、今《いま》よりもなお遥《はる》かにむつかしかった時代《じだい》が有《あ》るのである。それがちょうど神道発達《しんとうはったつ》の一《ひと》つの時期《じき》、即《すなわ》ち氏《うじ》とも産土《うぶすな》とも関係《かんけい》の無《な》い、他処《たしょ》の大《おお》きな御社《おやしろ》に参詣《さんけい》して、人《ひと》が思《おも》い思《おも》いの祈願《きがん》を籠《こ》めるようになった時《とき》と、大《おお》よそ一致《いっち》するのは偶然《ぐうぜん》では無《な》さそうである。学者《がくしゃ》に説明《せつめい》の出来《でき》ないさまざまの小《ちい》さな神々《かみがみ》が、家《いえ》の内外《ないがい》に無数《むすう》に取残《とりのこ》されることにはなったけれども、とにかくにこの一《ひと》つの時代《じだい》を境《さかい》にして、神《かみ》は愈々《いよいよ》高《たか》く尊《とう》とく、いわゆる神人《しんじん》の間隔《かんかく》は著《いちじる》しく遠《とお》ざかって来《き》たのである。

人《ひと》を新《あら》たに社《やしろ》に祭《まつ》ろうというには、先《ま》ず霊神《れいじん》の称号《しょうごう》が付与《ふよ》せられるのが、中古以来《ちゅうこいらい》の習《なら》わしであった。もとは此語《このご》にそんな意味《いみ》は無《な》かったのだが、是《これ》が名《な》になると神《かみ》よりは一歩手前《いっぽてまえ》の、もの、そうして普通《ふつう》のただ霊《れい》といい又《また》みたまというものからは、特《とく》に高《たか》められた地位《ちい》と解《かい》せられて、ここに古人《こじん》の全《まった》く想像《そうぞう》しなかった、新《あら》たな階級制《かいきゅうせい》が打立《うちた》てられたことになるのである。実例《じつれい》は数多《かずおお》いがそういう中《なか》でも、伊予《いよ》の有名《ゆうめい》な和霊様《われいさま》の創立史《そうりつし》などは、殊《こと》に適切《てきせつ》にこの時代思想《じだいしそう》を表示《ひょうじ》して居《い》る。山家清兵衛《やんべせいべい》は正《せい》義《ぎ》の士《し》で、深《ふか》い恨《うら》みを含《ふく》んで横死《おうし》した人《ひと》であった。死後百年《しごひゃくねん》ばかりも過《す》ぎて其霊《そのれい》が大《おおい》に祟《たた》り、次第《しだい》に民衆《みんしゅう》の畏服《いふく》する所《ところ》となったのだが、之《これ》を霊神《れいじん》の名《な》を以《もっ》て祭《まつ》って居《い》た間《あいだ》は、なお昔《むかし》の憤《いきどお》りが消《き》え尽《つ》さず、温和《おんわ》の徳沢《とくたく》は十分《じゅうぶん》に発露《はつろ》しなかった。そこで改《あらた》めて大明神《だいみょうじん》の神号《しんごう》を奉《たてまつ》って、終《つい》に現在《げんざい》のような大《おお》きな信仰《しんこう》の基礎《きそ》を築《きず》いたということである。

しかし斯《こ》ういう考《かんが》え方《かた》は、必《かなら》ずしも汎《ひろ》く一般《いっぱん》の間《あいだ》に徹底《てってい》したわけでも無《な》く、多数《たすう》はなおこの差別《さべつ》には心付《こころづ》かずに、拝《おが》みもすれば又信心《またしんじん》もして居《い》る。たとえば関西《かんさい》の和霊大明神《われいだいみょうじん》に対《たい》して、関東《かんとう》では佐倉《さくら》の宗吾《そうご》さんが、示現《じげん》の形《かたち》に於《お》てよく似《に》て居《い》るが、此方《こちら》は今《いま》でも霊堂《れいどう》と謂《い》って居《い》るから、神社《じんじゃ》の系列《けいれつ》には加《くわ》わって居《い》ないので、しかも祟《たた》りのそれほど烈《はげ》しかった霊《れい》であるならば、祈願《きがん》もかなえて下《くだ》さるにちがいないという信頼《しんらい》が、年《とし》と共《とも》に強《つよ》くなったことは、双方全《そうほうまった》く同《おな》じなのである。そうかと思《おも》うと他《た》の一方《いっぽう》には、御霊今宮又《ごりょういまみやまた》は若宮等《わかみやとう》の名《な》によって、明《あきら》かに人《ひと》を神《かみ》に斎《いわ》うたという例《れい》が又無数《またむすう》にあった。その一部《いちぶ》は神社《じんじゃ》として公認《こうにん》せられて居《い》るが、残《のこ》りはまだ家々《いえいえ》の私祭《しさい》に属《ぞく》し、神《かみ》とも霊神《れいじん》とも定《さだ》め難《がた》い状態《じょうたい》に在《あ》るのである。他日是等《たじつこれら》の民間《みんかん》の事実《じじつ》が、ほぼ一通《ひととお》りは世《よ》に知《し》られて来《き》たならば、必《かなら》ず我々《われわれ》の神社制度《じんじゃせいど》は確立《かくりつ》すると思《おも》うが、今《いま》はとにかくにその端々《はしばし》に於《おい》て、まだ境目《さかいめ》のはっきりとせぬ部分《ぶぶん》が有《あ》ることを免《まぬが》れない。殊《こと》に名称《めいしょう》には自然《しぜん》に生《うま》れたと言《い》ってよいものと、外《ほか》から付与《ふよ》せられて考《かんが》えも無《な》く之《これ》に従《したが》ったものと、中味《なかみ》は変《かわ》って居《い》るのに元《もと》の形《かたち》を守《まも》るものと、三《みっ》つが入《い》り交《まじ》って一段《いちだん》と理解《りかい》を妨《さまた》げようとして居《い》る。物《もの》に最初《さいしょ》から複雑《ふくざつ》を以《もっ》て始《はじ》まるものはめったに無《な》い。曾《かつ》ては今《いま》よりもずっと単純《たんじゅん》な信仰状態《しんこうじょうたい》があったのだろうということを、寧《むし》ろこの神棚《かみだな》とみたま棚《だな》との対立《たいりつ》などが、我々《われわれ》に心付《こころづ》かせるのである。

語注 ○伊予の有名な和霊様の創立史…愛媛県の宇和島藩で、元和六年（一六二〇）に起こった事件。次項参照。○山家清兵衛…戦国時代から江戸時代にかけての伊達《だて》氏の家臣・山家公頼《きんより》（一五七九～

一六二〇)。桜田元親に殺害され、その後関係者が変死したことから、和霊様として祀られる。○**佐倉の宗吾さん**…江戸時代前期、下総《しもうさ》佐倉藩の義民・佐倉宗吾(生没年未詳)。惣五郎ともいう。悪税に苦しむ村民のために百姓一揆をおこし、将軍に直訴し処刑されたが、その後佐倉藩によって祀られる。

鑑賞 人を神に祭るようになり、霊神の称号が付与されるようになるが、それは霊やみたまより高められた地位にあると理解され、階級制が生じた。

五四　祭場点定《さいじょうてんてい》の方式《ほうしき》

大《おお》きな問題《もんだい》がまだ背後《はいご》には控《ひか》えて居《い》る。それを此《この》ついでに説《と》いてしまうことは不可能《ふかのう》だが、家《いえ》の祭《まつり》としては一言《ひとこと》は触《ふ》れて置《お》かねばならぬ。神棚《かみだな》魂棚《たまだな》などという棚《たな》なるものの起《おこ》りは、家《いえ》の一区劃《いちくかく》を祭《まつり》を行《おこな》うに適《ふさ》わしい清浄《せいじょう》な場処《ばしょ》とする為《ため》で、ちょうど屋外《おくがい》の祭《まつり》に砂《すな》を持《も》ち、土《つち》を盛《も》り上《あ》げるのと同《おな》じ趣旨《しゅし》だったろうと私《わたし》は思《おも》う。関東東部《かんとうとうぶ》に今《いま》も規則正《きそくただ》しく行《おこな》われて居《い》る村々《むらむら》の春祭《はるまつり》、普通《ふつう》にビシャ又《また》はオビシャ(御歩射)と呼《よ》ばれる合同《ごうどう》の日待《ひまち》には、仲間《なかま》の家々《いえいえ》を順《じゅん》まわりに使《つか》うのだが、是《これ》には必《かなら》ず打板《うついた》という広《ひろ》い板《いた》を牀《ゆか》の上《うえ》に敷《し》いて、すべての供物《くもつ》と飾《かざ》り物《もの》をそれに並《なら》べ置《お》くことにして居《い》る。神社《じんじゃ》の境内《けいだい》で臨時《りんじ》の祈願祭《きがんさい》をする場合《ばあい》にも、やはりやや小型《こがた》の木《き》の台《だい》を造《つく》って、四隅《よすみ》を以《もっ》て樹《き》の枝《えだ》につり下《さ》げ、それに供《そな》え物《もの》をしている例《れい》は東京《とうきょう》の郊外《こうがい》でもしば屡々《しばしば》見《み》られる。サンバヤシと称《しょう》して米俵《こめだわら》の蓋《ふた》とよく似《に》た円《まる》いものを藁《わら》で造《つく》り、それを祭《まつり》に用《もち》いるのも略形《りゃくけい》の一《ひと》つかと思《おも》われる。しかし是《これ》がもし屋外《おくがい》であるならば、予《かね》て霊地《れいち》として一区劃《いちくかく》を指定《してい》して置《お》き、之《これ》を尋常《じんじょう》の用《よう》には宛《あ》てぬことも出来《でき》る。現《げん》に屋敷《やしき》の片隅《かたすみ》に石《いし》を置《お》き榎木《えのき》を栽《う》えて、そこを祭場《さいじょう》ときめて居《い》た農家《のうか》も多《おお》い。しかし祭《まつり》が家《いえ》の中《なか》で営《いとな》まれる場合《ばあい》には、どうしても何《なに》か斯《こ》ういう常《つね》は使《つか》わぬ板《いた》を以《もっ》て、其部分《そのぶぶん》を覆《おお》わなければならなかった。それが建築技工《けんちくぎこう》の進歩《しんぽ》によって、次第《しだい》に常設《じょうせつ》の棚《たな》を用《もち》いるようになったのである。

　以前《いぜん》の民屋《みんおく》の素朴《そぼく》な構造《こうぞう》を考《かんが》えると、先祖《せんぞ》を祭《まつ》る場処《ばしょ》も之《これ》を外部《がいぶ》に求《もと》める必要《ひつよう》が多《おお》く、又《また》は少《すく》なくとも家《いえ》の内外《ないがい》いずれにするかということが、大《おお》きな問題《もんだい》では無《な》かった時代《じだい》が有《あ》るのである。冬《ふゆ》の夜分《やぶん》の忌籠《いみごも》り、又《また》は祭《まつり》に伴《とも》なう神態《かみわざ》と直会《なおらい》が、長《なが》い時間《じかん》に亘《わた》る場合《ばあい》などは、雨露《うろ》を凌《しの》ぐほどの仮屋《かりや》を構《かま》える代《かわ》りに、成《な》るべく住居《じゅうきょ》の一部《いちぶ》を使《つか》おうともしたか知《し》れぬが、斎忌《さいき》の慎《つつし》みの厳格《げんかく》であった間《あいだ》は、是《これ》にも色々《いろいろ》の制限《せいげん》と不便《ふべん》とがあったので、現《げん》に今《いま》でも神《かみ》が祭《まつ》られる奥《おく》の一間《ひとま》だけは、成長《せいちょう》した婦女《ふじょ》の入《はい》ることを禁止《きんし》し、又《また》は神棚《かみだな》は主人《しゅじん》の座《ざ》の背後《はいご》に在《あ》って、従《したが》って女《おんな》はその横座《よこざ》の後《うしろ》を通《とお》り抜《ぬ》けることを許《ゆる》さぬという家《いえ》が、田舎《いなか》にはまだ多《おお》く残《のこ》って居《い》る。いわゆる床《とこ》の間《ま》に対《たい》する色々《いろいろ》の行儀作法《ぎょうぎさほう》にも、そこを神々《かみがみ》の御床《おとこ》と見《み》たときに、始《はじ》めて成程《なるほど》と合点《がてん》の出来《でき》るものが有《あ》るのである。

或《あるい》は屋外《おくがい》に指定《してい》せられた祭場《さいじょう》の方《ほう》が、一般《いっぱん》に古《ふる》いものだったということまでは出来《でき》るかも知《し》れない。しかし単《たん》なる場所《ばしょ》の内《うち》と外《そと》とによって、そこに祭《まつ》らるる神様《かみさま》の御地位《おんちい》、殊《こと》に段階《だんかい》までを推測《おしはか》ることは実《じつ》は出来《でき》なかったのである。氏神《うじがみ》が本来氏《ほんらいうじ》の先祖《せんぞ》を祀《まつ》るものであったことは、前人《ぜんじん》も屢々之《しばしばこれ》を説《と》き、又《また》その著《いちじる》しい実例《じつれい》が有《あ》るのみならず、今《いま》でも地方《ちほう》によっては家々《いえいえ》の先祖《せんぞ》たちが、氏神《うじがみ》となったものと思《おも》って居《い》る人《ひと》は多《おお》いのだが、是《これ》を総括的《そうかつてき》に受入《うけい》れられないような事情《じじょう》が、すでに幾《いく》つも現《あら》われて居《い》る為《ため》に、現在《げんざい》は是《これ》が日本《にほん》の固有信仰《こゆうしんこう》の、最《もっと》も解釈《かいしゃく》し難《がた》い問題《もんだい》になろうとして居《い》る。神道《しんとう》をただ単《たん》なる過去《かこ》の事蹟《じせき》と見《み》てしまおうとする者《もの》で無《な》い限《かぎ》り、たとえ力及《ちからおよ》ばずとも、少《すこ》しずつは是《これ》に近《ちか》よって見《み》ようとしなければならない。第一《だいいち》の疑《うたが》いは家《いえ》に先祖棚《せんぞだな》があり、先祖祭《せんぞまつり》を営《いとな》むのが普通《ふつう》の慣行《かんこう》である以上《いじょう》は、是《これ》と氏神《うじがみ》の御社《おやしろ》の祭《まつり》とは二重《にじゅう》になる虞《おそ》れは無《な》いかということで、此点《このてん》は自分《じぶん》が或程度《あるていど》まで説明《せつめい》して居《い》る。即《すなわ》ち氏《うじ》は繁栄《はんえい》と共《とも》に次々《つぎつぎ》と分《わか》れて行《い》って、之《これ》を統一《とういつ》する中央《ちゅうおう》の力《ちから》が、弛《ゆる》み衰《おとろ》え又《また》は消《き》え去《さ》り、一方《いっぽう》に分家別家《ぶんけべっけ》は各《おのおの》その初代以下《しょだいいか》を、先祖《せんぞ》として祭《まつ》るを以《もっ》て足《た》れりとするようになって居《い》るのである。この考《かんが》え方《かた》は、今後新《こんごあら》たに先祖《せんぞ》になろうとする人《ひと》の意思《いし》を以《もっ》て、改定《かいてい》することも決《けっ》して不可能《ふかのう》では無《な》い。つまりは本家嫡流《ほんけちゃくりゅう》のすでに跡絶《とだ》えた場合《ばあい》に、ひたすらにその特権《とっけん》を侵《おか》すまいとする消極主義《しょうきょくしゅぎ》をやめて、何《なに》か之《これ》に代《かわ》り得《う》るような方法《ほうほう》を立《た》てるとよかったので、実際又其方法《じっさいまたそのほうほう》は多《おお》くは立《た》って居《い》る。現《げん》に家《いえ》の退転《たいてん》や不心得者《ふこころえもの》の相続《そうぞく》によって、もう祭《まつ》られなくなった先祖《せんぞ》は多《おお》いけれども、氏神《うじがみ》の御社《おやしろ》だけは国《くに》の保護《ほご》もあって、もう家《いえ》と共《とも》に無《な》くなるという場合《ばあい》が少《すく》なくなったのである。

語注 ○雨露を凌ぐ…雨や露を堪え忍ぶ。

鑑賞 かつて祭場は屋外に指定されたが、それが屋内になり、神棚魂棚といった棚が設けられるようになった。

五五　村《むら》の氏神《うじがみ》

しかもそれが又第二《まただいに》の疑《うたが》いの種《たね》にもなって居《い》るのである。氏神《うじがみ》とは言《い》っても数箇《すうこ》の氏《うじ》、苗字系統《みょうじけいとう》を異《こと》にした村民《そんみん》が寄合《よりあ》って、一《ひと》つの氏神《うじがみ》の祭《まつり》を奉仕《ほうし》して居《い》るのは是《これ》はどうか。名《な》のみは氏《うじ》の神《かみ》でも今《いま》はもう別《べつ》のものを、そう呼《よ》んで居《い》るのでは無《な》いかと、思《おも》う人《ひと》も多《おお》くなって来《き》て居《い》る。言葉《ことば》は流行《りゅうこう》するからそれも絶無《ぜつむ》とは言《い》えぬが、多《おお》くの村《むら》の氏神《うじがみ》の歴史《れきし》はまだ判《わか》って居《お》り、現《げん》に又甲信地方《またこうしんちほう》の斎神《いわいじん》のように、巻毎《まきごと》に各一《おのおのひと》つの神《かみ》を祀《まつ》って、それを氏神《うじがみ》という地方《ちほう》も、国《くに》の南《みなみ》と北《きた》とには相応《そうおう》に弘《ひろ》いのである。そういう幾《いく》つかの一門《いちもん》の神《かみ》が、合同《ごうどう》するに至《いた》った径路《けいろ》も尋《たず》ねられる場合《ばあい》が多《おお》い。事実《じじつ》は祭《まつり》の合同《ごうどう》と言《い》ったほうが当《あた》って居《い》るかと思《おも》うが、つまり同《おな》じ日《ひ》に同《おな》じ場処《ばしょ》に於《おい》て祭《まつり》をして居《い》るうちに、段々《だんだん》と神《かみ》も一《ひと》つの如《ごと》く、感《かん》ずる者《もの》が多《おお》くなったのである。それには今一《いまひと》つ、次《つぎ》に述《の》べようとする原因《げんいん》も加《くわ》わって居《い》るだろうが、主《しゅ》たる動機《どうき》は祭《まつり》を盛大《せいだい》に、又楽《またたの》しいものにしたいという願《ねが》いであった。村《むら》には二《ふた》つ以上《いじょう》の家《いえ》筋《すじ》の者《もの》がまじり住《す》んで居《い》ても、其間《そのあいだ》には往来《おうらい》が有《あ》り縁組《えんぐみ》があったのみならず、又門地《またもんち》の差等《さとう》が有《あ》って一方《いっぽう》はやや重《おも》んじられて居《い》た。通例《つうれい》はそういう有力《ゆうりょく》な家《いえ》の祭場《さいじょう》を、他《た》の家々《いえいえ》が共《とも》に使《つか》うということになるので、祭《まつり》の日時《にちじ》などは大抵始《たいていはじ》めから近《ちか》いものだったろうと思《おも》う。或《あるい》は双方《そうほう》の折合《おりあ》いをよくする為《ため》に、別《べつ》に新《あら》たな地《ち》を相《そう》し、社殿《しゃでん》を建築《けんちく》するような場合《ばあい》もあったか知《し》らぬが、それよりも多《おお》いのは一方《いっぽう》はすでにこの施設《しせつ》が具《そな》わって、近世風《きんせいふう》の祭式《さいしき》を挙行《きょこう》し得《え》たに対《たい》して、他《た》の小《ちい》さな氏神《うじがみ》は臨時《りんじ》に仮屋《かりや》を作《つく》り、もしくは露地《ろじ》に幣束《へいそく》を樹《た》てて、まだ古風《こふう》な質素《しっそ》な祭《まつ》り方《ほう》を続《つづ》けて居《い》た場合《ばあい》などであろう。ともかくも是《これ》が一《ひと》つの区切《くぎ》りとなって、以前《いぜん》は可能《かのう》と考《かんが》えられて居《い》た次々《つぎつぎ》の神《かみ》の追加《ついか》が無《な》くなり、次第《しだい》に各家《かくいえ》の先祖棚《せんぞだな》の祭《まつり》と、二《ふた》つ別々《べつべつ》のもののように考《かんが》えられて来《き》たことだけは争《あらそ》われない。

それからもう一《ひと》つ、人《ひと》が現在《げんざい》の氏神《うじがみ》は氏《うじ》の神《かみ》ではあるまいと、思《おも》うようになった原因《げんいん》は御社《おやしろ》の名《な》、即《すなわ》ち八幡北野賀茂春日等《はちまんきたのかもかすがとう》、名《な》ある国内《こくない》の大神《おおかみ》を勧請《かんじょう》したという氏神社《うじがみしゃ》が、事《こと》の外《ほか》に数多《かずおお》いことであった。是《これ》は如何《いかん》とも解《かい》し難《がた》い不審《ふしん》ではあるが、この現象《げんしょう》は既《すで》に一家氏神《いっけうじがみ》、即《すなわ》ち同族《どうぞく》の間《あいだ》ばかりで年々《ねんねん》の敬祭《けいさい》をして居《い》た頃《ころ》からあったことで、必《かなら》ずしも村《むら》の合同《ごうどう》の社《やしろ》を設《もう》ける際《さい》に、始《はじ》まったものとは限《かぎ》らなかった。私《わたし》の解《かい》する所《ところ》では、是《これ》はただ我々《われわれ》の氏神《うじがみ》が、もとは一段《いちだん》と人間《にんげん》に近《ちか》く、生前《せいぜん》には各々国内《おのおのこくない》の大神《おおかみ》を仰《あお》ぎ敬《うやま》い、事《こと》あれば禱《いの》り願《ねが》い、日頃《ひごろ》も常《つね》に信《しん》じ頼《たよ》って居《い》たこと、言《い》わば自《みずか》らの力《ちから》のなお限《かぎ》りあることを認《みと》めて、汎《ひろ》く国民一般《こくみんいっぱん》の信仰《しんこう》を背景《はいけい》とするに非《あら》ざれば、子孫擁護《しそんようご》の志《こころざし》を遂《と》げ得《え》ざるもののように、既《すで》に生前《せいぜん》から感《かん》じて居《い》た結果《けっか》と見《み》られる。是《これ》を民族固有《みんぞくこゆう》の観念《かんねん》とは言《い》われぬだろうが、少《すく》なくとも遠《とお》い上世《じょうせい》の統一政策《とういつせいさく》の、次第《しだい》に効《こう》を奏《そう》したものと言《い》うことは出来《でき》るのである。近頃《ちかごろ》の合祀《ごうし》は取合《とりあわ》せが無《む》茶《ちゃ》である故《ゆえ》に、一々神《いちいちかみ》の御名《みな》を列挙《れっきょ》する必要《ひつよう》もあったろうが、此方《こちら》は某氏《ぼううじ》の祭《まつ》り申《もう》す八幡様《はちまんさま》、又《また》は其《そ》の地《ち》に迎《むか》え申《もう》した天神様稲荷様《てんじんさまいなりさま》というだけで、是《これ》に如何《いか》なる人《ひと》の霊《れい》の参加《さんか》して居《い》るかが、もう十分《じゅうぶん》に明白《めいはく》だったのである。そうで無《な》かったならば、斯《こ》ういう万人《ばんにん》の共《とも》に拝《おが》む一国《いっこく》の大神《おおかみ》を、まちがえても氏神《うじがみ》というわけは無《な》いのである。多《おお》くの氏神社《うじがみしゃ》では当然《とうぜん》の祭主《さいしゅ》の家《いえ》が亡《ほろ》び、又《また》は協同《きょうどう》の座衆《ざしゅう》が解体《かいたい》して、よその神職《しんしょく》の奉仕《ほうし》を要《よう》するものが多《おお》く、この人《ひと》たちには又鎮守《またちんじゅ》と氏神《うじがみ》との成立《せいりつ》のちがいを考《かんが》えて見《み》る機会《きかい》が無《な》かった故《ゆえ》に、少《すく》なくとも国《くに》のまん中《なか》の一区域《いちくいき》だけでは、今《いま》は確《たし》かに最初《さいしょ》とは異《こと》なる意味《いみ》で、氏神《うじがみ》という語《ご》を使《つか》って居《い》る。しかしそれを訂正《ていせい》するまでは私《わたし》の書《しょ》の役目《やくめ》で無《な》い。爰《ここ》にはただ忌《いみ》と穢《けが》れとを厳重《げんじゅう》に遮断《しゃだん》して、清《きよ》く祭《まつ》らねばならぬ先祖《せんぞ》のみたまの為《ため》に、屋外《おくがい》の一地《いっち》を点定《てんてい》したことが、今《いま》ある十万余《じゅうまんあまり》の国内《こくない》の御社《おやしろ》の、最大多数《さいだいたすう》のものの起《おこ》りであったということと、それと家々《いえいえ》の神棚《かみだな》みたま棚《だな》とは、同《おな》じ一《ひと》つの系列《けいれつ》の上《うえ》に立《た》つそれぞれの時代相《じだいそう》で、寧《むし》ろ前者《ぜんしゃ》のやや家庭《かてい》の生活《せいかつ》から遠《とお》ざかるにつれて、第二第三《だいにだいさん》のものが必要《ひつよう》になったかということである。是《これ》とても勿論一《もちろんひと》つの仮定《かてい》であって、もっと明確《めいかく》な解説《かいせつ》が出《で》ればよいと、思《おも》う心《こころ》は私《わたし》も持《も》って居《い》るが、ただ今日《こんにち》の如《ごと》き入組《いりく》んだ信仰《しんこう》の行事《ぎょうじ》、又《また》幾《いく》つとも無《な》い施設《しせつ》の重複《ちょうふく》が、古《ふる》い世《よ》の姿《すがた》のままだとは、自分《じぶん》だけには考《かんが》えることが出来《でき》ないのである。

語注 **○斎神**…二九節参照。**○門地**…家柄。**○新たな地を相し**…占って新しい土地を決め。**○八幡北野賀茂春日**…石清水八幡宮・北野天満宮・賀茂神社・春日大社。

鑑賞 中村哲《あきら》の『柳田国男の思想』は柳田没後の早い研究だったが、「柳田のいう氏神信仰は家を単位とする祖先崇拝の拡大されたもので、普通に考えられるように氏族の神があって、それが個別的な家にもち込まれたというような関係ではない。家において神棚やみたま棚といわれるところに祭られているものが基本にあって、それからの類推として逆に氏神が考えられているというところに柳田の特徴がある」とした。その上で、「柳田は民間の無名の伝承のなかから、神の起源を見出そうというのであるが、これと対照的に朝廷の文献を検討することによって神の観念を明らかにしようという津田左《そ》右吉《うきち》の見解をみると、このことをむしろ反対の側から把えているので問題に近づくことができる。柳田は祖霊を神として神社に祭ったというのであるが、津田は人を神社に祭ることは古来の風習ではなく、江戸時代の神道者が死者を神に祭ることにしたのであって、古くは世に知られた人を八幡宮や天満宮として祭った例はある。しかし祖先を神として祭ることはなかったというのであるが、特定の英雄を神として祭る場合はあったという」などと相対化して見せた。

五六　墓所《ぼしょ》は祭場《さいじょう》

そこで話《はなし》の順序《じゅんじょ》はやや予定《よてい》とちがったが、墓所《ぼしょ》が又一《またひと》つの屋外《おくがい》の祭場《さいじょう》であって、是《これ》と氏神《うじがみ》の社《やしろ》とは神仏《しんぶつ》の差《さ》では決《けっ》して無《な》く、もとは荒忌《あらいみ》のみたまを別《べつ》に祭《まつ》ろうとする、先祖《せんぞ》の神《かみ》に対《たい》する心《こころ》づかいから、考《かんが》え出《だ》された隔離《かくり》では無《な》かったかということを述《の》べて見《み》たい。死後《しご》に我々《われわれ》は何処《どこ》へ行《ゆ》くか。又《また》は霊魂《れいこん》は日頃《ひごろ》は何処《どこ》に留《とど》まって居《い》るか。それは到底知《とうていし》り究《きわ》められぬとしても、少《すく》なくとも前人《ぜんじん》は通例《つうれい》どう考《かんが》えて居《い》たろうか。この点《てん》が今日《こんにち》ではそう悠長《ゆうちょう》な閑問題《かんもんだい》では無《な》くなって居《お》り、しかも無意識《むいしき》ながらもなお我々《われわれ》の行動《こうどう》を支配《しはい》せんとして居《い》る。その考《かんが》え方《かた》にも勿論変遷《もちろんへんせん》があり、どれが最《もっと》も多《おお》いか又古《またふる》いかということを決《けっ》するのも容易《ようい》では無《な》いが、ともかくも丸々考《まるまるかんが》えて見《み》ないという人《ひと》を除《のぞ》けば、墓《はか》へ土《つち》の下《した》へというのが、我邦《わがくに》では最《もっと》も新《あた》らしい考《かんが》え方《かた》で、それは主《しゅ》として盆《ぼん》の魂迎《たまむかえ》に、墓所《ぼしょ》から精霊《しょうりょう》を誘導《ゆうどう》して来《く》る風習《ふうしゅう》に支持《しじ》せられて居《い》る。尤《もっと》もその以前《いぜん》にも地下《ちか》をあの世《よ》と見《み》る観念《かんねん》は書物《しょもつ》にも見《み》えて居《い》る。又生前《またせいぜん》の姿《すがた》のままで、隠《かく》した場所《ばしょ》を以《もっ》て終《つい》の住家《すみか》の如《ごと》く、想像《そうぞう》する者《もの》も有《あ》ったではあろうが、実際《じっさい》のところは日本人《にほんじん》の墓所《むしょ》というものは、元《もと》は埋葬《まいそう》の地《ち》とは異《こと》なるのが普通《ふつう》であった。

我々《われわれ》の調査団《ちょうさだん》などでは、当《あた》らぬ名《な》かも知《し》らぬが此風習《このふうしゅう》を、両墓制《りょうぼせい》と呼《よ》ぶことにして居《い》る。即《すなわ》ち一方《いっぽう》はいけ墓《ばか》・上《うえ》の墓《はか》・又棄《またす》て墓《ばか》とさえいう土地《とち》があって、多《おお》くは山《やま》の奥《おく》や野《の》の末《すえ》、人《ひと》の通《とお》らぬ海端《うみばた》などに送《おく》り、やがては不明《ふめい》になり、又《また》そうなるのを好《よ》いとして居《い》る処《ところ》もある。之《これ》に対《たい》して他《た》の一方《いっぽう》には参《まい》り墓《ばか》・祭《まつ》り墓《ばか》、もしくは内墓《うちばか》とも寺墓《てらばか》とも謂《い》うのが有《あ》って、多《おお》くは寺《てら》に託《たく》し又参拝《またさんぱい》に都合《つごう》のよい設備《せつび》をして居《い》る。遺骸《いがい》を永久《えいきゅう》に保存《ほぞん》する慣行《かんこう》が、一部上流《いちぶじょうりゅう》の間《あいだ》に存《そん》したことは確《たし》かであるが、是《これ》と同種《どうしゅ》の葬法《そうほう》は民間《みんかん》には行《おこな》われず、しかも石《いし》を勒《ろく》して記念《きねん》とする風《ふう》も一般《いっぱん》では無《な》かったので、中古以前《ちゅうこいぜん》の常人《じょうじん》の葬地《そうち》は、其痕跡《そのこんせき》が甚《はなは》だ幽《かす》かなのである。いわゆる両墓制《りょうぼせい》の普及《ふきゅう》する前後《ぜんご》には、二種《にしゅ》の単墓制《たんぼせい》があって是《これ》と対立《たいりつ》して居《い》た。その一《ひと》つは葬送《そうそう》のみがあって碑《ひ》を建《た》てぬ場合《ばあい》、是《これ》にも樹《き》を栽《う》えたり石《いし》を置《お》いたりして、標示《ひょうじ》をして居《い》たのかも知《し》らぬが、それを記憶《きおく》する者《もの》が大体無《だいたいな》くなる頃《ころ》には、自然《しぜん》にその場処《ばしょ》も忘《わす》れられてしまうのである。千年以上《せんねんいじょう》も使用《しよう》せられた京都四周《きょうとししゅう》の所謂五三昧《いわゆるごさんまい》が、あれ位《くらい》の小《ちい》さな面《めん》積《せき》で間《ま》に合《あ》った理由《りゆう》は、人《ひと》は肉体《にくたい》の消滅《しょうめつ》を避《さ》くべからずとしたのみか、寧《むし》ろ消滅《しょうめつ》によって霊魂《れいこん》の来去《らいきょ》を自由《じゆう》にしたいと、願《ねが》って居《い》たからではないかと思《おも》う。

　葬法《そうほう》の変化《へんか》は主《しゅ》として新《あたら》しい都市《とし》、又《また》は人口《じんこう》の日《ひ》に加《くわ》わるべき生産地《せいさんち》に始《はじ》まったもののようである。斯《こ》ういう土地《とち》では、始《はじ》めから共同《きょうどう》の埋葬地《まいそうち》を区劃《くかく》せず、個々《ここ》の廟所《びょうしょ》を以《もっ》て直接《ちょくせつ》に収蔵《しゅうぞう》の用《よう》に宛《あ》てた。この第二《だいに》の単墓制《たんぼせい》は結果《けっか》に於《おい》て、却《かえ》って土地《とち》の大《おお》きな費《つい》えとなり、僅《わず》かな年代《ねんだい》を重《かさ》ねるうちに、整理《せいり》し難《がた》い紛乱《ふんらん》の相《そう》を呈《てい》したのみならず、一方《いっぽう》には又我々《またわれわれ》の先祖祭《せんぞまつり》の方式《ほうしき》をやや不明《ふめい》にした。同《おな》じ関東《かんとう》の平野《へいや》の間《あいだ》でも、今《いま》なお墓前《ぼぜん》に簡略《かんりゃく》な棚《たな》を設《もう》けて、盆《ぼん》には参《まい》ってほかいをする村《むら》が有《あ》るのに、東京《とうきょう》などでは盆中《ぼんちゅう》は墓《はか》は空家《あきや》だと考《かんが》えて、之《これ》を省《かえり》みる者《もの》が無《な》いのである。祭場《さいじょう》を追々《おいおい》に家《いえ》の中《なか》に移《うつ》したことは、祭《まつり》を懇《ねんご》ろにする人情《にんじょう》の表《あら》われとも見《み》られるが、墓《はか》を祖霊《それい》の宿《やど》りの如《ごと》く考《かんが》えながら、之《これ》を迎《むか》えに行《ゆ》くという十三日《じゅうさんにち》の祭《まつり》はあって、十六日早天《じゅうろくにちそうてん》の盆送《ぼんおく》りに、墓《はか》へは参《まい》らぬという不審《ふしん》を抱《だ》く者《もの》も無《な》くなって居《い》る。つまりは石塔《せきとう》が又一《またひと》つの古《ふる》い霊位《れいい》であって、盆《ぼん》にはもと茲《ここ》へみたまを迎《むか》えて祭《まつ》ったのが、後々第二《のちのちだいに》の祭場《さいじょう》を家《いえ》のまわりに設《もう》けることになって、それが漸《ようや》く不用《ふよう》になりかけて居《い》ることを知《し》らぬのである。

しかし外国思想《がいこくしそう》の影響《えいきょう》というものが問題《もんだい》になるとすれば、この埋葬地《まいそうち》の礼拝《れいはい》などは、その最《もっと》も徹底《てってい》したものの一《ひと》つであった。石碑《せきひ》はもともと墳墓《ふんぼ》では無《な》かったのだが、両者《りょうしゃ》を一《ひと》つにする習《なら》わしが偶然《ぐうぜん》に盛《さか》んになった為《ため》に、古来《こらい》の葬法《そうほう》が何《なに》か粗暴《そぼう》なもののように感《かん》じられ、孝子貞女《こうしていじょ》の墓《はか》に対《たい》する考《かんが》え方《かた》が、よっぽど支那《しな》などの風《ふう》に近《ちか》くなって来《き》た。そうして死《し》の聯想《れんそう》から出来《でき》るだけ早《はや》く離脱《りだつ》して、清《きよ》い安《やす》らかな心《こころ》で故人《こじん》の霊《れい》に対《たい》したいというような、願《ねが》いを抱《いだ》く者《もの》が昔《むかし》は多《おお》かったことまでが、もう段々《だんだん》と不《ふ》可解《かかい》な話《はなし》になろうとして居《い》る。神《かみ》と先祖《せんぞ》との間《あいだ》には、越《こ》え難《がた》い境《さかい》の溝《みぞ》、又《また》は幾《いく》つもの段階《だんかい》が出来《でき》た。どうして氏神様《うじがみさま》の「みたまのふゆ」が、特《とく》に氏子《うじこ》にばかり篤《あつ》いのかということを、説明《せつめい》し得《う》る者《もの》がもう少《すく》なくなったのも已《や》むを得《え》ない。

語注 ○**石を勒して**…石を彫りつけて。○**五三昧**…六八節参照。○**孝子貞女**…孝行な子供や貞節な女性。○**支那**…一六節参照。○**「みたまのふゆ」**…神の恩恵や加護を尊んでいう語。

鑑賞　柳田国男監修の『民俗学辞典』は「両墓制」（大間知篤三執筆）について、「遺骸をほうむった墓を、以後も永くその死者を祭る地にあてることが、今日一般の習わしである。それに反して、その葬地を比較的早くうちすてて、別の祭地においてその霊を祭る習わしがある。かく葬地をすてて別に祭地を設け、いわば第一次墓地と第二次墓地とを持つ墓制を総括して両墓制と呼ぶ。この種の報告は近来次第に数を増し、沖縄奄美列島を除いた日本全土で約六十箇所に達している」とした。だが、同書の巻頭に載る「両墓制の分布（昭和二十五年十一月までに編輯部の見聞に入ったもの）」として、七〇箇所を記入する。それでは、東北地方と九州地方（対馬《つしま》を除く）には見られず、中心地は近畿地方と中部地方にあることがわかる。

五七　祖霊《それい》を孤独《こどく》にする

内外二《ないがいふた》つの信仰《しんこう》の何分《なにぶん》にも折合《おりあ》いにくかった点《てん》は、一方《いっぽう》が荒忌《あらいみ》の穢《けが》れを畏《おそ》れつつも、それを許《ゆる》さるる限《かぎ》り速《すみ》かに清《きよ》まわって、早《はや》くあの世《よ》この世《よ》の交通《こうつう》に進《すす》みたいと念《ねん》じて居《い》たに対《たい》して、他《た》の一方《いっぽう》には始《はじ》めから触穢《しょくえ》の制限《せいげん》を超越《ちょうえつ》した法師《ほうし》という者《もの》が、いわゆる新精霊《にいじょうりょう》の供養《くよう》を引受《ひきう》け、我々《われわれ》の不安《ふあん》を済《すく》ってくれた代《かわ》りに、そういう状態《じょうたい》をなお出来《でき》るだけ永《なが》く、百年又《ひゃくねんまた》は其以上《それいじょう》にも続《つづ》けさせようとして居《い》たことであろう。法師《ほうし》たちの供養《くよう》の最《もっと》も期待《きたい》せられた効果《こうか》が、人《ひと》を浄土《じょうど》に送り遣《や》るに在《あ》ったのだから、それは生死《せいし》の隔離《かくり》であり、乃《すなわ》ち我々《われわれ》の必《かなら》ずしも希《ねが》わざる所《ところ》であった。現世《げんせ》にまだまだ沢山《たくさん》の心残《こころのこ》りを持《も》つ者《もの》が、どんなに仏法《ぶっぽう》の盛行《せいこう》した時代《じだい》にも、絶《た》えなかったのは国柄《くにがら》である。それを悉《ことごと》く妄執《もうしゅう》の名《な》の下《もと》に一括《いっかつ》して片付《かたづ》けようとしたのは、出来《でき》ない相談《そうだん》だったことがやがて判《わか》った。三十三回忌《さんじゅうさんかいき》のとぶらい上《あ》げということは、或《あるい》は双方《そうほう》からの譲歩《じょうほ》であって、其前《そのまえ》は今少《いますこ》し短《みじ》かかったのかとも思《おも》うが、ともかくも是《これ》が大《おお》よそ好《よ》い頃合《ころあ》いの区切《くぎ》りと認《みと》められ、それから後《のち》は人間《にんげん》の私多《わたくしおお》き個身《こしん》を棄《す》て去《さ》って、先祖《せんぞ》という一《ひと》つの力強《ちからづよ》い霊体《れいたい》に融《と》け込《こ》み、自由《じゆう》に家《いえ》の為又国《ためまたくに》の公《おおや》けの為《ため》に、活躍《かつやく》し得《う》るものともとは考《かんが》えて居《い》た。それが氏神信仰《うじがみしんこう》の基底《きてい》であったように、自分《じぶん》のみは推測《すいそく》して居《い》たのである。

仏法《ぶっぽう》は是等民族固有《これらみんぞくこゆう》の観念《かんねん》をよく理解《りかい》して、是《これ》と調和《ちょうわ》し習合《しゅうごう》することを、古来一貫《こらいいっかん》の方針《ほうしん》として居《い》たようであるが、それでも尚傾向《なおけいこう》の徐々《じょじょ》に分岐《ぶんき》することまでは、自《みずか》ら抑制《よくせい》することが出来《でき》なかった。村《むら》の氏神《うじがみ》の祭典《さいてん》は尊重《そんちょう》したけれども、家々《いえいえ》の先祖祭《せんぞまつり》や墓《はか》の管理《かんり》には始終口《しじゅうくち》を出《だ》した。殊《こと》に身近《みぢか》い近頃《ちかごろ》の死者《ししゃ》に厚《あつ》くすることは、人情《にんじょう》の自然《しぜん》にも合《がっ》したので、其説《そのせつ》が行《おこな》われやすかった。古《ふる》いということに対《たい》しては、もともと我々《われわれ》はごく漠然《ばくぜん》とした知識《ちしき》しか持《も》たなかったのである。それを段々《だんだん》と今居《いまい》る者《もの》の父母《ふぼ》とか祖父母《そふぼ》とか、至《いた》って近《ちか》い身《み》のまわりへ引寄《ひきよ》せて、我《われ》から進《すす》んで家《いえ》の寿命《じゅみょう》を切詰《きりつ》めたことは、過去《かこ》はさて置《お》いて、未来《みらい》の為《ため》にも損《そん》なことであった。遠《とお》い先祖《せんぞ》の降《お》りて来《き》て祭《まつ》られることが、同時《どうじ》に又今《またいま》の我々《われわれ》の永《なが》く此国土《このこくど》に去来《きょらい》し得《う》ることを、推理《すいり》せしめる因縁《いんねん》ともなって居《い》たからである。それよりも大《おお》きな障《さわ》りになったのは人《ひと》の名《な》をさすこと、家《いえ》にすぐれた大事《だいじ》な人《ひと》が有《あ》って、其事蹟《そのじせき》の永《なが》く伝《つた》わるのはよいことであり、子孫《しそん》の励《はげ》ましにもなることは確《たし》かだが、そればかりが余《あま》りに鮮《あざや》かに拝《おが》み祭《まつ》られる結果《けっか》は、幾多《いくた》の蔭《かげ》の霊《れい》を、無縁《むえん》とも柿《かき》の葉《は》とも言《い》わるるようなものに、落《おと》すことになるのであった。活《い》きて居《い》る間《あいだ》は一体《いったい》となって働《はたら》き、泣《な》くにも喜《よろこ》ぶにも常《つね》に其一部《そのいちぶ》であった者《もの》が引離《ひきはな》されて、歴史《れきし》はいつも寂《さび》しい個人《こじん》の霊《れい》のみを作《つく》ることになって居《い》る。それも必《かなら》ずしも万人《ばんにん》の仰《あお》ぎ認《みと》める者《もの》のみとは限《かぎ》らず、多《おお》くの孤霊《これい》の中《なか》にはただ家々《いえいえ》の私情《しじょう》によって、支持《しじ》せられて居《い》る者《もの》も多《おお》いのである。石塔《せきとう》がもとは埋墓《いけばか》とは独立《どくりつ》した祠廟《しびょう》であったことは前《まえ》に述《の》べたが、是《これ》を常人《じょうじん》にも許《ゆる》されたのは新《あたら》しいことで、別《べつ》に法令《ほうれい》の出《で》た様子《ようす》は無《な》いが、是《これ》が勝手《かって》にどしどしと建《た》つことになったのは、明治《めいじ》に入《はい》ってから後《のち》の事《こと》だったらしい。私《わたし》などの記憶《きおく》する所《ところ》では、もとはただ一基《いっき》の先祖代々之墓《せんぞだいだいのはか》というのが非常《ひじょう》に多《おお》かった。日清戦役《にっしんせんえき》はあの時代《じだい》としては絶大《ぜつだい》の事件《じけん》で、それに出《で》て行《い》って陣歿《じんぼつ》した若者《わかもの》の石碑《せきひ》が、頻《しき》りに村々《むらむら》の路《みち》の辻《つじ》などに出来《でき》たのが、個人《こじん》の為《ため》に立派《りっぱ》な墓石《はかいし》を作《つく》る一《ひと》つの端緒《たんしょ》であった。それから後《のち》は資力《しりょく》の有《あ》る人々《ひとびと》が、競《きそ》うて斯《こ》ういう挙《きょ》に出《い》ずるようになったかと思《おも》われる。それも国土《こくど》の面積《めんせき》の許《ゆる》す限《かぎ》り、支援《しえん》しなければならぬ良風《りょうふう》かも知《し》れぬし、又私《またわたくし》の問題《もんだい》の範囲内《はんいない》でも無《な》いが、何《なん》にもせよ斯《こ》うして永《なが》い世《よ》に名《な》を残《のこ》すということが、一方《いっぽう》には無名《むめい》の幾億《いくおく》という同胞《どうほう》の霊《れい》を、深《ふか》い埋没《まいぼつ》の底《そこ》に置《お》く結果《けっか》になって居《い》ることだけは考《かんが》えて見《み》なければならない。元《もと》からそうであったということは言《い》われぬのである。我々《われわれ》の先祖祭《せんぞまつり》は、一度《いちど》はかつて此問題《このもんだい》をあらましは解決《かいけつ》して居《い》た。家《いえ》が断絶《だんぜつ》して祭《まつ》る人《ひと》の無《な》い霊《れい》を作《つく》り出《だ》すことだけは、めいめいの力《ちから》では防《ふせ》がれなかったが、家《いえ》さえ立《た》って行《ゆ》けば千年続《せんねんつづ》いても、忘《わす》れられてしまうというものは無《な》い。少《すく》なくともそう信《しん》ずることがもとは出来《でき》たのである。此点《このてん》にかけては我邦《わがくに》の神《かみ》の道《みち》よりも、仏教《ぶっきょう》の方《ほう》がなお多《おお》く現世《げんせ》に偏《へん》して居《い》る。国《くに》が三千年《さんぜんねん》も其以上《それいじょう》も続《つづ》いて居《い》るということは、国民《こくみん》に子孫《しそん》が絶《た》えないことを意味《いみ》する。それがただ僅《わず》かな記憶《きおく》の限《かぎ》りを以《もっ》て、先祖《せんぞ》を祭《まつ》って居《い》てよいとなれば、民族《みんぞく》の縦《たて》の統一《とういつ》というものは心細《こころぼそ》くならざるを得《え》ない。それを仏教《ぶっきょう》が省《かえり》みなかったとは言《い》えまいが、少《すく》なくとも盆《ぼん》や墓所《ぼしょ》の祭《まつ》り方《ほう》を見《み》て居《い》ると、重《おも》きを其方《そちら》に置《お》かなかったとまでは評《ひょう》し得《え》られる。

語注 ○**妄執**…心の迷いから執着すること。○**柿の葉**…四〇節参照。○**日清戦役**…明治二七年（一八九四）から翌年にかけて、日本と清国の間で行われた戦争。日清戦争。○**陣歿**…陣没。戦地で死ぬこと。○**挙に出ずる**…事を起こす。

鑑賞 人は個人を捨て去って先祖という霊体に融け込み、家や国のために活躍するという考えが氏神信仰の基底であった。しかし、身近な死者ばかり考えるようになって、家の寿命を切り詰めたのは、未来のためにも損なことであった。

五八　無意識《むいしき》の伝承《でんしょう》

盆《ぼん》の祭《まつり》は仏法《ぶっぽう》の感化《かんか》によって、明《あきら》かに変形《へんけい》して居《い》るのであるが、それが現在《げんざい》もなお盛《さか》んであり又複《またふく》雑《ざつ》になった御蔭《おかげ》に、古《ふる》い習《なら》わしの若干《じゃっかん》はまだ其間《そのあいだ》に保存《ほぞん》せられて居《い》る。我々《われわれ》が書物《しょもつ》の通説《つうせつ》と学者《がくしゃ》の放《ほう》送《そう》をさし置《お》いて、是非《ぜひ》とも先《ま》ず年寄《としより》や女児供《おんなこども》の中《なか》に伝《つた》わるものを求《もと》めようとするのも、尋《たず》ねるのが痕《こん》跡《せき》であり、又無意識《またむいしき》の伝承《でんしょう》だからである。そうして今日《こんにち》の普通教育《ふつうきょういく》によって、最《もっと》も早《はや》く消《き》えてしまうものも、斯《こ》ういう方面《ほうめん》に散乱《さんらん》した、文字《もじ》と縁《えん》の薄《うす》い資料《しりょう》だからである。事《こと》があまりにも小《ちい》さく又鄙《またひな》びて居《い》るという理由《りゆう》が、却《かえ》って幸《さいわ》いに外部《がいぶ》からの攪乱《こうらん》を防衛《ぼうえい》していたことになった。村《むら》に生《うま》れた人々《ひとびと》も、之《これ》を我土地《わがとち》だけのおかしい風俗《ふうぞく》としか思《おも》って居《い》なかった。是《これ》が新《あら》たによその例《れい》と比較《ひかく》せられるに及《およ》んで、始《はじ》めてそう軽《かる》くは視《み》られぬ文化史上《ぶんかしじょう》の事実《じじつ》となって来《く》るのである。

例《れい》を新盆《にいぼん》の花《はな》やかなる棚飾《たなかざ》りなどの外《そと》に於《おい》て、極《きわ》めて普通《ふつう》のものから拾《ひろ》って見《み》るのがよいと思《おも》う。たとえば親子兄弟皆健《おやこきょうだいみなすこ》やかに日《ひ》を送《おく》り、近年暫《きんねんしばら》くは不幸《ふこう》も無《な》かったという家《いえ》は多《おお》いのだが、そういう家々《いえいえ》の先祖祭《せんぞまつり》は、実《じつ》はよっぽど楽《たの》しい待遠《まちどお》なものだった。盆《ぼん》を待《ま》つ心構《こころがま》えは何《なに》よりも食物《しょくもつ》の支度《したく》、家《か》屋家財《おくかざい》の拭《ふ》き磨《みが》き、新《あた》らしい晴着《はれぎ》の用意《ようい》に次《つ》いで、子供《こども》の戒《いまし》められるのは蜻蛉《とんぼ》やばったを捕《と》るなということ、喧嘩《けんか》をするな、泣《な》いたりわめいたりしないこと、それを盆《ぼん》さまがひどく嫌《きら》わっしゃると、教《おし》えて居《い》る家《いえ》は決《けっ》して少《すく》なくない。或《あるい》は又盆《またぼん》には常《つね》のような仕事《しごと》をしてはならぬこと、即《すなわ》ち休《やす》みは単《たん》なる労働《ろうどう》の免除《めんじょ》では無《な》くて、物忌《ものいみ》の一《ひと》つの慎《つつ》しみであった。裁《た》ち縫《ぬ》い洗濯《せんたく》などならば忙《いそが》しいからとも見《み》られるが、牛馬《ぎゅうば》を飼《か》う家《いえ》でも早《はや》くから草《くさ》を苅《か》りためて、盆中《ぼんちゅう》は苅《か》りに出《で》なかった。精霊様《しょうりょうさま》の足《あし》を傷《きず》けるといけないからと、十三日《じゅうさんにち》の魂迎《たまむか》えに先《さき》だって、もう里近《さとちか》くに来《き》て居《お》られるようなことを言《い》う人《ひと》もある。そうかと思《おも》うと一方《いっぽう》には盆草苅《ぼんくさか》り又《また》は盆路造《ぼんみちづく》りということがあった。大抵《たいてい》は七日又《なのかまた》はその以前《いぜん》に、山《やま》から降《お》りて来《く》る一筋《ひとすじ》の小径《こみち》を、村中《むらじゅう》が共《とも》に出《で》て苅払《かりはら》うので、それと同時《どうじ》に墓薙《はかな》ぎということもするから、是《これ》が高《たか》い処《ところ》から石塔《せきとう》の有《あ》るあたりまで、みたまの通路《つうろ》をきれいにして置《お》く趣旨《しゅし》であったことが判《わか》る。

七月十一日《しちがつじゅういちにち》の盆花採《ぼんばなと》りの行事《ぎょうじ》は、前《まえ》に正月《しょうがつ》の松迎《まつむかえ》と対照《たいしょう》して述《の》べて置《お》いた。もとは到着《とうちゃく》の期日《きじつ》が今《いま》少《すこ》し早《はや》くて、十五日《じゅうごにち》の黄昏《たそがれ》の松《まつ》の火以外《ひいがい》に、別《べつ》に何等《なんら》かのそれを確《たし》かめる兆候《ちょうこう》が有《あ》ったのかも知《し》れない。京《きょう》の松原《まつばら》の珍皇寺《ちんのうじ》などでは、槇《まき》の小枝《こえだ》によって精霊《しょうりょう》を迎《むか》え、それを一晩《ひとばん》は家《いえ》の井戸《いど》の中《なか》に、息《やす》めて置《お》くという話《はなし》が有名《ゆうめい》になって居《い》るが、日《ひ》はちがって居《い》ても稲荷山《いなりやま》の験《しるし》の杉《すぎ》、愛宕山《あたごやま》の樒《しきみ》、又《また》は津軽岩木《つがるいわき》山《さん》の松《まつ》の小枝《こえだ》のように、霊山《れいざん》から霊《れい》を迎《むか》えて来《く》る方式《ほうしき》は皆似通《みなにかよ》うて居《い》る。乃《すなわ》ちあの桔梗《ききょう》の紫《むらさき》の蕾《つぼみ》、又《また》は粟花《あわばな》の黄《き》なる花《はな》の穂《ほ》に、みたまの宿《やど》りを想像《そうぞう》した時代《じだい》もあったのである。もっと珍《めず》らしいのは九州《きゅうしゅう》の南端《なんたん》の田舎《いなか》には、盆市《ぼんいち》に出《で》て魂《たましい》を迎《むか》えて来《く》る風習《ふうしゅう》もあった。町《まち》の親《した》しい店屋《みせや》の片隅《かたすみ》を借《か》りて、盆《ぼん》の買物《かいもの》が終《お》った後《あと》、ささやかな酒盛《さかもり》をする。それから家々《いえいえ》の精霊部屋《せろべや》へ案内《あんない》して来《く》るのが、此地方《このちほう》の魂《たま》迎《むかえ》になるのだそうである。是《これ》などは所謂《いわゆる》ニゼロ、即《すなわ》ち新精霊《にいじょうりょう》の場合《ばあい》に限《かぎ》られて居《い》るが、東北《とうほく》では南部《なんぶ》の八戸《はちのへ》附近《ふきん》に、やはり歳《とし》の暮《くれ》の詰町《つめまち》に出《で》て、みたまを迎《むか》えて来《く》るという習《なら》わしが残《のこ》って居《い》た。祖霊《それい》が日《ひ》を期《き》して訪《おとず》れて来《く》るということは同《おな》じで、之《これ》を迎《むか》える作法《さほう》のみが、時代《じだい》によって色々《いろいろ》と改《あらた》められて居《い》る。そういう中《なか》でも市《いち》に迎《むか》えるということが、殊《こと》に是《これ》からの研究者《けんきゅうしゃ》には興味《きょうみ》があると思《おも》う。

語注 **○盆花採り**…二一節参照。**○京の松原の珍皇寺**…京都市東山区の松原通り沿いにある六道珍皇寺。**○津軽岩木山**…青森県西部にある山。**○南部の八戸附近**…今の青森県八戸市付近。**○歳の暮の詰町**…年末の最後の市。

鑑賞 無意識の伝承は、文字と縁が薄いために最も早く消えてしまうが、年寄や女子供の中にはそれがよく残されている。それはおかしな風俗ではなく、比較によって、軽くは見られない文化史上の事実になる。

五九　このあかり

盆《ぼん》の十三日《じゅうさんにち》の魂迎《たまむかえ》の行事《ぎょうじ》にも、まだ仏教《ぶっきょう》の圏外《けんがい》に在《あ》るものが少《すく》なくはない。第一《だいいち》にはこの夕方《ゆうがた》の迎《むかえ》火《び》を焚《た》く処《ところ》、通例《つうれい》は一旦参《いったんまい》り墓《ばか》の石塔《せきとう》の前《まえ》で焚《た》いて、其火《そのひ》を提灯《ちょうちん》に移《うつ》して迎《むか》えて来《く》るというのが多《おお》いだろうが、町《まち》や墓所《ぼしょ》の遠《とお》い家《いえ》で無《な》くとも、之《これ》をめいめいの門《かど》の口《くち》だけに焚《た》くという例《れい》は幾《いく》らも有《あ》り、又《また》は路《みち》の辻《つじ》や小川《おがわ》の岸《きし》から、すぐに家々《いえいえ》へ迎《むか》えて来《く》るように、そこへ出《で》て此火《このひ》を挙《あ》げるものがある。もっと目《め》に立《た》つのは村《むら》うちが申《もう》し合《あわ》せて、附近《ふきん》の定《さだ》まった岡《おか》の頂上《ちょうじょう》に登《のぼ》り、そこで大《おお》きな火《ひ》を燃《もや》すもので、それが今《いま》では小児《しょうに》の役《やく》となって居《い》る故《ゆえ》に、彼等《かれら》にも手《て》に手《て》に小《ちい》さな松明《たいまつ》を持《も》たせ、それを振《ふ》ったり投《な》げ上《あ》げたり、又《また》は声《こえ》高《たか》くわめいたりすることを許《ゆる》して居《い》る。それで半分《はんぶん》はもう遊《ゆう》戯《ぎ》のようになり、其為《そのため》に別《べつ》に門前《もんぜん》や墓前《ぼぜん》の火《ひ》も焚《た》いて居《い》るようだが、曾《かつ》ては是《これ》が成人《せいじん》の真面目《まじめ》な作法《さほう》であったことは、まだ実例《じつれい》も有《あ》るから想像《そうぞう》に難《かた》くない。切籠《きりこ》や岐阜提灯《ぎふちょうちん》の普及《ふきゅう》する以前《いぜん》、竿《さお》の頭《あたま》に高灯籠《たかとうろう》を揚《あ》げ、又《また》は大《おお》きな柱松明《はしらたいまつ》に火《ひ》をつけて、曳起《ひきおこ》すということも一仕事《ひとしごと》であったが、是《これ》とてもすべ

図版14　高灯籠

て後《のち》の考案《こうあん》であり、その又一《またひと》つ前《まえ》にはただ盛《さか》んな火《ひ》を焚《た》くことが、盆《ぼん》と正月《しょうがつ》との祭《まつり》の中心《ちゅうしん》になって居《い》た時代《じだい》もあった。それが夜《よる》の空《そら》に照《て》り輝《かがや》くのを、遠《とお》くから美《うつく》しいと眺《なが》めて居《い》た人々《ひとびと》が、之《これ》を祖霊《それい》の道《みち》しるべの如《ごと》く、考《かんが》え始《はじ》めたのも至《いた》って自然《しぜん》であるが、もとは此時《このとき》よりももっと前《まえ》に、もう来賓《らいひん》は著《つ》いて居《お》られるものとして居《い》たらしいのである。とにかくに現在《げんざい》は、此火《このひ》が燃《も》えて来《く》るとすぐに、居合《いあ》わす人々《ひとびと》は昂奮《こうふん》して、多《おお》くは小児《しょうに》の口《くち》を仮《か》りてだけれども、口々《くちぐち》に最《もっと》も素朴《そぼく》なる招魂《しょうこん》の辞《じ》を唱《とな》えしめた。

諏訪《すわ》地方《ちほう》では盆《ぼん》の六日《むいか》の晩《ばん》にもう此火《このひ》を焚《た》いて、小児等《しょうにら》は之《これ》をキヤランノウと呼《よ》んで居《い》た。たしかに「来《き》たまわぬかよ」の地方語《ちほうご》だったろうと思《おも》うのだが、土地《とち》の人《ひと》たちには来《き》やれノンノウだと謂《い》う者《もの》もある。島根《しまね》鳥取《とっとり》の二県《にけん》の村里《むらざと》で、盆《ぼん》の精霊《しょうりょう》をコナカレさんなどと謂《い》って居《い》るのは、疑《うたが》い無《な》く「此《この》あかり」という唱《とな》えごとから出《で》て居《い》る。今《いま》でも十三日《じゅうさんにち》には墓《はか》や川戸《かど》の傍《かたわら》に火《ひ》を燃《も》やして、

盆《ぼん》さん盆《ぼん》さん
このあかりでございやあし

と、何度《なんど》も何度《なんど》もくりかえす者《もの》があるということである。同《おな》じ唱《とな》え言葉《ことは》は日本海岸《にほんかいがん》もずっと北《きた》の方《ほう》、秋田《あきた》から津軽《つがる》にかけ

図版15　このあかり

て弘《ひろ》く又久《またひさ》しく行《おこな》われて居《い》る。古《ふる》い頃《ころ》の例《れい》を二《ふた》つほど引《ひ》くならば、寛政年間《かんせいねんかん》の奥民図彙《おうみんずい》には弘前附近《ひろさきふきん》の民俗《みんぞく》として、
七月十三日《しちがつじゅうさんにち》の魂祭《たままつり》するを、ほかいするという。樺火《かばび》とて桜《さくら》の木《き》の皮《かわ》を門毎《かどごと》に焚《た》く。その焚《た》くときの詞《ことば》、

おんじいな、おんばうな
べここうまこに乗《の》って
来《き》とうらい、来《き》とうらい

それから二十年《にじゅうねん》ほど後《のち》の秋田風俗問状答《あきたふうぞくといじょうこたえ》には、此時《このとき》の子供言葉《こどもことば》を次《つぎ》のように録《ろく》して居《い》る。

おんじいな、おんばあな
馬《うま》こに乗《の》って、べここに乗《の》って
あかるいに来《き》とうらえ来《き》とうらえ

十六日《じゅうろくにち》の送《おく》り火《び》の時《とき》には、勿論是《もちろんこれ》を「行《い》っとうらえ」というのである。百数十年後《ひゃくすうじゅうねんご》の今日《こんにち》でも、まだ子供等《こどもら》はほぼ同《おな》じ文句《もんく》を持伝《もちつた》えて居《い》る。信州《しんしゅう》の北部各地《ほくぶかくち》にも、ただ方言《ほうげん》の僅《わず》かなさし替《かえ》を以《もっ》て、此《この》唱《とな》えごとは最近《さいきん》まで行《おこな》われて居《い》た。

じいさん、ばあさん

此《この》あかりでおでやれおでやれ

十六日《じゅうろくにち》には是《これ》をおけえりやれおけえりやれとちがえるだけであった。上総《かずさ》の君津郡《きみつぐん》の例《れい》というのは、

おんじいおんばあ、是《これ》をあかりに
御茶飲《おちゃの》みにおいでなして下《くだ》され

是《これ》が本来《ほんらい》は僅《わず》かな子供《こども》の思《おも》いつきで無《な》しに、村中声《むらじゅうこえ》を合《あわ》せて毎年《まいとし》の盆《ぼん》にくりかえし、幼《おさ》ない者《もの》も学《まな》び、年《とし》とった者《もの》も思《おも》い出《だ》したのだとすると、古来農民《こらいのうみん》の物《もの》の考《かんが》え方《かた》の上《うえ》に、大《おお》きく働《はたら》いて居《い》たことは説《と》き立《た》てるまでもあるまい。

語注 ○**切籠や岐阜提灯**…盆の時に仏前に供える切籠灯籠や岐阜特産の提灯。○**竿の頭に高灯籠を揚げ**…「盆の精霊を迎えるために、高い竿の先に灯籠をつけて掲げる風が広い」「新仏の家に限る場合が多く、精霊を祭る家のしるしとも考えられている」（『綜合日本民俗語彙』第二巻「タカトウロウ」、図版14「タカトウロウ　福島県大沼郡中ノ川村（今の河沼郡柳津町）」）。○**諏訪地方**…今の長野県中部地方。○**此あかり**…盆の迎え火と送り火をいう（『綜合日本民俗語彙』第二巻「このあかり」、図版15「コノアカリ　東京郊外」）。○**津軽**…三三節参照。○**寛政年間**…一七八九～一八〇一年。○**奥民図彙**…比良野《ひらの》貞彦（?～一七九八）著の津軽の地誌で、内閣文庫に所蔵がある。この歌は「盆中魂祭」に見える。○**樺火**…盆の迎え火のこと。元は白樺の木の皮を焚いたことから、この名がある。○**秋田風俗問状答**…正確には『出羽国秋

田領風俗問状答』といい、江戸幕府の右筆・屋代弘賢《やしろひろかた》（一七五八～一八四一）が出した「諸国風俗問状」に対して、文化一一年（一八一四）に秋田藩藩校・明徳館の那珂通博《なかみちひろ》（一七四八～一八一七）がまとめたもの。この歌は「送り火迎い火の事」に見える。○信州…二節参照。○上総の君津郡…今の千葉県君津市。

鑑賞 盆の魂迎えの行事には、仏教の圏外にあるものが少なくない。盛んに火を焚くのは、祖霊の道しるべにするためであった。各地に残る「このあかり」もそれに当たる。

六〇 小児《しょうに》の言葉《ことば》として

他《ほか》にもまだこの話《はなし》によって、自分《じぶん》の郷里《きょうり》の事《こと》を思《おも》い当《あた》る人《ひと》は多《おお》いにちがいないが、私《わたし》などの感動《かんどう》する点《てん》は、御先祖《ごせんぞ》さま精霊《しょうりょう》さん、その他色々《たいろいろ》と此日《このひ》の訪問者《ほうもんしゃ》の名《な》が有《あ》った中《なか》に、どう謂《い》えば小児《しょうに》に最《もっと》も親《した》しく、又《また》なつかしく考《かんが》えられるだろうかという心《こころ》づかいを、夙《はや》く年寄《としより》たちがして居《い》たことである。爺《じい》さん婆《ばあ》さんは固《もと》より或一組《あるひとくみ》の老夫婦《ろうふうふ》を、さしたもので無《な》いことは判《わか》って居《い》る。先祖《せんぞ》の中《なか》には若《わか》く惜《おし》まれて世《よ》を去《さ》った者《もの》、又《また》は一人残《ひとりのこ》って老《お》い朽《く》ちた者《もの》もまじって居《い》たろうが、それを総括《そうかつ》して何《なに》か単純《たんじゅん》な呼《よ》び名《な》を付《つ》けようとすれば、やはり斯《こ》ういうのが子供《こども》には安《やす》らかだと思《おも》ったのである。或《あるい》は大昔《おおむかし》まだじいばあという語《ご》の出来《でき》なかった頃《ころ》にも、既《すで》に是《これ》に当《あた》るような名《な》が行《おこな》われて居《い》て、それをただ時代《じだい》と共《とも》に言《い》い変《か》えて来《く》ればよかったのかとも私《わたし》は思《おも》う。少年少女《しょうねんしょうじょ》には一人々々《ひとりひとり》、有《あ》りし日《ひ》の面影《おもかげ》を思《おも》い浮《うか》べる必要《ひつよう》も無《な》い。又《また》そういうことをすれば却《かえ》って記念《きねん》の厚薄《こうはく》が出来《でき》るのであった。ただ彼等《かれら》にはまだ現実《げんじつ》の祖父母《そふぼ》をもつ場合《ばあい》が多《おお》い故《ゆえ》に、感覚《かんかく》が細《こま》かくなると、是《これ》を其《その》ままには高《たか》く呼《よ》べない場合《ばあい》が出《で》来《き》たろうと思《おも》うのみである。

関東《かんとう》の各処《かくしょ》では、盆《ぼん》に来《く》る御先祖《ごせんぞ》だけを特《とく》にノンノジイ、又《また》ノンノバアと謂《い》って居《い》る者《もの》がある。是《これ》などはたしかに活《い》きて居《い》る爺婆《じいばあ》に斟酌《しんしゃく》した新語《しんご》と思《おも》うが、どうしてそういうのかが不明《ふめい》になりかけて居《い》るから、もう是《これ》からは流布《るふ》することもあるまい。ノンノは日月神仏《じつげつしんぶつ》をノノ様《さま》というから、拝《おが》むという意味《いみ》で附添《つけそ》えたのかとも考《かんが》えられるが、以前《いぜん》はたしかに喚《よ》び掛《か》ける言葉《ことば》に、ノウノウということが今《いま》よりも多《おお》く、それを又新《またあら》たに注意《ちゅうい》を惹《ひ》こうとするとき、殊《こと》に神仏《しんぶつ》への悃願《こんがん》の場合《ばあい》に、限《かぎ》って用《もち》いようとした者《もの》もあったのである。南無《なむ》という詞《ことば》の児童形《じどうけい》のように言《い》う人《ひと》もあり、現《げん》に又仏壇《またぶつだん》をナンマイ様《さま》、マンマンさんなどと言《い》わせて居《い》る家《いえ》もあるが、それとこのノンノとは恐《おそ》らく別《べつ》で、後者《こうしゃ》は寧《むし》ろ今日《こんにち》のネェやナア、即《すなわ》ちただ物申《ものもう》すの代《かわ》りに、幾分《いくぶん》か子供《こども》や婦人《ふじん》などが滋《しげ》く使《つか》ったのかと思《おも》う。法師《ほうし》をノンノという方言《ほうげん》も有《あ》るが、信州《しんしゅう》から越後《えちご》にかけては巫女比丘尼《みこびくに》、又《また》は下級《かきゅう》の神職《しんしょく》をさえそう呼《よ》ぶ地方《ちほう》がある。察《さっ》するに曾《かつ》ては盆《ぼん》に来《こ》られる先祖《せんぞ》に対《たい》して、ノウノウと物《もの》を言《い》い掛《か》けた名残《なごり》であろう。

単《たん》に爺様《じいさま》婆様《ばあさま》という名《な》を付《つ》けても、之《これ》に向《むか》って人《ひと》に物《もの》を言《い》うように、話《はな》しかけることがもとは出来《でき》たのである。是《これ》も近頃《ちかごろ》は此《この》あかりと同様《どうよう》に、小児《しょうに》に言《い》わせてただ聴《き》くばかりとなって居《い》るが、自分《じぶん》の熟知《じゅくち》する中部《ちゅうぶ》の或地方《あるちほう》などは、今《いま》は世盛《よざか》りの人《ひと》の少年《しょうねん》の頃《ころ》まで、十三日《じゅうさんにち》の日《ひ》の暮《くれ》には墓《はか》の前《まえ》で、火《ひ》を焚《た》き提灯《ちょうちん》に移《うつ》してから、背《せ》へ手《て》をまわしてじいさまばあさま、さあ行《ゆ》きましょうと、負《お》う真似《まね》をしたものであったという。或《あるい》はもっと具体的《ぐたいてき》に、墓《はか》の前《まえ》の小石《こいし》を一《ひと》つ拾《ひろ》って、手背負《てじょい》にして来《く》る者《もの》もあった。それからやや離《はな》れた村《むら》の老人《ろうじん》には、毎年《まいとし》の盆《ぼん》の墓参《はかまい》りに必《かなら》ず新《あた》らしい荷縄《になわ》を作《つく》って、それを肩《かた》に掛《か》けて行《ゆ》く者《もの》があった。何《なに》にするのかと人《ひと》が尋《たず》ねると、ほとけ様《さま》を負《お》うて来《く》るのだと答《こた》えたということである。もとは神様《かみさま》にもそうしたという話《はなし》はあるが、ともかくも爰《ここ》では御先祖《ごせんぞ》だけにそれが残《のこ》って居《い》たのである。

又私《またわたし》の聴《き》いて居《い》る或武家《あるぶけ》の老主婦《ろうしゅふ》は、明治《めいじ》も中頃《なかごろ》に近《ちか》くなるまで、盆《ぼん》の魂祭《たままつ》りの日《ひ》は黒《くろ》の紋服《もんぷく》を着《き》て玄関《げんかん》の式台《しきだい》に坐《すわ》り、まるで生人《せいじん》に対《たい》するような改《あらた》まった挨拶《あいさつ》をした。まことに行届《ゆきとど》かぬ御《お》もてなしでございましたのに、よう御逗留下《ごとうりゅうくだ》さいました。又来年《またらいねん》も御待《おま》ち申《もう》しますというような言葉《ことば》を、もっと長《なが》く丁寧《ていねい》に述《の》べられたということである。それに答《こた》えられるともうなずかれるとも、思《おも》って居《い》たわけでは有《あ》るまいが、恐《おそ》らくは是《これ》が代々《だいだい》のこの家《いえ》の作法《さほう》で、今日《こんにち》の教育《きょういく》とはちがって、斯《こ》う言《い》え斯《こ》う思《おも》えと教《おし》える代《かわ》りに、自分《じぶん》で直接《ちょくせつ》に実行《じっこう》して見《み》せられたのであろう。私《わたし》などの家《いえ》でも、もとは主人《しゅじん》が袴《はかま》をはいて、迎《むか》え送《おく》りに表《おもて》の口《くち》まで出《で》た。それを形式《けいしき》だの虚礼《きょれい》だのと言《い》った人《ひと》は、是《これ》が子供《こども》たちに昔《むかし》を考《かんが》えさせる機会《きかい》だったということを忘《わす》れて居《い》るのである。足洗《あしあら》い水《みず》と謂《い》って縁側《えんがわ》に新《あた》らしい盥《たらい》を置《お》き水《みず》を張《は》り、又《また》は草履《ぞうり》を揃《そろ》えて置《お》くというなども、目的《もくてき》はやや又第二《まただいに》の点《てん》に在《あ》ったのかも知《し》れない。しかもたまたまは年《とし》とった者《もの》などが、自分《じぶん》が孫《まご》であり祖父《そふ》や祖母《そぼ》と共《とも》に居《い》た日《ひ》のことを憶《おも》い起《おこ》し、更《さら》に又今《またいま》の孫《まご》たちの自分《じぶん》のようになる日《ひ》を、想像《そうぞう》して見《み》るのも多《おお》くは此際《このさい》の事《こと》であった。

語注 ○**斟酌した**…考慮した。○**悃願**…懇願。○**信州から越後にかけては**…今の長野県から新潟県にかけては。○**此あかり**…五九節参照。○**式台**…玄関先に設けた一段低い板敷き。○**虚礼**…誠意の伴わない礼儀。

鑑賞 「小児の言葉として」という小見出しが付くように、ここで柳田国男は子供の造語力に言及している。「盆に来る御先祖だけを特にノンノジイ、又ノンノバアと謂って居る者がある」ことについては、昭和一〇年（一九三五）から一二年（一九三七）発行の『愛育』第一巻第一号・第二号・第三巻第一号に載せた「子供と言葉」にも、次のような一節があった（後に『小さき者の声』に収録）。「神仏をノノサマという小児語は、東京あたりにもまだ行われて居るようですが、是が起原であった祈願の発端の言葉は、もう久しい前から用いる人が無くなって居ります。或いは経文を読む声を真似たようにも解して居る方があるかも知れませんが、仏様には限らず、又僧侶以外の人にもこの語は宛てられて居るのです。月をノノサマという例も方々にあります。信州などで神や人の霊の口寄せをする一種の巫女《みこ》をノノウといい、或いはただの家の老翁をそういう土地もあるのを見ると、多分はノウノウという人即ち祈禱をする人というだけでありましょう。九州もずっと南の方の田舎では、神をノノサマという語があると共に、子供が何かまじないの様なことをする時にノウノウノウと唱え、又その呪法をノノクンジョとも謂って居るそうであります。乃ち中央ではもはや其風習《そのふうしゅう》はすたれましたけれども、少なくともノノサマに其名残を留めて居るので、緑児は言わば無意識の記録掛りでありました」と述べている。

こうした分析が改めてここに持ち出され、位置づけなおされたことが知られる。

六一　自然《しぜん》の体験《たいけん》

御先祖《ごせんぞ》になるという言葉《ことば》には、二《ふた》つの稍《やや》ちがった意味《いみ》が有《あ》ると言《い》って置《お》いたが、煎《せん》じ詰《つ》めて見《み》れば二《ふた》つとも、盆《ぼん》に斯《こ》うして還《かえ》って来《き》て、ゆっくりと遊《あそ》んで行《ゆ》く家《いえ》を持《も》つようにと、いう意味《いみ》であることは同《おな》じであった。以前《いぜん》は或《あるい》は正月《しょうがつ》と二度《にど》、もしくは春秋《しゅんじゅう》の彼岸《ひがん》の中日《ちゅうにち》その他《た》、別《べつ》に定《き》まった日《ひ》が有《あ》ったように私《わたし》は考《かんが》えるのだが、その点《てん》はどうきまろうとも、兎《と》に角《かく》に毎年《まいとしすく》少なくとも一回《いっかい》、戻《もど》って来《き》て子孫後裔《しそんこうえい》の誰彼《だれかれ》と、共《とも》に暮《くら》し得《え》られるのが御先祖《ごせんぞ》であった。死後《しご》には何等《なんら》の存在《そんざい》も無《な》いものと、考《かんが》えて居《い》る人々《ひとびと》は言《い》うにも及《およ》ばず、そうで無《な》くともそんな事《こと》は当《あ》てにならぬと、疑《うたが》って居《い》る者《もの》にも是《これ》は重要《じゅうよう》な話《はなし》では無《な》いだろうが、我々《われわれ》の同胞国民《どうほうこくみん》は、いつの世《よ》からとも無《な》く之《これ》を信《しん》じ、又今《またいま》でもそう思《おも》って居《い》る人々《ひとびと》が相当《そうとう》の数《かず》なのである。この信仰《しんこう》の一《ひと》つの強味《つよみ》は、新《あら》たに誰《だれ》からも説《と》かれ教《おし》えられたので無《な》く、小《ちい》さい頃《ころ》からの自然《しぜん》の体験《たいけん》として、父母《ふぼ》や祖父母《そふぼ》と共《とも》にそれを感《かん》じて来《き》た点《てん》で、若《わか》い頃《ころ》には暫《しば》らく半信半疑《しんはんぎ》の間《あいだ》に在《あ》った者《もの》でも、年《とし》を取《と》って後々《のちのち》のことを考《かんが》えるようになると、大抵《たいてい》は自分《じぶん》の小《ちい》さい頃《ころ》に、見《み》たり聴《き》いたりして居《い》た前《まえ》の人《ひと》の話《はなし》を憶《おも》い出《だ》して、可《か》なり心強《こころづよ》い気持《きもち》になって是《これ》を当《あ》てにするようになるのみか、家《いえ》の中《なか》でもそれを受合《うけあ》うべく、毎年《まいとし》の行事《ぎょうじ》をたゆみ無《な》く続《つづ》けて、もとは其希望《そのきぼう》を打消《うちけ》そうとするような、態度《たいど》に出《い》ずる者《もの》は一人《ひとり》も無《な》かった。乃《すなわ》ち此信仰《このしんこう》は人《ひと》の生涯《しょうがい》を通《つう》じて、家《いえ》の中《なか》に於《おい》て養《やしな》われて来《き》たのである。証拠《しょうこ》が無《な》いというようなことを、考《かんが》えて見《み》る折《おり》はちっとも無《な》かったという以《い》上《じょう》に、寧《むし》ろ其信仰《そのしんこう》に基《もと》づいて、新《あら》たに数々《かずかず》の証拠《しょうこ》を見《み》たのである。

誰《だれ》でも自分《じぶん》の郷里《きょうり》だけの、珍《めず》らしい例《れい》だと思《おも》って居《い》る一《ひと》つの言《い》い伝《つた》えが、北《きた》は秋田県《あきたけん》の八郎湖畔《はちろうこはん》から、南《みなみ》は鹿児島県《かごしまけん》の一《ひと》つの離《はな》れ島《じま》まで、十数箇所《じゅうすうかしょ》の土地《とち》に分布《ぶんぷ》して居《い》ることを知《し》って、私《わたし》などは喫驚《きっきょう》したことである。昔《むかし》よく稼《かせ》ぐ若《わか》い夫婦者《ふうふもの》が、盆《ぼん》にも休《やす》まずに畠《はたけ》に出《で》て働《はたら》いて居《い》ると、路《みち》を通《とお》る話《はな》し声《ごえ》だけは聴《きこ》えて、その話《はなし》をする人《ひと》の姿《すがた》は見《み》えない。折角斯《せっかくこ》うして戻《もど》って来《き》たのに、何《なん》の支度《したく》もして居《い》なかった。

あんまり腹《はら》が立《た》つから突《つ》き落《お》として来《き》たと言《い》って居《い》る。はっと思《おも》って胸騒《むなさわ》ぎがして、急《いそ》いで飛《と》んで帰《かえ》って来《き》て見《み》ると、小《ちい》さい子《こ》が炉《ろ》に落《お》ちて怪我《けが》をして居《い》たという話《はなし》、たった是《これ》だけのことであり、又持《またも》ってあるく者《もの》もあるまいと思《おも》うような話《はなし》だが、それでも斯《こ》ういう言葉《ことば》にはっと思《おも》い当《あた》る人《ひと》が、到《いた》る処《ところ》に居《い》たということは判《わか》るのであった。或《あるい》は又好意《またこうい》を示《しめ》した人《ひと》の霊《れい》に誘《さそ》われて、その家《いえ》の祭《まつり》に行《い》って見《み》た者《もの》があった。主人《しゅじん》が召仕《めしつかい》を叱《しか》り飛《と》ばすのを聴《き》いて、ああいやだと言《い》って幽霊《ゆうれい》は帰《かえ》ってしまい、後《あと》に取《とり》残《のこ》されて其者《そのもの》の姿《すがた》が顕《あらわ》れたという話《はなし》、是《これ》なども二三《にさん》の土地《とち》の旧話《きゅうわ》として採集《さいしゅう》せられて居《い》るのみで無《な》く、古《ふる》くは日本霊異記《にほんりょういき》にもやや似《に》た記事《きじ》があって、十二月晦日《じゅうにがつみそか》の祭《まつり》の日《ひ》にと言《い》って居《お》り、又《また》支那《しな》の近代《きんだい》にも同《おな》じような言《い》い伝《つた》えがあった。家《いえ》を平和《へいわ》に又清浄《またせいじょう》に保《たも》つということが、みたまを迎《むか》え祭《まつ》る大切《たいせつ》な条件《じょうけん》であることを、古人《こじん》は通例《つうれい》斯《こ》ういう具体的《ぐたいてき》な形《かたち》によって、永《なが》く銘記《めいき》しようとして居《い》た。それをただ珍《めず》らしいと思《おも》って聴《き》くことが、同時《どうじ》に又是《またこれ》から大《おお》きくなって行《ゆ》こうとする人《ひと》たちの為《ため》に、殊《こと》に安《やす》らかな教養《きょうよう》の道《みち》でもあったのである。

語注 ○秋田県の八郎湖畔…秋田県北西部にある八郎潟の湖畔。○喫驚した…びっくりした。○日本霊異記にもやや似た記事があって…『日本霊異記』は平安時代の仏教説話集。編者は景戒《けいかい》（生没年未詳）。これは上巻第一二の「人・畜《ケモノ》に履《フ》まれし髑髏《ヒトカシラ》の、救い収めらえて霊《アヤ》しき表《シルシ》を示して、現に報いし縁」を指す。大晦日の魂祭に死んだ弟の霊を拝むところに、幽霊が現れたという話。○支那の近代にも同じような言い伝えがあった…この話は「枯骨報恩型の民話として世界中に見られる。中国、日本の説話に限っても句道興撰『捜神記』侯光侯周説話はモチーフ・構成ともに類似している」（中田祝夫校注・訳者『日本霊異記』小学館、一九九五年）とされる。

鑑賞 柳田国男は昭和五年（一九三〇）の講演にもとづく「桃太郎の誕生」で、後に「歌い骸骨」と命名した昔話を取り上げて、こんなふうに述べている（後に『桃太郎の誕生』に収録）。「欧羅巴《ヨーロッパ》では可なりもてはやされて居る昔話に、古風なる死人感謝譚（ルモールルコンネッサン）というのがある。或《あるい》は又歌うたう骸骨とも謂って、其《その》死人が髑髏《どくろ》になって歌ったり過去を語ったりしたという話が多い。是なども日本霊異記の昔から、よく纏まった形で久しい間、弘《ひろ》く我々の中には伝承せられて居た。私は此《この》事実を解して、此種の説話が夙《はや》く神話信仰の時代を去り、一箇言語の芸術となってしまってから後に、この日本民族の間に運び込まれたことを、意味するものであろうかと思って居る」と述べていた。柳田は『グリム童話集』にある「歌い骸骨」を念頭に置き、「日本民族の間に運び込まれた」と考えていたにちがいない。別に、「熟した果実として受用せられたもの」であるために、「渡来後の変化が案外に少なかったのではないかと思う」とも指摘した。しかし、ここでは「伝播」ではなく、この昔話の「神話信仰の時代」を想起して引いていることになる。そうした態度には、いささかの矛盾が感じられなくもない。『先祖の話』では、架空の昔話と関係があることを避けるような書き方をしていることに気がつく。

六二　黄泉《よみ》思想《しそう》なるもの

霊魂《れいこん》の行《ゆ》くえということに就《つい》ては、殆《ほどん》と民族毎《みんぞくごと》にそれぞれの考《かんが》え方《かた》が有《あ》って、之《これ》を人種区別《じんしゅくべつ》の目標《もくひょう》としてもよいかと思《おも》う位《くらい》である。ただ進《すす》んだ国々《くにぐに》では、新《あら》たに又幾《またいく》つかの考《かんが》え方《かた》が附加《つけくわ》わり入交《いりまじ》り、互《たが》いに他《た》のものを不透明《ふとうめい》にしようとして居《い》るのである。それを見分《みわ》けるというのが既《すで》に容易《ようい》ならぬ仕《し》事《ごと》だ。まして其中《そのなか》のどれが真実《しんじつ》、どれが最《もっと》も正《ただ》しいかを極《きわ》めるなどは、何人《なんぴと》の力《ちから》にも叶《かな》うことで無《な》い。そういう出来《でき》もせぬことを企《くわだ》てる者《もの》に限《かぎ》って、大抵《たいてい》はもう或一《あるひと》つに囚《とら》われて居《い》るのである。私《わたし》たちはこの大《おお》きな疑問《ぎもん》を釈《と》く為《ため》にも、先《ま》ず事実《じじつ》を精確《せいかく》にしなければならぬと思《おも》うのだが、今《いま》はそれよりも更《さら》に大急《おおいそ》ぎで、答《こた》えを見《み》つけなければならぬ問題《もんだい》があって、それにも亦《また》この現実《げんじつ》の知識《ちしき》が必要《ひつよう》なのである。判《わか》りきった事《こと》だが信仰《しんこう》は理論《りろん》で無《な》い。そうして又過去《またかこ》は斯《こ》うだったという物語《ものがたり》でも無《な》く、自分《じぶん》には斯《こ》うしか考《かんが》えられぬという御披露《ごひろう》とも別《べつ》なものである。眼前我々《がんぜんわれわれ》と共《とも》に活《い》きて居《い》る人々《ひとびと》が、最《もっと》も多《おお》く且《か》つ最《もっと》も普通《ふつう》に、死後《しご》を如何《いか》に想像《そうぞう》し又感《またかん》じつつあるかというのが、知《し》って居《お》らねばならぬ事実《じじつ》であり、それが又実際《またじっさい》に、この大《おお》きな国運《こくうん》の歩《あゆ》みを導《みちび》いても居《い》るのである。どうして此《かく》の如《ごと》き事実《じじつ》が有《あ》るのか、又有《またあ》ると見《み》るのは果《はた》して誤《あやま》りが無《な》いかという、小《ちい》さな疑《うたが》いを先《ま》ず片付《かたづ》けてかかることになって、爰《ここ》に始《はじ》めてその過去《かこ》の物語《ものがたり》をも、確《たし》かめる必要《ひつよう》が生《しょう》じて来《く》るのである。

歴史《れきし》をただ暗記《あんき》しようとする人《ひと》ばかり多《おお》いので困《こま》る。何故《なにゆえ》にこの様《よう》な大切《たいせつ》なことを疑《うたが》って見《み》なかったか。我々《われわれ》の精霊《しょうりょう》さまは、毎年《まいとし》たしかな約束《やくそく》があって来《こ》られ、又決《またけっ》してよその家《いえ》へは行《ゆ》かれない。行《ゆ》く所《ところ》がきまらぬのでうろつきまごつき、測《はか》らず立寄《たちよ》られるのだと思《おも》った者《もの》などは一人《ひとり》も居《い》なかった。それにも拘《かかわ》らず往生安楽国《おうじょうあんらくこく》、早《はや》くあちらへ往《い》っておしまいなさいと、勧《すす》め励《はげ》ますことが果《はた》して懇《ねんご》ろな御《お》あしらいであったろうか。私等《わたしら》から見《み》ると、そうして又其様《またそのよう》な教化《きょうか》が追々《おいおい》に、効目《ききめ》の現《あら》われるものと思《おも》うことが出来《でき》たのであろうか。あの棚経《たなぎょう》の言葉《ことば》が陳芬漢《ちんぷんかん》で、死者《ししゃ》にも生者《せいじゃ》にもよく通《つう》じなかったので、せめて気《き》まずい思《おも》いをすることが少《すく》なかったからよいが、詳《くわ》しく意味《いみ》が判《わか》ったらびっくりせずには居《い》られなかったろう。と思《おも》ってもよい程《ほど》に、寺《てら》と在家《ざいけ》との計画《けいかく》はちがって居《い》たのである。寒温二《かんおんふた》つの潮流《ちょうりゅう》の出合《であ》いには霧《きり》が起《おこ》る。まことに好《い》い加減《かげん》な説明《せつめい》を以《もっ》て、納得《なっとく》して居《い》た方《ほう》にも責任《せきにん》が無《な》いとは言《い》えない。東国《とうごく》の村々《むらむら》には盆《ぼん》の月《つき》の朔日《ついたち》を石《いし》の戸《と》などと謂《い》って、此朝地面《このあさじめん》に耳《みみ》をあてて聴《き》くと、地獄《じごく》の門《もん》の扉《とびら》のぎいと開《あ》く音《おと》がするという話《はなし》さえ伝《つた》わって居《い》る。即《すなわ》ち我々《われわれ》の先祖《せんぞ》がすべて土《つち》の底《そこ》に、常《つね》は閉《と》じ籠《こ》められて此日《このひ》を待《ま》って居《い》るように、説《と》いて聴《き》かせた者《もの》もあったらしいのである。地獄《じごく》がこの国土《こくど》の何処《どこ》かの山奥《やまおく》に、在《あ》るかの如《ごと》く噂《うわさ》せられることは、老《お》いたる凡人《ぼんじん》には心細《こころぼそ》くない話《はなし》でも無《な》かったろうが、それでもまだ半分《はんぶん》は古《ふる》い考《かんが》え方《かた》に拠《よ》ろうとして居《い》た。人《ひと》の計算力《けいさんりょく》の極度《きょくど》を示《しめ》すような遠距《えんきょ》離《り》から、毎年《まいとし》日《ひ》を約《やく》して訪《おとず》れるということの方《ほう》が、遥《はる》かに我々《われわれ》の想像《そうぞう》を飛《と》び離《はな》れて居《い》たのである。それを何《なん》とかして調和《ちょうわ》させようとして居《い》た所《ところ》に、説教者《せっきょうしゃ》の骨折《ほねおり》もあったか知《し》らぬが、又無理《またむり》なこじつけもあったと思《おも》われる。殊《こと》に地面《じめん》の下《した》ということによって、地獄《じごく》に降《くだ》る者《もの》を多《おお》くしたなどは、何《なん》としても残酷《ざんこく》な話《はなし》だった。

語注 ○黄泉…死者が行くと信じられた地下の国。○陳芬漢…訳のわからない言葉。

鑑賞 死後の霊魂のゆくえをどう考えているかということは、知っておかなければならない事実であり、それが国運の歩みを導いている。死後の世界を地面の下と考えるようになった結果、地獄に降る者を多くしたのは残酷な話であった。

六三　魂昇魄降説《こんしょうはくこうせつ》

一《ひと》つの妥協説《だきょうせつ》としては、魂魄《こんぱく》二体《にたい》の分裂《ぶんれつ》を言《い》う者《もの》が有《あ》った。支那《しな》では朱子《しゅし》が盛《さか》んに唱《とな》えたという話《はなし》だが、無論《むろん》その以前《いぜん》にも既《すで》に考《かんが》えられて居《い》たことと思《おも》う。我邦《わがくに》でこの考《かんが》え方《かた》の最《もっと》もはっきりと表《あら》われて居《い》るのは、謡曲《ようきょく》の「実盛《さねもり》」に、

我実盛《われさねもり》の幽霊《ゆうれい》なるが
魂《こん》は冥途《めいど》に在《あ》りながら
魄《はく》はこの世《よ》に留《とど》まって云々《うんぬん》

とあり、同《おな》じく「朝長《ともなが》」の霊《れい》の言葉《ことば》として、

魂《こん》は善所《ぜんしょ》におもむけども
魄《はく》は修羅道《しゅらどう》に残《のこ》りつつ

と、自《みずか》ら語《かた》って居《い》るなどが例《れい》である。魄《はく》はやや重《おも》く濁《にご》り沈《しず》んで、少《すこ》しは粗末《そまつ》に取扱《とりあつか》われても、致《いた》し方《かた》の無《な》いものと見《み》たもののようで、縁《えん》も無《な》い他人《たにん》の前《まえ》に突如《とつじょ》として出現《しゅつげん》する場合《ばあい》ならそれでもよいが、家《いえ》へ先祖《せんぞ》として祭《まつ》られに来《く》るとなると、是《これ》では代人《だいにん》のような感《かん》じがせぬでも無《な》い。大東亜圏内《だいとうあけんない》の幾《いく》つかの民族《みんぞく》にも、所謂霊複体観《いわゆるれいふくたいかん》を持《も》って居《い》る者《もの》が有《あ》るということであり、それが日本人《にほんじん》の中《なか》にも有《あ》ったとしても意外《いがい》で無《な》く、寧《むし》ろ研究《けんきゅう》の興味《きょうみ》は濃《こ》いのであるが、その痕跡《こんせき》は私《わたし》にはまだ見《み》つからぬ。能《のう》の幽《ゆう》霊《れい》などに言《い》わしめた言葉《ことば》は、多分《たぶん》は輸入《ゆにゅう》であり、しかも全霊《ぜんれい》の救済《きゅうさい》にならぬのだとすると、実《じつ》は仏者《ぶっしゃ》の教《おし》えを裏切《うらぎ》っても居《い》るのである。

つまりは其様《そのよう》にしてまでも、なお生《い》きた人《ひと》の社会《しゃかい》と交通《こうつう》しようとするのが、先祖《せんぞ》の霊《れい》だという日本《にほん》人《じん》の考《かんが》え方《かた》を、容認《ようにん》せずには居《い》られなかったのである。我国《わがくに》の神道《しんとう》が彼《かれ》の感化《かんか》によって、多少《たしょう》の変質《へんしつ》をしたというまでは、論《ろん》ずる人《ひと》が近頃《ちかごろ》加《くわ》わって行《ゆ》くが、それに先《さき》だって仏法《ぶっぽう》の日本化《にほんか》は、国人《くにびと》の知《し》らずには居《お》られぬことであった。というわけは是《これ》が近世《きんせい》の宗旨《しゅうし》制度《せいど》によって、すべて庶民《しょみん》の現実生活面《げんじつせいかつめん》に、ただ仏教《ぶっきょう》の形相《ぎょうそう》として表《あら》われて居《い》るからである。盆《ぼん》を盂蘭盆那《ウラブンナ》の破片《はへん》といい、ほとけを仏陀《ぶっだ》の日本式《にほんしき》発音《はつおん》だというなどは、僅《わず》かにその誤解《ごかい》の一部《いちぶ》にしか過《す》ぎないからである。あれほど偉大《いだい》なる碩徳《せきとく》の輩《はい》出《しゅつ》があり、又千五百年《またせんごひゃくねん》以上《いじょう》の民間《みんかん》の浸透《しんとう》がありながら、少《すこ》しも日本化《にほんか》した形跡《けいせき》が無《な》かったらそれこそどうかして居《い》る。一方《いっぽう》には又《また》我《わ》が同胞国民《どうほうこくみん》の家《いえ》に対《たい》し、子孫後裔《しそんこうえい》に対《たい》する意図《いと》計画《けいかく》が、忽《たちま》ち外来教《がいらいきょう》によって改《あらた》まり変《かわ》って行《ゆ》くほど、淡《あわ》いなまぬるいものだったら、国《くに》を今日《こんにち》の力強《ちからづよ》い結合《けつごう》にまで、持運《もちはこ》んで来《く》ることが出来《でき》なかったであろう。解釈《かいしゃく》講説《こうせつ》の足《た》らぬ所《ところ》は有《あ》ったかも知《し》れぬが、別《べつ》に双方《そうほう》とも恥《は》ずべき間違《まちが》いをして居《い》たわけでは無《な》い。特《とく》に考《かんが》えて案《あん》を立《た》てて見《み》たにしても、やはり結局《けっきょく》は是《これ》に近《ちか》い線《せん》に沿《そ》うて、変化《へんか》して来《く》るの他《ほか》は無《な》かったのかも知《し》れぬ。ただ私《わたし》などの力説《りきせつ》したいことは、この曠古《こうこ》の大時《だいじ》局《きょく》に当面《とうめん》して、目《め》ざましく発露《はつろ》した国民《こくみん》の精神力《せいしんりょく》、殊《こと》に生死《せいし》を超越《ちょうえつ》した殉国《じゅんこく》の至情《しじょう》には、種子《しゅし》とか特《とく》質《しつ》とかの根本的《こんぽんてき》なるもの以外《いがい》に、是《これ》を年久《としひさ》しく培《つちか》い育《そだ》てて来《き》た社会制《しゃかいせい》、わけても常民《じょうみん》の常識《じょうしき》と名《な》づくべきものが、隠《かく》れて大《おお》きな働《はたら》きをして居《い》るのだということである。現在《げんざい》はそれが最《もっと》も著《いちじる》しい変化《へんか》を始《はじ》めて居《い》るけれども、ともかくも今《いま》はまだ過去《かこ》の原因《げんいん》を溯《さかのぼ》り探《さぐ》ることが出来《でき》る。今日《こんにち》の実情《じつじょう》が効果《こうか》を生《しょう》ずるのは、更《さら》に若干年《じゃっかんねん》の後《のち》のことであろう。我々《われわれ》の未来《みらい》に期待《きたい》するものは、この因《いん》この果《か》の経験《けいけん》を誤《あやま》り無《な》く覚《さと》ることによって、是《これ》からでも未来《みらい》の計画《けいかく》は立《た》てて行《ゆ》かれるかも知《し》れない。そうで無《な》いまでも訂正《ていせい》は可能《かのう》である。歴史《れきし》を鏡《かがみ》と言《い》った理由《りゆう》は茲《ここ》に在《あ》り、又民俗学《またみんぞくがく》を以《もっ》て反省《はんせい》の科学《かがく》なりと、屢々私《しばしばわたし》たちの唱《とな》えて居《い》る意味《いみ》も此外《このほか》には出《い》でない。人《ひと》を甘《あま》んじて邦家《ほうか》の為《ため》に死《し》なしめる道徳《どうとく》に、信仰《しんこう》の基底《きてい》が無《な》かったということは考《かんが》えられない。そうして以前《いぜん》にはそれが有《あ》ったということが、我々《われわれ》にはほぼ確《たし》かめ得《え》られるのである。現在《げんざい》とても崩《くず》れ尽《つく》した筈《はず》は無《な》いのだが、不幸《ふこう》にしてそれを単純《たんじゅん》に認《みと》める人《ひと》が少《すく》ないのみか、全《まった》く無《な》いという反証《はんしょう》を挙《あ》げようとする人《ひと》も見付《みつ》からぬのである。この一般《いっぱん》の無関心《むかんしん》こそは、老《お》いたる人々《ひとびと》の愁《うれ》いである。是《これ》では人生《じんせい》の次《つぎ》の世《よ》というものを、想像《そうぞう》して見《み》るすべも無《な》いからである。如何《いか》なる時勢《じせい》に在《あ》っても学問《がくもん》は進《すす》められなければならない。

語注 ○**支那では朱子が盛んに唱えた**…中国の朱子学。朱子（一一三〇～一二〇〇）は思想家。○**謡曲の「実盛」**…世阿弥作。老武者・斎藤別当実盛の亡霊が最期の場所・加賀《かが》の国（今の石川県西部）篠原で、遊行上人の前に現れる。○**「朝長」**…作者不明。源朝長の亡霊が自害した美濃《みの》の国（今の岐阜県）青墓で、僧の前に現れる。○**大東亜圏内**…東アジア・東南アジア地域の内。昭和一五年（一九四〇）から昭和二〇年（一九四五）まで日本が唱えた。戦後は「東亜細亜」などに置き換えられるが、ここは珍しく残っている。○近世の宗旨制度…四○節の「近世の宗門改め制」と同じ。○曠古の大時局…前例のない時勢のなりゆき。第二次世界大戦を念頭に置いた表現。○殉国の至情…国のために命を投げ出したまごころ。特攻などを念頭に置いた表現。○邦家…国家。

鑑賞 妥協説として魂魄遊離説が行われ、謡曲にも取り入れられたが、これは支那からの輸入であろう。しかし、子孫に対する意図計画が外来教によって改まったとは考えにくい。今の殉国の至情においても、常民の常識が大きな働きをしている。

六四　死《し》の親《した》しさ

どうして東洋人《とうようじん》は死《し》を怖《おそ》れないかということを、西洋人《せいようじん》が不審《ふしん》にし始《はじ》めたのも新《あたら》しいことでは無《な》いけれども、この問題《もんだい》にはまだ答《こた》えらしいものが出《で》て居《い》ない。怖《おそ》れぬなどということは有《あ》ろう筈《はず》が無《な》いが、その怖《おそ》れには色々《いろいろ》の構成分子《こうせいぶんし》があって、種族《しゅぞく》と文化《ぶんか》とによって其組合《そのくみあわ》せが一様《いちよう》で無《な》かったものと思《おも》われる。生《せい》と死《し》とが絶対《ぜったい》の隔絶《かくぜつ》であることに変《かわ》りは無《な》くとも、是《これ》には距離《きょり》と親《した》しさという二《ふた》つの点《てん》が、まだ勘定《かんじょう》の中《なか》に入《はい》って居《い》なかったようで、少《すく》なくとも此方面《このほうめん》の不安《ふあん》だけは、ほぼ完全《かんぜん》に克服《こくふく》し得《え》た時代《じだい》が我々《われわれ》には有《あ》ったのである。それが色々《いろいろ》の原因《げんいん》によって、段々《だんだん》と高《たか》い垣根《かきね》となり、之《これ》を乗《の》り越《こ》すには強《つよ》い意思《いし》と、深《ふか》い感激《かんげき》との個人的《こじんてき》なものを、必要《ひつよう》とすることになったのは明白《めいはく》であるが、しかも親代々《おやだいだい》の習熟《しゅうじゅく》を重《かさ》ねて、死《し》は安《やす》しという比較《ひかく》の考《かん》え方《かた》が、群《むれ》の生活《せいかつ》の中《なか》にはなお伝《つた》わって居《い》た。信仰《しんこう》はただ個人《こじん》の感得《かんとく》するものでは無《な》くて、寧《むし》ろ多数《たすう》の共同《きょうどう》の事実《じじつ》だったということを、今度《こんど》の戦《いくさ》ほど痛切《つうせつ》に証明《しょうめい》したことは曾《かつ》て無《な》かった。

但《ただ》しこの尊《とう》とい愛国者《あいこくしゃ》たちの行動《こうどう》を解説《かいせつ》するには、時期《じき》がまだ余《あま》りにも早過《はやす》ぎる。其上《そのうえ》に常《つね》の年《とし》の普通《ふつう》の出来事《できごと》と、並《なら》べて考《かんが》えて見《み》るのは惜《お》しいとさえ私《わたし》には感《かん》じられる。仍《よっ》て是《これ》からさきは専《もっぱ》ら平和《へいわ》なる田園《でんえん》の間《あいだ》に、読者《どくしゃ》の考察《こうさつ》を導《みちび》いて行《ゆ》くことにしようと思《おも》うのである。日本人《にほんじん》の多数《たすう》が、もとは死《し》後《ご》の世界《せかい》を近《ちか》く親《した》しく、何《なに》か其消息《そのしょうそく》に通《つう》じて居《い》るような気持《きもち》を、抱《いだ》いて居《い》たということには幾《いく》つもの理由《りゆう》が挙《あ》げられる。そういう中《なか》には比隣《ひりん》の諸民族《しょみんぞく》、殊《こと》に漢土《かんど》と共通《きょうつう》のものもあると思《おも》うが、それを説《と》き立《た》てようとすると私《わたし》の時間《じかん》が足《た》りなくなる。茲《ここ》に四《よっ》つほどの特《とく》に日本的《にほんてき》なもの、少《すく》なくと我々《われわれ》の間《あいだ》に於《おい》て、やや著《いちじる》しく現《あら》われて居《い》るらしいものを列記《れっき》すると、第一《だいいち》には死《し》してもこの国《くに》の中《なか》に、霊《れい》は留《とど》まって遠《とお》くへは行《ゆ》かぬと思《おも》ったこと、第二《だいに》には顕幽《けんゆう》二界《にかい》の交通《こうつう》が繁《しげ》く、単《たん》に春秋《しゅんじゅう》の定期《ていき》の祭《まつり》だけで無《な》しに、何《いず》れか一方《いっぽう》のみの心《こころ》ざしによって、招《まね》き招《まね》かるることがさまで困難《こんなん》で無《な》いように思《おも》って居《い》たこと、第三《だいさん》には生人《せいじん》の今《いま》わの時《とき》の念願《ねんがん》が、死後《しご》には必《かなら》ず達成《たっせい》するものと思《おも》って居《い》たことで、是《これ》によって子孫《しそん》の為《ため》に色々《いろいろ》の計画《けいかく》を立《た》てたのみか、更《さら》に再《ふたた》び三《み》たび生《う》れ代《かわ》って、同《おな》じ事業《じぎょう》を続《つづ》けられるものの如《ごと》く、思《おも》った者《もの》の多《おお》かったというのが第四《だいよん》である。是等《これら》の信条《しんじょう》は何《いず》れも重大《じゅうだい》なものだったが、集団宗教《しゅうだんしゅうきょう》で無《な》い為《ため》に文字《もじ》では伝《つた》わらず、人《ひと》も亦互《またたが》いに其一致《そのいっち》を確《たし》かめる方法《ほうほう》が無《な》く、自然《しぜん》に僅《わず》かずつの差異《さい》も生《しょう》じがちであり、従《したが》って又之《またこれ》を口《くち》にして批判《ひはん》せられることを憚《はばか》り、何等《なんら》の抑圧《よくあつ》も無《な》いのに段々《だんだん》と力《ちから》の弱《よわ》いものとなって来《き》た。しかし今《いま》でもまだ多《おお》くの人《ひと》の心《こころ》の中《なか》に、思《おも》って居《い》ることを綜合《そうごう》して見《み》ると、それが決《けっ》して一時一部《いちじいちぶ》の人《ひと》の空想《くうそう》から、始《はじ》まったもので無《な》いことだけは判《わか》るのである。我々《われわれ》が先祖《せんぞ》の加護《かご》を信《しん》じ、その自発《じはつ》の恩沢《おんたく》に身《み》を打任《うちまか》せ、特《とく》に救《すく》われんと欲《ほっ》する悩《なや》み苦《くる》しみを、表白《ひょうはく》する必要《ひつよう》も無《な》いように感《かん》じて、祭《まつり》はただ謝恩《しゃおん》と満悦《まんえつ》とが心《こころ》の奥底《おくそこ》から流露《りゅうろ》するに止《とど》まるかの如《ごと》く見《み》えるのは、其原因《そのげんいん》は全《まった》く歴世《れきせい》の知見《ちけん》、即《すなわ》ち先祖《せんぞ》にその志《こころざし》が有《あ》り又《また》その力《ちから》があり、又外部《またがいぶ》にも之《これ》を可能《かのう》ならしめる条件《じょうけん》が具《そな》わって居《い》るということを、久《ひさ》しい経験《けいけん》によっていつと無《な》く覚《おぼ》えて居《い》たからであった。そうしてこの祭《まつり》の様式《ようしき》は、今《いま》は家々《いえいえ》の年中行事《ねんじゅうぎょうじ》と別《べつ》なものと見《み》られて居《い》る村々《むらむら》の氏神《うじがみ》の御社《おやしろ》にも及《およ》んで、著《いちじる》しく我《わが》邦《くに》の固有信仰《こゆうしんこう》を特色《とくしょく》づけて居《い》るのである。少《すく》なくとも二《ふた》つの種類《しゅるい》の神信心《かみしんじん》、即《すなわ》ち一方《いっぽう》は年齢男女《ねんれいだんじょ》から、願《ねが》いの筋《すじ》までをくだくだしく述《の》べ立《た》てて神《かみ》を揺《ゆさ》ぶらんばかりの熱請《ねっせい》を凝《こ》らすに対《たい》して、他《た》の一方《いっぽう》にはひたすら神《かみ》の照鑑《しょうかん》を信頼《しんらい》して疑《うたが》わず、冥助《みょうじょ》の自然《しぜん》に厚《あつ》かるべきことを期《き》して、祭《まつり》をただ宴集和楽《えんしゅうわらく》の日《ひ》として悦《よろこ》び迎《むか》えるものが、数《かず》に於《おい》て遥《はる》かに多《おお》いということは、他《ほか》にも原因《げんいん》はなお有《あ》ろうが、主《しゅ》たる一《ひと》つはこの先祖教《せんぞきょう》の名残《なごり》だからであり、なお一歩《いっぽ》を進《すす》めて言《い》うならば、人間《にんげん》があの世《よ》に入《はい》ってから後《のち》に、如何《いか》に長《なが》らえ又働《またはたら》くかということに就《つい》て、可《か》なり確実《かくじつ》なる常識《じょうしき》を養《やしな》われて居《い》た結果《けっか》に他《ほか》ならぬと私《わたし》は思《おも》って居《い》るのである。

語注 **○この尊とい愛国者たちの行動…**「特攻隊を念頭にうかべてのことであろう」（中村哲『柳田国男の思想』）。**○漢土…**四三節参照。**○照鑑…**神仏などが明らかに御覧になること。照覧。**○冥助…**目に見えない神仏の加護。冥加。**○宴集和楽…**宴席に集まって和やかに楽しむこと。

鑑賞 社会学者の鶴見和子（一九一八〜二〇〇六）は『先祖の話』を収録した「解説」で、「柳田の祖先観、他界観は、かれの歴史の見方に独創性を与えている」として、「中央集権型日本近代史を分析するのは「顕」の歴史であり、それに対して、今は目に見えないが、いずれはそれがもっと力を得てくるだろうという願望をこめて、柳田が描いた「幽」の歴史は、地方分権型日本近代史であるといえる」とした。『先祖の話』の「顕幽二界」からは大きな飛躍があるが、創造的な読みと見てはどうだろう。ただし、鶴見自身、「どのようにして、幽の歴史と、顕の歴史とは、かかわりあうのだろうか。顕幽はどこまでも併存するだけなのだろうか。幽が顕をのりこえるということはないのだろうか。顕幽の転換の可能性が、わたくしにはまだはっきりわからない」としている。

六五　あの世《よ》とこの世《よ》

その前代《ぜんだい》の常識《じょうしき》と見《み》るべきものを、出来《でき》るだけ想像《そうぞう》をまじえず、事実《じじつ》に拠《よ》って説《と》いて見《み》たいのが私《わたし》の願《ねが》いだが、資料《しりょう》の集《あつ》まり方《かた》がまだ足《た》らぬので、爰《ここ》にはただ大《おお》よその見当《けんとう》を付《つ》けて、あとを是《これ》からの同志《どうし》に委《ゆだ》ねるより他《ほか》は無《な》い。一《いち》ばんむつかしい点《てん》はやはり霊魂《れいこん》の不滅《ふめつ》、それを信《しん》じた人《ひと》たちがなお其《その》結末《けつまつ》を談《かた》り得《え》なかったことだが、是《これ》は正直《しょうじき》なところ霊自《れいみずか》らも、明《あきら》かには知《し》らなかったと言《い》ってよいであろう。ともかくもあの世《よ》の交通《こうつう》は近《ちか》いところほど繁《しげ》く、時《とき》が遠《とお》ざかると共《とも》に眼路《めじ》が霞《かす》んで来《き》て、末《すえ》は幽《かす》かになるのも已《や》むを得《え》ぬことと、昔《むかし》の人《ひと》は諦《あきら》めることが出来《でき》たのである。

そうして先《ま》ずあの世《よ》は何処《どこ》に在《あ》るか。常《つね》にはどういう場処《ばしょ》に留《とど》まって居《い》るのかを、切《せつ》に知《し》ろうとしたのであるが、是《これ》にもはや二《ふた》つの考《かんが》え方《かた》が出来《でき》て居《い》た。私《わたし》は是《これ》を新旧時《しんきゅうとき》を異《こと》にして、一方《いっぽう》が他《た》を改《あらた》めたものと思《おも》って居《い》る。沖縄諸島《おきなわしょとう》などでは、あの世《よ》のことをグショウ（後生）と呼《よ》んで居《い》るが、それを事《こと》の外近《ほかちか》い処《ところ》のように考《かんが》えて居《い》るそうである。眼《め》にこそ見《み》えないが招《まね》けば必《かなら》ず来《きた》り、又《また》は自《みずか》ら進《すす》んでも人《ひと》に近《ちか》づくことが有《あ》るとすると、月《つき》や季節《きせつ》の替《かわ》り目《め》のみに、日《ひ》を定《さだ》めて行《おこな》わるることよりは、なお近《ちか》い処《ところ》を想像《そうぞう》しなければならなかったわけである。日本《にほん》の学界《がっかい》で幽冥道《ゆうめいどう》の問題《もんだい》に注意《ちゅうい》し始《はじ》めたのは、平《ひら》田篤胤翁《たあつたねおう》の頃《ころ》からと、言《い》ってもよいほどに新《あた》らしいことであったが、その多《おお》くの人《ひと》はやはり同《おな》じ考《かんが》え方《かた》に傾《かたむ》いて居《い》た。幽界真語《ゆうかいしんご》という類《たぐい》の見聞録《けんぶんろく》は数多《かずおお》く出《で》て居《い》て、多《おお》いが為《ため》に却《かえ》って訝《いぶ》かしい不一致《ふいっち》が暴露《ばくろ》するのを、何《なん》とかして信《しん》じられるものにしたいと願《ねが》う学者《がくしゃ》たちは、そういう糟《かす》みたような部分《ぶぶん》を払《はら》いのけて、後《あと》に残《のこ》った共通《きょうつう》の資料《しりょう》の中《なか》から、大《おお》よそ又是《またこれ》に近《ちか》い結論《けつろん》を導《みちび》いて居《い》た。私《わたし》が教《おしえ》を請《う》けた松浦萩坪先生《まつうらはぎつぼせんせい》なども、其信者《そのしんじゃ》の一人《ひとり》であった。御互《おたが》いの眼《め》にこそ見《み》えないが、君《きみ》と自分《じぶん》とのこの空間《くうかん》も隠世《かくりよ》だ。我々《われわれ》の言《い》うことは聴《き》かれて居《い》る。することは視《み》られて居《い》る。それだから悪《わる》いことは出来《でき》ないのだと、かの楊震《ようしん》の四知《しち》のようなことを毎度《まいど》言《い》われた。しかし後《あと》になって考《かんが》えて見《み》ると、是《これ》は一《ひと》つの可能性《かのうせい》というべきもので、誰《だれ》の霊《れい》がそこに来《く》るかということもきまらず、又常《またつね》に必《かなら》ず居《い》るとも言《い》えないのであった。多分《たぶん》は霊魂《れいこん》の去来《きょらい》が完全《かんぜん》に自由《じゆう》であり、しかも其数《そのかず》は益々多《ますますおお》くなり、又定《またさだ》まった居《きょ》処《しょ》行《ゆ》き処《どころ》をもたぬものが、世《よ》と共《とも》に増加《ぞうか》することを感《かん》じた結果《けっか》が、次第《しだい》に斯《こ》ういう推理《すいり》を下《くだ》さざるを得《え》なくなったので、事《こと》によると神々《かみがみ》を社殿《しゃでん》に常在《じょうざい》したまうものと考《かんが》え、朝昼時刻《あさひるじこく》に構《かま》わず詣《まい》って拝《おが》まれるように、降神昇神《こうしんしょうしん》の式《しき》などは無用《むよう》のもののように、思《おも》う人《ひと》が多《おお》くなって来《き》たことと、同《おな》じ系統《けいとう》に属《ぞく》した信仰《しんこう》の推移《すいい》であったろう。古人《こじん》はそういう風《ふう》には考《かんが》えることが出来《でき》なかったものと、私《わたし》の思《おも》って居《い》る理由《りゆう》は強《つよ》い。霊《れい》に対《たい》する恭敬《きょうけい》が篤《あつ》ければ篤《あつ》いほど、生者《せいじゃ》の拘束《こうそく》は大《おお》きかった。常《つね》に奉仕者《ほうししゃ》の戒《かい》律《りつ》を守《まも》り続《つづ》けるということは、却《かえ》って過失《かしつ》を多《おお》くする懸念《けねん》があったのみで無《な》く、又祭《またまつり》の感激《かんげき》を新《あら》たにする妨《さまた》げにもなった。我々《われわれ》に取《と》ってはただ日常《にちじょう》の普通《ふつう》の行為《こうい》と認《みとむ》べきものの中《なか》にも、神《かみ》と霊《れい》との厭《いと》い嫌《きら》わるるものが、色々有《いろいろあ》るということを我々《われわれ》は知《し》って居《い》た。それを自《みずか》ら制抑《せいぎょ》して居《い》ると、家庭《かてい》の生《せい》活《かつ》は営《いとな》むことが出来《でき》なくなる。まして近代《きんだい》はその俗累《ぞくるい》が日《ひ》に加《くわ》わって居《い》るのである。斎忌《さいき》の感覚《かんかく》がよほど弛緩《しかん》しなければ、到底《とうてい》この様《よう》な毎日《まいにち》の接触《せっしょく》は想像《そうぞう》することが出来《でき》なかったわけだが、それでもまだ畏怖《いふ》の念《ねん》がなお残《のこ》って、或《あるい》は節日《せちび》の前夜《ぜんや》を以《もっ》て鬼《おに》の覗《のぞ》きに来《く》る日《ひ》とし、又《また》はその翌日《よくじつ》を悪日《あくにち》として、気《き》を置《お》くような俗信《ぞくしん》が流布《るふ》して居《い》た。つまりは我々《われわれ》は霊《れい》を拝《はい》する日《ひ》の慎《つつ》しみを、容易《ようい》ならぬものと思《おも》って居《い》たのである。交通往来《こうつうおうらい》の甚《はなは》だしく自由《じゆう》であったのは、もとは恐《おそ》らくは無寄《むき》の遊魂《ゆうこん》ばかりであった。それが世《よ》と共《とも》に数《かず》を増加《ぞうか》して、統制《とうせい》が望《のぞ》まれなくなった為《ため》に、所謂《いわゆる》みさき風《かぜ》・神行逢《かみゆきあ》いの恐怖《きょうふ》が愈々滋《いよいよしげ》くなって、次第《しだい》に近代人《きんだいじん》の幽冥観《ゆうめいかん》に影響《えいきょう》したものかと思《おも》われる。

語注 ○**眼路**…視界。○**幽冥道**…四〇節参照。○**平田篤胤翁**…平田篤胤（一七七六〜一八四三）は国学者。復古神道を体系化した。○**幽界真語**…平田篤胤の著したものならば、『霧島山幽郷真語』を指すか。○**松浦萩坪先生**…松浦辰男（一八四三〜一九〇九）は萩坪と号した歌人で、柳田国男の和歌の師匠だった。○**楊震の四知**…後漢の政治家・楊震（五四〜一二四）が、「天が知り、地が知り、君が知り、私が知るのだから、いつかは漏れてしまう」と言ったこと。『後漢書』に見える。○**俗累**…俗事の煩い。○**みさき風・神行逢いの恐怖**…昭和三〇年（一九五五）発行の『日本民俗学』第三巻第一号に収録された「みさき神考」で、このことを述べている。

鑑賞　柳田国男は「前代の常識と見るべきものを、出来るだけ想像をまじえず、事実に拠って説いて見たいのが私の願いだが、資料の集まり方がまだ足らぬので、爰にはただ大よその見当を付けて、あとを是からの同志に委ねるより他は無い」と述べた。しかし、ベルナール・ベルニエは、「柳田国男の『先祖の話』」で、「『先祖の話』は方法論的にも理論的にもきわめて疑わしい原則に基づいている。私は以下の欠点を指摘した。推論を重ねていること。事実と結論の関係が証明されていないこと。疑問の余地がないと考えられる根本的事実、事実か否かにかかわらず是認すべきと見なされる根本的な事実を受け入れていること。階級や不平等、歴史を無視していること。そして何より、日本文化の本質的な独自性と、その基盤となる日本人の絶対的な独自性を信じていることである。これらの点で、この本はどのような意味でも、日本固有の社会科学のモデルとして受け入れることはできない」とした。三重県の曾根という漁村のフィールドワークの経験をもとにした強い批判であり、こうした立場から批判は他にいくらもあるにちがいない。そうした意味で言えば、『先祖の話』の作り上げた世界は、実際には日本のどこにも存在しないと言っていい。

六六　帰《かえ》る山《やま》

無難《ぶなん》に一生《いっしょう》を経過《けいか》した人々《ひとびと》の行《ゆ》き処《どころ》は、是《これ》よりももっと静《しず》かで清《きよ》らかで、此世《このよ》の常《つね》のざわめきから遠《とお》ざかり、且《か》つ具体的《ぐたいてき》にあのあたりと、大《おお》よそ望《のぞ》み見《み》られるような場所《ばしょ》でなければならぬ。少《すく》なくとも曾《かつ》ては其様《そのよう》に期待《きたい》せられて居《い》た形跡《けいせき》はなお存《そん》する。村《むら》の周囲《しゅうい》の或秀《あるひい》でた峰《みね》の頂《いただき》から、盆《ぼん》には盆路《ぼんみち》を苅《か》り払《はら》い、又《また》は山川《やまがわ》の流《なが》れの岸《きし》に魂《たましい》を迎《むか》え、又《また》は川上《かわかみ》の山《やま》から盆花《ぼんばな》を採《と》って来《く》るなどの風習《ふうしゅう》が、弘《ひろ》く各地《かくち》の山村《さんそん》に今《いま》も行《おこな》われて居《い》るなども其一《そのひと》つである。霊山《れいざん》の崇拝《すうはい》は、日本《にほん》では仏教《ぶっきょう》の渡来《とらい》よりも古《ふる》い。仏教《ぶっきょう》は寧《むし》ろこの固有《こゆう》の信仰《しんこう》を、宣伝《せんでん》の上《うえ》に利用《りよう》したかと思《おも》われる。以前《いぜん》に比《くら》べるとその中心点《ちゅうしんてん》の数《かず》は勿論《もちろん》ずっと統合《とうごう》せられて居《い》るけれども、それでも分布《ぶんぷ》の実状《じつじょう》を検《けん》すると、まだまだ地方割拠《ちほうかっきょ》の形勢《けいせい》は明《あきら》かに認《みと》められる。南部《なんぶ》の宇曾利山《うそりざん》や越中《えっちゅう》の立山《たてやま》、さては熊野《くまの》の妙法山《みょうほうざん》の奥《おく》の院《いん》という樒山《しきみやま》の最乗峰《さいじょうほう》など、死《し》んで亡者《もうじゃ》の先《ま》ず行《ゆ》くという山々《やまやま》は、その勢力圏《せいりょくけん》こそは稍遠《ややとお》く及《およ》んで居《い》るが、何《いず》れも土地毎《とちごと》に管轄《かんかつ》のようなものがあって、間違《まちが》えてもよその御山《おやま》へ登《のぼ》ったとは言《い》わない。善光寺《ぜんこうじ》へ参《まい》ると謂《い》って居《い》る地方《ちほう》も中部《ちゅうぶ》には中々弘《なかなかひろ》いが、寺《てら》の言《い》い伝《つた》えは何《なん》とあろうとも、起《おこ》りはやはりあの周囲《しゅうい》の住民《じゅうみん》の言《い》い伝《つた》えからで、それも亦御堂《またおどう》の近《ちか》くに聳《そび》え立《た》つ二三《にさん》の峰《みね》のたたずまいと、関係《かんけい》の無《な》かったものとは私《わたし》には思《おも》えない。或《あるい》はそう言《い》っては御迷惑《ごめいわく》になるような、清《きよ》い神々《かみがみ》の祭場《さいじょう》となって居《い》るものもあるので遠《えん》慮《りょ》をするが、五月《ごがつ》田植《たうえ》の日、田人《ひ》早乙女《たうどさおとめ》が一斉《いっせい》に振仰《ふりあお》いで、山《やま》の姿《すがた》を礼讃《らいさん》する歌《うた》をうたうような峰々《みねみね》は、何《いず》れも農作《のうさく》の豊饒《ほうじょう》の為《ため》に、無限《むげん》の関心《かんしん》を寄《よ》せたまう田《た》の神《かみ》の宿《やど》りであった。春《はる》は降《くだ》り冬《ふゆ》は昇《のぼ》りたまうという百姓《ひゃくしょう》の守護者《しゅごしゃ》が、遠《とお》い大昔《おおむかしきょうどう》の共同の先祖《せんぞ》であって、その最初《さいしょ》の家督《かとく》の効果《こうか》が末永《すえなが》く収《おさ》められることを、見守《みまも》って居《い》て下《くだ》さるというような考《かんが》え方《かた》が、或《あるい》は今《いま》よりももっとはっきりとして居《い》たのかも知《し》れない。

卯月八日《うづきようか》の山登《やまのぼ》りという風習《ふうしゅう》が、是《これ》と関係《かんけい》をもつことはほぼ疑《うたが》いが無《な》く、一方《いっぽう》には釈尊《しゃくそん》の誕生会《たんじょうえ》から、導《みちび》かれて来《き》たかと思《おも》わるる手掛《てがか》りは一向《いっこう》に無《な》い。阿波《あわ》の剣山《つるぎさん》の麓《ふもと》では山勇《やまいさ》みと称《しょう》して、高《たか》きに登《のぼ》って海《うみ》を見《み》る習《なら》わしもあり、そうで無《な》くとも花摘《はなつ》みとか花折始《はなおりはじ》めとか、聴《き》いても楽《たの》しいような名《な》を呼《よ》ぶものが多《おお》く、或《あるい》は躑躅山吹石楠《つつじやまぶきしゃくなげ》などの山《やま》の花《はな》を採《と》って来《き》て、高《たか》い竿《さお》のさきに飾《かざ》って立《た》てるような行事《ぎょうじ》も普及《ふきゅう》して居《い》て、之《これ》を仏法《ぶっぽう》と結《むす》び付《つ》けることはむつかしい代《かわ》りに、一方御霊《いっぽうみたま》の山《やま》に在《あ》るという信《しん》仰《こう》とも縁《えん》が無《な》さそうに見《み》えるが、是《これ》は高山《こうざん》の上《うえ》に登《のぼ》るにつれて、段々《だんだん》と穢《けが》れや悲《かな》しみから超越《ちょうえつ》して、清《きよ》い和《なご》やかな神《かみ》になって行《ゆ》かれるという思想《しそう》から説明《せつめい》し得《え》られる。十分《じゅうぶん》に適切《てきせつ》な証拠《しょうこ》とも言《い》われまいが、富士《ふじ》や御岳《おんたけ》の行者《ぎょうじゃ》などにも、死後《しご》の年数《ねんすう》と供養《くよう》とによって、段々《だんだん》と順《じゅん》を追《お》うて麓《ふもと》から頂上《ちょうじょう》に登《のぼ》って行《ゆ》き、しまいには神《かみ》になるという信仰《しんこう》が今《いま》も行《おこな》われて居《い》る。それが普通《ふつう》の人《ひと》にも想像《そうぞう》せられて居《い》た時代《じだい》があったことは、以前《いぜん》の葬法《そうほう》が主《しゅ》として山《やま》の中《なか》に向《むか》って、亡骸《なきがら》を送《おく》って行《ゆ》こうとしたことと思《おも》い合《あわ》せると、簡単《かんたん》に否定《ひてい》し去《さ》ることは出来《でき》ない。

語注 ○**南部の宇曾利山**…青森県下北半島の恐山のこと。四六節参照。○**越中の立山**…富山県の立山連峰。○**熊野の妙法山の奥の院という樒山の最乗峰**…亡くなった人は枕飯が炊ける前に、枕元の樒を持って、三重県熊野の妙法山の中腹にある阿弥陀寺の鐘を撞き、奥の院の浄土堂に供えて行くとされた。○**善光寺**…長野市にある天台宗と浄土宗に属する寺。○**田人早乙女**…田植えに従事する男性や女性。○**阿波の剣山**…徳島県西部の山。修験道の霊場。○**富士や御岳の行者**…富士山や御岳山の修行者。ともに修験道の霊場。

鑑賞 無難に一生を経過した人々の行き処は霊山であり、その土地ごとの管轄があった。卯月八日の山登りの風習もそれと関係する。

六七　卯月八日《うづきようか》

神社大観《じんじゃたいかん》や明治神社誌料《めいじじんじゃしりょう》の類《たぐい》を読《よ》んで見《み》ると、旧暦四月八日《きゅうれきしがつようか》を大祭《たいさい》の日《ひ》として居《い》た神社《じんじゃ》は、郷社《ごうしゃ》以上《いじょう》にも相応《そうおう》に数《かず》が多《おお》く、且《か》つ何《なに》か一《ひと》つの特徴《とくちょう》が、共通《きょうつう》して存《そん》するようにも考《かんが》えられる。或《あるい》は私《わたし》が意《い》を以《もっ》て迎えるからそう感《かん》ずるのか知《し》れないが、少《すく》なくともその目《め》ぼしいものに、背後《はいご》の霊山《れいざん》の崇敬《すうけい》を負《お》うて居《い》る御社《おやしろ》の有《あ》ることは事実《じじつ》である。山宮里宮《やまみやさとみや》の二《ふた》つの聖地《せいち》が有《あ》って、順次《じゅんじ》に二所《ふたところ》の祭《まつり》を執《と》り行《おこな》うものは、其関係《そのかんけい》が今《いま》も明《あきら》かであるが、そうで無《な》くとも神渡御《かみとぎょ》の儀式《ぎしき》がよく発達《はったつ》して居《い》て、祭《まつり》の最《もっと》も深《ふか》い感激《かんげき》が、特《とく》に臨時《りんじ》の祭場《さいじょう》に御降《おくだ》りを仰《あお》ぐ瞬間《しゅんかん》に在《あ》るものが、此日《このひ》の祭《まつり》には多《おお》いのではないかと思《おも》う。勿論色々《もちろんいろいろ》の世俗的《せぞくてき》な事由《じゆう》に基《もと》づいて、二《ふた》つ社《やしろ》が絶縁《ぜつえん》して知《し》らぬ顔《かお》をして居《い》る例《れい》も屢々《しばしば》有《あ》ろうが、なおこの社地《しゃち》と祭《まつり》の日《ひ》との選定《せんてい》が、どうして行《おこな》われたかを尋《たず》ねて見《み》ることによって、偶然《ぐうぜん》とは言《い》えない共《きょう》通《つう》の起原《きげん》を探《さぐ》り得《え》られる。卯月八日《うづきようか》の山登《やまのぼ》りの盛《さか》んな山々《やまやま》を表《ひょう》に作《つく》って、それと麓《ふもと》の村里《むらざと》の言《い》い伝《つた》えとを引合《ひきあわ》せて見《み》たならば、或《あるい》はまだ何《なに》か判《わか》って来《く》ることが有《あ》ろうかと思《おも》うが、今《いま》は勿論以前《もちろんいぜん》にもそういうことをする人《ひと》は無《な》かった。

然《しか》るについ近頃《ちかごろ》になって、私《わたし》は思《おも》いがけず新《あた》らしい一《ひと》つの知識《ちしき》を得《え》たのである。関西方面《かんさいほうめん》と比《くら》べると、東国《とうごく》は一体《いったい》に四月八日《しがつようか》の行事《ぎょうじ》は稀薄《きはく》なように思《おも》って居《い》たが、赤城山《あかぎさん》にはなお此日《このひ》の山登《やまのぼ》りが行《おこな》われて居《い》た。そうして其東麓《そのとうろく》の黒保根《くろほね》・東《あずま》の二村《にそん》だけでは、過去一年《かこいちねん》の間《あいだ》に死者《ししゃ》のあった家々《いえいえ》から、必《かなら》ず登《と》山《ざん》する慣習《かんしゅう》があって、それを亡《な》くなった人《ひと》に逢《あ》いに行《ゆ》くと謂《い》って居《い》るそうである。但《ただ》し現在《げんざい》は月送《つきおく》りの新暦五月八日《しんれきごがつようか》を用《もち》いる位《くらい》だから、よほど気持《きもち》も昔《むかし》とは変《かわ》って来《き》て居《い》ることと思《おも》うが、ともかくも山《さん》中《ちゅう》には六道《ろくどう》の辻《つじ》や賽《さい》の川原《かわら》、血《ち》の池地獄《いけじごく》などという地名《ちめい》が残《のこ》って居《い》るというのは、多分《たぶん》はそれが路筋《みちすじ》であり又巡拝《またじゅんぱい》の地《ち》だったことを意味《いみ》するのであろう。渡良瀬川筋《わたらせがわすじ》のこの二《ふた》つの村《むら》ばかりが、昔《むかし》の民俗《みんぞく》を失《うしな》わずに守《まも》って居《い》るのか、又《また》はそういう信仰行事《しんこうぎょうじ》が後《あと》に始《はじ》まって、まだ他《た》の村々《むらむら》は同化《どうか》せずに居《い》るのか、宇曾利山《うそりざん》の地蔵会《じぞうえ》などの例《れい》を考《かんが》えると、恐《おそ》らくは仏教独自《ぶっきょうどくじ》の解釈《かいしゃく》によって、やや指導《しどう》の方向《ほうこう》を変《か》えたというまでであって、別《べつ》にその基底《きてい》となった一般《いっぱん》の通念《つうねん》は古《ふる》く存《そん》し、それが却《かえ》ってこの変革《へんかく》の為《ため》に、他《た》の村々《むらむら》よりは安全《あんぜん》に残《のこ》り得《え》たことは、ちょうど七月《しちがつ》の魂祭《たままつり》なども同《おな》じいかと思《おも》う。

四月《しがつ》に先祖《せんぞ》の祭《まつり》をするという習《なら》わしは、捜《さが》して見《み》つけるほどの珍《めず》らしい古《ふる》いものであった。それが大昔《おおむかし》の新年《しんねん》だったからという、私《わたし》の考証《こうしょう》の正《ただ》しいか否《いな》かは別《べつ》として、ともかくも今《いま》ある年《とし》の暮《くれ》のみたまの飯《めし》よりも、又一《またひと》つ前《まえ》の慣例《かんれい》だったのである。それがただ多《おお》くの山宮《やまみや》の大祭《たいさい》の日《ひ》となり、もしくは苗代《なわしろ》の労作《ろうさく》を前《まえ》に控《ひか》えた、若《わか》い農民《のうみん》たちの行楽《こうらく》の一日《いちにち》となって、どうして卯月《うづき》の八日《ようか》であるかの説明《せつめい》は不可能《ふかのう》のように思《おも》われて居《い》た。一方《いっぽう》には山《やま》に霊魂《れいこん》の登《のぼ》って行《ゆ》くという観念《かんねん》も、今《いま》ではよほど空想《くうそう》の領分《りょうぶん》になりかけて居《い》る。そうして赤城山麓《あかぎさんろく》の二村《にそん》のような事実《じじつ》が、たった一《ひと》つでも確《たし》かめ得《え》られるとなると、たとえ断定《だんてい》は下《くだ》すことが出来《でき》なくとも、是《これ》で又再《またふたた》び若《わか》い新《あた》らしい問題《もんだい》として、学者《がくしゃ》に取上《とりあ》げられてよいことになるのである。

語注 ○**神社大観**…光永星郎編で、昭和一五年（一九四〇）、日本電報通信社から発行された。○**明治神社誌料**…『府県郷社明治神社誌料』は明治神社誌料編纂所編で、明治四五年（一九一二）、明治神社誌料編纂所から発行された。○赤城山…群馬県にある山。○黒保根・東の二村…今の群馬県桐生市とみどり市。○宇曾利山の地蔵会…四六節・六六節参照。○年の暮のみたまの飯…二三二節参照。

鑑賞 ベルナール・ベルニエは「柳田国男『先祖の話』」で、「私が意を以て迎えるからそう感ずるのか知れないが」という一節を引いて、柳田は「日本人を自分自身と同化させてしまうこと」があり、「柳田が『先祖の話』でしようとしたのは、柳田が既に信じていることを証明することであった」と批判し、「柳田の方法は社会科学というより神学に近いのだと主張したい」と述べた。

柳田国男監修の『民俗学辞典』では、「卯月八日」（千葉徳爾執筆）について、「四月八日を特別の日とする観念は、民間に広くゆきわたっており、釈迦の誕生日であるからという仏教の側の説明にふさわしくない伝承が少なくない」とした上で、「山の神が春から秋まで、平地に降《くだ》って田の神となるというのは全国的に農民の伝承となっており、四月八日をその期日とした地方があったのである」と解説している。

六八　さいの川原《かわら》

山中《さんちゅう》の地名《ちめい》はよく話題《わだい》になる。殊《こと》に地獄谷《じごくだに》というような印象《いんしょう》の深《ふか》いものは、去年出来《きょねんでき》たと知《し》っても記憶《きおく》せずには居《お》られぬのだが、是《これ》がどうして此様《このよう》に数多《かずおお》く、何処《どこ》の山路《やまみち》にも同《おな》じ地名《ちめい》があるのかということは、存外《ぞんがい》に疑《うたが》って見《み》る折《おり》が無《な》かったのである。赤城山中《あかぎさんちゅう》の賽《さい》の川原《かわら》という話《はなし》を知《し》ってから、私《わたし》は改《あらた》めて今《いま》までの旅行《りょこう》の途次《とじ》に、又《また》は書物《しょもつ》や人《ひと》の話《はなし》で聴《き》いた諸国《しょこく》の賽《さい》の川原《かわら》を、数《かぞ》え且《か》つ考《かんが》えて見《み》て居《い》る。最初《さいしょ》に言《い》うべきことは此地名《このちめい》には漢字《かんじ》が無《な》い。乃《すなわ》ち生《うま》れからの日本思想《にほんしそう》で、仏法《ぶっぽう》はただ之《これ》を地獄《じごく》の説明《せつめい》に、借用《しゃくよう》したに過《す》ぎぬということである。従《したが》って何《なに》が原因《げんいん》で斯《こ》んな名《な》が出来《でき》たかは、尋《たず》ねて見《み》る価値《かち》が有《あ》るのである。空也《くうや》の作《さく》などという有名《ゆうめい》な地蔵和讃《じぞうわさん》は、私《わたし》たちに取《と》っても物《もの》の哀《あわ》れを知《し》る始《はじ》めであった。そうして是《これ》を幼児《ようじ》の行《ゆ》く地獄《じごく》の名《な》のように、思《おも》う者《もの》が多《おお》くなったのも其為《そのため》である。しかし山中《さんちゅう》の賽《さい》の川原《かわら》には、ここまで子供《こども》が来《き》て居《い》ようとは、誰《だれ》も思《おも》って居《い》ないものが多《おお》い。又《また》は普通《ふつう》の路傍《ろぼう》のものでも、そう思《おも》って通《とお》る者《もの》とそうは思《おも》わぬ者《もの》とが相半《あいなか》ばし、ただ扁《ひら》たい小石《こいし》の数《かず》を積《つ》み上《あ》げた石《いし》の塔《とう》が幾《いく》つも出来《でき》て居《い》て、崩《くず》せば又《また》いつの間《ま》にか積《つ》まれて居《い》る。そういう処《ところ》が賽《さい》の川原《かわら》だというだけである。つまりは極度《きょくど》に物悲《ものがな》しく又《また》やや不条理《ふじょうり》な地蔵和讃《じぞうわさん》の、かのみどり児《ご》の所作《しょさ》として

図版16　さいの川原

河原《かわら》の石《いし》を取《と》り集《あつ》め
一《いち》じゅ組《く》んでは父《ちち》のため
二重《にじゅう》くんでは母《はは》のため
三《さん》じゅうくんではふる里《さと》の
兄弟我身《きょうだいわがみ》と回向《えこう》して
昼《ひる》はひとりで遊《あそ》べども
日《ひ》も入《い》りあいのその頃《ころ》は云々《うんぬん》

というような章句《しょうく》が、この俗伝《ぞくでん》を親《おや》を泣《な》かせる文芸《ぶんげい》に利用《りよう》したというに過《す》ぎないのである。

私《わたし》の印象《いんしょう》に残《のこ》る幾《いく》つかのさいの川原《かわら》は、霊山《れいざん》の登路《のぼりみち》に接《せっ》したものでは無《な》かった。信州東南隅《しんしゅうとうなんすみ》の遠山和田《とおやまわだ》から、青崩《あおくずれ》を越《こ》えて奥《おく》の山《やま》へ降《くだ》って行《ゆ》く水窪川《みさくぼがわ》の川添《かわぞ》いに、両山《りょうざん》が迫《せま》り寄《よ》って四五町《しごちょう》の間《あいだ》、めったに人《ひと》にもすれちがわぬ寂《さび》しい路《みち》があった。其路《そのみち》とほぼ平《たい》らな川床《かわどこ》に一《ひと》つの賽《さい》の川原《かわら》がある。立止《たちど》まって私《わたし》は石《いし》の塔《とう》を数《かぞ》えて見《み》た。人《ひと》は青鬼《あおおに》で無《な》いから之《これ》を突崩《つきくず》そうともすまいが、僅《わず》かな風《かぜ》でもすぐ倒《たお》れるような、かりそめな積《つ》み方《かた》をしたものばかりであった。知《し》らぬ間《あいだ》に又積《またつ》んで居《い》るということは、爰《ここ》ならば少《すこ》しでも不思議《ふしぎ》は無《な》いと私《わたし》は思《おも》った。涙新《なみだあら》たなる親々《おやおや》は言《い》うに及《およ》ばず、其心根《そのこころね》を汲《く》み得《う》る者《もの》は、誰《だれ》でも少《すこ》しの小石《こいし》を積添《つみそ》えずには通《とお》られない。そうして通例《つうれい》は誰《だれ》も見《み》て居《い》る者《もの》がないのである。我国《わがくに》には斯《こ》ういう悲《かな》しみを道行《みちゆ》く人《ひと》に訴《うった》えて、供養《くよう》の協力《きょうりょく》を求《もと》める習《なら》わしも、後生車《ごしょうぐるま》とか洗《あら》い晒《ざら》しとか、色々《いろいろ》の形《かたち》をとって汎《ひろ》く分布《ぶんぷ》して居《い》る。

佐渡《さど》の海府《かいふ》の内外《ないがい》の境《さかい》には、願《ねげ》の賽《さい》の川原《かわら》というのがあって著名《ちょめい》である。人里《ひとざと》を遠《とお》く離《はな》れた荒海《あらうみ》の磯《いそ》に臨《のぞ》んで、岡《おか》の根《ね》に洞門《どうもん》が通《つう》じて居《い》る。もとは岩窟《がんくつ》であって是《これ》へ亡骸《なきがら》を送《おく》ったらしい形跡《けいせき》があり、勿論精霊《もちろんしょうりょう》の終《つい》の宿《やど》りでは無《な》かったのだが、爰《ここ》にも数多《あまた》の石仏《せきぶつ》に入交《いりまじ》って、誰《だれ》が積《つ》むとも知《し》れない小石《こいし》の塔《とう》が幾《いく》つも見《み》られた。或《あるい》は砂《すな》の上《うえ》に小児《しょうに》の足跡《あしあと》が折々《おりおり》有《あ》るなどとも謂《い》って、地蔵和讃《じぞうわさん》の物語《ものがたり》を信《しん》ずる者《もの》もあるようだが、爰《ここ》などは殊《こと》に幼《おさ》ない霊魂《れいこん》とは縁《えん》が無《な》さそうに思《おも》われた。やはり順礼《じゅんれい》の寂《さび》しい旅《たび》をする者《もの》が、死《し》を考《かんが》え又《また》は死者《ししゃ》を憶《おも》い起《おこ》さずには、通《とお》り過《す》ぎることの出来《でき》ない関門《かんもん》のようなものであった故《ゆえ》に、自然《しぜん》に斯《こ》ういう小石《こいし》の塔《とう》が、くり返《かえ》し積《つ》まれて行《ゆ》くのだろうと私《わたし》は思《おも》った。佐比《さひ》という川原《かわら》はもとは京都《きょうと》でも五三昧《ごさんまい》の一《ひと》つであった。そこが単《たん》なる人里《ひとざと》のはずれというだけで無《な》く、同時《どうじ》に又《また》この世《よ》あの世《よ》の境《さかい》でもあったが故《ゆえ》に、斯《こ》んな地名《ちめい》も付《つ》けられたので、言葉《ことば》の起《おこ》りは道祖神《さえのかみ》のサエと一《ひと》つであるべきことは、古《ふる》い頃《ころ》から之《これ》を説《と》いた人《ひと》も一人《ひとり》ならずある。是《これ》が多《おお》くの霊山《れいざん》の登《のぼ》り路《みち》に、同《おな》じ言《い》い伝《つた》えを持《も》って今《いま》も残《のこ》って居《い》るのは、寧《むし》ろ仏教《ぶっきょう》を離《はな》れた深《ふか》い意味《いみ》の有《あ》る、一《ひと》つの現象《げんしょう》だと私《わたし》は思《おも》って居《い》る。

語注 **○空也の作などという有名な地蔵和讃…**「賽の河原地蔵和讃」。空也（九〇三〜九七二）の作と伝えられるが、実際は一八世紀前半の成立と考えられている。**○さいの川原…**「賽の河原と呼ばれる地は現在極めて多い。その多くは小児の死に関聯した石積みの話を伝えているようである。これは多分仏教以前からの影響で、その一つ以前の形があったはずである。おそらくそこは、小児に限らぬ一つの埋葬地であったろう」（『綜合日本民俗語彙』第二巻「サイノカワラ」、図版16「サイノカワラ　日蓮上人が悪竜を済度したという洞窟内にある。新潟県西蒲原郡角田村（今の新潟市）」）。**○信州東南隅の遠山和田から、青崩を越えて奥の山へ降って行く水窪川の川添いに…**「大正三年（一九一四）には、飯田から秋葉街道をたどり遠山和田―遠州奥山―秋葉―井伊谷をめぐった」（『民俗の宝庫〈三遠南信〉の発見と発信』）という旅で見たことであろう。**○後生車…**「各地に見かけるもので、柱は石で車だけ木製で法語を記す」（『綜合日本民俗語彙』第二巻「ゴショウグルマ」）。**○洗い晒し…**「香川県の或村では、お産の前に死んだ若い婦人の為に、洗いざらしという五六尺の布切れを、路の地蔵さんの前などに張って置いて、通行の人に水をそそぎかけてもらう」（「千駄焚き」、『村と学童』に収録）。**○佐渡の海府の内外の境には、願の賽の川原というのがあって…**鑑賞参照。**○佐比という川原はもとは京都でも五三昧の一つであった…**「五三昧」

は平安時代末期に知られた畿内五箇所の火葬場や墓場。佐比の河原は庶民の葬送の地であり、位置は今の西院のあたりとする説がある。

鑑賞 柳田国男は大正九年（一九二〇）に佐渡を旅したが、やや時を隔てて、昭和七年（一九三二）発行の『旅と伝説』第五年第一〇号に「佐渡一巡記」を載せている（後に『秋風帖』に収録）。その一節に、「願《ねげ》の塞《さい》の河原は島巡礼の人たちが、殊に心を留めて拝んで行く霊場であった。以前は西北を口にした深い岩窟であったかと思われるが、いつの世かの風浪にそのうしろ後の山が崩れて、今は行抜けになって、わざわざその中を通るように路が出来て居る。前には地蔵堂を建て、大小無数の石仏が、穴の内外に起臥《きが》して居る。石を積む風習はここにも盛んに行われて居るらしいが、それは皆旅する者の道心からであって、あたりは広い間一軒も人家が無い。是が中古の葬地の跡であったらしいことは、其後《その》他の地方の例を比べて追々に判って来たのだが、島の人たちにはまだそうは考えられず、半ばあの世のような信仰を以《もっ》て眺められて居るのである」と書いていた。「中古の葬地の跡であったらしい」という推定が、やがてここに展開されたことがわかる。

六九　あの世《よ》へ行《ゆ》く路《みち》

佐渡《さど》から数十里《すうじゅうり》の海《うみ》を北《きた》に隔《へだ》てて、羽後《うご》の飛島《とびしま》にも又一《またひと》つの賽《さい》の川原《かわら》が有《あ》る。川原《かわら》とは謂《い》っても是《これ》も岩石《がんせき》の荒浜《あらはま》であって、里《さと》から岡《おか》を越《こ》えて行《ゆ》く一筋《ひとすじ》の逕《こみち》があるばかり、通路《つうろ》の傍《かたわら》ではないのだが、やはり何人《なんびと》が積《つ》むとも知《し》れない石《いし》の塔《とう》が幾《いく》つもあった。爰《ここ》のは石《いし》が大《おお》きく高《たか》さも四尺以上《よんしゃくいじょう》、一《ひと》つずつ積《つみ》重《かさ》ねたものも元《もと》はあったそうで、梯子《はしご》でも掛《か》けぬと上《あ》げられぬが、そんな事《こと》をする者《もの》は無《な》かった。勿《もち》論子供《ろんこども》のわざというような話《はなし》は無《な》いのである。或《あるい》は学生《がくせい》などが悪戯《いたずら》に突崩《つきくず》すことがあっても、一夜《いちや》のうちに元通《もとどお》りになって居《い》ると謂《い》ったが、そういう実験《じっけん》はめったに無《な》かったらしく、又現在《またげんざい》はもうそういう一《ひと》つ並《なら》べの積《つ》み方《かた》にはなって居《い》ない。ただ我々《われわれ》の注意《ちゅうい》するのは、爰《ここ》が昔《むかし》から島《しま》の人《ひと》たちの、死《し》んでから行《ゆ》く処《ところ》となって居《い》たことで、しかも村々《むらむら》の埋葬地《まいそうち》というものは別《べつ》な処《ところ》にあるのであった。島《しま》には秀《ひい》でた峰《みね》は無《な》い代《かわ》りに、この賽《さい》の川原《かわら》と相対《あいたい》して、海中《かいちゅう》に大《おお》きな岩《いわ》が一《ひと》つあり、周囲《しゅうい》が崖《がけ》になって登《のぼ》ることが出来《でき》ぬのを、神聖《しんせい》の地《ち》として崇敬《すうけい》して居《お》り、其又正面《そのまたしょうめん》には遠《とお》く鳥海山《ちょうかいさん》の霊峰《れいほう》が横《よこ》たわって居《い》る。今《いま》はそういう言伝《いいつた》えも残《のこ》って居《い》ないが、恐《おそ》らく精霊《しょうりょう》が此浜《このはま》から、追々《おいおい》に渡《わた》って行《ゆ》くものと信《しん》じられて居《い》たのであろう。

飛島図誌《とびしまずし》の筆者《ひっしゃ》の聴《き》いて来《き》た話《はなし》では、この近《ちか》くの山《やま》で草《くさ》を刈《か》って居《い》ると、いい声《こえ》で唄《うた》を歌《うた》いながら、

図版17　三昧

脇《わき》の小径《こみち》を賽《さい》の川原《かわら》の方《ほう》へ、通《とお》って行《ゆ》くのを聴《き》くことがある。そういう時《とき》にはきっと村《むら》で誰《だれ》か死《し》んで居《い》る。或《あるい》は此通路《このつうろ》に面《めん》して家《いえ》を建《た》てて住《す》む老人《ろうじん》が、夜更《よふけ》に何《なに》か独《ひと》り言《ごと》をいいながら登《のぼ》って行《ゆ》く声《こえ》を聴《き》くことがあった、ああ又《また》誰《だれ》か死《し》んだなと思《おも》うと、果《はた》して翌日《よくじつ》は必《かなら》ず村《むら》から葬式《そうしき》が出《で》た。時《とき》にはめそめそとすすり泣《な》きをして行《ゆ》く者《もの》もあれば、はアとただ一《ひと》つ溜息《ためいき》が聴《きこ》えたり、そうかと思《おも》うとさも気楽《きらく》そうに、鼻唄《はなうた》で登《のぼ》って行《い》った女《おんな》もあるという。昔《むかし》の感覚《かんかく》に浸《ひた》った老人《ろうじん》の、一種《いっしゅ》の幻《げん》覚《かく》だったかも知《し》れぬが、ともかくも是《これ》は現身《うつしみ》の消《き》え行《ゆ》く姿《すがた》の外《ほか》に、別《べつ》にそういう霊魂《れいこん》の挙動《きょどう》があるものと思《おも》って居《い》た結果《けっか》なのである。

そうして是《これ》と全《まった》く同《おな》じ経験《けいけん》を談《かた》る者《もの》が、ずっと離《はな》れた岩手《いわて》県《けん》の片田舎《かたいなか》にも、あったということを私《わたし》は記録《きろく》して居《い》る。岩《いわ》手《て》の方《ほう》ではその死者《ししゃ》の霊《れい》の行《ゆ》く処《ところ》を、賽《さい》の川原《かわら》とは言《い》わずに、でんでら野《の》と呼《よ》んで居《い》た。この地名《ちめい》は少《すこ》しずつの発音差《はつおんさ》を以《もっ》て、是《これ》も亦弘《またひろ》く全国《ぜんこく》に分布《ぶんぷ》して居《い》る。蓮台野《れんだいの》と文字《もじ》に書《か》くのが、正《ただ》しいように思《おも》われて居《い》るが、果《はた》してそうかどうかはまだ決《けっ》しられない。というわけは是《これ》をただ三昧即《さんまいすなわ》ち埋葬地《まいそうち》の意味《いみ》にも、又石塔《またせきとう》を建《た》てて置《お》く所謂詣《いわゆるまい》り墓《ばか》の意味《いみ》にも謂《い》い、共同墓地《きょうどうぼち》の入口《いりぐち》に在《あ》る式場《しきじょう》の石《いし》の台座《だいざ》のことをそう謂《い》う者《もの》もあって、土地毎《とちごと》に色々《いろいろ》である上《うえ》に、更《さら》にこの岩手県《いわてけん》の例《れい》のように、死者《ししゃ》の登《のぼ》って行《ゆ》くという山中《さんちゅう》の高地《こうち》をさすような例《れい》もあるからである。富士《ふじ》の北麓《ほくろく》の或山村《あるさんそん》では、七《なな》つデンレイと称《しょう》して七箇所《ななかしょ》の霊地《れいち》が、村《むら》の南《みなみ》の高《たか》みに或距離《あるきょり》を以《もっ》て並《なら》んで居《い》るという話《はなし》を聴《き》いた。それは少《すく》なくとも現在《げんざい》の埋葬地《まいそうち》でも又石塔場《またせきとうば》でも無《な》いようである。或《あるい》は年《とし》を重《かさ》ねると共《とも》に、次々《つぎつぎ》と霊《れい》の居場処《いばしょ》が移《うつ》って行《ゆ》くというような考《かんが》え方《かた》が前《まえ》からあって、それが又富士行者《またふじぎょうじゃ》の信仰《しんこう》にも伝《つた》わって居《い》るのではないかと思《おも》う。

語注 **○羽後の飛島**…山形県酒田市に属する島。**○又一つの賽の川原が有る**…「塔婆は骨のように真白に晒《さら》されて、河原の石は黒かった。一方は笹山の高い崖で囲まれ、一方海に続いて巨きな岩が立っている」(『羽後飛島図誌』)。**○四尺以上**…約一・二メートル以上。**○鳥海山**…三五節参照。**○飛島図誌の筆者の聴いて来た話**…大正一四年(一九二五)発行の『羽後飛島図誌』の著者は民俗学者の早川孝太郎(一八八九〜一九五六)。「賽の河原は、島の西の端《はず》れであった。死んだ人は皆行くと謂う。何だか知らぬが、行く事は確かだと、誰も彼も云うている。近くの山で草など刈っていると、いい声で唄を歌いながら、脇の径を河原の方へ通るのを聞くそうである。そんな時は、屹度《きっと》村で誰かが死んだという」(『羽後飛島図誌』）。○でんでら野…柳田国男は明治四三年（一九一〇）発行の『遠野物語』で「蓮台野」と翻訳したが、これは六〇歳になった老人を捨てた場所。昭和一〇年（一九三五）発行の『遠野物語　増補版』の「遠野物語拾遺」には死者の行く場所になっている（二六六話）。○三昧即ち埋葬地…「近畿から北陸にかけての広い地域で墓地をいう」（『綜合日本民俗語彙』第二巻「サンマイ」、図版17「サンマイ　三重県志摩郡長岡村岡崎（今の鳥羽市）」）。○富士の北麓の或山村…具体的に特定できない。○富士行者…六六節参照。

鑑賞　早川孝太郎は『羽後飛島図誌』の「四一　賽の河原」で、「勝浦の斎藤さんが、村長を辞めて、今の処へ家を建てて別家したのは、十年そこそこであるというが、屋敷の脇が山への登り道で、兼《かね》て賽の河原への道であった。夜更けにふと眼を醒《さま》すと、其処《そこ》を何やらひそひそと、一人言《ひとりご》ちながら登って行く者がある。ああ又誰かが死んだなと思うて、朝になると果して村から葬式が出た。女の声で、めそめそ啜泣《すすりな》きして行くのもあるそうだ。はアと一ツきり溜息が聴えたり、そうかと思うと、さも気楽そうに、鼻唄で登って行った女もあったと云う」などと書き、さらに秋田県から神社の屋根の葺き替えに来た大工が経験した怪異談も記している。だが、「人が死んで賽の河原へ行ったのは、三四十年前迄の事で、今はもうそんな事は無い、今あるのは不思議だけだとも謂うた」とも書き添えて、信仰の変容を明らかにしている。

七〇　はふりの目的《もくてき》

そこで又一《またひと》つの自分《じぶん》の想像《そうぞう》を述《の》べると、生《せい》と死《し》との隔絶《かくぜつ》は古今文野《ここんぶんや》の差《さ》を問《と》わず、之《これ》を認《みと》めない者《もの》は無《な》いのだけれども、その境目《さかいめ》に就《つい》ては今日《こんにち》のものと、異《こと》なる考《かんが》え方《かた》がもとは有《あ》ったろうかということである。簡単《かんたん》に言《い》ってしまうならば、亡骸《なきがら》をあの世《よ》のものとは認《みと》めず、それも此世《このよ》の側《がわ》に属《ぞく》せしめて居《い》たのではあるまいか。霊《れい》の存在《そんざい》を確実《かくじつ》に信《しん》じた人《ひと》ならば、それが肉体《にくたい》を立退《たちの》く瞬間《しゅんかん》から、あの世《よ》は始《はじ》まるものと思《おも》うのは当然《とうぜん》である。もしも何《なに》かの事情《じじょう》があって、たとえ身《み》の中《なか》に宿《やど》っては居《お》らずとも、なお少《すこ》しでも其牽聯《そのけんれん》を絶《た》ち切《き》れぬ限《かぎ》りは、完全《かんぜん》なる霊《れい》として拝《おが》み又《また》は祭《まつ》ることが出来《でき》ぬという心持《こころもち》が有《あ》ったのかと思《おも》う。生者《せいじゃ》の側《がわ》からばかり物《もの》を考《かんが》えると、向《むこ》うへ引取《ひきと》ってもらえばさっぱりと際《きわ》が立《た》ってよいことは判《わか》って居《い》るが、ともかくも是《これ》は形有《かたちあ》る物《もの》であり、きたなき物《もの》であり、始末《しまつ》に困《こま》ることは双方同《そうほうおな》じであった。それをこちらの管轄《かんかつ》と認《みと》めて、出来《でき》るだけ早《はや》く片付《かたづ》けようとしたことは、寧《むし》ろ常《じょう》理《り》に近《ちか》く又人情《またにんじょう》に富《と》む所業《しょぎょう》だったとも言《い》えよう。

但《ただ》しこの考《かんが》え方《かた》には、民族毎《みんぞくごと》の差等《さとう》があり、葬法《そうほう》も亦是《またこれ》に伴《とも》なうて異《こと》なって居《い》たのに、我邦《わがくに》では外《がい》国文化《こくぶんか》の影響《えいきょう》の下《もと》に、幾分《いくぶん》か形態《けいたい》の上《うえ》だけの改訂《かいてい》を急《いそ》いだ嫌《きら》いがある。それが現在《げんざい》の習俗《しゅうぞく》異同《いどう》、又相《またそう》互《ご》の無理解《むりかい》の原因《げんいん》ともなって居《い》るかと思《おも》う。常民多数《じょうみんたすう》の者《もの》の間《あいだ》に行《おこな》われた処理法《しょりほう》は、素《もと》より厚葬《こうそう》というには遠《とお》かったが、是《これ》は目的《もくてき》が遺物《いぶつ》の速《すみや》かに消《き》えてしまうに在《あ》って、保存《ほぞん》の趣旨《しゅし》では無《な》かったからである。言《い》わば亡骸《なきがら》を幽界《ゆうかい》の代表者《だいひょうしゃ》として、拝《おが》み又奉仕《またほうし》するつもりは無《な》かったからである。保存《ほぞん》をすべきものを粗末《そまつ》にして居《い》たのでは決《けっ》して無《な》い。此点《このてん》を会得《えとく》せぬ人《ひと》たちが、上《うえ》に立《た》って居《い》たことは不幸《ふこう》であった。私《わたし》は以前《いぜん》に新《あた》らしい埋葬地《まいそうち》の上《うえ》へ、若木《わかぎ》を栽《う》える風習《ふうしゅう》の下越後《しもえちご》などには有《あ》ることを報告《ほうこく》して居《い》る。或《あるい》は色《いろ》なり形《かたち》なりに特徴《とくちょう》のある小石《こいし》を、海川《うみかわ》の辺《あたり》から拾《ひろ》って来《き》て、枕石《まくらいし》として埋葬地《まいそうち》の上《うえ》に置《お》く風《ふう》なども、今《いま》なお国《くに》の端々《はしばし》には弘《ひろ》く行《おこな》われる。葬儀《そうぎ》に参与《さんよ》したほどの人々《ひとびと》は、誰《だれ》でも明確《めいかく》に其木其《そのきその》石《いし》を記憶《きおく》して居《い》るのだが、ちょうど其人《そのひと》たちが居《い》なくなる頃《ころ》には、次第《しだい》に忘《わす》れられてただの松原《まつばら》、ただの石原《いしはら》になってしまうのは自然《しぜん》である。或《あるい》は年忌《ねんき》の済《す》んだたびに、少《すこ》しずつ盛《も》り土《つち》を平《たい》らにして行《ゆ》く処《ところ》も東北《とうほく》などには有《あ》り、早《はや》く知《し》れなくなるのがよいのだという人《ひと》も少《すく》なくないのだが、文字《もじ》の彫刻《ちょうこく》が始《はじ》まるとそれが不可能《ふかのう》になり、又往々《またおうおう》にして荒《あ》れ墓《ばか》が出来《でき》る。東京《とうきょう》はよい例《れい》で、四谷《よつや》の寺町《てらまち》などの阪路《さかみち》には、石碑《せきひ》を積《つ》んだ石垣《いしがき》や石段《いしだん》が幾《いく》らも見《み》られた。そうかと思《おも》うと他《た》の一方《いっぽう》には、記憶《きおく》のまだ鮮《あざや》かなうちに墓地《ぼち》が整理《せいり》せられて、いやな思《おも》いをしなければならぬ場合《ばあい》も多《おお》くなって来《き》た。即《すなわ》ち三十三《さんじゅうさん》年《ねん》のとぶらい上《あ》げという制度《せいど》が、もう一度考《いちどかんが》えて見《み》らるべき時代《じだい》になって居《い》るのである。

　国土《こくど》に限《かぎ》りがあり、人《ひと》の数《かず》の日《ひ》に加《くわ》わって来《く》ることが、変化《へんか》を要求《ようきゅう》して居《い》るのだということは争《あらそ》えない。都市《とし》が勃興《ぼっこう》し人《ひと》の来往《らいおう》の多《おお》くなったのは、三百年以上《さんびゃくねんいじょう》の昔《むかし》からであるが、もう其頃《そのころ》から我々《われわれ》の葬法《そうほう》は、乱雑《らんざつ》になりかけて居《い》たのである。しかしそれから以後《いご》でも空地《あきち》のまだ多《おお》い田舎《いなか》だけは、なお現世生活《げんせせいかつ》の最後《さいご》の名残《なごり》を、静《しず》かに消滅《しょうめつ》せしめる方法《ほうほう》は備《そな》わって居《い》た。人《ひと》のあまり行《ゆ》かない山《やま》の奥《おく》や野《の》の末《すえ》に、ただ送《おく》って置《お》いて来《く》ればよかったのである。最初《さいしょ》は勿論《もちろん》喪屋《もや》を傍《かたわら》に造《つく》って、喪《も》に在《あ》る者《もの》の限《かぎ》りは其中《そのなか》に籠《こも》ったが、忌《いみ》が晴《は》れて常《つね》の生活《せいかつ》に戻《もど》って来《く》ると、それから後《のち》はただ忘却《ぼうきゃく》が有《あ》るのみであった。そうして同時《どうじ》に又《また》みたまは日《ひ》に清《きよ》く日《ひ》に親《した》しくなって、自在《じざい》に祭《まつり》の座《ざ》に臨《のぞ》み、且《か》つ漸々《ぜんぜん》と高《たか》く登《のぼ》って、遥《はる》かに愛着《あいちゃく》の深《ふか》い子孫《しそん》の社会《しゃかい》を、眺《なが》め見守《みまも》ることが出来《でき》るようになる。という風《ふう》に考《かんが》えて見《み》ることに、聊《いささ》かの障碍《しょうがい》も無《な》かったのである。山《やま》を周囲《しゅうい》に持《も》たない新地《しんち》の経営《けいえい》が始《はじ》まって、すでに此観念《このかんねん》に若干《じゃっかん》の更訂《こうてい》が起《おこ》った。亡者《もうじゃ》の行《ゆ》くべき山々《やまやま》は統一《とういつ》せられ、仏法《ぶっぽう》の力強《ちからづよ》い教《おし》えが之《これ》を支配《しはい》するようにもなった。小《ちい》さな島々《しまじま》では最初《さいしょ》飛島《とびしま》の賽《さい》の川原《かわら》のように、浜《はま》の一隅《いちぐう》の殊《こと》に交通《こうつう》の少《すく》ない部分《ぶぶん》を区劃《くかく》して、霊《れい》の安《あん》息所《そくじょ》への出入口《でいりぐち》として居《い》たらしいが、爰《ここ》では経済《けいざい》の事情《じじょう》が殊《こと》に変《かわ》りやすく、今《いま》では大抵《たいてい》は舟着《ふなつ》き荷積《にづ》みの場所《ばしょ》などになって、現幽二《げんゆうふた》つの世界《せかい》が、あまりにも浅《あさ》まな接触《せっしょく》を見《み》るようになって居《い》る。

説明《せつめい》はまだ少《すこ》し足《た》りないようだが、魂《たましい》が身《み》を去《さ》って高《たか》い峰《みね》へ行《ゆ》くという考《かんが》え方《かた》と、その山陰《やまかげ》に柩《ひつぎ》を送《おく》って行《ゆ》く慣行《かんこう》との間《あいだ》には、多分関係《たぶんかんけい》が有《あ》ったろうと私《わたし》は思《おも》うのである。そうして形骸《けいがい》の消《き》えて痕無《あとな》くなると共《とも》に、次第《しだい》に麓《ふもと》の方《ほう》から登《のぼ》り進《すす》んで、しまいには天《てん》と最《もっと》も近《ちか》い清浄《せいじょう》の境《さかい》に、安《やす》らかに集《あつ》まって居《お》られるものと我々《われわれ》は信《しん》じて居《い》た。それが卯月八日《うづきようか》の岳参《たけまい》りの理由《りゆう》でもあれば、又山《またやま》の神《かみ》が春《はる》の始《はじ》めに、里《さと》に降《くだ》って来《き》て田《た》なつものの成育《せいいく》を助《たす》けたまうという、信仰《しんこう》のもとでもあったかというのが、現在《げんざい》の私《わたし》の意見《いけん》である。空《そら》と海《うみ》とはただ一続《ひとつづ》きの広《ひろ》い通路《つうろ》であり、霊《れい》は其間《そのあいだ》を自由《じゆう》に去来《きょらい》したのでもあろうが、それでもなおこの国土《こくど》を離《はな》れ去《さ》って、遠《とお》く渡《わた》って行《ゆ》こうという蓬萊《ほうらい》の島《しま》を、まだ我々《われわれ》はよそにもっては居《い》なかった。一言葉《ひとことば》でいうならば、それはどこ迄《まで》も此国《このくに》を愛《あい》して居《い》たからであろうと思《おも》う。

語注 **○古今文野の差**…過去と現在、文明と野蛮の違い。**○牽聯**…牽連。ひかれつながること。**○下越後**…下越。新潟県北部。**○四谷の寺町**…今の新宿区若葉の谷筋は寺院が多く、寺町と呼ばれる。ここはかつて鮫河橋と呼ばれ、火葬場があったという。**○飛島の賽の川原**…六九節参照。**○卯月八日の岳参り**…六七節参照。**○田なつもの**…稲。または穀類。**○蓬萊の島**…中国の伝説で、東海にあって仙人が住むという不老不死の島。蓬萊山。

鑑賞 桜井徳太郎は「『先祖の話』解説」で、柳田が川崎市生田の春秋苑に墓を決めた心境とつながるとして、「同じ国土を離れず、しかも故郷の山の高みから、永く子孫の生業を見守り、その繁栄と勤勉とを顧念して居るものを理想とするならば、彼の子孫の住む東京都西郊の世田谷区成城町に近く、厖大な所蔵図書を寄贈し、そこに彼自らが創設した日本民俗学会の本部があり、弟子たちが多く集って研究会の開かれる成城学園に近い、この春秋苑こそ、まさしく柳田じしんの霊魂観と祖霊観を地で行った理想的永眠慰留の地であった称しても過言でない」と述べた。わからなくはないが、これもまた柳田伝説の創出であり、実人生に囲い込んでしまう読み方は創造的とは言いがたい。

七一　二《ふた》つの世《よ》の境目《さかいめ》

大体《だいたい》に此書物《このしょもつ》には、現在《げんざい》ほぼ明《あきら》かになって居《い》ることだけを書《か》くつもりで、単《たん》なる空想《くうそう》は勿論《もちろん》、まだ研究中《けんきゅうちゅう》というのも載《の》せないことにして居《い》るのだが、賽《さい》の川原《かわら》の問題《もんだい》ばかりは既《すで》に口《くち》を切《き》ったのだから、結末《けつまつ》は付《つ》けて置《お》かずばなるまい。私《わたし》は多《おお》くの山中《さんちゅう》に此地名《このちめい》があり、そこには大小《だいしょう》の石《いし》のたたずまいが、よほど尋常《じんじょう》と異《こと》なって居《い》るのは、古《ふる》い世《よ》の信仰《しんこう》の痕跡《こんせき》であって、決《けっ》して巷間《こうかん》の地獄物語《じごくものがたり》の、ただかりそめの適用《てきよう》では無《な》いと思《おも》って居《い》るのである。人《ひと》が眼《め》を瞑《つぶ》って妻子《さいし》の声《こえ》に答《こた》えなくなるのも、一《ひと》つの生《せい》死《し》の堺《さかい》にはちがいないが、その後《ご》にはまだ在《あ》りし日《ひ》の形《かたち》ある物《もの》が残《のこ》って居《い》る。それが悉《ことごと》く此世《このよ》から姿《すがた》を消《け》して、霊《れい》が眼《め》に見《み》えぬ一《ひと》つの力《ちから》、一《ひと》つの愛情《あいじょう》となり、又純《またじゅん》なる思慕《しぼ》の的《まと》となり切《き》る時《とき》が、更《さら》に大《おお》きな隔絶《かくぜつ》の線《せん》であるように、昔《むかし》の人《ひと》たちには考《かんが》えられて居《い》たのかと思《おも》う。其線《そのせん》を過《す》ぎてから以後《いご》の交《こう》通《つう》には、祭《まつり》という一定《いってい》の方式《ほうしき》があって、常《つね》の日《ひ》の心構《こころがま》えでは狎《な》れ近《ちか》づくことが許《ゆる》されなかった。それが清《きよ》まわりという観念《かんねん》の基《もと》づく所《ところ》であり、神《かみ》も霊《れい》も共《とも》に物忌《ものいみ》を慎《つつし》まざる者《もの》を、憎《にく》みたまうとした起《おこ》りでは無《な》かったろうか。山《やま》を霊地《れいち》とする我々《われわれ》の信仰《しんこう》は、国《くに》の地形《ちけい》に伴《とも》なう偶然《ぐうぜん》の発達《はったつ》とも見《み》られぬことは無《な》いが、ともかくも最《もっと》も適切《てきせつ》にこの道程《どうてい》を具体化《ぐたいか》して居《い》る。サエは即《すなわ》ち其関《そのせき》の戸《と》の標示《ひょうじ》であって、そこに何者《なにもの》のしわざとも知《し》れぬ不思議《ふしぎ》の石積《いしづ》みが必《かなら》ず有《あ》るというのも、我々《われわれ》の側《がわ》から言《い》えば喪《も》の穢《けが》れの終止点《しゅうしてん》、他《た》の一方《いっぽう》から見《み》れば神々《かみがみ》の清浄地《せいじょうち》へ登《のぼ》り近《ちか》づいて行《ゆ》く第一歩《だいいっぽ》というものが、どこか此《この》あたりに無《な》くてはならぬということを、感《かん》ずる者《もの》が多《おお》かった結果《けっか》と思《おも》われる。よもつひら阪《さか》の大昔《おおむかし》のかたり言《ごと》も、之《これ》を神々《かみがみ》の国《くに》の事《こと》と解《かい》すれば、必《かなら》ずしもこの観念《かんねん》と矛盾《むじゅん》するものでない。もしも永古《えいこ》に隠《かく》り世《よ》をきたないものとしたのだったら、そこにまします御霊《みたま》を神《かみ》として、我々《われわれ》の祭《まつ》る筈《はず》が無《な》いからである。

しかも現世《げんせ》の生活《せいかつ》が濃《こまや》かになるにつれて、人間《にんげん》の詠歎《えいたん》はあまりにも関《せき》のこなた、近《ちか》く別《わか》れた者《もの》の悲《かな》しみに偏《へん》して来《き》た。仮《かり》に絵解《えと》きの比丘尼《びくに》などの牽強附会《けんきょうふかい》は無《な》かったとしても、なおこの境《さかい》の地《ち》に低徊《ていかい》して、遠《とお》くを望《のぞ》むことの出来《でき》ぬ人《ひと》が多《おお》かったのである。たとえば羽後《うご》の飛島《とびしま》の賽《さい》の川原《かわら》でも、海《うみ》を隔《へだ》てた鳥海《ちょうかい》の尊《とう》とい山《やま》の姿《すがた》は、今《いま》も昔《むかし》のままに高々《たかだか》と仰《あお》がれるのだけれども、そこに島人《しまびと》の古《ふる》い先祖《せんぞ》たちが、永《なが》く留《とど》まって居《い》るということを考《かんが》える者《もの》は無《な》くなって、ただ単純《たんじゅん》なる霊山《れいざん》の信仰《しんこう》のみが残《のこ》って居《い》る。他《た》の多《おお》くの海《うみ》ばたの町《まち》や港《みなと》では、精霊送《しょうりょうおく》りと称《しょう》して舟《ふね》に数々《かずかず》の灯火《ともしび》を飾《かざ》り、沖《おき》に押流《おしなが》す行事《ぎょうじ》だけは発達《はったつ》して居《い》るが、是《これ》は又無縁《またむえん》の万霊《ばんれい》を供養《くよう》して、善処《ぜんしょ》に赴《おもむ》かしめるという方《ほう》に傾《かたむ》いてしまって、空《そら》から峰《みね》への通《かよ》い路《じ》ということには心付《こころづ》かず、あの世《よ》は遥《はる》かなる地平《ちへい》の外《そと》に在《あ》るものの如《ごと》く、想像《そうぞう》する人《ひと》ばかりが多《おお》くなって来《き》たのである。どちらが本当《ほんとう》であろうかと、問《と》われても私《わたし》は迷惑《めいわく》する。ただ以前《いぜん》はそういう風《ふう》に考《かんが》えて居《い》なかったということが、相応《そうおう》に確《たし》かな事実《じじつ》であるのみならず、その古《ふる》い考《かんが》え方《かた》が今《いま》も名残《なごり》を留《とど》めて、折角《せっかく》の新《あた》らしい教化《きょうか》にも耳《みみ》を傾《かたむ》けぬ者《もの》が多《おお》く、さりとて元《もと》のままに死《し》ねばこの国土《こくど》の最《もっと》も清《きよ》らかなる区域《くいき》に、入《はい》って静《しず》かに住《す》むのだという信念《しんねん》を固執《こしつ》することも出来《でき》ず、何《なに》か中途《ちゅうと》の愈々《いよいよ》空漠《くうばく》な、目標《もくひょう》とも言《い》えないものを胸《むね》に描《えが》いて、しかも霊性《れいせい》が全《まった》く虚無《きょむ》に帰《き》するというまでの、断定《だんてい》を下《くだ》そうとする者《もの》も少《すく》なく、言《い》わば至《いた》ってあやふやな、成《な》るべく其様《そのよう》なことは考《かんが》えずに置《お》こうという者《もの》ばかりが、世《よ》に弘《ひろ》がって居《い》たということも亦近頃《またちかごろ》までの事実《じじつ》であった。如何《いか》に熱心《ねっしん》にきめようとしても、もうきめられない問題《もんだい》なのかも知《し》らぬが、ともかくもこの新旧《しんきゅう》の二《ふた》つの考《かんが》えには、大《おお》きな結果《けっか》のちがいが伴《とも》なうて居《い》た。一方《いっぽう》は何度《なんど》でも帰《かえ》って来《き》て逢《あ》える。他《た》の一方《いっぽう》は去《さ》って再《ふたた》び此国《このくに》ではめぐり逢《あ》わぬ、行《い》きて還《かえ》らぬ死出《しで》の旅《たび》であった。乃《すなわ》ち別《わか》れの悲《かな》しみは先祖《せんぞ》たちの世《よ》に比《くら》べると、更《さら》に何層倍《なんそうばい》か痛切《つうせつ》なものになって居《い》るのである。

語注 **○巷間の**…世間で言う。**○よもつひら阪**…現世と黄泉《よみ》の境にあるという坂。**○絵解きの比丘尼**…『熊野観心十界曼荼羅』の絵解きをして全国を歩いた熊野比丘尼を念頭に置こう。**○羽後の飛鳥の賽の川原**…六九・七〇節参照。**○鳥海の尊とい山**…三五節参照。

鑑賞 賽の河原は古い世の信仰の痕跡であり、喪の穢れを終えて、神々の清浄地へ入ってゆく通過点を意味した。

七二　神降《かみおろ》しの歌《うた》

話《はなし》が少《すこ》しばかり寂《さび》しくなったから、幾《いく》らか明《あか》るい方角《ほうがく》をまわって、次《つぎ》の題目《だいもく》に遷《うつ》って行《ゆ》くとしよう。是《これ》は民謡覚書《みんようおぼえがき》という本《ほん》にも書《か》いて置《お》いたことだが、曾《かつ》て大阪《おおさか》の井野辺君《いのべくん》という民謡研究者《みんようけんきゅうしゃ》が訪《たず》ねて来《き》て、頻《しき》りに追分節《おいわけぶし》の起原《きげん》が西国《さいごく》の方《ほう》に在《あ》るということを私《わたし》に説《と》いたことがある。実例《じつれい》は幾《いく》つか挙《あ》げられたようだが、其一《そのひと》つは確《たし》かに奈良県《ならけん》の東南部《とうなんぶ》、宇陀吉野《うだよしの》の二郡《にぐん》の山間《さんかん》にもあって、其曲譜《そのきょくふ》も採《さい》集《しゅう》して居《い》るという話《はなし》であった。当時《とうじ》はただそれは珍《めず》らしいと聴《き》いたばかりだったが、それから何年《なんねん》かの後《のち》に、岩手県《いわてけん》の佐々木喜善君《ささききぜんくん》が又一《またひと》つの不思議《ふしぎ》な話《はなし》をした。娘《むすめ》を失《うしな》って悲《かな》しみの深《ふか》いさなかに、三《さん》度《ど》まで続《つづ》けてその娘《むすめ》を夢《ゆめ》に見《み》た。一回《いっかい》は三十日祭《さんじゅうにちさい》の前《まえ》の夜《よる》で、巌石《がんせき》の聳《そび》え立《た》つ山《やま》の中腹《ちゅうふく》を、この少女《しょうじょ》が行《ゆ》き巡《めぐ》って路《みち》を覓《もと》めるらしい姿《すがた》を見《み》た。二度目《にどめ》は四十日祭《しじゅうにちさい》の前《まえ》の晩《ばん》に、青空《あおぞら》が照《て》り輝《かがや》いて何《なん》とも言《い》えぬほど朗《ほが》らかな光《ひかり》の中《なか》を、ただ一人宙宇《ひとりちゅうう》を踏《ふ》んで行《ゆ》くのを見《み》た。其時《そのとき》に何処《どこ》からとも無《な》く、追分節《おいわけぶし》の長々《ながなが》とした歌《うた》の声《こえ》が聞《きこ》えて、其調子《そのちょうし》に合《あわ》せて歩《あゆ》みを運《はこ》んで居《い》たことを覚《おぼ》えて居《い》る。それから又幾夜《またいくよ》か過《す》ぎてもう一度《いちど》、前《まえ》と同《おな》じような美《うつく》しい青空《あおぞら》の下《した》に、長《なが》い橋《はし》の上《うえ》で亡《な》き娘《むすめ》に行逢《ゆきあ》うた夢《ゆめ》を見《み》た。此《この》時《とき》には此方《こちら》から声《こえ》を掛《か》けて、おまえは今何処《いまどこ》に居《い》るのかと尋《たず》ねて見《み》ると、私《わたし》はいま早地峰《はやちね》の山《やま》の上《うえ》に居《い》ますと、答《こた》えたと見《み》て夢《ゆめ》は醒《さ》めたということである。

　佐々木氏《ささきし》は更《さら》にその夢語《ゆめがた》りに附加《つけくわ》えて、次《つぎ》のような経験《けいけん》を私《わたし》に伝《つた》えてくれた。是《これ》から又数箇月《またすうかげつ》を経《へ》て後《のち》に、秋田県《あきたけん》の南部《なんぶ》の或村《あるむら》で、イダコという盲《めくら》の巫女《みこ》の神降《かみおろ》しの歌《うた》を聴《き》いて見《み》ると、其前半分《そのぜんはんぶん》はまるで追分《おいわけ》と同《おな》じ節《ふし》であった。人《ひと》に尋《たず》ねて見《み》ると此地方《このちほう》の巫女《みこ》には二《ふた》つの系統《けいとう》があり、羽黒山《はぐろさん》を本山《ほんざん》と仰《あお》ぐ者《もの》の歌《うた》は総体《そうたい》に追分節《おいわけぶし》に近《ちか》く、それは又死者《またししゃ》の霊《れい》の御山《おやま》に行《い》って住《す》むものを、迎《むか》えて来《く》るときに歌《うた》われるものであったという。追分節《おいわけぶし》は其名《そのな》の示《しめ》すように、もとは碓氷峠《うすいとうげ》の西《にし》の麓《ふもと》、信濃《しなの》の追分《おいわけ》に弘《ひろ》まった馬追歌《うまおいうた》だったのが、次第《しだい》に越後《えちご》の海港《かいこう》に伝《つた》わって、後《のち》には北海《ほっかい》の船乗歌《ふなのりうた》となって又発達《またはったつ》したと、言《い》われて居《い》るのが多分当《たぶんあた》って居《い》る。そうすると南大和《みなみやまと》の霊山《れいざん》の周囲《しゅうい》に、又《また》は羽黒《はぐろ》の旧信仰《きゅうしんこう》を運《はこ》んで居《い》た巫女《みこ》の歌《うた》に、同《おな》じメロディが有《あ》ったということにも、何《なに》か一《ひと》つ共通《きょうつう》の原因《げんいん》が推測《すいそく》し得《え》られる。即《すなわ》ち遠《とお》い昔《むかし》の世《よ》の、まだ我々《われわれ》の祖霊《それい》が高山《こうざん》の頂上《ちょうじょう》に、常《つね》には留《とど》まって居《い》ることを信《しん》じて居《い》た時代《じだい》から、歌《うた》の文句《もんく》は全《まった》く別《べつ》であっても、節《ふし》まわしの是《これ》と大方《おおかた》は同《おな》じ歌《うた》を以《もっ》て、是《これ》を家々《いえいえ》に招《まね》き寄《よ》せる習《なら》わしが、少《すく》なくとも国《くに》の半分《はんぶん》には行《ゆ》き渡《わた》って居《い》たということになるのかも知《し》れず、或《あるい》はなお一歩《いっぽ》を進《すす》めて、それが卯月八日《うづきようか》の山登《やまのぼ》りの日《ひ》に、みたまを誘《さそ》うて降《お》りて来《き》たということを、家《いえ》に居《い》る人々《ひとびと》に告《つ》げ知《し》らしめて、ちょうど今日《こんにち》の「此《この》あかり」の童詞《わらわことば》などと、よく似《に》た感動《かんどう》を与《あた》えたものが、後々《のちのち》職業《しょくぎょう》の徒《と》の利用《りよう》する所《ところ》となったものとも考《かんが》えられぬことは無《な》いのである。

誰《だれ》か斯《こ》ういうことに興味《きょうみ》を抱《いだ》く人《ひと》さえ有《あ》れば、是《これ》などはただ単《たん》なる一《ひと》つの空想《くうそう》として、聴《き》き棄《す》てにせられてもしまわぬであろう。今《いま》はこの様《よう》な事《こと》に時《とき》を割《さ》く時代《じだい》で無《な》いが、井野辺《いのべ》氏《し》の家《いえ》にもまだその曲譜《きょくふ》は保存《ほぞん》せられるであろうし、山形秋田《やまがたあきた》の二県《にけん》に散在《さんざい》する羽黒巫女《はぐろみこ》も、そう急激《きゅうげき》にはその神降《かみおろ》しの歌《うた》を忘《わす》れきってもしまわぬであろう。其上《そのうえ》に民謡採録《みんようさいろく》の事業《じぎょう》も、あれから又大分進《まただいぶすす》み且《か》つ公表《こうひょう》の計画《けいかく》も立《た》って居《い》る。或《あるい》は第四第五《だいよんだいご》の霊山《れいざん》の周囲《しゅうい》からも、似《に》よった歌《うた》の調《しら》べが、やや異《こと》なる言《い》い伝《つた》えを随伴《ずいはん》して、新《あら》たに出現《しゅつげん》して来《こ》ぬとも限《かぎ》らぬのである。ただ珍《めず》らしいとか面白《おもしろ》いとかいう問題《もんだい》では決《けっ》して無《な》い。我《わ》が同胞《どうほう》の是《これ》からさきの活《い》き方《かた》、未来《みらい》をどういう風《ふう》に考《かんが》えて行《ゆ》くかをきめる場合《ばあい》に、最《もっと》も大《おお》きな参考《さんこう》となるべき前人《ぜんじん》の足跡《あしあと》、即《すなわ》ち先祖《せんぞ》は如何《いか》に歩《あゆ》んだかを明《あき》らかにする、是《これ》が又一《またひと》つの手段《しゅだん》なのである。

語注 **○民謡覚書**…昭和一五年（一九四〇）、創元社から創元選書の一冊として発行した柳田国男の著書。**○大阪の井野辺君**…『民謡覚書』に収録された「広遠野譚」（『古東多万』第二年第一号）の「附記」によれば、井野辺天籟（東海太郎。生没年未詳）のこと。この人は尺八の楽譜をまとめ、河内音頭を研究した。**○追分節**…民謡の曲種。後に「信濃の追分に弘まった馬追歌だったのが、次第に越後の海港に伝わって、後には北海の船乗歌となって又発達した」とある。**○宇陀吉野の二郡の山間**…今の奈良県宇陀市と吉野郡の山あい。先の「附記」には「宇陀郡の伊賀境に近い山村」とある。○**岩手県の佐々木喜善君**…佐々木喜善（一八八六～一九三三）は『遠野物語』の話者で、後にザシキワラシやオシラサマ・昔話を研究した。○**娘を失って悲しみの深いさなかに**……昭和六年（一九三一）八月八日、長女の若（一九一一～一九三一）を失った。同様の話は「広遠野譚」に見える他、「佐々木喜善日記」の同年九月二七日には、「若子の五十日祭、大神鎮座祭、祖霊復祭をもして貰う。二時半頃夢見る。此所《ここ》の家で広吉、若子、光広、余と妻と喜広と斯《こ》う寝ていて若子はいろいろと自分の経歴を云い、そして長悦の所にツネが嫁に来たことを云いて泣き、私も泣き、母にいろいろのことを云いつくしてその言葉が追分節となり天へ登って何所《どこ》へか飛び行く。その追分の声の天地に通り、ほがらかとも何とも云《い》われなくすみ通っていたのに目がさめた」（『佐々木喜善全集』（Ⅳ））とある。○**早地峰の山**…岩手県中部にある山。○**羽黒山**…出羽三山の一つで、修験道の山。○**碓氷峠の西の麓、信濃の追分**…今の長野県北佐久郡軽井沢町追分。○**越後**…四節参照。○**南大和の霊山**…先の「宇陀吉野の二郡の山間」を指す。○**卯月八日の山登り**…六七節参照。○**「此あかり」の童詞**…五九節参照。○**羽黒巫女**…羽黒山を拠点とする民間の巫女。

鑑賞 柳田国男は「広遠野譚」でさらに、「夢の不思議は言わば人独りの私の力である。もう我々は久しく是に馴れて居る。しかしこの現実の知識の示現だけには、まのあたり隅合の奇に駭《おどろ》いた佐々木氏で無くとも、さすがに深い感動を抱《いだ》かざるを得ない。冷静なる批判者の立場から観るならば、夢の一致はまだ何とでも合理的に説明することが出来る。巫女が追分に近い節を以て、精霊を案内する風が出羽の方にあるならば、稀には山の此方《こちら》の奥州にも無かったとは言えぬ。曾《かっ》て幼い頃にでも一度は之を聴いて、自分はただそれを忘れたと信じて居たのかも知れぬ。少なくともフロイドの学徒などは、そう断じてしまおうとするであろう。しかも之に出《よ》って解き得ない我々の謎は、どうして此歌《この》が神を降すを業とする者に、伝えて現代まで用いられていたかということと、それが何故《なにゆえ》に人間の一大事に際会して、新たに目を覚まして又一つの、ユマニテの綾紋様を附け加えようとするかということである。所謂《いわゆる》潜在意識の潜在は既に突留められたとしても、その起伏して絶えざる流れの水上には、走り掬《く》む者がまだ一人も無かったのである」と述べる。フロイド以後から民謡の発生を考えようとしている点が興味深い。

七三　神《かみ》を負《お》うて来《く》る人《ひと》

馬《うま》で山《やま》から神霊《しんれい》をお迎《むか》え申《もう》すということは、諸国《しょこく》の神社《じんじゃ》の祭《まつり》の式《しき》にも伝《つた》わって居《い》る他《ほか》に、又家々《またいえいえ》の小《ちい》さな祭《まつり》にも見《み》られる。たとえば分娩《ぶんべん》には山《やま》の神《かみ》と箒《ほうき》の神《かみ》、その他二《たふた》つの神《かみ》が必《かなら》ずお立会《たちあ》いなされるといい、又《また》は山中《さんちゅう》の大木《たいぼく》の空洞《うつろ》などに野宿《のじゅく》して居《い》ると、深夜《しんや》に、馬《うま》の蹄《ひづめ》の音《おと》が響《ひび》いて来《き》て此樹《このき》の前《まえ》に立止《たちど》まり、今宵《こよい》は誰《だれ》それの家《いえ》に産《さん》があります、行《い》って生《うま》れ児《ご》の運《うん》を定《さだ》めてやりましょうと、誘《さそ》ったというような昔話《むかしばなし》もよく知《し》られて居《い》る。それがただ一《ひと》つの語《かた》り草《ぐさ》としてでは無《な》く、関東越後《かんとうえちご》から奥羽《おうう》へかけての弘《ひろ》い区域《くいき》では、今《いま》でも少《すこ》しく産《さん》が長《なが》びくと、馬《うま》を牽《ひ》いて山《やま》の神《かみ》を迎《むか》えに行《ゆ》くという風習《ふうしゅう》が、稀《まれ》にはまだ残《のこ》って居《い》るのである。眼《め》には見《み》えなくとも其馬《そのうま》が立《た》ちどまり、耳尾《みみお》を振《ふ》り動《うご》かし、又《また》はもと来《き》た方《ほう》へ向《む》きかわることによって、神《かみ》の召《め》されることを知《し》って引返《ひきかえ》して来《く》るので、時《とき》によると村《むら》の出《で》はずれからもう帰《かえ》って来《く》ることもあれば、又《また》は山《やま》の中《なか》を二里《にり》三里《さんり》、半日《はんにち》も馬《うま》にまかせて登《のぼ》ることもあったと謂《い》って居《い》る。もとは盆《ぼん》の七日《なのか》の盆路作《ぼんみちづく》りなどにも、或《あるい》は斯《こ》うした作法《さほう》を伴《とも》なうて居《い》たことが無《な》いとは限《かぎ》らない。いわゆる詣《まい》り墓《ばか》の石塔《せきとう》が立《た》ったのは、ほぼ江戸時代《えどじだい》の初期《しょき》の頃《ころ》からかと思《おも》われ、それより以前《いぜん》の墓《はか》どころというものは、殆《ほど》と完全《かんぜん》にその痕跡《こんせき》を留《と》めて居《い》ない。即《すなわ》ち先祖《せんぞ》の来《きた》り寄《よ》るべき廟所《びょうしょ》は無《な》く、しかもただ家《いえ》に居《い》てじっと待《ま》っても居《い》られなかったろうからである。

　馬《うま》を飼《か》って居《お》らぬ百姓《ひゃくしょう》の家《いえ》では、どうして居《い》たろうかが問題《もんだい》になるが、是《これ》は新《あた》らしい背負縄《せおいなわ》を肩《かた》にかけて出《で》かけること、たとえば信州《しんしゅう》の或村《あるむら》の、物固《ものがた》い老人《ろうじん》の魂迎《たまむか》えの通《とお》りではなかったかと思《おも》う。其《その》荷縄《になわ》には定《さだ》めて厳粛《げんしゅく》な結《むす》び方《かた》が有《あ》ったのであろうが、もう尋《たず》ねて見《み》ても多分覚《たぶんおぼ》えて居《い》る人《ひと》は有《あ》るまい。島根県石見《しまねけんいわみ》の山村《さんそん》には、山《やま》の神《かみ》をせなかうじという藁製《わらせい》の背負台《せおいだい》に、乗《の》り移《うつ》らせ申《もう》す式《しき》が有《あ》るということを、覚《おぼ》えて居《い》る者《もの》があった。何《なん》でも道《みち》の片脇《かたわき》の小高《こだか》い処《ところ》に其《その》せなかうじを立《た》て、縄《なわ》を片手《かたて》で引《ひ》いて唱《とな》え言《ごと》をするものらしいが、うっかりそうして神《かみ》を御返《おかえ》し申《もう》す作法《さほう》を知《し》らぬと、大変《たいへん》な事《こと》になるかと謂《い》って、今《いま》では寧《むし》ろ禁忌《きんき》の戒《いまし》めの一《ひと》つに算《かぞ》えられて居《い》る。村《むら》で草分《くさわ》けと言《い》わるる旧家《きゅうか》の氏神《うじがみ》にも、初代《しょだい》の主人《しゅじん》が背《せ》に負《お》うて入《はい》って来《き》たという、口碑《こうひ》を持《も》つものが少《すく》なくないが、是《これ》には木石金《もくせききん》の御像《おぞう》というような、形《かたち》の有《あ》る御霊代《みたましろ》は無《な》いのが普通《ふつう》であった。即《すなわ》ち山《やま》から神《かみ》を迎《むか》えて来《く》る場合《ばあい》と同様《どうよう》に、ただ本人《ほんにん》の異常《いじょう》なる感覚《かんかく》のみが、神《かみ》は我背《わがせ》にいますと確信《かくしん》しただけで、今《いま》の人《ひと》たちには覚束《おぼつか》ない事《こと》かも知《し》らぬが、多分《たぶん》は忽《たちま》ち肩《かた》が重《おも》くなるとか、急《きゅう》に気分《きぶん》が爽快《そうかい》になるとかによって、此方《こちら》へ御移《おうつ》りなされたことを知《し》り得《え》たものであろう。歌《うた》と斯《こ》ういう神秘《しんぴ》な感動《かんどう》との間《あいだ》には、何《なに》か隠《かく》れた脈絡《みゃくらく》があったのではないか。私《わたし》は音楽《おんがく》の知識《ちしき》に疎《うと》いから言《い》うことは出来《でき》ぬが、資料《しりょう》が今《いま》もまだ残《のこ》って居《い》るのだから、いつかは考《かんが》えて見《み》てくれる人《ひと》が出《で》て来《く》るであろう。妓女《ぎじょ》や船頭《せんどう》が追分節《おいわけぶし》の創始者《そうししゃ》でなかったように、仮《かり》に馬方《うまかた》なり口寄《くちよ》せの盲巫女《めくらみこ》なりが、この曲《きょく》の保存《ほぞん》と普及《ふきゅう》とに功《こう》が有《あ》ったにしても、是《これ》を声高《こえたか》く歌《うた》わずには居《い》られなかった者《もの》が、もっと古《ふる》くから且《か》つもっと一般《いっぱん》に、我民族《わがみんぞく》の中《なか》にはあったらしいのである。そうして現在《げんざい》の利用者《りようしゃ》の境涯《きょうがい》や情緒《じょうちょ》と比《くら》べて、やや不必要《ふひつよう》にこの歌《うた》の節《ふし》の寂《さび》しくも哀《あわ》れなのは、或《あるい》は是《これ》がもと我々《われわれ》の招魂《しょうこん》の曲《きょく》であったからではないかとも考《かんが》えられる。

語注 ○山の神…「産婦が産気づいても、山の神様が来ぬうちは、子供は産まれぬと謂われて居り、馬に荷鞍を置いて人が乗る時と同じ様にしつらえ、山の神様をお迎えに行く」（『遠野物語　増補版』所収の「遠野物語拾遺」二三七話）。○**箒の神**…「産と箒の関係は甚だ密接で、ウブ神が腰をかけられるからとて箒で戸の桟を掃くという所もあり、出産の時蚕室の一隅に箒をたて灯明をあげたり酒を供えたりする風は熊本県・山口県・長野県など方々に伝えられている」（『民俗学辞典』「箒」（最上孝敬執筆））。○**昔話**…「運定め話」「産神問答」などと呼ばれる話を指す。○**越後から奥羽へかけて**…新潟県から東北地方へかけて。○**馬を飼って居らぬ百姓の家では、どうして居たろうかが問題になるが**…例えば、「馬を飼って居ない家では、オビタナを持って迎えに行く」（『遠野物語　増補版』所収の「遠野物語拾遺」二三八話。オビタナは児を背負う時にする帯のこと）。○**信州**…二節参照。○**山の神をせなかうじという藁製の背負台に、乗り移らせ申す式が有る**…「島根県石見地方の各地にこの名の餅を供える。山稼ぎする者の道具で、山に木伐りに行ってセナコウジを立てると、山の神が直ちに下りて来ると信じられているので、神饌にまでその名がついたものである」（『綜合日本民俗語彙』第二巻「セナコウジ」）。○**妓女**…芸妓や遊女。

鑑賞　関敬吾は『山の神とほうき神』（彰考書院、一九四八年）の「解説」で、「山の神とほうき神」の話について、「日本では子供が生れるときは、産神様《うぶがみさま》が産屋に来てお守りになるという信仰があります。どういう神様かよくわかりませんが、ここでは塞《さい》の神様とほうき神と山の神との三社の神様が、お産に立合われるように語っております。ほうき神と出産とは深い関係があるらしく、全国的な信仰です。

九州ではお産のとき真先《まっさき》に来られるのが、このほうき神で、ふだんほうきを跨《また》ぐものでないという習慣も、これと何か関係があるかも知れません。そうして山の神は田の神と同じ神様で、夏は田の生産を見守り、冬は山に帰り山の神になるといわれております。田の神はいうまでもなく豊作を祈る神でありますが、人が生れることと作物が稔《みの》ることとは古くから関係の深い信仰です。こうした信仰が或はこの昔ばなしには織り込まれているのかも知れません」などと述べた。人間の誕生と作物の豊作の関係を考えたところが、民族学に傾斜していった関らしい分析である。

七四　魂《たましい》を招《まね》く日《ひ》

新時代《しんじだい》の法制《ほうせい》に於《お》ては、大小一切《だいしょういっさい》の託宣《たくせん》というものを公認《こうにん》しないことにしている。同《おな》じく小道巫《しょうどうふ》術《じゅつ》と謂《い》わるるものの中《なか》でも、祈禱卜占呪禁《きとうぼくせんじゅごん》の類《たぐい》までは、まだ若干《じゃっかん》の地歩《ちほ》を許容《きょよう》せられるのに、独《ひと》り所謂口寄《いわゆるくちよ》せ取出《とりだ》しを職業《しょくぎょう》とする輩《やから》のみは、完全《かんぜん》に之《これ》を警察《けいさつ》の取締《とりしまり》に委《ゆだ》ねて居《い》る。この方面《ほうめん》の近世《きんせい》の変《へん》化《か》が殊《こと》に乱雑《らんざつ》で、明《あき》かに民衆《みんしゅう》の無知《むち》に乗《じょう》ずる者《もの》が多《おお》かったからであるが、誰《だれ》でも言《い》い得《う》る如《ごと》く、この制圧《せいあつ》は一方《いっぽう》に正《ただ》しい智能《ちのう》の啓発《けいはつ》を伴《とも》なわない限《かぎ》り、却《かえ》って悪質《あくしつ》のもののみが残留《ざんりゅう》して、暗裡《あんり》に跳躍《ちょうやく》す

図版18　口寄せ

ることを防《ふせ》ぎ難《がた》く、しかもこの変化《へんか》の跡《あと》を辿《たど》って、固有信仰《こゆうしんこう》の進《すす》んで来《き》た道筋《みちすじ》を、究《きわ》めることを不可《ふか》能《のう》にする嫌《きら》いもあるのである。今度《こんど》は人心《じんしん》の大《おお》きな動揺《どうよう》によって、更《さら》に新《あら》たなる変態《へんたい》の此部面《このぶめん》に現《あら》われることも予想《よそう》せられる。それに先《さき》だって一通《ひととお》り、今《いま》までの経過《けいか》を知《し》って置《お》くことは、国《くに》の政治《せいじ》の為《ため》にも必要《ひつよう》な事《こと》かと考《かんが》える。

先祖《せんぞ》の話《はなし》の関係《かんけい》する限《かぎ》りに於《お》いては、いわゆる憑依業者《よりましぎょうしゃ》の進出《しんしゅつ》は、幾分《いくぶん》か霊《れい》と人《ひと》との交通《こうつう》を滋《しげ》くしたという中《なか》でも、特《とく》に私《わたし》の説《と》く所《ところ》の道祖《さえ》の川原《かわら》よりこちらの側《がわ》、即《すなわ》ち現世《げんせ》の終末《しゅうまつ》ばかりを多事多端《たじたたん》ならしめて居《い》る。家々《いえいえ》の祭主《さいしゅ》の祖霊《それい》を迎《むか》える方式《ほうしき》は、彼等《かれら》の介助《かいじょ》によってただ簡略《かんりゃく》になっただけで、終《つい》に之《これ》に代《かわ》るべきものを得《え》ずにしまった。盆《ぼん》と暮《くれ》とのみたま祭《まつり》に於《お》いても、力《ちから》を入《い》れるのは新精霊《にいじょうりょう》と、招《まね》かずとも来《き》て困《こま》る外精霊《ほかじょうりょう》とであって、家《いえ》の興隆《こうりゅう》に大《おお》きな寄与《きよ》をした、遠《とお》つ親々《おやおや》を迎《むか》える情《じょう》は淡《あわ》く、追遠《ついえん》の誠意《せいい》の届《とど》かぬようになったことは、仏法《ぶっぽう》の供養《くよう》も同《おな》じ傾向《けいこう》であった。

以前《いぜん》は国郡《くにこおり》の最大《もっともおお》いなる御魂《みたま》が、巫女《みこ》に憑《よ》って公《おおや》けの神意《しんい》を宣《の》べられたことが、歴々《れきれき》として史書《ししょ》に録《ろく》せられて居《い》るが、近世《きんせい》は名《な》のみは同《おな》じでも、大部分《だいぶぶん》は主神《しゅしん》の統《とう》制《せい》から遁《に》げたような小《ちい》さな諸霊《しょれい》のみで、それが憤《いきどお》りを含《ふく》み災《わざわ》い以《もっ》て脅《おど》し、もしくは縁《えん》もゆかりも無《な》い個人《こじん》を誘導《ゆうどう》して、その私《わたくし》の利益《りえき》を講《こう》ぜしめようとして居《い》るのであった。たたりという言葉《ことば》は元来《がんらい》はただ神《かみ》の示現《じげん》という意味《いみ》に過《す》ぎなかったのが、後《のち》にはいつでも恐《おそ》れ入《い》って、詫《わ》びてなだめて祠《ほこら》に祀《まつ》るべきものとなった。主《しゅ》たる原因《げんいん》は巫蠱《ふこ》の弊《へい》なるものであったろうが、又一《またひと》つには災厄《さいやく》の不安《ふあん》が少《すこ》しでも慰諭《いゆ》せられず、之《これ》に対抗《たいこう》する力《ちから》としての家々《いえいえ》の神《かみ》への信頼《しんらい》が、段々《だんだん》と弱《よわ》まって来《き》たからで、俗界《ぞっかい》でいうならば一門《いちもん》の結合力《けつごうりょく》が弛《ゆる》むと共《とも》に、急《きゅう》に社交《しゃこう》が弁佞《べんねい》に傾《かたむ》いたのとよく似《に》て居《い》る。

此点《このてん》を考《かんが》えて見《み》ただけでも、先祖祭《せんぞまつり》の本旨《ほんし》を明《あきら》かにし、それと氏神信仰《うじがみしんこう》との続《つづ》き合《あ》いを知《し》らせて置《お》くことが、可《か》なり効果《こうか》のある政策《せいさく》であったのにと、今《いま》も私《わたし》は残念《ざんねん》に思《おも》って居《い》る。しかしそういう議論《ぎろん》などは中止《ちゅうし》して、口寄《くちよ》せをいうことが職業《しょくぎょう》に化《か》した結果《けっか》、却《かえ》って死霊《しりょう》が安静《あんせい》の地《ち》に止《とど》まって、のどかに祖神《そしん》となるの日《ひ》を待《ま》って居《い》ることが出来《でき》なくなったような感《かん》じがあることを、ごく手短《てみじ》かに述《の》べて置《お》くことにしよう。全国《ぜんこく》の口寄《くちよ》せ巫女《みこ》は名《な》と種類《しゅるい》は色々《いろいろ》だが、今《いま》も行《おこな》って居《い》ることは大《おお》よそ同《おな》じであった。神《かみ》と死《し》に口《くち》と稀《まれ》には生霊《いきりょう》も寄《よ》せると謂《い》ったが、何《いず》れか一《ひと》つを専門《せんもん》にするという者《もの》は殆《ほど》と無《な》く、多《おお》くは皆第二《みなだいに》の死霊《しりょう》の口寄《くちよ》せで衣食《いしょく》して居《い》た。もとは期日《きじつ》があって盆《ぼん》の七日《なのか》の盆寄《ぼんよ》せ、或《あるい》は十六日《じゅうろくにち》のときの日《ひ》に、頼《たの》まれて死者《ししゃ》の言葉《ことば》を伝《つた》えたのは、起原《きげん》の魂迎《たまむか》え魂送《たまおく》りに在《あ》ったことを推測《すいそく》せしめる。地《ち》方《ほう》によっては此以外《このいがい》に、春《はる》の彼岸《ひがん》の中日《ちゅうにち》を其日《そのひ》として、門《かど》の垂柳《たれやなぎ》に白《しろ》い旗《はた》などを掲《かか》げて置《お》く風《ふう》もある。

春秋二度《しゅんじゅうにど》ある中《なか》に特《とく》に春分《しゅんぶん》の日《ひ》に重《おも》きを置《お》くのは、事《こと》によると昔《むかし》の新年《しんねん》、即《すなわ》ち四月《しがつ》の八日《ようか》なり十五《じゅうご》日《にち》なりを引上《ひきあ》げて、後《あと》の新年《しんねん》の一月《いちがつ》を避《さ》けたものか知《し》れない。此日《このひ》は今《いま》でも口寄《くちよ》せの門《もん》は、老壮《ろうそう》の婦《ふ》人《じん》を以《もっ》て充《み》ち溢《あふ》れるが、しかし一年《いちねん》にたった二度《にど》だけでは、近世《きんせい》の職業《しょくぎょう》にはなり得《え》ない。それで一方《いっぽう》には梓《あずさ》の弓《ゆみ》をかかえて、時《とき》とも無《な》く村里《むらざと》をあるきまわる巫女《みこ》が出来《でき》、又一方《またいっぽう》には戦《いくさ》や旅《たび》の空《そら》で、何《なん》の遺言《ゆいごん》も無《な》しに死《し》んだ者《もの》は、一度《いちど》は寄《よ》せて遣《や》らぬと唖《おし》の子《こ》が生《うま》れるといい、そうで無《な》くとも死後百日又《しごひゃくにちまた》は中陰《ちゅういん》の明《あ》けた日《ひ》、或《あるい》は葬送《そうそう》の終《おわ》ったすぐ後《あと》に、ほとけ降《おろ》しは必《かなら》ずすべきもののように、信《しん》ずる者《もの》を多《おお》くしたのである。巫女《みこ》が実際《じっさい》は霊《れい》に宿《やど》られて居《い》るのだと信《しん》ずる者《もの》がある限《かぎ》り、斯《こ》ういう信仰《しんこう》を作《つく》るのは何《なん》でも無《な》い。亡者《もうじゃ》の言葉《ことば》としてちょっとそう言《い》えばよいからである。そればかりか総体《そうたい》にあの世《よ》の消息《しょうそく》を、此徒《このと》の貯《たくわ》えて居《い》る知識《ちしき》と空想《くうそう》、又《また》は経験《けいけん》の範囲内《はんいない》に、嵌《は》め込《こ》みつくね上《あ》げることも亦容易《またようい》であった。男《おとこ》は通例《つうれい》は耳《みみ》を傾《かたむ》けぬようにして居《い》たが、それでもおいおいと啼《な》き悲《かな》しむ者《もの》を見《み》て、先《ま》ず年《とし》の若《わか》い者《もの》から感化《かんか》を受《う》ける。ただ人生《じんせい》の実情《じつじょう》が複雑化《ふくざつか》したのと、彼等《かれら》のいうことが余《あま》りに師匠《ししょう》の型《かた》だったのとで、変《へん》だなと思《おも》うことが稍多《ややおお》くなり、最近《さいきん》の信用《しんよう》は少《すく》なくとも増進《ぞうしん》しては居《い》ない。盲女《もうじょ》が此業《このわざ》に携《たずさ》わるということは、心《こころ》が散《ち》らないでもとはよかったのだが、今《いま》では聴《き》く人《ひと》の表情《ひょうじょう》を読《よ》まねばならぬ必要《ひつよう》から、目明《めあ》きの巫女《みこ》の方《ほう》が便利《べんり》を得《え》て居《い》るというのも、一《ひと》つはほほえましい時代風景《じだいふうけい》であった。しかも彼等《かれら》をもう信《しん》じ得《え》なくなったということが、寂《さび》しい空隙《くうげき》となりつつあることも亦争《またあらそ》われぬのである。

語注 ○**小道巫術**…占い師の占いやシャーマンの予言。○**呪禁**…まじないをして物の怪《け》などを払うこと。○**地歩**…立場。○**口寄せ**…「民間の巫女が行う霊媒。生霊を寄せるのと、死霊を寄せるのと、吉凶禍福を示すのと、幾種類かあるが、ふつうには、葬式後の一定期間内、および死者の命日に、巫女を招いてその死霊のことばをきく。巫女もほとんどが職業化している」（『綜合日本民俗語彙』第二巻「クチヨセ」、図版18「クチヨセノヒ　巫女から口寄せをしてもらっている。青森県下北半島恐山円通寺」）。○**暗裡に**…暗々裡に。ひそかに。○**巫蠱の弊**…人をのろう悪い習慣。○**慰諭せられず**…慰め悟られず。○**弁佞に傾いた**…言葉巧みでも、心に誠意がなくなった。「弁佞」は「便佞」に同じ。○**ときの日**…二八節参照。

鑑賞 託宣を公認しない時代になって、口寄せは警察の取締の対象になっているが、それによって固有信仰の歩んできた道がわからなくなる懸念がある。家々の神への信頼が弱まってくるのを見るだけでも、先祖祭の本旨を明らかにし、氏神信仰との続き合いを知らせておく必要がある。

七五　最後《さいご》の一念《いちねん》

彼岸《ひがん》の中日《ちゅうにち》より外《ほか》の日《ひ》に、亡《な》き人《ひと》の口《くち》を寄《よ》せると、其《その》ほとけの位《くらい》が一座下《いちざさが》ると、香川県《かがわけん》などでは謂《い》うそうである。之《これ》を職業《しょくぎょう》とする者《もの》には迷惑《めいわく》な俗信《ぞくしん》で、誰《だれ》がそういうことを考《かんが》え出《だ》したものか、我々《われわれ》には興味《きょうみ》がある。或《あるい》は別《わか》れの涙《なみだ》がふりかかると、死《し》んで行《ゆ》く者《もの》が浮《うか》ばれぬというのと同《おな》じに、此世《このよ》の執《しゅう》着《ちゃく》を断《た》ちきることを、解脱《げだつ》の道《みち》と説《と》いたからとも思《おも》われるが、彼岸《ひがん》ならよろしいという説明《せつめい》にはまだ足《た》りない。恐《おそ》らく正式《せいしき》に霊《れい》の物言《ものい》う日《ひ》が、曾《かつ》ては一年《いちねん》に一日《いちにち》しか無《な》かったのを、時《とき》とも無《な》く呼出《よびだ》され引留《ひきと》められて、徒《いたず》らに此世《このよ》の絆《ほだし》を加《くわ》えることが、先祖《せんぞ》になって行《ゆ》く道《みち》でないという意味《いみ》であったかと思《おも》う。ほとけに段階《だんかい》が有《あ》るということは、是《これ》より以外《いがい》には解《かい》しようも無《な》いからである。

しかし一方《いっぽう》には生死《せいし》のなお定《さだ》かで無《な》い者《もの》を、何《なん》としても尋《たず》ね究《きわ》めずには居《い》られなかったと同《おな》じく、すでに此世《このよ》の人《ひと》で無《な》いことだけは明《あきら》かで、ただその臨終《りんじゅう》の様子《ようす》を知《し》った者《もの》が無《な》いというような場合《ばあい》には、一度《いちど》は何《なん》とかして招《まね》き寄《よ》せて、語《かた》らせて見《み》たいというのも人情《にんじょう》で、或《あるい》は最初《さいしょ》には祭《まつり》とは明《あきら》かに別《べつ》な行事《ぎょうじ》であったかも知《し》れぬが、後々《のちのち》はそれを盆彼岸《ぼんひがん》の祭《まつり》に先《さき》だち、又《また》は其日《そのひ》の来《く》るのさえ待兼《まちか》ねて、あやしの歩行巫女《あるきみこ》でも頼《たの》もうということになったので、是《これ》には又我同胞《またわがどうほう》の久《ひさ》しい以前《いぜん》から、抱《いだ》いて居《い》た一《ひと》つの信仰《しんこう》、即《すなわ》ち人《ひと》の最後《さいご》の一念《いちねん》が、永《なが》く後《のち》の世《よ》に跡《あと》を引《ひ》くという考《かんが》えが、暗々裡《あんあんり》に働《はたら》いて居《い》たのでは無《な》いかと私《わたし》は思《おも》う。平和《へいわ》な尋常《じんじょう》な長《なが》い一生《いっしょう》の果《はて》ならば、意力《いりょく》も既《すで》に衰《おとろ》え又新《またあた》らしい望《のぞ》みも無《な》く、仲《なか》よく暮《くら》せとか墓所《ぼしょ》を大事《だいじ》にせよとか、誰《だれ》でも言《い》うことを御揃《おそろ》いに願《ねが》って居《い》るものと、解《かい》して置《お》いて先《ま》ず誤《あやま》りは無《な》いが、元気《げんき》な世盛《よざか》りに突如《とつじょ》として去《さ》ってしまう者《もの》はそうは行《ゆ》かない。何《なに》か人《ひと》にはまだ告《つ》げぬ計画《けいかく》、必《かなら》ずやり遂《と》げるという強《つよ》い決心《けっしん》を抱《いだ》いて居《い》たものが、聴《き》いて遣《や》らぬと埋没《まいぼつ》してしまうのである。知《し》れば共鳴者《きょうめいしゃ》もたやすく得《え》られ、又《また》は僅《わず》かな力添《ちからぞ》えによって、花咲《はなさ》き実《み》のることのほぼ確《たし》かなことを、再《ふたた》び第一歩《だいいっぽ》から誰《だれ》かにくり返《かえ》させなければならぬとすれば、遺憾《いかん》は決《けっ》して本人《ほんにん》ただ独《ひと》りのものではない。同《おな》じ家筋一門《いえすじいちもん》に属《ぞく》する者《もの》が、先《ま》ずそれを聴《き》いて見《み》ようとするのは、言《い》わば彼等《かれら》の公《おおや》けに対《たい》する務《つと》めなのであった。中《なか》には勿論些々《もちろんささ》たる事《こと》、或《あるい》は無理《むり》な望《のぞ》みや誤算《ごさん》なども多《おお》かったに違《ちが》いないが、さりとて之《これ》を概括《がいかつ》してすべて皆菩提《みなぼだい》の妨《さまた》げ、あの世《よ》の障《さわ》りとして棄却《ききゃく》せしめようとするのは不人情《ふにんじょう》な説法《せっぽう》であった。それが日本《にほん》で一向効《いっこうこう》を奏《そう》して居《い》ないのは、私《わたし》などから見《み》れば当然《とうぜん》のことである。

誰《だれ》がかかって集《あつ》めるのか知《し》らぬが、幽霊《ゆうれい》の話《はなし》などはどれも是《これ》も、女々《めめ》しいけちくさい又個人的《またこじんてき》な、知《し》らずにしまっても少《すこ》しも差支《さしつかえ》の無《な》いようなのを、わざと並《なら》べて我々《われわれ》を気味悪《きみわる》がらせ、それだから此《この》世《よ》をさっぱりと思《おも》い切《き》って、遠《とお》く寂光《じゃっこう》の浄土《じょうど》へ旅立《たびだ》たせようとして居《い》るのだが、まだまだ此社会《このしゃかい》には正《ただ》しきを貫《つらぬ》く為《ため》に、尊《とう》とい事業《じぎょう》を完成《かんせい》せんが為《ため》に、化《ば》けて出《で》て居《い》た亡魂《ぼうこん》もうんとあるのである。残念《ざんねん》なことには之《これ》を引継《ひきつ》ごうとする方法《ほうほう》が悪《わる》く、又相手《またあいて》がただ愚痴未練《ぐちみれん》だったばかりに、陰鬱《いんうつ》を極《きわ》めた因《いん》

果《が》物語《ものがたり》のみが世《よ》に弘《ひろ》まり、しかも後々《のちのち》は人《ひと》から軽蔑《けいべつ》せられるに至《いた》ったのは損《そん》な話《はなし》だった。長崎《ながさき》の学者《がくしゃ》中島広足《なかじまひろたり》の橿《かし》のしづ枝《え》に、

清国人《しんこくじん》は死《し》して幽霊《ゆうれい》になって出《で》るを尊《とうと》き事《こと》にして、さる事《こと》も無《な》き人《ひと》を、幽霊《ゆうれい》にもえ成《な》らぬこととていたく賤《いや》しめおとすめり云々《うんぬん》

という一節《いっせつ》が有《あ》る。果《はた》してそういう気風《きふう》が隣邦《りんぽう》に倶通《ぐつう》して居《い》るものかどうか、うっかり此《この》ままは信《しん》じられないが、却《かえ》って我々《われわれ》の同胞《どうほう》の間《あいだ》にこそ、此痕跡《このこんせき》はたしかに見出《みいだ》し得《え》られるのであった。今《いま》のように幽霊《ゆうれい》が安《やす》っぽくなったのは、言《い》わば芝居《しばい》や草冊子《くさぞうし》の好《この》み、又一《またひと》つには叩《たた》き巫女《みこ》や梓御子《あずさみこ》の輩《やから》が、あまりにも無教育《むきょういく》だからであった。まだたしかには成功《せいこう》しなかったというのみで、壮齢《そうれい》にして世《よ》を去《さ》る人々《ひとびと》の、志《こころざし》を後代《こうだい》に遺《のこ》す方法《ほうほう》は、別《べつ》に色々《いろいろ》と昔《むかし》から求《もと》められて居《い》る。夢《ゆめ》に来《き》て逢《あ》おうというような約束《やくそく》までを、素朴《そぼく》に信《しん》じて居《い》た時代《じだい》もあれば、又現《またうつつ》にも言葉《ことば》を交《かわ》した人々《ひとびと》があった。辞世《じせい》というものは屢々一般《しばしばいっぱん》の読者《どくしゃ》を当《あ》てにした、いやな文芸《ぶんげい》に堕落《だらく》して居《い》るが、それでも恐《おそ》らくは日本《にほん》ほど、是《これ》を盛《さか》んに利用《りよう》した国《くに》は他《ほか》には無《な》い。それから又《また》そんな名前《なまえ》は使《つか》わなくとも、文字《もじ》がこの為《ため》に働《はたら》いて居《い》る区域《くいき》は中々大《なかなかおお》きい。活《い》きて居《い》るうちには到底同感《とうていどうかん》の士《し》を得《え》られないことを知《し》りつつも、人《ひと》はなお後代《こうだい》の為《ため》にも大《おお》きな著述《ちょじゅつ》をして居《い》たのである。

語注 ○あやしの歩行巫女…みすぼらしく諸国を歩いた巫女。七四節参照。○一向功を奏して居ない

…少しもうまくいっていない。○長崎の学者中島広足の橿のしづ枝…中島広足（一七九二～一八六四）は国学者。『かしのしづ枝』は嘉永四年（一八五一）刊の随筆。「清人の幽霊」に見える。○隣邦に俱通して居る…隣国にあまねく通じているの意か。「俱通」は未確認。○芝居や草冊子の好み…江戸時代の歌舞伎芝居や絵草紙の趣向であり。○叩き巫女や梓御子の輩…梓弓を叩いて死霊を呼び寄せ、その言葉を告げる巫女の仲間。

鑑賞 臨終の様子を知った者がない場合、何とかしてその言葉を聞きたいと思うのは人情であった。そこには、最後の一念が永く後の世に跡を引くという考えが働いていた。一門の者がそれを聴いてやろうとするのは務めであった。

七六　願《がん》ほどき

然《しか》るにこの国民《こくみん》の珍《めず》らしい能力《のうりょく》、最後《さいご》の一念《いちねん》を集注《しゅうちゅう》し又貫徹《またかんてつ》しようとする特長《とくちょう》を、専《もっぱ》ら個人《こじん》の解脱《げだつ》の方《ほう》に、導《みちび》き去《さ》ろうと努力《どりょく》した人《ひと》が多《おお》かったということは、彼等《かれら》の所謂《いわゆる》外道《げどう》の眼《め》から見《み》れば、甚《はなは》だ以《もっ》て安《やす》からぬことであった。人《ひと》の一代《いちだい》を傾《かたむ》け尽《つく》してもなお為《な》し遂《と》げられぬ事業《じぎょう》は多《おお》く、たとえ如何《いか》なる幽《かす》かな消息《しょうそく》でも、是《これ》が次《つぎ》の現世《げんせ》へ繋《つな》がることを信《しん》じたいと思《おも》う人々《ひとびと》に、その僅《わず》かな望《のぞ》みさえも思《おも》い切《き》らせ、善悪《ぜんあく》すべての雑念《ざつねん》を払《はら》いのけて、ひたすら紫《むらさき》の雲《くも》の来迎《らいごう》を待《ま》たせようとしたのが、今《いま》はとにかく中代《ちゅうだい》の能化《のうけ》たちの所作《しょさ》であった。家《いえ》に先祖《せんぞ》の事業《じぎょう》がなお伝《つた》わり、社会《しゃかい》が前賢《ぜんけん》の遺烈《いれつ》を無言《むごん》の間《あいだ》に承《う》け継《つ》いで居《い》るのが、もしも悉皆後《しっかいのち》の人《ひと》だけの手柄《てがら》でないとすると、寧《むし》ろ最後《さいご》まで済度《さいど》に漏《も》れて居《い》た、善意《ぜんい》の幽霊《ゆうれい》の多《おお》かったことを悦《よろこ》ばなければならない。そうして是《これ》が又国土《またこくど》を永遠《えいえん》の住《す》みかと信《しん》じて居《い》た、一《ひと》つの民族《みんぞく》の本来《ほんらい》の姿《すがた》では無《な》いかと思《おも》う。

日本《にほん》は神国也《しんこくなり》。斯《こ》ういう言葉《ことば》を口《くち》にして居《い》た人《ひと》が、昔《むかし》は今《いま》よりも更《さら》に多《おお》かった。私《わたし》は実《じつ》はその真意《しんい》を捉《とら》えるのに苦《くる》しんだ者《もの》だが、少《すく》なくともこの一《ひと》つの点《てん》、即《すなわ》ち三百年来《さんびゃくねんらい》の宗旨制度《しゅうしせいど》によって、うわべは仏教一色《ぶっきょういっしょく》に塗《ぬ》り潰《つぶ》されてから後《のち》までも、今《いま》に至《いた》ってなお是《これ》に同化《どうか》し得《え》ない部分《ぶぶん》が、この肝要《かんよう》なる死《し》後信仰《ごしんこう》の上《うえ》に、可《か》なり鮮明《せんめい》に残《のこ》って居《い》るということに、心付《こころづ》いたのは嬉《うれ》しかった。素《もと》よりこの争《あらそ》われない一国《いっこく》の特質《とくしつ》を容認《ようにん》しても、なお布教《ふきょう》を進《すす》めて行《ゆ》く道《みち》は有《あ》るのであろうが、ともかくも末派《まっぱ》の人《ひと》たちはそれを試《こころ》みず、今《いま》までは極力《きょくりょく》その固有《こゆう》のものを抑《おさ》え退《しりぞ》け萎《なや》し薄《うす》めようとして居《い》たのである。それにも拘《かかわ》らず、現在《げんざい》もほぼ古《ふる》い形《かたち》のままで、霊《れい》はこの国土《こくど》の中《なか》に相隣《あいとなり》して止住《しじゅう》し、徐々《じょじょ》としてこの国《くに》の神《かみ》となろうとして居《い》ることを信《しん》ずる者《もの》が、たしかに民間《みんかん》には有《あ》るのである。そうして今《いま》や此事実《このじじつ》を、単《たん》なる風説《ふうせつ》としてで無《な》く、もっと明瞭《めいりょう》に意識《いしき》しなければならぬ時代《じだい》が来《き》て居《い》るのである。信《しん》ずると信《しん》じないとは人々《ひとびと》の自由《じゆう》であるが、この事実《じじつ》を知《し》るというまでは我々《われわれ》の役目《やくめ》である。

話《はなし》の理窟《りくつ》に流《なが》れるのを避《さ》ける為《ため》に、もう一《ひと》つだけ新《あたら》しい話題《わだい》を提供《ていきょう》しよう。民俗学《みんぞくがく》の学徒《がくと》が解説《かいせつ》に悩《なや》んで居《い》る日本《にほん》の慣習《かんしゅう》に、願《がん》もどし・立願《りゅうがん》ほどき、又《また》は願払《がんばら》いというものがある。それは葬式《そうしき》のすぐ後《あと》もしくは次《つぎ》の日《ひ》に、死者《ししゃ》が今《いま》まで掛《か》けて居《い》た神仏《しんぶつ》への祈願《きがん》を、もう済《す》みましたと謂《い》って撤回《てっかい》する式《しき》だと認《みと》められ、多《おお》くは白扇《はくせん》の蟹目《かなめ》をはずして、ばらばらにして屋《や》の棟《むね》を投《な》げ越《こ》すのだが、中《なか》には生《せい》前《ぜん》の食器《しょっき》を毀《こぼ》ち、又《また》は着《き》て居《い》た衣類《いるい》を逆《さか》さまに、裾《すそ》を持《も》って振《ふ》りながら、願《がん》ほどきという言葉《ことば》を高《たか》く唱《とな》える。或《あるい》はわざわざ請願成就《せいがんじょうじゅ》と謂《い》う者《もの》もあり、大抵《たいてい》は身内《みうち》で無《な》い者《もの》に是《これ》を頼《たの》むという。是《これ》を行《おこな》う人《ひと》の心意《しんい》を探《さぐ》るには、もしそうしなかったら結果《けっか》はどうなるかと問《と》うて見《み》るがよいのだが、単《たん》によくないからという人《ひと》も其心《そのこころ》の中《なか》には、主《しゅ》としては死者《ししゃ》が是《これ》あるが為《ため》に苦《くる》しみ悩《なや》み、行《ゆ》くべき処《ところ》へも行《ゆ》かれぬからと思《おも》うらしい。着物《きもの》を逆《さか》さまに振《ふ》るなども成程結末《なるほどけつまつ》を表示《ひょうじ》して居《い》るが、扇《おうぎ》は殊《こと》に神《かみ》に物申《ものもう》す場《ば》合《あい》に、必《かなら》ず手《て》に執《と》り又《また》は前《まえ》に置《お》くものである。それを毀《こわ》して又用《またもち》いられなくするのは、明《あきら》かに絶縁《ぜつえん》を意味《いみ》し、神仏《しんぶつ》とは謂《い》うけれども専《もっぱ》ら神様《かみさま》の、節度統制《せつどとうせい》の外《そと》に出《で》ようという目的《もくてき》と思《おも》われた。一《ひと》たび現《げん》世《せ》の閾《しきい》を越《こ》えて出《で》ると、そこには明《あきら》かに二《ふた》つの相容《あいい》れぬ未来《みらい》があって、法師《ほうし》等《ら》はまだそれまでの習合《しゅうごう》を案出《あんしゅつ》しては居《い》なかったのである。そうすれば勿論一方《もちろんいっぽう》を無視《むし》するの他《ほか》は無《な》いが、それの出来《でき》ない者《もの》が寧《むし》ろ信徒《しんと》の間《あいだ》に居《い》た。幸《こう》か不幸《ふこう》か自然《しぜん》に成育《せいいく》した国民信仰《こくみんしんこう》というものは、曾《かつ》て単純《たんじゅん》な世情《せじょう》の中《なか》に於《おい》て、僅《わず》かな存立《そんりつ》を許《ゆる》されたような推理《すいり》をなお続《つづ》けて居《い》る。我々《われわれ》の隠《かく》り世《よ》の系統《けいとう》の明《あきら》かでないことは弱《よわ》味《み》であった。それで感情《かんじょう》はなお不安《ふあん》に閉《とざ》されつつも、忍《しの》んで口達者《くちたっしゃ》な人《ひと》たちの説法《せっぽう》に附《つ》いたのであった。近世《きんせい》の幽冥道研究《ゆうめいどうけんきゅう》の如《ごと》きは、動機《どうき》は或《あるい》は是《これ》に対処《たいしょ》するに在《あ》ったかとも考《かんが》えられる。藤井高尚《ふじいたかなお》の「松《まつ》の落葉《おちば》」に、人《ひと》は後《のち》の世《よ》の為《ため》にも神《かみ》を祭《まつ》り禱《いの》るべき事《こと》という一章《いっしょう》などは、たしかに神《かみ》を信《しん》ずる者《もの》の言《げん》であった。人《ひと》は幽冥《ゆうめい》の事執《ことと》りたまう神《かみ》に乞《こ》いて、許《ゆる》したまわずば此世《このよ》に出《で》てとかくすることは成《な》り難《がた》い。亡《な》き魂《たましい》の夢《ゆめ》に見《み》え人《ひと》に憑《よ》り又形《またかたち》を顕《あら》わしもするのは、それが神《かみ》の御心《みこころ》にかなうからだと、幽冥《ゆうめい》の道理《どうり》を道破《どうは》して居《い》るのも、つまりは今《いま》まではただ家々《いえいえ》の信仰現象《しんこうげんしょう》に止《とど》まりつつも、なおその間《あいだ》に民族《みんぞく》としての、著《いちじる》しい共通点《きょうつうてん》があったということを、その新《あた》らしい解説《かいせつ》の論拠《ろんきょ》として居《い》るのである。学者《がくしゃ》の解説《かいせつ》は是《これ》からもなお変《かわ》ったものが起《おこ》り得《う》る。ただこの一国《いっこく》の自然《しぜん》の一致《いっち》ということだけは、彼《かれ》と共《とも》に心《こころ》を留《とど》めて見《み》なければならない。

語注 ○**外道**…仏教以外の教え。○**紫の雲の来迎**…極楽浄土にたなびく紫色の雲に乗って、仏菩薩が迎えに来ること。○**中代の能化たち**…平安時代から室町時代の特に優れた僧侶たち。○**前賢の遺烈**…昔の賢人が後世に残した功績。○**悉皆**…残らず。○**三百年来の宗旨制度**…六三節参照。○**末派**…末流。○**白扇の蟹目**…白地のままの扇の要。○**幽冥道研究**…四〇節参照。○**藤井高尚の「松の落葉」**…藤井高尚（一七六四～一八四〇）は神職・国学者。本居宣長《もとおりのりなが》に学び、平田篤胤《ひらたあつたね》と交わる。『松の落葉』は文政一二年（一八三〇）序の随筆。正しくは「人は死にたらん後のためにも神をまつりいのるべき事」である。

鑑賞 柳田国男監修の『民俗学辞典』の「願もどし」（井之口章次執筆）では、「願は神との約束であり、それのつづいているかぎりは仏の済度を受けることができぬ故に、仏教の往生安楽国を信ずるようになると、両者の煩悶を解くために、信徒の中のなお神を無視することのできない者が、神との約束をとり消して、みずからの安心を求める必要があった。これは仏教が在来の信仰と習合してきた過程を示すものであるが、死んだ後も神との関係のつづいているという考え方が、仏教以前の信仰でもあったことをあきらかに示している」とした。

七七　生《うま》れ替《かわ》り

顕幽《けんゆう》二《ふた》つの世界《せかい》が日本《にほん》では互《たが》いに近《ちか》く親《した》しかったことを説《と》く為《ため》に、最後《さいご》になお一《ひと》つ、言《い》い落《おと》してはならぬのは生《うま》れ代《かわ》り、即《すなわ》ち時々《ときどき》の訪問招待《ほうもんしょうたい》とは別《べつ》に、魂《たましい》がこの世《よ》へ復帰《ふっき》するという信仰《しんこう》である。是《これ》は漢土《かんど》にも夙《はや》くから濃《こ》く行《おこな》われて居《い》る民間《みんかん》の言《い》い伝《つた》えであり、仏教《ぶっきょう》は素《もと》より転生《てんせい》を其特色《そのとくしょく》の一《ひと》つとして居《い》るのだが、そういう経典《きょうてん》の支援《しえん》があるということは、必《かなら》ずしも古《ふる》くあるものの保持《ほじ》に役立《やくだ》たず、却《かえ》って斯邦《しほう》だけに限《かぎ》られて居《い》るものを、不明《ふめい》にした嫌《きら》いが無《な》いでもない。書物《しょもつ》を読《よ》んで居《い》ると何《いず》れの国《くに》の事《こと》か判《わか》らず、そっくり持《も》って来《き》ても通用《つうよう》しそうな話《はなし》ばかりが多《おお》いが、なお眼《め》の前《まえ》の社会事象《しゃかいじしょう》の中《なか》には、差別《さべつ》を立《た》て得《う》る資料《しりょう》が、少々《しょうしょう》は伝《つた》わって居《い》そうに思《おも》われる。一《ひと》つの要点《ようてん》は六道輪廻《ろくどうりんね》、前生《ぜんせい》の功《こう》過《か》によって鬼《おに》にも畜生《ちくしょう》にも、堕《お》ちて行《ゆ》くという思想《しそう》は日本《にほん》には無《な》く、支那《しな》が或《あるい》は輸入国《ゆにゅうこく》では無《な》かったかとも見《み》られる。我邦《わがくに》では人《ひと》の霊《れい》が木《き》に依《よ》り、巌《いわお》を座《ざ》とするのは祭《まつり》の時《とき》のみで、物《もの》にもそれぞれの夕マは有《あ》ると見《み》て居《い》たが、それが人間《にんげん》の方《ほう》から移《うつ》って行《い》ったということを、考《かんが》えて居《い》る者《もの》は今《いま》でもそう増加《ぞうか》しては居《い》ない。それから修行《しゅぎょう》の累積《るいせき》を以《もっ》て、段々《だんだん》と高《たか》い世界《せかい》に進《すす》み得《う》るということ、是《これ》は私《わたし》の謂《い》うみたまの清《きよ》まわり、即《すなわ》ち現世《げんせ》の汚濁《おだく》から遠《とお》ざかるにつれて、神《かみ》と呼《よ》ばれてよい地位《ちい》に登《のぼ》るという考《かんが》え方《かた》とは、同《おな》じもので無《な》いと思《おも》うわけは、前者《ぜんしゃ》は如何《いか》なる世界《せかい》へでもなお個人格《こじんかく》を携《たずさ》えあるくのに、こちらは或期間《あるきかん》が過《す》ぎてしまうと、いつと無《な》く大《おお》きな霊体《れいたい》の中《なか》に融合《ゆうごう》して行《ゆ》くように感《かん》じられる。此《この》点《てん》は私《わたし》の力《ちから》では保障《ほしょう》することが出来《でき》ぬが、ともかくも神《かみ》と祭《まつ》られるようになってからは、もはや生《うま》れ替《かわ》りの機会《きかい》は無《な》いらしいのである。

是等《これら》は消極的《しょうきょくてき》な否認《ひにん》に過《す》ぎぬから、証拠《しょうこ》が出《で》て来《く》れば又言《またい》い方《かた》を更《か》えなければなるまいが、一方《いっぽう》にはもっと具体的《ぐたいてき》に、今《いま》なお国民《こくみん》の間《あいだ》にほぼ認《みと》められて居《い》る諸点《しょてん》は、何《いず》れもよその国《くに》と可《か》なりちがって居《い》る。その一《ひと》つは生《い》きて居《い》る間《あいだ》でも、身《み》と魂《たましい》とは別《べつ》のもので、従《したが》って屢々遊離《しばしばゆうり》する。それが一種《いっしゅ》の能《のう》力《りょく》のようなもので、成長《せいちょう》してからも魂《たましい》が独《ひと》り遠《とお》く行《ゆ》き、用《よう》を足《た》して来《く》るという人《ひと》が折々《おりおり》は有《あ》り、殊《こと》に死《し》に先《さき》だって逢《あ》いたいと思《おも》う人《ひと》を訪《おとず》れるという話《はなし》は多《おお》い。夢《ゆめ》に飛《と》びあるくと見《み》ることの出来《でき》る人《ひと》を、仙北《せんぼく》では飛《と》びだましと謂《い》い、死前《しぜん》に人《ひと》を訪《とぶら》うものを津軽《つがる》ではあま人《びと》と呼《よ》んで居《い》て、何《いず》れも一方《いっぽう》にはそれを見《み》る力《ちから》をもった者《もの》が、職業《しょくぎょう》の徒《と》以外《いがい》にもあった。東北《とうほく》以外《いがい》でも此話《このはなし》はよく聴《き》くが、今《いま》では皆之《みなこれ》を死後《しご》の霊《れい》に限《かぎ》る如《ごと》く、考《かんが》えて居《い》るのは一《ひと》つの変化《へんか》であろう。

しかし大体《だいたい》に於《お》て魂《たましい》の生身《なまみ》を離《はな》れ易《やす》いのは小児《しょうに》であり、それを防《ふせ》ごうとする呪法《じゅほう》も数々《かずかず》あったのみならず、小児《しょうに》には更《さら》に魂《たましい》のまだ入《はい》り込《こ》まぬ時期《じき》が有《あ》るとさえ考《かんが》えられて居《い》た。中国《ちゅうごく》の各地《かくち》では宮参《みやまい》りの日《ひ》に、魂《たましい》を産土神《うぶすながみ》に入《い》れてもらうといい、又《また》はその日《ひ》の御神楽《おかぐら》の太鼓《たいこ》の音《おと》によって、赤子《あかご》に性根《しょうね》が入《はい》るとも、魂《たましい》を授《さず》かるとも信《しん》じて居《い》る村々《むらむら》は多《おお》い。即《すなわ》ち魂《たましい》は土地《とち》の神《かみ》の管理《かんり》したまうものであって、体《からだ》はその為《ため》に始《はじ》めて大切《たいせつ》なものになることは、ちょうど仏像《ぶつぞう》の入眼《にゅうがん》と同《おな》じく、現《げん》に又船《またふね》でも家《いえ》でも又《また》祭《まつり》の日《ひ》の神輿《みこし》でも、すべてウブを入《い》れるウツを入《い》れるなどと、宮参《みやまい》りの小児《しょうに》の場合《ばあい》と、同《おな》じ言葉《ことば》を用《もち》いて居《い》るのである。人《ひと》を神《かみ》に祀《まつ》るという信仰《しんこう》のもとは、もうこの時《とき》から備《そな》わって居《い》るので、順次《じゅんじ》に進級《しんきゅう》して行《ゆ》くのでは無《な》かったようにも考《かんが》えられるが、此点《このてん》はまだ明《あきら》かに言《い》い切《き》ることが私《わたし》には出来《でき》ない。

語注 ○漢土…四三節参照。○支那…一六節参照。○仙北では飛びだましと謂い…「秋田県仙北郡地方では、夢で飛ぶことのある人は、死ぬときに飛びたまし（魂）となって行くという」（『綜合日本民俗語彙』第三巻「トビタマシ」）。○津軽ではあま人と呼んで居て…「青森県西津軽地方で、人が死ぬ前にその魂が歩くといい、時には戸を開けるような音がするという。その霊をいう」（『綜合日本民俗語彙』第一巻「アマビト」）。

鑑賞　中村哲は『柳田国男の思想』で、「柳田が祖先崇拝を日本人の原初の宗教意識であるとしているのであるが、それは祖先崇拝にかたく結びついている家父長制のイデオロギーに彼自身がたっているからである。それは明治国家のなかに生長し、その官僚体制のなかで生活した保守主義の感情であって、それ以前の明治初期の啓蒙思想家とは異っている」と見ていた。

だが、一方、鶴見和子は『先祖の話』を収録した「解説」で、「人は一生のうちに自分のしたいと思ったことを成就することはできないものだ、という認識が、七十歳をすぎて『先祖の話』を書いた時の柳田に強い自覚としてあったのだと思う。かれの戦前の仕事が、戦争を防ぐ力として役に立たなかったことへの悔恨をのべ、敗戦直後に、「祭日考」、「山宮考」、「氏神と氏子」の『新国学談』三部作を発表した。これらの作品は、『先祖の話』をふくめて、柳田自身の後代への遺言だといえる。自分の非力の告白と、自分の学問の欠陥とを、晩年になって表白したのは、かれ自身の歴史観の実践といえる」と述べて、まったく違う読み方をしている。

七八　家《いえ》と小児《しょうに》

日本《にほん》の生《うま》れ替《かわ》りの第二《だいに》の特色《とくしょく》と言《い》ってよいのは、魂《たましい》を若《わか》くするという思想《しそう》のあったことである。小《しょう》児《に》の生身玉《いきみたま》はマブリとも又《また》ウブともウツとも呼《よ》んで居《い》たらしいが、是《これ》は年《とし》とった者《もの》に比《くら》べると、身《み》を離《はな》れて行《ゆ》く危険《きけん》の多《おお》かった代《かわ》りに、又容易《またようい》に次《つぎ》の生活《せいかつ》に移《うつ》ることも出来《でき》て、出入《しゅつにゅう》ともに甚《はなは》だ敏活《びんかつ》なように考《かんが》えられて居《い》た。沖縄諸島《おきなわしょとう》では童墓《わらべばか》と称《しょう》して、六歳以下《ろくさいいか》で死《し》んだ児《こ》の為《ため》に、別《べつ》に区劃《くかく》をした埋《まい》葬地《そうち》が出来《でき》て居《い》た。近畿中国《きんきちゅうごく》に於《おい》ても児三昧《こざんまい》、又《また》は子墓《こばか》という名《な》があって、やはり成人《せいじん》とは遣《や》る処《ところ》を異《こと》にして居《い》た例《れい》が多《おお》い。葬《ほうむ》りの式《しき》も色々《いろいろ》の点《てん》でちがって居《い》た。必《かなら》ずしもまだ小《ちい》さいから簡略《かんりゃく》にするというので無《な》く、佐渡《さど》ではかわった形《かたち》の花籠《はなかご》を飾《かざ》り、阿波《あわ》の祖谷山《いややま》では舟形《ふながた》の石《いし》を立《た》てる。対馬《つしま》の北部《ほくぶ》などでも仏像《ぶつぞう》を碑《ひ》の上半《じょうはん》に彫刻《ちょうこく》して、それを彩色《さいしき》したものが小児《しょうに》の墓《はか》であった。関東東北《かんとうとうほく》の田舎《いなか》には、水子《みずこ》にはわざと墓《はか》を設《もう》けず、家《いえ》の牀下《ゆかした》に埋《う》めるものがもとは多《おお》かった、若葉《わかば》の魂《たましい》ということを巫女《みこ》などは謂《い》ったそうだが、それはただ穢《けが》れが無《な》いというだけで無《な》しに、若葉《わかば》の魂《たましい》は貴重《きちょう》だから、早《はや》く再《ふた》び此世《このよ》の光《ひかり》に逢《あ》わせるように、成《な》るべく近《ちか》い処《ところ》に休《やす》めて置《お》いて、出《で》て来《き》やすいようにしようという趣意《しゅい》が加《くわ》わって居《い》た。青森県《あおもりけん》の東部一帯《とうぶいったい》では、小《ちい》さな児《こ》の埋葬《まいそう》には魚《さかな》を持《も》たせた。家《いえ》によっては紫色《むらさきいろ》の着《き》物《もの》を着《き》せ、口《くち》にごまめを咬《くわ》えさせたとさえ伝《つた》えられる。ちょうど前掲《ぜんけい》の立願《りゅうがん》ほどきとは反対《はんたい》に、生臭《なまぐさ》物《もの》によって仏道《ぶつどう》の支配《しはい》を防《ふせ》ごうとしたものらしく、七歳《ななさい》までは子供《こども》は神《かみ》だという諺《ことわざ》が、今《いま》もほぼ全国《ぜんこく》に行《おこな》われて居《い》るのと、何《なに》か関係《かんけい》の有《あ》ることのように思《おも》われる。津軽《つがる》の方《ほう》では小児《しょうに》の墓《はか》の上《うえ》を、若《わか》い女《おんな》を頼《たの》んで踏《ふ》んでもらう風習《ふうしゅう》もある。魚《さかな》を持《も》たせてやる南部《なんぶ》の方《ほう》の慣行《かんこう》と共《とも》に、何《いず》れも生《うま》れ替《かわ》りを早《はや》くする為《ため》だということを、まだ土地《とち》の人《ひと》たちは意識《いしき》して居《い》るのである。

この再生《さいせい》が遠《とお》い昔《むかし》から、くり返《かえ》されて居《い》たものとすれば、若《わか》い魂《たましい》というものは有《あ》り得《え》ない道理《どうり》であるが、是《これ》は一旦《いったん》の宿《やど》り処《どころ》によって、魂自《たましいみずか》らの生活力《せいかつりょく》が若《わか》やぎ健《すこ》やかになるものと、考《かんが》えて居《い》た結果《けっか》と推測《すいそく》せられる。七十八十《ななじゅうはちじゅう》の長《なが》い生涯《しょうがい》を、働《はたら》き通《とお》して疲《つか》れ切《き》った魂《たましい》よりも、若《わか》い盛《さか》りの肉体《にくたい》に宿《やど》ったものの方《ほう》が、この世《よ》に於《お》いても大《おお》きな艱苦《かんく》に堪《た》え、又強烈《またきょうれつ》な意思《いし》を貫《つらぬ》き透《とお》すことが出来《でき》る。それがまだ十《じゅう》分《ぶん》に其力《そのちから》を発揮《はっき》せぬうちに、俄《にわ》かに身《み》を去《さ》れば残《のこ》りの物《もの》は何処《どこ》へ行《ゆ》くとするか。斯《こ》ういうこともきっと考《かんが》えられたものと思《おも》う。時代《じだい》が若返《わかがえ》るということは、若《わか》い人々《ひとびと》の多《おお》く出《で》て働《はたら》くことであった。若《わか》を美徳《びとく》とし又美称《またびしょう》とした理由《りゆう》は、日本《にほん》の古《ふる》い歴史《れきし》では可《か》なりはっきりとして居《い》る。恐《おそ》らくは長老《ちょうろう》の老《お》いてくたびれた魂《たましい》も、出来《でき》るだけ長《なが》く休《やす》んで再《ふたた》び又《また》、溌剌《はつらつ》たる肉体《にくたい》に宿《やど》ろうと念《ねん》じたことであろう。其《その》期限《きげん》というものがとぶらい上《あ》げ、即《すなわ》ち三十三年《さんじゅうさんねん》の梢附塔婆《うれつきとうば》が立《た》てられる時《とき》と、昔《むかし》の人《ひと》たちは想像《そうぞう》して居《い》たのではなかったかと思《おも》う。

語注 ○佐渡…二六節参照。○阿波の祖谷山…徳島県西部の山地。○対馬…四六節参照。○水子…出

産後まもなく亡くなった子供。○**若葉の魂**…「圧殺せられた赤子の霊魂、巫女の言葉で、若葉の霊魂と云う物の類である。嬰児の圧殺は昔は殆《ほとんど》常の事の如く考えていたものらしく、殺せば決して屋内より出さず、必《かならず》土間の踏台の下か、或《あるい》は石臼場のような、繁く人に踏付けられる場所に埋めたものである」（佐々木喜善『奥州のザシキワラシの話』「四　関係あるかと思われる事項」）。○**津軽**…二三節参照。○**艱苦**…なやみ苦しむこと。○**梢附塔婆**…五一節参照。

鑑賞 子供の霊は早く生まれ替わるように配慮された。若い人が出て働くことを期待し、老いた霊も溌剌とした肉体に宿ろうと念じた。日本の生まれ替わりには、魂を若くするという思想があった。

七九　魂《たましい》の若返《わかがえ》り

甲州《こうしゅう》では五十年目《ごじっねんめ》の年忌《ねんき》に、柳《やなぎ》の木《き》を幹《みき》のまま片端《かたはし》を少《すこ》し削《けず》って、草木国土悉皆成仏《そうもくこくどしっかいじょうぶつ》などと書《か》いたものを立《た》て、是《これ》を柳塔婆《やなぎとうば》と謂《い》って居《い》た。この木《き》がたまたま根《ね》づくことがあると、それはほとけの生《うま》れ替《かわ》った験《しるし》だと見《み》る風《ふう》もあった。富士《ふじ》の東北麓《とうほくろく》の忍野《おしの》という村《むら》では、夢《ゆめ》のうちに死《し》んだ人《ひと》と言葉《ことば》をかわしたと見《み》れば、それは其人《そのひと》が何処《どこ》かで生《うま》れ替《かわ》って居《い》る証拠《しょうこ》だと謂《い》ったそうである。それは多《おお》くはとぶらい上《あ》げよりも早《はや》い頃《ころ》かと思《おも》うが、ともかくも霊《れい》が所謂《いわゆる》さえの川原《かわら》を越《こ》えて、清《きよ》い御山《おやま》の頂上《ちょうじょう》へは登《のぼ》らぬ前《まえ》に、この転生《てんせい》ということが想像《そうぞう》せられ、その行《ゆ》く先《さき》は人間界《にんげんかい》の、しかもこの一《ひと》つの民族《みんぞく》の間《あいだ》というように止《と》まらず、尋《たず》ねれば尋《たず》ねて行《ゆ》かれる近《ちか》い処《ところ》であるように、考《かん》える人《ひと》が多《おお》かったのである。

誰《だれ》でも知《し》って居《い》る話《はなし》は、愛児《あいじ》を失《うしな》った親《おや》や祖父母《そふぼ》が、何処《どこ》へ生《うま》れて来《く》るかを知《し》りたいと思《おも》って、腕《うで》や手掌《てのひら》に字《じ》を書《か》いて置《お》くと、それが今度《こんど》の児《こ》に必《かなら》ず顕《あらわ》れて、前《まえ》の児《こ》の墓《はか》の土《つち》でこすらぬと落《お》ちない。それで或大名《あるだいみょう》長者《ちょうじゃ》の家《いえ》から、内々《ないない》で墓《はか》の土《つち》をもらいに来《き》たというような奇事《きじ》を、事実《じじつ》のように語《かた》り伝《つた》える者《もの》もあった。勿論是《もちろんこれ》は一種《いっしゅ》の説話《せつわ》であり、種《たね》は外国《がいこく》だと言《い》っても当《あた》るか知《し》らぬが、とにかくに人《ひと》が知《し》らずにしまっては我々《われわれ》の生《うま》れ替《かわ》りにはならなかった。或《あるい》は第三《だいさん》の特徴《とくちょう》として、最初《さいしょ》は必《かなら》ず同一《どういつ》の氏族《しぞく》に、又血筋《またちすじ》の末《すえ》に又現《またあら》われると思《おも》って居《い》たのが、我邦《わがくに》の生《うま》れ替《かわ》りだったかとも想像《そうぞう》せられる。其痕跡《そのこんせき》も全《まった》く消《き》え失《う》せては居《い》ない。神奈川県《かながわけん》の三浦半島《みうらはんとう》などでは、いせき（跡取《あととり》）は先祖《せんぞ》の生《うま》れ代《かわ》りと謂《い》って居《い》た。それ程概括《ほどがいかつ》してで無《な》くとも、此児《このこ》は誰《だれ》さんの生《うま》れ替《かわ》りだと、みんなでそういうので自分《じぶん》も其気《そのき》になって居《い》る者《もの》がある。顔《かお》か気質《きしつ》かに似《に》た所《ところ》が著《いちじる》しいと、双方《そうほう》を知《し》った人《ひと》がつい之《これ》を説《と》き、遺《い》伝《でん》の原理《げんり》を知《し》らぬ者《もの》は、つい又是《またこれ》を信《しん》じたくなるのである。祖父《そふ》が孫《まご》に生《うま》れて来《く》るということが、或《あるい》は通則《つうそく》であった時代《じだい》もあったのでは無《な》いか。というわけは家《いえ》の主人《しゅじん》の通称《つうしょう》に、一代《いちだい》置《お》きの継承《けいしょう》という例《れい》は少《すく》なくないからで、現《げん》に沖縄《おきなわ》などは長男《ちょうなん》には祖父《そふ》の名《な》を、長女《ちょうじょ》には祖母《そぼ》の名《な》を付《つ》けるのが通例《つうれい》となって居《い》た。しかし是《これ》では少《すこ》しく早《はや》きに過《す》ぎて催促《さいそく》せられる気味《きみ》がある。そうして又是非《またぜひ》ともそう限《げん》定《てい》しなければならぬ理由《りゆう》も無《な》いのであった。

或《あるい》は自分《じぶん》が生《うま》れ替《かわ》りであることを、まだ幽《かす》かに覚《おぼ》えて居《い》たという話《はなし》も時《とき》には有《あ》る。百年《ひゃくねん》と少《すこ》し前《まえ》の頃《ころ》、八王子附近《はちおうじふきん》の村《むら》にあった事実《じじつ》として、江戸《えど》の閑人《かんじん》たちに騒《さわ》がれた勝五郎再生談《かつごろうさいせいだん》などは、五《いつ》つになる男《おとこ》の児《こ》が誰《だれ》にも言《い》っちゃいけないと謂《い》って、そっと此秘密《このひみつ》を姉《あね》だけに語《かた》った。それが二親《ふたおや》の知《し》る所《ところ》となって、尋《たず》ねて行《い》って見《み》ると二三里《にさんり》も離《はな》れた村《むら》に、果《はた》してその児《こ》のいう通《とお》りの家《いえ》があり、その前生《ぜんせい》の児《こ》の名《な》も符合《ふごう》して、もう疑《うたが》うことが出来《でき》なかったというような話《はなし》である。作《つく》り話《ばなし》の流行《りゅうこう》した時代《じだい》だというから、うっかり証拠《しょうこ》に引《ひ》くわけには行《ゆ》かぬが、考《かんが》えて見《み》ると是《これ》はもともと証明《しょうめい》のむつかしい事《こと》柄《がら》であって、当《とう》の本人《ほんにん》が何《なに》かの拍子《ひょうし》に、もしもそういうことを言《い》い出《だ》したとすれば、もうそれだけでも信《しん》じないでは居《い》られぬような、心理《しんり》の素地《そじ》とも名《な》づくべきものは、却《かえ》って周囲《しゅうい》の者《もの》の間《あいだ》にすでに備《そな》わって居《い》たのである。私《わたし》などの生《うま》れた村《むら》では、初《はつ》の誕生日《たんじょうび》の色々《いろいろ》の儀式《ぎしき》の一《ひと》つに、箕《み》を以《もっ》てその満一《まんいち》年《ねん》の児《こ》を煽《あお》ぎ、おまえは何処《どこ》から来《き》たと問《と》うて見《み》る行事《ぎょうじ》があった。幼児《ようじ》の使《つか》い得《う》る単語《たんご》の数《かず》は限《かぎ》られて居《い》る。中《なか》にはワンワンだのモウモウだのと謂《い》うので、笑《わら》ってしまうものも多《おお》かったろうが、もしもアッチとかコッチとか、墓所《ぼしょ》や氏神《うじがみ》の森《もり》の方角《ほうがく》を指《さ》すことがあると、人々《ひとびと》は顔《かお》を見合《みあ》わせずには居《い》なかったのである。前《まえ》の生《せい》ということは屢々《しばしば》この世《よ》の人《ひと》の話題《わだい》となり、それを又傍《またかたわら》に居《い》て小児《しょうに》も聴《き》いて居《い》た。

彼等《かれら》の思《おも》いかけぬ言葉《ことば》に注意《ちゅうい》を払《はら》い、又何《またなに》かの折《おり》は言《い》わせて見《み》ようともする風《ふう》が、近《ちか》い頃《ころ》までは我邦《わがくに》には盛《さか》んであった。子《こ》を大事《だいじ》にするという感覚《かんかく》が、以前《いぜん》は寧《むし》ろ今《いま》よりも複雑《ふくざつ》であったように見《み》えるのも、単《たん》に我家《わがや》の永続《えいぞく》に働《はたら》くべき者《もの》だからという以上《いじょう》に、もしかすると遠《とお》い先祖《せんぞ》の霊《れい》が立《た》ち返《かえ》って、宿《やど》って居《い》るのをもう忘《わす》れたのかも知《し》れぬという、幽《かす》かな考《かんが》え方《かた》がなお伝《つた》わって居《い》た為《ため》とも考《かんが》えられる。

語注 **○甲州**…二〇節参照。**○草木国土悉皆成仏**…四八節参照。**○忍野という村**…山梨県南都留郡忍野村。**○勝五郎再生談**…平田篤胤《あつたね》著「勝五郎再生記聞」を念頭に置く。これは、文政五年（一八二二）、武州多摩郡中野村（今の八王子市）の百姓の子・勝五郎が自分の生まれ変わりを語るのを書き留めたもの。**○私などの生れた村**…二七節参照。

鑑賞 有賀《あるが》喜左衛門は『一つの日本文化論』で、「柳田国男は彼の種々の論究の中で外国文明は日本の古来の風習を大きく変えたが、それでもその影響の及ばぬ古来の風習や考え方を残しているとみた。そして外国文明の影響を大きく受けた知識人の述作はもちろん、また民間の風習であっても、これによって日本文化の伝統を知ることはできないと言っている。だから仏教についても同様にみたのであって、仏教によって変えられた民間の風習や日本人の考え方によって日本文化の特色を知ることはできないとみたように思われる」と考えた。しかし、「私は仏教のみについて言うのではないが、仏教が日本へ土着するためにどのように変ったかということを捉えることによっても、日本文化の伝統を明らかにすることができると思う。だから仏教が日本化したことによって特殊化した側面を見せていることは言うまでもないが、これによって仏教が本来持っていた普遍的な根本的教義がすべて失われたのではないことを知ることもまた大切であると思う」として、柳田の態度を批判したのである。

八〇　七生報国《しちしょうほうこく》

それは是《これ》から更《さら》に確《たし》かめて見《み》なければ、そうとも否《いな》とも言《い》えないことであろうが、少《すく》なくとも人《ひと》があの世《よ》をそう遥《はる》かなる国《くに》とも考《かんが》えず、一念《いちねん》の力《ちから》によってあまたたび、此世《このよ》と交通《こうつう》することが出来《でき》るのみか、更《さら》に改《あらた》めて復立帰《またたちかえ》り、次々《つぎつぎ》の人生《じんせい》を営《いとな》むことも不能《ふのう》では無《な》いと考《かんが》えて居《い》なかったら、七生報国《しちしょうほうこく》という願《ねが》いは我々《われわれ》の胸《むね》に、浮《うか》ばなかったろうとまでは誰《だれ》にでも考《かんが》えられる。広瀬中佐《ひろせちゅうさ》が是《これ》を最後《さいご》の言《こと》葉《ば》として、旅順《りょじゅん》の閉塞船《へいそくせん》に上《のぼ》ったときには、既《すで》に此辞句《このじく》が若《わか》い学徒《がくと》の間《あいだ》に、著名《ちょめい》なものとなって居《い》たことは事実《じじつ》である。中《なか》にはただ詩人《しじん》の咏歎《えいたん》を以《もっ》て、之《これ》を口《くち》にした場合《ばあい》も無《な》かったとは言《い》えまいが、今《いま》生死《せいし》の関頭《かんとう》に立《た》つ誠実《せいじつ》な一武人《いちぶじん》としては、是《これ》が其瞬間《そのしゅんかん》の心境《しんきょう》に適切《てきせつ》であったのは固《もと》よりで、日頃《ひごろ》愛《あい》誦《しょう》の句《く》であるだけに、感銘《かんめい》の更《さら》に新《あら》たなものがあったろうことも疑《うたが》われぬ。同《おな》じ体験《たいけん》が今度《こんど》は又《また》、至《し》誠純情《せいじゅんじょう》なる多数《たすう》の若者《わかもの》によって、次々《つぎつぎ》と積《つ》み重《かさ》ねられた。そうして愈々《いよいよ》この四《よっ》つの文字《もじ》を以《もっ》て、単《たん》なる文学《ぶんがく》を超越《ちょうえつ》した、国民生活《こくみんせいかつ》の一《ひと》つの目標《もくひょう》として居《い》るのである。

太平記《たいへいき》の次《つぎ》の一節《いっせつ》をよく読《よ》んで見《み》ると、この中《なか》にはまだ一抹《いちまつ》の曇《くも》りというようなものが漂《ただよ》って居《い》る。それを今《いま》までは全《まった》く気《き》が付《つ》かずに、深《ふか》い印象《いんしょう》を私《わたし》たちは受《う》けて居《い》たのであった。

手《て》の者六十余人《ものろくじゅうよにん》、六間《ろっけん》の客殿《きゃくでん》に二行《にぎょう》に並《なら》び居《い》て、念仏十遍《ねんぶつじっぺん》ばかり同音《どうおん》に唱《とな》えて、一度《いちど》に腹《はら》をぞ切《き》ったりける。正成《まさしげ》座上《ざじょう》に居《い》つつ、舎弟《しゃてい》の正季《まさすえ》に向《む》いて、そもそも最後《さいご》の一念《いちねん》に依《よ》って、善悪《ぜんあく》の生《せい》を引《ひ》くといえり、九界《くかい》の間《あいだ》、何《なに》か御辺《ごへん》の望《のぞ》みなると問《と》いければ、正季《まさすえ》からからと打笑《うちわら》いて、七生《しょう》まで只同《ただおな》じ人間《にんげん》に生《うま》れて、朝敵《ちょうてき》を滅《ほろぼ》さばやとこそ存《ぞん》じ候《そうら》えと申《もう》しければ、正成世《まさしげよ》にうれしげなる気色《きしょく》にて、罪業深《ざいごうふか》き悪念《あくねん》なれども、我《われ》も斯様《かよう》に思《おも》うなり。いざさらば同《おな》じく生《せい》を替《か》えて、この本懐《ほんかい》を達《たっ》せんと契《ちぎ》りて、兄弟《きょうだい》とも刺《さ》し違《ちが》えて、同《おな》じ枕《まくら》に伏《ふ》しにけり。

人《ひと》にもう一《いっ》ぺん生《うま》れて来《こ》ようという願《ねが》いまでが、罪業深《ざいごうふか》き悪念《あくねん》であると、見《み》られて居《い》るような時代《じだい》も有《あ》ったのである。是《これ》が楠公《なんこう》の当時《とうじ》の常識《じょうしき》であったのか。但《ただ》しは又広厳寺《またこうごんじ》の僧《そう》たちが、後《のち》にそういう風《ふう》に世《よ》の中《なか》に伝《つた》えたのか。もしくは語《かた》る者《もの》が、自分《じぶん》の批評《ひひょう》を以《もっ》て潤飾《じゅんしょく》したか。三者何《さんしゃいず》れであろうともそれは問《と》う所《ところ》で無《な》い。国民《こくみん》はすでにもう久《ひさ》しい間《あいだ》、是《これ》を悪念《あくねん》とも妄執《もうしゅう》とも見《み》ることを忘《わす》れて、ただその志《こころざし》の向《むか》う所《ところ》を仰慕《ぎょうぼ》して止《や》まぬのである。

安藤為章《あんどうためあき》の年山紀聞《ねんざんきぶん》の中《なか》に、水戸《みと》の黄門光圀《こうもんみつくに》の侍女村上吉子《じじょむらかみよしこ》、後《のち》に法体《ほったい》して一静尼《いっせいに》と謂《い》った人《ひと》が、七十二歳《ななじゅうにさい》を以《もっ》て世《よ》を辞《じ》した時《とき》の歌《うた》を載《の》せて居《い》る。

又《また》も来《こ》ん人《ひと》を導《みちび》くえにしあらば八《やっ》つの苦《くる》しみ絶《た》え間無《まな》くとも

女性《じょせい》として又仏道《またぶつどう》の人《ひと》としては、誠《まこと》に力強《ちからづよ》い最後《さいご》の一念《いちねん》であったが、それが如何《いか》なる方面《ほうめん》に再生《さいせい》したかは、悲《かな》しいことにまだ明《あきら》かにはなって居《い》ない。人生《じんせい》は時《とき》あって四苦八苦《しくはっく》の衢《ちまた》であるけれども、それを畏《おそ》れて我々《われわれ》が皆他《みなた》の世界《せかい》に往《い》ってしまっては、次《つぎ》の明朗《めいろう》なる社会《しゃかい》を期《き》するの途《みち》は無《な》いのである。我々《われわれ》が是《これ》を乗越《のりこ》えていつまでも、生《うま》れ直《なお》して来《こ》ようと念《ねん》ずるのは正《ただ》しいと思《おも》う。しかも先祖代々《せんぞだいだい》くりかえして、同《おな》じ一《ひと》つの国《くに》に奉仕《ほうし》し得《え》られるものと、信《しん》ずることの出来《でき》たというのは、特《とく》に我々《われわれ》に取《と》っては幸福《こうふく》なことであった。

語注 ○**広瀬中佐**…海軍中佐・広瀬武夫（一八六八～一九〇四）のこと。日露戦争の際、旅順港閉塞隊を指揮し、兵曹長・杉野孫七（一八六七～一九〇四）を捜索して戦死したことから、軍神として祀られた。○**旅順の閉塞船**…旅順港閉塞の作戦を遂行した自沈船・福井丸のこと。○**関頭**…わかれ目。○**至誠純情なる多数の若者**…特攻隊を念頭に置こう。○**太平記の次の一節**…以下は『太平記』巻第一六の「楠正成兄弟以下湊川にて自害の事」からの引用であり、楠木正成《まさしげ》（一二九四?～一三三六）と弟の正季《まさすえ》（一二〇五?～一三三六）の自害の場面である。○**楠公**…楠木正成のこと。○**広厳寺**…兵庫県神戸市中央区楠町にある臨済宗の寺で、楠木正成の菩提寺として知られる。○安藤為章の年山紀聞…安藤為章（一六五九〜一七一六）は国学者。『年山紀聞』は元禄一五年（一七〇二）の随筆。これは「蝶夢集の序跋」に見え、吉子が正徳二年（一七一二）に亡くなった時に詠まれた「辞世」である。○水戸の黄門光圀…水戸藩主・徳川光圀（一六二八〜一七〇〇）のこと。権中納言になったので、水戸黄門と呼ばれた。

鑑賞 ここにある「七生報国」は、『広辞苑』に「七度までも生まれ変わって、賊を滅ぼし国のために働くこと。足利氏との戦いに敗れた楠木正成兄弟の死に際しての言葉として有名」とある。柳田国男はこの言葉を少なくとも、もう一度使っている。それは『先祖の話』執筆に先立って、昭和一九年（一九四四）に発行した『黒百合姫物語』に収録した「山臥と語りもの」（後に『物語と語り物』に収録する際に、「黒百合姫の祭文」と改題）である。「我々日本人の死んでから行く先の、高く秀でた山の頂であった」ということを述べ、「此篇の採録者藤原氏の郷里などでも、周囲に高嶽を廻らして、我々の今まで知らずに居た霊場の数は幾つもある。それが悉く近いから羽黒の出張所であろうというような、今までの学者の説は当って居るかどうか。「死ねばどこへ行くと思って居たか」。斯ういう方面からも今一度、尋ねて見る機会は無いとは言われない。この問題に向って現実の関心を抱く者は、今日の時代としてはもう七生報決して我々垂死の翁だけでは無いのである。極楽は十万億土、あそこへ行ってしまってはもう七生報国は出来ないのである」と結んでいた。一見無関係に思われる『黒百合姫物語』は、この点で『先祖の話』に直接つながっているのである。

八一　二《ふた》つの実際問題《じっさいもんだい》

さて連日《れんじつ》の警報《けいほう》の下《もと》に於《お》て、ともかくもこの長話《ながばなし》をまとめあげることが出来《でき》たのは、私《わたし》にとっても一《ひと》つのしあわせであった。いつでも今少《いますこ》し静《しず》かな時《とき》に、ゆっくりと書《か》いて見《み》たらよかろうにとも言《い》えないわけは、ただ忘《わす》れてしまうといけないからという様《よう》な、簡単《かんたん》なことだけでは無《な》い。もとは他国《たこく》へ出《で》て行《い》って働《はたら》くにも、やがては成功《せいこう》して故郷《こきょう》に還《かえ》り、再《ふたた》び親類《しんるい》や故旧《こきゅう》の間《あいだ》に住《す》もうという者《もの》が多《おお》かったようだが、最近《さいきん》になって人《ひと》の心持《こころもち》はよほど改《あらた》まり、何《なん》でもその行《ゆ》く先《さき》の土地《とち》に根《ね》を生《は》やして、新《あら》たに一《ひと》つの家《いえ》を創立《そうりつ》しようという念願《ねんがん》から、困苦《こんく》と闘《たたか》って居《い》る人《ひと》たちが日《ひ》に加《くわ》わって居《い》る。乃《すなわ》ち家《いえ》の永続《えいぞく》は大《おお》きな問題《もんだい》とならざるを得《え》ない。風土環境《ふうどかんきょう》の我々《われわれ》に及《およ》ぼす力《ちから》は軽《かる》く見《み》ることが出来《でき》ぬであろうが、住《す》めば忽《たちま》ち其天然《そのてんねん》の中《なか》にまぎれ込《こ》んでしまって、やがて見分《みわ》けも付《つ》かなくなることは、少《すく》なくとも開発者《かいはっしゃ》の本意《ほんい》では無《な》いのである。淋《さび》しい僅《わず》かな人《ひと》の集合《しゅうごう》であれば有《あ》るだけに、時《とき》の古今《ここん》に亘《わた》った縦《たて》の団結《だんけつ》ということが考《かんが》えられなければならぬ。未来《みらい》に対《たい》してはそれが計画《けいかく》であり遺志《いし》であり、又希望《またきぼう》であり愛情《あいじょう》である。悉《ことごと》く遠《とお》い昔《むかし》の世《よ》の人《ひと》のした通《とお》りを、倣《なら》うということは出来《でき》ない話《はなし》だが、彼等《かれら》はどうして居《い》たかというまでは、参考《さんこう》として知《し》って置《お》くのが強味《つよみ》である。古人《こじん》は太平《たいへい》の変化少《へんかすく》なき世《よ》に住《す》んで、子孫《しそん》が自分《じぶん》の先祖《せんぞ》に対《たい》するのと同一《どういつ》の感《かん》じを以《もっ》て、慕《した》い懐《なつ》かしみ迎《むか》え祭《まつ》るものと信《しん》ずることが出来《でき》た。しかし実際《じっさい》は次々《つぎつぎ》と社会《しゃかい》の事情《じじょう》が改《あらた》まって、或部分《あるぶぶん》に於《おい》ては明《あきら》かに失望《しつぼう》して居《い》るのである。其悲《そのかな》しみをちっとでも避《さ》けるが為《ため》には、我々《われわれ》は是《これ》から後《のち》の世《よ》の中《なか》の、今《いま》の通《とお》りでは無《な》いことを予期《よき》することが必要《ひつよう》であるのみで無《な》く、それを力《ちから》の及《およ》ぶ限《かぎ》り、現在我々《げんざいわれわれ》が善《よ》しと信《しん》ずる方向《ほうこう》へ、変《かわ》らせて行《ゆ》くように骨折《ほねお》らなければならぬ。即《すなわ》ち家《いえ》というものの理想《りそう》は外《そと》からも内《うち》からも、いい頃加減《ころかげん》にしてほったらかして置《お》くわけに行《ゆ》かぬのである。日本《にほん》の斯《こ》うして数千年《すうせんねん》の間《あいだ》、繁《しげ》り栄《さか》えて来《き》た根本《こんぽん》の理由《りゆう》には、家《いえ》の構造《こうぞう》の確固《かっこ》であったということも、主要《しゅよう》なる一《ひと》つと認《みと》められて居《い》る。そうして其大切《そのたいせつ》な基礎《きそ》が信仰《しんこう》であったということを、私《わたし》などは考《かんが》えて居《い》るのである。固《もと》より信仰《しんこう》は理《り》を以《もっ》て説《と》き伏《ふ》せることの出来《でき》るもので無《な》く、人《ひと》が背《そむ》いて行《ゆ》くのを引留《ひきと》めることは困難《こんなん》であろうが、多数《たすう》の我同胞《わがどうほう》は感覚《かんかく》に於《おい》て之《これ》を是認《ぜにん》しつつも、実《じつ》は之《これ》を考《かんが》え又言葉《またことば》にする機会《きかい》だけをもたなかったのである。はっきりと言《い》ってしまったら、却《かえ》って反対《はんたい》は強《つよ》くなり、消滅《しょうめつ》の危険《きけん》を多《おお》くすることになるのかも知《し》れないが、なお私《わたし》はこの事実《じじつ》を正確《せいかく》にした上《うえ》で、それを再出発《さいしゅっぱつ》の起点《きてん》としなければならぬと思《おも》って居《い》る。

それから第二段《だいにだん》に、是《これ》も急《いそ》いで明《あきら》かにして置《お》かねばならぬ問題《もんだい》は、家《いえ》と其家《そのいえ》の子無《こな》くして死《し》んだ人々《ひとびと》との関係如何《かんけいいかん》である。是《これ》には仏法以来《ぶっぽういらい》の著《いちじる》しい考《かんが》え方《かた》の変化《へんか》があることを、前《まえ》にもうくだくだしく説《と》いて居《い》るが、少《すく》なくとも国《くに》の為《ため》に戦《たたか》って死《し》んだ若人《わこうど》だけは、何《なん》としても之《これ》を仏徒《ぶっと》の謂《い》う無縁《むえん》ぼとけの列《れつ》に、疎外《そがい》して置《お》くわけには行《ゆ》くまいと思《おも》う。勿論国《もちろんくに》と府県《ふけん》とには晴《はれ》の祭場《さいじょう》があり、霊《れい》の鎮《しず》まるべき処《ところ》は設《もう》けられてあるが、一方《いっぽう》には家々《いえいえ》の骨肉相依《こつにくあいよ》るの情《じょう》は無視《むし》することが出来《でき》ない。家《いえ》としての新《あら》たなる責任《せきにん》、そうして又喜《またよろこ》んで守《まも》ろうとする義務《ぎむ》は、記念《きねん》を永《なが》く保《たも》つこと、そうしてその志《こころざし》を継《つ》ぐこと、及《およ》び後々《のちのち》の祭《まつり》を懇《ねんご》ろにすることで、是《これ》には必《かなら》ず直系《ちょっけい》の子孫《しそん》が祭《まつ》るので無《な》ければ、血食《けっしょく》と謂《い》うことが出来《でき》ぬという風《ふう》な、いわゆる一代人《いちだいびと》の思想《しそう》に訂正《ていせい》を加《くわ》えなければならぬであろう。死者《ししゃ》が跡取《あととり》ならば世代《せだい》に加《くわ》える制度《せいど》を設《もう》けるもよし、次男《じなん》や弟《おとうと》たちならば、之《これ》を初代《しょだい》にして分家《ぶんけ》を出《だ》す計画《けいかく》を立《た》てるもよい。ともかくも歎《なげ》き悲《かな》しむ人《ひと》が亦逝《またゆ》き去《さ》ってしまうと、程《ほど》なく家無《いえな》しになって、よその外棚《ほかだな》を覗《のぞ》きまわるような状態《じょうたい》にして置《お》くことは、人《ひと》を安《やす》らかにあの世《よ》に赴《おもむ》かしめる途《みち》では無《な》く、しかも戦後《せんご》の人心《じんしん》の動揺《どうよう》を、慰撫《いぶ》するの趣旨《しゅし》にも反《はん》するかと思《おも》う。子代御名代《こしろみなしろ》の貴《とう》とき御《お》ためしを引《ひ》くまでも無《な》く、古来我邦《こらいわがくに》には叔母《おば》から姪女《めいじょ》へ、伯父《おじ》から甥《おい》へ行《ゆ》く相続法《そうぞくほう》もあり、或《あるい》は又血縁《またけつえん》の繋《つな》がりの無《な》い者《もの》にも、家名《かめい》を承継《うけつ》がせた習《なら》わしがよく発達《はったつ》して居《い》る。新《あら》たに国難《こくなん》に身《み》を捧《ささ》げた者《もの》を初祖《しょそ》とした家《いえ》が、数多《かずおお》く出来《でき》るということも、もう一度《いちど》この固有《こゆう》の生死観《せいしかん》を振作《しんさく》せしめる一《ひと》つの機会《きかい》であるかも知《し》れぬ。それは政治《せいじ》であって私等《わたしら》の学問《がくもん》の外《そと》ではあるが、実《じつ》は日本《にほん》のたった一《ひと》つの弱味《よわみ》というものが、政治家《せいじか》たちの学問《がくもん》への無関心《むかんしん》、今《いま》なお斯《こ》ういう研究《けんきゅう》はよくよく閑《ひま》の有《あ》る人間《にんげん》だけに、任《まか》せて置《お》いてよいかの如《ごと》く、思《おも》って居《い》る人《ひと》が多《おお》いことに在《あ》ると思《おも》うので、思《おも》わず斯《こ》んな事《こと》にまで口《くち》を出《だ》すはずみになったのである。

（昭和《しょうわ》二《に》十年《じゅうねん》五月《ごがつ》二《に》十三日《じゅうさんにち》）

語注 **○勿論国と府県とには晴の祭場があり、霊の鎮まるべき処は設けられてある**…靖国神社と護国神社を指す。**○子代御名代**…「子代」は大化の改新以前の皇室の私有民、「御名代」は古代、天皇などの名前を伝えるために置いた皇室の私有民。**○血食**…子孫が先祖の祭を絶やさないこと。**○振作**…盛んにすること。**○昭和二十年五月二十三日**…この文章を書き終えた日を明記したもの。柳田国男『炭焼日記』の同日には、「「先祖の話」を草し終る、三百四十枚ばかり」と確認できる。

鑑賞 柳田国男は、末尾で相続の問題について述べた。柳田監修の『民俗学辞典』は「相続」（大間知篤三執筆）の項目を設けて、相続の対象・相続の形態・相続人の種類から解説する。そして、「われわれは常民の伝承に注意を向けなければならない。すなわち法律が定めた相続制度以外に、常民の間に存した相続人選定の慣行を考慮すべきである」として、長男が単独に父を相続する長子相続が武家の間で実行されたのに対し、東北には姉家督相続が行われ、信州から西南日本にかけては末子相続が行われてきたことを述べる。『先祖の話』では、現状に即して、さらに実際的な相続を考案すべきであることを提案するが、そこには法学士である経歴が影を落としていると見なければならない。

中村哲《あきら》は『柳田国男の思想』で、「戦争中、私は柳田国男と国家について彼の書斎で論議したことをいま思い出す。彼には、あの戦争というものが納得されるものではなく、それをいう根拠は家の継続ということであった。若い人々が家を離れて再び国土に還《かえ》ってこないということがあっていいものであろうかというのである。それは当時の私たちの年齢の者にとってはやむを得ないことで、正否の問題をこえていることであったが、彼にはこういう戦争をする国家というものへの疑問があるということであった。この『先祖の話』のなかでも、このことを注意ぶかく読めば柳田の平和な心情と家想いの思想を汲みとることができる」と述べている。

また、川田順造は「最初期の柳田を讃える」で、「昭和二〇年（一九四五）、三月に折口信夫の養子春《はる》洋《み》が硫黄島で戦死したこともおそらく契機のひとつとなって、柳田は空襲下の東京で四月から五月にかけて『先祖の話』を書き（刊行は筑摩書房から昭和二一年（一九四六））、仏教の盂蘭盆会で「精霊」とされる以前の「みたま」とそのまつり方について、考察をすすめた。これを読んだ当時の靖国神社禰宜・総務部長坂本定夫は、度々柳田を訪ねて教えを乞い、昭和二一年七月一五日に、長野県遺族会有志が盆踊りを奉納した機会に、七月二五日から柳田に三回の民俗学講座「氏神と氏子について」の連続講演を依頼し、実現させた。九月から一一月にかけても、ほぼ毎週土曜日に「民間伝承の会」主催の民俗学講座を靖国会館講堂で開き、講師として柳田国男も何度も招いている」と指摘した。『先祖の話』

と靖国神社のつながりを考える上で興味深いが、『先祖の話』の執筆は春洋の戦死より遥かに早く、執筆の契機になったと見ることはできない。

◇図版一覧◇

◇参考文献◇

・阿満利麿『日本人はなぜ無宗教なのか』筑摩書房、一九九六年。
・有賀喜左衛門『一つの日本文化論』未来社、一九七六年。
・飯田市美術博物館編『民俗の宝庫〈三遠南信〉の発見と発信』飯田市美術博物館、二〇一一年。
・岩田重則『戦死者霊魂のゆくえ』吉川弘文館、二〇〇三年。
・上野千鶴子『男おひとりさま道』法研、二〇〇九年。
・「角川日本地名大辞典」編纂委員会編『角川日本地名大辞典 13 東京都』角川書店、一九七八年。
・川田順造「最初期の柳田を讃える」『現代思想』第四〇巻第一二号、二〇一二年。
・川村邦光『弔いの文化史』中央公論新社、二〇一五年。
・後藤聡一郎監修・柳田国男研究会編著『柳田国男伝』三一書房、一九八八年。
・斎藤英喜「戦死者の記憶・靖国・折口信夫―神話解釈史の視点から―」『日本文学』第六四巻第五号、二〇一五年。
・桜井徳太郎「柳田国男の祖先観」『柳田国男研究』第七号〜第八号、一九七四〜七五年（後に『霊魂観の系譜』筑摩書房、一九七七年に収録）。
・桜井徳太郎「『先祖の話』解説」『先祖の話』筑摩書房、一九七五年。
・佐々木喜善『佐々木喜善全集』遠野市立博物館、一九八六〜二〇〇三年。
・渋沢敬三・神奈川大学日本常民文化研究所編『新版絵巻物による日本常民生活絵引』平凡社、一九八四年。
・新谷尚紀「解説」『柳田国男全集13』筑摩書房、一九九〇年。

・高橋文太郎『山と人と生活』金星堂、一九四三年。
・鶴見和子「解説」『柳田国男集』筑摩書房、一九七五年。
・中村哲『柳田国男の思想』法政大学出版局、一九六七年。
・中山太郎編著『校註諸国風俗問状答』東洋堂、一九四二年。
・西角井正慶編『年中行事辞典』東京堂、一九五八年。
・日本国語大辞典第二版編集委員会・小学館国語辞典編集部編『日本国語大辞典　第二版』小学館、二〇〇〇〜〇一年。
・姫路文学館編『松岡五兄弟』姫路文学館、一九九二年。
・平田篤胤著・子安宣邦校注『仙境異聞・勝五郎再生記聞』岩波文庫、二〇〇〇年。
・福崎町立柳田国男・松岡家記念館編『松岡鼎展』福崎町教育委員会、二〇一五年。
・ベルナール・ベルニエ「柳田国男『先祖の話』――日本固有の社会科学のモデルたりうるか――」R・A・モース・赤坂憲雄編『世界の中の柳田国男』藤原書店、二〇一二年。
・柳田国男『定本柳田国男集』筑摩書房、一九六二〜一九六八年。
・柳田国男『柳田国男全集』筑摩書房、一九九七年〜。
『遠野物語』一九一〇年
『雪国の春』一九二八年
『秋風帖』一九三二年
『桃太郎の誕生』一九三三年
『遠野物語　増補版』一九三五年
『食物と心臓』一九四〇年

『民謡覚書』一九四〇年
『小さき者の声』一九四二年
『神道と民俗学』一九四三年
『村と学童』一九四五年
『先祖の話』一九四六年
『物語と語り物』一九四六年
『月曜通信』一九五四年
『新たなる太陽』一九五六年
『炭焼日記』一九五八年
『故郷七十年』一九五九年

・柳田国男編『黒百合姫物語』言霊書房、一九四四年。
・柳田国男監修・民俗学研究所編『民俗学辞典』東京堂、一九五一年。
・柳田国男監修・民俗学研究所編『年中行事図説』岩崎書店、一九五三年。
・柳田国男監修・民俗学研究所編『日本民俗図録』朝日新聞社、一九五五年。
・柳田国男監修・民俗学研究所編『綜合日本民俗語彙』平凡社、一九五五～五六年。
・山折哲雄『わが人生の三原則』中央公論新社、二〇一三年。
・山口弥一郎『津浪と村』恒春閣書房、一九四三年、三弥井書店、二〇一一年。

東日本大震災後の未来を考えるために

柳田国男の『先祖の話』（一九四六年）について、桜井徳太郎は「柳田国男の祖先観」（一九七四〜五年）で、「柳田の立場は、欧米碩学の学説を借りるとか、立論実証の手段に外来的手法を借用するなどの行き方を一切排除して、あくまでも日本の民間で形成伝承されてきた民俗的事実を基礎においている。とくに形而上学的思考に汚染された学者・思想家たちの演繹的発想を極力避けて、民衆自体の生活経験的事実を重視し尊重することを第一義に考え、そこに発想の原点をおいた」と述べて賞賛した。

しかし、一方、ベルナール・ベルニエは「柳田国男『先祖の話』」（二〇一二年）で、「『先祖の話』は方法論的にも理論的もきわめて疑わしい原則に基づいている」とし、「この本はどのような意味でも、日本固有の社会科学のモデルとして受け入れることはできない。さらに言うならば、この本に示されているデータの利用には非常な注意を要する」として一喝する。この二人に見られるように、『先祖の話』に対する評価はまったく対照的であり、今もなお宙づりの状態に置かれている。

実は、『先祖の話』に対する強烈な批判は、すでに柳田の生前から始まっていた。折口信夫《おりくちしのぶ》は「民族史観における他界観念」（一九五二年）で、「最《もっと》も簡単に霊魂の出現を説くものは、祖先霊魂が、子孫である此世《この》の人を慈しみ、又祖先となり果さなかった未完成の霊魂が、人間界の生活に障碍《しょうがい》を与えよう、と言った邪念を抱くという風に説明している」とまとめた。自分の学説に引きつけて無縁仏を「未完成の霊魂」と言い換えるが、これは『先祖の話』を念頭に置いた指摘であろう。

その上で、「此《これ》は、近代の民俗的信仰が、そう言う傾きを多く持っている為であって、必《かならず》しも徹底した考え方ではない。私は、そう言う風に祖先観をひき出し、その信仰を言う事に、ためらいを感じる」と述べた。「ためらい」と口ごもるが、他にも山の神と田の神の循環やさいの河原などを取り上げたことからすれば、「民族史観における他界観念」は『先祖の話』に対する挑戦のようにして発表されたと言っても過言ではない。

さらに折口は、「私は日本民族の成立・日本民族の沿革・日本民族の移動などに対する推測から、海の他界観まず起り、有力になり、後《のち》天空世界が有力になり替ったものと見ている」と展開する。だが、これに対して柳田は黙ってはいず、最晩年に『海上の道』（一九六一年）をまとめる。日本民族の海上移住を述べたのは、「民族史観における他界観念」に対する反論を意味したはずである。戦後になって壮絶に繰り返された二人の論争は、『先祖の話』が原点だったと見て間違いない。

○

柳田が『先祖の話』を書いた動機の一つに、戦死者の問題があったが、招魂社（靖国神社）や護国神社に関して踏み込んで述べることはなかった。しかし、折口は「民族史観における他界観念」の中で、こんなことを述べている。

昔招魂社を建立した当初の目的は、思いがけない改変を経た。神の性格にも、非常な変動があった。楠正成《まさしげ》や維新殉難志士と言われた人々の冤べ難い思いを鎮めようとした時とは違って、奉祀の範囲も広く、祭神も概ね、光明赫々《かくかく》たる面が多くなった。この社の最初の目的に似た信仰は、中世の早期から近代を通じてあった。普通の神とは、別の祭りを以て祀り、其《その》怨念の散乱を防ごうとした。即《すなわち》御霊信仰から分化した若宮信仰・山家《ヤンベ》・佐倉の名の知れたものから、名も言わぬ無縁万霊の類に到るまで、成仏を言わぬ昔から、神となれない人たちの、行くえなき魂の、永遠に浮遊するものあることを考えていた。招魂護国神には、疑いもなく浮んで神となる保証のある上に、又極めて短い時期に神と現じて、我々あきらめ難き遺族の、生きてさ迷う魂をも解脱させる様になった。明治の神道は、此《この》点で信仰の革命を遂げたものであった。併《しか》し第二次世界大戦後、この短い期間に神生ずることについての問題が起ろうとしたが、やがて其《それ》も事無く過ぎそうである。明治神道の解釈があまり近代神学一遍で、三界に遍満する亡霊の処置を、実はつけきっていない所がないではないか、と思われる所がある。

折口は、明治の神道が生んだ招魂社（靖国神社）や護国神社の変動に触れながらも、行方なき魂は疑いもなく、しかも短期間で神と現じるようになったと述べる。「極めて短い時期に神と現じて」とするのは、この直後で、「沖縄の神道では、「三十三年にして神を生ず」と言って、死人は此《これ》だけの年月がたつと、神化するものと見ていた」と述べたのと、対比してのことである。

ここに、「我々あきらめ難き遺族の、生きてさ迷う魂をも解脱させる様になった」とあるのは、やや注意を要する。未婚の折口は、昭和一九年（一九四四）七月、柳田と鈴木金太郎を保証人として藤井春《はる》洋《み》を養嗣子として入籍したが、春洋は翌二〇年（一九四五）三月の硫黄島玉砕で戦死してしまった。そうした意味で、折口はまさに肉親を亡くした遺族の一人だった。

柳田の『炭焼日記』（一九五八年）にも、昭和二〇年三月二一日に「硫黄島の悲報公表せらる」、二四日に「午後折口君久々にて来る。硫黄島のことに付《つき》、力を落して居る」と見える。さらにこの後、三一日に「沖縄の砲撃なおつづく」、四月一日に「沖縄に敵上陸」、四日に「伊波君島袋君を伴い来る」「沖縄の惨状を語る」とあり、沖縄戦のことが続く。『先祖の話』の「自序」を「ことし昭和二十年の四月上旬に筆を起し」と始めたのは、こうした状況と関係するにちがいない。

柳田は『先祖の話』末尾で、「二つの実際問題」を取り上げた。一つは、「何でもその行く先の土地に根を生やして、新たに一つの家を創立しようという念願から、困苦と闘って居る人たちが日に加わって居る」と見たことがある。これは戦時中、植民地や移民地で出かけて行った人々を念頭に置く認識であろう。だが、戦後になって問題になるのは、敗戦による大陸からの膨大な引揚者の受け入れだったのは、予想外だったかもしれない。

もう一つは、「少なくとも国の為に戦って死んだ若人だけは、何としても之《これ》を仏徒の謂《い》う無縁ぼとけの列に、疎外して置くわけには行くまいと思う」と考えたことがある。折口も、「明治神道の解釈があまり近代神学一遍で、三界に遍満する亡霊の処置を、実はつけきっていない所がないではないか、と思われる所がある」としていた。だが、柳田は戦死者の慰霊は社会の問題であり、招魂社（靖国神社）や護国神社に委ねるわけにはゆかないと考えていたにちがいない。

そして、必ず直系の子孫が祭るのでなければならないという思想に訂正を加え、死者が跡取ならば世代に加え、そうでなければ初代にして分家を出す計画を立てることを提案する。さらに、「新たに国難に身を捧げた者を初祖とした家が、数多く出来るということも、もう一度この固有の生死観を振作せしめる一つの機会であるかも知れぬ」とまで述べる。戦後社会の混乱を乗り越えるための方策を考える前提として、祖霊信仰の改革を提案する。

柳田は、植民地や移民地に赴いた人々や戦地で死んだ若人について、実際問題として言及した。しかし、東京大空襲や沖縄戦、広島・長崎の被爆などで亡くなった死者の慰霊についてはどう考えていたのだろうか。戦後の復興の中で起こった、死者をめぐる問題は、実際には遥かに複雑で多岐にわたっていたにちがいない。だが、『先祖の話』では、それについて明言しているわけではない。

それはともかくとして、柳田は、「屡々滅失の危険にさらされる有形の財産よりも、寧ろかほど迄に親密であった先祖と子孫の者との間の交感を、出来るだけ具体的に知って居る方が、どの位家の永続に役立つか知れない」と考えていた。祖霊信仰は「家の永続」を支え、「年代を超越した縦の結合体」を形成するための根幹であると考えていた。祖霊信仰は家の集合体である国家までも支えると見るのだが、折口の発想にはそうした社会性は見られない。

実は、『先祖の話』の提案が戦後の復興にどのように寄与したのかということは、残念ながら、きちんと検証されているわけではいない。だが、柳田に学んだ山口弥一郎は『津浪と村』（一九四三年）で、明治と昭和の三陸大津波の復興を調べ、興味深い指摘をしている。それに拠れば、津波で一家が全滅した場合でも、縁者を捜して遺産や義援金をもとに位牌を持たせ、家を絶やさなかったという事例を挙げる。その結果、大半の家は断絶することがなかったのである。まさに、家の永続が震災からの復興を支えたと見ることができる。

今、東日本大震災から四年半が過ぎた。被災地は震災・復興の渦中にありながら、社会全体では記憶の風化が進み、関心は急速に薄れている。さらに深刻なのは、福島原発事故に関わる地域である。避難指示区域の解除が始まって帰宅が可能になっても、被爆を懸念する若者たちは戻らず、多くの家族は解体したままである。一方で、少子高齢化が進んで人口減社会を迎えつつある中で、被災地の抱えた課題は特殊なものではなくなっている。さらには、地球環境の変化や国際化情報化の進展に伴って、災害や経済・病気・テロなどのリスクは日増しに高まっている。

そうした時代にあって、柳田が『先祖の話』で描いた祖霊信仰のモデルは、社会を維持するために有効なのだろうか。実際のところ、地方から都会に出てきたりした人の家には、神棚も仏壇もなく、正月も盆も形骸化している場合が多い。だが、一方では、医学が発達しても、人は死んだらどうなるのかという疑問はますます切実になっている。そうであるならば、先人が何を信じて生きてきたかを知ることは、未来を展望する上で不可欠なはずである。そうした現実に向き合おうとする際に、『先祖の話』は批判的に読むことが可能な、数少ない著作であるように思われる。

石井正己

石井正己（いしい・まさみ）

1958年、東京生まれ。東京学芸大学教授、一橋大学大学院連携教授、柳田國男・松岡家記念館顧問。日本文学・民俗学専攻。

単著
『絵と語りから物語を読む』（大修館書店、1997年）
『図説・遠野物語の世界』（河出書房新社、2000年）
『遠野物語の誕生』（若草書房、2000年）
『遠野物語の誕生』（筑摩書房、2005年）
『遠野の民話と語り部』（三弥井書店、2002年）
『図説・日本の昔話』（河出書房新社、2003年）
『柳田国男と遠野物語』（三弥井書店、2003年）
『物語の世界へ』（三弥井書店、2004年）
『図説・源氏物語』（河出書房新社、2004年）
『図説・百人一首』（河出書房新社、2006年）
『図説・古事記』（河出書房新社、2008年）
『桃太郎はニートだった！』（講談社、2008年）
『民俗学と現代』（三弥井書店、2008年）
『『遠野物語』を読み解く』（平凡社、2009年）
『『遠野物語』へのご招待』（三弥井書店、2010年）
『柳田国男の見た菅江真澄』（三弥井書店、2010年）
『昔話と観光』（三弥井書店、2012年）
『柳田国男を語る』（岩田書院、2012年）
『いま、柳田国男を読む』（河出書房新社、2012年）
『文豪たちの関東大震災体験記』（小学館、2013年）
『柳田国男 遠野物語』（NHK出版、2014年）
『テクストとしての柳田国男』（三弥井書店、2015年）
『全文読破柳田国男の遠野物語』（三弥井書店、2015年）

編著
『子どもに昔話を！』（三弥井書店、2007年）
『昔話を語る女性たち』（三弥井書店、2008年）
『遠野奇談』（河出書房新社、2009年）
『昔話と絵本』（三弥井書店、2009年）
『昔話を愛する人々へ』（三弥井書店、2011年）
『昔話にまなぶ環境』（三弥井書店、2011年）
『児童文学と昔話』（三弥井書店、2012年）
『震災と語り』（三弥井書店、2012年）
『子守唄と民話』（三弥井書店、2013年）
『震災と民話』（三弥井書店、2013年）
『1964年の東京オリンピック』（河出書房新社、2014年）
『国際化時代と『遠野物語』』（三弥井書店、2014年）
『柳田国男の故郷七十年』（発売・PHP研究所、2014年）

共編著
『柳田国男全集』（筑摩書房、1997年～）
『全訳古語辞典』（旺文社、2003年、2011年）
『全訳学習古語辞典』（旺文社、2007年）
『近代日本への挑戦』（三弥井書店、2009年）
『東北日本の古層へ』（三弥井書店、2010年）
『津浪と村』（三弥井書店、2011年）
その他、論文、随筆、書評が多数。

全文読破　**柳田国男の先祖の話**

平成27年12月1日　初版発行

定価はカバーに表示してあります。

©著　者　石井正己

発行者　吉田栄治

発行所　株式会社 **三弥井書店**
〒108-0073 東京都港区三田3-2-39
電話03-3452-8069
振替00190-8-21125

ISBN978-4-8382-3292-5 C0093　製版・印刷　藤原印刷

柳田国男関係書

テクストとしての柳田国男
――――――――――知の巨人の誕生

石井正己　著

A５版・カバー装・372頁
定価：4500円＋税

「テクスト」とは何か。それは本文のみならず、箱・カバー・表紙、口絵・挿絵・写真・地図、柱の文字、索引などありとあらゆるものを含む総体…
それらの細部から浮き彫りになる柳田国男の思想の動きを明らかにし知の巨人柳田国男とは何かを今考える。

【本書の内容】

序にかえて
―それは『遠野物語』から始まった
『定本柳田国男集』の功罪
『遠野物語』の文献学的研究
柳田国男の「豆手帖から」の旅の検証
柳田国男の昔話テクスト
『昔話採集手帖』の方法
柳田国男「八戸地方の昔話」
メディアとしての雑誌
雑誌『民間伝承』の国際性
柳田国男の創元選書
柳田国男『村のすがた』に見る挿画の風景
柳田国男の放送
柳田国男の書簡研究

2015/1/9

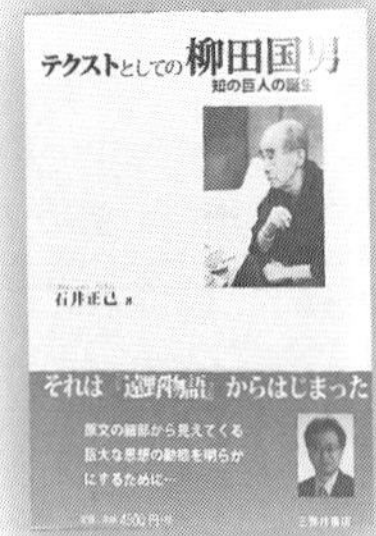

ISBN978-4-8382-3268-0

柳田国男関係書

柳田国男の見た菅江真澄

石井正己　著　　46版　定価：2800円＋税

柳田国男により「日本民俗学の開祖」と讃えられた菅江真澄。『遠野物語』『山島民譚集』『雪国の春』『菅江真澄』等における柳田国男の菅江真澄に関係する記事を丹念に読み解き、そこから菅江真澄の実像に迫った柳田、真澄の著作の復刻本や活字本を出版、紹介した柳田など、日本民俗学の誕生前夜における柳田国男を知るための一冊。

目次

2010/9

ISBN978-4-8382-9079-6

全文読破 柳田国男の遠野物語

石井正己 著　　46版 定価：1800円＋税

『遠野物語』の持ち味を最大限に生かすために、現代語訳ではなく、声に出してもすらすら読めるほど、本文の漢字すべてに読みを付し、物語の世界を十分に理解できるよう本文中の語句に丁寧な注釈をそえた。さらに、コンパクトに物語を読む書でありながらも、最新の知見を盛り込んだ「鑑賞」により、名著として今なお読み継がれる『遠野物語』へとわかりやすくみちびくこれまでにない一書。

2015/4/7

ISBN978-4-8382-3282-6

目次数例

1遠野の地勢と湖水流出神話　2遠野三山に女神が鎮座した神話　3山女の黒髪を奪われる　4笹原の上を歩む山女　5山男山女を恐れて迂回する　6山男に攫われた長者の娘　7山男に攫われた民家の娘　8サムトの婆が帰って来る　9笛の音に感動した山男　10奥山で妹の叫び声を聞く　11狂気の息子が母親を殺す　12新田乙蔵の言い伝え　13新田乙蔵の人生　14オクナイサマとオシラサマ　15田植えを手伝ったオクナイサマ　16コンセサマとオコマサマ　17ザシキワラシの出現　…